자폭하는 속물

자폭하는 속물

혁명과 쿠데타 이후의 문학과 젊음

복도훈 지음

도서출판 b

| 차례 |

1. 젊음, 교양, 소설

2. 길 떠나는 젊음의 이야기

3. 교양의 비판과 구축

4. 자기세계와 자기기만

5. 속물주의와 진정성

6. 자기와 공동체의 정체성 형성

1. 젊음, 교양, 소설

1. 젊음과 교양

젊음, 교양 그리고 소설…… 얼핏 친화력 있어 보이지만 긴밀한 연관
은 딱히 없는 이 세 단어는 어떻게 교양소설 안에서 하나로 결합하는가.
그 결합의 구체적인 양상은 무엇이고 또 어떻게 전개되는가. 이 책은
4·19세대 작가들이 발표한 1960년대 한국 교양소설(Bildungsroman)에
대한 분석을 통해 교양소설의 형식과 유형을 고찰하는 한편, 젊음을
표현하는 교양의 서사가 동시대 모더니티에 시사해주는 정치적 무의식
(political unconscious)을 연구하고자 한다.[1] 이 책은 소설장르론을 위한

1 이 책의 맥락에서 프레드릭 제임슨의 비평 개념인 '정치적 무의식'(political uncon-
   scious)은 1960년대 4·19세대 작가들의 교양소설, 즉 '자기'와 '젊음'의 형성과
   교양체험의 서사들에서 억압되고 묻힌 무의식으로서의 역사를 텍스트의 표면으로
   복원하는 마르크스주의적 해석 작업을 위해 동원되는 개념이다. 제임슨에 따르면,
   "정치적 무의식 이론의 기능과 필요성은 이 중단 없는 서사의 흔적들을 찾아내는
   데에, 이 근본적인 역사의 억압되고 묻힌 현실을 텍스트의 표면 위로 복원하는
   일에 있다." 프레드릭 제임슨, 『정치적 무의식』, 이경덕·서강목 옮김, 민음사, 2015,
   21쪽.

시론(試論)이다.

　일반적으로 '젊음'(youth)은 한 인간의 삶을 하나의 기나긴 형성과정으로 간주할 때, 유년기에서 성년기로 나아가는 심리적·육체적 중간단계로 인식된다. 그러나 젊음은 모더니티의 경험을 거치며 전근대적인 입사(initiation)와는 전혀 상이한 방식으로 새롭고 독특한 상징적 의미를 부여받게 된다. 전근대적 공동사회(Gemeinschaft)의 젊음이 성인으로의 입사 과정 중에 있는 생물학적 차이에 불과했다면, 근대의 젊음은 자신만의 완결태, 즉 목적(entelecheia)을 가진다.[2] 끊임없는 자기갱신과 변형, 이동성과 불확실성, 성장과 발전에 대한 욕구 등으로 특징지어지는 모더니티는 유동적이고 불확실하며 미결정적인 상태로 자기형성의 도정(道程)에 있는 젊음을 인생의 문제적인 단계로 인식하게 하는 결정적 계기로 작용한다. 교양소설은 젊음이 모더니티의 경험과 불가분의 관계에 있음을 서사적으로 의미 있게 취급하는 근대유럽의 독특한 소설장르이다.[3] 교양소설은 모더니티의 상징적 형식으로서의 젊음을 표현하는 소설장르인 것이다.

　교양소설의 교양(Bildung)이라는 개념에는 젊음의 창조적 자기형성에 내포된 다양한 특질들, 곧 개인성과 내면성의 형성, 유동성과 불확실성에 대한 경험과 자기 탐구 그리고 거기서 비롯되는 자아의 발전에 대한 욕구와 좌절, 타자에 대한 다양한 경험들, 개별적으로는 자율을

2　카를 만하임, 『세대 문제』, 이남석 옮김, 책세상, 2013, 146~47쪽. 한편 만하임은 이렇게 말하기도 한다. "인간의 사회적 상호작용이 존재하지 않는다면, 어떤 명백한 사회구조가 없다고 한다면, 특수한 종류의 지속성에 근거하는 역사가 없다고 한다면, 위치현상에 근거한 세대관계의 구성물이 발생하는 것이 아니라 탄생 시기, 나이, 죽음만이 나타날 것이다."(46~47쪽) 만하임은 이러한 판단으로부터 근대의 특수한 경험과 사유 방식을 공유하는 세대의 등장에서 젊음이 특별하게 자기 목적적인 성격을 갖고 출현한다고 유추하고 있다.

3　프랑코 모레티, 「상징적 형식으로서의 교양소설」, 『세상의 이치: 유럽 문화 속의 교양소설』, 성은애 옮김, 문학동네, 2005 참조.

보장받으면서도 전체적으로는 그 자율을 인준하고 승인하는 우애와 사랑의 결사에 대한 실험 등 종합적이고 전면적인 의미가 내포되어 있다. 근대에 이르러 젊음은 점점 자신만의 완결태를 추구하는 방향으로 나아간다. 교양은 이러한 완결태를 위해 자신을 계발하고 숙고하는 삶의 형성과정을 일컫는다. 한편으로 교양은 근대적 '계몽'(Aufklärung) 기획의 역사적 과정을 추동하는 실천적인 개념이다. 임마누엘 칸트는 계몽을 "마땅히 스스로 책임져야 할 미성년 상태로부터 벗어나" "다른 사람의 지도 없이" "자신의 지성을 사용"[4]하는 일이라고 정의하고 그것을 성숙이라고 명명했다. 교양은 이러한 성숙에 도달하기 위한 용기와 결단, 지속적인 훈련과 연마의 실천적 필요성을 강조한다.

교양소설은 근대유럽에서 출발했지만 식민과 탈식민화 과정을 겪은 주변부 식민지 국가에서도 융성한 소설장르이다. 한국 역시 개화의 거대한 충격과 일제의 기나긴 지배로부터의 해방, 남북분단과 냉전, 전쟁 등 식민지배에서 탈식민화의 과정을 겪으며 모더니티를 경험하게 된다. 그리고 이러한 모더니티의 경험에 충실한 이른바 '한국 교양소설'도 하나의 문학 장르로 자리 잡게 되었다. 한국근대 최초의 장편소설인 이광수의 『무정』(1917)은 젊음에 대한 교육을 책임지는 모범적 교육자인 동시에 그 자신이 문제적 젊음의 당사자인 주인공 이형식의 자기각성과 현실과의 갈등이라는 체험을 통해 식민지적 모더니티의 출발선상에 있는 젊음을 형상화한 최초의 교양소설이기도 하다. 『무정』과 더불어 출발한 한국 교양소설과 교양 이념의 추구는 김남천의 『사랑의 수족관』(1940)을 끝으로 직분과 사명의 윤리라는 파시즘적 유기체문화에 의해 용해되고 종속되면서 한차례 종결을 고한다.[5] 그리고 일제로부터

••
4   임마누엘 칸트, 「계몽이란 무엇인가에 대한 답변」, 『칸트의 역사철학』, 이한구 옮김, 서광사, 1992, 13쪽.
5   허병식, 『교양의 시대: 한국근대소설과 교양의 형성』, 역락, 2016 참조.

의 해방과 남북분단, 6·25 전쟁이라는 역사적 과정을 겪으며 한국 교양소설 장르에 대한 관심과 추구는 잠시 소강상태에 접어든다. 식민체험에서 탈식민체험으로 이동하는 모더니티의 역사적 경로 속에서 젊음을 상징적인 문화의 형식으로 문제화하려던 서사적 노력은 전반적으로 불가피하게 중단되었다.[6]

그러나 1960년의 4·19 혁명과 이듬해 5·16 군사쿠데타 전후로 모더니티의 충격과 체험을 문학의 질료로 삼고 그것을 이전과는 다른 방식으로 형상화하려는 젊은 작가들이 등장하면서 젊음은 다시금 문제적인 화두로 떠오른다. 이 시기의 젊은이들은 민주주의 혁명을 통해 개인의 자율성과 이를 인준하고 보장하는 결사체를 숙의하는 정치적 각성을 경험하게 되며, 한편으로는 사회의 급속한 성장과 발전이 개인의 발전과 역량 추구와 과연 조화를 이룰 수 있는 것인가와 같은 답하기 어려운 질문을 던졌다. 최인훈을 비롯해 당시에 문학을 시작했던 4·19세대 작가들은 이러한 경험과 질문을 구체적인 삶과 세계에 대한 비전으로 담아낼 새로운 문화(문학)의 형식을 고안해냈다. 젊음을 새롭고도 문제적인 방식으로 형상화한 교양소설이 그것이었다.

이 책에서 주요하게 다룰 최인훈(1936~), 김승옥(1941~), 박태순(1942~), 김원일(1942~), 이동하(1942~)는 모두 4·19 혁명의 직간접적인 충격과

6　그러한 문학적 사례의 하나로 황순원의 장편소설 『나무들 비탈에 서다』(1960)를 들 수 있다. 황순원, 『인간접목/나무들 비탈에 서다』, 문학과지성사, 1999 참조 이 소설은 6·25 전쟁에서 살아남은 젊은 제대군인들이 전쟁에 대한 심리적 외상을 극복하지 못하고 몰락해가는 비극적인 과정을 담담하게 재현한다. 6·25 전쟁에 대한 심리적 외상은 너무도 직접적이어서 황순원 소설에서 젊음은 재현되자마자 파괴되고 만다. 젊음은 외상을 봉합하는 서사적 통합을 달성하기에 역부족인 것이다. 이에 비해 4·19세대 교양소설 작가들에게 6·25 전쟁은 황순원 소설과 마찬가지로 재현되지만, 그것은 황순원 소설의 작중인물들이 경험했던 것에 비해서는 전면적이지는 않은 유년시절의 기억으로 남아 있다. 유년의 기억에 억눌린 심리적 외상은 '원초적 장면'(primal scene)을 구성하는 방식으로나마 서사를 형성하는 데는 성공하지만, 젊은 작가들의 무의식을 다양하게 지배한다.

더불어 본격적인 작품 활동을 시작하거나 그 당시에 막 대학생활을 시작했던 젊은 남성 작가들이다.[7] 우선, 비평가 김현의 표현을 빌리면 "50년대에 속해 있으면서도 사실상 60년대의 작가·평론가들과 더욱 밀접한 혈연관계를 갖고 있는" "65년대 작가들의 정신적 선배"[8]이기도 한 최인훈은 『광장』(1961)의 「작가의 말」에서 '빛나는 사월이 가져온 공화국에 사는 작가의 보람'을 이야기하고 있다. 또한 『회색인』(연재 당시의 제목은 『회색의 의자』, 1963~1964)은 한국의 제3세계적 모더니티에 대한 비판의식을 실향민인 젊은 주인공의 자기각성으로 형상화한다. 김승옥은 대학 1학년 당시 4·19 혁명을 겪었으며, 소설에서 '감수성의 혁명'[9]을 불러일으킨 60년대 작가로 익히 알려져 있다. 김승옥의 『환상수첩』(1962)과 『내가 훔친 여름』(1967)은 60년대적 모더니티의 경험이 가져다준 환멸의 체험을 각각 귀향과 여행이라는 경로를 통해 참회에 가까운 젊음의 고백으로 발산하는 교양소설들이다. 그리고 박태순과 김원일, 이동하는 공교롭게도 젊은이의 자기형성을 문제적으로 취급한 교양소설로 본격적인 작품 활동을 시작한 작가들이다. 박태순의

7 이 책에서 다루는 작가들은 불가피하게도 젊은 남성 작가들이다. 1960년대에는 강신재, 박경리와 같은 여성 작가들의 교양소설도 적지 않게 발표되었다. 그러나 4·19세대이거나 그 또래의 여성 작가들은 남성 작가들보다 많지 않았고, 그들의 교양소설은 더더욱 없었다. 그 가운데서 오춘자(필명 오지영, 1941~)의 『현대문학』 장편소설 당선작인 『돌아오지 않는 강』(1969)은 부기해둘 만하다. 이 소설은 친구인 젊은 두 인텔리 여성 주인공이 각기 사랑에서 결혼에 이르는 이야기로, 동시대의 사랑과 결혼이라는 풍속의 한 단면을 재현한 작품이다. 그러나 『돌아오지 않는 강』은 아무래도 교양소설보다는 연애소설 또는 풍속소설로 읽힌다. 그럼에도 젊은 인텔리 여성 인물들이 취업, 사랑, 결혼 앞에서 느끼는 좌절과 불안, 일탈과 희망은 그 자체로 숙고할 만한 내용이다. 1963년에 신춘문예로 등단한 오춘자의 소설에 대해서는 아직까지도 본격적인 연구가 제출되지 않았다. 오춘자의 소설과 그녀의 소설에 재현된 여성과 젊음 등의 주제는 별도의 연구과제로 남겨두고자 한다.
8 김현, 「1968년의 작가상황」, 『사상계』, 1968. 12, 137쪽.
9 유종호, 「감수성의 혁명」(1966), 『비순수의 선언』, 민음사, 1995.

『형성』(1966)은 기성의 가치가 제공해주는 삶의 형식을 완강히 거절하면서도 한편으로는 자신의 이상을 펼치지 못하는 젊은이가 자기에 대한 환멸과 자조(自嘲)를 속물이라는 어휘로 반추한 작가의 중편 데뷔작이다. 그리고『낮에 나온 반달』(1969~1970) 역시 진정성 어린 한 젊음이 모더니티의 수도인 서울의 이곳저곳을 편력하면서 반동적인 세계와의 불화, 모순의 경험을 표현하는 교양소설이다. 김원일과 이동하는 1967년 당시,『현대문학』장편소설 신인상에 응모해 각각 가작과 당선작을 수상한 신세대 작가들이었다. 김원일의『어둠의 축제』는 밤이 되면 재즈클럽에 모여들어 불안정하고도 충동적인 젊음을 발산하고 우정을 나누는 등 젊음의 고뇌와 방황을 형상화한 교양소설이며, 예술가소설의 전신(前身)에 가까운 이동하의『우울한 귀향』은 서울의 도시생활에 환멸을 느낀 대학생이 고향으로 내려가 자신의 어두운 유년기를 반추하며 자전적 소설을 써내려가는 교양소설이다.

그런데 위의 교양소설들은 제목에서부터도 젊음의 자기표현이라는 이미지가 비교적 뚜렷하게 반영되어 있어서 흥미롭다. '광장'은 젊은 주인공이 삶에 대한 문제적인 도전의식을 펼칠 공적인 공간에 대한 은유이다. '회색인'은 명시적인 가치체계의 어느 쪽에도 귀속하지 못하고 흔들리는 젊음의 불확실성뿐만 아니라, 현실의 가치체계에 대한 비판적인 독립성을 확보하겠다는 고독한 자기의식의 결단을 표상하는 어휘이다. '환상수첩'은 젊음이 경험한 도시의 대학생활이 하나의 뼈저린 환상에 지나지 않았음을 깨닫는 환멸의 기록이다. '내가 훔친 여름'에서 주인공이 여행으로 경험한 여름날의 어느 한때와 사건에 대한 인상은 '여름'이라는 어휘가 환기하는 것처럼 청춘의 이미지를 담고 있다. 그리고 '형성'은 교양소설이라는 개념에서 교양(Bildung)이 함축하는바, 젊음의 자기형성이라는 의미를 가장 상징적으로 표현하는 제목이라고 할 수 있겠다. '낮에 나온 반달' 역시 반동의 시대와 어울리지 않는

14

젊음에 대한 비유형상이다. 한편 '어둠의 축제'는 정치적 자유를 체험한 젊음의 자기 충족적이고도 감각적인 향락의 의식(儀式)을 표상한 제목이다. '우울한 귀향'은 서울에서 겪었던 환멸스럽고도 우울한 젊음의 경험을 귀향이라는 반성의 여로를 통해 추체험하는 의미를 내포한 제목이다. 일련의 소설제목에서 환기되는 것처럼, 4·19세대 작가들 상당수는 젊음을 문제적인 것으로 부각시키고 이것을 형상화하는 데서 작품 활동을 시작했던 것이다.

1960년대 4·19세대 작가들의 교양소설을 연구하는 이 책이 제기하는 질문들은 다음과 같다. 첫째, 당시의 젊은 남성 작가들에게 젊음을 그토록 문제적이고 중요하게 형상화하도록 만든 정치경제적·문화적 원인과 결정인자는 무엇이었으며, 이른바 세대론 등을 통해 젊음은 어떠한 방식으로 스스로를 호출하고 있는가. 둘째, 왜 그들은 특별히 교양소설이라는 유럽의 근대소설 형식을 참조하고 경유해 젊음을 문제적인 서사로 표현하기에 이르렀던 것일까. 셋째, 1960년대 한국 교양소설은 서구 교양소설의 형식과 유사하면서도 변별되는 장르적 특징을 어떠한 방식으로 구축했는가. 넷째, 1960년대 한국 교양소설에 재현된 각양각색의 젊음에서 드러나는 모더니티의 특징은 무엇인가.

1960년대 4·19세대 작가들의 교양소설을 연구하는 일은 앞서의 질문을 만들어내고 그에 대한 유력한 답변을 마련함으로써 4·19 혁명 그리고 5·16 군사쿠데타 및 개발독재의 정치경제적 토대에서 출현해 이후에 전개될 한국 소설장르의 한 양상을 검토한다는 데서 의미 있는 작업이다. 또한 이러한 작업은 한편으로는 역사의 격렬한 부침과 소동 속에서도 삶을 살 만한 가치가 있는 목적(telos)으로 간주하고 현실에서 비롯되는 무수한 고통과 결핍과 좌절 속에서도 자유와 정의 그리고 평등과 같은 모더니티의 보편적인 가치를 꿈꾸고, 추구하며, 실현시키려다가 좌절한 젊음의 특수하고도 역사적인 의미를 탐구한다는 데서도 의의가 있는 것이다.

2. 교양과 교양소설

그동안 한국 교양소설에 대한 연구[10]는 그리 많지 않았을뿐더러, 비록 있다고 하더라도 주로 젊음 그 자체의 특성에 주목하기보다는 한 개인의 성장과 형성과정에 초점을 맞춰 개별 작품들에 대한 분석에서 도출한 결과를 소설사에 자리매김하는 방식으로 이루어졌다. 그러다보니 몇몇 연구는 엄밀한 개념 정립을 뒤로한 채 교양소설보다도 성장소설이라는 용어를 일반적으로 더 많이 썼으며, 이로 인해 어린아이나 젊은이가 성장통으로 겪는 인생의 한 국면에 대한 시적 비전의 체험 또는 세계와의 갈등과 화해에 보다 더 많은 초점을 맞추게 되었다. 또한 교양소설을 모더니티의 다양한 체험과 연관시키는 것이 아니라, 이니시에이션 소설과 전통적인 탐색담 등과 혼란스럽게 뒤섞어버림으로써 장르적이며 역사적 특질을 애매모호하게 만들었으며, 교양소설이 취할 수 있는 단편소설과 장편소설의 형식에 대한 유형구분도 제대로 고려하지 않았다. 그뿐만 아니라 bildungsroman의 역어로 교양소설이 적합한 것인지, 성장소설이 어울릴 것인지에 대한 장르 시학적·철학적 논의도 별반 없었다.

교양소설에 대한 기존의 여러 연구들 가운데 이 책에서 중요하다고 판단하는 요소들은 다음과 같다. 첫째, 교양소설이라는 개념의 장르적 정립과 관련된 것이다. 그것은 bildungsroman을 교양소설 또는 성장소설

10 대표적으로는 남미영, 「한국 현대 성장소설 연구」, 숙명여대 박사논문, 1991, 최현주, 「한국 현대 성장소설의 서사시학 연구」, 전남대학교 박사논문, 1999, 나병철의 『가족로망스와 성장소설』, 문예출판사, 2007 등이 있다.

등으로 번역할 것인가에 대한 문제이기도 하다. 둘째, 교양소설이 한국의 사회적·문화적 맥락에서 과연 출현이 가능한가, 가능하다면 그것은 어떻게 가능한가이다. 셋째, 1960년대 한국 교양소설이 특별한 서사적 형식으로 출현하도록 했던 정치사회적 담론은 무엇이며, 서사와 담론의 상관관계는 무엇인가 하는 것이다. 이러한 문제들을 보다 자세히 밝히기 위해서라도 bildungsroman의 번역어인 교양소설에 대한 개념정의는 필수 불가결하겠다.

교양소설은 발전소설(Entwicklungsroman), 교육소설(Erziehungsroman), 예술가소설(künstlerroman), 성장소설(formation novel), 입사소설(initiation story) 등 인접 소설장르와의 독특한 친연성과 장르적인 경쟁은 물론 교양개념 자체의 다의성 때문에 정의내리기가 매우 어려운 유령과도 같은 소설장르이다.[11] 그렇지만 그 유령적인 특성으로 인해 교양소설에 대한 정의와 개념화는 지속적으로 생산되어왔다. 교양소설에 대한 최초의 정의는 프리드리히 폰 블랑켄부르크가 1774년에 발표한 『소설시론』에서 간접적으로 엿보인다고 할 수 있다. 블랑켄부르크가 빌란트의 소설 『아가톤 이야기』(1767)를 근거로 삼아서 교양소설에 대해 내리는 최초의 정의는 이러하다. "모든 소설의 확고부동한 목적이 주인공의 교양형성과 성격형성으로 여겨졌기 때문에 실제로 일종의 교양소설이 소설시학의 규범으로 높게 평가되었던 것이다."[12] 블랑켄부르크는 이후에도 교양소설을 또다시 정의한다. "어느 소설이 주인공의 교양을 처음, 경과, 그리고 특정단계의 완성에까지 묘사하고 있다면, 우리는 소재적

---

11 Marc Redfield, "The Phantom Bildungsroman", *Phantom Formation: Aesthetic Ideology and the Bildungsroman*, Cornell University Press, 1996.

12 롤프 제프만, 「성장소설의 개념」, 진상범 옮김, 이보영 외 3인, 『성장소설이란 무엇인가』, 청예원, 1996, 46쪽에서 인용. 개념의 일관성을 유지하기 위해 이 책 본문의 성장소설이라는 용어는 bildungsroman의 번역어인 교양소설로 바꾼다.

이유를 들어 우선 그 소설을 교양소설이라고 불러도 좋을 것이다. 또한 어떤 소설이 그러한 묘사를 통하여 독자의 교양을 다른 종류의 소설보다 더 폭넓게 고양시킨다면 그 소설 역시 교양소설이라 불러도 좋을 것이다."13 블랑켄부르크의 정의에서 중요하게 취급되는 것은 어디까지나 주인공의 자기완성이라는 소재와 독자들에게 교양을 고양시킨다는 교훈적 목적이다.

한편으로 널리 알려져 있을 뿐만 아니라 교양소설에 대해 직관적으로 떠오를 법한 정의 가운데 하나는 빌헬름 딜타이가 『체험과 문학』(1906)에서 내린 것이다. 교양소설에 대한 딜타이의 정의에서 블랑켄부르크의 그것보다 의미심장한 부분은 교양소설의 주인공을 특별히 '젊은이'로 규정하는 대목이다.

> 『빌헬름 마이스터』로부터 시작된 교양소설들은 지난날의 젊은이를 묘사한다. 즉 어떻게 그 젊은이가 행복한 여명기에서 인생에 발을 디뎌 자기와 비슷한 영혼을 찾아 우정과 사랑을 맺게 되는지를, 그러나 다른 한편 그가 어떻게 세상의 냉혹한 현실과 투쟁하면서 다양한 삶을 체험하는 가운데 성숙해 나가며 자신을 발견하여 이 세상에서의 자신의 사명을 확신해 가는가를 서술하는 것이다. 이처럼 교양소설은 개인생활의 관심 영역으로 제한된 한 문화의 개인주의를 표현한다.14

교양소설에 대한 딜타이의 정의에서 교양소설의 주인공이 '젊은이'라는 사실과 함께 주목해서 봐야 할 것은 교양소설에서 삶과 세계가 맺고 있는 특수한 형식이다. 딜타이는 다른 곳에서 문학의 핵심은 "삶의

---

13 롤프 제프만, 「성장소설의 개념」, 『성장소설이란 무엇인가』, 51~52쪽에서 인용.
14 후베르트 오를로프스키, 『독일 교양소설과 허위의식』, 이덕형 옮김, 형설출판사, 1996, 213쪽에서 인용.

전반적 연계",[15] 유기체를 닮은 조화와 연결이라고 말한다. 딜타이 문학론의 핵심은 사상이나 관념으로 환원되지 않는 '삶체험'(Lebensefahrung)이며, 이 삶체험의 예술적·언어적 형식이 문학이다. 딜타이가 문학이라고 명명할 때, 그가 특별하게 관심을 갖는 문학 장르가 작가에 대한 전기나 작가 자신의 자서전 그리고 젊은 주인공의 삶체험이 세계와 맺고 있는 '연계'를 탐사하는 교양소설이라는 것은 잘 알려져 있다. 여기서 '연계'(連繫, Zusammenhang)는 다른 말로 삶에 대한 반성적인 '형성과정'[16]이다. 딜타이에 의하면 문학에서 플롯, 주인공의 행위 그리고 인물은 별도로 독립되거나 분열된 것이 아니라, 서로가 서로에게 유기적으로 긴밀하게 결부되는 연계의 형식으로 완성되어야 한다.

내가 체험하거나 체험할 수 있는 모든 것은 '연계나 체계'를 구성한다. 삶은 순서대로 시작하고 끝나는 구조적인 체계 속에서 모든 것이 연결되는 하나의 과정이다. 관찰자에게 삶이 자체로 완결된 정체성으로 보이는 것은 이 과정이 일어나고 있는 몸이 같기 때문이다. 동시에 유기체인 몸의 모든 부분이 통일성, 연결성, 자기동일성을 지닌 삶체험에 의해 하나의 의식 속에서 다른 부분과 '연결된다'는 독특한 사실에 주목함으로써 삶은 유기체의 발생, 성장, 쇠퇴, 죽음과 반드시 대비되어야만 한다.[17]

'젊음'과 '연계'로 대표되는 교양소설에 대한 딜타이의 정의는 교양소설의 주인공에서 추출할 수 있는 젊음의 속성이 어떻게 자신뿐만 아니라

15 빌헬름 딜타이, 『문학과 체험』, 김병욱·송기섭 외 2인 옮김, 우리문학사, 1991, 53쪽.
16 "형성과정은 심적인 삶의 전반적 연계로 지정된다. 그리고 그것은 또한 지각, 재현, 이들의 연계가 야기하는 구성소의 내적 변형을 포함한다." 빌헬름 딜타이, 『문학과 체험』, 53쪽.
17 빌헬름 딜타이, 『문학과 체험』, 263~64쪽.

다른 삶 그리고 세계와 부단한 연계를 맺게 할 것인가에 대한 고려가 얼마나 중요한지를 강조하고 있다. 괴테의 『빌헬름 마이스터의 수업시대』(1796)와 같은 고전적인 교양소설에 어울릴 법한 딜타이의 정의는 물론 독일의 특수한 문화적·문학적 산물이다. 딜타이도 지적하고 있듯이 고전적 교양소설에서 중요한 것은 어디까지나 한 개인이 사회적 성숙으로 나아가기 직전까지의 젊음의 체험이다. 제후국가로 난립해 있던 18~19세기 독일의 시민계급 형성기의 고전적 교양소설은 개인생활의 영역으로 제한된 '문화적 개인주의'의 문학적 표현이었다. 관료주의와 군사제도로 형상화된 국가는 젊은 작가들에게 낯선 폭력 그 자체로 여겨졌고 그래서 보다 사적인 피난처에서 교양소설은 일종의 문화적 위안으로 여겨졌던 것이다. 여기서 교양소설은 프랑코 모레티가 『세상의 이치』에서 말한 것처럼, 그 장르적·주제적 특성상 "개인의 자기결정"과 "사회화의 요구"[18]라는 이중 과제의 조화로운 합치 또는 분열을 내포하게 된다.

확실히 고전적 교양소설에 대한 딜타이류의 정의는 후자, 즉 개인의 자기결정과 사회화의 요구 사이의 갈등과 분열에 대한 고려가 많지 않다. 후베르트 오를로프스키는 딜타이가 참조하고 정의한 고전적인 독일 교양소설과 교양소설론을 비판하면서 주인공인 젊은이가 사회적 삶에 대해 정신적인 준비를 마치고 진출하기 직전에 끝을 맺는 교양소설의 형식적·내용적 구조에서 "교양소설의 순응미학"을 발견한다. 다시 말하면 사회화의 직접적인 과정 앞에서 머뭇거리거나 거기에서 종결을 맺는 "교양소설의 주인공"은 "문학적 미학적 의미에서만 주체일 뿐 사회적 정치적 과정에 있어서는 객체에 불과하다"[19]는 것이다. 그러나

··
18 프랑코 모레티, 『세상의 이치』, 44쪽.
19 후베르트 오를로프스키, 『독일 교양소설과 허위의식』, 235~36쪽.

이러한 비판의 타당성은 인정하더라도 이 책에서 보다 중요한 것은 개인의 자기결정의 이상과 사회화의 요구가 조화로운 성숙을 맞이하는가, 대립과 분열을 낳는가에 대한 절합(articulation)의 양상을 세심하게 살피는 작업이다.

젊음은 부단한 자기 확장과 이동, 기존의 것에 대한 끝없는 부정과 혁신, 발전과 성장에 대한 무한한 욕망으로 특징지어진다는 데서 모더니티의 영구혁명적 특징을 공유한다. 그러나 젊음은 모더니티의 영구혁명적 속성과는 별도로 한시적이고 일회적이라는 특징도 갖고 있다. 젊음의 무정형성만으로는 교양소설은 만들어질 수 없다. 부단한 유동성과 이동성 때문에 젊음은 재현되자마자 파괴될 위험이 크기 때문이다. 젊음이 반드시 영원하지 않다는 일시성 때문에 교양소설은 젊음을 하나의 형식으로 취급할 수 있었다. 다른 맥락에서 젊음은 에릭 H. 에릭슨의 말을 빌리면, 일종의 "심리사회적 유예기간"[20]이다. 젊음은 특유의 신체적·심리적 성장과 성숙에 따른 변화, 자신이 이상적으로 생각하는 '이상적 자아'와 사회적 초자아의 모델인 '자아 이상' 간의 갈등, 아이덴티티의 획득에 따른 혼란과정, 사회적 요구에 대한 저항과 타협 등에 이르기까지 인생의 다른 어떤 단계들보다 다양한 변화와 충돌로 특징지어진다. 에릭슨은 이러한 과정을 '청춘화'(adolescing)라고 부르며, '아이덴티티의 위기'가 발생하는 청춘화의 국면을 인생의 다른 시기와는 별도로 그 자체로 고찰해야 할 필요가 있다고 말한다. 에릭슨의 자아심리학적인 설명은 단계론적이지만, 교양소설에서 젊음의 독특성, 즉 젊음의 일시성과 유예의 특징을 설명하는 데 유용하다.

20 심리사회적 유예기간은 "젊은 성인이 자유로운 역할실험을 통하여 그의 사회의 어떤 부분에서 확고하게 정의되었으나 한편으로는 그를 위하여 독특하게 준비된 것 같이 보이는 적소를 발견할 수 있는" 청년기를 뜻한다. 에릭 H. 에릭슨, 『아이덴티티』, 조대경 옮김, 삼성출판사, 1990, 325쪽.

교양소설은 교양소설이 문제적으로 취급하는 젊음 또한 언제든 끝날 수밖에 없음을 소설의 특별한 형식으로 고려하지 않을 수 없는 소설장르이다. 교양소설이 다양한 형태로 제작되면서 역사적인 소설장르로 성립할 수 있었던 것은 젊음이 모더니티에 부합하는 속성 못지않게 모더니티와 갈등을 일으키면서 그것을 배반할 소지가 다분했기 때문이기도 하다. 아래의 설명에 의하면 교양소설의 젊음은 모더니티와 함께하면서도 모더니티의 이율배반을 폭로하는 특징을 갖고 있으며, 나아가 근대문학의 선험적 조건을 결정짓는다.

젊음의 속성이 굳어진 기성의 것을 해체하려 한다면, 근대사회가 형성되면서 새롭게 기성질서로 굳어지는 관습과 권력들에 대한 젊음의 대응은 우호적일 수는 없을 것이기 때문이다. 역시 근대화가 진행되는 가운데 지배질서로 형성되는 부르주아 사회와 그 세계관은 문학의 새로운 적이 된다. 젊음은 이제 스스로를 중심으로 부각시켰던 바로 그 사회의 진전에 따라 오히려 억제당하고 따라서 그 진전에 저항하는 역사적 운명을 받아들이게 되었다. 근대문학의 모순적인 상황은 바로 여기에서 생겨난다. 문학은 근대사회를 형성하는 중심적인 힘이면서 동시에 근대를 해체하려는 충동으로 존재하게 되는 것이다. 그리하여 근대와 더불어 사회적 의미를 띠게 된 젊음의 도전성도 두 모습을 띠게 된다. 한편으로 그것은 근대성의 구현에 동참하면서 다른 한편으로 그 해체를 꿈꾼다.[21]

그러나 젊음이 모더니티에 대항하는 창조적인 모반과 자기갱신을 언제나 가능하게 만들지는 않는다. 젊음과 모더니티의 유비관계에서

21   윤지관, 「젊음의 정치학」, 『실천문학』, 1995년 봄호, 309쪽.

젊음은 모더니티의 일정한 요구를 거슬러 그것을 배반할 뿐만 아니라, 모더니티가 특별히 사회화의 요구로 다가올 때 거기에 영합하기도 할 것이다. 부단한 생성과 변화를 지향하는 영구혁명으로서의 젊음이 있다면, 모더니티의 영구혁명에 대해 부정적으로 반응하는 젊음도 얼마든지 있을 수 있다. 젊음의 생성과 변화는 더 나은 것을 향한 목적과 지향의 특징을 갖고 있지만 그 자체로는 모순과 갈등의 생생한 경험이다. 젊음은 자기 자신에게 충실한 그만큼 자신을 배반한다. 젊음은 '자기기만'(mauvaise foi)에 언제든 노출될 수 있는 것이다. 그뿐만 아니라, 자기기만 그 자체가 젊음의 속성이 되기도 한다. 젊음의 자기기만은 마냥 기각되어야 하는 부정적인 속성이 아니라 의식과 행위 사이의 이율배반과 모순의 경험으로 취급할 필요가 있다.

한편으로 영구혁명으로서의 젊음과 한시적 속성을 가진 젊음이 부딪치는 데서 오는 모순 그리고 개인의 자기결정과 사회화의 요구 사이가 충돌하는 데서 비롯되는 갈등은 교양소설에서 종결의 형식에 대한 요구로 나타난다. 프랑코 모레티는 유리 로트만의 텍스트 형식에 관한 연구에 힘입어 18세기에서 19세기에 이르는 유럽 교양소설이 결말을 맺는 두 가지 중요한 유형을 주조한다.

첫째는 '분류'(classification)의 원칙으로, 이 원칙이 우세한 교양소설은 이야기가 스스로를 억압하고 특정한 목적에 부합하면서 종결을 향해 나아가는 특성을 지니고 있다. "즉 사건들은 하나의 결말, 오로지 하나의 결말을 향해 갈 때에만 의미를 획득한다."[22] 그리고 '분류'가 지배적인 경우 교양소설에서 문제적인 젊음은 최종적으로 성숙이라는 관념에 종속된다. 이야기는 결말로 나아갈수록 안정적인 것이 되고, 주인공은 정체성을 획득하며, 결혼이나 취업과 같은 사회화의 요구와 마침내

22 프랑코 모레티, 『세상의 이치』, 33쪽.

통합된다.

둘째는 '변형'(transformation)의 원칙으로, 이 원칙이 우세한 교양소설에서는 부단하게 생성되고 변화무쌍한 이야기는 닫힌 결말을 거부한다. 이야기는 급격한 외부적 사건의 발생, 주인공의 급작스러운 죽음 등을 포함해 다소 느닷없고도 어색한 결말로 끝을 맺는 경우가 상당하다. '변형'이 현저한 교양소설에서 젊음은 성숙이나 사회화 과정으로 흡수되지 않고, 오히려 그것을 적극적으로 배반하며, 그러기 위해서 자신의 정체성마저 저버린다. 이러한 교양소설에서 젊음은 젊음의 역동성과 변화무쌍한 속성, 영구혁명의 특질을 어떤 방식으로든 유지하려고 하는 특징을 갖게 된다.

분류와 변형의 원칙은 고전적 교양소설에서 20세기의 교양소설에 이르기까지 전반적으로 타당하게 적용된다. 그런데 변형의 플롯에서 파생되는 한 가지 사항을 더 고려해야 한다. 그것은 프랑코 모레티가 20세기 유럽 교양소설에 대해 특별히 '교양중편'(Bildungsnovelle)이라고 이름 붙였던 소설형식이다.

교양중편은 변형의 플롯이 압도적인 서구의 20세기 교양소설의 양식적 특징으로, "단편소설의 '운명적인 순간'이 지니는 상징적인 명료함과 소설의 '삶 전체'가 지닌 경험적 다양성을 결합하기 위해서, 변주의 원칙에 입각해 구축된 이야기"[23]라는 형식적·내용적 특성을 지니고 있다. 교양중편의 속성은 1960년대 한국 교양소설 텍스트의 형식과 많은 면에서 부합한다. 모레티가 덧붙인 것처럼 후기 교양소설의 한 유형인 교양중편이라는 소설적 실험의 한복판에 놓여 있는 것은 '외상'(trauma)이다. 개인의 역량으로 해결할 수 없는 비개인적 제도의 압도적인 증가와 폭력의 경험, 주체가 자율적으로 추구하고 습득하려는

23 프랑코 모레티, 『세상의 이치』, 423쪽.

교양 대신에 집단화된 방식으로 주입되는 교육과 훈육, 기성사회의 에토스와 습속이 부과하는 강제적인 의례는 삶의 다양성과 통합 대신에 자아를 자기 내부로 움츠러들게 만드는 외상을 증가시킨다. 외상은 교양소설의 새롭고도 핵심적인 반(反)경험으로 재구성된다.[24] 교양중편 이라는 소설적 실험을 염두에 두고 말해보면, 1960년대 4·19세대 작가 들의 교양소설 또는 교양중편에는 유년시절에 겪었던 전쟁과 죽음, 이산과 망명, 가난과 질병 등 도무지 어찌해볼 도리가 없는 전후사회에 대한 현실체험 등이 외상으로 깊숙이 자리 잡고 있는 것이다. 이 작가들 은 시대의 외상으로부터 벗어나기 위한 방편으로 문학을 선택하며, 기성의 타락한 가치들과 변별되는 젊음의 특수성을 어느 때보다 강하게 내세우게 된다. 4·19 혁명이라는 사건과 그 여파가 희미하더라도 분명 한 중심으로 이들의 소설에 자리 잡고 있는 것도 그 때문이다. 1960년대 한국 교양소설은 세계로의 입사와 사회화에 대한 적극적 수용이라는 분류의 원칙보다는 일탈과 방황, 미결정이라는 변형의 원칙이 현저한 교양중편의 특징을 갖고 있다. 이제 1960년대에 한국 교양소설이 어떤 방식으로 정의될 수 있는가를 살펴보겠다.

Bildungsroman의 번역어로서 '교양소설'이라는 용어는 4·19세대 작 가들의 교양소설이 발표되던 시기에도 여기저기서 심심찮게 사용되고 있었다. 어떻게 보면 bildungsroman에 대한 번역어로 '교양소설'이 '성장 소설'보다도 선호되었고 또 앞서 있다고 할 수도 있다. 『어둠의 축제』의 1985년판 작가 후기에서 김원일은 자신의 소설이 "토마스 만의 『펠릭스 크룰의 고백』의 번역문투가 내 젊은 시절의 객기와 어울어져 만들어진 작품"[25]이라고 적고 있다. 『펠릭스 크룰의 고백』은 1958년에 국내에

24 프랑코 모레티, 『세상의 이치』, 421쪽.
25 김원일, 「작가의 말」, 『어둠의 축제 외』, 중앙일보사, 1986, 283쪽.

번역된 토마스 만의 패러디적인 교양소설로, 역자인 강두식은 이 소설을 소개하면서 특별히 토마스 만의 소설들을 "교양소설"로 명명하고 있다. 이러한 명명을 통해서도 알 수 있듯이 이미 1950년대 후반부터 bildungsroman을 교양소설로 번역한 전례가 있었다.[26] 한편으로 괴테의 교양소설인 『빌헬름 마이스터의 수업시대』에 대한 1963년의 한 논문은 bildungsroman을 교양소설로 옮기면서 다음과 같이 덧붙이고 있다. 『빌헬름 마이스터의 수업시대』는 저자인 괴테 "자신의 인간적 성장과 더불어 연극적 사명 대신에 인격의 조화적 완성이라는 보다 높은 광범한 시야가 요청되었다. (중략) 즉 수업시대는 연극사명 이상 가는 교양소설이다."[27] 한 '인간의 성장'과 '인격의 조화적 완성'이라는 고전적 교양소설의 이념이 여기에서도 언급되고 있다. 또한 같은 해에 평론가 곽종원은 1950년대 전후(戰後) 문학의 병적이면서도 비정상적인 인물유형의 만연을 비판하면서 극히 평범하고 교육적인 시민형 인간이 소설에서 출현하기를 고대하며 '교양소설'이라는 용어를 사용하고 있다. 그는 토마스 만의 교양소설 『마의 산』(1923)을 주로 언급하면서 독자대중에게 끼칠 교육적 효과의 측면에서 교양소설을 정의내리고 있다.[28] 물론 이 당시(1963)에는 교양소설 이외에도 성장소설이라는 용어도 쓰이고 있었다. 예를 들면 최인훈의 『회색인』(1963~64)에는 '성장소설'이라는 용어가 등장한다. 이때 '성장소설'은 『회색인』에서 소년시절의 독고준이 읽는 『플란더즈의 개』, 『집 없는 아이』, 『강철은 어떻게 단련되었는가』처럼 소년의 성장담을 재현하고 있는 소설을 일컫는 용어이다.

26 토마스 만, 『펠릭스 크룰의 고백 외』, 강두식 옮김, 동아출판사, 1958, 11쪽.

27 김정진, 「GOETHE와 SCHILLER의 문학교류」, 『독일문학논고』 제2집, 성균관대학교 독어독문학회, 1963, 15쪽.

28 곽종원, 「교양소설에 대하여」, 『청파문학』 제3호, 숙명여자대학교 국어국문학회, 1963, 143쪽.

그런데 Bildungsroman에 대한 번역어로 교양소설이라는 용어가 성장소설보다 앞서서 자주 출현했다고 하더라도 bildungsroman이라는 용어에 내재되고 축적된 역사적 의미가 '교양소설'이라는 번역어에 그대로 탑재되는 것은 아니다. bildungsroman을 염두에 두고 한국 성장소설의 발생적 조건을 탐사하는 김병익의 논의는 이러한 난점에 주목하고 있다는 점에서 매우 중요하다. "성장소설이 가능하기 위해서는 첫째로 사회적 자아 못지않은 비중으로 개인적 자아가 성립되고 허용되는 문화체계가 있어야 한다는 것, 둘째로 두 자아 간의 갈등이 내성적인 각성으로 지양되어야 한다는 것, 셋째로 특히 그것이 <성장>소설의 범주보다 <교양>소설의 이름으로 불리우기 위해서는 그 사회의 문화가 보편적 이념을 명백하게 표명하고 있고 그에 대한 개인의 선호가 이루어져야 한다는 것 등이 전제되어야 한다."[29] 김병익에 따르면, 동시대 문화의 보편적 이념에 부합하는 개인의 출현이 '교양소설'을 가능하게 하는 문화적 원동력이다. 물론 그의 정의는 『빌헬름 마이스터의 수업시대』와 같은 고전적 교양소설의 이념에 부합하는 사례이다. 김병익은 글의 대단원에서 한국 교양소설이 출현하기 위한 조건 또는 그것이 불가능한 여덟 가지 이유를 다음과 같이 제시한다.

1) 우리에게는 개인적·내면적 성장과 발전을 유도 또는 의식케 할 문화 요소가 희박하다. 2) 그처럼 개인적 성장을 가로막은 것은 국가적 비극과 명분주의적 유교 체계였다. 3) 따라서 개인의 각성은 밖으로부터 주어진 충격으로 이루어진다. 4) 그러므로 자아의 각성은 문화적 내면적 형태로서가 아니라 사건적·외형적 형태로 이루어진다. 5) 그것은 소년기 세계의 아름다움과 성인 세계의 추함과 단절, 대비된다. 이것은 곧 현재에

29 김병익, 「성장소설의 문화적 의미」, 『지성과 문학』, 문학과지성사, 1982, 145쪽.

대한 부정적 인식을 유도한다. 6) 때문에 현재에 긍정될 수 있는 문화 가치가 없을뿐더러 그것을 비판할 기존 체계도 갖고 있지 못하다. 7) 그것은 개인의 각성이 보편적 이념으로 확장될 가능성을 제거하고 여전히 개인주의적 주관적 결단으로만 멈추게 한다. 8) 이런 현상은 아마도 문화의 전통, 정통과의 단절을 뜻하며 문화적 자부심을 시사한다.[30]

그러나 한국의 문화적 맥락에서 유럽식의 교양소설이 출현하기에 부적합하다는 판정은 오히려 1960년대 한국에서 교양소설이 출현할 수 있었던 가능성으로 고쳐 읽을 수 있다.『문학과 지성』그룹의 문학비평가로서 김병익 자신이 60년대 문학에서 개인성의 문제에 천착한 비평 작업을 지속적으로 담당해왔던 것을 상기해본다면, 위의 진술은 더더욱 1960년대 한국의 문화적·문학적인 맥락에서 교양소설이 출현할 수밖에 없었던 이유를 간접적으로 시사해준다고 할 수 있겠다. 예를 들면 김병익은 1960년대 문학의 발생론적 조건을 이야기하면서 6·25 전쟁의 "폐허에서 자기의 존재상황을 발견하는 새로운 세대가 우선 착수할 일은 자신과 자기의 위치를 확인하고 그 관계를 다시 검토하는 개인의 인식과 상황의 분석"[31]이라고 말하고 있다. 김승옥 등의 소설에서 엿보이는 것처럼 자기의식을 가진 주체적 개인의 출현이야말로『문학과 지성』그룹이 말하는 1960년대의 문학의 주요한 문학적 성과라면, 김병익의 진술은 1960년대에 젊음의 형성과정을 문제적으로 재현하는 교양소설이 출현할 수밖에 없는 조건과 토대를 오히려 잘 환기하고 있다.

한편으로 이보영 또한 Bildungsroman을 '성장소설'로 번역하는 경우에는 시민적 문화형성과 시민적 교양을 내포하고 있는 culture 고유의

---

30 김병익,「성장소설의 문화적 의미」,『지성과 문학』, 159~60쪽.
31 김병익,「60년대 문학의 가능성」,『현대한국문학의 이론』, 민음사, 1972, 276~78쪽.

의미[32]가 잘 드러나지 않는다고 말한다. 이러한 요인이 번역어로서의 '성장소설'이 주는 난점이라는 것이다.[33] 그런데 여기서 bildungsroman 에서 보통 '교양'으로 번역되곤 하는 Bildung이 '번역'의 운동과 긴밀하게 관련되어 있다는 다음의 설명은 매우 중요해 보인다.

> 왜냐하면 번역의 운동은 자기 혹은 동일자(알려진 것, 평범한 것,
> 친숙한 것)에서 출발하여, 낯선 것 혹은 타자(미지의 것, 비범한 것,
> 친숙하지 않은 것)를 향해 가는 것이고, 이러한 경험을 통해 자신의
> 출발점으로 다시 되돌아오는 것이기 때문이다. (중략) 이러한 순환적이
> 고 주기적이며 왕복적인 빌둥은 그 내부에 자기를 넘어서서 스스로를
> 위치시키는 것(Über-setzung)으로서의 번역(translation)적인 요소를 담
> 고 있다. 낯선 것은 매개적 기능을 수행하므로 번역도 빌둥의 형성
> 인자 중 하나가 될 수 있다.[34]

Bildung은 Bild의 뜻이 그러한 것처럼 하나의 이미지(像)이다. 또한 bildung은 운동의 개념이기도 하다. bildung은 '본보기'(典型, Vorbild)이며, '본보기의 재현'(模像, Nachbild)인 것이다.[35] 헤겔이 『정신현상학』 (1806)에서 말한 것처럼, bildung에서 "정신의 국면에서 빚어지는 분열을 표현하는 언어야말로 자기의식의 형성으로서의 교양의 세계 전체를

••
32 형성으로서의 문화, 인간성의 전면적 완성으로서의 교양에 대한 개념은 매슈 아널
    드, 『교양과 무질서』, 윤지관 옮김, 한길사, 2006. 그리고 여건종, 「형성으로서의
    문화」, 『문학동네』, 2000년 여름호도 참조할 것.
33 이보영, 「성장소설의 중요성」, 『성장소설이란 무엇인가』, 6쪽.
34 앙트완 베르만, 「빌둥과 번역의 요구」, 『낯선 것으로부터 오는 시련』, 이향·윤성우
    옮김, 철학과현실사, 2009, 93~95쪽.
35 앙트완 베르만, 「빌둥과 번역의 요구」, 『낯선 것으로부터 오는 시련』, 98쪽. 그리고
    한스-게오르크 가다머, 『진리와 방법』 1, 이길우 외 2인 옮김, 문학동네, 2000,
    45쪽.

포괄하는 완전한 언어이며 또한 그 속에서 참으로 살아 움직이는 정신이 기도 한 것이다."[36] bildung은 언어뿐만 아니라 서사로 전환할 잠재적 가능성도 포함하고 있다. "동일자가 스스로에 이르는 길로서의 빌둥, 경험으로서의 빌둥은 하나의 소설과 같은 형식을 띤다."[37] 이러한 맥락에서 볼 때 젊음이 자기의 내적 갈등과 분열을 언어화하고 서사화하는 교양서사를 교양체험이 다소 누락된 듯한 뉘앙스를 갖는 성장소설보다 교양체험을 어떤 방식으로든 모색하고 탐구하려는 교양소설로 명명하고 정의하는 것은 타당하다. 황종연이 김병익의 논의를 비판적으로 계승하면서 지적하는 것처럼, bildung의 서사적 경험은 유럽 교양소설의 출발점인 독일의 고전적 교양소설과 같은 특정한 역사적·문화적 모델을 대전제로 하는 것이 아니라, 각각의 역사와 문화의 특수성에 따라 상이한 조건 속에서 지속적으로 생산되고 있음을 염두에 두어야 한다. 황종연에 따르면 "한국소설이 특수한 역사적 경험과 문화적 조건 속에서 개인의 자기 성장을 문제화하는 방식에 주목하고 그것의 맥락을 그것대로 존중하여 이해할 필요가" 있다. 그리하여 "인간 성장을 왜곡하는 온갖 결핍과 제약에도 불구하고 개인의 자기 초월적 모험을 이야기하려는 정열이 한국소설에 부단히 생성되고 있으며, 그로부터 또한 한국소설 전체에 중요한 현안들이 도출되고 있다는 것을 확인"[38]하는 실제적인 작업이 더 중요해져야 마땅한 것이다.

36   G. W. F. 헤겔, 『정신현상학』 2, 임석진 옮김, 지식산업사, 1988, 637쪽.
37   앙트완 베르만, 「빌둥과 번역의 요구」, 『낯선 것으로부터 오는 시련』, 91쪽.
38   황종연, 「편모슬하, 혹은 성장의 고행」, 『비루한 것의 카니발』, 문학동네, 2001, 37쪽.

2. 길 떠나는 젊음의 이야기

1. 혁명과 쿠데타, 발전과 젊음의 변증법

모더니티의 '거대한 전환'(great transformation)[1]이라고 할 수 있는 4·
19 혁명과 5·16 군사 쿠데타는 1960년대 신세대 작가의 교양소설에서
젊음의 자기 경험을 구성하는 계기가 되는 상징적인 사건들로 해석할

●●
1   칼 폴라니, 『거대한 전환: 우리시대의 정치·경제적 기원』, 홍기빈 옮김, 길, 2010.
    특히 1장 「백년 평화」, 93~133쪽 참조. 이 책에서 '거대한 전환'으로 부르는 것은
    칼 폴라니의 '거대한 전환'이라는 개념에서 따온 것이다. 원래 폴라니가 말하는
    '거대한 전환'은 19세기 말 유럽에 불어닥친 정치사회적 대격변의 기원으로, 구체적
    으로는 영국의 산업혁명에 따른 자기조정 시장경제의 출현을 지칭하고 있지만,
    그것이 19세기와 20세기의 유럽의 정치와 경제 등에 미친 영향과 효과를 두루
    아우른다는 점에서 '거대한 전환'은 보다 일반적으로 '모더니티의 전환'과도 일맥상
    통한다고 할 수 있겠다. 이 책에서는 '거대한 전환'이라는 표현을 1960년대의 정치·
    경제적 모더니티 혁명과 그에 따른 부수효과들을 보다 유연하게 통칭하는 것으로
    활용하고자 한다. 김병익 또한 1960년대 문학의 의의를 설명하면서 '거대한 전환'이
    라는 개념을 비유적으로 사용하고 있다. "6·25의 폐물을 제거하기 위해 4·19가
    의식적이고 희망사항으로 내부에서 발발되듯, 학생데모에 참가했던 60년대 작가들
    은 전 10년대의 문학적 화석(化石)에 대한 도전에서 출발한다. 경악에서 감성으로,
    체험에서 언어로, 물리적 현상에서 자의식으로, 실존주의에서 시민의식으로, 역사
    의식에서 세대의식으로 거대한 전환이 시작된 것이다." 김병익, 「60년대 문학의
    위치」, 『사상계』, 1969. 12, 215쪽.

수 있다. 혁명과 쿠데타는 그것을 긍정하든 부정하든, 그것이 혁명이든 혁명을 참칭하든 간에 영원한 활력과 생성이라는 영구혁명으로서 젊음의 양가적인 이미지를 뚜렷하게 부각시켰다. 또한 혁명과 쿠데타는 지배담론과 서사로 구체화되든, 그에 대한 대항담론과 서사로 구축되든 간에 서로 길항하고 갈등하고 중첩되면서 역사를 형성했다. 4·19 혁명과 5·16 군사쿠데타에서 추출할 수 있는 모더니티의 원체험이 그 시기의 교양소설이라는 특수한 소설적 형식에 우회적으로 각인되거나 부정되는 방식으로 형상화된다고 말하는 것은 가능하다. 따라서 1960년대에 본격적인 작품 활동을 시작했던 4·19세대 작가들의 교양소설을 연구한다는 것은 교양소설이라는 서사의 형식을 가능하게 만든 한국의 모더니티 체험 즉 민주주의의 정치적 각성과 삶의 진보에 대한 믿음이 '저발전의 발전'(development of underdevelopment), 압축성장, 동원된 근대화와 결합되는 양상을 밝혀내는 일과 상관이 있다. 그뿐만 아니라 그것은 1960년대 이후에 전개되는 한국소설사에서 다양한 방식으로 출현하는 교양소설의 형식을 예고하고 배태하는 출발점을 밝힌다는 데서 그 의의가 있다.

4·19 혁명과 5·16 군사쿠데타는 서로를 대립적인 것으로 파악하든 하나를 다른 하나의 연장으로 파악하든, 둘 사이의 공통점을 부각시키든 한국인들의 모더니티 경험에서 중요한 벡터를 형성한다. 아래로부터의 혁명사와 민중사적인 관점에서 볼 때 "4·19 이후의 역사는 4월 혁명을 계속 추진하려는 세력과 그것을 저지하는 세력과의 투쟁의 역사" 즉 "4·19 이후의 역사는 4월 혁명의 철저화와 그것에 대한 반혁명의 역사"로 보통 이해된다.[2] 그런데 "4·19 혁명의 '의거'와 5·16 군사쿠데타의 '거사'는 분단사회의 야누스적 표정"이라는 관점은 4·19 혁명을

··
2   박태순·김동춘, 『1960년대의 사회운동』, 까치, 1991, 110쪽.

민족적 주체성과 정통성을 강조하는 영구혁명·정신혁명으로 보는 입장과, 5·16 군사쿠데타를 동원된 근대화로 인한 경제적·물질적 변혁이라 보는 입장을 이분법으로 나눌 수 있는 여지를 남긴다.[3] 4·19 혁명과 5·16 군사쿠데타를 대립시키는 이러한 관점은 혁명과 반혁명의 역사적 대립, 아래로부터의 민중혁명과 위로부터의 관제혁명, 자유와 빵이라는 은유적 대립 등 매우 다양한 변주를 낳게 된다. 혁명에 따른 자유에의 열망과 그것의 변질(타락)의 서사로 각각 4·19 혁명과 5·16 군사쿠데타를 규정하려는 논의 또한 비슷한 관점에서 파생된 것이다. 하지만 이러한 이분법적 관점은 박정희가 5·16 군사쿠데타를 '혁명'으로 규정하고 전유하는 행위와 경제적 발전에 주력한 결과를 긍정하는 입장과도 결국 만나지 않을 수 없게 된다. 그것은 무엇보다 박정희 자신이 그러했듯이 5·16 혁명담론과 서사를 4·19 혁명의 발전적인 연장이자 4·19 혁명이 열어놓은 미완의 모더니티에 대한 완성태로서의 의의를 부각시키는 입장과 불가피하게 연결될 수밖에 없다.[4]

물론 '조국근대화'를 어떤 식으로든 성취했기 때문에 박정희 정권의

3 박태순·김동춘, 『1960년대의 사회운동』, 137쪽. 이러한 이분법에 대해 의문을 던지는 권보드래의 다음과 같은 진술은 이 책의 맥락에서 꽤 중요하다. "4·19가 4·19로 끝나지 않고 5·16에 의해 폭력적으로 중단되었다는 인식, 그것은 5·16의 '빵'에 대한 도덕적 단죄의 편향을 고조시켰고 '자유'의 정신주의를 정당해왔다." 권보드래, 「4·19는 왜 기적이 되지 못했나?」, 권보드래·천정환, 『1960년을 묻다: 박정희 시대의 문화정치와 지성』, 천년의상상, 2012, 60쪽.

4 "1960년 이후의 역사는 4·19의 좌절을 '비료로만 삼아온 5·16의 전개과정'이었다고 해도 좋을 것이다." 박태순·김동춘, 『1960년대의 사회운동』, 302쪽. 박태순과 김동춘의 이러한 관점이 전도된 형태, 뒤집힌 거울상이 바로 박정희와 박정희 체제가 구상하고 실행한 모더니티의 서사라고 할 수 있다. 앞으로 보겠지만, 4·19 혁명의 서사를 혁명적 기원으로부터 멀어지는 타락의 서사로 보는 이러한 관점과 『국가와 혁명과 나』(1963)와 같은 자서전에서 박정희가 잘 보여주는 것처럼 혁명이라는 기원을 정초 짓기 위해 기존의 역사를 타락과 파국으로 간주하는 서사적 시도는 1960년대 이후의 역사를 형성하는 방식에서 일종의 '서사적 경합'을 이루는 주요한 대당(counterpart, 對當)이다.

정당성을 승인하자는 이야기를 하려는 것은 결코 아니다. 그보다는 모더니티에 내포된 영구혁명의 성격과 발전주의적인 측면 두 가지를 함께 고려하고 그것이 분절되는 방식을 이해하자는 것이다. 4·19 혁명의 영구혁명적인 성격 및 그것을 담론화하고 서사화하는 청년 세대의 전략과 더불어 5·16 군사쿠데타와 박정희 체제의 근간을 이루는 발전주의적 특징 또한 모더니티의 상징적 형식인 젊음의 엄연한 속성임을 놓쳐서는 안 될 것이다. 나아가 모더니티의 영구혁명과 발전주의는 무수히 갈등하면서 교차하고 반목하며 길항한다는 것도 염두에 두어야 한다. 현재의 한국사회의 변화와 모순, 역동성과 정체를 거슬러 올라가 만나게 되는 1960년대의 시작(beginning)에 위치한 혁명과 쿠데타는 "대립인 동시에 통일"이며, "전치되거나 상호침투하며 사태를 과잉결정"하고 때로는 "대립물로 극적으로 전환"하는 변증법적인 측면5에서 바라볼 필요가 있다.

청년 세대의 본격적인 자기주장과 스스로를 특권화하는 양상과 관련 지어 말해보자면, 4·19 혁명은 "청년 세대의 혁신 능력을 한국사회가 최초로 인정하게 된 계기"인 동시에, "정치와 사회, 문화의 영역에 이르기까지 이전의 질서를 재구축할 수 있는 존재로 스스로를 규정한 최초의 청년 세대가 등장하게 된 계기"였다.6 나아가 그것은 영구혁명적인 측면과 관련지어서도 독재와 부패, 부정선거로 상징되는 이승만정권의 형식상 민주주의와 법치주의의 '표준과 규범'을 효력 정지시키는 하나의 사건, 오히려 그러한 표준과 규범을 가능하게 만드는 '절대적 현재'이기도 했다.7

5   권보드래·천정환, 「1960년대는 우리에게 무엇인가」, 『1960년을 묻다』, 9쪽.
6   김미란, 「4·19 혁명의 정치적 상상력과 개인 서사」, 『겨레어문학』 제35집, 겨레어문학회, 2005, 177쪽. 김미란, 「김승옥 문학의 개인화 전략과 젠더」, 연세대학교 박사논문, 2005, 49쪽, 73쪽.

한편으로 5·16 군사쿠데타는, 쿠데타를 일으킨 군인들을 '청년'이라
고 호명하고 쿠데타를 '혁명'이라고 부르는 것에서도 알 수 있는 것처럼,
4·19 혁명의 의장(擬裝)이자 적극적인 패러디의 역할을 수행한다. 실제
로 5·16 군사쿠데타가 무엇보다도 박정희의 말처럼 민주주의를 위해
제2공화국의 민주주의의 헌정과 의회체제를 중지시킨, 즉 민주주의를
위해 민주주의를 중지시킨 초헌법적 사건이었음은 그 당시의 조그만
에피소드를 통해서도 잘 드러난다. 5·16 군사쿠데타가 일어난 지 2주
후에 출간된 책으로, 바이마르의 헌법체계를 나치의 제3제국에 맞게
수정한 독일의 공법학자인 칼 슈미트의『정치의 개념』(1927)을 번역한
윤근식은 쿠데타를 암시하면서 최근의 민주주의는 정치적인 것의 본질
인 동지와 적의 개념을 근본적으로 재고한다고 썼다.[8] 슈미트의 논리를
적용하자면, 4·19 혁명과 5·16 군사쿠데타는 '합법성과 정당성'(Legalität
und Legitimität)[9]의 측면에서 분석할 수 있다. 전자는 법치주의적인 민주

----

7   김항,「알레고리로서의 4·19와 5·19」,『상허학보』제30집, 상허학회, 2010, 197쪽.

8   칼 슈미트·한스 크루파,『정치의 개념』, 윤근식 옮김, 법문사, 1961, 3-4쪽. "민주주
    의는 인류가 받은 보편적인 복음인 듯한 느낌을 준다. 그러나 동태적인 면에서
    볼 때 민주주의의 앞길은 그리 평탄한 것이 못된다. 바닷가에 흩어져 있는 소라껍질
    과 같이 실질 없는 제도만의 민주주의는 언제나 그 속에서 민주주의를 부인하는
    제요소가 싹트기 때문이다. 이것이 곧 전체주의 나아가서는 독재에로의 변질을
    초래한다."(3쪽) 윤근식은 슈미트의 책이 "우리나라의 현실분석과 현실해명, 나아가
    서는 우리나라 민주주의 확립에 대한 시사를 던져줄 수 있으리라 믿는다."(4쪽)면서
    역자서문을 마무리하고 있다.

9   칼 슈미트,『합법성과 정당성』, 김도균 옮김, 길, 2016 참조. 합법성은 만일 어떤
    것이 법집행의 결과라면 그 정당성도 확보된다는 논리이다. 이때 합법성은 정당성이
    다. 의회주의, 법치주의국가는 바로 합법성=정당성의 느슨한 일원론적 법체계에
    의해 작동되는 국가이다. 그렇다면 정당성은 무엇인가. 정당성은 특정한 개인이나
    공동체가 수행한 정치적 행위가 민심으로서, 일반의지로서 올바르다는 것을 뜻한다.
    나아가 헌법과 법률이 민중의 일반의지에서 궁극적으로 도출되어야 한다는 것이다.
    합법성에서 정당성이 도출되는 것이 아니라, 정당성에서 합법성이 도출되어야 한다
    는 것이다. 이것이 슈미트가 합법성에서 정당성을 도출하는 의회주의, 법치주의에
    반대하여 정당성에서 합법성이 도출되어야 한다고 주장하는 인민주권론이고 제헌

주의의 '표준과 규범'을 중지시킨 혁명적인 예외상태인 동시에 민주주의의 새로운 표준과 규범 또는 의회주의적인 합법성의 체계와 혁명적 정당성을 수립하기 위한 사건이었다. 반면에 후자는 1963년 12월의 대통령선거를 통해 박정희 정권의 탄생으로 법치주의적이고도 의회주의적인 합법성을 소급적으로 인정받았다고 하더라도, 혁명을 참칭하는 등 쿠데타의 정당성 측면에서는 끊임없는 논란을 불러일으킬 사건이었다. 1972년의 유신헌법은 5·16 군사쿠데타의 반복으로 한국적 민주주의를 표방하고 의회주의를 또다시 넘어서려는 정당성의 초헌법적 표출이었다. 그리고 그것은 부분적으로는 의회주의를 승인했음에도 불구하고 비상계엄이라는 예외상태를 선포하면서 박정희가 독재자로 그 모습을 드러내게 된 사건이었다.[10] 그럼에도 5·16 군사쿠데타를 정당성의 측면에서 승인하게 하고 대중이 지속적으로 지지하도록 만든 것은 박정희가 5·16 군사쿠데타를 4·19 혁명의 발전적인 지향으로 간주하되, 4·19

권력이며, 혁명과 독재의 정당성은 모두 여기서 비롯된다. 예를 들면 기존의 통치체제에 대한 반발에서 비롯된 인민혁명은 당시에는 불법으로 매도되더라도 최종적인 정당성을 승인받을 뿐만 아니라 사후적으로 합법성으로도 인정되는 것이다. 쿠데타의 정당성에 대한 박정희의 옹호는 바로 그것이 4·19 혁명을 경제적인 발전이라는 형태를 통해 계승하고 완성했다는 주장에서 비롯된다.

10 황병주는 다음과 같이 다소 다르게 말하지만, 유신독재의 정당화는 다만 의회를 해산하고 폐지하는 수준에서만 이루어지는 것은 아니다. "유신헌법은 슈미트의 논의에 전적으로 기반한 것도 아니었다. 유신헌법은 의회주의를 완전히 폐지하지는 못했으며 독재를 공공연하게 주장하지도 못했다. 그러나 권력 정당화의 주요한 이론적 자원이 슈미트로부터 나왔다는 것은 분명했다." 황병주, 「박정희 체제의 지배담론: 근대화 담론을 중심으로」, 한양대학교 박사논문, 2008, 298쪽. 그러나 예를 들면 통일주체국민회의라는 초헌법적 국가기관은 의회에 의해 대표되는 인민주권과 대중의 직접적인 지지라는 인민주권의 대표성이라는 이중권력 또는 이중대표를 박정희에게로 단일하게 수렴시켰다는 데서 독재적이다. 굳이 말하자면, 박정희의 유신헌법과 비상계엄선포는 주권독재와 입헌독재가 뒤섞인 것(통일주체국민회의라는 간선기관의 입헌독재 과정을 통해 주권독재를 실행한 것)이라고 보는 편이 옳다.

혁명의 미완의 과제이자 대안으로 일종의 경제혁명을 주창하고 실행한 것에 있었다. 적어도 이러한 요인들이 5·16 군사쿠데타와 박정희의 등장을 정당성의 측면에서 인정하려는 논리와 정서가 4·19 혁명 직후 혁명지지자들에게서도 표출되었던 이유이기도 했다.

이처럼 박정희 체제의 '혁명'은 이승만 체제로 인해 타락한 국가를 재건하고, 빈곤으로부터 인민을 해방하겠다고 공헌하면서 "발전주의적 감수성"을 대중적으로 확산시키는 결정적인 계기가 된다.[11] 이것이 국가가 혁명을 내세우면서 위로부터의 계몽을 강력하게 추동하는 개발동원체제로서의 박정희 체제[12]가 가진 '발전'(development) 개념의 특수성이었다. '발전'이 모더니티의 핵심적인 개념이라는 것은 익히 잘 알려진 사실이다. "모더니티의 경제적 과정과 문화적 비전을 매개하는 중간항은 '발전이라는 개념'이다. 발전은 자본주의적 세계시장의 등장으로 박차를 가하게 된 사회의 거대한 객관적 변화들, 본질적으로 경제적인 발전을 의미한다. 그러나 다른 한편으론 발전은 이러한 거대한 충격으로 개인적인 삶과 인격에 발생하는 중요한 주체상의 변화를 지칭한다. 즉 인간 능력의 고양이나 인간 경험의 확장으로서의, 자아발전이라는 관념 속에 내포된 모든 것을 지칭하는 것이다."[13]

11 황병주, 「박정희 체제의 지배담론」, 138쪽.

12 조희연, 『동원된 근대화: 박정희 개발동원체제의 정치사회적 이중성』, 후마니타스, 2010, 9쪽.

13 페리 앤더슨, 「근대성과 혁명」, 김영희·유재덕 옮김, 『창작과비평』, 1993년 여름호, 338쪽. 근대의 서구문학에서 이러한 이중의 발전을 육화한 근대적 인물의 원형은 괴테가 형상화한 파우스트이다. 파우스트는 자아 발전의 문화적 이상과 경제 발전이라는 두 가지 비전이 "동시에 나타나야만 하고 또 하나로 종합되어야만 한다고 믿었"던 근대적 개인의 원형이다. 마샬 버만, 「괴테의 『파우스트』: 발전의 비극」, 『현대성의 경험』, 윤호병·이만식 옮김, 현대미학사, 1998, 45쪽. 그뿐만 아니라 파우스트는 모더니티의 변증법, 즉 더 많고도 지속적인 창조와 혁신을 위해 기존의 것을 부단히 파괴할 수밖에 없는 근대인과 근대의 사회정치적 체제를 움직이는 동력과 변증법을 육화한 인물이기도 하다. 파우스트는 개발자이다. "그는 파괴자와

그런데 5·16 군사쿠데타와 1963년 합법적 집권 이후 박정희 체제에서 지속적으로 내세우고 실천한 '발전'은 '경제적인 발전'을 중심으로 하되, 인간경험의 확장이나 인간능력의 고양과 같은 자아의 자율적 성장이나 발전과는 거리가 멀다. 박정희 체제에서 발전 개념은 기본적으로 "후손들의 번영과 행복을 위해 현세대의 희생과 노력을 통해 근대화"[14]를 달성하는 것이다. 그것은 정체와 후진으로 상징되는 과거의 시간을 현재에 복구하고 만회하려는 노력이었다. 시간은 속도와의 싸움을 의미했으며, 이를 위해서 개인은 어디까지나 공동체의 일원, 한 계기로 존재하는 것이어야 했다. 민족의 번영이 곧 개인의 번영이었으며, 개인의 특수한 자아발전과 자율에 대한 추구는 후손들과 더 나은 내일을 위해 당장은 지양되어야 하는 것으로 존재해야만 했다.[15]

그 예로 박정희가 자서전인 『국가와 혁명과 나』(1963)에 수록한 자작시는 그가 생각하던 발전이라는 개념이 어떠한 특징을 갖고 있는지를 단적으로 보여준다. "땀을 흘려라!/돌아가는 기계 소리를/노래로 듣고/2등 객차에/프랑스 시집을 읽는/소녀야./나는, 고운/네/손이 밉더라."[16] 박정희에게는 '돌아가는 기계 소리'를 '노래'로 들으면서 '땀을

··

창조자의 합성인, 즉 우리 시대에는 '개발자'라고 부르게 된 암울하면서도 굉장히 애매모호한 인물이 될 것이다."(74쪽) 물론 이러한 논의는 박정희를 파우스트처럼 개발의 신화를 구현한 인물로 그대로 등치시키거나 성급하게 동일시하기 위해 제시한 것은 아니다. 그러나 조국근대화라는 발전과 성장의 국가적 로망스를 제시한 박정희와 같은 인물을 이해하기 위해서는 개발자로서의 파우스트에 대한 이해와 참조가 필요하다. 앤더슨의 「근대성과 혁명」은 버만의 『현대성의 경험』에 대해 비판적으로 쓴 서평이지만, 발전에 대한 두 필자의 견해는 거의 근사하다고 할 수 있겠다. 버만과 앤더슨의 '발전' 개념에 대한 상세하고도 유용한 논평으로는 황종연, 「모더니즘의 망령을 찾아서」, 『비루한 것의 카니발』, 362~66쪽 참조.

14 황병주, 「박정희 체제의 지배담론」, 138쪽.
15 황병주, 「박정희 체제의 지배담론」, 152~154쪽.
16 박정희, 「국가와 혁명과 나」(1963), 『하면 된다! 떨쳐 일어나자』, 동서문화사, 2005, 405쪽. 앞으로 이 글을 인용할 경우, 본문에 쪽수를 표시한다.

흘'리는 행위가 '소녀'의 '고운' '손'으로 '프랑스 시집을 읽는' 것보다 훨씬 중요하다. "무릇 인간 생활에 있어 경제는 정치나 문화에 앞서는 것이다."(217쪽)라고 말했듯이 박정희에게 발전은 오로지 경제적 관념에 입각한 것이다. 박정희 식의 발전은 4·19 혁명을 통해 가능성이 열린 정치적 주체, 문화적 자아의 발전과 길항하는 것이 아니라, 그것을 무시하거나 억압하는 쪽으로 향한다. 박정희가 말하는 '자주'(自主), 즉 스스로 주인 됨이라는 주체성 또한 '자주 경제'라는 관념으로 흡수되어 버린다. "1961년 5월 이전 본인으로 하여금 혁명을 거사케 한 직접적인 주요 목표가 바로 이것이었다. 자주! 그것은 오직 자주 경제 이외에 잡을 그물이 없는 것이다."(221쪽) 박정희에게 젊음은 조국근대화와 국가발전을 위한 산업예비군을 육성하는 것과 밀접한 관련을 맺는다. 또한 박정희에게 산업예비군의 노동이란 '프랑스 시집을 읽는/소녀'를 배제하는 것이기도 하다. 개인의 발전이란 그 개인이 남성적인 의미에서의 노동을 수행할 산업역군의 구성인자일 경우에 한해서 그 의의를 획득한다.

박정희 개인의 회고와 견해가 가장 많이 반영되어 있다고 여겨지는 자서전 『국가와 혁명과 나』는 1960년대 교양소설에서 젊음을 서사화하는 상징적 방식을 다르게 가늠해볼 수 있는 흥미로운 텍스트이다. 『국가와 혁명과 나』는 5·16 군사쿠데타의 정당성을 확보하고 선점하기 위해 4·19 혁명과 서사적인 경합을 벌인 극적인 사례이다. 박정희가 5·16 군사쿠데타를 혁명이라고 규정짓고 그것을 "4·19 학생혁명의 연장"(250쪽)으로 정당화하는 서사적 전술을 고안할 때 흥미로운 점은 그가 가장 많이 동원하는 어휘가 '파국'(파멸)과 '청춘'(청년)이라는 것이다. 이 두 어휘는 각각 끝과 시작, 또는 시작과 끝이라는 고리로 맞물리면서 하나의 서사적 체계를 완성한다. "불안한 정치 정세와 각박한 경제 사정 등으로 사회 여러 상황은 한마디로 말해서 내일 없는 파국 전야라

할 수 있었다."(253쪽) 이승만 정권의 부패한 장기독재 16년을 진단하는 데 등장하는 '파국'이라는 어휘는 나아가 한반도 수천 년의 역사를 파국과 타락에서 구원을 열망하는 수난사로 재구성하고, 5·16 군사쿠데타를 새로운 역사가 개시하는 구원사의 기원으로 전유하려는 이데올로기적 수사이자 책략이다. 박정희는 과거를 몰락할 파국으로, 쿠데타를 구원의 혁명으로, 혁명을 인생으로, 쿠데타 집행자들을 '청춘'으로 지칭한다.

> 또한 우리는 혁명을 달리 우리의 인생에 비할 수도 있다. 아버지의 노고는 아버지의 향락을 위하려는 당대 위주가 아니고, 솔직히 사랑하는 자녀를 위하는 데 있듯이, 혁명은 당시 사회의 안정이기보다는 내일의 사회를 위하는 것이다. 그러기 때문에 혁명을 맞은 당대는 그만큼 고생을 지불하지 않을 도리가 없다. 자녀를 위하기보다 우선 자신이 잘살아야겠다는 부모가 있겠는가. (중략) 혁명을 괴롭다 하고 당장의 쾌락을 추구한 나머지 자녀들로 하여금 우리가 겪은 그대로의 고난을 물려준다면 참으로 오늘날의 우리 부모들은 크나큰 죄를 지었다 하지 않을 수가 없을 것이다. 억만금을 물려준다 한들 후세 사회가 온전하지 못하다고 한다면, 결국 그 자산이 무슨 힘이 되겠는가. 혁명은 이같이 오늘보다 내일을 위하여 제기되는 윤리에 있다.(353쪽)

인용문에 잘 드러나는 것처럼, 박정희 자신이 무언중에 혁명과 삶, 역사를 동일시하고 있다. 그가 혁명을 인생, 즉 인생의 특정단계에 비유할 때, 젊음은 그 맨 앞자리를 당당히 차지하면서 담론 투쟁과 서사적 경합에서 우위를 차지하려는 전술적 용어로 변신한다. 예를 들어 박정희가 "4·19 혁명을 대낮의 공사(公事)에 비하고 5·16 혁명을 밤의 거사에 비유하는" 것에 맞서 "5·16 혁명"이 일어났던 시각을 밤이 아닌 "새벽"으로 규정하려고 하거나, 군사쿠데타를 주도했던 장교들을 '청춘'으로 호명하는 행위는 꽤 흥미롭다. "30대의 청춘을 민족에 걸고 오직 한 나라의 운명을 바로잡으려던 저들 모습 뒤에는 사랑하는 아내와 아들, 딸, 그리고 나이 많은 부모가 계시지 않는가. 아니, 인생의 꽃으로 아직 열매조차 맺지 않은 청춘이었다."(256쪽) 아마도 "우리 한국은 20대의 청년이다"(402쪽)라는 단적인 진술은 5·16 군사쿠데타와 이후의 조국 근대화의 담론과 실천에 내포된 개발독재 모더니티의 상징적 성격을 예고하는 것이라 말할 수 있다. 그런데 박정희가 호명하는 청춘에 함축된 젊음은 자아의 발전과 인간경험의 확장을 도모하면서도 그것을 현재가 아니라 미래에 투사하고 국가를 위해 사회와 개인을 지양하는 성격을 지닌다는 점에서 문제적이다.

그렇다면 박정희와 같은 개발독재의 영웅이 호명하는 젊음과 4·19 혁명을 통해 스스로를 정당화하는 젊음의 관계, 그 차이와 동일성은 무엇인가? 이 질문에 대한 답변을 마련하기 위해서는 헤겔의 교양개념을 참조하면서 약간 우회할 필요가 있다. 헤겔이 말한 것처럼, 교양은 권력과 부(富), 국가 및 사회와 대립하고 그것을 부정하려는 '비천한 의식'(Niederträchtiges Bewußtsein)이 수행하는 자기 전개의 변증법이다. 그러나 '비천한 의식'은 '고귀한 의식'(Edelmütiges Bewußtsein), 즉 국가권력과 사회적 부를 획득하려는 적극적인 열망과 동일시의 과정을 부정적으로 매개하지 않을 수 없다. 한마디로 비천한 의식은 거꾸로 서 있는 고귀한 의식이다. 헤겔은 교양체험의 자기전개 과정의 중요한 계기로 "영웅적 정신"에 대해 언급하는데, '영웅적 정신'은 자신이 비천한 의식임을 대자적으로 깨닫는 고귀한 의식이다. 헤겔에 따르면 '영웅적 정신'은 "개인의 존재를 전체를 위해 희생하는 덕성이며, 또한 소유나 향유를 스스로 포기하면서 오직 권력만을 위해서 행동하는 가운데 자기실현을 기하는 인격"[17]이다. 이것은 어떻게 보면 박정희가 구상했던 모더니티에 내포된 젊음의 측면과 상당히 부합한다고 하겠다.

박정희에 따르면, "국가가 잘 되는 것은 결국은 내가 잘 되는 것이며, 민족이 잘 되는 것도 결국은 내가 잘 되는 것이며, 국가를 위해서 내가 희생을 하고 봉사를 하는 것은 크게 따지면 내 개인을 위해서 봉사하는 것이고, 우리 자손을 위해서 희생하는 것"[18]이다. 그러나 국가권력과 부의 성취를 개인의 발전에 대한 무조건적 희생이 아닌 개인의 발전에 대한 정당화로 나타나게 하려면 모종의 타협책이 필요하다. 그것은 '영웅적 정신'에 어느 정도 내포된 것으로, 비천한 의식을 대자적으로 지양하면서 고귀한 의식으로 상승하려는 '사회적 이동성'(social mobility)을 정당화하는 출세주의이다. "국가적 출세와 개인적 출세, 이 두 가지 층위를 갖는 개발연대의 추억은 '나라의 융성이 나의 발전의 근본임을 깨달아'야만 했던 국민의 교육용으로 제격이었다."[19]

그렇기에 박정희 체제의 슬로건인 '발전'은 서구 부르주아 사회처럼 경제적인 발전과 개인의 발전이 충돌하면서 빚어내는 모순을 아이러니하게 체현했다기보다는 경제적인 발전을 위해 개인의 발전을 일방적으로 희생시키거나 경제적인 발전을 개인의 당위적인 발전으로 합리화하려는 특징을 띠고 있다. 저발전의 발전이라는 제3세계적 특수성과 역사성을 동시에 지니는 박정희 시대의 '동원된 근대화'의 발전은 시간적으로는 미래를 위해 현재를 희생하면서 그 희생을 정당화하는 압축성장의 특징을 갖고 있는 한편으로, 공간적으로는 이러한 압축성장이 자본주의적 생산관계의 중심지인 도시와 노동력과 원자재를 공급하는 시골(지방) 등의 지역적 양상에 따라 재배치되고 착종되는 불균등발전의 특징

17 G. W. F. 헤겔, 『정신현상학』 2, 619쪽.

18 박정희, 「연두 기자회견」, 『연설문집』 3(1967. 7~1971. 6), 대통령비서실, 1973, 686~87쪽. 황병주, 「박정희 체제의 지배담론」, 181쪽에서 인용.

19 황병주, 「박정희와 근대적 출세 욕망」, 『역사비평』, 2009년 겨울호, 258쪽. 박정희의 개인적 이력에서 출세의 욕망과 기회주의를 분석한 전기로는 전인권, 『박정희 평전』, 이학사, 2006 참조.

을 내포한다. 이처럼 '동원된 근대화'로서의 발전이 가진 시공간적 경험의 편차와 낙차는 1960년대 한국 교양소설에서 젊음의 모더니티 체험에 결정적으로 작용한다. 도시의 모더니티 체험은 빠른 이동성으로 체감되는 발전의 시간과 정치적 반동의 시간적 편차와 혼융 그리고 개발의 중심부와 저개발의 주변부라는 공간적 낙차에 대한 인지와 감각으로 재구성된다.

이러한 모더니티 체험은 도시와 시골의 변증법적 관계에서도 마찬가지로 중요하다. 주로 시골에서의 상경을 통해 근대화된 삶에 대한 기대와 열망으로 특징지어지는 도시의 모더니티 체험은 만일 젊음이 그에 도달하지 못하거나 제대로 부응하지 않는 한 소외와 환멸의 경험으로 전환되며, 그러한 좌절의 경험은 도시에서 시골로의 귀향을 추동하는 원인이 된다. 또한 도시에 비해 느린 지속과 저개발로 특징지어지는 시골에서의 경험은 도시에서 좌절되고 실패한 경험이 연장된 음화(陰畵)로 그려지거나 도시적 모더니티의 경험에 대한 부정적인 대당으로 긍정되는 등 분화와 차이를 다양하게 내포한다. 따라서 고도의 압축성장과 저개발의 모더니티 사이의 현저한 편차와 낙차를 경험하는 젊음은 환상에서 환멸로, 기대에서 체념으로, 열정에서 냉소로 그 몸짓을 바꾸며, 가능성보다는 가능성의 소진, 분투와 열정보다는 때 이른 피로와 조로의 표정을 짓게 된다.[20]

이러한 발전 개념에 입각한 '동원된 근대화'에 비해 4·19 혁명에서 비롯된 청년들의 경험은 개인의 자율성 및 자기경험의 확장이나 고양과 같은 특성으로 부각된다. 그렇다고 4·19 혁명에서 비롯된 젊음의 자기 고양과 5·16 군사쿠데타에서 비롯되는 근대화에 대한 요구, 발전에의

---

20 1960년대 한국소설의 작중인물에게 나타나는 조로의 표정과 그 원인에 대해서는 김영찬, 「혁명, 언어, 젊음: 4·19의 불가능성과 4·19세대 문학」, 『한국학논집』 제51집, 계명대학교 한국학연구소, 2013, 24~28쪽 참조.

욕망이 반드시 대립되거나 차별되는 것만은 아니라는 것에도 유의할 필요가 있겠다. 그것들은 때로는 서로 충돌하기도 하지만, 모더니티의 두 층위 또는 계기로 서로를 보충하거나 필요로 하는 관계일 수도 있다.[21] '조국근대화', '동원된 근대화'라는 1960년대적인 발전 개념에 대해 이 시대의 교양소설에서 엿보이는 젊음의 가치평가는 비천한 의식이 수행하는바, 부정적인 만큼이나 그에 대해 판단을 유보하거나 중지하는 쪽도 적지 않다. 1960년대 문학에 내포된 젊음의 정치적 무의식은 4·19 혁명만큼이나 5·16 군사쿠데타와 박정희 정권의 등장이 조국근대화라는 발전 논리와 어떠한 방식으로 조우하며, 또 그에 대해 어떻게 대응했는가에 따라 가늠해야 할 것이다.

2. 1960년대 문학의 '정치적 무의식'과 젊음

잘 알려진 것처럼, "1960년대 문학은 4·19와 5·16, 한국전쟁, 개발과 근대화, 교육과 문화 환경의 변화 등 여러 사회경제적 요인은 물론이고 그와 함께 문학 내부에서의 (비)연속적 변화 등이 거기에 겹쳐지면서 만들어진 화학작용의 산물이다."[22] 이러한 전제에서 볼 때, 4·19 혁명과

21 이와 관련하여 이상록은 1960년대의 자유주의 지식인들이 4월 혁명의 다양하고도 다중적인 욕망을 "'탈후진 근대화의 길'로 단성화 시키는 역할을 수행해나갔다"고 말한다. 이상록, 「경제제일주의의 사회적 구성과 '생산적 주체' 만들기」, 『역사문제연구』 제25집, 역사문제연구소, 2011, 129쪽. '탈후진 근대화의 길'은 정치적으로는 대의제 민주주의를, 경제적으로는 '건설하자'라는 이승만 대통령 하야 구호에서 상징적으로 드러나듯이 경제제일주의적 발전주의를 목표로 삼는다. 5·16 군부쿠데타 세력의 등장 이전에 이미 생산적 주체와 경제 제일주의, 후진성 극복 등이 4·19에 대한 담론의 다양한 형태에서 배태되어 나왔던 것이다. 모더니티의 발전주의적 속성에서 볼 때, 4·19 혁명에 대한 담론적 투쟁에서 헤게모니를 쥔 세력과 5·16 군사쿠데타를 주도했던 군부의 담론은 어느 정도까지는 동질적이었다.

5·16 군사쿠데타가 가져온 거대한 전환의 의미는 문학텍스트의 형질과 뼈대를 이루는 은유와 환유로 응축·변형되어 그것들이 다시금 텍스트로 발현되는 양상과 절차를 점검해야 비로소 뚜렷해진다고 할 수 있겠다. 방금 인용한 글에서 김영찬은 이렇게 말한다. "4·19가 그 자체로 과거에 완결되어 현재에 영향을 끼치는 하나의 객관적 사건이라기보다는 특정한 문학적 관점과 이데올로기에 의해 각기 달리 소급적으로 구성되는 하나의 구성물이었다."[23] 이것은 5·16 군사쿠데타와 박정희의 개발독재와 발전의 논리를 바라보는 시각에 대해서도 마찬가지로 타당한 지적이다. 김영찬은 이청준의 소설 『쓰여지지 않은 자서전』(1972)에 대한 상세한 분석에서 소설의 서술자(작가)가 4·19 혁명을 '가능성과 좌절'이라는 "개인의 정신적 굴곡의 내러티브로 요약하고 재코드화하는" 방식을 통해 "자기의 내러티브"로 전유한다고 말하고 있다.[24] 비록 이청준의 한 텍스트에 대한 분석임에도 불구하고 이러한 분석은 4·19 혁명에 대한 당시의 젊음이 문학적 서사로 대응하는 방식, 이청준의 소설에서는 주인공의 '허기'로 드러나는바, 그를 통해 자기를 형성하는 방식에 대한 하나의 모델이라고도 말할 수 있을 것이다. 그리고 자기형성 내러티브의 매개물로서 4·19 혁명의 이야기적 가능성에 초점을 맞추는 김영찬의 논의와 더불어 개발독재에 대응하는 1960년대 문학에 대해 인상적인 스케치를 시도한 신형기의 관점 역시 주목할 만하다.

서정인 소설에 대한 논평을 담고 있는 「개발의 시대」의 결론에서 신형기는 이렇게 말하고 있다. "삶은 꿈을 녹여버리는 미로이다. 시골

22 김영찬, 「4·19와 1960년대 문학의 문화정치」, 『한국근대문학연구』 제15집, 한국근대문학회, 2007, 138쪽. 그리고 1960년대 문학과 모더니티가 맺는 복합적인 관계에 대해서는 김영찬, 『근대의 불안과 모더니즘』, 소명출판, 2006, 45~66쪽 참조.
23 김영찬, 「4·19와 1960년대 문학의 문화정치」, 140쪽.
24 김영찬, 「4·19와 1960년대 문학의 문화정치」, 147쪽.

수재의 입지전적 출세, 갖은 역경을 헤치고 남다른 노력 끝에 성공을 거머쥐는 이야기는 바로 개발의 시대의 로망스였다. 이 로망스는 성공을 위한 노력이 마땅하고 절실한 것임을 가르쳤다. 성공은 모두의 꿈이었다. 그러나 두루 알다시피 이 로망스는 입지전 뒤에 가려진 수많은 낙오자들을 외면하는 것이며 또 성공이란 흔히 일상에 녹아드는 세속화를 조건으로 한다는 사실을 감추고 있는 것이기도 했다. 그들은 낙오자가 아니면 속물이 되어야 하는 것이다. 낙오자와 속물은 개발의 시대가 양산한 군상의 모습이었다."[25] 이처럼 1960년대 문학에는 지칠 줄 모르는 허기라는 자기 파괴적 이미지를 통해 4·19 혁명이 가져다준 자유를 어떤 식으로든 보존하려는 분투하는 젊음과 모든 것을 빠르게 바꾸어놓고 그러한 변화에 적응하지 못하는 자를 낙오자로 규정하는 개발시대의 조로(早老)하는 젊음이 뒤섞여 있다.

1960년대의 문학은 김병익의 의미부여처럼 "경악에서 감성으로, 체험에서 언어로, 물리적 현상에서 자의식으로, 실존주의에서 시민의식으로, 역사의식에서 세대의식으로 거대한 전환이 시작된 것"[26]이다. 한편으로 혁명과 쿠데타, 정치적 각성에서 비롯된 자아의 발전과 타율적인 경제적 발전, 삶의 여러 가능성에 대한 열렬한 기대와 허망한 환상, 진정성(authenticity)과 속물주의(snobbism) 사이에서 방황하는 1960년대 문학의 젊음의 이미지에는 애늙은이의 피로와 냉소, 낙오자의 우울과 한숨이 짙게 서려 있다. 그런데 한편으로는 1960년대 교양소설 등에 등장하는 젊은이들의 얼굴에는 모종의 '죄의식'이 거의 선험적인 운명의 표징처럼 각인되어 있기도 하다. 이 죄의식과 운명의 표징이란 무엇인가?

25 신형기, 「개발의 시대」, 『변화와 운명』, 평민사, 1997, 270쪽.
26 김병익, 「60년대 문학의 위치」, 215쪽.

이러한 죄의식이란 근대인들이 자기 자신을 확립하고 스스로의 삶에 정당성을 부여하기 위해 불가피하게 결별해야 하고 절연해야 하는 기존 사회질서와의 관계에서 비롯된 것이다. 사실 1960년대에 문학을 수행한 젊은이들에게 4·19 혁명과 5·16 군사쿠데타 이후의 현실만큼이나 문제적이었던 것은 그들이 대부분 유년시절에 한국전쟁을 겪고 거기에서 살아남아 성장한 후에는 전후의 피폐해지고 낙후된 사회와 국가의 잔해로부터 새로운 시대를 개척할 과제를 떠맡을 수밖에 없었다는 현실논리였다. 1960년대 한국 교양소설과 관련되어 이 문제는 4·19 혁명과 5·16 군사쿠데타라는 거대한 전환을 둘러싸는 선험적인 역사적 조건이라고 할 수 있다. 김윤식은 이러한 역사적 조건을 '출세한 촌놈들의 죄의식'과 연결 지었으며,[27] 헤겔은 근대성의 모험에 각인된 '인륜적인 것에서의 비극'[28]이라고 지칭한 적이 있다. 더불어 최인훈에서 이동하에 이르는 4·19세대 작가들의 공통적인 원체험 가운데 하나는 그들이 유년시절에 겪은 6·25 전쟁이 구체적으로는 '고향'의 '가족'과 '친족'이라는 인륜적·혈연적 공동체의 유대를 파괴, 그들과의 결별과 이산을 가져왔다는 것[29]이다. 최인훈은 이남(以南)한 망명자였고, 김승옥은 아버지가 여순

27 "본격적인 근대화가 시작된 60년대 이래 가장 큰 사회적 변동은 도시로의 인구집중이다. 이를 따라 시골 출신의 머리 좋은 청년들이 도시로 몰려들었고, 그들은 근대화를 주도하는 서구적 합리주의를 교육받고 받아들였다. 그 같은 근대화는 그런데 그들이 떠나온 농촌의 희생 위에서 가능한 것이었으니 대학은 상아탑이 아니라 '우골탑'(牛骨塔)이었던 것, 여기서 고향에 대한 그들의 죄의식이 싹트는 것은 당연하다. 그 같은 죄의식으로 괴로워하면서도 고향의 희생 위에 이루어지는 근대화 논리를 따르지 않을 수 없는 분열 상태에 운명적으로 빠져들 수밖에 없었던 것이다." 김윤식·정호웅, 『한국소설사』, 예하, 1993, 366쪽.
28 "그리하여 '인륜적인 것에서의 비극'에서는 외화(문명, 국가-빛)와 자연(직접적이고 기초적인 것-지하의 것) 사이의 끊임없는 비극적 투쟁이 생겨나며 여기서 헤겔의 특징이라고 한다면 이러한 대립 속에서 계기들이 끊임없이 상호 이행한다는 점이다." 게오르그 루카치, 『청년 헤겔』 2, 서유석·이춘길 옮김, 동녘, 1987, 255쪽.
29 제주 4·3사건과 같은 내전의 경험이 가족과 친족에게 미치는 인륜적인 것에서의

사건에 참여한 빨치산이었으며, 김원일에게도 월북한 아버지가 있었다. 김승옥, 김원일, 이동하 또한 어린 시절에 내전과 6·25 전쟁을 겪었으며, 가족을 따라 월남한 박태순도 전쟁으로 폐허가 된 서울에서 유년시절을 보냈다. 그러한 원체험 속에서 성장한 젊음은 고향에 남아 고향의 가족을 지키는 것이 아니라 인륜성의 온전한 복원을 위해 고향과 가족과의 단절 속에서 스스로의 운명을 개척해나가거나 고향과 가족의 기대를 등에 업고 죄책감과 책임감을 지닌 채 먼 길을 떠나게 된다. 길 떠나는 젊음의 이야기야말로 1960년대 문학, 특히 4·19세대 문학에 깊숙이 내포된 선험적 운명의 표징이었다. 김윤식은 『한국근대문학의 이해』(1972)의 머리말인 「출발의 의미와 회귀의 의미」에서 출세한 촌놈의 죄의식, 고향과 도시의 변증법, 환상과 환멸의 아이러니, 예술가라는 길 잃은 시민의 고뇌, 인륜적인 것을 등지고 모험을 떠나는 근대적 오디세우스의 편력 등을 이 운명의 표징으로 간주하고 그것을 60년대 문학의 주제로 압축했다. 김윤식은 앙드레 지드의 『지상의 양식』(1897)과 토마스 만의 『토니오 크뢰거』(1903)를 연상시키는 스타일로 다음과 같이 쓰고 있다.

첫째 번 이야기는 출발에 관한 것이다. 출발이란 무릎이다. 무릎의 메타포가 출발인 것이다. (중략) 그러나, 우리가 이미 뜀박질을 할 수 있게 되었을 때, 산과 대지와 강의 흐름과 칸트의 성공(星空, Kants Sternenhimmel)은 사정없이 우리를 막아선다. 그것은 가정이고 네 이웃

<hr />

비극의 양상에 대해서는 권헌익, 「민주적 가족」, 『또 하나의 냉전』, 이한중 옮김, 민음사, 2012 참조. 권헌익은 이렇게 쓰고 있다. "폭력적인 내전 충돌 경험은 도덕 공동체인 친족 내의 커다란 정치 위기로 귀결되었다. 헤겔이 '친족의 법'(살아있는 사람들에게 죽은 친족을 기억하도록 하는 법)과 '국가의 법'(시민들에게 국가의 적으로서 죽은 이들에 대한 추모를 금지하는 법) 사이의 충돌이라고 특징지은 상황을 초래했던 것이다."(138쪽)

이고 친구이며 사회이다. 너를 에워싸는 욕망의 씨를 안고 있었기 때문이다. 이미 날 때부터 너는 그 탈출의 욕망의 씨를 안고 있었기 때문이다. 하늘의 구름 때문에 네가 넋을 잃고 시무룩해 있을 때 아마도 어머니는 너의 건강을 근심할 것이고 심지어 강아지도 네 표정을 살필 것이다. 이 수없는 거미줄 같은 인연의 끈에서 군은 질식해 본 적이 없는가. 이 감옥에서 탈출하기 위해 이번엔 보이지 않는 또 하나의 너의 무릎을 사용해야 한다. 모든 것이 보이지 않기 때문에 이번의 탈출은 보다 아픈 것이다. 그것은 미지를 향한 너의 야성적 본능이다. (중략) 너는 저 새벽의 황야, 청청한 호수, 태풍 속의 존재이어야만 하기 때문이다. 헛된 소유가 아니라 욕망 자체여야 하기 때문이다. 어떤 소유도 너를 죽이는 것이다. 안일한 나날보다도 비통한 나날을, 죽음 이외의 휴식은 없는 것이다. 참으로 두려운 것은 못다 한 욕망이 죽음 후에도 남지는 않을까에 있을 뿐이다. (중략) K군, 여기서부터 우리의 회귀의 의미가 시작된다. 살아 있는 정신(der Lebendiger Geist)이 사라질 때 닥치는 추악함을 견디기 위해 우리가 돌아갈 길에는 파우스트적인 악마의 시련과 도스토예프스키의 지옥이 놓여 있다. 그것은 본능적 욕망의 댓가로 지급되는 보편적 아픔이다. 이러한 자기회로를 비교적 완벽하게 갖추고 있는 것이 이른바 문화라는 장치이다. 물을 것도 없이 문학도 그러한 장치 중의 하나이다.[30]

류철균은 김윤식 비평의 의의를 점검하는 글에서 출발에서 회귀에 이르는 모험의 여정에 1960년대 문학의 의미가 압축되었다고 말하면서 다음과 같이 부연하고 있다. "4·19가 보여준 자유에의 꿈을 경험했던 젊은 세대에게 '어머니는 너의 건강을 근심하고 심지어 강아지도 네

30 김윤식, 「출발의 의미와 회귀의 의미」, 『한국근대문학의 이해』, 일지사, 1973, 1~2쪽.

표정을 살펴'는 고향이란 무엇이었던가? 그것은 모성 원리가 지배하는 사랑의 세계, 타자를 승인하고(사랑하기) 타자의 눈동자 속에 있는 자기를 승인하는(사랑받기) 가운데 너와 나의 대립이 소멸되는 세계이다. 여기서 젊은 세대는 '질식'할 것 같은 위기를 느낀다. (중략) 이때 고향이 부여하는 '거미줄 같은 인연의 끈'이란 주관성의 자유를 억압하는 케케묵은 인륜성의 체계이며, '나는 이렇게 살겠다'는 주체의 자기주장을 제약하는 농본주의적 공동체의 삶으로 다가온다. 주체는 이러한 사랑의 세계를 탈출해야 하며, 김윤식의 또 다른 회고처럼 '먼 도회지로 떠나' 자기의식의 자립화를 완성해야 하는 것이다."[31] 물론 류철균의 해석에는 다소간의 한계가 있는데, 그것은 자기의식과 욕망의 자립화라는 서사적 모험을 위해 배반해야 할 인륜성의 체계란 '억압된 것의 귀환'으로, 즉 또 다른 서사의 형태로 되돌아올 수밖에 없다는 것이다.

　4·19세대 작가의 교양소설에서 주인공이 유년시절에 겪은 혈연적 인륜의 파괴와 해체를 상상적으로 복원하기 위해 사랑과 우정 등 인륜성의 기초가 되는 정념의 관계를 소중히 여기고, 이를 통해 새로운 인륜적 공동체를 상상하려는 시도는 교양소설이 갖는 핵심적인 정치적 과제이기도 했다. 4·19 혁명은 헤겔이 말한 '인륜의 나라'(das Reich der Sittlichkeit)를 상상할 수 있는 사회적 가능성을 제공해준 정치적 사건이었다. 이에 비해 5·16 군사쿠데타와 그로 인해 촉발된 박정희의 개발독재체제는 인륜적 사회의 성립가능성을 억압하고 봉쇄하면서 마침내 사회를 국가로 대체해버렸다. 이리하여 4·19 혁명의 자유의 체험에 따른 주체성의 발현, 5·16 군사쿠데타 이후 사회국가적으로 전면화되는 경제발전의 논리 그리고 이 두 거대한 전환의 역사적·선험적 조건으로 인륜성의 비극을 낳은 전후(戰後) 현실의 출발선상에서 미지의

　31　류철균, 「문학비평의 근대성과 유토피아: 김윤식론」, 『문학과사회』, 1989년 여름호, 715쪽.

방황과 편력을 불안하게 예감하는 문제적 개인들은 1960년대 한국 교양소설에서 젊음의 다양한 형상과 특징을 통해 생생하게 구체화된다.

한마디로 4·19 혁명과 5·16 군사쿠데타 그리고 6·25 전쟁은 교양소설을 포함해 1960년대 한국문학을 구성하는 정치사회적 기원이자 원인들로 자리 잡고 있다고 하겠다. 그러나 1960년대 한국 교양소설이라는 문학의 형식과 4·19 혁명과 5·16 군사쿠데타 그리고 6·25 전쟁이라는 정치사회적 내용을 단지 반영적인 상동 관계로만 파악할 수는 없다. 4·19 혁명과 5·16 군사쿠데타가 서로에게 삼투되고 충돌하며 길항과 모순을 일으키는 변증법적 관계라는 사실은 한편으로는 그러한 역사적 사건들을 재현과 표상의 층위에서만 취급할 수 없다는 의미이기도 하다. 예를 들면 4·19세대 작가들에게 6·25 전쟁은 외상으로, 다만 순차적이고도 역사적인 기억에만 머무르는 것이 아니라, 현재의 자기 자신의 존재이유와 근원에 자리 잡아 지속적으로 영향력을 행사하는 최종심급의 기억체계[32]이자 구조이다. 이때 구조는 경험적인 요소나 전체의 한 층위가 아니라 그러한 요소와 층위들 간의 분리와 결합이 일어나는 관계를 이루는 전체 체계이며, 따라서 구조는 상징적·상상적인 현실을 근본적으로 틀 지우는 최종심급인 '실재'(The Real) 또는 '부재 원인'(absent cause)으로 이해할 필요가 있다.[33]

프레드릭 제임슨은 인과성(원인)에 대한 루이 알튀세르의 세 가지 분류와 비판, 즉 기계적(선형적·이행적) 인과성(mechanical causality), 표현적 인과성(expressional causality), 구조적(환유적) 인과성(structural causality)의 논리를 응용하여 기원, 역사라는 실재와 그것에 접근할 수 있는 서사화, 텍스트화의 전략을 세공한 바 있다.

---

32 김영찬, 「1960년대 문학과 6·25의 기억」, 『세계문학비교연구』 제35집, 2011년 여름호, 11쪽.

33 프레드릭 제임슨, 『정치적 무의식』, 41쪽.

기계적 인과성은 원인과 결과 간의 일대일 대응으로, 외재적 사건에 대한 상징적 재현과 반영의 논리에 현저하게 나타난다. 예를 들면 1960~70년대 한국 "성장소설의 메커니즘"을 "개발시대의 이데올로기와 국민화 메커니즘을 동력으로 하고 있"으며, "한국의 근대화 프로젝트의 주체 호명 방식과 성장소설의 주체 성숙이 상동구조를 보인다는" 평가[34]는 기계적 인과성을 전제로 한 것이다. 그러나 기계적 인과성에서는 사회적 상황과 이데올로기적 입장 그리고 언어적 실천이라는 서로 다른 현실들의 '구조'가 상동성(homology)의 수준에서 동일화되고 만다. 물론 기계적 인과성은 역사적·시대적 상황 또는 토대에서 비롯된 특정한 상부구조의 문화양식의 발생을 설명하는 데 유용하지만 구조적 층위들의 상대적이고도 비동시적인 자율성과 상이한 층위들이 변증법적으로 매개되는 결과는 무시하게 된다. 방금 인용한 글은 개발메커니즘과 주체 성숙의 상동성으로 1960~70년대 한국 교양소설에서 젊음과 모더니티의 개발주의적 특징의 공통항을 날카롭게 포착해낸다. 그러나 이 글은 김원일 등의 소설에 나타난 성장의 서사를 동시대의 발전 이데올로기의 반영과 재현으로 환원시킨 감이 없지 않다.

이에 비해 표현적 인과성은 재현과 표상, 상동성을 넘어서 구조의 여러 층위들이 변증법적으로 매개되고 그에 따라 개인과 집단, 실존과 역사가 만나는 총체성을 상정한다. 표현적 인과성에 따르면, 어떠한 시와 소설, 텍스트와 예술은 보다 깊고 보다 심원한 원리에 근거해서 주어진 소재와 언어들을 가공하여 역사와 사건을 새롭게 인식하고 지속적으로 다시 쓰는 해석적 알레고리이다. 예를 들면 1960년대 문학은 결국 4·19 혁명 정신의 총체화된 문학적 표현이거나 그러한 정신에 상응하려고 노력하는 문학이다. 박태순과 김현 등이 각자의 어휘로

---

34 차혜영, 「성장소설과 발전이데올로기」, 『상허학보』 제12집, 상허학회, 2004, 131쪽.

동시대의 문학을 4·19 혁명으로 옹호하고 정당화하는 표현적 인과성의 사례는 어렵지 않게 찾아볼 수 있다.

표현적 인과성의 논리에 따르면, 1960년대 한국 교양소설은 4·19 혁명으로부터 촉발된 정치적 자유주의와 개인주의의 문화적 자기표현의 이상에 비교적 충실하다고 가정할 수 있겠다. 교양소설에 나타난 젊음은 비록 5·16 군사쿠데타와 박정희 체제의 발전주의 그리고 사회적 출세주의와 확연하게 대립하거나 충돌하지는 않더라도 부정적인 방식으로 그리고 소외된 형태로 발전주의 및 출세주의와의 거리를 두고 있다. 1960년대 교양소설의 젊음이 어디까지나 특권적인 중간계급으로 흡수될 수 있는 것도 계급적인 측면에서 유의할 필요가 있겠다. 이 시기의 교양소설은 정치적 이념에서는 자유의 실감을 확보했지만, 평등에 대한 의식은 많지 않았다. 대신에 형제들끼리의 연대가 평등의식의 빈 공간을 차지했다. 그중에서도 젠더 이론의 측면에서 이 시기의 교양소설에 재현된 젊음이나 교양의 특징에 대해서는 다른 각도의 접근과 논의가 충분히 가능할 것이다.[35]

젠더 이론으로 접근해볼 때, 4·19 혁명과 5·16 군사쿠데타를 같은 층위에서 이야기할 수는 없겠다. 혁명과 쿠데타는 이후에 그것들을 각각 주도한 형제들 간의 무한경쟁과 권력투쟁을 낳게 되지만, 이러한 형제들의 무리 가운데 하나인 박정희 체제는 민주주의적 이상과 실천을 지향하는 형제들의 연대를 반공주의적 개발독재의 강압적 시스템으로 탄압했으며, 이 탄압의 대상에는 정치적으로 배제된 여성들의 자율성에 대한 요구와 권리도 포함되어 있었다. 나아가 4·19 혁명과 5·16 군사쿠데타는 적어도 하나의 공통분모를 갖고 있다. 그것은 이승만 체제라는 '나쁜 아버지'를 몰아내고 오직 형제들만의 연대를 서사화하는 가족

<hr />

35 이에 대해서는 김미란, 「김승옥 문학의 개인화 전략과 젠더」, 그리고 린 헌트, 『프랑스혁명의 가족로망스』, 조한욱 옮김, 새물결, 1999 참조.

로망스의 특징을 지니고 있다는 것이다. 젠더 정치학의 측면에서 젊은 남성 작가들의 1960년대 한국 교양소설에 대한 다른 접근과 비판적 해석도 충분히 예상 가능하다. 이 책에서 '교양'과 '젊음'은 젠더의 관점에서 어디까지나 특수하게 남성적인 것으로 인지할 필요가 있다. 또한 남성적인 젠더를 규범화하는 글쓰기가 여성을 언어의 장에서 어떠한 방식으로 상징화하거나 또는 그러한 방식으로 부인, 배제하는지를 별도로 살펴보아야 할 것이다. 형제들의 연대가 젊음을 특화하거나 교양을 창출하는 담론에서도 현저하게 성별화되어 나타난다는 것은 이미 여러 연구에서도 지적된 바 있다. 1960년대 한국의 교양 담론의 전개양상에서 교양은 남성들의 국민 만들기와 같은 삶에의 참여 독려 못지않게 여성의 국민 만들기와 가정이나 일상과 같은 사적 생활을 규범화하기 위해 동원된 어휘이기도 했다.[36] 다만 이 시기의 교양과 젊음을 남성적 젠더규범을 내면화한 특수한 사유물로 한정해버릴 필요는 없다. 오히려 교양과 젊음이라는 기표의 보편적인 잠재력을 승인하고 그것이 젊음의 서사에서 어떠한 식으로 특수하게 전유되는지를 면밀히 살피는 작업이 보다 필요하다.

한편으로 가족 로망스라는 말에서 짐작할 수 있듯이, 1960년대의 혁명과 쿠데타는 다분히 소설적이고, 여기서는 혁명과 쿠데타를 수행하고 추종하는 특정한 성별을 가진 인물의 개성, 전기적 사실이 매우 중요해진다.[37] 따라서 "4·19 이야기는 혁명을 말하는 것"이 되는데, "주

<hr />

36 대표적으로는 최경희의 일련의 연구를 들 수 있다. 최경희, 「1960년대 소설에 나타난 '여성교양' 담론 연구」, 경희대학교 박사논문, 2013; 「1960년대 강신재 소설에 나타난 근대화의 '망탈리테' 연구」, 『어문론총』 제58집, 한국문학언어학회, 2013; 「1960년대 여성지를 통해 본 '교양의 레짐' 연구」, 『우리문학연구』 제48집, 우리문학회, 2015; 「1960-70년대 여성지를 통해본 근대화의 젠더 양상 연구」, 『한국문학이론과 비평』 제20집, 한국문학이론과비평학회, 2016 참조.

37 프레드릭 제임슨은 1789년의 프랑스혁명이 중산계급의 정치적 권력 장악의 형태를

체가 리얼리티를 구성하는 언어적 수행의 주체이며 이를 통해 수립되는 것이라고 할 때, 의거를 이끈 주체라는 것 역시 4·19를 이야기함으로써 만들어질 수 있었다."[38] 그리고 혁명을 말하는 것은 쿠데타를 말하는 것이기도 하며, 4·19 혁명을 이야기한다는 것은 5·16 군사쿠데타를 이야기한다는 것이기도 하다. 이청준의 『쓰여지지 않은 자서전』에서 그러하듯이 "4·19와 5·16을 따로따로 이야기"할 수 없으며,[39] "4·19의 가능성이라는 기표는 5·16의 좌절이라는 기표와 한데 묶임으로써만 비로소 작동할 수 있는 것"이다.[40] 혁명을 주도했다기보다는 사후적으로 혁명의 헤게모니 담론과 서사를 전유한 젊은 남성 문인들은 1960년대 문학을 표현하는 주체가 되며, 문학도 젊음의 문학이 된다.

마지막으로 1960년대 문학, 그중에서도 1960년대 한국 교양소설을 4·19 혁명과 5·16 군사쿠데타라는 역사적 매개항을 통해서만 해석이 가능한가에 대한 질문이 있을 수 있겠다. 구조적 인과성은 이러한 질문이 유효하다는 것을 입증한다. 앞서 잠시 설명한 것처럼, 구조적 인과성은 실재 또는 부재 원인으로서 구조의 여러 층위들과 효과들을 고려하는

..
띄었고, 의회라는 대표의 형식으로 그러한 권력 장악을 발전시켰기 때문에 이 혁명에서는 인물이나 개성이 중요해진다고 말한 바 있다. 프랑스혁명에서는 "소설적 의미의 '인물'이나 개성이 중요하게 된다. 왜냐하면 프랑스가 위계적인 봉건·절대주의 국가로부터 중앙집권적인 중산계급 국가로 바뀌게 된 '역사의 간지' 속에서 인물들이 구실을 할 수 있었던 것은, (당통의 탐욕이나 로베스피에르의 뻣뻣함과 같은) 그들의 성격의 상징적 가치와 변설에 의한 것이었기 때문이다. 따라서 암암리에 대혁명은 소설형식이나 쏘나타나 관념철학의 거대한 체계처럼 중산계급적 개성(혹은 이런 표현이 좋다면 인본주의)의 범주에 의해 지배되며, 따라서 이야기의 형태로 기술될 수 있다." 프레드릭 제임슨, 「사르트르와 역사」, 『변증법적 문학이론의 전개』, 여홍상·김영희 옮김, 창작과비평사, 1984, 263~64쪽. 제임슨의 이러한 가설을 다른 각도로 구체화시킨 것이 린 헌트의 『프랑스혁명의 가족로망스』일 것이다.

38   신형기, 「4·19와 이야기의 동력학」, 『상허학보』 제35집, 상허학회, 2012, 288~89쪽.
39   이청준, 『쓰여지지 않은 자서전』, 민음사, 1972, 122쪽.
40   김영찬, 「4·19와 1960년대 문학의 문화정치」, 147쪽.

전략으로 유효하다. 예를 들면 1960년대 문학의 상징적 기수였던 김승옥이 1960년대 문학의 역사적 의의를 평가하는 대담에서 "우리 세대의 문학은 어떤 의미에서는 6·25 문학"[41]이라고 한 발언은 1960년대 문학을 설명하는 데 다른 역사와 경험의 층위에 대한 세심한 고려가 아울러 필요함을 단적으로 환기한다. 이렇게 보면 1960년대 한국 교양소설에 대한 연구는 모더니티의 총체적 파국과 그에 따른 인류적인 것의 비극이 벌어진 역사적 사건인 6·25 전쟁에 대한 외상적인 기억과 4·19 혁명과 5·16 군사쿠데타에 대한 모순적인 경험이 '비동시성의 동시성'(Gleichzeitigkeit des Unleichzeitigen)[42]의 서사적 형태로 어지럽게 공존한다는 점을 전제해야 할 것이다.

알튀세르는 구조적 인과성의 입장에서 기계적 인과성과 표현적 인과성을 비판했지만, 기계적 인과성의 설명과 표현적 인과성의 해석을 전면 기각하거나 거부할 필요는 없다. 1960년대 한국 교양소설에 대한 연구는 역사적 상황과 조건, 동시대의 사상과 이데올로기의 경합, 언어적 표현과 실천이라는 세 가지 문맥과 층위를 동시에 고려한다. 그리고 교양소설에 대한 해석은 역사적 상황과 조건을 하위텍스트로 삼아 그것이 실제로 실행되고 상연될 때의 모순, 분열, 합리화의 다양한 기제를 이데올로기적 봉쇄전략으로 파악하고, 교양소설이 그에 대한 상징적이고도 상상적인 해결책으로 작동하되 교양소설 그 자체도 이데올로기적 봉쇄전략에 노출된다는 것을 염두에 두어야 한다. 이러한 고려와 전제가 1960년대 한국 교양소설의 정치적 무의식을 복원하기 위한 기본적인 방법론이다.

---

41 김병익·김승옥·염무웅·이성부·임헌영·최원식(좌담), 「4월 혁명과 60년대를 다시 생각한다」, 최원식·임규찬 엮음, 『4월 혁명과 한국문학』, 창작과비평사, 2002, 32쪽.
42 '비동시성의 동시성' 개념에 대해서는 에른스트 블로흐, 「비동시성의 변증법적 복무」, 이은지 옮김, 『자음과모음』, 2016년 여름호 참조.

아울러 4·19세대의 문학에 대한 연대감을 표명한 문학비평이 원융자재(圓融自在)한 방식으로 소설에서 젊은 주인공이 교양의 능력과 주체성을 확립하려는 노력을 평가하고 그에 정당성을 부여하려고 할 때, 두 가지 문제가 수반됨을 고려해야 한다. 첫째, 젊음은 '동원된 근대화'가 요구하는 발전에의 욕망과 어느 정도 대립할 수밖에 없다는 것이다. 동원된 근대화의 특성 가운데 하나는 박정희 체제가 주도했던 산업적 근대화에 필요한 노동력을 보다 용이하고도 빠르게 확보하기 위한 수단으로 개인의 사회화 과정을 일방적으로 앞당기는 것이다.[43] 게다가 이러한 사회화는 개발주도의 국가가 수행하고 있으며, 바로 그렇기 때문에 젊음의 사회화는 산업역군에 대한 국가의 필요성에 포획될 위험을 내포한다. 반복해서 말하면 동원된 근대화를 통해 국가주도로 사회를 재편하는 "개발동원체제"에서는 "국가가 사회의 반영으로 존재하는 것이 아니라 국가가 사회에 역작용하는",[44] 보다 적극적으로 해석하면 국가가 사회를 대체하는 특징이 현저함에 유의할 필요가 있다. 그런데 1960년대 소설에 등장하는 젊은이들인 대학생들은 사회적 입사에 필요한 교육과정이 연장되면서 심리사회적 유예기간을 이전보다 더 많이 확보하게 된 예비계급의 구성원이기도 하다. 이렇게 대학생들로 표상되는 젊음은 동원된 근대화를 사회화 과정으로 일방적으로 요구받는 것에 대해 어떤 식으로든 부정적으로 반응할 수밖에 없다. 그렇지만 둘째, 불안정성, 유동성을 해소하려는 젊음의 노력도 마찬가지로 뒤따르게 된다. 일방적인 사회화의 요구와 강요에서 비롯되는 딜레마를 해결하기

· ·

43 이것은 1961년 문교정책 실천요강 등에서 나타난 박정희 체제의 교육정책의 핵심인 '발전교육론', 즉 근대화를 이루기 위한 인력개발의 수단으로서의 교육을 강조하는 것과 상통한다고 말할 수 있다. 유대근, 「5·16 군사 독재정권과 60년대 한국교육」, 『중등우리교육』 제13집, 중등우리교육, 1991, 124쪽.

44 조희연, 『박정희와 개발독재시대』, 역사비평사, 2007, 13쪽.

위해 젊음은 정치경제적 요구에 대한 보충의 형식으로 문화적 역량을 확보하는 것으로 심리사회적 유예기간에서 오는 공백을 메우려고 한다. 그런 경우 문화역량의 확보는 딱히 국가 주도의 발전에 대한 욕망과 대립하지 않고서도, 국가에 의한 사회화의 일방적이고도 무리한 요구로부터 자발적으로 물러나고 도피하는 방식으로 자신에게 부과된 딜레마를 해결할 수 있는 방법을 발견하게 된다. 젊음은 국가주도에 의한 사회화로부터 유리되고 또 유예됨으로써 존재가치를 그나마 확보하게 된다.

1960년대 한국 교양소설은 개인의 자기 발전과 개인의 희생을 전제로 한 경제적 발전의 격차에서 벌어지는 갈등과 타협의 문학적 산물로 파악해야 한다. 보통 유럽 교양소설은 이윤추구 위주의 경제활동으로 인해 결여된 문화적 소양의 능력, 즉 교양을 보충할 수 있는 중산계급의 문학적 표현에 가깝다.[45] 그런데 1960년대 한국 교양소설은 젊음의 자기 형성과정이 압축성장의 압도적인 논리에 의해 소외됨에 따라 위축되고 경화된 특징을 내포하면서 일종의 반(反)성장, 반교양의 형식을 띠게 된다. 그리고 이러한 반교양소설에서 젊음은 성숙을 멈추거나 그것을 거부하는 특징을 갖는다. 그 젊음은 성숙을 멈춘다는 데서 미성숙해 보이지만 세상의 이치가 강요하는 성숙을 거부한다는 데서 반드시 미성숙하지만은 않은 젊음이다. 따라서 이러한 젊음은 그 실체와 귀속이 도무지 불분명해 보이는 환영(phantom) 같은 특징을 띠게 된다. 성숙과 미성숙의 회로를 벗어나는 젊음을 '환영의 젊음'으로 지칭할 수 있다면, '환영의 젊음'은 1960년대 한국 교양소설에서 젊음의 특수성을 수식하는 중요한 어휘가 될 것이다.

앞에서 제기한 가설을 구체화하기 위해서는 무엇보다도 1960년대의

45 테리 이글턴, 『미학사상』, 방대원 옮김, 한신문화사, 1995, 22~29쪽.

한국 교양소설이 어떤 방식으로 현실의 모순에 대한 상상적 해결책을
마련하는지를 체계적으로 유형화할 필요가 있다. 다음 장에서는 한국
교양소설의 역사적 특수성을 설명하는 한편으로, 최인훈의 『광장』에서
시작되는 1960년대 한국 교양소설을 네 개의 유형으로 분류한 다음에
각각의 특징들을 간략히 살펴볼 예정이다.

3. 1960년대 한국 교양소설의 특징과 유형

교양소설(Bildungsroman)에 대한 개념정립은 1960년대 한국 교양소
설의 특징을 해명하는 데 반드시 필요한 작업이다. 2장에서 설명한
것처럼, Bildung은 Bild의 뜻이 그러한 것처럼 이미지(像)일 뿐만 아니라,
자기 발전과 확산을 꾀하는 운동적 개념이기도 하다. 물론 교양에서
발전과 확산은 동일자의 자기운동으로 수렴되지만, 동일자와 타자의
끊임없는 충돌을 통해 타자인 자기 자신을 발견하는 과정을 포함하고
있다. bildung은 언어와 서사로 전환할 잠재적 가능성을 내포하고 있는
것이다. 이러한 맥락에서 젊음이 세계와 불화하거나 갈등을 겪는 도정
과 그러한 분열의 내적 경험을 언어화하는 교양의 서사를 교양소설로
명명하는 것은 타당하다. 헤겔의 『정신현상학』을 자기의식에서 절대지
에 이르는 서사적 여정('사유의 오솔길')에 충실한 교양소설로 간주할
수 있다면, 헤겔의 '교양'은 자기의식에서 절대지에 이르는 주체의 자기
형성에서 가장 핵심적이고도 문제적인 개념이다. 그런데 1960년대 한국
교양소설을 분석할 경우에는 헤겔의 교양개념에서 추출할 수 있는 교양
의 변증법은 다소간 수정이 불가피하며, 교양에서 핵심적인 몇 가지
계기들을 다른 특성들보다 강조할 필요가 있다. 그뿐만 아니라 1960년
대 한국인들의 모더니티 경험인 '동원된 근대화', '저발전의 발전'이라

는 특수성도 고려해야 한다.

우선 헤겔에서 비롯되어 홈볼트에서 완성되는 독일낭만주의 시대의 교양개념과 그것의 역사적 변형과 굴절에는 엄연한 차이가 존재한다. 교양은 역사적 개념으로 이해할 필요가 있다. 헤겔에서 홈볼트에 이르는 18세기의 교양개념이 개인과 시민사회를 형성하고 그 완전태로써 조화롭고도 유기체적인 국가의 수립에 이르는 정치적 목적을 가지고 있었다면, 그 후에 전개된 19세기 유럽사에서 교양은 계급투쟁의 수사로 활용되거나 식민경영과 결코 분리 불가능한 정치적 용도로 강력하게 활용되는 등 지역적으로도 광범위하게 확산되어갔다. 교양은 교양의 역사를 형성해나갔을 뿐만 아니라, 동시대의 진보와 발전이라는 역사적 사고의 핵심에도 자리 잡게 된다.[46] 에드워드 사이드의 말을 빌리면 교양은 18세기 독일의 특수한 정치사회적·문화적 맥락에서 도출된 '파생관계'(the relationship of filiation)에서 다른 국가 또는 식민지와 조우하거나 식민지를 다스리는 제국을 경유하여 정치사회적·문화적 '제휴관계'(the relationship of affiliation)로 대체된다.[47]

교양개념이 역사적으로 전개되고 지정학적으로 확산되는 것과 마찬가지로 교양소설도 역사적인 굴절과 지정학적인 변이를 겪게 된다. 18세기에 출현한 독일의 고전적 교양소설이 민족국가와 역사라는 시공간을 탐사하는 문학 형식이자 부르주아적인 문명의 자기위안이라는 목적을 띠고 있는 서사라면, 19세기에 들어서 교양소설은 모더니티의 핵심적인 서사인 '야만에서 문명'이라는 문명화과정 전체를 취급하고 함축하는 유럽적이고도 식민지적인 서사양식이 된다. 교양개념에 내포된 발전, 개발, 육성 등의 의미는 산업혁명과 민주주의 혁명의 전 지구

<hr />

46 Marc Redfield, "The Phantom Bildungsroman", Phantom Formation, p. 51.
47 Edward W. Said, The World, The Text, and The Critic, Cambridge, Massachusetts: Harvard University Press, 1983, pp, 174~75.

적·식민지적 확산과 더불어 영구혁명으로서의 모더니티의 핵심으로 점점 부상하게 된다. 그리하여 교양은 시민적 자기함양과 계발의 덕성이라는 의미를 여전히 유지하면서도 모더니티와의 유비관계에 놓인 젊음과 보다 긴밀한 관련을 맺게 된다. 교양은 모더니티의 전 지구적 확산과 역사적 전개에 따라 발전의 의미를 함축한 영구혁명으로서의 젊음과 동의어가 되었다. 그러나 개발과 발전이 지체되거나 쇠퇴하는 경우 교양은 반교양으로, 생성과 활력을 가진 젊음은 영원히 미성년에 머무르거나 너무 일찍 늙어버린 젊음이 될 수도 있다.

한편으로 제국과의 오랜 식민지적인 제휴관계에서 교양과 교양소설은 또다시 의미론적인 굴절을 통해 식민지 모더니티의 문화적 형식을 이룬다. 예를 들면 자신의 타고난 덕성을 함양한다는 동아시아의 전통적인 '수신'(修身)은 일본 제국주의에 의한 식민지적 근대화의 과정에서 유입된 culture의 번역어인 '교양'(敎養)의 의미와 절합하면서 결국 그것으로 대체된다. 그러나 식민지적인 교양은, '인간성의 자유롭고 조화로운 발달'[48]이라는 서구적인 교양이념에 충실한 최재서에 의해 징후적으로 대표되는바, 총력전을 수행하는 파시즘적인 제국과 식민지 체제에서 멸사봉공의 직분과 사명의 윤리에 의해 해체되고 만다. 마찬가지로 『무정』에서 시작된 한국 교양소설 또한 식민지 모더니티와의 갈등, 모방, 착종, 변형 등의 형태를 겪으면서 '문명의 위안'이라는 이념을 추구했지만, 일제 말기에 이르러 군국주의의 유기적인 문화로 통합되면

---

48 특히 최재서, 「교양의 정신」, 『인문평론』 제2호, 인문사, 1939, 24~29쪽. 매슈 아널드의 교양개념에 충실했던 최재서의 교양론은 해방 이후 미국식 교육체제가 확립된 남한 대학의 교과과정에서 거의 글자 그대로 되풀이된다. 최재서 편, 『교양론』, 박영사, 1963 참조. 해방 이후 고려대학교 총장을 역임했던 유진오의 교양론도 식민지 시기 교양론의 굴절된 연장으로 취급할 수 있다. 이에 대해서는 복도훈, 「현민 유진오의 글쓰기에 나타난 교양·교육의 의미: 직업의 소명(beruf)과 젊음의 분투(streben)의 교착」, 『한국문학이론과 비평』 제21집, 한국문학이론과비평학회, 2017 참조.

서 소멸하고 만다.[49]

한국 교양소설은 식민지 말기에 이르러 한차례 종결을 맞이하지만, 1960년대에 식민지 모더니티의 경험과는 상이한 정치사회적·문화적 제휴의 방식으로 되살아나게 된다. 그리고 그에 부합할 만한 교양개념에 대한 역사적인 변형과 굴절 또한 불가피해진다. 제드 에스티는 제국과 식민지 간의 역사적 관계 그리고 제국의 해체와 식민지의 독립이라는 역사적인 분리의 과정 속에서 헤겔적인 교양개념이 해체되는 것과 동시에 교양소설에서 일어나는 단절과 변형에 주목한 바 있다. 그에 따르면 발전과 개발의 영구혁명으로 특징지어지는 모더니티는 제국의 헤게모니 약화와 식민지 독립이라는 역사적 변수를 통해 자체 내에 모순과 아포리아를 낳게 된다. 이러한 모순과 아포리아는 특히 '저발전의 발전' 또는 발전의 지체라는 주변부 국가의 모더니티 경험을 상징화하는 반교양소설에서 유년기에 고집스럽게 머물고, 성장이 지체되거나 성장하지 않으려 하며, 낙오하거나 조로할 뿐만 아니라 삶을 갑자기 종결짓는 등 이른바 '성장 없는 젊음'(unseasonable youth)을 현저하게 한다.[50] 어디에서도 도무지 안식처를 찾기 어려운 유령과도 같은 성장 없는 젊음. 그런 의미에서 1960년대 한국 교양소설은 고전적인 의미의 교양 또는 교양소설의 특정한 유형과 더불어 반교양주의와 아이러니를 서사의 형식으로 삼는 반교양소설 등이 '비동시성의 동시성'의 형태로 공존하는 특수성을 내포한다고 할 수 있다. 교양개념과 교양소설에 대한 새로운 정의를 참조하여 1960년대 한국 교양소설을 네 가지 형태로 유형화한

49 허병식, 『교양의 시대』 참조.

50 Jed Esty, "Introduction: Scattered Souls—The Bildungsroman and Colonial Modernity", *Unseasonable Youth: Modernism, Colonialism, and the Fiction of Development*, Oxford University Press, 2012, pp. 1~7 그리고 이 책의 "Conclusion: Alternative Modernity and Autonomous Youth after 1945", pp. 203~204 참조.

결과는 다음과 같다.

첫째, 교양의 일반적인 특징인 '부정의 노동'은 주체의 자기존립을 위한 부단한 해체작용[51]으로 다소 수정되어 번역할 필요가 있다. 헤겔의 노동개념은 국가와 부의 창출이라는 목적을 향해 나아가는 경향이 있지만, 이 책에서 다루는 교양소설에는 국가와 부의 창출이라는 목적은 적극적으로 설정되지 않는다. 대신 교양은 국가와 부의 기존 현상 형태에 대한 해체적 비판을 떠맡거나 맹아적인 형태로나마 문화적 개인주의와 민주주의의 형태에 대한 실험을 시도하는 것으로 의미화된다. 무엇보다 젊음은 적극적인 자유의 실현으로서의 자기표현이다. 4·19세대 작가들의 교양소설에서 그것은 흔히 여자들을 배제한 채 남자들 간에 이루어지는 우정의 연대와 결사 형태의 조직이나 모임으로 나타나는 특징이 있다. '비판적 소설(critical fiction)로서의 교양소설'은 헤겔의 교양개념에 내포된 부정의 노동과 비판, 해체의 과업을 서사적인 형태로 적극적으로 인준한 것이다.[52] 기존의 질서와 체계에 대한 부정의 과업을 수행하는 젊음의 의식은 교양서사의 충동과도 얼마든지 부합한다고 하겠다. 이 책은 3장에서 최인훈의 『광장』과 『회색인』을 '비판적 소설로서의 교양소설'의 개념으로 독해하고자 한다.

둘째, 교양의 과업을 수행하는 '비천한 의식'은 해체적 비판을 반복하는 '비천한 의식'에 머무르거나 그러한 비판을 자신에게 겨냥할 경우에 '아이러니의 정신'이 된다. 헤겔이 드니 디드로의 소설 『라모의 조카』(1761)에 대해 논평하면서 언급한 '교양의 무상성을 선포하는 기지(奇智)의 언어'는 이러한 아이러니를 표현한다.[53] 교양의 무상성을 선포하는

51 G. W. F. 헤겔, 『정신현상학』 2, 598쪽.

52 Marc Redfield, "The Phantom Bildungsroman", *Phantom Formation*, pp. 41~42.

53 G. W. F. 헤겔, 『정신현상학』 2, 639~640쪽. 드니 디드로, 『라모의 조카』, 황현산 옮김, 세계사, 1998.

기지의 언어는 비천한 의식이 현존질서인 국가와 시민사회로부터 아이러니하게 수혜를 받고 있음을 폭로하며, 그러한 폭로와 비판을 행사하는 정신과 언어가 현존질서보다 우위에 서 있지 않음을 드러낸다. 교양과 속물이라는 이분법은 젊음에 내포된 끊임없는 자기부정에서 비롯된 언어의 산물임을 고찰할 필요가 있다. 교양의 무상성을 선포하는 유희적 기지와 스스로를 속물로 간주하는 비천한 의식은 사실상 같다는 것이다. '아이러니 소설(irony fiction)로서의 교양소설'이라는 개념은 여기에서 도출된다. 모더니티의 상징적 형식으로서 젊음의 불확실성과 미혹, 현실과 이상의 간극, 기대와 환멸 등이 복합적인 방식으로 체현하는 교양소설은 아이러니 정신을 근간으로 하고 있으며, 그것은 젊음의 변화무쌍한 속성과도 부합한다. 그러나 아이러니는 결국 아이러니에 의해 소진된다. 김승옥의 교양소설은 반(反)교양소설이 되는 것이다. 4장에서는 김승옥의 『환상수첩』과 『내가 훔친 여름』에 나타난 젊음의 아이러니적 측면에 주목해 이들 소설을 아이러니 소설로서의 교양소설로 분석할 예정이다.

셋째, 교양이라는 개념에 내포된 아이러니적인 특성은 모더니티의 현실과 직접적으로 맞부딪치게 되면서 특유의 '이동성과 내면성'을 젊음에 구체적으로 부여하게 된다. 이러한 젊음은 변화무쌍한 현실에 자신을 내맡겨 유동적으로 흘러갈 뿐만 아니라, 그것을 민감한 자의식으로 반추한다. 이때 교양소설은 주인공을 둘러싼 상황과 그러한 상황 앞에서 불안을 느끼는 자기에 대한 분석과 해부(anatomy)를 수행하는 한편으로, 주인공이 피부로 느끼는 사회적 이동성에 따른 에토스와 가치체계의 심각한 변화를 소설의 형식 자체에 노출시키게 된다. 가치관의 변화와 혼란상이라는 내용이 그대로 소설의 불안정하고도 미완의 형식이 되는 경우를 일컬어 피카레스크 소설이라고 부를 수 있다면, 1960년대 한국 교양소설의 세 번째 유형이라고 할 만한 '아나토미와 피카레스크 소설로서의 교양소설'이라는 개념은 이렇게 등장한다고 할 수 있겠다. 완성된 결말이나 예정된 플롯을 따르지 않는 혼합적인 스타일의 교양소설에는 사회적 이동성과 변화에 따른 가치체계의 혼란 상을 구체적으로 체현하는 속물주의와 그로부터 빠져나오려는 진정성의 경험이 소설의 주요한 모티프와 주제를 이룬다. 5장에서는 박태순의 교양소설인 『형성』과 『낮에 나온 반달』을 각각 아나토미와 피카레스크 스타일 양식의 교양소설로 독해하고자 한다.

넷째, 교양에는 삶을 목적론적인 서사로 전제하며, 젊음을 자기 정체성을 부단히 형성하고 재발견하는 삶 전체에 있어서의 주요한 운동의 계기로 간주하는 의미가 내포되어 있다. '자기형성 소설(self-formation fiction)로서의 교양소설'이라는 개념은 이렇게 도출된다. 그것은 앞서의 비판적 역할을 떠맡거나 아이러니적 유희를 행하거나 이동성과 내면성을 구현하는 젊음의 속성을 어느 정도 지니면서도 자신의 정체성을 확립하고 '나는 누구인가'라는 질문에 대한 목적론적인 답을 마련하는 식으로 개인에서 공동체에 이르는 정체성을 확보하고 형성하는 데 복무한다. 자기형성 소설은 젊음을 특권화하는 서사 전략에서 비롯되지만, 결국 젊음에 대한 부정적인 가치평가를 수반하기에 이른다. 왜냐하면 자기형성 소설에서는 이야기로서의 전체의 삶이 인생의 특정시기인 젊음보다 중요하기 때문이다. 자기형성 소설로서의 교양소설은 자신을 둘러싼 삶의 여러 지평을 두루 재확인하는 데에 복무한다. 삶은 자기를 미적으로 표현하는 하나의 작품이며, 그러한 표현 속에서 자신과 자신을 둘러싼 공동체를 재발견하는 일련의 서사적 과정이다. 특수성으로서의 젊음은 그 자체로 의미가 있다기보다는 삶이라는 보편성 안으로 지양되면서 의미를 획득하게 된다. 6장에서는 김원일의 『어둠의 축제』와 이동하의 『우울한 귀향』을 자기와 공동체를 형성하는 자기형성 소설로 분석할 예정이다.

이 책은 이러한 방법론을 바탕으로 1960년대 4·19세대 작가들의 교양소설과 젊음을 분석함으로써, 한국 교양소설이 형성되는 과정과 젊음이 모더니티의 경험에 반응하는 사회정치적 내용을 함께 살필 수 있는 계기를 마련하고자 한다. 그리고 이를 통해 분단 이후에 전개되는 한국 문학사에서 교양소설 장르의 형성에 1960년대 4·19세대 작가들의 교양소설이 기여한 바와 그것이 향후 한국 교양소설의 역사적 전개와 형식의 변형에 어떠한 영향을 끼쳤는지를 가늠하려고 한다. 한국문학연구에서 특정한 역사적 시기에 출현한 한국 교양소설의 여러 형식과 내용에 대한 분석은 지속적으로 필요하다. 교양소설은 모더니티가 문제적으로 떠오르는 역사적인 국면에서 젊음의 의미를 발견해내고 구성해내는 유효한 틀로 성립되고 지속된다는 데서 꾸준한 관심을 부여할 만한 소설장르이다. 다음 장부터는 구체적으로 교양소설 작가와 텍스트에 대한 상세한 분석과 해석을 경유해 1960년대 한국 교양소설의 특성과 의의를 밝히고 그것을 평가할 예정이다.

3. 교양의 비판과 구축

1. 비판적 소설로서의 교양소설

이 장에서는 최인훈의 장편소설 『광장』(1960; 1961)과 『회색인』(1963~1964; 1967)을 교양(Bildung)이라는 근대 시민사회적 덕(德, aretē)의 가능성과 그 좌절을 서사적으로 구현하는 교양소설(Bildungsroman)로 독해하고자 한다. 여기에서 염두에 두는 교양소설의 개념은 최인훈 소설의 경우에는 특별히 '비판적 소설'(critical fiction)이라는 의미를 내포하고 전제한다.

비판적 소설은 헤겔의 교양개념에 내포된 노예의식의 변증법적 측면 가운데 주로 기존질서와 언어에 대한 비판과 해체의 작용에 주안점을 둔 소설개념이라고 말할 수 있다. bildung은 이미 고찰했다시피 18세기 중후반, 독일시민계급의 육성과 자기함양이라는 문화적·교육적인 차원에서 고안된 것이다. 일반적인 의미에서 교양은 "육성의 개념과 아주 밀접하게 짝을 이루고 있으며, 그것은 우선 자신의 자연적 소질과 능력을 계발하는 인간의 독특한 방식을 말한다."[1] 18세기의 괴테와 독일낭만주의자들의 선구자인 헤르더의 경우에 그것은 고대 그리스의 철학과 문학에 대한 열렬한 관심을 통한 그리스적 전인(全人)의 근대적 재발견과 무관하지 않으며, 훔볼트의 경우에는 인문주의적 국민교육과 학제개편이라는 계몽주의적인 차원에서 새롭게 계발되고 실천되던 것이다. "개체가 자신 안에서 일반성, 세계, 그야말로 인간성(인류) 전체를 어떻게 실현시킬 수 있는가 하는 질문에 대해" 이들은 "교양을 통한 자기실현이라는 개념으로 응답"했던 것이다.[2]

따라서 교양은 고대 그리스적 의미에서 폴리스의 시민이 정치공동체를 창출하고 발견해나가는 과정에서 삶의 의의와 행복을 계발한다는 의미의 덕(德, aretē, excellence)의 근대적 재발견이라는 차원과 무관한 개념이 아니다. 미셸 푸코가 말한 것처럼, 헤겔에 이르러 철학적 차원에서는 가장 정교하게 세공된 bildung은 헤겔이 살던 당시에 부상하던 독일시민계급의 사회구성원이라면 마땅히 갖춰야 할 덕목으로, 고대 그리스·로마에서 행해졌던 다양한 '자기 테크놀로지'의 세속화된 판본이라고 말할 수 있다.[3] 그러나 덕과 교양 사이에는 매우 중요한 차이가 있으며, 그러한 차이는 교양개념에 내포된 특별히 근대적인 차원을 지시한다. 간단하게 말하면 aretē가 주인이 그 자신의 명예를 지키고 유지하기 위해서라면 죽음도 불사할 수 있는 고대적인 덕성에 속한다면, bildung은 노예의 노동으로 향락을 누리던 주인의 기존세계를 부정하면서, 그러는 가운데 죽음을 불사하면서까지 자기를 깨닫는 근대적인 덕성이라고 할 수 있겠다. 한마디로 bildung은 세속화된 의미의 aretē이다. 그리고 이러한 bildung에는 aretē에 내포된 탁월함과 덕 모두[4]가 함축

1   한스-게오르크 가다머, 『진리와 방법』 1, 42~43쪽.
2   지크프리트 슈미트, 『구성주의 문학체계이론』, 박여성 옮김, 책세상, 2004, 127쪽.
3   미셸 푸코, 『주체의 해석학』, 심세광 옮김, 동문선, 2007, 515쪽.
4   aretē를 탁월함과 덕성이 결합된 차원으로 이해하는 세심한 논의로는 김헌, 「'아레

되어 있다.

헤겔의 『정신현상학』(1807)에서 '교양'은 계몽의 자기 소외된 정신의 변증법과 관련되어 가장 핵심적인 개념이다. 우선 교양은 주인과 노예의 변증법에서 주인의 향락을 위해 노동을 제공하던 노예의 부정적인 자기의식에서 출발한다. 여기서 교양개념은 노동개념과 분리될 수 없다. 그리고 그러한 노예의 노동은 노예가 주인을 위해 복무하던 기존의 세계가 전도된 세계임을 깨닫는 비판과 해체의 의식을 동반하게 된다. 노예의 자기의식은 기존세계에 대한 부단한 부정적 자기의식의 운동이며, 그러한 운동을 통해 타자로서의 자기 자신을 재발견하게 되는 변증법적 운동이기도 하다. 따라서 교양의 "이러한 해체작용, 즉 바로 이와 같은 그 자신의 부정적인 본질이야말로 다름 아닌 자기 존립의 요충을 이루는 것이며 그러한 요소의 주체인가 하면 또한 그 요소의 행위이자 생성이기도 한 것이다."[5]

헤겔의 교양개념에 내포된 부정성 또는 부정성의 운동은 크게 두 갈래로 나아가는데, 이 장의 논의에서 보다 핵심적인 것은 노예의 '비천한 의식'이다. 그리고 이러한 비천한 자기의식은 교양개념에 내포된 해체와 비판의 정신과 특별히 상통한다는 데서 주목할 필요가 있다. 헤겔에게 노예의 자기의식은 부단한 자기지양을 통한 기존세계의 부정뿐만 아니라, 새로운 세계에 대한 적극적인 구축으로 나타나기도 한다. 헤겔은 그러한 부정과 구축을 수행하는 노예의 자기의식을 각각 비천한 의식과 고귀한 의식이라고 부른다. 비천한 의식과 고귀한 의식은 노예의식의 변증법적 테제로 생성 또는 해체되는 것이지, 명확히 분리된 개념은 아니다. 비천한 의식과 고귀한 의식 모두 헤겔이 『정신현상

테'를 어떻게 이해할 것인가?」, 『비교문학』 제61집, 한국비교문학회, 2013, 49~54쪽 참조.

5 G. W. F. 헤겔, 『정신현상학』 2, 598쪽.

학』에서는 국가권력과 부(富)라고 부르고 『법철학』(1820)에서는 국가와 시민사회라고 부른 실체에 대한 반동일시와 동일시의 부단한 과정을 경험한다.

주체는 실체와 대립할 수도 있고, 실체와 합치될 수도 있다. 비천한 의식은 고귀한 의식이 될 수 있으며, 반대로 고귀한 의식이 비천한 의식이 될 수도 있다. 노예의 비천한 의식에게는 국가권력이 억압적인 것으로 부정되는 만큼이나 시민사회의 부라는 향유에 대해서는 긍정적일 수도 있다. 즉 비천한 의식은 다른 편에서는 고귀한 의식인 것이다. 부라는 향유의 무상성을 깨닫게 되는 경우 비천한 의식은 이번에는 자신의 소유와 향락을 지양하며 오직 국가권력에 복무하는 가운데에서 자기 자신을 긍정하는 고귀한 의식이 된다. 헤겔은 이러한 고귀한 의식을 "영웅적 정신"[6]이라고 불렀는데, 교양의 부단한 자기 외화와 소외의 과정을 통해 노예의 자기의식은 해체와 구축이라는 변증법을 통해 궁극적으로 국가와 시민사회의 성립에 복무하게 된다. 이러한 교양개념은 헤겔의 변증법이 그러하듯이 철학적으로는 자기의식에서 절대지로 나아가는 서사적 여정을 포함하고 있으며, 현실적으로는 교양을 체득한 근대적 시민이 인륜성을 토대로 국가와 시민사회의 일원이 되는 과정을 내포하고 있다. 헤겔의 변증법적 교양은 말하자면 미성숙한 젊음에서 성숙한 성년으로 나아간다. 그러나 지금까지 살펴본바, 헤겔의 교양개념이 교양소설 일반에 전적으로 부합하는 것은 아니다. 결혼 등을 통한 주인공의 안정적인 사회화라는 종결로 나아가는 괴테의 고전적인 교양소설 『빌헬름 마이스터의 수업시대』는 비교적 헤겔의 교양개념에 부합하는 소설적 사례라고 할 수 있다. 그러나 이 장에서 분석하는 최인훈의 교양소설은 성숙과 단절된 젊음을 다룬다.

6   G. W. F. 헤겔, 『정신현상학』 2, 619쪽.

헤겔의 교양개념은 국가와 시민사회가 요구하거나 국가와 시민사회의 일원으로 갖추어야 할 덕성에 가깝지만, 이 장에서 말하는 비판적 소설로서의 교양소설에 내포된 교양개념이 반드시 헤겔의 서사적·철학적 도식을 따라야 할 필요는 없겠다. 여기서 미셸 푸코가 정의하는 '비판'(critique)은 최인훈 소설에서 수행하고 있는 '비판'의 개념을 이해하는 데 유용하다고 할 수 있다. 푸코는 서구 계몽주의 전통에서 '비판'이 계몽에 대한 칸트의 정의, 즉 다른 이의 지도 없이 자신의 지성을 사용하는 결단과 용기와 멀리 떨어져 있지 않다고 지적한다. 그리고 지상명령으로서의 비판은 덕과 결부되어 있다고 말한다. 비판은 한마디로 '통치 당하지는 않으려는 기예', '자발적인 불복종이자 성찰을 통한 비순종의 기법'이며 그것을 자신의 권리로 부여하려 하는 노력을 일컫는다.[7] 『광장』에서 이명준이 행하는 '비판'은 계몽주의의 오래된 전통과 맞닿아 있다.[8]

또한 헤겔의 교양개념에 내포된 노동에의 요구는 교양소설에서 자동적으로 부의 생산이나 노동의 윤리에 대한 강조로 나타나지 않는다. 오히려 교양소설은 프랑코 모레티가 관찰한 것처럼, 『빌헬름 마이스터의 수업시대』부터 20세기 교양소설에 이르기까지 대개는 젊음이라는 심리사회적 유예기간에 초점을 맞추면서, 노동을 통한 부의 창출이라는 사회화 과정 저편의 세계를 재현해왔다.[9] 그것은 교양개념에 내포된 자기연마를 통한 개인성의 창출이라는 근대적 주체의 욕망과 집합적 교육을 통한 국가와 시민사회의 일원되기라는 요구 사이에서 벌어지는

7 미셸 푸코, 「비판이란 무엇인가?」, 미셸 푸코 외 지음, 『자유를 향한 참을 수 없는 열망』, 정일준 옮김, 새물결, 1999, 125~130쪽.
8 계몽주의에서 유래하는 '비판'이라는 개념에 입각해 최인훈 소설을 독해하는 논문으로는 서은주, 「최인훈 소설 연구: 인식 태도와 서술 방식의 상관성을 중심으로」, 연세대학교 박사논문, 2000. 특히 2장과 3장 참조.
9 프랑코 모레티, 『세상의 이치』, 60쪽.

갈등과도 무관하지 않다. 하버마스의 표현을 빌리면, 이러한 갈등은 헤겔의 교양개념 내부에서 벌어지는 갈등 곧 "한편으로는 인격성의 함양과 다른 한편으로 단순한 기예를 전수하는 교육"[10] 사이의 갈등이 기도 하다. 근대적 주체는 인간과 부르주아 사이에서, 그리고 공적인 시민사회의 요구에 부응하고 참여하는 공민(公民)과 소유에 대한 자유로 운 처분권을 지니고 행사하는 사인(私人) 사이를 오가면서 분열되는 존재이다.[11]

이 장에서 노예라는 비천한 의식의 교양적 자기도야는 우선 부정의 노동, 곧 기존사회와 질서에 대한 해체와 비판으로 정의된다. 그리고 노예의 자기의식은 인륜성을 토대로 한 새로운 시민사회에 대한 구상과 요구의 초안을 작성한다. 한편으로 헤겔의 교양개념에서 자기도야와 연마를 통해 즉자대자적인 자기반성을 행하는 노예의 의식은 주인의 덕과는 다른 덕의 개화가능성을 내포하고 있다는 점에서 또 다른 주목을 요한다. 『광장』과 『회색인』은 교양충동에 내재된 비천한 의식의 변증법 적 과정, 즉 전도된 세계에 대한 부단한 비판과 해체(『광장』)를 통한 새로운 개인과 사회에 대한 열망과 비전(『회색인』)을 서사적으로 잘 보여주는 한국 교양소설의 전형이라고 말할 수 있다. 특별히 최인훈의 교양소설을 '비판적 소설'로 부를 때, 헤겔의 다음과 같은 구절은 비판적 소설로서의 교양소설을 지지하는 이론적 밑받침이라고 할 수 있겠다. "정신의 국면에서 빚어지는 분열을 표현하는 언어야말로 자기의식의 형성으로서의 교양의 세계 전체를 포괄하는 완전한 언어이며 또한 그 속에서 참으로 살아 움직이는 정신이기도 한 것이다."[12] 여기서 헤겔이 말하는 정신의 '분열을 표현하는 언어'는 최인훈 소설에서는 특별하게

10 위르겐 하버마스, 『공론장의 구조변동』, 한승완 옮김, 나남, 2004, 123쪽.
11 위르겐 하버마스, 『공론장의 구조변동』, 132~133쪽.
12 G. W. F. 헤겔, 『정신현상학』 2, 636~37쪽.

최인훈 특유의 비평적 에세이즘의 스타일을 통해 구현되고 수행된다.

최인훈의『광장』은 1960년 11월『새벽』지에 발표된 이후 숱한 개작을 거치면서 한국전쟁을 배경으로 남북한의 정치현실과 이데올로기 문제를 한 젊은 지식인의 삶과 죽음의 여정을 통하여 본격적으로 그려낸 문제작으로 평가받고 있다. 한편『세대』(1963. 6~1964. 6)에 '회색의 의자'라는 제목으로 연재되었던『회색인』은『광장』과 비슷하게 젊은 주인공을 내세운 교양소설로 한국의 식민지적 모더니티에 대한 최인훈 소설 특유의 비판적 사유를 개진하는 작품이다. 이 두 소설 모두『광장』의 '작가의 말'을 빌리면, 4·19 혁명 곧 "저 빛나는 사월(四月)이 가져 온"13 문학적 유산이라고 말할 수 있다.

『광장』과『회색인』에 대한 무수한 비평들 가운데 한국의 교양소설로 두 작품을 주목하는 발언이 없었던 것은 아니다. 일찌감치 유종호는 주로『광장』의 젊은 주인공 이명준을 초점화해 그가 지닌 자의식과 내면 추구의 특징을 들어 이명준을 "실상 집단적 행동양식과 그 가치가 문제되는 정치에 관련되는 소설의 주인공으로서보다는 시민적 자기완성의 과정을 그리는 교양소설의 주인공으로 적격인 인물"14로 평가한 적이 있다. 고전적인 교양소설의 이념을 모델로 하여 한 인물의 성장과 방황의 궤적을 중심으로『광장』의 교양소설적 가능성을 타진한 유종호의 언급은 각별하다. 한편으로 "자기결정과, 그와 마찬가지로 엄정한 사회화의 요구 사이의 갈등"15이라는 교양소설 고유의 딜레마에 대해 생각해보면,『광장』의 이명준이 대결했으나 좌절하고 만 엄혹한 분단현

13 최인훈,『광장』, 정향사, 1961, 4쪽. 앞으로 이 소설을 인용할 경우, 본문에 쪽수를 표시한다.

14 유종호,「소설과 정치:『광장』과「회색인」」, 1979,『동시대의 시와 진실』, 민음사, 1995, 268쪽.

15 프랑코 모레티,『세상의 이치』, 44쪽.

실과 6·25 전쟁이 가져다준 파국의 정치적 무게 또한 결코 가벼이 볼 수는 없을 것이다. 이러한 측면에서 "한국문학에서 교양소설의 형성과 수준은 남한사회가 시민사회의 실현이라는 공화국의 이념을 어떤 방식으로 구현해내는가라는 정치적 차원의 과제와 조응한다"는 윤지관의 논평[16]은 『광장』을 가리키는 것이지만, 『회색인』에 대한 평가에도 마찬가지로 타당하다.

오랜 식민지시기를 지나 해방을 맞은 이후에도 강대국의 틈바구니에 끼어 정치적으로 독립을 달성하지 못한 채 전후 세계의 냉전 이데올로기의 각축장이 되었던 한반도는, 식민지시기의 근대화의 충격이 외부에서 비롯되었던 것처럼 정치경제적·문화적 근대화의 달성을 외부의 힘과 충격을 통해 또다시 이식해야 하는 역사를 되풀이한다. 『광장』에서 이명준이 격렬하게 비판하는 남북한의 현실은 외래의 박래품과 혁명의 포즈만이 설치는 수입된 근대의 단면들이다. 그리고 『회색인』에서 주인공인 독고준을 포함한 『갇힌 세대』의 동인들이 실행하는 한국사회에 대한 일종의 탈식민주의적인 비판이 겨냥하는 것도 자본주의와 공산주의 등 일방적으로 이식된 모더니티의 속성이다. 이러한 현실 속에서 진정성과 이상을 가지고 무엇을 해야 하는가라는 질문을 품고 현실에 진출해야 할 젊음의 운명은 가혹할 것임에 틀림없다. 더군다나 그러한 젊음은 한편에서 분단과 전쟁을 조장한 아버지 세대를 극복해야 할 과제마저 부담으로 지고 있다. 식민지시대의 교양소설인 이광수의 『무정』, 이태준의 『사상의 월야』(1941)의 주인공 이형식과 이송빈이 각각 교육과 과학에 대한 무작정한 신념으로 현재의 곤란한 현실에 주목하기보다는 미래의 이상을 향해 나아간 성장의 결과는 해방 이후, 그들의 후손인 이명준에 와서는 철저하게 비판받으며,[17] 독고준의 세대는 마침

16 윤지관, 「빌둥의 상상력: 한국 교양소설의 계보」, 『문학동네』, 2000년 여름호, 443쪽.

내 '나는 가족이 없다. 그러므로 자유이다'라는 결별선언을 하기에 이른다. 프랑코 모레티의 말을 빌리면, 최인훈의 교양소설에서 주인공들은 "기존 질서와의 수없이 많은 '연관'을 만들어내는 데서가 아니라, 그것을 깨뜨리는 데서 젊음의 의미를 찾는다. 젊음은 종합의 행복으로 달래지는 것이 아니라, 갈등의 굴레에 묶여 살고, 또한 죽는다."[18] 따라서 이명준과 같은 소설의 주인공에게, 스탕달의 『적과 흑』(1830)의 줄리앙 소렐이 그랬던 것처럼, 세계와의 대결에서 특유의 어리석음을 동반한 오만(hybris)이 노출되는 것도 탁월함(aretē)을 되살리고 유지하기 위해 세상과 타협하지 않으려는 부단한 노력 때문이다. 그리고 이러한 노력이 교양소설의 주인공을 특별히 '교양영웅'(Bildungsheld)으로 만든다.

물론 『광장』과 『회색인』 사이에는 중요한 차이가 있다. 『광장』은 시작부터 삶과 죽음을 저울질하는 주인공의 모험과 고난에 찬 편력이라는 서사적 운명을 부담으로 지고 있는 텍스트이다. 그에 비해 『회색인』은 혁명을 할 수도, 내적 망명의 칩거에만 머무를 수도 없는 "시시한 비극"[19]의 상황을 살아가는 젊음을 표현하는 텍스트이다. 최인훈의 교양소설은 다른 의미에서 범속하고도 타락한 근대사회에서 탁월함이 가능하다면 그것은 개인과 공동체를 통해 실현이 가능한지를, 또 어떠한 방식으로 가능한지를 실험하는 작품들이기도 하다.

여기서 조그만 가설 하나를 제안해보려고 한다. 앞서도 말했던 것처럼, 『광장』과 『회색인』은 모두 4·19 혁명이 가져다준 민주주의 정신의 문학적 산물이다. 그런데 두 소설의 시간적 배경은 4·19 혁명 이후가

17 류보선, 「사생아, 자유인, 편모슬하: 성년에 이르는 세 가지 길」, 『문학동네』, 1999년 여름호, 380쪽.

18 프랑코 모레티, 『세상의 이치』, 148쪽.

19 최인훈, 「회색인」, 『현대한국문학전집 16: 최인훈집』, 신구문화사, 1967, 180쪽. 앞으로 이 소설을 인용할 경우, 본문에 쪽수를 표시한다.

아니라 그 이전이다. 『광장』의 시간적 배경은 분단 및 6·25 전쟁과 휴전에 이른다. 그런데 주인공 이명준은 소설에서 그렇듯이 1947~48년 무렵에, 서울에 있는 대학을 다니면서 시를 쓰는 철학도라기보다는 4·19 혁명을 낳고 또한 혁명이 배태한 정신을 구현한 인물에 보다 가깝게 보인다. 『광장』은 마치 4·19 혁명의 정신을 체득한 인물이 시간여행을 통해 분단과 6·25 전쟁의 한복판에 뛰어든다는 가정법으로 쓴 소설처럼 읽힌다. 『광장』은 소설의 시공간적 배경이 오로지 한 주인공을 위해서만 존재하고 의미 있는 문제적인 전경으로 바뀌는 실험극과도 비슷하다. 마찬가지로 『회색인』도 4·19 혁명이 일어나기 두 해 전에 발생했던 '2·4 국가보안법 파동' 사건 전후를 시간적 배경으로 삼고 있는 소설이다. 주인공과 작중인물 모두 한 해 지나서 일어나게 될 혁명에 대한 예감조차 확신할 수 없을 정도로 닫힌 시간 속을 살고 있다. 이들은 4·19 혁명의 정신을 예비하는 존재들이겠지만, 정작 그 자신들은 '무엇을 할 것인가'라는 막막한 질문에 사로잡힌 젊음처럼 보이기도 한다. 심지어 그들은 5·16 군사쿠데타를 겪고 난 이후에 4·19 혁명이 군사독재로 귀결될 것에 우려하면서 자신들 나름의 민주주의를 고민하고 실행하는 인물들로도 보인다. 『회색인』에서도 『광장』과 마찬가지로 의도적인 아나크로니즘이 있다면, 이 두 소설에 배치된 아나크로니즘이 의도하는 것은 무엇일까. 앞서의 가설에 의하면, 『광장』과 『회색인』은 모두 민주주의의 가능성에 대한 소설적 실험이라고 부를 만하다. 전자가 헤겔적인 의미의 비천한 의식이 수행하는바, 교양충동에 내재한 기존 세계질서의 해체와 비판의 역할을 떠맡는다면, 후자는 그러한 해체와 비판을 수행하는 동시에 가능한 민주주의적 삶과 공동체의 모델을 구체적으로 상상하기에 이른다.

최인훈 교양소설의 주인공들은 민주주의적 덕성을 실현하는 과정에서 온갖 종류의 감성교육을 연마한다. 공동체주의 철학자인 알래스데어 매킨타이어는 아리스토텔레스의 aretē를 현대적으로 재해석하는데, 그에 따르면 "덕들은 특정한 방식으로 행위 하는 성향일 뿐만 아니라 특정한 방식으로 느끼는 성향이다. 덕 있게 행위 한다는 것은 덕들의 연마에 의해 형성된 성향에 따라 행위 하는 것을 의미한다. 도덕교육은 감성교육(éducation sentimentale)"이다.[20] 최인훈의 교양소설들은 4·19 혁명이 가져다준 민주주의의 새로운 가능성을 실험하기 위한 감성교육의 서사적 장이라고도 할 수 있지 않을까.『광장』에서 이명준이 윤애, 은혜 등과 겪는 사랑과 그 좌절의 경험,『회색인』에서 독고준이 김학 또는『갇힌 세대』동인 등과 맺는 우정의 연대는 바로 그러한 감성교육의 구체적 형태인 동시에 주체가 자신의 타자와 조우하면서 인륜적 공동체를 모색하는 주요한 방식이기도 한 것이다.

2. 어느 젊은 자코뱅주의자의 중립국행: 최인훈, 『광장』 읽기

1-1. "경멸"과 "환멸"

『광장』의 마지막 페이지, 전쟁포로로 중립국으로 향하는 타고르호 선실에서 이명준이 바다와 갈매기의 그림이 그려져 있는 부채를 들여다보는 장면에서 논의를 시작하도록 하겠다. 『광장』의 서사가 함축된 아래 인용문의 '미장아빔'(mise en abyme)에서 이명준의 삶은 두루마리처럼 펼쳐지게 된다.

······펼쳐진 부채가 있었다. 부채의 끝 넓은 테두리쪽을 철학과 학생 이명준이 걷고 있었다. 가을이었다. 그는 겨드랑에 낀 대학신문을 꺼내어

---

20 알래스데어 매킨타이어, 『덕의 상실』, 223쪽.

3. 교양의 비판과 구축 ⋮ 77

들여다보고 있었다. 약간 자랑스러운 듯이. 그는 여자를 경멸하지는 않아도 알 수 없는 동물이라고 여기고 있었다. 책을 모으고, 미이라를 구경하러 다니고 있었다. 정치는 경멸하고 있었다. 그는 그의 경멸이 사실은 강한 관심이 그런 모양으로 표현된 것인줄은 모르고 있었다. 다음에 부채의 안 쪽 좀 더 좁은 공간에 바다가 보이는 분지(盆地)가 있었다. 거기서 보면 갈매기가 날고 있었다. 그는 윤애에게 말하고 있었다. 「윤애 날 믿어줘, 알몸으로 날 믿어 줘……」 고기 썩는 냄새가 역한 배밑에서 파도에 흔들리는 선체의 율동에 어느덧 지쳐 깜박 잠든 사이에 유토피아의 꿈을 꾸고 있는 그 자신이 있었다. <조선인 꼴호즈> 숙소의 창에서 불타는 저녁 노을의 정열을 부러운듯이 바라보고 있는 그도 있었다. 꾸겨진 바바리 코오트 속에 시래기처럼 퇴색한 심장을 싸안고 은혜가 기다리는 하숙으로 돌아가고 있는 구(九)월의 어느 저녁이 있었다. 도어에 뒷통수를 부딪치면서 악마도 되지 못한 자기를 언제까지나 웃고 있는 그가 있었다. 그의 생활의 무대는 부채꼴(扇形), 넓은 부분에서 점점 안으로 오무라들고 있었다. 마지막으로 은혜와 둘이 안고 딩굴던 동굴이 그 부채꼴 위에 있었다…… 인간이 안고 딩구는 목숨의 꿈이 다르지 않으니. 어디선가 그런 소리도 들렸다. 그는 지금 부채의 요(要)점에 해당하는 부분에 서 있었다. 그의 생활의 광장은 좁아지다 못하여 끝내 그의 두 발바닥이 차지하는 면적이 되고 말았다.(212~13쪽)

자신이 사랑했던 여성들인 윤애와 은혜의 분신으로 짐작되는 갈매기들의 환영에 쫓기면서 정신적으로 거의 붕괴된 상태에 이르게 된 이명준의 마지막 초상은 1960년대 한국 교양소설에서 구현된 젊음 가운데 가장 문제적이고 비극적이라고 할 만하다. 물론 이명준은 확실히 교양소설 주인공의 면모에 잘 어울리는 전형적인 인물이다. 철학을 공부하고, 대학신문에 시를 투고하기도 하며 책읽기에 탐닉하는 지적이고도 감성적인 젊은이인 이명준은 "사람이 무엇 때문에 살며, 어떻게 살아야 감격을 가지고 살 수 있는지를 알아야"(24쪽) 한다는 삶의 진정성에 대한 탐색을 내보인다는 점에서 강한 교양의지를 가진 인물이다. 이명준 자신은 또래의 젊은이들과 다르게 특별한 예외적 존재, '영웅'이 되고 싶어 하며, 또한 그러한 삶에 대한 예감마저 강하게 지니고 있지만, 영웅이 될 수는 없는 시대적인 조건의 한계를 분명히 자각한다.

오늘날 세상처럼 인간이 <영웅의 삶>을 살 수 없는 시대도 없다. 인간이 변한 게 아니고 조건이 변한 것이다. 조건을 쏙 뽑은 다음에 그 어떤 알맹이가 남는다는 건 곧 아름다운 미신이다. 명준은 자기 가운데 영웅의 삶을 살고, 영웅의 죽음을 죽을 수 있는 씨앗이 파묻혀 있을까 생각해 보았다. 그건 알 수 없었다. 다만 이 검은 태양이 비치는 어두운 광장에서는 피어날 수 없는 씨앗일 것만은 확실했다.(81쪽)

이명준과 같은 젊음에게 가능한 것은 어쩌면 영웅이 아니라, 『적과 흑』의 줄리앙 소렐처럼 나폴레옹과 같은 영웅을 힘껏 모방하거나 연기(演技)하는 일일 것이다. 물론 그것은 주인 또는 영웅의 삶이 아니라, 자신이 부정하고자 하는 주인을 의식하는 동시에 그런 자신을 또다시 의식하면서 주인과 대결하려는 노예의 삶에 가까울 것이다. 그럼에도 이명준에게 젊음이 문제적이 되는 것은 자신이 닮고자 하는 이상을 젊음이 기꺼이 수행하려 들기 때문이다. 그는 그 자신이라기보다는 그가 되고자 하는 이상에 더 가까운 존재이다. 이명준이 소설 속에서 종종 보여주는 지적인 허세와 오만, 여성을 포함해 타자에게 노출하는 성급함과 어리석음, 비타협성과 아집은 그러한 연기에서 비롯된 불가피한 성격적 특질일 것이다.

이명준이 남한사회와 북한사회에서 각각 경험한 경멸과 환멸의 내용은 성숙한 현실주의적 통찰의 결과라기보다는, 자신이 품고 있는 이상에 의해 비판적 변증의 형태로 추상화된 것들이다. 이상이 없다면 경멸도 환멸도 없다. 이명준은 남한에서는 정선생에게, 북한에서는 아버지에게 거의 요설에 가깝게 밀실과 광장의 현란한 은유를 활용하면서 남북한을 각각 비판한다. 우선 남한현실에 대한 이명준의 비판을 일별해보면, 그것은 『정신현상학』에서 국가권력과 부에 대해 비천한 의식이 수행하는 비판에 조목조목 상응하는 측면들이 있다. 이명준에게 "한국 정치의 광장"(52쪽)은 요약하자면 "밀수입과 암거래에 깽들과 결탁한 어두운 보스들"(같은 쪽)의 약탈과 밀거래에 불과하다. "시장" 곧 "경제의 광장"에는 정치의 광장에 상응하듯이 "장물이 범람"할 뿐이며, "최소한 양심을 지키면서 탐욕과의 조절을 꾀하자는 자본주의의 교활한 윤리조차도" 존재하지 않는다.(54쪽) 또한 "문화의 광장"은 정치와 경제의 광장에서 이권을 사이에 두고 벌이는 권력가들과 자본가들의 아귀다툼이 "박래품"의 문화를 매개로 "공범자처럼" 해소되는 곳이다.(같은 쪽) 남한이라는 국가는 이명준과 같은 비천한 의식에게는 '악' 자체이다. 남한사회에 대한 이명준의 비판이 그가 상상하는 덕 또는 교양의 실천으로 곧바로 연결 지을 수는 없을 것이다. 대신 악덕의 정체에 대해 이명준이 행한 비판의 적실함과 유효성을 통해 덕의 실천가능성을 상상해볼 수는 있겠다.

그런데 남한사회에 대한 이명준의 비판에서 유의해야 할 것은 언표된 내용, 비판의 내용이 아니라 언술의 위치 곧 그가 비판하는 위치이다. 헤겔은 비천한 의식에 대해 "국가권력 앞에서 자지러드는 개인은 모름지기 자기 자신 속으로 되돌아가기에 이름으로써 국가권력은 그에게 있어서 다만 억압하는 존재, 즉 악한 것으로 나타날 뿐"이라고 말하고 있다.[21] 다시 말해 비천한 의식의 개인에게 국가권력이 악으로 나타날 때는 비천한 의식이 그것으로부터 물러나 자신의 내부로 퇴거할 때이다.

실체의 실체성을 규정하는 것은 주체의 위치에 달려 있다. 주인에 대한 노예의 부정은 대타적 부정이다. 그는 그가 부정하는 것에 역설적으로 의존하고 있는 것이다. 이러한 역설이 노예라는 비천한 의식에 내포된 딜레마이자 아이러니이다. 이명준의 어휘로 말해보자면, 남한사회에 대한 그의 통렬한 비판이 행해진 언표의 위치는 어디까지나 광장으로부터 물러난 밀실이라고 할 수 있겠다.

'저희들에겐 좋은 아버지였어요' 국고금을 덜컥한 정치인을 아버지로 가진 인테리 영양의 술회가 풍기는 수수께끼는 여기 있는 겁니다. 오, 좋은 아버지, 나쁜 인민의 공복(公僕). 개인만 있고 국민은 없읍니다. 밀실만 풍성하고 광장은 사멸했읍니다. 각기의 밀실은 신분에 비례해서 그런대로 풍성합니다. 개미처럼 물어다 장식하니깐요. 좋은 아버지. 불란서로 유학보내준 좋은 아버지. 청렴한 교사를 목 자르는 나쁜 장학관. 그게 같은 인물이라는 이 엄청난 역설. 아무도 광장에서 오래 머물지 않아요. 필요한 약탈과 사기만 끝나면 광장은 텅 빕니다. 광장이 사멸한 곳. 이게 남한이 아닙니까. 광장은 비어 있읍니다.(55쪽)

다시 말해 이명준의 비판은 '밀실'에 칩거하고 있는 자의 '광장'에 대한 비판이다. 이명준이 '장물이 범람하고' 있다고 폭로한 '경제의 광장'이라는 논리에서 보면, 그가 물질적인 삶을 기대는 아버지의 친구이자 대부(代父)인 은행장 변성제야말로 사기꾼이자 약탈자가 되는 셈이다. 변성제의 위치는 이명준이 서 있는 곳이 '인테리 영양'의 바로 그 지점임을 정확히 폭로한다.[22] 변성제의 자제인 태식과 영미의 풍족하고

---

21 G. W. F. 헤겔, 『정신현상학』 2, 614쪽.
22 김태환, 「『광장』과 『난장이…』 읽기, 그리고 천천히 다시 읽기」, 『문학과사회』, 1996년 가을호, 1379쪽.

안일하지만 자의식이라고는 조금도 없는 평범한 삶과 이명준의 삶은 물론 질적으로 차이 나는 것이다. 그러나 이들 모두가 변성제로부터 밀실을 제공받고 있다는 데서 두 삶의 차이는 무화될 차이이다. 정선생도 이명준의 발화위치에 대해 반문하는데, 그가 "자네도 밀실 가꾸기에만 힘쓰겠다는" 식으로 이명준을 비꼬자, 이명준은 "그 속에서 충분히 준비가 끝나면"이라고 유보한다.(55쪽) 그럼에도 "시민을 모으는 나팔수"(같은 쪽)가 되는 일이 이명준이 실행을 꿈꾸는 정치적인 삶임은 분명하다.

그러나 남한은 이명준의 비판과는 다르게 밀실과 광장이 분리된 곳이 아니다. 밀실은 광장에서 사기와 약탈을 저지르는 아버지가 자식들에게 제공한 처소이다. 이명준은 자신이 비판한 '인테리 영양'의 수수께끼 같은 술회가 자신에게도 해당되는 것을 의식하지 못하고 있는 것이다. 그가 자신의 교양을 연마하고 삶의 방향을 가늠하던 밀실은 그의 비판과는 달리 사기와 약탈 그리고 협잡이 가득한 광장에 의해 제공된 것일뿐더러, 언제든 박탈당할 수 있는 공간이다. 그렇기 때문에 이명준의 비판에 내재한 '자기기만'은 그가 월북하기 전까지 그의 자의식을 집요하게 따라다닌다.

남한에서의 삶이 이러했다면, 북한에서는 또 어떠할까. 남한에서 "에고의 방문이 붕괴되는 소리"(70쪽)로 요약할 수 있는 경찰서에서의 폭력 사건은 스스로 고아라고 간주해온 이명준에게 아버지의 존재를 강하게 부각시킨다. 경찰서 사건은 이명준이 아버지를 찾아 북한으로 떠나는 서사적 동기부여의 기회로 나타나게 될 뿐만 아니라, 사인에서 공민으로 삶의 방향을 전환해야 하는 불가피한 필연성으로 나타난다. 경찰의 취조 후에 이명준 내부로부터 들리는 다음과 같은 아이러니한 목소리는 시사적이다. "이명준, 자 보람있는 생활이 끝내 자네 것이 된 거야. 갈빗대가 버그러지도록 벅찬 불안에 살 수 있게 되지 않았나. 하루의 시간이 어두운 공포로 짙게 채색된, 충실하게 익은 시간이란 말일세. 자네가 그렇게 조르던 소원이 아닌가. 인제 무료하단 말은 말게. 야유섞인 소리였다."(75쪽) 다소 불쾌한 방식으로 이명준이 서 있는 현실적 위치를 자각토록 하는 이 내면의 목소리는 경찰서 취조사건, 윤애와의 좌절된 만남에 이은 이명준의 월북을 예고하는 지침이 된다. 그뿐만 아니라 목소리의 내용은 혁명의 에피고넨만 가득한 북한사회에 대해 이명준이 환멸을 토로할 때, 또다시 그가 열망해왔던 '충실하게 익은 시간' 속에서의 삶에 대한 열망을 상기시킨다.

남한에서 이명준은 자기정립이 이루어지지 않은 상태에서 사랑과 정치에 대한 관심을 보내지만 좌절하고 만다. 자신의 삶을 의미 있게 가꾸는 데 모태가 되었던 밀실이 그가 비판한 광장과 연결되어 있음은 이미 드러났다. 그렇다고 정치적 삶에 대한 관심과 실패로 끝난 연애를 통해 자신의 삶을 정립하려 했던 이명준의 모습과 아버지 세대의 파렴치한 행위에 대한 그의 고발이 갖는 의미가 축소되는 것은 아니다. 의미 있는 좌절이 있는 법이다. 북한에 대한 이명준의 비판은 남한에 대한 비판과 짝을 이루지만, 남한체제에 대한 대자적 반성의 형태를 갖추기 때문에 한층 주목을 요한다. 『광장』에 대한 기존 해석에서 북한체제에 대한 추상적인 비판으로 간주되는 이명준의 '비판'에는 일관성 있는 측면이 하나 있다. 그것은 정열 없는 모방, 무기력한 에피고넨, 평범의 악덕을 재생산하는 체제 비판 속에 함축된 강도(强度) 높은 열정이자, 그것을 통해 복원하려는 삶의 '탁월함'(aretē)에 대한 열망이다.

그러나 남한의 현실에 대한 '경멸'을 뒤로한 채 새로운 삶을 꿈꾸던 이명준이 "북한에서 발견한 것은 잿빛 공화국이었다." 그에게 북한은 "이 만주의 저녁노을처럼 피빛으로 타면서 혁명의 흥분 속에 살고 있는 공화국이 아니었다. 더욱 그를 놀라게 한 것은 컴뮤니스트들이 흥분이나 감격을 원하지 않고 있다는 사실이었다. 그가 처음으로 이 사회의 생리를 똑똑히 느낀 것은 월북 직후 북조선 주요 도시를 당의 명령으로 강연 행각했을 때였다. 학교, 공장, 시민회관, 그 자리를 채운 얼굴들은 한 마디로 무기력이었다."(124쪽) 게다가 북한에서 만난 친아버지는 혁명적 삶과는 무관한 "평범이란 이름의 지옥"(127쪽)을 살고 있었다. "그 풍경은 무기력한 샐러리맨 가정의 저녁 풍경일망정, 반일투사이며 이름있는 컴뮤니스트였던 아버지의 무대일 수는 없었다."(같은 쪽) 남한에서와 마찬가지로 북한에서도 이명준은 삶에 대한 강렬한 진정성으로 혁명의 신념을 실천하려는 의욕을 보이지만, 현실에서 그의 의지가 실현될 만한 터전은 없어 보인다. 주체가 자신의 역량을 발휘할 공동체는 오히려 주체의 창조성과 역량을 억누르고 있다. 교양이 교양의 주체와 함께하는 공동체에 대한 구상을 전제하는 것이라면, 이명준이 북한에서 함께해야 할 '인민'과 '당'이라는 이름의 공동체는 타락했다.

저는 살고 싶었던 겁니다. 보람있게 청춘을 불태우고 싶었습니다. 정말 삶다운 삶을 살고 싶었습니다. 인민들의 가슴에서 끓던 피, 그 붉은 심장의 얘기를 하고 싶었던 겁니다. 그 붉은 심장의 흥분 그것이야말로 모든 것입니다. 그것이야말로 우리와 자본주의자들을 구별하는 단 하나의 것입니다. 우리 가슴 속에서 불타야 할 자랑스러운 정열, 그것만이 문젭니다. 이남에는 그런 정열이 없었습니다. 있는 것은 비루한 욕망과 탈을 쓴 권세욕과 그리고 섹스(性) 뿐이었습니다. 젊은 사람치고 이상주의적인 사회 개량의 정열이 없는 사람이 어디 있겠습니까. 우리는 기껏해야 '일찌기 위대한 레닌동무는 말하기를……' '일찌기 위대한 스탈린 동무는 말하기를……' 그렇습니다. 모든 것은 위대한 동무들에 의하여 일찌기 말해져버린 것입니다. 이제는 아무 말도 할 말이 없습니다. 우리는 인제 아무도 위대해질 수 없습니다. 그저 어리석고 몽매한 인민, 일찌기 불꽃 위에서 살을 태운 종교적 정열도 없었고, 관군이 출동하면

저희 지도자를 묶어서 내 준 배반의 악덕에 충만한 사람들, 그렇습니다. 인민이란 배반자들입니다. 그리고 북조선의 공산당원들은 치사하고, 비굴하고 게으른 개들입니다.(128~131쪽)

위 인용문에서 이명준이 비판하는 것은 혁명에의 정열도 위대함에 대한 열망도 없이 그저 그것들을 모방하고 재생산하기에 급급해 하다가 급기야 무기력해져버리고 마는 공동체의 모습이다. 공동체의 이러한 타락상은 딱히 북한체제에만 해당되는 것은 아니다. 실제로 이명준에게 북한은 "간판"만 다른 남한이다. "혁명과 인민의 탈을 쓴 여전한 부르죠아 사회, 스노브들의 활보, 자기 감정에 이니시아티브를 주려는 노력을 회피하는 당원들, 부르죠아 사회의 샐러리맨 근성."(136쪽) 이러한 스노비즘의 체제에서 '우리는 아무도 위대해질 수' 없다는 이명준의 탄식은 넓게는 19세기 말에 토크빌, J. S. 밀, 부르크하르트, 니체와 같은 예언자들이 일찌감치 통찰한 바 있는 근대민주주의사회의 딜레마와 관련이 있다. 그 딜레마란 인민주권과 대의제의 확립, 교육의 사회적 분배, 시장에의 참여와 기회의 확대 등 사회의 전반적인 평등화가 진행되면 될수록 불거지는 평준화의 문제, 즉 탁월함의 쇠퇴와 범속함의 우세, 예외를 억누르는 숫자와 통계, 여론의 획일화된 독재의 확산이다. 고대의 덕, 탁월함의 세속화된 판본인 근대의 교양도 이러한 평준화 과정에서 자유로울 수 없다.

그와 관련해 이명준이 북한에서 자신의 교양의지가 좌절되는 경험을 언어적 측면에서 서술한 대목도 주목해볼 만하다. 이명준은 북한에서의 새로운 삶에 적응하기 위해 일이 끝난 후에 『볼셰비키 당사(黨史)』를 읽는 등 사회주의의 전사와 혁명의 과업을 이해하려고 노력한다. 그런데 북한에서 쓰이는 '교양'은 이명준이 남한에서 책을 읽고 글을 쓰면서 이해한 것처럼 "개인적인 체험"(156쪽)을 뜻한다기보다는 "현실에서 일어나는 사상의 원형을 또박 또박 <당사> 속에서 발견하고, 그에 대한 답안 역시 그 속에서 찾아내는 것" 또는 "언제나 당해 사건에 합당한 <당사>의 귀절을 대뜸 정확히 인용할 수 있는 능력"을 의미한다(126쪽). '컴뮤니스트들'은 '다다이스트들'처럼 새로운 언어를 만들었지만, "그들의 언어에는 뉴앙스도 없고 역설도 없었다." 즉 "언어의 숫자화"만 남은 것이다.(같은 쪽) 이렇듯 북한체제에서 교양은 자발적으로 체득해 나가면서 자기 것으로 만들고 공동체의 이념을 조율하고 확립하는 문화 형성의 적극적인 계기로 주어지는 게 아니다. 그것은 모택동의 경제 계획보고의 요지가 당원을 위한 교양자료로 배포되는 것처럼, "위에서 아래로"(154쪽) 일방적으로 주어지고 강제된 것이다. 혁명이 수입되었던 것처럼, 교양 역시 강요에 의해 독단적으로 주입되고 인민은 포즈로 그것을 취해야만 한다. "교양사업"(156쪽)이라는 합성어에서 환기되는 것처럼, 교양은 여론과 숫자, 통계의 획일적인 독재로 넘어가고 말았다.

『광장』은 이명준이라는 문제적 개인을 경유하여 남한에 대한 경멸, 북한에 대한 환멸이라는 비천한 의식의 경험이 다다른 막다른 골목을 보여준다. 개인이 자신의 탁월함을 펼치는 한편으로 그러한 개인들의 연합이 될 공동체에 대한 『광장』의 열망은 4·19 혁명이라는 민주주의의 정신에서 배태된 소중한 유산이다. 한편으로 『광장』은 이명준처럼 영구 혁명에의 열망을 간직한 젊음의 탁월함, 교양에의 추구가 공론장을 형성하지 못하고 폐쇄적인 이데올로기와 시스템에 의해 좌절될 수밖에 없는 과정을 재현했다. 이명준의 교양 기획은 실패했으나, 그의 패배가 남긴 유산에는 민주주의적 덕성을 연마하기 위한 감성교육의 흔적들이 발굴되기를 여전히 기다리고 있다.

1-2. "플라스 세계"와 "마이너스의 세계"

『광장』에서 무엇보다 이명준이 시종일관 힘주어 강조하는 것은, 다른 형태로 여러 차례 변주되긴 하지만, 대략 "쉴 새 없이 활동하고 쫓아가고 하더라도, 그와 같은 순수한 감격 속에 젖어가면서 살 수 있는 생활"(29쪽)로 요약할 수 있겠다. 이러한 삶을 탁월함에의 욕망이라고 불러도 좋겠고, 형성에의 의지라고 해도 무방할 것이다. "풀라스의 세계"(같은 쪽)에서의 '분투'(streben)하는 삶에 대한 파우스트적 열망은 한편으로는 어떤 사건에 대한 예감이나 계시, 소설에서 "극심한 마이너스의 세계"(같은 쪽)에 대한 경험과도 맞물려 있다. 물론 고대의 영웅에게 탁월함, 덕이라고 부를 만한 것이 공동체 내에서 전적으로 그가 수행하는 행위에 달려 있다면, 근대의 영웅에게 덕이나 탁월함은 그가 열망하고 수행하고자 하는 것과 실제로 그가 처해 있는 상황 사이의 분열과 간극을 반성적으로 깨닫는 일에서 시작될 수밖에 없을 것이다.[23] 고대의 영웅이, 오래전에 아리스토텔레스가 『니코마코스 윤리학』에서 말했던 것처

23 포로로 붙잡힌 태식 앞에서 "나는 이번 전쟁을 겪어서 부활하고 싶어. 아니 탄생하고 싶단 말이야"(165쪽)라고 절규하는 이명준에게 전쟁은 아마도 다음과 같은 의미에서 자신의 탁월함을 전개하기 위한 마지막 무대였을 것이다. "전쟁에서 사람은 확실히 지독한 고통을 맛보지만 만약 공포와 비참함은 거의 느끼지 않고 살아남았다고 한다면 이 경험 덕분으로 전쟁 이외의 사물을 모두 어떤 관점에서 조망하게 되기 때문이다. 이러한 인간에게는 민간인의 생활 속에서는 일반적으로 영웅주의나 희생으로 불리는 것이 정말이지 좀스러운 일로 생각되고, 우정이나 용기라는 말이 새롭고 보다 선명한 의미를 띠게 된다. 그리고 자신의 존재보다 훨씬 큰 무엇인가에 참가하고 싶다는 기억이 그들의 생활을 바꿔버리는 것이다." 프랜시스 후쿠야마, 『역사의 종말』, 이상훈 옮김, 한마음사, 1993, 480~81쪽. 여기서 후쿠야마는 헤겔이 『역사철학』에서 개시한 전쟁에 대한 관점, 즉 인간이 자신의 탁월함을 펼치려는 우월욕망(megalothymia)을 실현하는 계기로서의 전쟁에 대한 관점을 참조하고 있다. 그러나 이명준이 전쟁에서 한 일이란 옛 친구인 태식을 반동분자의 혐의로 고문하고, 그의 아내가 된 옛 애인인 윤애를 강간하려다가 실패한 다음, 둘을 풀어준 것뿐이다. 이명준에게 전쟁은 공산당원이 되기 위해 필요했던 증오의 감정을 북돋우는 절호의 역사적 기회로 열렸지만, 그가 전쟁에서 실제로 체험한 것은 고문과 강간이라는 타자에 대한 사디스트적 폭력 그리고 살육과 파괴였다. 소설의 종점에 이르면 이명준에게 전쟁은 사랑을 통해 현실을 총체적으로 부정하는 상황으로 의미화된다.

럼, 좋은 삶을 실천하는 바로 그러한 정치적 삶을 되돌아보는 관조를 통해 덕을 완수한다면,[24] 이명준은 그 반대방향으로 나아간다고 할 수 있다. 이명준이 할 수 있고 해야 하는 일은 기존의 타락한 현실에 대해 비판과 해체를 수행하는 동시에 삶을 의미 있는 일련의 서사로 조직화하고 활성화할 수 있는 정열의 정열을 갖추고 유지하기 위해 분투하는 것이다. 그러기 위해 그는 창(窓)을 통해 삶과 세계를 일관된 내러티브로 엮어내던 사인의 관조에서 공민의 행위로 나아가야만 한다. 물론 그러한 일은 남한에서 쉽지 않았다. 남한의 이명준에게 '관조의 덕'은 에고의 보존을 통해 자신의 실존을 유지하기 위한 방편이었다.

> 윤리적 노력이라는 게 고매(高邁)하나마 비극적 자기 도취에 그치는 것이며, 더 혹독히는 신에 대한 무모한 반항이라면 이리도 저리도 못하는 피곤한 에고는 또 한번 관조의 덕을 배웠다. 현상(現象)이 가지는 상징의 향기를 혼곤히 맡아 보며, 에고의 패배감을 관용이라는 포장지로 그럭저럭 꾸려 가지고, 신이 명령하는 <이웃 사랑>의 대용물로 쓰기로 한다는 선에서 주저앉곤 했다. 풍성한 피로가 구름처럼 쌓이는 상념 끝에 고단한 풋잠을 즐길 때, 베개로 삼는 게 바로 지붕 중턱에 돌출한 이 창문의 효용이었다.(32~33쪽)

그러나 어쩌면 이명준이 바라던 행복의 실상이란 고대 그리스의 아테네 시민들처럼 '관조의 덕'을 만끽하는 일이 아니라, "자기와 환경 사이에 아무 갈등도 없는 미분화(未分化)의 세계"(31쪽)에 웅크리고서 마냥 초조해하는 에고의 자기변명에 지나지 않을지도 모른다. 삶은 다만 에고의 보존에 지나지 않는가. 마찬가지로 앞서 서술한 것처럼 북한에

---

24 아리스토텔레스, 『니코마코스 윤리학』, 김재홍 외 2인 옮김, 길, 2011 참조

서도 이명준은 자신의 삶을 의미 있는 서사로 만들기가 쉽지 않았다. 북한에서의 행복이란 당의 구호에 일괄적으로 응답하는 무기력한 인민들의 열정 없는 복창에 불과했던 것이다.

  그런데 『광장』의 전반부에는 이명준에게 삶이 위대한 것이고 또 살 만한 가치가 있을 뿐만 아니라, 삶을 통해 실현될 앞으로의 이야기가 예측 불가능한 만큼이나 확고한 목적이 있다고 여기게 되는 중요한 경험이 제시되어 있다. 『광장』에서 가장 수수께끼 같은 장면이지만, 공교롭게도 별로 분석되지는 않은 계시, 데자뷔 현상, 더 정확하게는 아래 인용문에서 묘사되는 에피파니의 경험은 주의해서 읽어야 한다.

  한 여름 뜨거운 날씨. 구름 한 점 보이지 않고 바람기도 없었다. 뿔뿔이 흩어져서 여기 저기 나무 그늘로 찾아들다가 어느 낮은 비탈에 올라섰을 때였다. 그는 아찔한 도취같이 불시에 온 몸을 휩싸는 것을 느끼며 그 자리에 우뚝 서 버렸다. 우선 머리에 온 것은 그 전에 언젠가 기억할 수는 없지만, 이와 똑같은 장소, 똑같은 시각에, 이런 자세대로 지금 느끼고 있는 감정에 사로잡혀서 멍하니 서 있던 적이 있다는 환각(幻覺)이었다. 그러나 분명히 그건 환각인 것이, 명준은 그 장소에 그 때 처음와 본 것이었다. 그 순간 그는 전 세계가 덜그럭 소리를 내면서 운행을 그치는 것을 느꼈다. 고요했다. 물건마다 제 자리에 놓일 데 놓여져서 더 움직이는 것은 필요없는 일 같았다. 세상이 돌고 돌다가 가장 이상적인 형태로 톱니가 물린 순간같았다. (중략) 물론 이 순수한 상태는 곧 깨어졌다. 그렇게 짧은 순간에 그토록 착잡한 내용이 어쩌면 시간적 계기의 순서를 밟지 않고 동시에 일어날 수 있었던가, 그는 오래도록 의문이었다. 이를테면 그 여러가지 생각들이 순간이라는 중심을 공유한 몇개의 동심원인양 이중 삼중으로 같은 평면에 겹으로 떠오른 것이었다. 만일 이러한 순간이 이상적으로 극단이 되면, 세계의 처음과 마지막, 발을 디디고

선 바루 아래 땅에서 우주의 끝까지가 한장의 마음의 스크린에 동시에 투영된다는 것도 가능한 것이 아닌가, 그는 상상했다.(27~28쪽)

이명준이 젊은 날에 겪은 에피파니의 경험을 어떻게 이해하면 좋을까. 삶이 비록 불확실한 여정 속에 속해 있더라도 이러한 계시의 드문 경험 속에서 강렬하게 느껴지는 결코 잊기 힘든 위대한 순간은 삶에 특정한 방향성이 있음을 암시하며, 더 이상 무정형이 아닌 좋은 삶의 목적(telos)을 향하도록 추동한다. 마치 마법의 구슬을 들여다보듯이 현재에서 미래를 목격하고, 과거의 삶이 현재의 단 한순간에 상기되는 이러한 에피파니의 경험은 삶이 하나의 의미 있는 내러티브로 구성되는 것임을 통찰하게 만드는 위대한 각성의 순간이기도 하다. 찰스 테일러는 『자아의 원천들』에서 18세기 말에 자연의 회복을 주도했던 루소와 독일낭만주의자의 낭만적 표현주의를 설명하면서 이들의 낭만주의가 재발견한 것, 곧 이성에 의해 구획되고 분리되었던 인간과 자연, 감수성과 지성, 개체와 공동체의 재합일이 완수되는 위대한 미적·도덕적 순간을 일컬어 '에피파니'라고 불렀다. 그것은 근대서양인들이 계몽주의적 기획을 수행하던 가운데 잃어버렸다가 복원해낸 자연의 목소리이며, 장애물을 극복하는 투명성[25]이자, 산업주의적 자본주의가 가속화됨에 따라 점점 더 원자적이고도 도구화되어가던 삶의 존재방식 속에서 근대인들이 그리워했던 표현적 충만함이었다. 찰스 테일러에 의하면 "에피파니를 실현하는 것은 내가 도덕의 원천들과의 접촉을 회복하는 것이라고 불러왔던 것을 모범적으로 보여주는 사례이다. 에피파니는 우리가 어떤 것과의 접촉을 성취하는 것으로, 거기서 이 접촉은 정신적으로 중요한 실현이나 완전성을 강화하거나/강화하고 자체가 그것의 구성요

25 장 스타로뱅스키, 『장 자크 루소: 투명성과 장애물』, 이충훈 옮김, 아카넷, 2012 참조.

소가 된다."[26]

『광장』에서 이명준이 경험한 에피파니는 특별히 그에게 사랑의 예감으로 다가온다. 인용문에서 '중략'에 해당되는 부분은 실제로 다음과 같이 서술되어 있다. "여자의 생각이 문득 났다. 그는 자기가 아직도 애인을 가지지 못한 것을 생각했다. 그러나 그 순간에는 여인과의 사랑이란 몹시도 번잡한 것으로 느껴지고, 다만 어떤 여인이 자기에게 움직일 수 없는 애정의 확신을 준 다음, 그 자리에서 죽어 버리고, 자기는 아무 의무감도 없는 포화된 순수 감정만을 소유하고 싶었다. 이런 상념들이 그 순간 동시에 섬광처럼 왕래했다."(27쪽) 한편으로 에피파니는 이명준이 북한에서 야외극장을 짓는 일에 의용봉사원으로 자원해서 나갔다가 공사장에서 낙상사고를 당하기 직전에 또다시 겪는 것이기도 하다.[27] 에피파니는 타자와의 만남을 통해 주체가 존재의 연속성을 경험하는 일로 기대되는 것이다.

『광장』에서 이명준이 겪은 에피파니의 경험은 사랑과 에로스라는 친밀성의 경험과 직결된다. 친밀성의 경험은 주체 자신이 타자, 공동체와 맺을 수 있는 관계의 가능성을 가늠하는 중요한 신호가 된다. 사랑은 주체가 타자와 맺어지는 동시에 공동체의 최소단위를 형성하는 데 밑거름이 되는 감성교육의 실천이다. 첫째, 사랑의 경험에서 중요한 것은 사랑이 상호주관적 관계라는 것이다. 헤겔이 묘사한 대로 사랑은 자기가 타자와 온전히 융합하여 각자가 타자 속에 몰입하는 행위이다. 그러나 사랑의 경험은 한낱 주체와 타자가 서로를 잊어버리는 몰아의 상태에만 머무는 것이 아니라, 타자와 더불어 자기를 별도로 인식하는 행위이

26 찰스 테일러, 『자아의 원천들』, 권기돈·하주영 옮김, 새물결, 2015, 861쪽.
27 "좋은 계절…… 오래 있었던 어떤 일이 번개같이 스치고 지나갔다. 그는 아뜩하는
    찰라 발을 헛디디면서 아래로 떨어지고 있었다."(132쪽) '오래 있었던 어떤 일'이란
    이명준이 남한에서 겪었던 에피파니의 경험(27~28쪽)을 말한다.

기도 하다.[28] 즉 사랑은 두 인격체 간에 이루어지는 상호주관적인 행위일 뿐만 아니라, 혼자 있을 수 있음에 대한 경험을 사랑의 융합상태에 대한 경험과 매개하는 행위이다.[29] 둘째, 여기서 '인정'(認定, Anerkennung)으로서의 사랑이 중요해진다. 인정은 주체가 타자를 통해 "자신을 특정한 인간으로 이해하게 하는 실천적 확증의 형태"[30]이다. 동시에 인정은 타자의 권리에 대한 승인인 동시에 자신의 권리에 대한 타자의 승인인 것이다. 인정으로서의 사랑이란 자기와 타자의 권리에 대한 승인이라는 평등적 대우뿐만 아니라, 정서적 결합과 친밀성의 배려 또한 공유한다.[31] 그렇게 사랑은 사회적 인륜성의 중요한 토대로 기능한다. 헤겔이 말하는 인륜성은 가족과 혈연 내의 사랑과 도덕의 관계로 이해되기도 하지만, 시민사회 구성원을 이루는 인격체 상호 간의 감성적·도덕적 연대를 통해 획득되는 것이기도 하다. 적어도 사랑은 민주주의적 감성교육에서 우정의 연대만큼이나 중요하다. 셋째, 사랑의 에로스적인 특징은 교양의 자기형성과도 무관하지 않다. 사랑의 "친밀성은 영적·정신적 형식의 상호 도야(Bildung) 과정 안에 감각적 관능을 끌어들일 것을 요구한다."[32]

『광장』에서 이명준이 겪은 사랑에 대한 기존의 평가는 다소 인색하다. 그러나 감성교육으로서의 사랑이라는 측면에서 『광장』을 다시 읽을 필요가 있다. 물론 『광장』의 사랑은 현실을 향할 때 현실과의 단절이라는 성격이 강하다. 또한 이명준의 사랑은 타자를 향할 때 상호인정의 관계 속에서 삶의 정당성을 폭넓게 확보하는 방향으로 나아가기보다는

..
28 G. W. F. 헤겔, 『헤겔 미학』 2, 두행숙 옮김, 나남, 1996, 343~44, 369쪽.
29 악셀 호네트, 『인정투쟁』, 문성훈·이현재 옮김, 사월의책, 2011, 208쪽.
30 악셀 호네트, 『인정투쟁』, 153쪽.
31 악셀 호네트, 『인정투쟁』, 181쪽.
32 니클라스 루만, 『열정으로서의 사랑』, 권기돈 외 2인 옮김, 새물결, 2009, 182쪽.

자신의 실존을 확인하려는 필사적인 몸부림으로 귀착된다. 그럼에도 『광장』에서 사랑이 절박하게 빛나는 이유는 사랑에 내포된 인류적 공동체의 가능성 때문이라기보다는 그러한 가능성마저 파괴하는 전쟁과 같은 폭력적 현실 때문이다.

『광장』에서 이명준은 남한과 북한에서 각각 윤애와 은혜를 만나 사랑을 하게 되는데, 그 방식과 양상은 서로 다르다. 먼저, 남한에서 윤애에 대한 이명준의 사랑은 변성제가 자신을 더 이상 보호해줄 수 없다는 것을 깨달은 후에 본격화된다. 그런데 이명준의 사랑은 성급하고도 미숙할 뿐만 아니라, 접근과 실행에서도 타자에 대해서 폭력적이다.

> 어쨌든 그는 철학의 탑 속에서 인간을 풍경처럼 관조했다. 그 때 윤애가 나타났던 것이다. 그녀는 뜻밖에도 다가와서 그의 창문을 두드렸다. 그는 창틀을 뛰어 넘어서 그녀의 손을 잡았다. 그녀는 금박이 입혀진 두툼한 책이 즐비하게 꽂힌 책장이 놓인 방 안에 오히려 호기심이 당기는 듯 했지만, 그는 그녀의 손을 이끌어 푸른 들판으로 인도했다. 저 방 안에 들어가 보았자 아무 재미도 없어. 정말이야, 내가 보장해. 그런 생각에서였다. 그 아름다운 얼굴에 사유로 인한 흉한 주름을 잡히게 하고 싶지 않다는 친절에서였다. 그 친절이 모욕이었다.(98쪽)

> 한 인간을 소유했다는 확신 속에 도취한 하룻밤을 지낸 다음, 그 마찬가지 자리에서 그녀가 보여 주는 뚜렷한 저항은 그로 하여금 미칠 듯한 절망 속으로 거꾸로 처넣었다. 그것은 <여자>란 이름의 인간이 아니었다. 무어라 이름붙일 수 없는 짐승이었다. 명준은 숨이 턱 막혔다. 제가 뭔데요? 안 통하는구나, 분명히 그녀와 나란히 서 있다고 생각한 광장에서 어느덧 그는 외톨 백이었다. 그의 논리가 미치지 못하는 어두운 골짜기에 그녀는 뿌리를 가진 듯했다. 그녀는 자기가 누구인지 모르는

거다. 그녀는 자기 이름을 모르는 짐승이다. 그러면서 명준이 편에서 가르쳐 줄라치면 아니라는 것이다. 자기 이름은 그게 아니라는 거다.(121~23쪽)

　주로 이명준의 생각을 대변하는 서술자의 화법이 압도적인 위의 인용문을 볼 때, 이명준에게 사랑이란 '한 인간을 소유했다는 확신 속'의 '도취'에서 별로 나아가지는 못한다는 사실을 짐작할 수 있다. 이명준과 윤애와의 만남을 묘사한 장면들에서 두드러지는 것은 사랑에 대해 일방적으로 강요하는 이명준의 말과 행동이다. 윤애는 자꾸만 이명준으로부터 멀리 달아나는 것처럼 보인다. 그녀가 그에게 '제가 누군지' 모르는 존재로 보이는 것은 당연하다. 그렇지만 이러한 달아남, 규정지을 수 없음이 그녀 자신임을 이명준은 결코 깨닫지 못한다. 만일 그렇지 않다면 멀어졌다가 다음날이면 다시 그에게 가까워지는 그녀의 태도를 이해하기가 어려워진다. 어쩌면 윤애의 입장에서 이명준과 만나는 행위는 그의 밀실에 참여하려는 것으로도 읽힌다. 창밖을 관조하는 밀실의 삶이 이명준의 실존을 구성하는 환상의 중핵이라고 말할 수 있다면, 사랑이란 그러한 환상의 내적 공간을 타자와 일부분 공유하는 행위이기도 하다. 그러나 경찰서 취조사건 이후 밀실의 삶을 훼손당한 후에 밀실의 상징인 자신의 서재에 대해 보내는 윤애의 관심은 이명준에게 별로 중요한 것이 아니게 된다. 이명준은 그것을 윤애를 위한 일로 생각하지만, 그의 친절은 윤애에게는 한낱 '모욕'일 뿐이다. 이명준은 윤애에게 사랑을 요구했지만, 그가 실제로 윤애에게 행한 것은 자신의 환상공간에 타인이 들어오기를 거절하는 행위였다. 결국 에고를 보존하던 삶이 위태로워지자 윤애와의 사랑으로 '밀실'의 결핍을 보상받으려던 이명준의 행동은 자가당착으로 끝나고 만다.
　윤애와의 어긋난 사랑에 비해 북한에서 맺어지는 은혜와의 사랑은 이명준이 남한에 대한 경멸과 북한에 대한 환멸을 겪고 난 이후여서 필사적인 성질을 띠게 된다. 이명준과 은혜의 사랑은 삶의 연속성을 회복하고 타자와의 만남으로 이어지는 측면이 있지만, 그 방식은 고립무원을 자처하는 쪽이다. 전쟁의 와중에 동굴로 은신해 벌이는 이들의 에로스적 행위에서 주목할 만한 것은 아래와 같은 사랑선언이다.

> '무릇 조선민주주의인민공화국의 공민은 인생을 사랑하는 의무를 진다. 사랑하지 않는 자는 인민의 적이며, 자본가의 개이며, 제국주의자들의 스파이다. 누구를 불문하고 사랑하지 않는 자는 인민의 이름으로 사형에 처한다' (중략) 전차와 대포를 지키라고 너희들이 배치한 자리에서 우리는 원시(原始)의 광장을 찾아가고 있다. 이렇게……. (중략) 내가 영웅이 아닌 줄은 벌써 배웠다. 그런 어마어마한 이름은 사양하겠다. 이 여자를 죽도록 사랑하는 수컷이면 그만이다. 이 햇빛. 저 여름 풀. 뜨거운 대지. 네개의 다리와 네개의 팔이 굳세게 꼬여진 원시의 작은 광장에 여름 한낮의 광선이 숨가쁘게 헐덕이고 있었다. 바람은 없다.(183~85쪽)

광장의 유토피아에 대한 열망이 좌절되면서 이명준이 택한 마지막 길은 사랑을 통한 자기 확인의 몸짓이다. 그것은 다분히 자신이 몸담으려했던 사회와 역사에 대한 지독한 거절의 제스처로 이해할 필요가 있다. 은혜의 죽음으로 종결된 사랑은 이데올로기와 역사가 펼쳐지는 광장의 무대에서 물러난 뒤에 이명준을 붙잡은 삶의 마지막 가능성이었다. 사랑의 이름으로 사회와 역사를 지울 수는 없겠지만, 이명준의 마지막 사랑은 그가 꿈꿨던 삶의 충만함을 억압하는 사회와 역사에 대한 최소한의 항의라고 할 수도 있지 않을까. 이명준이 상상한 사랑의 공화국을 다만 공허하다거나 우스꽝스럽다고만 말할 수는 없다.

남북한에서의 이명준의 삶은 『광장』의 또 다른 세계, 중립국으로 가는 타고르호에서 회고된 것이다. 소설의 첫머리가 알려주는 것처럼, 그는 심신이 지친 채, 환각과 환청에 시달리면서도 중립국행에서 "시가 곧 생활"(197쪽)인 행복한 세계를 꿈꾼다. 아래 인용문에서 '아무도 나를 아는 사람이 없는 땅'에서의 행복에 대한 소망은 그가 남한에서 그랬던 것처럼 창문 안에서 밖을 내다보는 삶도 아니며, 북한으로 넘어갈 때 꿈꾸었던 '유토피아의 꿈'과도 궤를 달리한다.

> 중립국. 아무도 나를 아는 사람이 없는 땅. 하루 종일 시가를 싸 다닌대 도 어깨 한번 치는 사람이 없는 도시. 내가 어떤 사람이었던지도 모를 뿐더러 알려고 하는 사람도 없다. 병원 문지기라든지, 소방서 감시원이라 든가, 극장의 매표원, 그런 될 수 있는대로 정신을 쓰는 율이 적고, 그 대신 똑같은 동작을 하루 종일 계속만 하면 되는 직업에 종사할 테다. 수위실 속에서 나는 육체의 병을 고치러 오는 사람들을 바라본다. 나는 문간을 깨끗이 소제하고 아침 저녁으로 꽃밭에 물을 준다. 원장 선생이 출근할 때와 퇴근할 때는 일어서서 경례를 한다. 간호부들이 시키는 잔 신부름을 기꺼히 해 줘야지. 신문을 사다 달라느니 모퉁이 과자집에서 초코렡 한개만 부탁한다느니 따위 귀여운 부탁을 성심껏 해준다. 그녀들은 봉급 날이면 잔돈푼을 모아서 헐직한 모자나 양말같은 간단한 선물을 할 게다. 나는 정중히 허리를 굽히며 받는다. 그리고 빙긋 웃는다.(196쪽)

유토피아의 세계에 대한 이명준의 동경은 소설의 서사적 추동력을 이끄는 원천인 한편으로, 개인에게는 자신이 살아야 할 공동체나 사회 를 꿈꾸게 한다는 점에서 교양의지의 발현으로 보인다. 그러나 중립국 에서의 삶에 대한 몽상은 이 모든 것이 무상한 것으로 변해버린 자의 내부에서 싹튼 것이다. 다른 세계에 대한 동경은 만일 그것이 좌절될 경우 내적인 환멸로 집약되어 그에게 내면성을 자리 잡게 만드는 요인을 제공하는 것이라면, 동경과 환멸은 여전히 서사적 시간이 문제시되는 범주 내에 속해 있다. 그러나 중립국에서의 삶에 대한 이명준의 마지막 몽상은 유토피아에 대한 동경과 그에 대한 환멸 이후에 찾아온 것이어서 특별하다. 역사가 전쟁의 파국으로 치닫고, 사랑마저 좌절되고 중단된 상태에서 중립국에서의 삶이란 그에게 존재와 삶의 연속성을 다시 한 번 보장할 마지막 피난처일지도 모른다. 그것은 이상도 없으며 이상에 따른 환멸도 없는 상태에서 실종되기 직전에 이명준이 "거울 속에"서 "활짝" 지었던 미소와 연결된다.(214쪽)

중립국에서의 생활, '시가 곧 생활'인 삶에의 염원은 이명준이 남한의 밀실에서 가꿔왔던 '관조의 덕'이나 그가 북한으로 넘어가면서 소망했던 '유토피아의 꿈'과도 다르다. 인용문에서처럼 이명준이 상상하는 삶은 지극히 평범한 일상이지만, 그것은 소박하고도 다소곳한 축제의 느낌을 삶의 각 순간에 동반하는 것 같은 충만한 일상이다. 다만 안타깝게도 '시가 곧 생활'인 삶은 이명준의 몫이 더 이상 아니다. 그것은 텍스트에서 순수하게 가능성의 양태, 좌절된 동경으로만 보존된다.

1-3. 탁월함에의 열망과 좌절

『광장』은 해방 후의 혼란한 현실과 전쟁의 파국 속에서 한 젊은이의 성장과 교양의지가 어떻게 좌절되는가를 그의 죽음을 통해 구현하고 있다. 『광장』의 이명준은 한국 교양소설의 그 어떤 주인공보다 강한 교양의지를 통해 광장으로 대변되는 공적인 삶을 충실히 수행하려 하고, 세계와 자아의 불화와 간극을 몸소 체험하며, 자신이 타자와 함께 자유롭게 살아야 하는 공동체를 꿈꾸는 교양영웅이다. 이명준은 그가 태어난 세계를 건설하고 지배하다가 결국 그 세계의 몰락을 자초한 아버지

세대와도 확실히 다른 인물이다. 이명준에게 교양이란 현실비판을 위한 무기로 사용되지만, 보다 적극적으로 억압적인 현실을 극복하면서 나은 세계를 꿈꾸는 유토피아 정신과도 연결된다. 그러나 이명준의 기획은 철저하게 좌절된다. 남한은 어떠한 정치적인 기획도 음모와 협잡으로 타락해 버리는 현실이다. 그때까지 미성숙한 인물이었던 이명준은 이러한 현실을 비판하는 데 머무르면서 세계에 대한 개조의 의지를 막연히 점칠 수밖에 없게 된다. 더군다나 이명준이 광장이 부재한 현실을 비판하는 토대였던 밀실의 세계는 아버지 세대들이 제공한 물질적 환경에서 자유로운 공간이 아니었다. 이명준의 월북은 그렇게 해서 이루어지게 된다. 그러나 유토피아에 대한 꿈을 꾸면서 도착한 북한은 그가 상상하던 곳과는 너무도 다른 세상이었다. 그곳은 혁명이 실현된 사회가 아니라 그 혁명을 무미건조하게 이식한 사회였다. 그 사회 안에서 공동체는 양떼처럼 무기력하게 당의 명령에 복종할 뿐이었다. 이명준의 교양의지는 다시 한 번 꺾인다. 이 책에서는 이명준의 이러한 좌절을 탁월함에의 열망에 대한 좌절로 보았다.

한편으로 남북한의 현실과 이데올로기에 대한 이명준의 비판과 반항이 아무리 격렬한 것이더라도 그것은 다소 개인적인 차원에 머무르는 것으로 보인다. 예를 들어 남북한 사회와 공동체에 대한 이명준의 비판은 공동체의 교정가능성을 염두에 둔다기보다는 공동체의 악덕과 타락상을 고발하는 데 치중한다. 이명준은 "공공적인 권력을 최소화"하고 "더 넓은 개인의 활동 영역을 정복"해 나가려는 정치적 자유주의자처럼 보이며,[33] 김현이 지적한 것처럼, 『광장』은 4·19 혁명이 가져다준 성과인 정치적 자유주의의 문학적 표현으로 읽힌다.[34] 이명준의 체제비판이

33 노르베르토 보비오, 『자유주의와 민주주의』, 황주홍 옮김, 문학과지성사, 1992, 54쪽.
34 김현, 「최인훈에 대한 네 개의 산문」, 『현대 한국문학의 이론/사회와 윤리』, 352쪽.

그다지 공평하지만은 않다는 것은 이를 방증한다. 중립국행을 택하면서 이명준은 남한체제와 북한체제를 또다시 비교하는 가운데, 남한체제에는 보장되어 있지만 북한체제에 존재하지 않는 것에 대해 이야기한다. 그것은 '자유'이다. 이명준에게 "남한이란 게으른 <즉자태(卽自態)>", "이상의 결여태"임은 분명하다. 그럼에도 "장점이 있다면 그곳에는 타락할 수 있는 자유와 나태할 수 있는 자유가 있었다. 정말 그곳은 자유향(自由鄕)이었다."(191쪽) 심지어 이명준은 북한사회의 '자유의 부재'를 "기본 인권의 유린"(같은 쪽)이라고 일컫는데, 이것 또한 자유주의자의 어법이다.[35] 여기서 이명준은 확실히 4·19 혁명의 자유의 정신을 체화한 정치적 자유주의자로 말하고 있다.

그러나 『광장』을 관류하는 교양의 정신에 근본적으로 내재한 것은 개인의 삶을 사적인 동시에 공적으로도 의미 있게 만드는 비판의 자유이다. 그리고 자유에 대한 열정은 개인의 주체적 삶의 영역을 보장하려는 공공성을 숙고한다는 데서 정치적 자유주의뿐만 아니라 보다 폭넓게는 계몽주의의 오래된 공화주의적인 전통과 맞닿아 있다. 유종호의 혜안처럼 이명준에게도 파우스트에서 트로츠키에 이르는 다양한 모습이 겹쳐져 있다.[36] 물론 『광장』이 지닌 정치적 한계를 비판하기란 어렵지 않다. 『광장』에는 교양과 문화에 잠재된 시민사회적 인륜성에 대한 탐구가 별로 많지 않으며, 이에 대한 탐구는 『회색인』에서 보다 본격적으로 추진된다고 할 수 있다. 그러나 이명준과 같은 개인이 공적으로 삶의 광장에 참여할 기회마저 차단하는 폭력적인 현실을 생각해보면, 이명준의 사유와 행동이 보여준 한계를 분단현실과 강압적인 현실에 대한 비판의 기회로 다시 삼을 수도 있겠다. 도대체 아버지들이 조장한 분단

35 이러한 독법의 사례로는 김진기, 「'정치적 자유'의 한 양상: 최인훈의 1960년대 소설을 중심으로」, 『상허학보』 제17집, 상허학회, 2006, 287~88쪽.
36 유종호, 「소설과 정치」, 『동시대의 시와 진실』, 268쪽.

현실과 그것의 총체적인 파국인 전쟁은 이명준이라는 한 개인의 성장과 교양의지를 철저하게 봉쇄했을 뿐만 아니라, 사랑마저 불가능하게 하지 않았던가. 이명준이 유일하게 의탁했던 마음의 길이자 몸의 길이었던 은혜와의 사랑 또한 전쟁이 은혜를 앗아가면서 좌절되지 않았는가.

『광장』이 개인과 공동체에 제기했던 중대한 물음은 『회색인』에서는 개인과 공동체에 대한 모색과 더불어 현실변혁의 실제적인 가능성을 가늠하는 방향으로 나아간다. 『광장』은 여러모로 읽기 힘겨운 텍스트이다. 자의식적인 고아로서 이명준은 절대적으로 고립되어 있는 상황이었다. 그는 최소한의 공동체를 형성할 친구도 없었고, 단 한 명이었던 스승에 대해서는 우월의식을 느끼는 방식으로 스승과 멀어지게 되며, 아버지와는 불화하고, 그리하여 그가 의존할 수 있었던 것은 연인밖에 없었다. 현실의 압도적인 중력은 온통 그를 붙잡아맸다. 자코뱅주의적 이상주의자 이명준에게 현실에 대한 비판은 너무도 빨리 경멸과 환멸로 귀착되어버린 감이 없지 않다. 그럼에도 그것을 이명준의 책임으로만 돌릴 수 있을까.

확실히 차이 없는 평범함과 획일화에 자족하면서 여론의 얼빠진 독재에 길들여진 시대의 프리즘으로 보면 이명준처럼 지나치게 눈에 띌 정도로 뚜렷한 개성과 그의 무모한 이상주의는 부담스럽거나 허황된 것이다. 기존의 연구에서 이명준을 미성숙한 젊음으로 평가한 사례는 적지 않다. 그러나 비록 충동적이더라도 기꺼이 모험을 감수하고, 결코 적당히 타협하려 들지 않으며, 자신을 과대평가하는 자기기만에 종종 노출되더라도, 현실원칙이 허용하는 한도 내에서 살라고 요구하는 평범한 세계에서 이상을 갖고 분투하면서 살려고 노력하는 것은 가장 높은 수준의 용기를 보여주는 일이지 않을까.[37] 적어도 1960년대 이후에 발표

37 프랑코 모레티, 『세상의 이치』, 206쪽.

된 한국의 교양소설의 주인공들 가운데 이명준만큼 그 고유명이 독자들에게 뚜렷하게 각인된 매혹적인 주인공도 달리 없겠다. 이처럼 『광장』은 창조적인 개인과 공동체의 협치(協治)를 중차대한 과제로 남기는 한편, 분단체제의 현실에서 개인의 성장과 사회적 발전과의 협력이 의문시되는 상황을 근본적으로 되묻는 문제적인 교양소설이다.

3. 드라큘라의 독립선언: 최인훈의 『회색인』 읽기

1-1. "과수원", "책", "살 냄새"

『광장』에서 이명준은 고립된 사적 개인에서 공민의식을 가진 정치적 비판자로 자신의 역할을 바꿔가며 수행했다. '이 세계에서 나는 무엇을 할 수 있는가'라는 이명준의 질문은 세계에 기여하고 흡수되는 방식이 아니라 '밀실과 광장'이라는 정치적 타락상에 대한 과격하고도 추상적인 비판을 행하는 방식으로 진행된다. 『회색인』은 『광장』보다는 덜 과격한 만큼이나 더욱 조심스럽다. 이 소설은 이명준이 실패했던 곳에서 구체적으로 민주주의의 가능성을 실험한다. 4·19 혁명이 일어나기 직전의 시간으로 무대를 재구성함으로써 소설은 혁명의 가능성 또한 사유한다. 젊은 주인공들을 중심으로 개인이 삶의 의미를 확보할 수 있는 공동체에 대한 기획과 참여라는 근대적 덕성의 함양, 교양의 실현 가능성에 대한 최인훈의 소설적 탐색은 계속된다. 『회색인』은 한국적 모더니티에 대한 보다 섬세한 비판과 해체를 『광장』으로부터 이어받는 한편으로, 『광장』에 결여되었던 많은 부분들을 서사적으로 보완하는 방식으로 새롭게 재구성되는 작품이라고 할 수 있다.

『광장』과 『회색인』은 모두 한 작가가 쓴 교양소설이지만, 『광장』에서 『회색인』으로 오면서 교양소설 내부에서 일어나는 모종의 변화와 차이는 두드러지게 된다. 우선『광장』을 둘러싸고 있는 문학적 후광이 4·19 혁명의 정신에서 비롯된 것이며, 그 정신은 주인공 이명준의 죽음에도 불구하고 열려 있고 뻗어져 나간다고 할 수 있다면,『회색인』을 둘러싸고 있는 분위기는 혁명의 열광이 가라앉고 왜곡되어 전반적으로 답답하고 폐쇄적인 상황으로 귀착되었다고 말할 수 있겠다.『광장』(1960)과『회색인』(1963~64)의 차이는 텍스트가 발표된 1960년 4월 이후와 1961년 5월 이후의 차이이며, 텍스트에서 시간적 배경이 되고 있는 6·25 전쟁 전후와 2·4 파동 전후의 차이이기도 하다.『광장』은 6·25 전쟁을 축으로 전쟁을 맞이하기 전의 이명준의 대학시절과 석방포로시절의 시간을 두고 전개된다. 이에 비해『회색인』은 4·19 혁명이 일어나기 전인 1958~59년, 특히 1958년 이승만 정권에 의해 자행된 12월 24일의 국가보안법 파동이라는 정치적 사건이라는 배경을 축으로 하여 전개된다. 다시 말해 4·19 혁명에 대한 그 어떠한 예감도 확신도 기대도 할 수 없었던 폐색의 시기가『회색인』의 시간적 배경을 이루고 있다. 흥미로운 점은 텍스트가 발표되고 출간된 물리적인 시간환경과 텍스트 내부의 시간적 배경이 중첩되면서 독특한 효과음을 낸다는 것이다.『광장』의 이명준은 해방 전후의 혼란스러운 상황 속에서 대학을 다녔던 철학도만큼이나 4·19 혁명의 정신을 이어받은 급진적인 대학생 투사에 가깝다. 마찬가지로『회색인』의 주인공 독고준은 실향과 월남이라는 삶의 확고한 이력에도 불구하고 1958~59년도 경에 대학을 다니던 국문학도인 동시에 4·19 혁명과 5·16 군사쿠데타를 겪고 박정희 군사정권의 출현으로 인해 시작될 정치적 폐색의 분위기 속에서 대학을 다니던 학생으로 보인다.『회색인』의 연재(1963. 6~1964. 6)가 막바지에 이를 무렵에 시작된 한일회담반대시위(1964. 4~6)는 4·19 혁명 이후에 한동안 잠잠해졌다가 일어났던 최대의 학생시위였는데, 이 시위는『회색인』이라는 텍스트의 시간적 배경인 1958~59년 상황에서는 예감조차

할 수 없었던 이듬해의 4·19 혁명과 미묘하게 오버랩이 된다. 따라서
『회색인』에서 '혁명'은 혁명의 가능성과 불가능성, 혁명의 조건과 발생
등 그에 대한 무수한 이야기들이 오고 가고 불가피하게 의식될 수밖에
없는 '공백의 자리'로 기능한다. 그것은 『광장』에서 행해진 남북한 체제
와 이데올로기에 대해 수행한 이명준의 비판 내부에 4·19의 혁명정신이
간접적으로 '표현'된 것과 한번 비교해볼 만하다.

　『회색인』의 독고준은 많은 부분 『광장』의 이명준을 『회색인』에 그대
로 옮겨 심은 인물로 보인다. 그들은 정신적으로나 육체적으로 거의
비슷한 고아의 신세인 데다가 월남한 실향민이며, 독서와 사유를 즐기
고, 현실에 대한 비판정신이 남다른, 글을 쓰는 철학도와 문학도이다.
그럼에도 이 두 인물의 차이 또한 적지 않다. 독고준은 이명준이 추상적
인 부정의 방식으로 수행했던 이식된 근대에 대한 비판과 해체를 좀
더 구체적인 방식으로 수행하되 이명준이 했던 것처럼 단독적인 방식만
을 고집하는 것이 아니라 동료들과의 토론과 논쟁을 통해서도 그렇게
한다. 이러한 차이는 텍스트에서 이들에게 주어진 역할과 배경에서도
두드러진다. 『광장』에서는 6·25 전쟁이라는 극단적인 상황과 대면하고
있는 이명준이라는 예외적 개인의 분투가 도드라졌다. 이에 비해 『회색
인』에서 독고준과 그의 동료들의 사유와 행동은 특정한 정치적 상황과
정면으로 부딪치지 않는다. 『광장』의 이명준은 월북, 제3국행 등을 통해
자신의 존재증명을 시도하는 독자적인 모험을 다양한 현실 속에서 감행
한다. 그렇지만 『회색인』에서 독고준의 행동반경은 그의 하숙집과 학교
주변을 거의 벗어나지 않으며, 자신의 존재에 대한 물음 또한 주로
유년시절에 대한 회고와 다양한 사색을 통해 일어날 뿐이다. 이명준이
행동한다면, 독고준은 사유한다. 이명준이 자신의 관념을 과감히 실행
에 옮기는 편이라면, 독고준은 자신의 관념을 보다 면밀히 숙고하는
것으로 결단과 행동을 유예하는 편이다. 그것은 한편으로 이명준이

처해 있던 예외적이지만 개방된 상황과 독고준과『갇힌 세대』동인들이 처해 있던 폐색의 상황의 차이에서 비롯되는 것이기도 하다. 이명준이 참전한 6·25 전쟁은 누구도 벗어나기 어려운 역사적 상황이자 그 자신의 존재증명을 위한 필사적인 기투의 장이었다. 이에 비해 독고준에게 2·4 국가보안법 파동은 외피만 민주주의일 뿐인 독재체제의 정치적 모략과 함께 혁명과 반란이라고는 도무지 상상하기조차 힘든 정치적·정신적 폐색의 상황을 환기하는 뉴스이다. 밀실과 광장의 비유도 마찬가지이다. 독고준의 친구 김학이 독고준의 하숙집으로 찾아가는 소설의 첫 장면이 시사해주는 것처럼,『회색인』은『광장』의 이명준이 기거하던 것과 같은 밀실(독고준의 하숙집)에서 이야기가 시작되지만, 그 밀실은 이명준이나 독고준 혼자만이 머무르며 사색하는 곳으로 그치지 않는다. 『회색인』의 밀실은 마치 최인훈의 데뷔작인「그레이구락부 전말기」(1959)의 '그레이구락부'처럼 동인들의 아지트에 버금가는 일종의 준(準)공동체의 공간으로 기능하기도 한다.『광장』과『회색인』의 개략적인 차이는 대략 이렇게 말할 수 있겠다.

최인훈의『회색인』은 한 젊은이의 성장담과 친구들과의 우정, 여자와의 사랑, 무엇을 할 것인가라는 삶의 목적에 대한 고민, 현실에 대한 비판 등이 잘 어우러지는 교양소설이다. 그런데『광장』이 교양소설로 여러 차례 주목을 받은 것에 비해『회색인』의 경우는 그렇지 못했다. 교양소설로서『회색인』의 특징은 무엇보다도 주인공의 삶의 내력에 대한 서술과 현재 그가 처한 물질적·정신적 상황에서 잘 드러난다고 할 수 있다.『광장』과 비교해볼 때『회색인』에서 두드러진 특징은 현재에 이르게 된 주인공의 삶의 이력에 대한 자전적 서술이 꽤 풍부하게 제시되어 있다는 것이다. 자전적 글쓰기는 한마디로 "'나는 내가 되었다'라는 문장의 확장"[38]이라고 정의할 수 있다. 그런데『회색인』에서 기술되고 있는 유년에 대한 독고준의 회상, 자기고백의 자서전은 세계와 자아 사이의 갈등이 없는 유년시절의 아름다움, 수정과도 같은 투명성에 도달하려는 노력의 산물이 아니라, "망명자"(141쪽)의 소외된 의식과 체험이 중층적으로 쌓아올려지면서 자아와 세계와 사이의 거대한 간극과 적대를 경험하는 '불행한 의식'의 서사적 퇴적물이다.

『회색인』에서 독고준의 유년시절을 구성하는 가장 큰 체험은 대략 세 개 정도로 압축될 수 있다. 첫째는 해방 후 바로 시행된 북한의 전방위적인 "토지 개혁"으로 인해 "과수원과 논의 태반이 남의 손으로"(137쪽) 넘어가고 그로 인해 가족 가운데 아버지와 매형이 월남하게 된 사건이었다. 아버지가 있는 남한의 대북방송을 들으면서 독고준의 가족은 "정신적인 망명 가족"이 되며, 그 자신도 "일찍이 그 나이에 망명인의 우울과 권태를 씹으며" 자라게 된다.(140쪽) 독고준의 고독과 불행은 그가 자발적으로 선택한 것이 아니라, 그 자신의 의지와 상관없이 주어진 것이다. 김현은 일찌감치 최인훈의 『회색인』에서 독고준의 불행에 대해 다음과 같이 언급한 바 있다. 독고준의 불행은 "그가 그 불행의 이유와 의미를 알지 못하는 데서 생겨난다. 그는 이유를 알 수 없는 고문을 당하는 죄수와도 비슷하다. 그의 소외감이 심각한 것은 그것 때문이다. 그는 교정이 불가능한 결점, 오점을 선험적으로 부여받은 셈이다. 이러한 결점, 오점 때문에 그는 그 누구보다도 그가 처해 있는 현실에 적응하려 한다. 그러나 그것은 언제나 좌절한다."[39] 부르주아 가족의 자제로 낙인찍힌 독고준의 학교생활 역시 험난하기는 마찬가지이다. 학교에서 '역사란 무엇인가'라는 선생의 질문에 독고준은 "역사란 과거를 돌이켜보고 미래의 지침으로 삼는 과학입니다"라는 답변을 했다가 선생에게 "부르조아 역사가"라는 말을 듣게 되며(140쪽), 동료인

38 필립 르죈, 『자서전의 규약』, 윤진 옮김, 문학과지성사, 1998, 367쪽.
39 김현, 「최인훈에 대한 네 개의 산문」, 『현대 한국문학의 이론/사회와 윤리』, 337쪽.

소년단 분단장에게도 역사수업 시간에 "부르조아적인 말"을 했다는 이유로 "자아 비판"을 요구받게 된다.(141쪽) 독고준은 순순히 이들의 요구를 받아들이는 등 자신의 세계에 적응하려고 노력하지만, 오히려 그러한 노력으로 인해 "그는 점점 더 망명자가 되었다."(같은 쪽)

둘째로는 독고준이 빠져드는 책의 세계인데, 책의 세계는 앞에서 언급한 것처럼 당과 국가가 가르치는 공식적인 역사와 자아비판을 요구하는 획일적인 교육에 대한 무의식적인 반발과 연관이 적지 않다. 또한 책의 세계는 학교에서 요구하고 대답하기를 원하는 공식적인 말40과는 다를 뿐만 아니라 보다 비밀스러운 방식으로 몽상과 감각을 일깨우는 말의 세계라고 할 수 있겠다. "누나가 밭일 속으로 망명한 것처럼" "책 속으로 망명"하는 독고준이 읽는 책들은 크게 두 계열로 나뉜다. 하나는 이른바 "성장소설"(150쪽)들이다. 독고준이 읽은 『플란더즈의 개』, 『집 없는 아이』, 『강철은 어떻게 단련되었는가』가 바로 성장소설의 목록에 들어가는 책들이다. 예를 들면 『강철은 어떻게 단련되었는가』는 "러시아 제정 끝무렵에서 시작하여 소비에트 혁명, 그 뒤를 이은 국내 전쟁을 통하여 한 소년이 어떤 모험과 결심, 교훈과 용기를 통해서 한 사람의 훌륭한 공산당원이 되었는가를 말한 일종의 성장소설"로 "『집 없는 아이』의 소비에트판 번역"(151쪽)이었다. 소년 독고준이 읽는 성장소설들은 학교의 억압적인 교육과 훈육을 통해 그를 일방적으로 길들이려고 하는 방식에 대한 자발적인 거부이자 반발로 이해된다. 또한 그것들은 학교 선생이 가르친 공식적인 역사에 대한 대항서사의 씨앗마저 품고 있다. 소설의 주인공들 그리고 그들의 성장담과의 상상적 동일시를 통해서 독고준은 자신만의 정체성을 형성해나가는 것이다. "그들의 모험과 같은 일을 하고 있는 듯한 생각이 그를 기쁘게 했다. 그리고 자기

----

40 『회색인』의 1977년 개정판에는 "한 가지 종류의 진리의 말"이라고 부연되어 있다. 최인훈, 『회색인』, 문학과지성사, 1977, 25쪽.

행동에 대한 그럴듯한 설명도 거기서 발견한 듯했다."(156쪽)

독고준에게 책의 세계는 이처럼 자기 자신을 형성하는 데 있어 이야기한다는 것의 중요성을 시사한다. 독학자의 면모를 갖춘 독고준의 소외된 정체성, 망명자의 자기의식의 형성은 폴 리쾨르가 말한 '서사적 정체성', 즉 시간 속에 내던져진 자기 자신의 현존재와 그를 둘러싼 존재의 영역에 대해 질문하고 답을 내리는 등의 의미를 지속적으로 부여하는 것으로서의 서사적 행위와 연관이 깊다.41 이러한 '성장소설'의 맞은편에 『나나』가 놓여 있다. 『나나』의 독서체험이 독고준에게 의미하는 것 가운데 하나는 이야기 세계와 현실 세계의 의미론적인 전도이며, 보다 더 중요한 다른 하나는 폭격의 와중에 방공호에서 만난 한 여자와의 에로틱한 경험과의 연계이다. 조숙한 소년이 읽기에도 다소간 에로틱한 내용과 서술이 가득한 에밀 졸라의 『나나』를 책의 내용에 대해 잘 모르는 어머니 옆에서 읽으면서 독고준은 "사람을 속이고 있다는 죄의식" 속에서도 일종의 비밀스러운 "기쁨"을 느낀다. 그리고 이 "거꾸로 선 세계, 물구나무선 정신의 풍토"에서 "이야기가 더 현실적이고 현실이 더 거짓말 같은 질서"임을 깨닫는다.(142쪽) 독고준은 자신이 읽은 책들에 의해 형성된 관념과 욕망의 프리즘을 통해서 인간과 세계를 파악하고 장악하려는 소설의 주인공들, 곧 돈키호테에서 보바리 부인에 이르는 불행한 의식, "책읽기의 영광과 비참을 보여주는" 주인공들의 계보에 등록된다.42 독고준의 독서체험은 그를 사유와 행위 속에서 갈등하게 만들고, 본래적 자아와 타락한 세계 사이에서 찢겨져 버린 불행한 의식이라는 파우스트적인 회색의 세계로 데려간다.

41 폴 리쾨르, 「서술적 정체성」, 주네트·리쾨르·화이트·채트먼 외 『현대 서술 이론의 흐름』, 김동윤 옮김, 솔, 1997 참조.
42 김현, 「책읽기의 괴로움: 최인훈」, 『책읽기의 괴로움/살아있는 시들』(김현 문학전집 5), 문학과지성사, 1992, 231쪽.

한편으로, 『나나』의 에로틱한 세계에 의해 촉발된 것으로 방공호에서 독고준이 겪은 숨 막히는 원초적인 에로스 체험은 삶의 감각적이고도 정서적인 욕망을 일깨워 소년 독고준을 성인의 세계로 안내하기도 한다. 이것이 소년시절 독고준이 경험하는 체험의 세 번째 측면으로, 이른바 독고준 식의 감성교육인 것이다. "『나나』에서 그는 무엇인가 설레는 것을 발견하고 있었다. 백작이 보는 앞에서 나나가 알몸뚱이가 되어 맨틀 피이스를 향해 서서 불을 쬘 때 그는 가슴을 두근거렸다. 그러나 그것은 유리 하나 저편의 세계였다. 방공호 속에서 일어난 일은 그 자신의 일이었다. 그는 겹겹이 둘러싸인 이야기의 세계에서 처음 이 세계 속으로 밀려나왔다. W시를 바라보는 그의 눈은 반딧불처럼 약한 것일망정 소년의 속에서 점화된 욕망의 빛을 담고 있었다."(162쪽) 『광장』의 어법으로 말해보면, 어린 독고준에게는 일찌감치 책으로 대표되는 파우스트적 세계와 '살의 압력'으로 함축되는 돈 후안의 세계가 함께 열렸던 것이다.

　　그때 부드러운 팔이 그의 몸을 강하게 안았다. 그리고 그의 뺨에 겹쳐지는 뜨거운 뺨을 느꼈다. 준은 놀라움과 흥분으로 숨이 막혔다. 살 냄새. 멀어졌던 폭음이 다시 들려왔다. 준의 고막에 그 소리는 어렴풋했다. 뺨에 닿은 뜨거운 살. 그의 몸을 끌어안은 팔의 힘. 가슴과 어깨로 밀려드는 뭉클한 감촉이 그를 걷잡을 수 없이 혼란하게 만들었다. 폭격은 계속되었다. 폭탄이 낙하하는 그 쏴 소리와 쿵하는 지동 소리는 한결 더한 것 같았다. 준은 금방 까무러칠 듯한 정신 속에서 점점 심해 가는 폭음과 그럴수록 그의 몸을 덮어 누르는 따뜻한 살의 압력 속에서 허덕였다. 폭음. 더운 공기. 더운 뺨. 더운 살. 폭음. 갑자기 아주 가까이에서 땅이 울렸다. 어둠 속에서 사람들이 일제히 웅성거렸다. 폭음(爆音). 또 한번 굴이 울렸다. 아우성 소리. 폭음. 살 냄새……(159쪽)

자세한 경위는 이러하다. 독고준은 소집령을 받고 새벽에 집을 빠져나와 학교에 갔다가 아무도 없는 것을 확인하고 다시 친구의 집으로 돌아왔지만 또한 친구의 부재를 확인한다. 학교의 소집령에 적극적으로 응한 것은 그였지만, 학교는 그에게 공습이 있다는 사실을 전혀 알려주지 않았던 것이다. 그렇게 독고준은 아무도 없는 길거리를 헤매던 와중에 한 여인이 잡아끄는 손길에 의해 방공호로 숨어들게 되었고 그와 동시에 미군제트기의 폭격과 기총소사도 시작된다. 그리고 인용문에 묘사되어 있는 것처럼, 그는 방공호에서 평생을 따라다닐 외상적 체험을 겪게 된다. 파편화된 구절들로 기록되어 있는 인용문의 방공호에서의 원체험은 미군 제트기의 폭격에서 비롯된 '점점 심해가는 폭음'이라는 타나토스의 위협과 '그럴수록 그의 몸을 덮어 누르는 따뜻한 살의 압력'이라는 에로스적 유혹의 화학적 결합이라고 할 수 있겠다.

　『회색인』에서 성인인 독고준의 회상을 통해 서술되고 재구성되는 유년시절의 이야기는 현재 그 자신의 자아를 있게 만든 실존의 자서전이라고 할 만하다. 책 속의 세계를 위선적이고도 타락한 현실의 세계보다 더 실제적이라고 느끼는 독고준의 삶의 방식은 관념의 실행을 통해 기존세계를 실천적으로 극복하려는 혁명에 대한 욕망과 연결된다. 또한 방공호에서의 타나토스와 에로스가 혼융된 체험은 사랑에 대한 독고준의 욕망과 관련을 맺는다. 그리하여 혁명이 불가능하고 사랑마저 희귀한 그런 시대와 현실에서 독고준의 삶의 표어는 다음과 같이 압축된다. "사랑과 시간"(130쪽). 독고준의 실존적 모토라고 할 만한 "사랑과 시간은 각각 타자의 타자성과 사건의 타자성을 가능성의 관점에서 긍정적으로 변환한 말이다."[43] 또한 '사랑과 시간'은 『회색인』을 이루는 플롯의

43　이수형, 『1960년대 소설연구: 자유의 이념, 자유의 현실』, 소명출판, 2013, 133쪽 각주 32. 그런데 이수형은 독고준의 삶의 모토인 '사랑과 시간'이 "세계사라는

두 축이라고도 할 만하다. 소설은 크게 독고준과 김학 등의 『갇힌 세대』 동인의 우정, 만남에 대한 스토리와 독고준이 김순임, 이유정 등 여성들과의 만남과 교제의 스토리로 이루어졌다. 1958년 겨울부터 1959년 가을에 이르는 『회색인』을 감싸 안는 외적인 시간은 "국제 협조, 후진국 개발의 새 나팔이 야단스러운 새 유행시대(流行時代)"(130쪽)이지만, 소설의 주인공과 작중인물들이 실제로 경험하는 내적인 시간은 사랑과 혁명 그 어느 것도 당장은 불가능할 것만 같은, "혁명이 일어날 것 같은 기미는 보이지 않는"(225쪽) 폐색과 자폐의 시간에 가깝다. 그것은 다른 말로 사랑과 혁명은 이 소설에서 오직 가능성의 영역에서만 실험이 가능한 어떤 것이라는 말과도 같다. 『회색인』에서 사랑과 혁명은 실제로 그에 대한 실현가능성과 불가능성의 담화가 펼쳐지는 공백으로 남아 있는 것이다. 대신 주인공 독고준과 『갇힌 세대』 동인을 둘러싼 상황은 암담하기만 하다. 독고준의 친구이자 『갇힌 세대』의 동인 정도가 하는 말처럼 "절망도 불가능하다는 것, 이것이 우리의 비극이야. 우리들의 시대는 고전적인 격정의 드라마도 허용되지 않는 시시한 비극이야. 나타나는 모습이 시시하니까, 사태의 중대성을 좀체로 깨닫지 못하는 거야."(180쪽) 확실히 독고준과 그의 친구들이 처해 있는 현실적 상황은 『광장』의 단독적 개인인 이명준을 비극의 주인공으로 만든 상황과는 다르다. 그들은 '격정의 드라마'를 연기할 수 있는 자리와 상황을 처음부터 배당받지 못했다. 그들은 뒤늦게 도착한 사람들이다. 『갇힌 세대』의 동인들, 이 '불행한 의식'의 공동체가 할 수 있는 것은 무엇이며, 또한

••   보편과 동일시한 주체를 위한 최소한의 알리바이로 기능할 뿐이어서 일종의 관념적 선취에 가깝다"(같은 쪽)고 말하는데, 이에 대해서는 달리 생각해볼 필요가 있다. 적어도 독고준이 『회색인』에서 수행하는 바는 그러한 사랑과 시간, 즉 타자의 타자성을 인준하고 사건의 타자성, 즉 혁명의 시간을 앞당기고 실행하는 데 장애가 되는 한국적 현실, 한국적 근대성의 조건에 대한 해체와 비판 그리고 그러한 해체와 비판을 통해 가능한 민주주의에 대한 구상이기 때문이다.

소설의 주인공인 독고준이 할 수 있는 것은 무엇일까.

1-2. 비판적 자의식과 회색인 되기

『회색인』에서 주목할 만한 것은 무엇보다도 반성적인 언어의식으로, 이것은 『광장』의 강력하지만 어디까지나 독백의 지배적인 언술구조와 차이가 나는 것이다. 『회색인』의 언어는 『광장』에 비해 다층적이다. 그것은 독고준의 독백으로 이루어진 경우도 적지 않지만, 많은 경우 타자의 언어를 주체가 다시 반추하고 사유하는 반성의 언어로 이루어져 있기도 하다. 예를 들어 혁명의 가능성을 주장하는 김학의 말을 떠올리면서 독고준은 혁명에 대해 다음과 같이 사색한다. "혁명이 가능했던 상황이란 건 없었어. 혁명은 그 불가능을 의지로 극복하는 거야. 거기에 대해서 나는 무어라 대꾸했던가. 사랑과 시간. 사랑과 시간. 그러나 얼마나 기다려야 하는가. 언제 우리들의 가슴에 그 성령의 불이 홀연히 댕겨질 것인가. 그것은 기다리면 자연히 오는 것인가. 만일 너무 늦게 온다면. 사랑과 시간. 이것이 스스로를 속이는 기피가 안되려면 무엇이 있어야 하는가."(173~74쪽) 여기에서 '혁명은 그 불가능을 의지로 이겨내는' 것이라는 김학의 말과 '사랑과 시간'이라는 독고준의 말이 부딪친다. 애초에 독고준은 김학과의 대화에서 "한국의 상황에서는 혁명도 불가능하다"(135쪽)며, 그것은 "개인적인 용기의 유무보다 훨씬 복잡"하다고 토로한 적이 있다.(135~36쪽) 다시 말해 김학이 혁명이 개인과 공동체의 집합적인 의지를 통해 실현가능하다고 주장하는 주의주의자라면, 독고준은 혁명이 가능하거나 불가능한 조건을 먼저 따지는 구조주의자라고 할 수 있다. 김학이 혁명적 낭만주의자라면, 독고준은 김학의 그러한 언술이 쉽지 않음을 먼저 톺아보는 회의주의자이다. 그럼에도 독고준은 김학의 말을 쉽게 건너뛰거나 무시하지는 못한다. 독고준 역시 김학의 말을 의식하면서 그와는 다른 방식으로 혁명의 시간에 대해 숙고하기 때문이다. '언제 우리들의 가슴에 그 진리의 불이 홀연히 당겨질 것인가. 그것은 기다리면 자연히 오는 것인가. 만일 너무 늦게 온다면'과 같은 독고준의 독백은 이미 김학의 언어를 자의식적으로 반추한 언어인 것이다.[44]

이처럼 『회색인』의 언어는 변증법적인 언어이며, 이 변증법적 언어는 이미 현실과 관념 사이에서 벌어지는 간극과 분열을 격심하게 체현하는 언어이다. 그리고 변증법적 언어에 상응하는 정신은 당연히 헤겔이 말한 '불행한 의식'이다. 이 분열을 표현하는 언어는 『회색인』에서는 물론 '불행한 의식'의 공동체인 『갇힌 세대』 동인의 언어, 곧 '수인(囚人)의 언어'이기도 하다. 아래 인용문은 『갇힌 세대』 동인에 대한 서술자-김학의 짤막한 인상기로, 김학-서술자는 이들의 사유와 말의 진정성에 십분 공감하면서도 자신을 포함한 동인들이 갖고 있는 한계를 이렇게 요약한다.

정체를 알 수 없는 초조한 신경을 달래기 위하여 그들은 생경한 논리를 조작하고 자기에게만 가장 확신한 아포리즘을 상대방에게 던지고 하면서 정신의 곡예를 희롱하는 한 무리의 피에로들이었다. 그들은 그것을 알고 있다. 자기가 피에로라는 그들의 분위기는 아슬아슬하고 숨차고

44 마찬가지로 김학은 고향인 경주로 내려가 형을 만나는 한편으로 독고준이 말한 '사랑과 시간'에 대해 다음과 같이 반추한다. "이 모순을 어떻게 해결하면 좋은가. 인생의 두 가지 길. 투쟁과 체념 사이의 조화를 얻지 못하고 있는 우리들의 생활. 격식도 없고 믿음도 없는 시대. 도시에 나가 소란한 장바닥에서 부대끼다가 고향에 돌아오면 모든 것이 작아 보이고 무지스러워 보이는 그러한 심리. 그것을 극복하지 않으면 안 된다. 그것을 극복하는 길은 한두 가지에 손을 대는 것으로서는 되지 않는다. 갑이 을과 얽히고 을이 병과 얽히고 그런 식으로 모든 것이 얽혀 있으므로 그 속에서 사는 어떤 개인이 아무리 절박한 위기를 느낀다 할지라도 사태는 조금도 변하지 않는다. 그래서 결국 신경만 갉아먹는 결과가 되고 마는 것이 아닌가. 세상은 저 갈 데로 간다. 그래서 사랑과 시간이라고 준이 놈은 말한다. 사랑과 시간. 그 사랑이 문제다."(217~18쪽)

약간 아름답기까지 하였으나 그것은 다 거짓 위에 세워진 것을 알고
있었다. 떨어져도 죽지 않는다는 것을 그들은 알고 있었다. 그 아슬아슬함
은 진짜 위험이 아니라는 것을. 그 감격은 심리의 환상이라는 것을.
그 긴박감은 예고의 초조라는 것을. 약간의 아름다움은 자기 도취라는
것을 그들의 속마음은 알고 있었다. 어떤 순간에 문득 혀가 굳어지고
말할 수 없는 허전함이 마음 속으로 기어드는 것은 그런 까닭이었다.
그것이 그들을 더욱 뭉치게 했다. 거짓에는 거짓의 진실이 있다. 마치
위험한 줄타기를 하는 곡예사들에게 그들대로의 우정이 있듯이.(183쪽)

물론 『간힌 세대』 동인들 그리고 독고준이 수행하는 한국적 모더니티
에 대한 비판은 값진 것들이 적지 않다. 그것들은 한마디로 정의하기
매우 어렵지만, 최인훈의 표현을 빌리면, "관념 내부에" 존재하는 "방법
과 풍속"의 간극에 대한 통찰에서 온 것이며,[45] 이철범의 표현을 빌리면
관념과 현실의 이중구조, 즉 "현실의 부정은 관념의 부정이요 또한 관념
의 부정은 현실의 부정으로"[46] 나타날 때 도드라지는 갈등과 모순에
대한 인식과 통찰에서 비롯된 것이다. 그러한 인식과 통찰을 수행하는
역량에 대해 최인훈은 '주체성'이라는 이름을 붙인다.[47] 최인훈에 따르
면 하나의 관념은, 특별히 『회색인』에서 문제시되는 관념 중의 하나를
예로 들면 '민주주의'라고 해도 좋을 것인데, 관념이 발생하게 된 "현실
적 역사적 풍토에서 떨어져 다른 땅에서 유통시키려고 할 때는 그 미묘
한 살아 있는 힘"은 사라져버리고, 관념 내부의 방법과 풍속은 긴장을
잃은 채 "즉물적인 존재", 즉 "부적(符籍)"이 되어버린다.[48]

45 최인훈, 「계몽, 토속, 참여」, 『사상계』, 1968. 12, 105쪽.
46 이철범, 「관념세계의 설정과 그 한계」, 『사상계』, 1968. 12, 102쪽.
47 정영훈, 「최인훈 소설에 나타난 주체성과 글쓰기의 상관성 연구」, 서울대학교 박사
    논문, 2005 참조.

다시 말해 서양의 민주주의가 평등하고도 자유로운 개인과 공동체를 보장하는 정치적 모델로 남한에 이식되었다고 하더라도 그것이 곧바로 한국식 민주주의가 되는 것은 아니다. 민주주의라는 관념에는 그 고유의 실천 방법과 민주주의가 자라나게 된 풍속 사이의 고유한 긴장이 있으며, 그러한 긴장이 민주주의라는 관념이 가지고 있는 특유의 역동성일 것이다. 문제는 그것이 일본제국주의의 오랜 지배에서 막 벗어나 이데올로기적 갈등이 팽배한 한국의 풍토에 이식될 때 민주주의라는 관념이 가지는 내적 긴장감, 즉 그러한 관념이 전혀 다른 땅에 이식되는 방법과 풍속에 대한 세심한 고려가 없게 될 때, 민주주의는 그것이 이식된 땅에서 그에 대한 어떠한 비판과 논쟁도 차단해버리는 부적이 되며, 그 언어는 주술의 언어가 되어버리고 만다는 것이다. 예를 들면 이승만이 정권연장을 위해 정치깡패를 동원해 의회를 장악한 2·4 국가보안법 파동을 두고 "민주주의의 조종. 독재의 횡포. 다수당 횡포. 빈사의 국민 주권"(227쪽)이라는 세간의 비판이 나오더라도 그러한 비판은 제대로 된 효력을 발휘하지 못한다. 그렇기 때문에 민주주의라는 관념 자체의 독특성과 역사성을 두루 살펴야 하는 것이다.

> 얼마나 우스운 말인가. 민주주의는 다수의 지배가 아닌가. 다수결로 통과되었으면 그것은 합법인 것이다. 그 다수당을 만들어준 것은 국민이 아닌가. 그런데 그 국민은 다수당을 지긋지긋한 악당들로 보고 있고. 이 순환(循環). 이 순환의 형식면(形式面)만을 본다면 답은 나오지 않는다. 다수당이 만들어진 구체적인 과정에 부정(不正)이 있는 것이다. 민주 국가에서 다스리는 원천(源泉)인 투표가 제대로 되지 않기 때문에 나쁜 놈들이 다수당이 되고 마는 현실.(같은 쪽)

••
48 최인훈, 「계몽, 토속, 참여」, 같은 쪽.

그런데 다수 인민의 지배라는 민주주의적 통치형식이 다수당에 의한 대의제라는 실천적 편의로 바뀌게 될 때는 어떤 일이 일어나는가. 인용문에서 말하는 민주주의는 엄밀히 말하면 다수 인민의 통치를 대리하는 대의제, 의회주의에 가깝다. 그렇다면 의회민주주의는 샹탈 무페가 반문했던 것처럼, 권위주의적이거나 반의회주의적인 통치형식과 결코 양립이 불가능한 것인가.

2·4 국가보안법 파동은 이른바 야당을 견제하고 지식인을 탄압하는 등 이승만 정권의 통치 연장을 위해 의회 다수당의 지지를 얻어 국가보안법을 일방적으로 개정하고 통과시킨 사건이었다. 그 여파로 야당인 진보당의 당수였던 조봉암은 사형선고를 받게 되지만, 2·4 파동은 나중에 이승만 정권의 몰락을 예고하는 신호탄이 된다. 그런데 2·4 파동은 이승만 정권이라는, 실제로는 권위주의적인 독재체제이지만 형식적으로는 엄연한 민주주의적 통치체제에서 일어난 일이었다. 무페는 의회자유주의와 민주주의의 절합을 사유한 칼 슈미트의 통찰을 빌려 이렇게 말한다. 만일 "인민들을 대신해 대의제가 의사 결정을 위임받은 것이 실천적 편의 때문이었다면, 정확히 반의회주의적인 케사르주의 역시 쉽게 정당화될 수 있었을 것이다." 민주주의는 "통치자와 피통치자, 법과 인민의 의지 사이의 동일성의 논리"이기 때문에 "권위주의적 통치형식과 전적으로 양립할 수 있다."[49] 민주주의가 다수의 지배라는 통치형식이라면 다수당과 다수의 지배라는 인민의 동일성도 얼마든지 성립 가능하다. 문제는 '다수당이 만들어진 구체적인 과정'에 민주주의라는 관념의 어두운 기원이 자리 잡고 있는 것이다.

물론 최인훈의 『회색인』은 민주주의라는 관념 그 자체를 문제 삼는

49 샹탈 무페, 『정치적인 것의 귀환』, 이보경 옮김, 후마니타스, 2007, 191쪽.

데까지 나아간다고는 할 수 없다. 『회색인』에서 독고준이 지적하는 것도 '투표가 제대로 되지' 않는 부정선거의 현실이다. 그럼에도 적어도 민주주의의 대의제에 대해서는 『회색인』은 앞에서 말한 관념 내부의 긴장, 즉 방법과 풍속 사이의 긴장을 사유하고 비판하고 재구성하는 주체성의 역할에 대해서는 관심이 많다. 따라서 최인훈의 소설을 흔히 관념을 탐구하는 관념소설이라고 말할 때, 그 관념은 결코 추상적인 것 일반이거나 특수성을 고려하지 않는 일반성이 아니라, 특수성과 보편성의 단락, 관념 내부의 방법과 풍속 사이의 현기증 나는 긴장을 고려하는 주체성을 요구하고 수반하는 어떤 것이다.[50] 그리고 독고준과 김학을 위시한 『갇힌 세대』 동인들이 수행한 한국의 모더니티에 대한 다양한 비판은 한편으로는 '방법이면서 풍속'인 언어에 대한 성찰과도 연결된다. 그러나 그 언어는 방법과 풍속의 분열을 반영하는 언어이자, 그것 자체가 분열인 언어, 곧 아래 인용문에 따르면 '수인(囚人)의 언어' 이다.

> 혁명. 피. 역사. 정치. 자유. 그런 낱말들이 그들의 회화를 풍성하게
> 만들고 있으나, 그들의 경우 그것들은 장미꽃 저녁 노을 사랑 모험
> 등산 같은 말과 얼마나 다른지는 의문이었다. 왜냐하면 그들에게는
> 그 무거운 낱말들── 혁명·피·역사·정치·자유와 같은 사실의 책임을
> 질 만한 실제의 힘이 없었기 때문이었다. 그들이 지배할 수 있는 것은
> 언어뿐이었다. 사실(事實)에 영향을 주고, 외계(外界)를 움직이는 정치의
> 언어가 아니라 제 그림자를 쫓고 제 목소리가 되돌아온 메아리를 반주하

----

50 최인훈의 말을 한 번만 더 참조한다면, "이 정신-현실감각에서 울어나온 이 모험의
   정신, 방법과 풍속의 불안한 균형의 현기증에 끝까지 견디는 신경, 그밖에는 인간의
   진실에의 길이 없다는 정신의 '참여'의 의미라고 나는 해석한다." 이것이 최인훈이
   말하는 주체성이며, 그것은 최인훈식의 교양소설 주인공에게 잘 어울린다. 최인훈,
   「계몽, 토속, 참여」, 108쪽.

는 수인(囚人)의 언어 속에 살고 있었다. 그 속에서 그들이 몸부림치면 칠수록 현실은 더욱 멀어 보였다. 언어와 현실 사이에 가로놓인 골짜기를 뛰어넘는 길은 막혀 있었다. 그 골짜기를 이을 수 있는 다리를 놓기에는 그들은 너무나 초라한 '아이들'이었다. 물론 그들의 언어가 수인의 언어여야만 했던 것은 그 언어를 품고 있는 사실의 세계를 반영한 탓이었다. 젊은 영혼의 세계와 현실의 체계가 비교적 원만한 연속을 가지고 있는 사회였다면 그들은 덜 괴로웠을 것이다. 마음은 높고 현실은 낮았다. 무슨 방법으로든지 착륙하는 것이 필요했으나 그러지 못하는 데 슬픔이 있었다.(183~84쪽)

인용문에서 '젊은 영혼의 세계와 현실의 체계가 비교적 원만한 연속을 가지고 있는 사회'는 헤겔의 표현을 빌리면 마음의 법칙과 세계의 행정(行程)이 갈등과 적대보다는 조화와 타협을 이루고 있는 사회, 헤겔주의자 최인훈의 표현을 빌리면 관념 속의 방법과 풍속이 적절한 긴장을 유지한 채 무리 없이 잘 어울리는 사회일 것이다. 그런데 '언어와 현실 사이에 가로놓인 골짜기'를 뛰어넘는 길이 막혀버린 수인의 언어를 갖고 있는 『회색인』의 작중인물들 각자의 '불행한 의식'은 개별자로만 머무르지 않고 '우정'이라는 연대 또는 상호주관적 인정관계를 통해 집단적 주체성의 한 형식을 도모하기에 이른다. 『회색인』에서 『갇힌 세대』 동인과 같은 우정의 회합은 이질적인 개인들이 모인 인륜적 공동체로 구체적인 형태의 시민사회에는 비록 미치지 못하더라도 그것을 도모하고 기획하는 민주주의 프로젝트에 대한 실험적 성격을 갖고 있다는 데서 특별하게 취급되어야 한다.

『회색인』에 등장하는 『갇힌 세대』 동인처럼 우정과 대의를 통해 느슨한 조직으로 맺어진 결사체의 모습은 적어도 그 당시의 한국소설에는 거의 등장한 적이 없었던 민주주의적 공동체의 초기모델이다. 서로 다른 고향과 환경 속에서 자라온 제각각의 개체들이 살아있는 정서적 유기체로서의 자신의 자연적·혈연적 공동체(Gemeinschaft)의 탯줄로부터 잘려 나와 맺게 되는 우정은 또한 계산적 이익과 필요에 따라 맺어지고 흩어지는 근대적인 인위적 공동체(Gesellschaft)의 합의(consensus), 곧 협약과 계약의 속성과도 성격을 달리한다.[51] 여기서 우정은 서로 동등하면서도 차이 나는 개인들 간의 친교라는 일차적인 의미를 넘어선다. 우정은 사랑과 마찬가지로 특유의 역사적인 개념으로 독해할 필요가 있는 어휘이다. 독일의 문예학자인 지크프리트 슈미트는 18세기의 독일에서 급격하게 진행된 개인화의 결과에 따라 개인이 사회와 신으로부터 고립됨과 동시에 그러한 사회적인 고립을 제거하기 위해 특유의 '우정 숭배'의 경향이 강화되었다는 이야기를 하고 있다. 친구는 자아의 타자, 즉 자아의 거울상일 뿐만 아니라 그를 통해 "자신을 영성 공동체에 결속시킬 수 있었던 세계와 신 사이의 영역에"[52] 들어서는 것을 다시금 가능하게 하는 존재이다. 다시 말해 타자인 친구는 주체에게 잃어버린 신과의 관계를 상상적인 방식으로 회복할 수 있는 존재가 된다. 이것이 근대에 일어난 '우정의 세속화'라는 독특한 현상이다. 근대에 이르러 급속하게 진행된 개인화의 경향은 사회로부터 개인을 원자적으로 고립시키는 것으로만 끝나는 것이 아니라, 그러한 사회를 교정할 만한 세속적인 공동체의 모델을 구상하는 것으로 우정의 연대를 가속화하게 한다.

우정은 사랑과 비교해서도 수평적 연대와 공동체의 형식을 가능하게 하는 데 몇 가지 이로운 점이 있다. 사랑에 비해 "우정은 시간적·사회적으로 일반화되기가 더 좋다는 결정적인 장점을 갖고 있다. 우정은 지속성을 참칭할 수 있으며 성적인 관계에 들어설 수 없거나 원치 않는

51 공동사회와 이익사회의 특성과 차이에 대해서는 페르디난트 퇴니에스, 『공동사회와 이익사회』, 황성모 옮김, 삼성출판사, 1990, 222쪽.
52 지크프리트 슈미트, 「사적 영역의 발전」, 『구성주의 문학체계이론』, 144쪽.

사람들 사이에서도 가능하다. 우정만이 이제 필연적인 것이 된 개체성의 층위에서 사회적 재귀성을 실현할 수" 있다.[53] 여기서 사회적 재귀성이란 자기를 스스로 고립된 방식으로 파악하는 것이 아니라 타자를 통해 반성하는 방식으로 사회 속에서의 자기를 이중화하는 작업을 뜻한다. 이때의 자기는 반성적·재귀적 자기가 되는 것이다. 따라서 새롭게 정의되는 우정은 "자발적인 감정에서 솟아나오며, 타자에게서 자신의 개성의 충만을 추구하고 모색하며, 따라서 재차 타자에게 자신의 개성을 실현시키려는 개인적인 관계"이다.[54] 그리고 우정은 공동사회도 이익사회도 아닌, 새로운 형태의 공동체의 실험 모델이 된다. "아직은 고유의 '시민적' 형식에 도달하지 못한 보편적인 인간적 형식으로서 간주된 우정은 '(초기) 시민사회'의 공동체 결성을 사회정치적으로 배태하는 하나의 가능한 양식이 된다."[55] 이렇게 볼 때, 『회색인』에서 독고준과 김학이 맺는 우정, 『갇힌 세대』 동인들과의 지적이면서도 정서적인 교류, 즉 글을 쓰고 잡지를 발간하고 토론과 논쟁 등을 하는 모습은 그것들을 통해서 가능한 민주주의의 모델과 민주주의적 주체를 상상하고 짐작하게 한다. 『회색인』은 민주주의 모델과 주체를 상상하고 실험하는 교양소설인 것이다.

게오르그 루카치는 괴테의 『빌헬름 마이스터의 수업시대』에 대해 논평하면서 우정과 연대를 통해 도모된 공동체의 이상적인 모습, 예를 들면 『수업시대』의 '탑의 결사', 실러의 '미적인 국가' 또는 문학 공화국 그리고 발자크의 『잃어버린 환상』의 '세나클 멤버'와 같은 공동체가 갖고 있는 사회적 가능성과 한계를 적절히 요약한다. 루카치에 따르면 자기 자신 속에서만 칩거하고 있던 고독한 인물들은 서로서로 부딪치는

··
53 니클라스 루만, 『열정으로서의 사랑』, 177쪽.
54 지크프리트 슈미트, 「사적 영역의 발전」, 『구성주의 문학체계이론』, 147쪽.
55 지크프리트 슈미트, 「사적 영역의 발전」, 『구성주의 문학체계이론』, 144쪽.

과정 등을 통해 자신을 적응시키고 공동체의 경험을 통해 각자는 인간성
의 자유로운 완성을 도모할 뿐만 아니라, 그를 통해 얻은 성숙의 내용을
공동체의 형식으로 이해하고 긍정하면서 하나의 대안적인 사회적 형식
을 도모한다. 그리고 이러한 성숙의 내용이란 "그러한 사회적 형식을
그 자체로서 존재하는 경직된 정치적·법적 형식으로서가 아니라 이를
넘어서서 목적에 도달하기 위한 수단으로 파악하는 그러한 자유로운
인간성의 이상"인 것이다. 그렇지만 루카치에 따르면 이러한 사회적
형식은 그것이 가능성으로 현실 속에 주어져 있다는 바로 그 이유만으로
"외부 질서와 타협하는 속물주의처럼 몰락할 수밖에 없는 운명에 처하
고 있다."[56] 『회색인』에 등장하는 『갇힌 세대』의 동인은 가능성으로
충만하며 고립을 자처하는 젊음이 또래들과의 우정과 연대를 통해 대안
적 사회형식을 꿈꾸는 전(前) 시민적 공동체라는 계보의 한 부분을 차지
하고 있다.[57] 독고준과 김학의 우정, 『갇힌 세대』의 동인의 작업을 통해
구상되는 가능한 민주주의는 비록 폐색된 현실과의 간극을 점점 더
확인하는 분열의 언어를 통해 수행될 수밖에 없는 한계를 지니고 있지
만, 방법과 풍속이 유리된 한국사회에 대한 다각도의 비판을 통해 새롭

··
56 게오르그 루카치, 『소설의 이론』, 반성완 옮김, 심설당, 1985, 178쪽.
57 차미령은 이미 독고준과 김학 그리고 『갇힌 세대』의 공동의 심의와 숙고의 성격에
    대해 "자유로운 시민들의 공적 활동의 축소판"으로 자세히 분석한 적이 있다. 차미
    령, 「최인훈 소설에 나타난 정치성의 의미 연구」, 서울대학교 박사논문, 2010, 104쪽.
    그러나 『회색인』에 표명된 최인훈의 정치학을 상탈 무페가 말하는 '경합적 다원주
    의'(agonistic pluralism), 즉 정치적 적대를 세심히 고려하는 민주주의적 사유의
    맹아로 상정할 수 있다는 차미령의 가정은 재고의 여지가 있다.(124쪽) 무페는
    정치적 적대의 구성적이고도 내재적인 차원에 계급뿐만 아니라 젠더의 문제가
    작동한다고 고려하는데, 최인훈의 소설의 정치적 결사 또는 공동체는 오직 형제들의
    연대로 이루어져 있다는 점에 유의해야 할 것이다. 형제들의 연대인 정치적 결사체
    의 구성적 과정에 내포된 적대와 한계는 최인훈의 등단작인 「그레이구락부 전말기」
    의 후반부에서 여성(키티)이 남자들이 대다수인 '그레이구락부'에서 구성적으로
    배제되는 존재로 취급되는 것에서 잘 드러난다고 할 수 있다.

게 상상되고, 실험되며, 구축되는 어떤 것이다.

『회색인』에서 명시적으로 드러나지는 않았지만, 『서유기』(『문학』, 1966. 5~1967. 1)[58]까지 종합해서 생각해보면, 최인훈이 생각하는 가능한 민주주의의 모델은 헤겔주의자의 그것에 가까우며, 구체적으로는 특수와 보편, 방법과 풍속을 매개하는 부르주아 공민사회 또는 국가이다. 실제로 헤겔이 『정신현상학』에서 '부'와 '권력'이라고 부르고 『법철학』에서 '시민사회'와 '국가'라고 부른 것은 주체성의 형식과 변증법적으로 매개하면서 그 위상이 변화한다. 부를 추구하는 시민사회의 모델은 만일 타인에 대해서는 조금도 안중에 없고 시민 자신의 사적인 경제적 이익에만 몰두할 경우에 '나쁜 특수주의'의 사례가 된다. 이에 비해 불평등하고도 서로에 대해 적대적인 시민사회의 개체들은 정치적 국가 안에서는 형식적으로는 자유롭고 평등한 '인간'인 것처럼 공허하고도 기만적으로 취급될 뿐이다. 이것은 '나쁜 보편주의'의 사례이다. 헤겔이 말한 '비천한 의식'의 노예는 국가권력의 공허한 보편성에 질겁해 사적이익에 탐닉하는 시민사회의 특수한 경제적 인간(homo economicus)을 택하거나 그 반대로 경제적 인간의 이기적 악덕에 회의를 느끼고 국가가 내건 보편성의 슬로건에 무조건 충성하는 '고귀한 의식'으로 변장하는 등 악무한(惡無限)의 순환에 사로잡힌다. 이러한 악순환은 기본적으로 근대사회의 출현과 더불어 발생한 딜레마인 사인과 공민, 사적인 이익을 추구하는 부르주아지와 공민의식을 가진 시트와엥(citoyen) 사이[59]의 해소할 수 없는 적대와 간극을 체현한다. 그러나 사인과 공민 간의

---

58 최인훈, 『서유기』, 문학과지성사, 1977.
59 하버마스는 이렇게 말한다. "사인으로서의 부르주아는 한 몸 속의 둘이다. 즉 그는 재화와 사람에 대한 소유자인 동시에 다른 인간들 중의 한 인간이다. 즉 그는 부르주아이자 인간이다. 공론장도 또한 사적 영역의 이러한 양면성을 보여준다." 위르겐 하버마스, 『공론장의 구조변동』, 132쪽.

적대와 간극을 경험하는 주체는 예를 들면 우정과 사랑 같은 인륜성의 형식이라는 매개체 또는 타자와의 교류를 통해 삶의 구체적인 형태, 곧 주체성을 예비하게 된다. 그리고 사적 이익을 추구하는 개인이자 공민인 주체는 "욕망을 합리적으로 교육하는 교양을 통해" "개별적인 것과 보편적인 것의 연대"60를 성취할 수 있게 된다. 위르겐 하버마스는 시민사회의 공론장에 대한 역사적 탐구를 하는 도중에 '문예적 공론장'이 그러한 연대의 역할을 떠맡았다고 쓰고 있다.61 하버마스에 따르면 근대소설은 그것을 상상적으로 성취하는 문예적 공론장의 초기 산물이며, 특별히 그가 예를 들고 있는 것은 괴테의 교양소설 『빌헬름 마이스터의 수업시대』이다.

최인훈이 꿈꾸는 시민사회적 국가의 모델은 『서유기』 등에서 에세이적인 논설의 형태로 직접적으로 표출되는데, 이에 대해서는 김현이 이미 요약한 바 있다. 김현에 따르면, 최인훈의 정치학은 정부는 국제사회에서 민족국가로 활동하는 동시에 안으로는 헌법이 규정한 대로 권력을 사용하고, 기업은 사회로부터 이익을 받으면 의당 그에 합당한 실천을 해야 하며, 지식인은 진리의 옹호라는 노동을 방기하지 않아야 하며, 국민은 그들을 소외시키고 있는 누군가를 찾아 그와 투쟁하고 협상하는 주체적인 입장을 견지해야 하는 등등 사회적인 부를 증대하는 동시에 사회적 정의를 실현하는 이른바 자유주의자의 그것이다.62 물론 최인훈

---

60 테리 이글턴, 『미학사상』, 12쪽.

61 "문예적 공론장의 인본성은 정치적 공론장의 효율성을 매개하는 데 기여하게 된다. 발전된 부르주아 공론장은 공중으로 결집한 사적 개인들이 행하는 두 가지 역할, 소유자의 역할과 인간 자체라는 역할의 허구적 동일성에 기초하고 있다." 위르겐 하버마스, 『공론장의 구조변동』, 133쪽.

62 김현, 「최인훈에 대한 네 개의 산문」, 『현대 한국문학의 이론/사회와 윤리』, 352쪽. 『회색인』에 한정해 말해보자면, 유종호의 적절한 지적대로 민주주의 구성체에 대한 다양한 실험과 모의에도 불구하고 『회색인』의 독고준이 갖고 있는 정치적 한계는 평등과 사회정의를 고려하지 않는 자유주의의 한계로 보는 편이 옳다.

의 『회색인』에는 사적 이익에 매달리는 경제적 인간도, 국가에 충성하는 고귀한 의식의 변증법과 모험도 별도로 등장하지는 않는다. 경제적 이익을 추구하고 국가에 충성하는 인간형, 즉 부의 축적을 위한 노동과 직업으로서의 정치는 대개 유럽 교양소설에서는 부정적인 매개항으로 존재했으며, 그것은 최인훈의 교양소설에서도 마찬가지이다.

『회색인』에도 자신의 사적 이익과 안락, 출세를 위해 국가에 대한 충성을 배신으로 활용하는 한 명의 인물이 등장한다. 북한에서 노동당원이었지만 남한으로 내려오면서 다른 여자와 결혼을 하고 2·4 파동의 주동자역할을 맡았던 국회의원으로 신분을 바꾸고 사는 누이의 매부였던 현호성이 바로 『회색인』에 등장하는 기회주의와 악덕을 체현한 유일한 인물이다. 독고준은 현호성의 노동당증을 갖고 그와 일종의 악마적인 거래, 내기를 벌인다. 독고준은 마침내 현호성의 집에 기거할 수 있는 등 물질적 여유와 시간을 확보하게 되지만, 그것은 동시에 현호성이라는 커다란 우산의 물질적 피난처에 독고준이 전적으로 의존한다는 뜻을 내포한다. 비록 월남 직후 고아가 되어버린 독고준의 불가피한 생존전략이라고는 하더라도, 그의 특출한 사유 활동과 사랑의 욕망에 대한 가능성은 그가 혐오하고 비난하던 것에 상당히 의존해 있다. 당증의 거래, 교환을 통해 현호성의 물질적 부의 일부를 확보하면서 독고준이 얻게 된 것은 시간이라는 가능성이다. 여기서 최인훈은 한 인간의 사유와 활동의 물질적 기반이나 근거에 자리 잡고 있는 재화, 돈(화폐)의 중요성을 일깨우고 있다. 독고준은 재화의 중요성을 전혀 모르지는 않지만 재화가 사람의 살림살이와 결부될 때 발생하는 관계와 효과에 대해 명철한 의식을 갖고 있는 것은 아니다. 그것이 그의 자기기만적인 에고의 일부분을 만든다. 독고준의 자기기만은 또한 한가함과

··
　　유종호, 「소설과 정치」, 『동시대의 시와 진실』, 282쪽.

삶의 관조를 꿈꾸는 등 '일요일의 인간'을 지속하려 했던 그를 '불행한 의식'의 극장으로 인도한다. 이것이『회색인』을 주체성이 탄생하는 드라마로 만드는데, 소설에서 이 태초의 인간은 독특하게 '드라큘라'로 명명된다.

1-3. "너 독고준의 이름으로"

1-1에서 교양소설로서의『회색인』은 무엇보다도 주인공 독고준의 자기형성에 대한 이야기라고 말했다. 비록『갇힌 세대』의 동인 그리고 김학과의 우정에도 불구하고 독고준의 고아의식은 그들이 표방하는 대의와 명분에 동조하더라도 끝끝내 혼자 남아 있는 것을 원하고 선택하는 편이다. 무엇보다도『회색인』은 주체성의 실험에 대한 소설이다. 소설에서 독고준은『광장』에서 남한의 이명준처럼 창을 통해 세계를 관조하는 아리스토텔레스적인 관조인의 모습을 보이는데, 그는 훗날에 비판적 행동주의자가 되는 이명준보다도 관조인의 삶의 자세를 유지하는 데 상당한 노력을 기울이는 편이다. "회색의 의자에 깊숙이 파묻혀서 몽롱한 눈으로 세상을 바라보기만 하자는 이 자세"(172쪽)는 그러한 몸가짐의 태도에서 종종 비롯될 법한 여러 회의에도 불구하고 독고준의 에고의 핵심을 구성한다. 이명준이 참가했던 전쟁 그리고 혁명 또한 불가능하다고 판단한 마당에 독고준이 할 수 있는 행위란 오로지 기나긴 내적 망명의 사색이라는 의례뿐으로 보인다. 그러나『광장』의 이명준과 비슷하게『회색인』의 독고준에게도 "체계(體系)에의 집념에 사로잡혀" 있는 파우스트적인 욕망이 있다. 또한 독고준은 파우스트의 욕망과 돈 후안의 욕망을 일원화해서 "세계를 한 가지 원리로 설명하고 싶다는 욕망"도 갖고 있다. 이와 관련하여 조금 더 인용해보면, "그것은 가족으로부터 분리되어 소속할 체계를 잃은 에고가 자기 분열을 막기 위해서 환경과의 사이에 벌이는 본능의 싸움일 것이다."(170쪽) 그러나 자신이

속해 있던 공동체로부터 강제로 뿌리가 뽑힌 채 월남해 피난민이 된 독고준 스스로 갈고 닦는 철저한 고아의식은 타자와의 만남의 형태를 어떤 식으로든 구상할 수밖에 없는 처지이다. 방금 인용한 문장들은 독고준의 '에고의 존재감'이 유아독존의 형태로 존재하는 것이 아니라 타자와 연결되어 '인연의 고리'의 일부분임을 깨닫는 대목에서 추출한 것이다. 그리고 아래 인용문은 마치 게오르그 루카치의 『소설의 이론』 도입부[63]에 대한 소설적 변주로 보이는데, 『회색인』의 초반부에서 독고준의 글을 품평하며 김학이 "낭만적 마르크스주의자" "루카치"를 독고준에게 소개하는 대목(132쪽)을 염두에 둔다면 예사롭지 않게 읽힌다.

하느님과 단둘이 밀실에서 대화한다는 기도의 습관을 가지지 못한 독고준은 별하늘을 대할 때는 언제나 확실한 에고의 존재감을 맛보았다. 누군가와 확실히 면대하고 있다는 느낌은 거꾸로 말하면 그렇게 면대하고 있는 에고가 있다는 말이었다. 내가 있다는 것은 그렇게 놀랍고

---

63 "별이 빛나는 창공을 보고, 갈 수가 있고 또 가야만 하는 길의 지도를 읽을 수 있던 시대는 얼마나 행복했던가? 그리고 별빛이 그 길을 훤히 밝혀 주던 시대는 얼마나 행복했던가? 이런 시대에 있어서 모든 것은 새로우면서도 친숙하며, 또 모험으로 가득 차 있으면서도 결국은 자신의 소유로 되는 것이다. 그리고 세계는 무한히 광대하지만 마치 자기 집에 있는 것처럼 아늑한데, 왜냐하면 영혼 속에서 타오르는 불꽃은 별들이 발하고 있는 빛과 본질적으로 동일하기 때문이다. 다시 말해서, 세계와 자아, 천공의 불빛과 내면의 불꽃은 서로 뚜렷이 구별되지만 서로에 대해 결코 낯설어지는 법이 없다. 그 까닭은 불이 모든 빛의 영혼이며, 또 모든 불은 빛 속에 감싸여져 있기 때문이다. 이렇게 해서 영혼의 모든 행위는 의미로 가득 차게 되고, 또 이러한 이원성 속에서도 원환적 성격을 띠게 된다. 다시 말해 영혼의 모든 행위는 하나같이 의미 속에서, 또 의미를 위해서 완결되는 것이다. 영혼의 행위가 이처럼 원환적 성격을 띠는 이유는 행동을 하고 있는 동안에도, 영혼은 자기 자신 속에서 편안히 쉬고 있기 때문이고, 또 영혼의 모든 행위는 영혼 그 자체로부터 분리되는 과정에서 독립적으로 되면서 자기 자신의 중심점을 발견하고서는, 이로부터 자신의 둘레에 하나의 완결된 원을 그리기 때문이다." 게오르그 루카치, 『소설의 이론』, 반성완 옮김, 심설당, 1985, 29~30쪽.

벅찬 일이었다. 나는 정말 있는가. 별하늘을 보면 그는 확신할 수 있었다. 내가 딛고 있는 이 땅덩어리만한, 혹은 저 태양만한 별들이 바닷가 모래알보다 더 많이 꽉 들어차 있다는 저 공간. 그는 차가운 외로움을 느낀다. 그의 눈은 이웃에게로 간다. 거기 자기와 똑같은 외로운 한 인간이 있다. 그는 이 허허한 별판에 놓여진 똑같은 운명의 소유자다. 무연(無緣)의 중생(衆生)을 사랑할 수 있는 사람은 없다. 이 막막한 공간에서 고독을 같이 견디고 있다는 인연이 사람과 사람을 맺어준다. 그것은 설명할 수 없다. 머나먼 나그네 길에서, 어느 별판의 오솔길에서 문득 사람을 만났을 때의 기쁨. 그것이 인간의 윤리를 지탱하는 마지막 뿌리가 아니겠는가. 다른 뿌리가 다 마르고 썩는 날에도 이 우주감정(宇宙感情)만은 남는다. 이렇게 해서 독고준의 에고는 이웃 에고에게로 연대(連帶)의 손을 뻗친다. 그의 에고와 이웃 에고와 별하늘. 이 세 개의 점을 연결한 삼각형 속에서 그는 외로움과 싸웠다. (중략) 여러 가지 구불구불한 잡담을 다 제하고 간단히 말한다면 그는 외로웠기 때문에 별하늘을 사랑하게 되었고 뒤늦게는 사람을 사랑하고 싶어졌다는 말이 되겠지만, 간단한 일을 간단히 생각하지 못하는 것이 독고준과 같은 사람의 병일진대 그런 호걸스런 충고는 독고준에게 아무 쓸모도 없다.(169~70쪽)

그런데 『소설의 이론』의 첫 문장이 그리스적 서사시의 세계, 총체성의 일부를 이루고 그에 대한 열망으로 가득 차 있는 주인공의 모험을 전제로 하고 있는 것이라면, 『회색인』에서 독고준의 명상은 총체성에의 모험이 본질적으로 더 이상 불가능한 세계에서, 그 세계와 불화하고, 또한 세계로부터 소외되어 다만 내면의 법칙에 의존해 마음의 덕성을 깨닫고 타자와의 연관을 삶의 연관 속에서 아이러니하게 자각하는 수준에 이르는 것이다. 인용문에서 독고준의 에고가 '연대의 손'을 뻗치는 '이웃 에고'라고 부른 존재들은 앞서 살펴본 것처럼 독고준이 우정을

맺는 김학과 『갇힌 세대』 동인들로 출현하거나, 독고준이 연민 또는
사랑을 품는 여인들, 종말론적 기독교를 믿고 있는 김순임과 현호성의
처제인 화가 이유정으로 등장한다. 그런데 『광장』과 비교해보면 『회색
인』은 전반적으로 『광장』만큼이나 사랑의 실현가능성을 염두에 두더
라도 그것으로 인해 주인공이 모험을 감행하거나 삶의 최후의 도피처로
선택해 죽음을 맞는 극단적인 순간에는 다다르지 않는다. 독고준의
사랑의 감정 또한 대부분 우정과 적절하게 길항하거나 우정과 보조를
맞추고 또 우정과 꽤 닮아 있다면, 그런 방식으로 사랑을 통한 두 존재,
두 에고의 결합은 『회색인』에서는 실현되지 않는다.

1-1에서 살펴본 것처럼 독고준의 에고의 핵심을 이루는 또 다른 삶의
비밀은 에로스이다. 에로스는 소년시절의 독고준이 『나나』라는 소설을
통해 처음 깨닫고 방공호로 독고준의 손을 잡아끈 연상의 젊은 여인의
품에서 실제로 경험했던 것이다. 제트기의 폭격으로 인해 죽음의 위협
인 타나토스마저 동반한 에로스의 충동에는, 『광장』의 이명준이 체험했
던 것과는 다소 다른 방식으로 사랑의 타나토스적인 측면이 억압되어
있다. 그리고 억압된 것은 타자에게 표출되지 않고 독고준 자신의 분열
된 자아로 회귀하는데, 그것은 자신을 '드라큘라'로 상상하고 간주하는
장면에서 극대화된다. 또한 여성들에게 느끼는 사랑의 층위도 미세하게
차이가 난다. 독고준이 기독교 신자인 김순임에게 느끼는 감정은 그녀
또한 비록 신을 믿는다고 하더라도 자신과 마찬가지로 결국은 상이한
방식으로 소외된 사람이라는 동일시에서 오는 연민과, 보다 더 은밀하
게 감추어진 것으로 그녀에 대한 육체적이고 관능적인 욕망이 뒤섞인
어떤 것이다. 이에 비해 독고준과 이유정의 관계는 외관상 우정과 잘
구별되지 않아 보인다. 그는 이유정에게 미묘한 이성애적 감정을 느끼
면서도 단 한 번을 제외하고는 그것을 그녀에게 적극적으로 표현하려고
하지는 않으며, 이유정 또한 독고준과의 미묘한 거리를 즐기면서 그를

애써 물리치거나 하지는 않는다.

여기서 '거리'는 독고준이 김학과의 우정을 통해 연결된 『갇힌 세대』의 모임에 대해 갖고 있는 양가적인 태도의 본질을 이루는 것이자, 김순임과 이유정에게 각각 다른 방식으로 이끌리면서도 거기에 머무르고 마는 이유를 해석할 수 있는 적절한 어휘일 것이다. 아그네스 헬러의 말은 '이웃 에고'에 대한 독고준의 태도에 내재하는 핵심을 잘 지적하고 있다. "거리를 갖는 것은 개성의 본질이다. 그것도 자기 자신의 개별성에 대한 거리임과 동시에 자기 자신의 통합에 대한 거리, 바꿔 말하면 이러한 통합에 대한 자유로운 태도이다."[64] 여기서 개성은 맥락상 다른 말로 주체성이라고 불러도 무방하다. 주체성 또는 개성의 형성은 이중의 과정을 수반하는데, 먼저 '자기 자신의 개별성에 대한 거리'가 다른 이들과 구별되는 단독적인 자기를 하나의 타자로서의 자기로 통찰하는 반성성과 관련이 있다면, '자기 자신의 통합에 대한 거리'는 자기가 사회로 통합되어갈 때의 자기와 사회 간의 거리, 바꿔 말하면 공동체와 사회 속에서의 '나'에 대한 반성적 자각과 연관이 있다. 이러한 '거리두기'는 독고준에게는 그의 삶의 모토인 '사랑과 시간', 바꿔 말하면 각각 타자의 타자성, 사건의 타자성의 도래에 대한 기다림 속에서 삶의 주체적 태도를 모색하기 위한 방편으로 보인다. 물론 그 거리두기의 과정은 결코 순조롭지 않으며, 분열과 위험마저 내포하고 있다. 오히려 분열과 위험이라는 내적인 찢김이야말로 거리두기의 진짜 본질이다. 그런데 드라큘라가 출현하는 영화를 관람하고 난 후, 독고준이 자기 자신을 드라큘라로, 김순임을 드라큘라의 희생양으로 간주하는 까닭은 무엇일까 생각해볼 필요가 있다. 독고준의 드라큘라는 어떤 존재인가.

64 아그네스 헬러, 『개인과 공동체』, 편집부 엮음, 백산서당, 1984, 28~29쪽.

[드라큘라는: 인용자] 신에게 싸움을 선언한다. 교회와 군대를 가진 신은 그를 잡아가두려 한다. 낮─상식의 태양이 비치는 시간에 그는 무력하다. 밤─모든 시대에 혁명가들이 이용한 그 반역의 시간에 그는 활동한다. 드라큘라 전설이 어떻게 만들어졌는지는 몰라도 그것은 기독교 신에게 자리를 **뺏긴** 토착신의 모습일 수도 있다. 그렇다면 그건 우리의 모습이 아닌가. (중략) 드라큘라의 편을 드는 심리는 무엇인가. 간단하다. 내가 드라큘라이기 때문이다.(323쪽)

독고준이 해석하는 '드라큘라'는 무엇보다도 반항적 존재의 신화적 표상에 가깝다. 드라큘라는 단지 이웃을 자신과 똑같은 존재이자 희생양으로 만드는 무자비하고도 폭력적인 귀족이 아니라, '혁명가들이 이용한 그 반역의 시간'에 활동하는 한편으로, 신에게 반역함으로써 스스로가 주인이 되려고 하는 주체성의 상징이다. 혁명이 당장은 불가능하다고 여겨지는 시간에 독고준이 할 수 있는 최대치는 스스로를 반항적인 주체로 자리매김하는 일이다. 독고준의 해석을 계속 들어보자면 드라큘라는 또한 파우스트가 적당히 타협한 지점에서 더 멀리 나아가는, 곧 '십자가에 못 박혀 죽은' 그리스도와 동일한 존재이다.

아마 드라큘라도 처음에는 독서가였을 것이다. 넓은 성안에서, 장가도 들지 않은 그로서 할 일이라곤 책읽기밖에 없었다. 파우스트처럼 철학, 문학, 연금술, 게다가 신학까지 닥치는 대로 읽었을 것이다. 그러나 해결은 없었다. 낡은 책 냄새가 밴 어두운 서재에서 어떤 순간 그의 머리를 스치고 지나가는 생각이 있었다. 내가 바로 신(神)이 아닐까? 그 순간에 그는 으스스 떨었다. 그래서 왜 안 되는가? (중략) 확실한 것은 나뿐이다. (중략) 그런데 내가 확실히 증명할 수 있는 것은 나다. 그러므로 나는 신이다. 그는 흥분과 두려움이 엇갈리는 한밤을 새우면서 끝내 결심했을 것이다. (중략) 파우스트는 적에 타협했으나 드라큐라는 타협하지 않았다. 파우스트는 적의 진영에 타협하여 작위를 받았으나 드라큐라는 학살되었다. 그가 십자가 그림자에 걸려서 그 그림자 속에서 타 죽은 것은 얼마나 상징적인가. 드라큐라도 십자가에 못박혀 죽은 것이다.(331쪽)

'나는 신이다'라는 독고준의 선언은 '내가 확실히 증명할 수 있는 것은 나다'라는, 낭만주의에서 시작된 근대인의 주체적인 자기선언과 같다. 식민지 분단의 현실, 곧 방법과 풍속 사이의 긴장이 사라진 민주주의라는 관념이 이식된 분단의 현실은 민주주의의 이름을 내건 정치적 독재가 온갖 부정한 수단을 통해 연장되고, 전후(戰後) 미국의 구호물자에 전적으로 의존하면서 발생할 수밖에 없는 부정 축재와 부의 불평등은 심화되며, 대안적인 정치체제에 대한 모색이나 혁명은 당장 불가능한 시대이다. 독고준에게 무엇보다도 중요한 것은 외래적 박래품에 대한 무조건적 믿음이라는 주술로서의 근대에 대한 비판적이고도 주체적인 거리두기를 통한 자기결정과 자기정립이다. 이러한 자기결정과 자기정립에 어울리는 신화적 존재가 독고준에게는 드라큘라였다. 독고준에게 드라큘라는 『광장』의 이명준의 파우스트와 돈 후안이라는 신화적 존재만큼이나 중요하다.

그런데 왜 근대적 주체는 신의 죽음을 선언하고 주술과 몽매의 신화로부터 벗어나면서도 스스로를 정립할 때는 신화의 후광에 의존하는지에 대해 물을 필요가 있겠다. 이언 와트는 『근대 개인주의 신화』에서 근대의 신화를 체현하는 상상적 인물들인 파우스트, 돈키호테, 돈 후안 그리고 이언 와트에 의해 새로이 첨가된 로빈슨 크루소 등 근대 개인주의를 구현하는 인물들의 문학적 등장을 해명하고 있다. 이언 와트는 새로운 신화와 옛 신화의 차이점은 무엇이며, 개인주의를 태동시킨

낭만주의자들은 왜 신화를 창조하게 되었던 것인지에 대해 이렇게 설명한다. "새로운 낭만주의 신화들은 그리스 신화와는 달리 의식적으로 만들어졌다는 것이다. 다른 하나는 이것이 각각 개인에 의해 만들어졌다는 것이다. 그렇더라도 낭만주의자들은 즉물적으로 또는 직접적으로 표현될 수 없는 본질적 실체들을 깨닫고 표현하는 상위의 양식으로서 신화를 선택한 것이다."[65] 그리하여 근대적 개인주의를 표상하는 신화적 존재들은 "마법, 기사도, 혹은 바람둥이 사기꾼 중 무엇이 되었든지 간에, 기본적으로 자신의 모든 심리적 자원을 '탁월함'이라는 한 가지 특성에 집중한다."[66] 이러한 탁월함, 다시 아리스토텔레스의 용어를 빌리면 '아레테'(aretē)라고 할 만한 것의 근대적인 판본이 중요해진다. 가족과 사회, 규범으로부터 전적으로 자유로운 무연고적인 존재 그리고 그러한 현실과 대면하기를 결코 주저하지 않는 독립적이고도 반항적인 주체가 근대적 '탁월함'을 갖춘 진정한 개인이다. 그런데 새로운 기원의 신화로서의 근대적 주체의 형성에 대한 이언 와트의 중요한 설명에는 한 가지가 빠져 있다. 그것은 근대적 주체의 독립적인 자기선언은 새로운 '개인주의 신화'를 창조하는 것뿐만 아니라, 그러한 창조가 이미 기존 신화의 이미지를 브리콜라주한 결과라는 것이다. 게다가 서구의 개인주의의 형성과는 또 다르게 서구에 의해 모더니티를 이식받은 식민지적 주체의 자기선언은 빌려온 근대의 신화 또한 거부할 수밖에 없다.

독고준이 파우스트 대신에 드라큘라에게 끌렸던 것은 그가 '기독교 신에게 자리를 빼앗긴 토착신의 모습'에 좀 더 가까웠기 때문이다. 그러나 독고준이 파우스트를 거부하면서 반항적인 존재로서의 드라큘라를 끌어들였다고 하더라도 드라큘라 또한 최종적으로 거부해야 하는 이유

65 이언 와트, 『근대 개인주의 신화』, 이시연·강유나 옮김, 문학동네, 2004, 276쪽.
66 이언 와트, 『근대 개인주의 신화』, 181쪽.

는 드라큘라도 결국은 서구의 신화적 존재이기 때문이다. 우선 독고준의 반성적 성찰 속에서 드라큘라의 이미지에는 유혹자 돈 후안의 이미지가 완전히 탈각되지 않았다. 독고준이 자신을 기독교의 세계로 인도하려는 김순임을 유혹하고 싶어 하면서도 끝내 스스로 거절할 수밖에 없는 이유는 그 때문이다. "그런데 왜 나는 물러섰을까? 그때 나는 온화한 심정이었다. 그녀가 사랑스럽다고 느끼고 있었다. 사람이 사람을 사랑할 때는 드라큐라를 닮는 것인가. 서로의 피를 빠는 그것은 다만 상징일 따름이다. 그렇다. 그것은, 내가 주저한 것은 연민(憐憫)이었다. 그녀의 평화를 해치고 싶지 않은 마음이었다."(324쪽) 독고준은 신의 종말론적 도래를 믿는 김순임의 평화를 '거짓의 평화'로 간주한다.

김순임에 대한 독고준의 비난은 모든 삶의 근거를 현세가 아닌 피안에 설정하는 중세 금욕주의에 대한 헤겔의 비판과 닮아 있다. 신은 죽은 지 오래되었으며, 기다려도 오지 않는, 현실에 어떠한 영향도 끼칠 수 없는 무력한 존재이다. 독고준이 신에게 반항할 뿐만 아니라 스스로 신이 되고자 했던 드라큘라에게 이끌린 것은 그 때문이다. 그것은 김순임에 대한 독고준의 마음이 연민이었던 이유이기도 하다. 연민은 사랑을 닮았지만 사랑은 아니다. 독고준은 김순임을 유혹해 그녀의 평화를 깨뜨려야 할 이유가 없다. "드라큐라 전설(傳說)을 거꾸로 이해하게 된 인간은 김순임 같은 애를 다쳐서는 안 된다. 신(神)이라는 완충기를 잃어버린 사람. 족보(族譜)라는 브레이크를 잃어버린 자동차는 꽃밭에 방향을 돌려서는 안 된다. 강해야 한다. 그런데도 마음은 허전했다. 그녀의 유순한 눈매. 동그스름한 턱이 눈앞에 아물거린다."(327쪽) 그런데 제법 거창하게 설명되는 이유와는 별개로 김순임은 자신에 대한 이성애적 관심을 완전히 떨쳐버리지는 못하는 독고준을 종말의 타락한 시간으로부터 구제할 어린양으로 생각할 뿐이며, 이성(異性)으로서의 그에게는 별다른 관심이 없다. 결론적으로 『회색인』을 주체성 탄생의 드라마로 간주할 경우, 소설에서 가장 빛나는 대목은 그 무엇에도, 즉 파우스트, 돈 후안, 유다, 드라큘라에게도 의존하지 않는 근대적 주체의 자기선언이다.

유다나 드라큐라의 이름이 아니고 너의 이름으로 하라. 파우스트를 끌어대지 말고 너 독고준의 이름으로 서명하라. 너의 성명을 회피하고 가명을 쓰려는 것, 그것이 네가 겁보인 증거다. 남의 이름으로는 계약하지 않겠다는 깨끗한 체하는 수작은 모험을 회피하자는 심보다. 아니 나는 모험을 했다.(342~43쪽)

물론 『회색인』의 주체적인 자기선언은 현호성이 당증과 교환하면서 독고준에게 제공한 물질적 부라는 악마와의 내기에 의존한 결과이다. "이 희한한 자유를 돈과 바꾸겠다는 것. 그 돈을 시간과 바꾸겠다는 것. 그 시간을 자유와 바꾸겠다는 것. 그런데 이 순환의 어딘가에 잘못된 것이 있다."(342쪽) 그것이 독고준의 '불행한 의식'을 떠받치는 자기기만을 이룰 것이다. 그러나 어떠한 젊음이 이러한 근대의 악마적 계약에서 그리 자유롭다고 할 수 있을까. 최인훈의 『회색인』이 갖는 교양소설적인 의의는 바로 자신의 욕망을 선언하는 방식에서 '남의 이름'이 아닌 '너의 이름'이라는 주체성의 문제의식을 끝까지 추구한 데에 있다.

최인훈의 교양소설인 『광장』과 『회색인』은 4·19 혁명에서 배태된 정신, 곧 자유에의 열망과 주체성의 추구, 정치적 공동체에 대한 비전, 기존의 낡고 부패한 세계를 해체·비판하고 새로운 세계에 대한 유토피아적인 동경에서 추동된 비판의식을 통해 관념과 현실 사이의 모순, 사유와 행위 간의 분열 등을 치열하고도 밀도 있는 사유를 담아내는 에세이적인 스타일로 구현한 작품들이다. 이 장에서는 이러한 특징들을 살린 최인훈의 교양소설을 '비판적 소설'이라는 개념을 통해 접근하고 분석했다. '비판적 소설'은 헤겔의 교양에 내포된 기존의 자아와 세계에 대한 부정의 과업을 비판과 해체의 정신으로 수행하고자 하는 교양소설을 다르게 부르는 개념이다. 『광장』에서 교양의 기획은 삶에 대한 주인공의 파우스트적인 열망과 타자와의 만남, 사랑이라는 감성교육의 형태로 구체화된다. 그리고 『회색인』에서 교양의 기획은 세계와 자아에 대한 비판적 자의식과 주체성의 추구 그리고 민주주의적 공동체와 결사를 조직할 정념으로서의 우정이라는 문제로 중요하게 다뤄진다.

최인훈 소설에서 교양이란 일종의 근대시민사회적인 의미에서 덕(탁월함, aretē)의 세속화된 판본으로, 그것은 '사람은 무엇으로 살아야 하는가'라는 삶의 목적에 대한 추구와 함께 자기라는 동일자를 벗어나 친밀성과 적대 등 타자의 다양성과 조우하고 그것을 경험하는 인륜적 공동체의 기획을 내포하고 있다. 그리고 교양은 주체성에 대한 독자적인 추구, 타자와의 평등하고도 자유로운 만남, 대안적 공동체의 기획을 좌절하게 만들거나 부정하려는 기존세계와 질서에 대한 비판의식을 의미한다. 『광장』에서 그것은 박래품과 같은 공허한 관념들이 이식된 정열 없는 세계, 광장과 밀실이 분열된 채 타락해버린 체제에 대한 급진적 비판으로 나타나며, 『회색인』은 『광장』의 비판을 중화시켜 혁명의 가능성과 조건을 숙고하고 민주주의와 공동체에 대한 상상을 확대하는 작업으로 변주한다. 최인훈의 교양소설은 민주주의적 개인과 공동체의 가능성을 상상함으로써 1960년대 한국 교양소설에서 젊음 특유의 이상주의와 열정, 비판정신을 잘 구현했다고 평가할 수 있겠다.

4. 자기세계와 자기기만

1. 아이러니 소설로서의 교양소설

최인훈의 교양소설인 『광장』(1960), 『회색인』(1963~64)과 김승옥의
교양소설인 『환상수첩』(1962), 『내가 훔친 여름』(1967)을 잠깐 일별해
보면, 시기적으로 볼 때 그다지 멀리 떨어져 있지 않지만, 각각의 소설에
내포된 교양(형성)의 의미와 젊음의 특징은 눈에 띌 정도로 현저하게
다름을 짐작할 수 있다. 당장 『광장』과 『회색인』의 이명준과 독고준을
『환상수첩』의 정우라는 젊은 주인공과 비교해보더라도 정우는 이명준
이나 독고준과는 전혀 다른 후세대에 속한 젊은이로 보인다. 작가와
작품의 차이도 그러하다. 최인훈의 『광장』과 『회색인』은 중대한 차이에
도 불구하고 공통적으로 젊음 특유의 가능성과 분투하는 삶의 진정성을
최대한 그려내는 한편으로 제3세계적 탈식민의 조건을 숙고하는 주체
성 형성이라는 문제에 일관된 초점을 맞춘 작품들이다.

최인훈의 교양소설에서 교양은 무엇보다도 주체의 자기 인식, 연마,
주체성의 계발이라는 특정한 효과 또는 목적에 복무한다. 이명준과

독고준은 특유의 고아의식과 수많은 책읽기와 사유를 통해 삶과 세계에 대한 자기만의 주체적 관념을 형성하려고 노력할 뿐만 아니라, '나는 무엇을 생각하는가' 그리고 '나는 무엇을 해도 좋은가' 즉 사유와 행위 사이의 분열, 이상(관념)과 현실의 간극을 체현하는 '불행한 의식'의 치열한 고뇌를 앓는 젊음이다. 최인훈 교양소설의 젊음은 분단과 전쟁 그리고 독재의 현실 속에서 가능한 민주주의적·시민적 주체 형성이라 는 계몽주의적 주체의 탄생의 목적과 결코 무관하지 않으며, 그렇게 형성된 젊음은 독특하고 개성적인 존재감을 주인공들에게 부여한다. 최인훈 소설에서 젊음의 이러한 특징은 사실 1960년대 한국 교양소설의 일반화된 유형이 아니라, 최인훈이라는 문학적 고유명과 더불어 출현한 전형이다.

이에 비해 김승옥 소설에 표상된 젊은이들은 일견 불투명하고 무정형 적이며, 더러는 몰개성적인 존재로 보인다. 독자들은 이명준과 독고준 의 이름은 비교적 잘 떠올릴 수 있지만, 그만큼 김승옥 소설 주인공의 이름을 자연스럽게 기억하거나 떠올리지는 않는다. 한편으로 김승옥 소설의 젊음은 최인훈 소설의 젊음과는 다르게 자신이 마음속에 품고 있는 이상과 그것이 실현 불가능한 현실 간의 간극에서 오는 모순으로 괴로워하는 존재가 아니다. 김승옥 소설의 주인공 역시 그 누구 못지않 게 내면적인 고통을 앓는 존재들이다. 그렇지만 그들은 최인훈 소설의 주인공들이 가졌던 강인한 마음의 법칙이나 어떠한 상황에서도 잘 변하 지 않는 내적인 디딤대 같은 것이 존재하지 않는 인물이거나 주어진 상황 속에서 그에 알맞게 포즈와 연기를 가장하는 배우와도 같은 인상을 준다. 그래서 그들은 상황에 따라 변덕스럽고, 충동적이며, 위악적이거 나 재빨리 그 반대의 제스처를 취한다. 김승옥 소설의 인물들은 이상과 현실 사이의 간극에서 오는 모순과 부딪치기보다는, 그러한 이상과 기대를 수용할 수 없는 현실에 대한 체념과 환멸을 일찌감치 삶의 선험적인 조건으로 승낙한 듯한, 조로(早老)하는 젊음의 형상이다. 분명히 김승옥 소설의 주인공도 최인훈 소설의 주인공과 마찬가지로 '자기' 또는 '에고'의 형성문제에 대해 맹렬하게 분투하고 있다. 그러나 최인훈 소설의 주인공에게 희미하게 짐작되었던 에고의 자기기만이라는 문제는 김승옥 소설의 주인공에게는 완전히 노출되어 나타난다. 자기세계를 세우려는 노력은 지속적으로 자기기만과 관련이 있게 된다.

『광장』에서 주인공의 자기기만은, 남한의 '밀실'에 대한 이명준의 비판이 밀실의 물질적 토대에 기반을 둔 비판인 것처럼, 비판의 내용층위가 아니라 비판이 발화되는 형식층위에서 지각되는 것이다. 이것은 또한 『회색인』에서 매부였던 현호성과의 거래를 통해 물질적 여유가 보장된 시간을 벌어 독고준 자신의 에고의 형성 작업을 연장하는 데서 오는 죄책감과도 관련이 있다. 그러나 최인훈 소설에서 주인공의 자기기만이 궁극적으로는 자기 정립적인 주체를 형성하기 위해서 끊임없이 객관화되고 거리를 두어야 할 내용이라면, 김승옥 소설에서 주인공의 자기기만은 그들의 삶의 형식 그 자체를 구성하는 내용이다. 그리고 김승옥의 소설에서 교양은 자기세계 형성이라는 목적 그 자체로 기능하거나 주체형성의 과정과도 다소 거리가 멀다. 최인훈 소설의 주인공에게 교양은 그들 자신의 탁월함이라는 덕성을 계발하고 연마하는 것과 관련이 있다. 이에 비해 김승옥 소설의 주인공에게 교양은 소비되고 탕진되고 조롱되기조차 한다. 그러한 이유는 김승옥 소설에서 대학의 학제에 대한 모종의 기대가, 대학의 교육내용이 일방적으로 전수되는 무의미한 박래품으로 변해감에 따라, 환멸로 뒤바뀐 것과 무관하지 않다. 김승옥 소설의 반교양주의는 인물들의 악덕(위악)과 관련이 깊다.

김승옥의 교양소설은 박태순, 김원일, 이동하의 교양소설에 표상된 젊음의 특징들, 귀향과 여행으로 상징되는 이동성과 불안정성, 사회화에 대한 두려움과 미결정의 삶에 대한 동경, 욕망과 현실의 어긋남에서 오는 좌절, 또래집단 사이에서 벌어지는 우정과 사랑에 대한 추구, 문학과 예술에 대한 열정과 그것들을 둘러싼 사회적·물질적 환경을 상당부분 선취한다. 그러나 김승옥의 교양소설은 최인훈의 교양소설처럼 마음의 법칙과 세상의 이치와의 간격에서 오는 불화를 극대화하거나 그것에 비판적인 거리를 두는 주인공의 활동이나 사유를 강조하지 않는다. 김승옥의 교양소설은 변화무쌍한 현실을 하나의 주어진 생태적 환경으로 간주하고 자아와 세계의 갈등을 심리적 영역 속에서의 내적 갈등과 번민 또는 또래집단들 사이의 다툼과 화해로 치환한다. 도무지 어찌할 도리가 없게끔 현실이 변화무쌍하게 흘러감에 따라 현실의 흐름 한 자락도 따라잡기 어렵다는 공유된 좌절과 환멸 덕택에 한국 교양소설의 새 주인공은 다만 가능성에 대한 몽상을 비대하게 만들 뿐이다. 여기서 현실과 가능성은 반비례하는데, 가능성은 현실과의 부딪침을 통해서가 아닌, 내적인 영역으로 이동하여 주인공에게 끊임없이 엎치락뒤치락하는 악무한의 방식으로 변화무쌍해진다. 그리고 주인공은 상황 앞에서 전적으로 수동적인 존재가 된다. 그뿐만 아니라 그는 상황을 타개하기보다도, 상황과 계속 어긋나는 방식으로 연기하는 연극적 존재로 살아가게 된다.

4장에서는 김승옥의 중편소설 『환상수첩』(1962)과 장편소설 『내가 훔친 여름』(1967)을 교양소설의 관점에서 분석할 예정이다. 김승옥은 단편에서 뛰어난 문학적 성취를 보였고 그리하여 그의 소설에 대한 평가는 상당수 단편들에 집중되어 있다. 『환상수첩』은 「생명연습」(1962), 「무진기행」(1964), 「서울 1964년 겨울」(1965) 등 김승옥의 뛰어난 단편들과 함께 집중적으로 분석된 바 있지만, 『내가 훔친 여름』 등을 포함한 그의 장편소설들에 대한 문학적 평가는 다소간 인색한 편이다. 그럼에도 단편에서 장편에 이르는 김승옥의 문학적 테마는 일관되게 젊음 또는 젊음의 형성이라고 말해도 좋을 것이다. 김승옥의 소설들에 대해서는 일일이 인용할 수 없을 정도로 수많은 평가들이 있지만, 그중에서 김승옥 소설의 젊음 또는 젊음의 형성에 초점을 맞춘 김병익의 이른 평가에 따르면, 김승옥은 "내적 자아의 형성 또는 개인주의 문학에 새로운 지평을 연 것이며 우리의 정신사에서 처음으로 의식의 주체화에 전망을 비춰준"[1] 작가이다. 무엇보다도 젊음이라는 주제에 대한 김승옥 소설을 집약하는 표현은 김승옥 소설이 가장 잘 제공해주고 있다.

김승옥의 소설은 젊음의 자기 '형성'이 주제이자 플롯인 소설이다. "하나의 세계가 형성되는 과정이 얼마나 기막히다는 것을 나는 잘 알고 있다. 그 과정 속에는 번득이는 철편이 있고, 눈뜰 수 없는 현기증이 있고 끈덕진 살의가 있고 그리고 마음을 쥐어짜는 회오와 사랑도 있는 것이다."[2] 그러나 이러한 치열한 분투와 각고의 노력 끝에 형성된 자기는 '나는 나'라고 말할 수 있는 투명한 자기라고 말할 수 있을까. 김승옥 소설의 남성 주인공들은 자신이 투명한 자기라고 상상하는 바로 그곳에 장애물처럼 가로놓여 있는 곤란함에 직면하고 있는데, 그때의 자기는 자기기만을 내포하는 자기이다. 하나의 개성이 형성되려는 노력에 따라 붙는 자기기만은 도무지 피할 수 없게 된다. 사르트르의 실존적 정신분석의 도움을 받아 김현은 이러한 의식의 경로에 대해 다음과 같이 날카롭게 지적하고 있다. 먼저 "자기의 상황을 수락함으로써 그것을 극복하는 것이 자기세계를 갖는 길"이라면, "자기세계를 가진 사람들이 자기세계를 갖게 되는 것은 의식 내부의 섬세한 조작을 통해서이다."[3] 그런데 의식의 조작을 거쳐 주조된 자기세계는 "개인의 성격을 뚜렷이 하는

1 김병익, 「시대와 삶」, 『상황과 상상력』, 문학과지성사, 1979, 269쪽.
2 김승옥, 「생명연습」(1962), 『서울, 1964년 겨울』, 창우사, 1966, 23쪽.
3 김현, 「구원의 문학과 개인주의」, 『현대 한국 문학의 이론/사회와 윤리』(김현 문학 전집 2), 문학과지성사, 1991, 385쪽.

데에 큰 도움을" 주는 동시에 사르트르식으로 말하면 "'개 같은 놈'으로 사람이 변모해가는 양태를 파악할 수 있게" 해준다. 요약하면 김승옥 소설에서는 하나의 "개성이 얼마만큼의 자기기만을 통해 형성된 것인가"라는 물음이 중요한 것이다.[4] 여기서 사르트르가 『존재와 무』(1943)에서 분석한 '자기기만'이라는 의식의 현상학에 대해 살펴보기로 한다.

사르트르에 따르면 '자기기만'(mauvaise foi)에서 무엇보다 가장 중요한 것은 "인간존재를 '그것이 있지 않은 것으로 있고, 있는 것으로 있지 않는' 하나의 존재로서 구성하는"[5] 의식의 작용이다. 자기기만은 사유와 행위, 말하고자 한 것과 말한 것 사이의 어긋남, 모순을 뜻하거나 단순히 의식의 분열에 붙여지는 이름이 아니라, 그러한 어긋남, 모순, 분열 자체가 의식 속에서 하나의 통일성과 일관성으로 주어질 때 부여되는 명칭이다. 말하자면 자기기만은 "모순되는 개념을 형성하는 일종의 기술, 즉 어떤 관념과 그 관념의 부정을 동시에 포함하는 개념을 형성하는 기술"[6]이다. 예를 들면 어떤 사람이 '나는 나이면서 내가 아니다'라고 말할 때, 중요한 것은 '나인 것'과 '내가 아닌 것'의 어긋남, 모순, 부정이라기보다는 '나'가 그런 방식으로 일관되게 믿고 말하고 있다는 사실이다. 따라서 자기기만의 목표가 있다면 그것은 "내가 있는 그대로의 것으로 있지 않도록 하는 것"[7]이다. 나는 나인 동시에 내가 아니라는 진술, "부정하기 위해 긍정하고, 긍정하기 위해 부정"[8]하는 자기기만적 의식은 그저 진실을 부인하는 위선적인 존재가 아니다. 자기기만에는 자기기만 특유의 진실이 있으며, 그것이 자기기만을 그토록 문제적으로

••
4   김현, 「구원의 문학과 개인주의」, 386쪽.
5   장 폴 사르트르, 『존재와 무』, 정소성 옮김, 동서문화사, 2009, 138쪽.
6   장 폴 사르트르, 『존재와 무』, 127쪽.
7   장 폴 사르트르, 『존재와 무』, 142쪽.
8   장 폴 사르트르, 『존재와 무』, 114쪽.

만든다. 그렇다면 자기기만은 어떻게 특정한 자기 또는 개성을 형성하도록 작용하는 것일까.

자기기만은 무엇보다도 특정한 상황을 수용하는 의식 내부에서 형성되는 심리적 현실에 대한 '부인'(否認, Verleugnung)과 관련이 있다. 프로이트의 임상정신분석에서 부인은 보통 "어떤 것이 부정되는 바로 그러한 태도로 긍정되는 피분석자의 발언들"[9]로 정의될 수 있다. 또한 심리적 방어기제로서 부인은 "주체가 외상으로 지각되는 현실을 인정하는 것을 거부하는 방어방식"[10]으로, 부인에는 심리적 지각의 대상에 대한 긍정과 그것의 부정이 '자아분열'의 형태로 공존하는 특징이 내포되어 있다. 피분석자는 마음속에 품고 있던 상상이 현실과 어긋나버릴 때, 현실의 압력에 의해 불가피하게 상상과 믿음을 수정하는 등 타협을 하면서 현실원칙을 수용하는 것이 아니라, 상상의 편에서 불쾌하게 느껴지는 현실을 '마치 처음부터 존재하지 않았던 것처럼' 지워버리고 마는 것이다. 그렇게 해서 상황 속의 '나'는 상황과 분리된 '나' 곧 자기가 되며, '나'의 믿음과 이상으로 절단한 나머지의 세계가 '자기세계'로 구축된다. 그런데 이러한 '나'의 자기기만은 보기에 따라 불쾌한 상황으로 계속 압박해 들어오는 현실에 대한 급진적인 거절이자 비순응적 태도를 의미하기도 하지만, 현실을 거절하는 그만큼 자기 자신을 끊임없이 위태롭게도 파탄으로 몰고 가는 정신의 곡예이기도 하다. 자기기만의 의식은 이리저리 가면을 바꿔 쓰면서 가장 숭고할 때 우스꽝스러워지고, 가장 우스꽝스러운 행동을 할 때 도리어 숭고해지는 연기를 하는 광대를 닮게 된다. 서구문학과 철학을 통틀어 자기기만의 초창기 모델

9   엘리자베스 라이트, 「부인」, 엘리자베스 라이트 편, 『페미니즘과 정신분석학 사전』, 고갑희 등 옮김, 한신문화사, 1997, 118쪽.
10   장 라플랑슈·장 베르트랑 퐁탈리스, 「부인」, 『정신분석 사전』, 임진수 옮김, 열린책들, 2005, 171쪽.

은 헤겔이 『정신현상학』에서 백과전서파 철학자이자 작가인 드니 디드로의 풍자소설 『라모의 조카』(1761)의 주인공으로 시정(市井)의 풍각쟁이이자 건달인 라모를 분석하면서 일찌감치 그 매혹적인 모습을 드러낸 바 있다.

디드로와 헤겔이 공통적으로 주목한 것처럼, 라모의 조카는 뭐라고 딱히 규정이 불가능하고 타인들이 그에 대해 생각하는 모습에서 언제나 벗어나 있는 존재이다. 라모의 조카는 사람들이 '그'라고 말하는 존재가 아니다. "그는 솔직하게 자신의 진면목을 보여 주지만, 그러나 그는 어떤 특정한 측면을 통해 자신의 모습을 확인시키지는 않는다. 그는 결코 그 자신이 아니어서 언제나 자기 자신을 벗어나 있다. 또한 스스로를 벗어나 있을 때 자기 자신에게로 복귀하는 것이다."[11] 그런데 헤겔이 음악가였던 라모의 조카의 기이하고도 우스꽝스러운 언행을 현상학적으로 묘사할 때 주안점을 둔 것은 현실뿐만이 아니라 자기 자신과도 끊임없이 화해하지 못하고 불일치할 수밖에 없었던 교양 주체의 소외된 측면이었다. 라모의 우스꽝스러운 광대 같은 면모는 디드로라는 철학자의 진지하고도 엄숙한 '성실한 의식'(Ehrlich Bewußtsein)과 정면으로 대면하면서 기존세계를 공격하면서도 실제로는 기존세계의 혜택을 받는 '성실한 의식'의 고상한 체하는 위선(절대왕정을 맹렬히 공격하면서도 절대왕정으로부터 수혜와 인정을 욕망한 디드로와 백과전서파에게 가해진 비난)을 폭로할 뿐만 아니라, 교양에 내포된 부정의 정신을 광기에 이르도록 극대화한다. "이렇게 볼 때 정신이 그 자신을 향하여, 바로 그 자신에 관해서 얘기되는 내용이란, 즉 모든 개념과 그리고 모든 실재는 전도되는 것일 뿐만 아니라 또한 이미 전도돼 있다고 하는 것이며 이렇게 함으로써 더 나아가서는 자기 자신과 타자에 대해서마저도

11 장 이뽈리뜨, 『헤겔의 정신현상학』 II, 이종철 옮김, 문예출판사, 1988, 117~18쪽.

기만한다는 것이 되겠거니와 실로 이와 같은 기만에 대해서 주저 없이 말할 수 있다고 하는 파렴치함이야말로 스스로 진리일 수 있도록 하는 것이기도 하다."[12] 즉 자기기만은 자기기만을 연기함으로써 그 자신의 진실을 드러내는 것이다. 장 이뽈리뜨는 『정신현상학』의 '라모의 조카'에 대한 헤겔의 분석을 풀이하면서 라모의 언어를 철학자의 '성실한 의식'의 이면에 자리한 언어, '교양의 세계의 무상성을 선포하는 기지의 언어'로 명명하고 있다. 이 기지의 언어는 "자기해체를 일삼는 한낱 자기 자신과의 유희"[13]를 즐기는 언어이다. 한편으로 자기기만의 현상학, 교양세계의 무상성을 선포하는 기지의 언어는 모두 자기 자신에 대한 부정이 그 자신의 일부를 이루는 아이러니의 정신과 상통하며, 아이러니는 『라모의 조카』에 대한 헤겔의 분석에 이미 배태된 것이기도 하다.

사르트르는 실제로 자기기만은 아이러니와 연결된다고 지적하고 있다. "아이러니에서 사람은 하나의 똑같은 행위 속에서 그가 제기하는 것을 무효화한다. 그는 믿도록 만들지만 믿어 주지 않는다. 그는 부정하기 위해 긍정하고, 긍정하기 위해 부정한다."[14] 아이러니는 수사법과 철학적인 측면에서 생성과 해체, 긍정과 부정, 정체와 변화 등 모더니티 특유의 변증법적 속성이기도 하며, 모더니티의 상징적 형식으로서의 젊음이 갖고 있는 변화무쌍한 성격과도 잘 어울린다. 나아가 아이러니는 근대문학의 밑절미를 이루는 인간과 세계에 대한 견해이기도 하다. 독일낭만주의자 프리드리히 슐레겔의 아이러니에 대한 정의는 아이러니가 모더니티의 속성과 닮아 있음을 알려주고 있다. 무엇보다도 아이러니는 "끊임없는 자기 창조와 자기 파괴"를 핵심으로 하는 것이다.[15]

12 G. W. F. 헤겔, 『정신현상학』 2, 640쪽.
13 G. W. F. 헤겔, 『정신현상학』 2, 같은 쪽.
14 장 폴 사르트르, 『존재와 무』, 114쪽.

그렇지만 아이러니로서의 교양소설의 면모는 김승옥 소설에서는 다소 다른 맥락에 위치하게 된다. 그것은 귀향과 여행이라는 서사적 여정을 통해 젊음이 가질 수 있는 삶에 대한 기대(환상)와 환멸의 이중적이고도 아이러니한 체험을 극대화하는 방식으로 드러난다. 아이러니는 여기서 부단한 생성과 해체를 동반하는 것이 아니라, 모든 결정과 책임을 미루고 환상과 환멸의 반복되는 악순환의 이중구조에 주체가 놓이게 되는 상황에 대한 명명이다. 그것은 최인훈 소설에서도 이상과 환멸의 대립으로 표현된 바 있지만, 최인훈의 소설과 다르게 김승옥의 소설에서는 세계에 대한 비판과 부정이라는 교양의식 또는 교양충동은 분해되며, 언어는 교양세계의 무상성을 선포하는 기지의 언어로 탈바꿈한다.

2. '정신적 동물의 왕국'에서 문학하기: 김승옥의 『환상수첩』 읽기

1-1. '거대한 기대'와 '잃어버린 환상'

『환상수첩』은 주인공 '나'(정우)가 자살하기 직전에 남긴 수기(手記)에 대해 그의 친구인 임수영이 추기(追記)를 덧붙인 형식의 소설이다. 소설은 액자구성이지만, 겉 이야기와 속 이야기가 따로 병행되는 것이 아니라, 주인공의 수기에 대해 작중인물의 코멘트가 사후에 덧붙여져 완성된 형태로 이루어져 있다. 다시 말해서 수기의 내용, 곧 젊음의 방황과 치기 그리고 환멸에 대한 주인공 '나'(정우)의 자기 고백적인 기록에 대해 짐짓 모른 척 비아냥거리고 조롱하는 것 같은 친구 임수영

15 에른스트 벨러, 『아이러니와 모더니티 담론』, 이강훈·신주철 옮김, 동문선, 2005, 98쪽에서 인용. 다음과 같은 구절도 염두에 둘 필요가 있겠다. "파괴의 열광 속에서 먼저 신성한 창조의 의미가 계시된다." 프리드리히 슐레겔, "단장: 131", 「이념들」, 필립 라쿠 라바르트·장 뤽 낭시, 『문학적 절대』, 홍사현 옮김, 그린비, 2015, 329쪽.

의 코멘트가 첨가됨으로써 수기는 아이러니의 형식을 띠는 소설이 된다. 수기 내부의 '나'의 통렬하고도 진정해 보이는 자기고백은 수기 바깥에 서는 한낱 조롱받는 변명, 반(反)고백으로 변한다.[16]

수기를 쓴 '나'와 수기를 편집하고 코멘트를 붙인 임수영의 관계도 아이러니하다. 임수영은 주인공 '나'가 고향에서 마주치는 악마적 분신, '다른 나'(alter ego)와 같은 존재로, 그는 서울생활에서 '나'가 자신의 여자 친구였던 선애를 떠넘긴 서울친구 오영빈과 짝을 이루며, 둘은 선망과 증오의 관계로 얽힌 경쟁자이자 닮은꼴이다. 이러한 형식상의 특징을 염두에 둔다면, 『환상수첩』은 고백을 반고백으로 무화하고, 전술(前述)을 후술(後述)로 지우며, 의식의 성실성이라는 것은 한낱 행동 앞에서는 허위임을 자백하고, 진정한 자기란 결국은 자기기만적인 자기가 되는 식으로 악의의 아이러니가 지배하는 서사가 된다. 그리고 자기형성의 매개체이기도 할 교양의 언어는 소비하고 탕진하는 방식을 통해 한낱 교양을 조롱하고 희화화하는 수단이 되고 만다. 언어는 마치 지워

16 폴 드 만은 루소의 『고백록』(1769)을 분석하면서 다음과 같이 말한다. "변명에서 유일하게 두려워해야 할 것은 고백(그리고 고백적 텍스트)이 생성될 때 그 변명이 고백의 잉여를 만들어내면서 실제로 고백자의 죄를 면책해준다는 점이다." 폴 드 만, 「변명-『고백록』」, 『독서의 알레고리』, 이창남 옮김, 문학과지성사, 2010, 378쪽. 드 만의 분석을 참조한다면, 『환상수첩』은 선애의 자살에 대해 주인공 '나'가 갖고 있는 죄책감을 면책하기 위한 고백록이라고 할 수 있다. '나'의 고백서사는 죄를 소급적으로 발명하는 동시에 그러한 죄로부터 달아나려는 서사적 장치이자 책략이다. "우리는 변명을 의미 있게 하기 위하여 죄(그리고 그 모든 일련의 심리적 귀결)를 만들어내야만 한다는 사실이다. 변명은 그것들이 면책시키려는 바로 그 죄를 생성한다. 비록 그것이 언제나 과도하거나 부족하긴 하지만 말이다."(402~403쪽) 『환상수첩』에서 '나'의 고백은 서사의 액자장치를 통해 발화하는 수영에 의해 '변명', 곧 죄책감을 면책하기 위한 고백의 책략으로 격하된다고 할 수 있다. 그러나 고백의 최소한의 진정성을 아이러니에 의해 무화시키고 마는 드 만의 해체주의적인 분석과 달리 『환상수첩』에서 수영의 메타코멘트가 '나'의 고백의 정체가 한낱 자기기만적인 변명에 불과함을 폭로한다고 하더라도, 수영의 빈정대는 아이러니가 '나'의 고백보다 상위의 진실이라고도 말할 근거는 없다.

지기 위해 씌어지고, 소멸되기 위해 생성하는 것 같다. 그러나 아이러니의 변화무쌍한 운동이 그러하듯이『환상수첩』은 진정한 자기를 만들기 위해 오히려 자기기만을 실행하거나 자기기만을 연기할 때 진정한 자기를 형성할 수도 있음을 그려내고 있다. 아이러니는 그것이 말하고자 했던 바를 배반하면서 서사의 벡터를 그려나간다. 젊음의 이상은 병적인 환멸로 변하지만, 이러한 환멸의 바닥을 일일이 훑어보지 않고서는 조금도 짐작할 수 없는 것이 또한 젊음의 이상이다.

『환상수첩』은 김승옥의「무진기행」과는 다르게 결코 돌아올 수 없는 길을 떠난 '나'의 귀향의 형식으로 이루어진 소설이다.『환상수첩』에서 귀향은 세 겹의 의미를 띠는 귀향이다. 그것은 내부에 떠남과 돌아옴이라는 짧은 여행을 포함하고 있는 귀향이자, 떠나온 출발점으로는 다시는 되돌아갈 수 없는 귀향이며, 결국은 자신이 태어난 그곳에 무(無)로 되돌아간다는 의미의 귀향이기도 하다. 그리고 '나'가 쓴 수기를 중심으로『환상수첩』은 크게 네 마디로 나눌 수 있다. 첫째, 서울에서 고향인 순천에 이르는 기차 안에서 '나'가 서울의 대학생활을 회한에 가득 차 회상하는 부분, 둘째, 고향에서 부모님과 동생을 만나는 한편으로 고향 친구들인 수영, 윤수, 형기와 함께 되는대로 희희낙락하며 무위도식하면서 생활하는 부분, 셋째, 주인공이 부모님의 권유로 윤수와 함께 여행을 떠나 서커스단을 만나고 되돌아오는 부분, 넷째, 윤수의 죽음과 장례를 치른 뒤 형기와 순천만의 염전 벌판을 건너오면서 삶의 허무함과 대비되는 자연의 생명력을 체험하는 부분. 이렇게『환상수첩』을 구성하는 플롯의 각 마디마디에 대해 살펴봤는데, 스토리 수준에서 이에 대해 좀 더 자세히 이야기해보면 다음과 같다.

대학생이자 문학도인 주인공 '나'는 "될 수 있는 대로 살아봐"[17]라는

17 김승옥,「환상수첩」(1962)『서울, 1964년 겨울』, 창우사, 1966, 285쪽. 앞으로 이 소설을 인용할 경우 본문에 쪽수를 표시한다.

오영빈의 배웅을 받으면서 서울을 출발하여 고향인 순천에 도착하는 기차를 탄다. '나'는 창에 비친 자신의 모습, "늙어버린 원숭이 한 마리가 어둠 속을 지켜보고 있는 모습"(288쪽)을 반추하면서 서울에서의 허무하고도 치욕스러우며 무책임했던 자신의 삶을 하나씩 상기한다. '나'가 귀향을 하게 된 원인들은 여러 가지로 추정되지만, 무엇보다도 여자친구였던 선애의 자살이 가장 큰 원인이라고 할 수 있겠다. '나'는 선애와의 첫 정사(情事) 이후 그녀가 첫 경험에 대해 "뻥 뚫린 구멍을 보아버린 것"(21쪽) 같다고 말한 것을 의식하면서 점차 약해져가는 그녀를 두려워하게 되며, 급기야 선애와의 관계에서 오는 고민을 친구 오영빈에게 털어놓는다. '나'는 영빈의 제안, 곧 자신과 관계를 맺고 있던 창녀인 향자와 선애를 맞바꾸자는 "기상천외의"(298쪽) 제안을 수락한다. 그러나 영빈이 선애와 성관계를 맺은 다음 날, 그녀는 자살해버리고 만다. 따라서 '나'의 귀향은 선애의 죽음에 대한 충격과 죄책감에 따른 도피행위로 이해할 수 있다.

그런데 '나'가 내려가는 고향은 서울에서 느낀 삶에 대한 환멸을 다독이고 새롭게 살아보려는 의지를 불러일으키도록 주인공을 반갑게 맞이하는 공간이 아니다. "고향이 가까워올수록 피어나는 희망"(313쪽)도 잠시, 그곳은 그저 '나'의 도피처일 뿐이다. 고향은 가족과 어린 시절의 친구들과 같은 혈연적·인륜적 공동체가 자리 잡은 곳이기도 하겠지만, 무엇보다 고향은 도시와 별다를 바 없는 곳으로 묘사된다. "규모가 작기는 하지만 고향도 도시였다. 도시이기 전에 저 사조(思潮)라는 '맘모스'와 그리고 그것이 찍고 가는 발자국에 고이는 구정물의 시간이었다."(318쪽) 주인공에게 고향은 그 자신과 마찬가지로 "전세기적(前世紀的)인 병"(283쪽)[18]을 앓고 있는 친구들, 곧 법대생으로 귀향해 춘화를

18 여기서 '전세기적인 병'의 정체는 '나'의 수기, 곧 『환상수첩』을 관통하는 키워드로, 한마디로 정의하기는 어렵지만, 소설에서 주인공과 작중인물들의 말과 사고, 행동이

팔면서 약값을 마련하는 폐병쟁이 수영, 시를 쓰는 윤수, 사고로 눈이 멀게 된 형기 등이 음습하고 축축한 골방에 기거하는, '구정물의 시간'이 고이는 곳이다.

고향에서 '나'는 친구들과 함께 술집 등에서 술집 여자들과 어울리는 한편으로 부모님과 입시를 준비하는 동생을 지켜보면서 죄책감과 부끄러움을 갖는다. 그렇게 "생활을 빼어버린" "하루하루"(334쪽)를 무위도식하던 '나'에게 부모님은 여행을 권유한다. 윤수와 함께 여행을 떠나게 된 '나'는 어느 날 서커스단과 마주친다. 서커스단에서 만난 이씨와 미아의 서커스를 관람하면서 '나'가 새삼스럽게 경험하고 기대한 것은 "위악(僞惡)도 없고 위선(僞善)도 없는" "일상생활"의 감각이었다(362쪽). "시는 그만두겠어. 이제부터 생활전선(生活戰線)이다"(365쪽)라는 객기 어린 다짐을 하는 윤수는 서커스단의 일원인 미아와 결혼약속을 하고 '나'와 함께 고향으로 돌아온다. 그러나 고향에 온 다음날, 윤수는 수영의 여동생인 진영이 동네깡패들에게 윤간을 당하자 깡패들과 맞서 싸우게 되고, 결국 병원에서 죽는다. 미아와의 새로운 출발을 꿈꾸던 윤수의 소망은 물거품이 된다. '나'는 윤간을 당한 진영과 진영을 구하기 위해 싸웠던 윤수의 죽음을 슬퍼하면서도 이 모든 사태를 냉소로 방관하는 수영을 속으로 강하게 원망한다. 그러나 수영에 대한 '나'의 원망은 사실 '나'의 자기원망일지도 모른다. 수영에 대한 원망 속에는 선애의 죽음을 가져온 '나'의 행위에 대한 무의식적 자책도 담겨 있었을 것이다. 윤수의 장례를 치르고 난 뒤, '나'는 형기와 함께 순천만의 염전까지 함께 걸어가 염전을 바라보면서 "파도가 해변의 바위들에 부딪쳐 내는 무서운 소리", "생명이 물러가는 소리"(371쪽)를 듣는다. 그리고 『환상수첩』의 내부 이야기인 '나'의 수기는 이렇게 끝을 맺는다. "아슴한

보여주는 것처럼, 부유하는 젊음의 어리석음과 고뇌, 자기기만과 진정성, 방탕과 허무의식, 문학 열병 등이 복합된 의미라고 할 수 있겠다.

눈발 속에서 염전 벌판은 한없이 넓어져가고 있는 듯했고 나는 아무래도 그 벌판을 건너가지 못하고 말 것 같았다."(372쪽)

다시 『환상수첩』의 앞부분으로 돌아가 말해보면, 서울에서의 대학생활에 대한 막연한 기대감, 가난한 집안의 자식으로 태어났지만 집안을 되살릴 수 있는 특권적 위치에 도달할 수 있다는 문턱 앞에서 '출세한 촌놈들의 죄의식'(김윤식)을 두른 후광이었던 '거대한 기대'(great expectation)는 우울하고도 환멸에 찬 귀향의 의식(儀式)을 통해 '잃어버린 환상'(lost illusion)으로 변하고 만다.

> 서울에서 나는 너무나 욕된 생활 속을 좌충우돌하고 있었다. 그리고 슬프게 미쳐 버렸다고나 할까, 환상과 현실과의 거리조차 잊어버려서 아무것도 구별해낼 수가 없게 되었고 사람을 미워하는 법을 배우고 말았다. 아아, 그들을 죽이든지 그렇지 않으면 내가 떠나든지 해야 했다.(284쪽)

주인공 '나'가 낙향을 결심하기로 한 위 대목은 '나'가 서울의 대학생활에서 느꼈던 강렬한 피로감에 대한 호소이다. '환상과 현실과의 거리조차 잊어버려서 아무것도 구별해낼 수가 없게' 되었을 뿐만 아니라 '사람을 미워하는 법을 배우고 말았다'고 스스로에게 호소하는 주인공, 환상에서 환멸로 급격히 추락하는 주인공의 마음에는 도대체 무엇이 자리 잡고 있는 것일까. 이에 대해 살펴보도록 하자.

『환상수첩』에는 4·19 혁명이나 5·16 군사쿠데타가 조금도 언급되고 있지는 않지만, 전후 한국의 모더니티의 가장 커다란 두 개의 '거대한 전환'이 될 이 사건들과 연동되는 미미하지만 확실한 여파와 진동 같은 것이 느껴진다. 이 시기에는 개인이 국가의 부당한 명령에 복종하는 신민이 아니라 민주주의적 공동체에 대한 열망을 통해 국가의 참된 주인이 되고 권리를 행사할 수 있는 시민적 자기각성과 자유 그리고 군사정권의 출범과 더불어 가난과 배고픔으로부터 벗어날 수 있다는 발전에 대한 환상('잘 살아보세')이 길항하고 갈등하는 방식으로 중첩되었다. 물론 고향을 떠나 서울로 상경한 젊은이들에게 시민적 자유에 대한 열망과 사회적 발전과 연관된 출세에의 욕망은 적어도 『환상수첩』이 발표되던 무렵에는 명확히 대립하거나 갈등을 벌였다고 보기는 어렵다.

그런데 한 연구에 따르면 1960년 이승만 대통령의 하야성명 직후 대학생들이 내세웠던 첫 번째 구호는 '건설하자'였다고 한다. 또한 4·19 혁명 직후에 자유민주주의적인 지식인들은 "4·19를 '탈후진'의 계기로 인식하고" "4·19에서 표출된 다성적 욕구들을 '탈후진 근대화의 길'로 단성화시키는 역할을 수행해나갔다."[19] 예를 들어 4·19 혁명 직후에 활발해진 각종 경제 담론들은 독점규제를 통한 분배의 평등을 강조하는 입장과 평등한 사회보장보다 자본축적이 우선시되어야 한다는 입장이 맞섰지만, 두 입장은 부국강병을 위한 자본축적의 필요성만큼은 공통적으로 절감하고 있었다. 이 연구의 결론에 따르면 "이미 5·16 이전부터 군부가 아닌 정치권과 지성계, 운동세력 내부에서 '생산적 주체'의 창출의 기획이 '경제 제일주의'나 민주주의의 토대로서의 경제건설, '후진성' 극복을 내용으로 하는 민주주의 등의 양태로 제기되고 있었"던 것이다.[20]

물론 이러한 논리는 자칫하면 4·19와 5·16의 등가성, '혁명적' 연속성을 주장했던 박정희의 입장과 별반 다를 것이 없는 것으로 오해되거나 악용될 소지가 있다. 정치적 기반이 취약했던 제2공화국의 자유주의적

19 이상록, 「경제제일주의의 사회적 구성과 '생산적 주체' 만들기」, 127~28쪽.
20 이상록, 「경제제일주의의 사회적 구성과 '생산적 주체' 만들기」, 151쪽.

지식인들에 의해 주도된 건설, 발전, 개발에 대한 열망과 생산적 주체형성의 분위기가 그것을 과단하게 실행할 박정희라는 독재자를 대망했다는 뜻은 아니다. 오히려 박정희 세력이 선거에 의한 합법적인 집권을 통해 기존의 개발과 생산의 논리에 정당성을 부여했다고 보는 편이 더욱 정확하다. 4·19 혁명과 5·16 군사쿠데타의 대립은 후자가 시민사회와 민주주의 국가에 대한 전자의 약속과 열망을 개발과 발전의 논리로 서서히 묵살하고 합리화하기 시작하면서 불거지기 시작했다고 봐야 한다. 4·19 혁명과 5·16 군사쿠데타를 '자유냐 빵이냐'로 환원하게 되면 그러한 환원은 자유의 정신주의와 빵의 물질주의라는 손쉬운 이분법 또는 거짓된 선택을 낳게 된다. 어떻게 보면 민주주의적 시민과 개인의 자유를 사회적으로 지속시키고 뒷받침할 수 있는 물질적 토대의 부재와 그러한 토대의 부재를 급하게 메우려고 하면서 증대되는 발전과 성장의 논리가 부풀리는 사회적 환상이 더 문제적이다. 4·19 혁명에서 촉발된 개인의 자유를 지속시킬 수 있는 문화의 부재를 실감하고 있는 상황에는 아랑곳하지 않고 발전과 개발의 속도는 한층 가속화될 수밖에 없었던 것이다. 중요한 것은 모더니티가 개인과 공동체에 부여하는 집합적 환상이 국가의 목표치로 제시되고, 거기에 개인이 도달하거나 도무지 적응하기 어려운 데서 오는, 때 이르고도 격심한 피로감이다. 젊음에게 닥친 피로감의 정체는 게오르그 짐멜을 참조하자면 주관정신을 초월하는 객관정신의 우세라고 불렀던 것이 주관정신을 잠식할 때 발생한다.

객관화된 정신은 전체적으로 그 무형식성 덕분에 주관적 정신을 재빠르게 앞지르는 발전 속도를 가진다. 그러나 주관정신은 객관적 '사물'과의 접촉, 그것의 유혹과 그것이 일으킨 왜곡에 대항해 자신의 형식의 배타적인 완결성을 완전히 보존할 능력이 없다. 객체는 일반적으로 세계가 진행되는 과정에서 주체에 대해 우위를 점하게 되었는데, 문화에서 양자의 관계는 적절한 균형 상태로 지양되었다. 그러다가 주체에 대한 객체의 우위는 이제 문화 내부에서 객관정신의 무제한성을 통해 다시 한 번 감지될 수 있게 되었다.[21]

짐멜의 설명은 주관정신과 객관정신의 융합가능성을 타진하는 서구 문화라는 역사적 맥락에 위치해 있다. 그럼에도 짐멜의 분석은 개인의 삶의 발전과 완성의 과정을 빠른 속도로 추월하는 사회적 개발과 발전의 논리가 무제한적으로 개인에게 부과하고 개인이 그것을 수용하는 데서 비롯되는 환상과 환멸의 변증법을 설명하는 데 유용하다. 『환상수첩』에서 환상에서 환멸로 이어지는 체험은 대학교육으로 주인공에게 주어지는데, 흥미로운 것은 대학교육의 내용이 실제로는 새것의 명칭을 한 박래품에 불과하며, 또한 지극히 따분하기에 이를 데 없다는 것이다. 교수들은 더 이상 존경할 만한 자아이상이 아니라 그저 박래품을 선전하는 전도사일 뿐이며, 학생들은 그것을 반성하는 자의식 없이 전도사를 추종하는 신도일 뿐이다. 그렇지만 박래품에 대한 조건반사적 학습과 따분한 맹종이 암암리에 사회적 성공과 출세의 지름길이 될 수도 있다는 역설 앞에서 『환상수첩』의 젊은 주인공은 결국 실망하고 좌절할 수밖에 없다.

대학에서도 나는 실망의 연속이었다. 교수들은 강의를 하다가 틈틈이 유머를 얘기하는데, 유머란 다름 아닌 상대편을 어떻게 하면 꽈악 눌러버릴 수 있느냐 하는 공격방법이었다. 싸르트르와 까뮈가 논쟁을 했는데 그때 이긴 것은 누구고 진 것은 누구다. 이것이 교수들의 관심꺼리였다. 평단에서 남을 공격하여 백전백승하는 실력과 교수 한 분의 강의를

21 게오르그 짐멜, 「문화의 개념과 비극」, 『게오르그 짐멜의 문화이론』, 김덕영·배정희 옮김, 길, 2007, 60쪽.

나는 듣고 있었는데 그분의 얘기는 전제(前提) 투성이였다. 우수한 학생이
란, 교수의 이론에 반기를 들고 교수의 이론을 멋있게 때려눕히는 자이라
는 관습이 어느 대학에도 있다. 그래서인지 그 실력파 교수는 눈알을
이리저리 바쁘게 돌리며 혹시 누구로부터 까다로운 질문이 들어오지
않나 하며 내가 보기에는 아무래도 불안해하는 표정으로 어떠한 공격에
도 빠져나갈 수 있는 전제를 열거하기에 바쁜 것이었다. '코에 걸면
코걸이 귀에 걸면 귀걸이'라는 말이 있지만 그 교수의 이론이란 누구의
공격도 받을 수 없는 만큼 이도 저도 아닌 것이었으나 공격을 막아낼
줄 안다는 사실만으로써 학생들로부터 인기를 얻고 있었다. 환멸뿐이었
다. (중략) 새학기 등록을 할 때면 학생과에서 신상카아드를 내주며
소정란을 기입해서 제출하라고 하는데, 그 카아드엔 존경하는 인물을
쓰라는 난이 있었지만 그러나 우리 세대 중에서 존경하는 인물을 간직하
고 있는 자가 과연 몇명이나 될는지. 존경이란 말은 이미 없어진 것이었다.
있다고 하면 부러움의 대상이 있을 뿐이었다. 리즈의 수입, 케네디의
인기, 이브 몽땅의 매력, 슈바이처의 명예 혹은 까뮈의 행운. 이런 것들은
부러움의 대상일 뿐이지 그것 때문에 존경을 받고 있다고는 말할 수
없었다. 존경할 줄 모른다는 것이 다행인지 불행인지도 모르고 있는
것이었다.
　남은 것은 환상뿐이었다.(303~305쪽)

　인용문에서 주목할 만한 어휘는 '존경'과 '부러움'이다. 그것은 '환상'
과 '환멸'이라는 어휘와 마찬가지로 중요할 뿐만 아니라 주인공의 환상
과 환멸의 원인이기도 하다. 인용문에서 짐작할 수 있듯이 『환상수
첩』의 주인공에게는 자신이 그렇게 되고 싶고 또 닮고 싶은 모범으로
따라야 할 수직적인 '존경'의 대상, 즉 상징적 동일시의 대상인 자아이상
(ego-ideal) 대신에 자신에게 결여된 타인의 속성을 좇고 모방하고 싶은

경쟁적이고도 상상적인 '부러움'의 대상, 곧 그러한 부러움과 열망이 얼마든지 그에 대한 수평적인 좌절과 증오로 변할 수 있는 이상적-상상적 자아(ideal-imaginary ego)밖에는 남아 있지 않게 된다.[22] 이것은 1960년대 초반의 한국 교양소설에서 일어나는 주목할 만한 변화 가운데 하나이다. 『광장』과 『회색인』의 경우 적어도 주인공에게는 스승이라는 상징적 존재가 있었으며, 이러한 상징적 존재는 주인공이나 작중인물에게 그 스승에 대한 부정이든 긍정이든 간에 자신이 있어야 할 상징적 지위에 대한 최소한의 참조점으로 기능했다. 『광장』의 이명준에게는 정선생이, 『회색인』의 김학에게는 황선생이라는 스승, 곧 자아이상이 있었다. 그러나 김승옥의 『환상수첩』에서 스승의 지위에 있을 법한 대학교수는 인용문에서 짐작할 수 있듯이, 자기 것이 아닌 남의 이론을 가르치면서 한낱 학생들의 눈치를 이리저리 살피는 한심한 존재일 뿐이다. 그리하여 『내가 훔친 여름』에서 주인공은 급기야 자신의 원고료를 가져오라는 심부름을 시킨 대학교수의 명을 따르는 척하면서 그의 원고료를 훔쳐 달아나고야 만다. 주체에게 상징적 존경의 대상이 희미해지거나 사라졌다는 것은 한편으로는 또래집단의 상상적인 경쟁이 그만큼 만연해졌다는 뜻이기도 하다.

이러한 사태는 최인훈의 소설과 김승옥의 소설에서 우정의 위상이 현격하게 달라지는 것과도 연관된다. 『회색인』에서 주인공 독고준과 친구 김학의 관계는 정치적·지적인 입장의 차이에도 불구하고 그리고 거기서 비롯되는 모종의 경쟁관계에도 불구하고 기본적으로 서로의 차이를 존중하는 상징적인 관계이다. 그것은 스승-제자-친구라는 상징적 삼항 관계이다. 그러나 『환상수첩』과 『내가 훔친 여름』에서 친구는 파우스트에게 내기를 하고 교환조건을 내거는 메피스토펠레스처럼

22 자아이상과 이상적-상상적 자아의 차이에 대해서는 슬라보예 지젝, 『이데올로기의 숭고한 대상』, 이수련 옮김, 인간사랑, 2002, 184쪽 참조.

자아의 악마적 분신과도 같은 존재이며, 그들의 우정이란 서로 지나치게 닮았기 때문에 애증병발(愛憎竝發)의 그것에 가깝다. 자아이상이 사라진 자리에는 '자아와 또 다른 자아'(ego and alter ego)라는 경쟁적·상상적 이항관계가 들어서게 된다. 헤겔이라면 '정신적 동물의 왕국'(Das Geistiege Tierreich)이라고 불렀을 이러한 세계는 자신의 이성의 능력과 역량을 자신에게 집중시키기보다는 타인에 대한 경쟁과 모방, 질투와 포즈의 자기기만에 쏟아붓는 간계와 계략의 생태계를 닮게 된다. 그들의 문학병은 도래할 작품에 대한 성실하고도 치열한 자기몰두가 아니라 문학(작품)을 빌미로, 그 뒤에 숨어 자신의 언행을 성실한 것으로 정당화하는 기회원인으로 삼는 태도와 깊은 관련이 있다.[23]

젊은 세대가 이렇다면 기성세대는 어떠한가. 기성세대는 『환상수첩』에서는 외로워서 주인공을 낳았다고 말하거나 네 소원이 무엇이냐고 힘없이 말하는 무기력한 아버지의 모습으로 표상되거나, 『내가 훔친 여름』에서는 식민지시대부터 제3공화국에 이르는 기간 동안 약탈에 가까운 치부(致富)로 자수성가한 일가(一家)의 등장으로 서술된다. 『내가 훔친 여름』에서 강상호 일가는 일찌감치 채만식이 『태평천하』(1934)에서 묘사한 윤직원 집안처럼 식민지와 해방공간, 전쟁 등을 오직 인생의 특수와 기회로만 여기는 한국의 최상층계급의 속악한 전형으로 묘사된다. 김승옥의 젊음에게 존경할 만한 자아이상은 없다. 그저 무기력하거나 초자아처럼 위압적일 뿐이다.

젊음이 가능성으로서의 자신을 의미 있게 보존하려면 사회에서 젊음에게 요구하는 기성의 덕목과 낡은 가치를 유보해야겠지만, 그에 따른 대가도 치러야 한다. 즉 젊음의 사회적 진출과 편입을 원하는 시스템은 그것을 거부하는 젊음을 발전과 속도의 이름으로 멀찌감치 떼어놓게

---

23 김상환, 「헤겔의 불행한 의식과 인문적 주체」, 『철학과 인문적 상상력: 헤겔 만가(輓歌)』, 문학과지성사, 2012 참조.

되며, 젊음은 뼈저린 사회적 소외의 대가를 치르게 되는 것이다. 젊음은 특유의 유동성을 체현하며 살아가지만, 일정한 교육과 훈련, 사회적 적응과정을 통해서도 기성질서에 편입되지 않으려고 하는 경우, 실체 없는 유령처럼 부유할 수밖에 없게 된다. 이것은 한편으로 사회가 개인에게, 실체가 주체에게 행하는 복수이기도 하다. 이러한 소외의 대가로 젊음에게 형성되는 것이 이른바 내면성일 것이다. 이것이 젊음이 모더니티와 맺고 있는 역학관계일 것이다. 프랑코 모레티가 젊음의 이동성을 모더니티의 속성으로 비유했을 때 젊음은 모더니티와 나란히 보조를 맞추지만, 모더니티의 변화와 속도를 따라가지 못하고 소외되는 젊음은 모더니티에 대해 적대적이거나 우호적이지는 않은 존재로 변할 수 있다. 그중에서도 모더니티와 젊음의 반비례가 『환상수첩』에서 상경의 환상과 귀향의 환멸로 표현되는 젊음의 특징이다.

1-2. 환멸과 위악의 젊음

『환상수첩』은 개발과 발전이 본격화되던 1960년대 한국의 모더니티에 대한 젊은 문학의 부정적인 반응이자 나름의 대응이라고 평가할 수 있다. 그런데 젊음이 가까스로 자신의 가능성을 확보하더라도 그 가능성은 어떠한 행동과 선택도 두려워하고 거절하는 마비된 가능성이다. 젊은 주인공은 가능성의 극단에서 극단을 요동치는 악의적인 회의주의자의 모습을 갖추게 된다. 주인공이 좌충우돌하는 면모는 한편으로는 기성질서의 그 무엇도 선택하지 않겠다는 의지의 표명으로 보이지만, 그만큼 선택과 그에 따른 책임을 마주할 능력이 없다는 무기력함의 표시로도 읽힌다. "세상의 위인이란 사람들이 입버릇처럼 얘기하는 '항상 새로 출발하라'의 지점으로 돌아와 있는 것이라고 생각하면 간단하겠지만 그렇게 생각하기에는 싫어져야 할 것이 너무 많은 듯 했다."(334쪽) 이러한 고백이 '나'의 솔직한 심경이다. '나'의 심경은 배움과 교양에 대한 환멸로도 표현된다. 그러한 환멸은 고향에서 대학입시를 준비하면서 서울대학교를 다니는 '나'를 자아이상으로 삼고 있는 동생에게서 "내 자신의 재판(再版)"(325쪽)을 확인하고 대학시절의 한때를 회상함으로써 한층 극대화된다.

> 서울대학교에 합격했다고해서 무엇을 얻었던가. '예링'을 가르치는 구역질나는 강의. 또 거기에는 '헤겔'과 '쇼펜하우엘'이 동시에 위대한 것이었다. 당사자들이 들었으면 펄펄 뛰었을텐데도 순전히 보편적 진리란 이름으로 그들이 서로서로 상대편이 오류라고 하며 자기를 관철시키려던 얘기는 하나의 '에피소오드'에 불과한 것이었다. 그리고 그 보편적 진리를 배웠다는 친구들의, 아아 날뛰는 꼴. 감색 교복에 은빛 뺏지를 빛내며 뻐스칸 같은 데서 가죽가방을 무릎에 세우고 영감처럼 점잖게 앉아 있는 국립대학생. '헤겔'도 못 되고 '쇼펜하우엘'도 못 된 것들이. 더구나 '예링'의 절규가 어디서 나온 것인 줄도 모르고 그 절규의 메아리만 배워서 실천하려고 드는 무리들. 그러나 그들은 행복해 보였다.(324~25쪽)

김승옥 소설에서 언급되는 헤겔과 쇼펜하우어, 사르트르와 카뮈의 이름은 만일 최인훈의 소설에서 그들의 고유명이 발음되었을 경우를 상상해보는 것과 비교해본다면 그 뉘앙스가 전혀 다르다. 자기형성의 매개이자 목적으로서의 교양은 무의미해지고 만다. 교양은 주체의 생산과 자기 정립을 위한 목적을 잃고 희화화되고 소비된다. 이러한 변화는 주체의 내면에서 일어난 변화와도 관련이 있다. 이미 여러 연구들에서 지적된 바 있지만, 『환상수첩』에서 '나'의 경멸적인 태도는 자신이 멸시하고 혐오하는 그 대상에서 결코 예외적인 존재가 아님을 오히려 증명한다. 김승옥 소설의 주인공에게 "부정의 대상은 명확하지만 되어야 할 바에 대한 지향은 없고, 게다가 자신 역시 스스로가 부정하는 대상에 포함되어 있다는 복잡한 사정은 그에게 아무 것도 구체적으로 사고하지 못하도록 한다. 그는 다만 이 옴짝달싹할 수 없는 틈바구니에 끼여 파동 치듯이 신음할 뿐이며, 생각하는 것이 아니라 이 파동이 그려내는 곡선에 따라 움직이고 있을 뿐이다."[24] 따라서 김승옥 소설의 주인공과 작중인물은 옴짝달싹 못하는 상황의 네트워크 속에서 극단적인 방식으로 자기를 표출하는 것에서 상황을 돌파할 수가 있다고 믿고 자신의 존재를 과장해 드러내려는 연극적이면서도 나르시시즘적인 존재가 된다. 이 과정에서 존재의 자기기만, 곧 상황에 패배하면서도 상황을 돌파할 수 있다는 믿음, 패배하는 것이 승리하는 것이라는 아이러니한 믿음은 자기세계를 만들기 위해서는 불가피한 것이다. 여기서 상황과 타자에 의해 일방적으로 규정되기를 피하거나 꺼려하면서도 자기를 자기 자신으로 최대한 드러내려면 주체는 다분히 위악적이 될 수밖에 없다. 주인공과 작중인물은 피카레스크 소설의 악한(惡漢, pícaro)을 닮는다. 철학적으로 볼 때 이러한 "의식의 악한 상태는 가장 순수한 부정, 언제나 부정하는 정신으로서 통합적 본질로부터 자신을 소외시키는 소외된 주관성의 정점"이기도 하다.[25] 따라서 위악의 연극적 제스처, 비극적 상황을 돌파하려는 몸부림에서 과장되게 표출되는 희극적인 태도는 자기 자신에 대해서만큼은 진실하다고 할 수는 없어도 일관성 있는 태도일지도 모른다. 이런 점에서 김승옥 소설은 사르트르의 '상황극'(Un Theatre de situations)과도 얼마간 닮아 있다.

사르트르는 상황극의 역할을 다음과 같이 설명하는데, 그의 설명에 따르면 상황극의 핵심은 한계상황에 맞닥뜨린 주체의 자유의 문제이며,

24 임경순, 「1960년대 지식인 소설 연구」, 성균관대학교 박사논문, 2000, 81쪽.
25 에른스트 벨러, 『아이러니와 모더니티 담론』, 102쪽.

주체의 자유는 또한 한계상황에의 구속과 그것에 대한 적극적인 참여라는 의미에서 선택과 그에 따른 책임의 문제와 연결된다. "연극이 보여줄 수 있는 가장 감동적인 것은 인생 전체와 윤리를 구속하는 자유로운 결정의 순간과 선택의 순간이며 그리고 성격이 형성되는 과정입니다. 상황은 하나의 호소로서 우리를 에워싸고 있습니다. 그 결정이 지극히 인간적이며, 인간의 총체성을 담보로 할 수 있도록 매번 한계상황을 담은 장면을 보여주어야 합니다. 다시 말하면, 양자택일을 묘사하는 한계상황을 보여주어야 합니다. 죽음은 그런 양자택일에 대한 표현방식들 중의 하나입니다. 따라서 자유는 명확히 드러날 수 있도록 스스로 소멸되는 것을 감수하기 때문에 정점(頂點)에서야 드러날 수 있습니다."[26] 김승옥 소설의 주인공은 사르트르가 자신의 희곡에서 설정한 한계상황(감옥, 방, 수용소, 전쟁 등)에 놓여 있지는 않지만, 돌이키기 힘든 삶의 특수한 상황 속에서 결단과 선택의 문제에 마주친 주체의 자유를 문제 삼는다는 데서 사르트르가 말하는바, 상황 속에 놓인 주체의 자유라는 문제를 공유한다고 할 수 있다. 물론 김승옥 소설의 인물들은 모종의 한계상황 속에서 자기를 형성하는 데는 관심이 있지만, 그에 따른 현실에서의 선택과 책임을 자기기만적인 방식으로 계속 유예하거나 방기하는 쪽이다. 따라서 그들이 자살이라는 극단적인 선택을 하는 이유를 두 가지로 생각해볼 수 있다. 하나는 극단적인 선택을 통해 책임의 방기에 대한 책임을 최후로 지겠다는 의미이며, 다른 하나는 자신이 구속되어 있는 상황에 대한 선택과 책임의 문제를 끝내 회피하겠다는 자기기만이다.

일찌감치 남상규는 김승옥 소설의 주인공들이 "자기 자신과 싸울 뿐만 아니라 타인을 포함한 현실과 싸우고 있"다고 하면서 그들은 자기

---

26 장 폴 사르트르, 「상황극에 대하여」, 『상황극』, 박형범 옮김, 영남대학교출판부, 2008, 22~23쪽.

자신과 현실 모두에 패배하지만, 그 패배가 자기 자신을 향할 때 "보다 잔인하고 철저하게" 나타난다고 말한 바 있다.[27] 주인공의 잔인함과 철저함의 몸짓이란 대타(對他)에 의해 즉자(卽自)에 머무를 위험에 처해 있는 상황에서 극도의 몸부림을 통해 주인공이 상황의 벽면에 울퉁불퉁한 요철(凹凸)을 새기는 것이다. 그리고 주인공의 몸짓에 어울릴 만한 상황들이 매번 삽화처럼 제시된다. 따라서 피카레스크 소설 또는 상황극을 닮은 소설은 견고한 구성을 취하는 대신에 "에피소우드의 연결, 곧 부단한 삽화의 뭉뚱거림으로 우수한 상황극의 효과"[28]를 노리게 된다. 임경순은 김승옥 소설의 삽화적 구성이 "뚜렷한 지향점 없이 분사되는 전체에 대한 열망"[29]에서 비롯된다고 말하는데, 이러한 분석은 『환상수첩』의 경우에도 들어맞는다. 그러나 '전체에 대한 열망'은 한편으로는 처음부터 불가능하다는 점에서, 오로지 가능성의 영역에서만 상상되는 것이라는 데서 '전체'는 사실상 '무'와 다를 바가 없다.

전체와 무 사이를 끊임없이 오가는 악무한, 그것은 어떤 면에서는 그 가능성 가운데 하나를 선택하여 현실적인 것으로 만드는 것에 대한 두려움, 다시 말해서 무수히 많은 가능성 가운데 하나가 현실화되면 다른 가능성들이 닫혀버릴 것에 대한 두려움, 즉 자신이 행한 결과에 대해 선택하고 책임지는 것에 대한 두려움과 회피에 불과하다. 그러나 상황 속에 놓여 있는 주인공의 두려움과 회피는 행동으로 표출되어 자신과 타자에게 영향을 미칠 수밖에 없게 되며, 그에 따른 책임도 피할 수 없다. 또한 주인공이 자기세계를 획득하려고 노력하면 할수록 그는 사르트르가 말한 바 있는 '개새끼'가 될 운명도 결코 피하지 못한다. 『환상수첩』의 귀향은 영빈과의 어처구니없는 거래로 선애의 자살을

27 남상규, 「상황과 자아: 김승옥론」, 『형성』, 1969년 여름호, 147쪽.
28 남상규, 「상황과 자아」, 149쪽.
29 임경순, 「1960년대 지식인 소설 연구」, 99쪽.

부추기고 그렇게 '개새끼'가 되어버린 '나'의 행위를 극력 회피하고자 하는 데서 동기화된 것이다. 그러나 그에 따른 죄책감과 타인에 대한 비난은 실상은 자기비난에 불과하다. 결국 '나'의 수기와 자살은 각각 자기비난에 대한 고백이자 자기처벌이다.

1960년대 초반에 발표된 김승옥의 교양소설에서 젊음에 대한 환멸과 자조가 다소 빨리 나타난다고 해서 그것을 즉각적으로 젊음에 대한 가치절하로 단언할 필요는 없다. 오히려 젊음은 특유의 환멸과 자조를 통해, 위악과 위선이라는 특권을 통해 통합과 사회화를 원하던 기성의 질서나 어른세계와의 구별 짓기에 가까스로 성공한다고 봐야 한다. 물론 서울에서 주인공 '나'가 품었던 환상과 환멸의 저쪽에 자신의 정체성의 일부를 형성해온 고향에 대한 기대감, 새로운 삶의 출발에 대한 또 다른 환상이 있다. 그러나 그 환상은 그리 오래가지 않는다. 고향인 순천 역시 서울생활의 축소판, 미니어처에 가깝다. 도시와 시골(고향)이라는 이분법은 『환상수첩』에서 변증법적으로 해체될 필요가 있다. 레이먼드 윌리엄스는 과거로 표상되는 시골과 미래로 표상되는 도시에 대해 사람들이 갖고 있는 이미지와 관념에 현재의 '미해결 상태의 분열과 갈등'이 자리 잡고 있다고 말한다. 시골과 도시의 이분법이 아니라 그것의 변증법적 상호작용에 주목할 필요가 있다는 윌리엄스의 말은 모더니티의 중심부와 주변부를 성찰하는 데 시사해주는 바가 적지 않다.

예컨대 이제 일반 사람들이 시골에 대해서는 과거의 이미지를 갖고 있고 도시에 대해서는 미래의 이미지를 갖고 있다는 것은 중요한 사실이다. 둘을 제거하면 규정되지 않은 현재가 남는다. 시골의 관념은 전통적 방식, 인간적 방식, 자연적 방식의 방향으로 우리를 끌어당긴다. 도시의 관념은 진보와 근대화와 발전의 방향으로 우리를 끌어당긴다. 그렇기 때문에 긴장 관계 속에서, 긴장으로 경험되는 현재 속에서, 우리는 미해결

상태의 분열과 갈등을 승인하기 위하여 시골과 도시의 대조를 이용하는 것이다. 그것보다는 그 분열과 갈등과 온전히 대결하는 편이 더 나을 것인데도 말이다.[30]

『환상수첩』에서 '고향'은 복합적으로 표상된다. 첫째, 고향은 주인공 '나'가 어릴 적 토끼에게 먹을 것을 주다가 선생에게 사내아이답지 못하다고 혼쭐이 났던 "내 지난날의 그 평안"이라는 "토끼의 세계"(318쪽)라고 부른 유년시절과 연관을 맺고 있다. 주인공이 고향을 벗어난다는 것은 온화하고 부드럽고 모순이 없는 세계로부터 삶이 분열되어 찢겨져 나온다는 의미를 갖고 있다. 둘째, 고향은 명문대학에 입학한 수재인 '나'에 대한 기대가 적지 않은 가족이라는 혈연적 인륜 공동체가 있는 한편으로 유년시절의 친구들이 살고 있는 곳이기도 하다. 그곳은 '나'의 상상적 기대 속에서 친밀과 유대감으로 가득 찬 공동사회로 남아 있다. 셋째, 고향은 서울과 같은 도시와 확연히 구별되는 곳이라기보다는 도시의 일그러진 음화이다. 고향은 '나'의 의식과 행동의 감각과 기억 속에 남아 있는 도시에서의 삶이 음울하고도 뒤틀린 형태로 불가피하게 연장되는 곳이다. 그렇다고 고향이 도시와 전혀 구별되지 않는 곳은 아니다. 다만 고향은 첫 번째와 두 번째의 의미가 상실되거나 좌절되면서 세 번째 고향의 의미로 포개진다. 그렇게 고향은 도시에서의 '나'가 가진 환상과 환멸에 찬 삶의 연장이자 그에 대한 반성적인 공간으로서의 가능성도 지닌다. 예를 들면 고향에서 다른 곳으로 떠나는 '나'와 윤수의 여행은 소설에서는 도시와 고향에서의 '나'의 삶에 대한 반성적 의미를 추출하는 플롯장치이다.

『환상수첩』에서 '나'가 실감하는 고향은 축축하고도 음습한 이미지

30 레이먼드 윌리엄스, 『시골과 도시』, 이현석 옮김, 나남, 2013, 566~67쪽.

의 도시를 축소한 음화처럼 묘사된다. 그것은 무엇보다도 '나'의 고향친구들에 대한 이미저리에서 잘 드러난다. '나'의 고향친구들은 모두 각자의 정신적 상흔과 육체적 질병을 안고 가난하게 살고 있으며, "무엇인가에 짓눌려버린 표정들"(309쪽)이 상상되는, '나'와 어떤 의미에서는 별다를 바 없는 처지의 위태로운 젊은이들이다. 기차역으로 '나'를 마중나온 윤수는 대가의 추천을 받은 시인이지만, "이 젊은 나이에 노인처럼 주름이 지고 술독이 올라 검붉은 색갈을 하고 있는"(313~14쪽) 얼굴을 지닌 청년이다. 그러나 그는 더 이상 시를 쓰지 않고 있으며, 자학적인 요설체의 소설 서두만을 간신히 작성했을 뿐이다. '나'는 윤수에게서 "아쉬운 대로 그럭저럭 '아직도 순박한 고향'"(310쪽)이라는 기대를 읽고자 하지만, 윤수가 아버지에게 여자 맛을 실컷 보여주는 것도 효자라고 말하는 것을 충격적으로 듣고 "나는 내가 피해 온 저 오영빈의 세계가 되살아오는 듯해서 고향에서 최초의 식은 땀을"(317~18쪽) 흘린다. 한편 수영은 법대생으로 대학 2학년 때 폐침윤 2기를 진단받고 낙향해 어머니와 누이동생과 살고 있으며, 약값을 마련하기 위해 '나'에게 춘화를 대신 구매해달라고 부탁했던 친구이다. '나'는 영빈을 통해 춘화를 구입해 수영에게 건넸으며, 수영은 그것으로 춘화장사를 하다가 직접 그가 그린 춘화를 동네사람들에게 팔면서 생계와 약값을 조달하고 있다. 아이러니한 요설과 독설의 수위에서만큼은 윤수를 능가하는 수영은 '나'의 서울친구인 영빈과 가장 빼닮은 꼴로, '나'는 수영을 가장 많이 의식하고 있다. '나'의 자의식은 서울에서 선애를 영빈에게 떠넘긴 광태의 행동과 선애의 자살이라는 결과에 대한 숨길 수 없는 죄책감과 두려움, 그리고 영빈에 대한 증오의 희미한 반영이자 투사이기도 하다. 한편 형기는 『환상수첩』에서 "나의 '각시'"(311쪽)로 불리는 친구로 고향을 떠나오기 전의 '나'의 과거의 세계, 거슬러 올라가면 '토끼의 세계'에 가장 맞춤한 젊은이이다. 그는 1년 전에 화재로 가족을 모두 잃고 화상으로 인해 얼굴이 뒤틀어지고 눈이 먼 채로 구사일생으로 살아났으며, 안마를 하면서 생계를 이어가며 친척집에 얹혀살고 있다. 형기가 종종 부는 통소의 구슬픈 소리는 소설에서 상처받은 젊음의 처지를 아련하게 환기하는 장치이다.

소설에서 '나'와 세 친구들의 특징을 가만 비교해보면 '나'는 그들을 부분적으로 짜 맞추고 브리콜라주한 인물이며, 마찬가지로 '나'의 세 친구들은 '나'의 성격과 개성의 세 가지 특성이 과장된 캐리커처로 확대된 존재들임을 알 수 있다. 삶과 죽음에 대해서 수수께끼 같은 태도를 지녔지만 삶에 대한 진지함을 은밀하게 간직하고 있는 문학도인 윤수, 아이러니한 요설과 언변으로 폐병에 걸린 자신의 위태로운 삶을 농락하지만 실제로는 그의 방에 놓인 "진한 녹색의 '사보댕'"(326쪽) 한 포기가 환기하는 것처럼 삶에 대한 강렬한 집착을 보이는 에고이스트 수영, 고향의 훼손되지 않은 순수함을 대변하는 형기 등의 모습은 '나'의 세 모습이기도 하며, 그들은 '나'가 분화되고 연장된 세 분신과도 같은 존재들이다. 여기서 분신, 캐리커처, 희화화 그리고 이 말들을 종합하는 어휘일 '패러디'는 『환상수첩』을 관통하는 중요한 키워드라고 할 수 있겠다. 이에 대해 좀 더 살펴보자.

1-3. 패러디, 지드와 춘화

패러디(parody)는 『환상수첩』에서 인물들의 형상뿐만 아니라, 그들이 서로 주고받는 희극적인 말과 행동에서도 잘 드러난다. 앞서 김승옥 소설의 언어는 교양의 무상성을 선포하는 기지의 언어라고 말한 적이 있는데, 특히 『환상수첩』에서 문학은 그 진정성의 특징을 벗어 내던지고 후광을 잃은 채로 적극적인 패러디와 소비의 대상이 되고 있다. 정확히 말하면 문학은 그것에 대한 형식적 패러디와 함께하고 있으며, 진지함은 그에 대한 패러디인 우스꽝스러움과 함께하고 있다. 이를테면 수영이 읽은 앙드레 지드와 생텍쥐페리의 소설은 수영이 그리고 파는 춘화와 나란히 책상에 꽂혀 있다. 문학작품과 춘화는 가치 위계적으로 차이 나는 것이 아니라 무차별하게 평준화되는 상품을 닮게 된다. 수영은 '나'와 대화하던 도중에 앙드레 지드와 자신이 비슷하다고 말하는데, 그 이유가 다소 황당하다. 수영 자신은 지드가 수음을 일주일에 몇 번 했는지를 정확히 알아맞힐 수 있는데, 왜냐하면 자신이 일주일에 수음을 네 번 하기 때문에 지드와 자신은 결국 흡사한 놈이라는 식이다. 『환상수첩』에서 문학에 대한 대화란 대개 이런 꼴로 이루어지지만, 한편으로 그동안 타인의 삶과 타인의 소설에 대해 깊이 생각해본 적이 없는 '나'는 의외로 수영의 태도에 깊은 인상을 받기도 한다. "수영이는 꽤 오랫동안 그리고 깊이 생각해본 자의 태도로 얘기하고 있는 것이었다. 어쩌면 그는 거기에서 구원의 길을 찾고 있었던 게 아닐까. 아무래도 그는 밑바닥까지 내려가 있으니까."(330쪽) 수영의 어두운 방에서 소일하듯이 '나'와 수영, 형기가 각각 한마디씩 적은 문장들을 윤수가 정리하고 조합한 '시'는 가히 패러디의 절정이라고 할 만하다.

우울한 날엔 편지를 써라/아무에게나 생각나는 사람에게 편지를 써라/그래도 우울한 날엔 책을 읽어라/그래도 우울한 날엔 노래를 불러라/아무쪼록 유행가를 낡은 기억 속에서 끄집어낸 유행가를/그래도 우울한 날엔 잠을 청해라/잠도 오지 않도록 우울한 날엔 수음을 해라 눈을 부릅뜨고/그래도 우울한 날엔 울어 보아라/거울 앞에 목을 앞으로 빼내어/울음소리를 닮은 소리를 질러라/그래도 우울한 날엔 그래도 우울한 날엔……(335쪽)

유행가 가사의 패러디와 같은 위의 시 다음으로 이어지는 대화는 이렇다. ""그다음엔 '죽어라'인가?"/"아냐, 죽이지 않고 어떻게 해볼 방법은 없나?"/수영은 그렇게 대답하며 계속시킬 어구를 찾느라고 입을 우물거리는 것이었다. 서글펐다. 그러한 서글픔을 나는 김빠진 웃음만 허허 웃으며 삭혀버렸다."(같은 쪽) 우울에서 희희낙락으로, 희희낙락에서 서글픔으로 빠르게 이동하는 조울(躁鬱)은 패러디에 어울리는 정념이다.

또한 문학은 지식으로, 술집에서 객담으로 소모된다. 예를 들면 윤수는 "이른바 문학수업을 통해서 얻은 지식"을 술집기생들을 "웃기는 데" 쓰고 있다. "가장 놀란 것은, '카프카'의 작품들을 완전히 자기 류의 유모어 소설로 만들어서 떠들어대면 여자들은 배를 움켜잡고 방바닥을 굴러다니던 광경이었다."(339쪽) 문학적 교양이 이렇게 한낱 우스갯소리로 소비되는 형국은 김승옥이 『환상수첩』을 발표한 『산문시대』와 같은 문학동인지들이 점증하고 있던 1960년대 신세대 문학 장의 출현이라는 사태와 견주어보면 꽤 아이러니하게 읽힌다. 김미란은 『환상수첩』이 1960년대의 문학 장에 놓인 위치를 분석하며 다음과 같이 쓰고 있다. "1960년대에 인문학적 교양을 획득한 인물들이 특유의 공격적이고 위악적인 태도로 자유로이 개인적 자아를 실험하며 '자기세계'를 만들어가는 것은, 사회의 소수만이 경험할 수 있는 특권적인 것이다. 이것은 교양이라는 축적된 자산을 위악적인 태도로 낭비할 수 있는 지적 능력 없이는 불가능하기 때문이다. 또한 이는 경제적 독립성을 획득하지 못한 학생 신분이면서 자신이 특별한 범주에 속한다는 환상을 갖고 있는, 고등교육을 받고 있는 청년들에게서만 가능한 자기표현방식이다. (중략) 하지만 이는 자아를 함양하고 인격을 수양하는 의미에서 교양을 쌓는 일이 아니라, 다만 자신들의 문학적 소양을 소비하는 일이다. 이 소모적 행위는 교양의 의미가 변하고 있는 상황과 연루되어 있다."31 어떻게 보면 『환상수첩』은 1960년대의 신세대 문학을 주도했

31 김미란, 「김승옥 문학의 개인화 전략과 젠더」, 104쪽. 김미란은 한편 이렇게 말하기도 하는데, 이에 대해서는 다시 생각해볼 여지가 있다. 『환상수첩』에서 엿보이는

던 자들의 호기에 찬 '시작의 신화', 즉 자신들은 '태초와 같은 어둠 속에 우리는 서 있다'는 『산문시대』 창간사[32]의 표현에서처럼, '문학적 절대'(L'absolu littéraire)[33]라는 투명성을 정립하기 위해 은폐하거나 거

것처럼 "속물 대 고뇌하는 자라는 이항 대립 구도를 통해, 청년들 각자는 위악적인 태도로 서로를 조소하고 공격하며 때로는 상대의 죽음까지 바랄만큼 악의적인 모습을 보여주지만, 속물인 기성세대가 아닌 고뇌하는 자아를 지닌 청년이라는 점에서 진정성을 지닌 존재로 함께 묶인다. 고뇌하는 청년들인 이들이 갖춘 문학적 소양은 이들이 진실을 추구하는 존재라는 표지이다."(100쪽) 우선, 속물 대 진정성, 이것은 다소 손쉬워 보이는 이분법적 구도가 아닐까 싶다. 문학청년들이 대타적으로 의식할 만한 기성세대, 즉 사회적 통합과 순응을 바라고 추구하는 기성세대의 속물적인 모습이라고 할 만한 것이 『환상수첩』에는 등장하지 않기 때문이다. 『환상수첩』의 세계는 오로지 젊은이들, 더 정확히는 젊은 남성들의 세계이다. 물론 『환상수첩』의 문학청년들이 자신과 타자에게 보이는 극도로 위악적이고도 피곤에 절은 모습은 그들이 지금은 저항하더라도 언젠가는 합류해야 할 어른들의 속물적 세계, 기성사회를 거꾸로 유추하도록 한다고 말할 수도 있다. 그러나 『환상수첩』에서 오히려 분명하게 드러나는 것은 문화적인 구별 짓기를 통해 자신을 정립하려는 젊음의 자기표출의 전략이다. 이들에게 문학은 젊음의 자기표현을 통한 남성적 자기세계의 정립이다. 그 과정이 고통스럽기 때문에 문학은 『환상수첩』에서 엿보이는 것처럼 지독한 문학병이 된다. 그렇지만 이러한 자기표출을 통해 기성의 질서를 속물의 세계로 규정하고 스스로를 그런 세계와 구별 짓고자 하는 전략조차도 자기기만에 노출되어 있다고 한다면 어떻게 할 것인가. 이러한 자기기만은 그 자신이 비판하고자 했던 속물적인 태도와 과연 무관하다고 말할 수 있을까. 이 문제에 대해서는 박태순의 교양소설인 『형성』을 분석하는 5장의 2를 참조할 것.

32 김현, 「『산문시대』 창간 선언」, 『산문시대』 창간호(1962. 6).

33 필립 라쿠 라바르트·장 뤽 낭시, 『문학적 절대』, 특히 31~32쪽 참조. '문학적 절대'는 근대문학의 절대적 기원으로서 『아테나움』이라는 잡지를 중심으로 한 슐레겔, 노발리스, 티크 등의 초기 독일낭만주의의 문학적·철학적 의의에 대한 총칭으로, 문학 언어를 통해 세계의 혁신과 작동을 꿈꾸었던, 오직 문학과 그에 대한 자의식(이론)을 통해서만 스스로를 문학으로 생산해내고 그러한 방식으로 자기 자신을 출발점이자 회귀점으로 간주하는 근대문학의 자기선언이다. 『산문시대』의 창간사의 김현의 말을 이와 같은 '문학적 절대'의 의미와 곧바로 등치시킬 수는 없겠지만, 이후에 『68문학』, 『문학과 지성』으로 계승되면서 1960년대 문학의 기원을 선점하고 전유하려는 사후의 전략적인 판단과 고려가 지속적으로 작동했다고 볼 때, '문학적 절대'라는 개념을 차용해 『산문시대』의 창간사를 다시금 이해할 필요도 있겠다. "내 육체적 나이는 늙었지만, 내 정신의 나이는 언제나 1960년의 18세에 멈춰 있었다. 나는 거의 언제나 사일구 세대로서 사유하고 분석하고 해석한다. 내 나이는

뒤내야 했던 장애물을 자신도 모르게 건드려버린 작품처럼 읽힌다. 이러한 장애물, 즉 자기를 정립하기 위해, 자기세계를 만들기 위해 잘라내고 부인해야했던 타자의 정체는 무엇일까. 여기에 『환상수첩』의 젊음에 내재한 죄의식의 근원이 자리하고 있다.

'나'는 서울에서 고향으로 내려온 후에 계속되는 위악과 자조가 뒤섞인 무위도식의 삶이 서울에서의 삶을 연장한 것에 불과하다는 것을 차츰 깨닫게 된다. "날이 갈수록 내 도피의 어리석음이 들어났다. 미워하는 데서 그치지 말고 반항하는 법을 배웠더라면 나의 괴로움은 진작 서울에서 무마될 수 있었을 것이다. 스스로 목숨을 끊은 결과를 가져왔다고 하더라도 그 편이 훨씬 정직한 것이었으리라."(336쪽) 그러나 이러한 반성은 한낱 후회로 그칠 뿐, 주인공은 자신을 둘러싼 상황을 돌파하기 위해 무엇 하나 자신의 의지대로 하지 않는다. 주인공은 주어진 상황 앞에서 철저하게 수동적이다. 앞서도 언급했지만, 주인공이 고향으로 도피한 이유는 근본적으로 여자 친구였던 선애의 자살에 대한 죄책감에서 비롯된 것이다. 여기서 '나'가 선애를 영빈에게 '넘긴' 경위를 다시 한 번 상기해보도록 하자. 선애는 남이 하는 것을 좇고 모방하면서도 그를 어쩌지 못하는 수동성을 지닌 '나'와는 다른 존재로, 작가는 소설에서 선애가 자살하는 것으로 처리해버렸지만, 만일 계속 살아있었더라면 그녀는 『환상수첩』에서 가장 긍정적이었을 인물이다. 예를 들면 대학에 다니는 이유가 무엇일까라는 선애의 질문에 '나'가 우물쭈물하

••
1960년 이후로 한 살도 더 먹지 않았다." 가령 김현의 마지막 평론집인 『분석과 해석』(1988)의 머리말을 장식하는 인용문은 4·19세대 출신의 중년비평가의 회한 어리면서도 진정성 있는 자기고백처럼 느껴지지만, 문학적 절대라는 초점에서 볼 때, '태초의 어둠 속에 우리는 서 있다'는 출발의 원점으로 회귀한 문학의 절대적 시작을 다시금 반추하는 전략적인 발언으로도 읽힌다. 김현, 「책머리에」, 『분석과 해석/보이는 심연과 안 보이는 역사적 전망』(김현 문학전집 7), 문학과지성사, 1992, 13쪽.

면서 답변을 미루자, 그녀는 이렇게 대답한다. "끈기를 시험하는 거죠. 얼마만큼 해 낼 수 있나 하고요. 우리는 뭐랄까 용감해요."(294쪽) 그러다가 '나'와 선애가 어느 날 처음으로 성적인 경험을 치르게 되고, 그녀는 '나'에게 이렇게 말한다.

"정우씨는 가령 이럴 수가 있을것 같아요? 한번 불에 데어서 혼겁이 나간 적이 있는 어린애가 불은 무서운 게 아니라고 한들 곧이 들을까요? 혹은 한번 쾌락을 맛본 자가 쾌락이 무엇인지 모른다고 감히 얘기할 수 있을까요? 요즘 난 그런 것과 비슷한 경우에 있는 것 같아요. 어쩐지 뻥 뚫린 구멍을 보아버린 것 같아요. 아무리 발버둥쳐도 별 수 없이 눈에 보이는 구멍이지요. 찬바람이 술술 새어들어오고……"(296~97쪽)

'뻥 뚫린 구멍'이라는 말은 이를테면 주체의 상징적 현실을 지탱하던 그물망에 구멍이 생겼다는 뜻이다. 그것은 두 연인의 관계를 지금까지 유지해오던 상징적 약호를 재정립해야 한다는 의미로도 읽힌다. 선애는 그저 성적인 첫 경험에 따른 자기의 공포와 두려움을 '나'에게 고백한 것이 아니라, 그것을 다른 누구도 아닌 '나'에게 이야기함으로써 '나'의 응답/책임(response/responsibility)을 바랐던 것이다. 그러나 '나'는 선애의 말을 그녀가 나약해진 표시로 오해하고 급기야 그녀를 두려워하게 된다. 선애에 대한 부담과 책임을 느끼면서 혹시 그녀가 임신한 것은 아닐까라고 상상하기도 하는 '나'의 비겁한 망상으로 시작된 어리석은 행동은 여기서 비롯한 것이다. 선애를 자신에게 넘기고 자신과 알고 지내던 창녀를 넘겨받으라는 영빈의 제안을 받으면서 '나'는 이렇게 생각한다. "위대한 모험 속으로라도 뛰어드는 기분이기도 하였다. 스스로는 모험을 만들어 거기에 자신을 바칠 기운도 없었다. 어쩌면 이런 일이 저절로 일어나기를 기다리고 있었던 것인지도 몰랐다. 세상이

깜짝 놀랄 사건이나 일으키고 죽고 싶다. 선애고 뻥 뚫린 구멍이고 휩쓸어버릴 사건이나 생겼으면 좋겠다."(298쪽) 영빈의 제안이 황당무계한 것임을 알면서도 그것을 '위대한 모험 속으로라도 뛰어드는 기분'으로 합리화하고 그것을 창녀와 선애와의 교환이라는 방식으로 실행에 옮기는 '나'의 참담한 어리석음과 모순, 자기기만은 예기치 못한 선애의 자살로 인해 극에 달한다. 타자와의 실제적인 관계, 즉 응답과 책임의 영역으로 들어갈 수 없는 무능력, 만일 응답과 책임의 영역으로 들어서기라도 한다면 '나'라는 자기세계가 무너질 것 같은 아찔한 두려움, 이것이 '자기세계'의 실체라고 한다면 어떻게 되는 것일까. 결국 자기세계란 타자(여성)를 희생하는 자기기만을 통해서 정립되는 어떤 것이다. 『환상수첩』후반부에서 '나'의 의지가 아닌 부모님의 권유로 떠나게 된 '나'와 윤수의 여행은 이러한 정황을 통해 이해할 필요가 있다.

'나'와 윤수의 여행은 『환상수첩』에서 환상과 현실, 진과 위를 구분하지 못하는 허공에 뜬 삶의 무의미한 반복으로부터 벗어날 수 있는 기회인 생활의 진귀함을 발견하는 계기가 된다는 데서 중요하다. 여행 도중 서커스단의 이씨와 미아를 만나고 그들의 공연을 보고 난 뒤 '나'는 잠시 이렇게 생각한다.

여관에서의 이씨와 철봉그네 위에서의 이씨는 그리고 윤수 곁에서의 미아와 줄을 타고 있던 미아는 어쩌면 그렇게도 달랐던가! 생활하는 딴 얼굴은 슬프도록 서먹서먹했다. 그러나 그 서먹서먹하다는 느낌 속에 존경의 감정이 끼어들었다면 나는 어찌 될까? 그런데 사정은 그런 것이었다. 나의 연민을 받고 있던 사람들이 나의 가족으로 그리고 나의 스승으로 되는 까닭을 알고 보면 그렇게도 단순한 것이었다. 내가 무서워하며 들어가기를 무서워하고 있던 것은 실상은 아주 간단한 모습을 한 하나의 얼굴이었던가? 저 일상생활이란 대수롭지 않은 하나의 탈(假面)

이란 말인가? 둘러써도 별 손해 없는, 과연 별 손해 없는? 철봉그네 위에서의 이씨의 표정처럼 위악(僞惡)도 없고 위선(僞善)도 없는 것이라면 한번 둘러써보고 싶었다.(362쪽)

그런데 위 인용문 다음에 이어지는 구절은 앞의 구절에서 보였던 '나'의 잠깐의 각성을 지우고 무화시켜버리는 『환상수첩』 특유의 아이러니로 뭉쳐 있다. "그러나 나의 이런 생각이 색다른 것이긴 하지만 역시 망상이었다는 사실이 다행히 곧 밝혀졌다."(363쪽) 이씨의 죽음이라는 또 다른, 다소 급작스러워 보이는 상황이 이내 주어지면서 생활에의 귀의에 대한 '나'의 생각은 곧바로 망상으로 치부되고 철회된다. 비슷한 계열의 사건으로 시를 버리고 생활을 택하겠다던 윤수는 미아와의 결혼을 결심하는데, 그것 또한 윤수의 죽음이라는 난데없는 사건으로 인해 가능성으로만 남아 있게 된다. 주인공과 작중인물의 새로운 결심과 행위를 제시했다가도 이내 무화시키는 상황을 우연적인 삽화로 등장시키는 『환상수첩』의 세계는 악의의 아이러니, 즉 일체의 원인이란 존재하지 않고 그때그때의 우연으로 가득 찬 기회원인론(occasionalism)이 지배하는 세계이며, 거기서 인물들은 삽화적인 상황에 매번 임기응변할 수밖에 없는 수동적인 존재가 된다.[34]

34 낭만적 아이러니의 기회원인론에 대해서는 칼 슈미트, 『정치적 낭만』, 배성동 옮김, 삼성출판사, 1990 참조. 칼 슈미트는 모든 것을 이상적으로 시화(詩化), 낭만화하는 낭만주의자들이 현실 앞에서 철저하게 수동적인 모습을 보이는 것과 그러한 수동성이 정치적 굴종과 결합되는 역설을 탐구한다. 특히 다음 구절을 볼 것. "아이러니와 역설에도 불구하고 거기에는 끊임없는 의존성이 엿보인다. 주관적 기회원인론은 자체의 좁은 작품영역 안에서, 그리고 서정시와 음악적인 시의 영역에서 자유로운 창작을 가능케 하는 작은 섬을 발견하지만, 여기서 그것은 의식하지 못하는 가운데 바로 가까이 있는 막강한 권력에 굴종해 들어간다. 그리하여 단지 기회원인적으로 받아들였던 현실에 대하여 우월감을 지녔던 것이 최고로 아이러니컬하게 역전된다. 모든 낭만적인 것은 다른 비낭만적인 에너지에 봉사하게 되며, 정의(定義)와 결단에 초연해 있던 그 태도는 뒤바뀌어 다른 사람의 힘, 다른 사람의 결단에 봉사하면서

결국 『환상수첩』에서 아이러니에 의해 무화되지 않는 진실이란 오직 자신의 죽음의 실행을 통해서만 증명할 수밖에 없는 진실이 아닐까 싶다. 수영의 동생인 진영을 윤간한 깡패들에게 복수하기 위해 깡패들과 싸우는 윤수의 무모한 행위의 결말은, 시를 버리고 생활전선에 뛰어들겠다는 다짐과는 다른, 가망 없는 시적 정의(poetic justice)에 가깝다. '나'는 그것을 "어설픈 미덕"(369쪽)이라고 부르지만, 그럼에도 윤수의 행위는 그의 죽음으로 인해 그나마 진정한 것으로 남는다. 그러면 윤수와는 다르게 살아있는 '나', 선애의 죽음에 대한 죄의식에 시달려오던 '나'는 어떠할까. '나'의 최후의 고백은 이렇다. "지상에 죄가 있을 리 없다. 있는 것은 벌 뿐이다. 벌은 무섭지 않다 무서운 것은 죄이다라고 떠들며 실상은 벌을 피하기 위해서 이리저리 도망다니던 어리석은 나여. 옛의 유물인 죄란 단어에 속혀온 아무리 생각해도 가련한 위선자여."(370쪽) 그러므로 수기를 남긴 '나'의 자살은 자기처벌을 통한 속죄와 책임의 행위가 될 텐데, 이것은 『환상수첩』에서 '나'가 유언으로 남긴 수기에 추기를 덧붙인 수영에 의해 또다시 뒤집어진다.

그는 분명히 환상적인 기준을 만들어 두고 거기에 자기를 맞추려고 애썼던 모양인데 참 바보 같은 놈이었다. 그가 고통하며 지낸 밤이 길었다면 내가 고통하며 지냈던 밤은 더욱 길었으리라. 산다는 것, 우선 살아내어야 한다는 것. 과연 그것이 미덕(美德)이라고까지는 얘기하지 않겠다. 그러나 그것은 이제야 출발하는 것이다. 죽음, 그 엄청난 허망 속으로 어떻게 하면 자기를 내던질 생각이 조금이라도 난단 말인가!(372쪽)

따라다니게 된다."(197쪽)

그러나 '우선 살아내어야 한다'고 말하는 존재는 젊음이라기보다는 조로(早老)해버린 젊음이거나 그러한 젊음에 무심할 정도로 무뚝뚝하게 세상의 이치를 체득한 자가 아닐까. 왜냐하면 『환상수첩』에서 젊음은 세상의 이치와 결별하려는 과격하고도 무모하며 어리석기조차 한 삶의 형식이기에 그러하다. 『환상수첩』이 보여준 젊음의 한 가능성은 죽음으로만 보존되는 것이다. 이에 비해 『내가 훔친 여름』에서 젊음의 가능성은 『환상수첩』에서 엿보였던 정열마저 탈색되어버리고 한낱 촌극(寸劇)으로 구현되어 희화화되고 만다.

3. '그게 세상의 이치': 김승옥의 『내가 훔친 여름』 읽기

1-1. 아이러니와 젊음의 종말

그렇다고 『환상수첩』에서 자살을 택하는 젊음을 두고서 어떻게든 '살아내어야 한다'고 말하는 것을 현실의 냉혹한 객관성, 세상의 무심한 이치로 섣부르게 단정 짓기에는 아직 이르다. 『환상수첩』에서 젊음은 전체에서 무로, 무에서 전체로 극단적으로 움직이는 등 이른바 '전체에 대한 열망'으로, 가능성으로 충만하지만 그러한 가능성은 현실(상황)의 그 어떤 것도 수락하지 않고 선택하지 않으려 하며, 또한 현실로부터 최대한 물러나고 현실을 회피하기 위해서라면 무엇이든 행하는 극도로 내면적인 주관성이기도 하다. 이러한 내면적 주관성이 김승옥 소설에서 '자기세계'라고 불렸고 자기세계를 형성하기 위한 방법은 김승옥의 다른 소설의 표현을 빌리면 '극기'(克己)였다. 그러나 김승옥 소설에서 극기를 통해 형성되는 자기세계란 자기기만과 불가피하게 연관되어 있다. 자기기만은 그것이 자신의 의식 내부로 향할 때는 자신이 사유하고 감각하는 바로 그 대상을 뒤집는 내적인 아이러니와 연결된다. 그러나 자기기만은 상황, 구체적으로는 타자와 부딪힐 경우에는 타자를 희생의 대상으로 삼는 책략으로 변한다. 『환상수첩』의 정우가 선애를 영빈의 창녀와 '교환'하게 된 이후에 벌어지는 일련의 사태는 자기세계를 보존하기 위해 타자와 자기 자신에게 행하는 주체의 "태도의 희극"[35]이 보여줄 수 있는 민망하고도 혐오스러운 장면들일 것이다. 김승옥 소설에서 인물들의 자기기만적인 태도가 벌이는 희극은 주인공과 작중인물의 의식과 행동으로부터 시작해서 작품의 텍스처(texture)를 형성할 뿐만 아니라 작품을 읽는 독자의 의식에까지 일정하게 영향을 미친다. 따라서 이러한 영향을 섬세하게 고찰할 필요가 있다. 김승옥의 교양소설은 다시 한 번 '아이러니 소설'로 간주해 읽을 필요가 있겠다.

여기에서의 아이러니는 '자기반영성/반성성'(self-reflection)으로 정의해볼 수 있을 것이다. 독일낭만주의에서 자기반영성/반성성이 아이러니와 연결되는 지점은 헤겔이 '절대적 주관성의 원리'라고 부른 것이 작품 그 자체에서 내적으로 산출되는 효과와 관련이 있다. 프리드리히 슐레겔은 괴테의 『빌헬름 마이스터의 수업시대』에 대한 논평에서 아이러니가 전체 작품 위로 떠다니고 있다고 말하는데,[36] 이 말이 뜻하는 바를 『수업시대』에 대한 헤겔의 비평, 즉 슐레겔에 대한 비판을 염두에 둔 헤겔의 인용문에 의지해 설명해보자면 아래와 같다. 헤겔에 따르면 『수업시대』에서

새로운 기사들은 주로 젊은이들로서, 그들은 그들의 이상에 역행해

35 김현, 「미지인의 초상 1: 김승옥과 홍성원의 경우」, 『현대 한국 문학의 이론/사회와 윤리』, 265쪽.
36 김진수, 「초기 낭만주의 예술비평론의 미적 근대성」, 홍익대학교 박사논문, 1997, 183쪽에서 인용. 『빌헬름 마이스터의 수업시대』에 대한 프리드리히 슐레겔의 논평 일부는 다음 글에서 읽을 수 있다. 프리드리히 슐레겔, 「시문학에 관한 대화」, 필립 라쿠 라바르트·장 뤽 낭시, 『문학적 절대』, 506~508쪽.

실현되는 이런 세상의 흐름들 사이를 싸우며 뚫고 지나가며, 일반적으로 가족이나 시민사회, 국가, 법, 직업 따위가 있다는 것조차 불행으로 간주한다. 왜냐하면 이처럼 삶의 본질적인 관계들은 그 안에 한계성을 지니고 있어서 개인들의 심정에 깃들인 이상이나 무한한 법에 가혹하게 대립되기 때문이다. (중략) 그러나 이제 이러한 투쟁들은 근대세계에서는 기존의 현실 속에서 단지 개인을 교육시키는 수업연한에 그치고, 그럼으로써 그 진짜 의미를 획득한다. 왜냐하면 주체가 그의 수업연한을 마치는 것은 그가 뼈저리게 느끼고, 자기의 소망과 의견을 기존상황이 지닌 합리성에 맞게 형성하고, 세상의 고리 속에 발을 디뎌 그 속에서 자신의 적합한 입장을 획득하기 위해 필요하기 때문이다. 그는 아무리 세상과 싸우고 그 속에서 이리저리 내팽개쳐져도 결국에 가서는 대개 자기가 원하는 여자와 지위를 얻고 결혼하여 다른 사람들처럼 고루한 시민이 되고 만다.[37]

인용한 구절에서 특별히 아이러니와 관련되는 부분은 마지막 대목이다. 젊음이 '아무리 세상과 싸우고 그 속에서 이리저리 내팽개쳐져도 결국에 가서는 대개 자기가 원하는 여자와 지위를 얻고 결혼하여 다른 사람들처럼 고루한 시민이' 될 수밖에 없는 아이러니. 이 아이러니는 나중에 토마스 만의 『토니오 크뢰거』에서 예술가에 대한 정의인 '길 잃은 시민'이라는 주제와도 연관되는 것이며, 이 책의 맥락에서는 결국 젊음을 시민사회의 구성원이 되기 위해 통과해야 할 부담과 짐으로 암암리에 전제하는 김원일과 이동하의 교양소설에까지 굴절되어 영향을 미치는 것이기도 하다.

아이러니, 다시 말해 절대적 주관성의 원리로서의 아이러니는 그것이

<hr>

37 G. W .F. 헤겔, 『헤겔 미학』 2, 408~409쪽.

제아무리 세상의 이치와 법, 기존의 질서와 맞부딪치고 심지어 그것들을 희롱하더라도 결국은 그 끝에서 모종의 냉혹한 객관성과 불가피하게 마주할 수밖에 없으며, 또 그러한 방식으로 사라져버린다는 것이 헤겔의 요점이다. 아이러니는 결국 아이러니로 무화된다는 것이다. 물론 헤겔의 비판은 매개와 종합을 두려워하고 불필요하게 여기는 아이러니의 파편화되고도 극도로 주관적인 성격에 대한 철학적인 비판이다. 아이러니는 교양과 합치되면서도 교양의 변증법적 운동이 자신의 서사를 생성하고 발전시키기 위해서라면 어디까지나 지양되어야 하는 것이다. 그러나 헤겔이 반대하고 슐레겔이 찬양했던 아이러니는 미학적인 측면에서 볼 때 작품 자체의 생성 및 그것이 미치는 효과와 관련되어 여전히 시사해주는 바가 적지 않다. "교양이 보존하고자 하는 본질적 구조로서의 아이러니는 자기반영성 또는 자기에 대한 지식으로 이해될 필요가 있다."[38] 자기반영성/반성성이란 "반성성 또는 무한한 반영성의 역량"[39]으로, 이러한 역량에 비춰보면 "교양에서 자기 생산성(self-productivity)이란 자기들의 생산을 의미한다."[40] 여기서 생산되는 '자기들'에는 주관성의 원리에 내재한 자기반영성과 재생산의 구조 덕택에 생겨나는 교양소설이라는 장르뿐만 아니라, 교양소설을 통해 가르침을 받고 학습을 하는 독자들까지 포함한다. 낭만적 아이러니는 작가의 아이러니한 자기의식뿐만 아니라 작품의 생성과 생성된 작품에 대한 작품 내부의

38 Marc Redfield, "The Phantom Bildungsroman", *Phantom Formation*, pp. 53~54.

39 Marc Redfield, "The Phantom Bildungsroman", p. 61.

40 Marc Redfield, "The Phantom Bildungsroman", p. 54. 다음과 같은 구절도 함께 참고해볼 만하다. "낭만주의 포에지는 포이에시스의 본질에까지 꿰뚫고 들어가려 하며, 문학적인 것은 여기서 생산 그 자체의 진리를 생산해 낸다. 그리고 이 책에서 계속 밝혀지게 되듯이, 그것은 곧 자기 스스로를 생산하는 것, 즉 아우토포이에시스[자기생산성]의 진리인 것이다." 필립 라쿠 라바르트·장 뤽 낭시, 『문학적 절대』, 142쪽.

비판(비평) 그리고 작품에 대한 독자의 반응까지 이끌어낸다. 아이러니는 작품 생산과 생산된 작품 그리고 그에 대한 비평과 독서효과에까지 광범위하게 영향을 미치는 유령 같은 개념이다.

특별히 『환상수첩』과 관련지어 이야기해보자면, 이 소설의 아이러니는 아이러니를 체현한 소설의 주인공과 작중인물에 대한 독자들의 있을 수 있는 오독의 효과에까지 영향을 미친다. 김현은 일찌감치 이에 대해 다음과 같이 지적한 바 있다. "성실하지 못하고 작위로 세계를 계속 살아나가는 그[김승옥: 인용자]의 주인공들을 그는 매우 자기 존재에 대해 괴로워하고 채찍질하는 피가 도는 사람으로 그려주기 때문에, 사람들은 곧잘 누구라도 이럴 수밖에 없지 않느냐는 짙은 체념감에 동감해버리고 오히려 그러한 체념을 감수하며 부끄러워하고 있는 그의 주인공들을 마치 우리들도 그렇게 살아야 한다는 것을 가르쳐준 위대한 사람들처럼 사랑하고 존경하고 있다."[41] 그리고 "그 못된 놈들에 대한 작가의 치근치근하고 정감 있는 눈초리 때문에 대부분의 사람들은 그들을 오히려 순교자로 착각하고 있는지 모른다."[42] 말하자면 독자들은 『환상수첩』에서 작가가 묘사하는 인물들에 대한 도저한 매력 때문에 자기세계를 만들기 위한 그들의 피어린 분투와 자학의 몸짓 이면에 담긴 자기기만을 간파하지 못하고 그것을 '순교'의 행위로 오해할 수도 있다는 것이다. 그러나 아이러니는 결국 아이러니에 의해 소진되고 다른 것으로 전환한다. 주인공 '나'(정우)의 자살을 아이러니하게 도치시키고 객관화해서 그의 참담한 '수기'를 모두의 유치한 '픽션'으로 둔갑시키는 수영의 작업, 즉 수기를 감싸는 픽션이라는 액자구성을

41 김현, 「구원의 문학과 개인주의」, 『현대 한국 문학의 이론/사회와 윤리』, 390쪽.
    이러한 지적은 같은 책에 실린 「미지인의 초상」에도 거의 글자 그대로 반복되어
    실려 있다. 김현, 「미지인의 초상 1: 김승옥과 홍성원의 경우」, 265~66쪽 참조.
42 김현, 「구원의 문학과 개인주의」, 391쪽.

통해 수기의 절대적 주관성의 세계를 희화화해버리는 아이러니는 『환
상수첩』의 주인공을 사로잡았던 죄와 벌에 대한 자의식마저도 지우고
그저 '어떻게 해서든지 살아내어야 한다'는 공허한 다짐만 남기게 된다.
내면성에 깃들었던 절대적 주관성의 원리는 자살로 막을 내리고 말았다.
그러면 남는 것은 어떻게 해서든지 자신의 삶을 그저 살아내기 위한
방편으로서의 무도덕과 비이상의 젊음뿐이다. 그러나 그러한 젊음에게
현실의 냉혹한 법칙, 세상의 이치, 기성의 질서를 거부하거나 경멸하지
않고 살아갈 수 있는 방법이 과연 있는 것일까. 만일 있다면 그것은
『내가 훔친 여름』의 주인공과 작중인물처럼 자기를 속이는 동시에 똑같
은 수법으로 세상을 속이는 일이 될 것이다.

　1960년대 중반 이후에 발표된 김승옥의 후기 장편소설은 이전의 김승
옥 소설에서 심심찮게 확인할 수 있었던 주관성의 풍부한 갈등과 방황의
섬세한 내용, 각성과 참회가 거의 소진된 채로 마치 『환상수첩』에서
용케 살아남은 임수영과 오영빈이 악당과 사기꾼이 되어 세상과 기만의
유희를 벌이는 활극과도 같거나 소시민들이 벌이는 한판의 어이없는
해프닝을 에피소드로 나열한 것 같은 작품들이다. 『다산성』(1966), 『내
가 훔친 여름』(1967), 『60년대식』(1968)으로 이어지는 김승옥 장편소설
들의 주인공은 여전히 젊은이들이다. 그러나 그 젊음들에게서 『환상수
첩』처럼 환상에서 환멸로 미끄러지는 젊음의 정열이나 고통스러운 자
기각성은 더 이상 찾아보기 힘들다. 주관성의 원리로서의 아이러니가
소설에서 수행하는 기능에 대한 루카치의 설명을 빌리면, 김승옥의
후기 장편소설에서 "세계구조가 지니는 취약성의 자기교정"이라고 할
만한 아이러니는 세계에 대한 비판에서 세계-내-존재인 자기 자신에
대한 비판과 각성을 거치는 긴 우회의 과정 속에서 주체를 "순전히
수용하기만 하는 주체"로 만든다.[43] 아이러니적 자기각성과 풍자는 그
것마저 아이러니의 대상이 되면서 결국 소멸해버린다. 아이러니는 아이

러니에 의해 종말을 맞게 된다. 김승옥의 후기 장편소설에서 젊음의 의미보다 우세해지는 것은 급격히 변화하면서 자신의 본질을 감추고 위장하는 풍속이며, 젊음도 사기를 치거나 가짜행세를 하는 것으로 그 현실에 가까스로 대응할 뿐, 도무지 어찌해볼 도리가 없는 세상의 이치이다. 세 장편소설 가운데 『내가 훔친 여름』을 선택한 이유는 다른 두 작품보다도 『환상수첩』을 지배했던 아이러니의 종말을 소설양식의 변화를 통해 비교적 명확히 보여주고 있다는 판단에서이다. 김승옥 소설의 젊음은 『내가 훔친 여름』을 통해 그동안 위악적인 몸짓을 통해 자신을 발산하던 방황을 끝맺으면서 끝이 난다.

1967년 『중앙일보』에 연재되었던 장편소설 『내가 훔친 여름』은 김승옥의 대부분 장편소설들에 대해 그러하듯이 그에 대한 연구가 희박하다고 해도 과언이 아니다. 그럼에도 이 소설에 대한 비평적 언급이 없었던 것은 아니다. 김병익은 『다산성』, 『내가 훔친 여름』, 『60년대식』을 포함해 김승옥의 후기 장편소설에 대해 이렇게 요약해 말한 적이 있다. "그의 중장편이 갖는 문학적 공헌은 그것들이 재미있게 읽힌다는 소설 본래의 기능을 환기시키는 동시에 그 재미를 통해 60년대 과도기의 풍속적 면모를 드러내고 있다는 점이다. 그 드러남이 우리 자신의 '정열 없는 삶'의 비속, 추악함이라는 것을 우리는 정직하게 받아들여야 할 것이다."[44] 마지막 문장은 『60년대식』에서 간접 인용한 것인데,[45] '정열 없는 삶'은 앞의 세 소설들에서 재현하고 있는 젊음의 표상이기도 하지만, 『환상수첩』과 비교해보면 이 세 작품에는 '정열'이 전반적으로 빠져

43 게오르그 루카치, 『소설의 이론』, 96쪽.
44 김병익, 「시대와 삶」, 『상황과 상상력』, 273쪽.
45 "그렇다. 도인이 가장 경계하는 것들 중의 하나야말로 바로 정열이라는 것이었다. 도인의 이해(理解) 속에서 정열이란, 우리들이 살고 있는 이 세계를 지옥으로 만들고 있는 가장 나쁜 원인들 중의 하나에 불과하였다." 김승옥, 「육십년대식(六十年代式)」(1968), 『내가 훔친 여름』, 국민문고사, 1969, 271쪽.

있다. 소설은 주관성이 발휘할 수 있는 아이러니의 힘이 상당히 소거된 대신에 객관성에 해당하는 풍속묘사에 치중하고 있다. 소설에서 주인공이 경험할 수 있는 시간의 층위와 두께도 얇아졌으며, 주인공이 자신의 존재증명이나 자기각성의 계기가 되는 모험과 떠남, 방황의 의미도 우스꽝스러워지거나 축소된다. 사건은 의미를 애써 찾기 어려운 즉물적인 해프닝에 가깝게 그려지며, 한 사건과 이어지는 다른 사건은 인과관계 대신에 우연의 연속으로 연결되거나 평면적인 시간의 흐름에 의해 배분된다.

『다산성』에서 사건들은 신문기자인 주인공 '나'가 시간순서에 따라 주어지고 계획된 일들과 맞부딪치는 식으로 구성되어 있는데, 사건들은 마치 신문의 지면구성처럼 표면적이고 병렬적이며 무작위적이다. 소설에서 사건들은 대학을 졸업하고 사회인이 된 친구들과의 주말여행, 하숙집 딸과의 다소 진지하지 못할뿐더러 무미건조한 연애, '국민무대'의 공연연습장 취재와 공연관람, 친구의 권유로 사람을 추적하는 부업때문에 벌어지는 에피소드로 구성되어 있다. 그러나 사건의 마디와 마디 사이는 매우 느슨하며, 사건에 대응하는 주인공의 사유와 감각은 일상인의 테두리를 벗어나려 애쓰지만 그러지 못하고 안으로 겉돌기만 한다. 한편으로 『60년대식』에서 주인공 도인이 자살을 결심하고 유서를 쓰는 행위는 아내와의 결별 이후에 행해진 것으로, 독자가 충분히 예상할 수 있는 것처럼 자살은 결국 실행에 옮겨지지 않을뿐더러 도인의 방황은 기껏해야 하루를 넘기지 못하고 사창가 앞에서 중단되고 만다. 두 소설에서 주인공들이 놓인 사회적 지표도 확연히 달라졌다. 그들은 이미 대학을 졸업하고 취업을 한 사회인(『다산성』, 『60년대식』)이거나 혼인신고 없이 결혼했다가 실패를 겪고 자살하기로 결심한 현직 학교교사(『60년대식』)이다. 다시 말해 그들은 그들이 원하든 원하지 않든 간에 이미 사회화되어 있는 소시민들이다. 이에 비해 『내가 훔친 여름』의 주인공은 아직까지는 휴학을 통해 자신의 심리사회적 유예기간을 어떻게든 가까스로 연장한 젊음이다. 『내가 훔친 여름』은 『환상수첩』의 끝부분의 플롯인 '귀향-여행'의 서사구조를 빌려온다. 소설의 분량은 중편소설인 『환상수첩』보다 세 배에 이르지만 주인공이 체험하는 사건의 밀도는 『환상수첩』의 그것을 따라가지 못한다. 또한 『내가 훔친 여름』은 '나'와 '나'의 중학교 동창생인 영일이 주고받는 우스꽝스러운 대화극과 두 젊은이가 목적 없는 무전여행(無錢旅行)을 떠나는 좌충우돌의 서사가 다소 어색하게 결합되어 있으며, 종결에 대한 어떠한 고려도 없이 느닷없이 결말을 짓고 마는 장편소설이다.

김병익은 김승옥의 후기 장편소설들이 세르반테스의 『돈키호테』(1605)를 전후로 하는 스페인의 전통적인 소설양식인 피카레스크 소설과 닮아 있다고 지적하고 있다. 그의 이러한 지적은 그에 대한 자세한 분석으로 더 이상 이어지지 않는다 하더라도 다른 분석의 씨앗을 내포한다는 점에서 의미심장해 보인다. "가치관의 변화를 잠재시키고 있는 풍속의 변모가 급격할 때 우리는 피카레스크 소설의 흥기를 보게 되는데 그의 세 소설들이 이 형태에 속한다는 것은 따라서 매우 당연하게 보인다."[46] 한편으로 글을 쓴 필자가 당시에 <동아일보> 신문사에 재직하고 있던 김병익으로 보이는 「우리소설의 새 경향 피카레스크 작법」이라는 문예시평은 앞의 글보다 훨씬 상세하게 1960년대 후반에 피카레스크 소설의 유행을 다음과 같이 요약하고 있을 뿐만 아니라, 피카레스크 소설이 흥기하게 된 현실에 대한 간략한 분석도 첨가한다는 데서 꽤 중요하다. 피카레스크 소설은 "미리 구상된 일관성 있는 스토리를 배제하고 등장인물이 일상적으로 겪는 무궤도(無軌道)한 사건과 의식을 기록하는" 소설인데, "이런 유의 소설이 주로 60년대의 젊은 작가들에 의해 시도되었

46 김병익, 「시대와 삶」, 『상황과 상상력』, 같은 쪽.

을 뿐 아니라 문학적으로도 크게 성공, 월평 때마다 거론된다는 점에서 이들 피카레스크 소설은 더욱 주목되고 있으며 우리 문학의 은밀한 탐구와 우리 정신상황에 대한 분석을 반증함으로써 4세기 전의 서구소설수법이 우리나라에 재등장하는 현상에 새로운 관심을 요구하고 있다."[47] 흥미로운 것은 피카레스크 소설이 젊은 작가들에 의해 시도되는 소설의 작법이라는 것이다. 이 글은 주로 최인훈의 『소설가 구보씨의 일일』 연작(1970)을 염두에 두고 이야기하고 있지만, 글의 필자는 김승옥의 『환상수첩』과 『내가 훔친 여름』 그리고 5장의 3에서 다룰 예정인 박태순의 교양소설 『낮에 나온 반달』도 피카레스크 소설의 범주에 포함시키고 있다.

김병익은 피카레스크 수법의 발생론적인 의미를 유추하는데, 그것은 '이론과 현실, 논리와 상황, 한국적인 것과 '새것'이 뒤섞인 상태'라는 가치전환의 혼란기에 등장하는 소설기법이다. "육십 년대에 주로 육십 년대 작가들에 의해 발견된 이 피카레스크 수법은 우리 문학에 중요한 현상학적 의미를 갖는다. 사회적으로 전통적인 가치관이 파괴되면서 새로운 질서를 찾지 못하는 우리 작가들은 현재의 상황을 분석, 해명하는 데 적절한 수법으로 피카레스크를 택한 것으로 보인다. 이것은 이론과 현실, 논리와 상황, 한국적인 것과 '새것'이 뒤섞인 상태의 수정 없는 표현이기도 하며 작가 자신이 무엇을 어떻게 해야 할 것인가를 정립시키지 못한 방황과 모색의 태도이기도 하다."[48] 다시 말해 피카레스크 소설

---

47 김병익, 「우리소설의 새 경향, 피카레스크 작법」, <동아일보>, 1970. 5. 12, 5쪽.
    한편으로 김한식은 1970년대 후반의 산업화시대에 이르러 본격소설과 대중소설의
    중간 장르('중간소설')에 해당하는 피카레스크 소설이 대거 출현했음을 지적하고
    있는데, 이 책의 맥락에서 피카레스크 소설의 한국적 출현은 1960년대 중후반으로
    수정할 필요가 있겠다. 김한식, 「1970년대 후반 '악한 소설'의 성격 연구」, 『상허학
    보』 제10집, 상허학회, 2003, 참조.
48 김병익, 「우리소설의 새 경향, 피카레스크 작법」, 같은 쪽.

은 길을 잃고 정처 없이 떠도는 젊음의 상관항이라고 할 수 있는 모더니티의 혼란과 소용돌이를 재현하는 교양소설과도 그 뿌리가 맞닿아 있는 소설장르인 것이다.

물론 피카레스크 소설 양식과 교양소설 양식을 곧바로 등치시킬 수는 없다. 유럽소설사에서는 피카레스크 소설은 보통 교양소설의 전신으로 취급되거나 전혀 다른 양식의 소설로 분류된다. 그러나 피카레스크 소설에 대한 다음과 같은 정의에는 교양소설과 피카레스크 소설의 공통성이 강하게 엿보인다.

> 피카로와 사회와의 관계는 불안정하며 사회는 피카로를 받아 주지 않는다. 피카로는 사회 속에 들어가 정착하고 싶어한다. 피카로가 정처 없이 헤매어 다녀야 하는 것은 그 때문이다. 그것은 피카로 자체의 생리에서 연유한다. 한편으로는 사회 자체의 성격에서도 유래한다. 사회 속에 들어갔다가 쫓겨나고 쫓겨났다가 되돌아가고 하는 소속과 이탈, 혹은 가입과 축출을 되풀이하는 것은 피카로의 숙명일지도 모른다. 피카로는 어떠한 곳에서도 진득하게 머물지 못한다. (중략) 피카레스크 소설은 로맨스의 패러디를 의도한다. 피카레스크 소설이 일반 사회보다 더 고도로 조직화된 피카로들의 사회를 끌어들임으로써, 사회 규범과 동시에 이상적 조화를 비웃는 것도 역시 로맨스의 세계에 대한 풍자에서 나온 것이다.[49]

피카레스크 소설과 교양소설의 공통점은 두 가지이다. 첫째, 주인공과 사회와의 불화 그리고 그에 따른 이동성이라는 측면에서 피카레스크 소설의 주인공과 교양소설의 주인공은 유사하다.[50] 둘째, 로맨스에 대한

<hr />

49 이가형, 「피카레스크 소설의 출현」, 『피카레스크 소설』, 민음사, 1997, 159쪽.

패러디라는 양식적 특성에서 볼 때, 인간과 세계, 주인공과 사회규범의 조화로운 합치라는 이상이 우스꽝스러운 허위이자 범죄라는 것을 주인공의 위악과 악행을 통해 폭로한다는 데서 피카레스크 소설과 교양소설은 공통의 목적을 공유한다.

「우리소설의 새 경향 피카레스크 작법」의 결론은 이러하다. "우리의 짧은 현대문학사에서 피카레스크의 등장은 폐쇄적인 우리 정신상황에 대한 의식이 이제 와서 가장 격렬해졌다는 것을 의미한다. 그것은 하루빨리 극복해야 할 것임에도 우리 작가에게 찐득하게 붙어 있는 혼돈감과 대결하려는 싸움이기도 해서 작가의 이 같은 피카레스크적 모색은 얼마 동안 계속되어야 할 것 같다."[51] 피카레스크 수법의 소설들이 그만큼 많아졌다는 것은 적어도 1960년대 중후반에 들어서 저발전의 발전, 압축성장의 모더니티에 가속도가 붙으면서 일어난 한국사회의 변화무쌍함을 짐작하게 한다. 이러한 비평적 전제를 통해 본다면 김승옥의 『내가 훔친 여름』은 개발과 성공, 입지전적 출세에 대한 화려한 로망스, 즉 '서울대학교 배지'로 상징되는 젊음의 꿈이 한낱 동화적인 몽상에 불과했음을 폭로할 뿐만 아니라 가짜 배지에 눈이 멀고 혹하는, 소설에 따르면 개발과 출세라는 모더니티의 어두운 빛에 몰려드는 '야광충'인 인간군상에 대한 야유를 담고 있는 피카레스크 양식의 소설인 것이다.

..

50 물론 피카레스크 소설의 주인공과 교양소설의 주인공에는 엄연한 차이가 있다. 바흐친이 지적한 것처럼 피카레스크 소설과 보다 가까운 시련소설과 모험소설에서 주인공은 무수한 모험과 음모, 갈등의 와중에서 세상과 분투함에도 불구하고 시련의 극복은 존재하되 그에 수반되는 삶의 '각성'은 일어나지 않는 반면, 교양소설의 젊은 주인공에게 이러한 각성(성숙)은 필수적이다. 미하일 바흐친, 「교양소설과 리얼리즘 역사 속에서의 그 의미」, 『말의 미학』, 김희숙·박종소 옮김, 길, 2006, 288~96쪽 참조.

51 김병익, 「우리소설의 새 경향, 피카레스크 작법」, 같은 쪽.

1-2. '꿈의 귀양'과 거대한 사기

『내가 훔친 여름』은 플롯 전개상 크게 두 부분으로 나뉘어 있다. 첫 번째 부분은 중학교 시절 친구인 장영일이라는 젊은이가 느닷없이 나타나 고향인 무진에 내려가 있는 휴학생인 '나'(이창수)의 시골집을 방문해서 벌어지는 이야기이다. 영일은 마치 피카레스크 소설의 주인공인 피카로와 같은 존재로, 서울대학교 법대생 배지를 달고 '나'를 찾아오게 되었는데, 그가 '나'에게 밝힌 몇몇 신상에도 불구하고 도대체 그의 삶의 내밀한 연혁과 '나'를 방문한 이유 그리고 '나'에게 말하는 여러 이야기의 의도가 불분명한, 사기꾼처럼 보이는 젊은이다. 주로 '나'와 영일의 대화로 이루어져 있는 소설의 전반부는 다소 무의미하게 보이는 말놀음과 장황하고 황당한 객담을 엮은 한편의 부조리 연극처럼 보인다. 플롯의 두 번째 부분은 영일의 제안으로 '나'와 영일이 그들에게는 낯선 소도시인 여수(麗水)로 무전여행을 떠나며 벌어지는 이야기이다. 『내가 훔친 여름』에서 후반부의 서사는 에피소드 덩어리라고 할 수 있는데, 여수로 향하는 기차간 안에서 무임승차 때문에 벌어지는 일련의 희극적인 에피소드가 전개되며, 여수에 도착해 다방에서 사범대 출신의 대학선배와 우연히 만나 지역유지의 아들인 강동우 씨와 그 일가와 조우(遭遇)하게 되는 에피소드가 덧붙여진다. 이 에피소드는 다시 몇 갈래의 에피소드로 나누어지게 되는데, 그 가운데 하나는 '나'가 대학선배의 소개로 강동우가 경영하는 카바레의 실내장식을 얼떨결에 떠맡게 되는 데서 벌어지는 해프닝이며, 다른 하나는 강동우의 아버지인 강상호가 준비한 저녁집회에서 예상치 못하게 벌어지는 웃기 힘든 촌극이다. 소설은 결말에 대한 암시 없이 여인숙에 머문 '나'의 상념으로 갑자기 끝난다.

『내가 훔친 여름』의 초반부는 '나'가 쓴 '하계(下界)로 내려'간 꿈에 대한 동화로 시작하는데, 거기에는 『환상수첩』을 사로잡았던 것과 같은 환멸의 분위기가 강하게 드리워 있지는 않다. 대신 '나'가 쫓겨나다시피 내려온 고향인 '무진'은 "요강 위에 금방 앞으로 고꾸라지실 듯이 위태롭게 흔들흔들 걸터앉아서 죽음 바로 그것인 듯싶은 냄새"(25쪽)를 방 안에 풍기는 할머니의 위태로운 이미지로 환기되는 곳이다. 『내가 훔친 여름』에서 무진은 「무진기행」에서 무진을 휩싸고 도는 안개의 이미지에서 연상되는 흔들림과 요동의 감각조차 없이 무겁게 가라앉아 있을 뿐이다. 다음 인용문은 '나'가 쓴 꿈의 귀양에 대한 동화이다.

> 옛날에 옛날에 하느님 밑에는 '꿈'이라는 이름을 가진 장사가 있었다. 힘은 무척 세었지만 성미가 너무 급해서 가끔 큰 실수를 저지르곤 했다.
> 그리고 교만스러워서, 자기보다 더 힘센 것에 대해서는 항상 적의를 품고 있었다. 그러다가 어느 눈 내리는 날, '꿈'은 정말 무시무시한 죄를 짓고 말았다. 하느님은 그에게 큰 벌을 주기로 하셨다. 그 벌이란 인간세상에 내려가서 모든 인간들의 이마를 한 번씩 다 짚어보고 돌아오면 벌이 끝난다는 것이었다.
> 그러나 하느님은 말씀하시기를 네 얼굴이 너무 흉측하니 밝은 낮에 나타나면 인간들이 놀라 자빠질 게 틀림없다. 그러므로 밤으로만 너는 네 길을 재촉하여 인간들의 이마를 한 사람도 빠짐없이 다 한 번씩 짚어보고 돌아와야 한다.
> 그래서 '꿈'은 하계(下界)로 내려갔지만, 인간은 끊임없이 탄생하므로 '꿈'의 형벌 역시 영원히 계속되고 만다. 말하자면 '꿈'은 영원히 인간세계에 귀양을 오고 만 것이었다.[52]

『내가 훔친 여름』이 '꿈의 귀양'이라는 동화에서 시작한다면, 그 꿈의

52 김승옥, 「내가 훔친 여름」(1967), 『내가 훔친 여름』, 국민문고사, 1969, 20쪽. 앞으로 이 소설을 인용할 경우 본문에 쪽수를 표시한다.

정체가 무엇인지부터 밝혀야 할 것이다. 그것은 김윤식의 표현을 빌리면 부모와 형제자매의 기대를 업고 도시로 입신양명하기 위해 상경했던, 가난하지만 똑똑한 촌놈들을 사로잡았던 환상과 열망일 것이다. 그 환상과 열망은 한편으로는 4·19 혁명의 체험으로부터 수혜 받은 자유로운 개인의 가능성에 대한 환상과 열망으로 확대되기도 했지만, 5·16 군사쿠데타 전후로 점점 국가와 사회가 요구하는 형식의 발전과 개발에의 환상과 열망에 적응하려다가 거기에서 오는 지나친 초자아적인 부담과 압력으로 인한 피로감과 좌절, 죄책감이 동반되는 성질의 것이기도 했다. 개인이 스스로에게 요구하는 자아의 발전과 사회가 개인에게 요구하는 사회적 발전 사이의 간극, 게오르그 짐멜의 표현을 다시 빌리자면 주관문화와 객관문화의 간격이 점점 벌어짐에 따라 그 사이에서 갈등하고 고뇌하며 방황하고 분열하는 주체의 혼란과 난맥상, 이것이 출세한 촌놈들을 사로잡았던 고뇌의 정체이다. 서울에 가기만 하면 새로운 세상이 활짝 열릴 것만 같았던 꿈을 품고 상경했다가 좌절과 환멸에 빠지고 낙향해버린 그들의 삶과 꿈의 최후가 어떠했는가에 대해서는 『환상수첩』에 대한 분석을 통해 이미 밝힌 적이 있다. 따라서 1960년대 교양소설에서 젊음이 감행하는 귀향은 개인이 점점 그 속도를 도저히 따라잡을 수 없는 모더니티의 발전과 개발의 일렬대오에서 이탈했다는 징표일 뿐만 아니라, 그러한 모더니티에 대한 반성적 회의가 점증하고 있다는 표시이기도 하다. 그럼에도 '나는 나'라는 자기세계에 대한 열망을 최후까지 버리지 못하는 자들의 희비극은 어떤 식으로든, 즉 그들이 부득불 사회화되거나 그것을 어떤 식으로든 거부할 때까지 계속될 수밖에 없다. 이들을 사로잡았던 문학이라는 질병은 그러한 사회화에 대한 거부와 비타협을 가장 강렬하게 표현함으로써 자기를 정립하려던 몸짓일 텐데, 『내가 훔친 여름』의 도입부를 장식하고 있는 입신양명과 출세에의 꿈 그리고 그러한 자신의 꿈과 현실이 막연히 일치하리라 믿었던 동화 또한 그러한 표현의 하나이다. 그러나 동화는 그것이 열망하는 세계를 아이러니하게 뒤집는 희극에 결국 자리를 내줄 수밖에 없다. 『내가 훔친 여름』의 전반부가 우스꽝스러운 대화체로 이루어진 이유도 그 때문이다.

『내가 훔친 여름』의 '나'는 "먼 남쪽 시골에 처박혀서 서울행 기차만 보면 가슴이 터질 듯이 슬프기만 한 신세"(13쪽)인데, 그것은 낙상(落傷)한 꿈을 가진 젊음의 신세이기도 할 뿐만 아니라, '나'가 한때 속해 있던 또래집단 곧 "저 서울대학교 학생들 대부분이 앓고 있는 정신분열증(精神分裂症)"(14쪽)의 결과이기도 하다. 그리고 '나'는 "나야말로 그 환자들 중의 가장 대표적인 환자였다"(15쪽)고 고백한다. 고백에는 그 나름의 자기 비평이라고 할 만한 것이 덧붙여지게 되는데, 여기에는 김승옥의 「무진기행」뿐만 아니라 서정인의 「강」(1968)과 같은 소설을 통해서도 익히 알려진 열등생의 변명과 낙오자의 회한에 대한 자기 분석이 있다. '나'에 따르면 서울대학교 학생들은 "거의 모두가라고 해도 무방할 정도로, 자라나면서 어른들의 사랑을 충분히 받아 온 동물들이다. 여기서 동물이라는 표현을 쓰는 이유는, 동물은 사랑만 받고 자라면 자기가 제일 잘난 줄로 착각하게 되고, 한편 작은 꾸지람에도 샐쭉해지며 작은 비난에도 깊고 험악한 절망의 회오리바람 소리를 들어 버리는 법이니까."(14쪽) '나'의 계속된 평가에 따르면 이 동물들은 사실은 "어린애로서의 상태를 유지하는 어르신"에 불과한 존재들이다. "그리하여 한 학년이 지나고 두 학년이 지나고 하는 사이에 교수님들의 사랑을 차지하게 되는 몇 명을 제외하곤, 모두가 과거엔 꿈에서도 생각하지 못했던 열등생이 되어버리고, 그렇지만 예민한 두뇌는 살았다는 것인지 차츰 괴상한 포우즈를 꾸미고 학교에 나타남으로써 자기 존재의 영원부동한 위치를 확보하려 하는 것이다."(15쪽) 그러면 '나'는 어떠했던가. "어느놈이 재즈만 그럴듯하게 불러대도 시골 출신인 나는 그를 두려워했고, 어느놈이 내가 모르는 외국어 단어만 하나 더 알아도 나는 그를 두려워했고, 어느놈이 내가 아직 듣지 못한 외국 학자의 이름을 대거나 학설의 대강을 얘기하기만 해도 그가 두려워서 소름이 쪽쪽 끼쳤다."(15~16쪽) 이처럼 '나'가 속해 있는 서울대학교 학생들이라는 또래집단은 상대에 대한 비교우위를 통해 자기의 존재감을 확인하는 상상적인 무한경쟁의 장(場)일 뿐이다.[53]

　　김승옥 소설에서 우정은 자기와 타자에 대한 상징적인 차이의 감각에 대한 존중보다도 거울의 유희와도 같은 상상적인 경쟁에서 비롯되는 것으로 묘사된다. 그리고 우정은 자기에 대한 허위적인 기만과 타인에 대한 우쭐한 속물근성으로 종종 모나게 표출된다. 서로를 비추는 거울들로 둘러싸인 것 같은 이 세계에서 타자는 또 다른 나의 한 계기에 불과하며, 나는 나와 닮은 존재들, 자기의 분신들로 가득 차게 된다. 그러한 서울대학교 학생들 중의 한 명인 '나' 또한 예외는 아닐 텐데, 앞서 인용한 문장에서 '괴상한 포즈'라고 했던 것의 구체화된 형태가 『환상수첩』과 『내가 훔친 여름』에서 보이는 젊음의 위악과 기행(奇行)일 것이다. 그러나 『내가 훔친 여름』은 이쯤에서 수기의 형식인 『환상수첩』의 '고백'으로 더는 이야기를 진행하지 않는다. 『환상수첩』에서 고백은 진정성의 자기표현이었던 것일까. 만일 그렇다고 하더라도 고백은 일정한 포즈 또한 포함할 수밖에 없는 것이다. 고백에는 고백의 수행성(performance)이 있다. 그것은 자신을 타자에게 표현적인 자기로 알리는 것뿐만 아니라, 타자에게 자신이 어떻게 표현되는 것인가에 대한 관심을 포함한다. "진정성이란 한 인간이 자기 자신이 느끼려는 시도를 타인

53　이것은 시골 출신의 김승옥이 대학신입생 시절에 실제로 겪었던 것으로, 서울 출신의 동급생들과의 문화적인 체험의 현격한 낙차에서 비롯된 좌절의 경험과 연관이 있다. 이에 대해서는 김승옥, 「산문시대(散文時代) 이야기」, 『뜬 세상 살기에』, 지식산업사, 1977, 211~15쪽.

에게 직접적으로 밝히는 것"[54]이다. 그러나 진정성이라는 이름으로 자기에게 느껴지는 "객관적 내용"을 기술하기보다는 그에 대한 "느낌에만 집중하면 할수록, 주관성 그 자체가 한층 더 목적이 되면 될수록" "자기 자신에 대한 의의 있는 표출"은 "내가 느끼고 있는 것을 보시오"라고 말하는 "나르시시즘"으로 바뀔 위험이 있다.[55] 『환상수첩』 초반부에서 '나'가 서울생활을 통해 배운 것이라고는 타인을 의식하면서 무표정한 연기를 한 것밖에 없다고 고백할 때, 이 고백의 자기노출에는 그럴듯한 '자기'를 꾸며내기 위해 자기 안팎의 불편하고도 이질적인 타자를 숨아 내려는 자기기만의 책략도 포함된다. 자기기만은 자기세계를 정립하기 위해서는 결코 제거할 수가 없으며, 오히려 여기에서는 자기기만을 일관되게 상연(上演)하는 것이 더 중요하다.

『내가 훔친 여름』 초반부에서 '나'와 영일이 주고받는 다소 해괴망측해 보이는 대화, '나'의 편에서 보면 "논리를 사랑하는 자가 논리 없이 중얼거리고 있는 자의 얘기를 듣고 있을 때 느낄 수 있는 불쾌감이 치밀어" 오르는 "쇼"와도 같은 대화는 영일의 편에서는 그럼에도 불구하고 "분명한 얘기"이다(38쪽). '나'와 영일의 대화는 일종의 노골적인 폭로, 즉 진짜와 가짜의 세계가 한 끗 차이에 불과할 뿐만 아니라 어느 수준에서는 도무지 구분이 불가능하다는 것에 대한 폭로이다. 그것은 세상의 이치는 본질적으로 사기라는 폭로이며, 그 앞에서 내면의 양심 운운하는 것조차도 일종의 허위자백에 불과하다는 폭로이다. '나'는 서울대학교 법대의 배지를 달고 갑자기 나타난 수수께끼 같은 중학교 동창생인 영일에 대해 "가짜학생이 아닌가하는 의심"(29쪽)을 거두지 못하면서도 그의 괴변에 자신도 모르게 빨려든다. 그 이유는 바로 영일

54 리차드 세네트, 『현대의 침몰』, 김영일 옮김, 일월서각, 1982, 55쪽.
55 리차드 세네트, 『현대의 침몰』, 55~56쪽.

의 가슴에서 빛나는 '서울대학교 배지' 때문이다. "귀여운 생물의 눈동자처럼 빛나고"(10쪽) 있는 그 "배지는 그 물건 자체만으로써도 그와 나 사이를 비끄러매 주는 자력(磁力)을 가지고 있었다."(13쪽) 배지는 영일의 정체에 대한 의심을 하게 하는 계기인 동시에 그와 '나'를 동류로 연결시켜주는 고리이기도 하다. 배지가 가짜냐 진짜냐 하는 것은 별로 중요하지 않다. 중요한 것은 그것이 진짜이든 가짜이든 배지로 인해 돌아가는 세상의 이치이다.

영일의 해괴한 논리에 따르면 가짜 배지로 눈속임하는 세상의 이치 앞에서 속수무책으로 당하는 사람만이 순진할 뿐이며, "겁이 없느냐 있느냐 정도의 차이만 있을 뿐 우리는 사기꾼들"(33쪽)이라는 것이다. 영일의 궤변을 더 들어보면 이렇다. "'지식은 힘이다'라는 교육을 받아온 우리는 대부분 그 정도에서 그 '힘'자랑을 하고 있는 셈인데 말야, 이게 결과적으로는 자기 자신을 속이는 게 된단 말이거든. 자기를 기만하는 정도면 괜찮게? 결과적으로 상대편으로 하여금 이 세계를 비관하도록 만드는 범인 노릇도 어느새 한 셈이란 말야."(34쪽) 마치 소피스트의 회의주의적 언변 또는 라모의 조카가 구사하는 기지의 언어와도 같은 영일의 궤변은 그 나름대로 세상의 이치의 핵심뿐만 아니라 그러한 현실의 구성원들이 갖는 허위의식, 자기기만마저 꿰뚫고 있다. 그러나 영일의 궤변은『환상수첩』의 대학생활에 대한 장면들에서 익히 보아왔던 것처럼, '지식은 힘이다'를 우쭐거리며 믿고 자기와 타인을 한꺼번에 기만하려는 자들, 교수와 학생들에 대해 거리를 두고 비판하는 것이 아니라, 그 자신이 몸소 대담한 사기꾼이 되어 그들의 허위의식을 공개적으로 폭로하는 쪽이다.

영일은 세상이 허위로 가득 차 있다고 비난하면서 그 자신은 세상으로부터 물러나 고결함을 유지하려 하려는 '아름다운 영혼'(Die Schöne Seele)[56]의 양심이 아니며, 오히려 '아름다운 영혼'의 허위의식을 폭로하고 있다. 세상의 부와 권력을 악 그 자체로 거부하는 '비천한 의식'의 다른 이름이기도 한 아름다운 영혼은 세상을 악으로 폭로하고 비평하는 행위로 스스로를 결백한 존재로 간주하며, 또한 세상은 허위로 가득 차 있는 거짓된 보편성의 실체라고 하면서 자신의 양심이야말로 진짜 보편성이라고 주장한다. 그러나 이것이야말로 아름다운 영혼의 허위의 식이다. 영일의 논리에 의하면, 자기 자신이 진리의 계기라는 직접적인 확신이나 믿음에서 비롯되는 양심은 사람에 따라 다르며 상대적이고 특수한 것이다. 그렇다고 영일이 엄청난 장광설로 늘어놓는 양심의 논리가 다만 상대주의에 빠지는 것은 아니다.

영일이 주장하는 양심의 속성을 요약하자면 이렇다. 첫째, 양심은 그 자체로 보편적인 것이 아니라 보편성을 주장하는 자들끼리 서로 다툰다는 점에서 실제로는 특수한 것이다. "양심을 유지시키려고 애쓰는 사람이 똑같은 이유를 가진 다른 사람과 싸우는 거야. 싸우면 어느 한쪽은 지는 거야. 진 사람은 그럼 모두 자살하란 말인가?"(35쪽) 둘째, 양심은 비록 특수한 것에 불과하더라도 "진 사람들의 양심"이어야 한다. "우리들의 양심은 네가 생각하는 만큼 영원불변하고 순결무구한 양심이 이미 아니란 말야. 적어도 저항력이 약해진 양심이란 말야." 저항력이 약해진 양심이란 더 이상 "고귀한 물건"이 아니라 "만들어 가져야 하는" 것이다(같은 쪽). 셋째, 진 사람들, 패배한 사람들에게 양심은 만들어 가져야 하는 것, 곧 삶에 대한 시험과도 같은 것이다. "나는 인생을 사랑해. 그러기 때문에 나는 내 영혼을 모든 경우에 갖다놓고 시달림을 받아보게 하고 싶어. 그러면 결국 나의 영혼속에 무언가 찌꺼기가 남을 거야. 난 그걸 양심이라고 하고 싶어."(36쪽) 영일이 주장하는 양심은 "선생님 같은 경찰들 눈치만 슬슬 보고 사는" "순한 양들", 즉 "자기가

··
56 직접적 진리의 자기 확신인 양심에서 분화된 아름다운 영혼의 자기기만적 태도에 대해서는 장 이뽈리뜨, 『헤겔의 정신현상학』 II, 235~44쪽 참조.

자기의 주인 노릇은 못 하는" 삶에 대한 반발이다.(같은 쪽)

확실히 영일이 주장하는 양심은 그저 세상의 이치와 불화하는 내면의 법칙이 아니다. 오히려 영일이 말하는 양심은 한 사회의 근간이 되는 삶과 공동체의 습속인 에토스와 조화를 이루는 것이 아니라, 에토스를 위협하는 범죄와 더 닮아 있다. 개발과 발전지상주의가 확고하게 정착하는 1960년대 중후반의 한국사회는 전통과 근대의 갈등, 도시와 농촌 간의 팽배하는 구조적 모순, 산업화와 도시화가 약속하는 부의 증대에 대한 장밋빛 환상의 확산에 따른 고삐 풀린 출세지상주의와 그에 대한 반비례로 사회적 소외계급의 좌절의식이 증가하고 있었다. 가치의 몰락과 변동이 한꺼번에 진행되던 이 시대는 한편으로는 삶의 사회적 습속인 기존 풍속의 근간이 되는 에토스의 토대가 심하게 흔들리고 약화되는 시기이기도 했다. 영일의 황당해 보이는 논리들, 가짜행세에 대한 그의 정당화는 이 혼란한 틈새들을 비집고 나온 것이다. 물론 영일의 황당한 생각에 대한 '나'의 반발도 충분히 예상될 법하다. "네 말대로 생각하면 도둑놈·사기꾼·강간자·폭력배들이야말로 양심의 제조를 위한 위대한 기사(技士)들 같은데?"(같은 쪽) 그러나 영일의 이야기를 의심하면서도 여행에 대한 그의 권유를 받아들이고 마는 '나'는 사실상 영일과 별반 차이가 없는 존재이다. "녀석이 가짜 대학생이고 거기에 사기성이 농후하다는 건 이미 은연중에라도 나는 인정하고 함께 기차를 탔던 게 아닌가."(46쪽) 그리고 그들은 정처 없는 무전여행을 떠나게 된다.

1-3. 악한들의 해프닝

『내가 훔친 여름』이 가치전환기의 혼란스러운 사회상과 도덕관념이 불분명한 악한을 등장시키는 피카레스크 소설의 한국적 변종이라는 판단은 이렇게 해서 유효해진다고 할 수 있겠다. 피카레스크 소설의 양식에 부합하게도 『내가 훔친 여름』에서 '나'와 영일이 여수행 열차에

탑승한 이후부터 벌어지는 서사적 모험은 모험이라고 말할 수 없을 정도로 우연과 해프닝으로 가득한 일련의 에피소드의 모음이라고 해도 과언이 아니다. 『내가 훔친 여름』에서 누가 물어보기라도 한다면 "관광"으로 대답할 이 "목적 없는 여행"(41쪽)은 『환상수첩』에서 최소한의 자기갱신의 목적을 내포하는 여행과도 질적으로 다르다. "땅으로부터 1미터가량 허공에 떠서 나를 기다려주는 아무것도 없는 곳을 향하여 가고 있는 내 행위가 어쩌나 허황스럽고 무가치하고 비현실적으로 보이는지, 점점 견딜 수 없게 된 것이었다."(42~43쪽) '나'와 영일의 무전여행은 더 이상 모험에 내포된 고유의 의미를 지니지 않으며, 오히려 무전(無錢)이라는 자그마한 사기가 가져올 예상치 못한 결과가 모험을 대신한다. 열차 칸은 "동그랗고 납작하고 반짝이는 금속이 여러 개 보석처럼 가죽띠"(44쪽)에 박힌 가짜 서울대학교 배지의 위력을 실감할 수 있는 첫 번째 장소가 되는데, 거기서 '나'와 영일은 가짜 서울대학교 배지 덕택에 다른 승객들 그리고 심지어는 무임승차로 인해 시비가 붙게 된 승무원의 호의를 받게 된다. 『내가 훔친 여름』의 세계는 어떻게 보면 가짜 서울대학교 배지가 위력을 발휘하는 세계라고 할 수 있으며, 그런 식으로 세계의 허위적 실체는 폭로된다. 그렇게 본다면 이 소설의 진짜 주인공은 가짜 배지라고 해도 과언이 아닐 것이다.

여수에 도착한 이후에 전개되는 일련의 에피소드 또한 서울대학교 가짜 배지라는 물신(物神)의 기표가 환유적인 효력을 발휘하게 된 서사의 결과들이다.[57] '나'와 영일은 '풍선'(風船)이라는 다방에서 우연찮게

---

57 『내가 훔친 여름』에서 서울대학교 가짜 배지로 환기되는 당대의 타락한 풍속이란 학력이라는 간판의 물신적 위력이다. 김동춘은 미군정기의 학력주의 이념과 분단하의 교육자격증에 대한 국가통제가 결합된 방식으로 1950년대에 정착되어 60년대에 광범위하게 확산되어간 한국의 교육열풍, 즉 교육을 통한 사회적 이동과 신분상승, 입신출세 등의 상징자본에 내재한 강력한 물신주의에 대해 다음과 같이 지적한다. "국가공인 학력 외에는 개인의 능력과 업적을 평가할 수 있는 기준이 전혀 존재하지

조우하게 된 대학선배인 남형진으로부터 강동우를 소개받고 그가 경영하는 카바레의 실내장식을 해주기로 하는데, 그 또한 영일이 '나'에게 일방적으로 부착한 서울대학교 미대 배지 덕택에 가능해진 것이다. 졸지에 가짜 미대생 행세를 하게 된 '나'는 선배와 강동우에게 자백과 실토를 하려고 하다가 마침내 다음과 같은 자기합리화를 통해 헌책방에서 화첩을 사오는 등 실내장식을 위한 본격적인 준비를 하게 된다. "우선 옮겨 베끼는 거라면 자신이 있었다. 자라나면서 내가 받은 교육은 옮겨 베끼는 훈련이었으니까, 이까짓 만화쯤은 백 개라도 옮겨 베낄 자신이 있었다."(105쪽) 이 구절은 『내가 훔친 여름』에서 여러모로 결정적이다. 『환상수첩』에서 조롱과 희화화하는 기지의 언어, 즉 패러디는 이제 『내가 훔친 여름』에서는 베끼기, 사기, 가짜로 뒤바뀐 것이다. 패러디는 비록 환멸과 자조로 뒤바뀜에도 불구하고 자신의 환상과 이상을 무리한 방식으로 현실 속에서 어떻게든 유지하려는 정열의 소산이지만, 베끼기와 사기, 가짜행세에서는 그러한 정열을 도무지 찾아보기가 힘들다. 『내가 훔친 여름』이 『환상수첩』과 달리 패러디의 다른 연장이라고 할 만한 풍자의 효과를 노림에도 불구하고 풍자의 강도와 효과가 약한 이유도 여기서 추측해볼 수 있겠다.

소설 후반부의 주요 사건 가운데 하나는 강동우의 아버지이자 여수의 지역유지인 강상호의 주도로 열린 집회에서 벌어지는 일련의 어이없는 해프닝인데, 이 사건에서 드러나는 것은 출세와 부와 권력의 유지를 위해서라면 수단과 방법을 가리지 않았던 한 일가(一家)의 치부(恥部)의 내력이다. 강동우의 여동생이자 남형진과 애인 사이이며, '나'와 영일이 기차간에서 만난 여대생인 강동순이 들려주는 이야기에 따르면 강씨

않은 상황이기 때문에" 학력이라는 "'간판'은 물신적인 효력을 발휘하게 되는 것이다." 김동춘, 「한국의 근대성과 '과잉교육열': 한국의 국가형성과 학력주의의 초기적 형성」, 『근대의 그늘』, 당대, 2000, 170쪽.

집안의 역사는 "아버지가 조작한 역사"(125쪽)이다. 강동순의 아버지 강상호는 일제식민지시기부터 치부(致富)를 위해서라면 물불을 가리지 않았던 인물이다. 그는 여순사건(1948)[58] 당시에는 "빨갱이들을 처형"(같은 쪽)하는 데 앞장서는 등 그러한 수단을 통해 재산을 축적하고 출세가도를 달렸다. 그러나 그는 그런 식으로는 고장의 유지로서 존경을 받지 못한다는 고민 끝에 아들인 강동우를 미국유학 보내고 강동순을 음대에 보내는 등을 통해 모종의 권위를 내세우려고 한다. 그러나 강상호는 권위를 직위로, 즉 "좀 더 큰돈을 벌자는 게 목적"(127쪽)을 위한 수단으로 이용하는 속물이다. 사실 저녁집회 또한 그러한 목적으로 그에 의해 주도된 것이다. 강상호 일가의 내력으로 압축되는 소도시 여수는 서울과 대비되는 지방이나 고향의 이미지를 환기시키는 곳이 아니라 개발과 발전으로 급속하게 성장해가던 서울이라는 대도시를 모방한 미니어처라고 불러도 좋을 곳이다.

한편으로 강상호 일가와 대비되는 이력을 가진 존재가 남형진인데, 그는 자신과 강동순의 은밀한 사랑이 강상호와 강동우에게 저지당하자 연단에 올라가 청중들 앞에서 불쑥 고백을 하게 된다. 그런데 그 고백의 내용은 자신의 아버지가 여순사건 때 희생당했던 공산주의자였다는

58 김승옥의 삶과 여순사건의 관계에 대해서는 김승옥의 두 단편적인 대담과 회고를 통해 드러난 바 있다. 좌익이었던 김승옥의 외삼촌의 행적에 대해서는 김병익·김승옥·염무웅·이성부·임헌영·최원식(좌담), 「4월 혁명과 60년대를 다시 생각한다」, 『4월 혁명과 한국문학』, 40~41쪽. 이 대담에는 남로당 출신의 아버지에 대한 이야기도 잠깐 등장하는데, 그가 여순사건 이후 입산해서 1948년에 빨치산으로 죽었다는 술회는 다음 책에 등장한다. 백문임 외, 『르네상스인 김승옥』, 앨피, 2005, 328~29쪽. 김미란은 김승옥 문학과 여순사건에 대한 김승옥의 체험에 내포된 검열과 글쓰기의 상관관계에 대해 매우 자세히 다루고 있다. 그러나 여순사건을 통해 부와 권력을 축적한 강상호 일가와 '빨갱이' 아버지의 내력 때문에 괴롭게 살아온 남형진의 삶의 내력(김승옥 자신의 내력에 상응하는)이 등장한 『내가 훔친 여름』에 대해서는 분석하지 않고 있다. 김미란, 「여순사건과 4월 혁명, 혹은 김승옥 문학의 시공간 정치학」, 『대중서사연구』 제22집, 대중서사학회, 2009 참조.

사실과 그가 그 사실로 인해, 즉 "빨갱이의 아들이라는 생각 때문에" "필요 이상으로 비뚤어져"(139쪽) 살아왔다는 것이다. 고백이 절반인 남형진의 연설은 책임과 자유에 대한 논의로 끝나는데, 이야기의 맥락에서 갑자기 돌출되어 다소 뜬금없다는 생각이 들지만, 강동순에 대한 자신의 사랑을 지키기 위한 공개적인 다짐으로 읽힌다. 그러나 이러한 에피소드들은 『내가 훔친 여름』에서 병렬적으로 나열된 사건일 뿐, 주인공과 작중인물에게 독특하고도 문제적인 사건의 계기로 작용하지는 않는다. 강씨 일가로 대변되는 여수라는 소도시의 빠르게 변화하는 풍속의 이모저모는 제시되고 있지만, 그에 대한 주관의 적극적이고도 비판적인 개입이라고 할 만한 풍자는 별로 없다. 남은 에피소드에서는 기차에서 만났던 숙자라는 아가씨와 우연찮게 다방에서 재회해 하룻밤을 함께 보내게 된 경위가 서술되고 있으며, 소설은 뙤약볕의 한여름에 무작정 영일과 떠나게 된 무전여행에 대한 잠깐의 회상과 밤바다에 대한 명상으로 끝난다. 『내가 훔친 여름』에서 목적 없는 무전여행의 끝에서 마주하게 된 것은 아래처럼 요약되는데, 그것은 남루하기 이를 데 없는 '나의 젊음'이다.

> 이것이 여름일까? 그래 이것이 여름이다. 비이치 파라솔, 눈부신 백사장, 검푸르고 부드러운 파도, 빨간 수영복, 풍만한 아가씨의 웃는 얼굴, 하얗게 가지런한 이빨, 짧기 때문에 유쾌한 자유, 그것들은 남의 여름이다. 나의 여름은, 차표 없어 불안한 기차여행, 신분을 속여 맡는 일거리, 땀내음에 찌든 아가씨, 겁탈 같은 유혹, 비린내 나는 여인숙에서의 정사, 그러고 나면 기다리고 있는 괴로운 휴식과의 만남일 뿐이다.(159쪽)

혼자 남은 여인숙에서 상기하는 '나의 여름'이란 "버둥거리고 있는 바다"에서 들려오는 "괴로운 신음"(162쪽)의 청각적 이미지에서 환기되는 것처럼, 삶의 내밀한 연관 속에서 의미 있게 체험되지 못하고 그저 무수하게 나열되어 있을 뿐인 우연적이고도 파편적인 사건들로부터 소외되고 고립된 젊음을 환기한다. '가짜 배지'와도 같은 세상을 속였던 젊음은 오히려 스스로를 기만하는 가짜였다.

『환상수첩』과 『내가 훔친 여름』의 플롯은 보통 유럽 교양소설에서 주인공의 여정으로 구체화되는 플롯, 곧 가족으로 대변되는 고향 (village)에서, 유학생활과 학교로 대표되는 지방(province)을 거쳐, 자본주의의 도시(city)로 향해 나아가는 경로[59]와 상이한 코스를 밟는다. 두 소설 모두 주인공과 작중인물들은 도시에서 귀향한 다음 또 다른 지방을 향해 나아가는데, 흥미로운 것은 김승옥의 소설에서 도시와 고향의 대립은 그다지 명백하지 않고 고향과 지방은 서서히 도시를 닮아간다는 사실이다. 타인의 눈을 의식하면서 살아가야 하고 발전과 출세가 지상 목표인 인공의 세계인 도시와, 도시를 모방하려는 고향과 지방 그 어느 곳에서도 끝내 안식처를 찾지 못하는 젊음의 오디세우스적인 여정은 가파를 수밖에 없다. 그래서 그런지 『환상수첩』과 『내가 훔친 여름』에서 공통적으로 등장하는 바다의 원초적인 이미지에서 환기되는 자연은 도시의 인공성과 강렬하게 대비된다. 그것은 아직 도시화가 빠르게 진행되는 고향과 지방에 남은 마지막 보루와 같은 것이다.

멀리서 뱃고동 소리가 뿌우웅 들려왔다. 먼 곳에는 신비한 세계가 있다는 듯한 여름날 오후의 나른함을 더욱 돋우어주는, 마음을 한없이 헝클어놓는, 사랑하는 여자를 갖고 싶어지고 사랑하는 여자의 바람에 나부끼는 머리칼을 만져주고 싶어지는 저 항구의 무겁게 은은한 뱃고동 소리였다.(96쪽)

• •
59 Franco Moretti, "The novel, the nation-state", *Atlas of the European Novel 1800~1900*, London·New York: Verso, 1998, pp. 64~69.

인용문의 뱃고동 소리는 『환상수첩』에서 "생명이 물러가는 소리", 곧 "나의 뼈를 끌어내는 듯한" "파도소리"(95쪽)로도 이미 강렬하게 환기된 적이 있다. 김승옥 소설에서 뱃고동 소리와 파도소리로 환기되는 자연은 생명의 원초성과 연결되는 한편으로 자기세계를 만들려고 분투해왔던 젊음의 자의식이 다다른 막다른 퇴로에서 젊음을 무장해제하고 용해하며 삼켜버리는 신화적인 무시간성으로도 해석이 가능하다. 그 바다는 '나는 이렇게 살겠다'는 자의식으로 충만한 출세한 촌놈들이 고향을 떠나면서 잠깐 뒤돌아보았던 인륜적인 것, 고향, 자연의 정체에 대한 은유라고도 확대해석할 수도 있겠다. 김승옥 소설의 오디세우스들은 전체에 대한 열망이라는 젊음의 가능성을 품고 모험의 항해를 떠났다가 환멸을 안고 이타카로 귀향하려고 분투했지만, 도중에 자연이라는 원초적 무(無) 속으로 좌초해버리고 말았다. 스스로를 탕진해버리고만 젊음의 가능성 이후에 남은 것이라고는 속물화된 소시민의 황량하고도 타성적인 삶뿐인 것으로 보인다. 『60년대식』의 한 표현처럼, 비록 타락한 정열이라고 하더라도 정열이 없으면 삶도 없는 것이다.

김승옥의 『환상수첩』과 『내가 훔친 여름』은 삶의 가능성에서 비롯되는 환상과 환멸의 도저한 유희와 곡예를 일삼는 젊음 특유의 모험과 일탈, 자유분방함, 악덕, 자기기만을 민감하고도 섬세하며 때로는 자기풍자적인 문장으로 그려내는 교양소설이다. 그러나 김승옥의 교양소설은 교양의 기획에 내포된 비판과 해체의 정신을 생산적으로 활용한다기보다는 세계와 대상 그리고 자기 자신에 대한 희화화에 가까운 부정을 통해 교양의 통상적인 의미를 무화한다. 이것이 '교양의 무상성을 선포하는 기지의 언어'인 것이며, 따라서 김승옥의 소설은 반교양소설이 된다. 김승옥 소설세계를 지탱하는 아이러니는 창조와 파괴의 변증법을 구현한다기보다는 자기세계를 구현하고 지탱하기 위해 자기와 타자를 기만하는 자기기만의 연극적 제스처와 연결된다. 자기기만은 다만 자기와 타자를 기만하고 그러한 기만을 자조적으로 의식한다는 의미가 아니라, 가능성과 결단, 확실성과 불확실성, 자유와 책임 사이에서 끊임없이 요동치고 흔들리고 주저하는 젊음의 가능성에 내포된 특징이다.

『환상수첩』은 '거대한 기대'에서 '잃어버린 환상'으로, 상경에서 귀향으로 좌절되어버린 젊음의 신산스러움과 허무의식을 그린 고백적인 음화이며, 『내가 훔친 여름』은 그 자체가 허위에 불과한 세상에 익살스러운 허위와 과장으로 맞서 일탈과 모험을 계획하는 젊음의 피카레스크 풍자극이다. 그러나 『환상수첩』에서 『내가 훔친 여름』으로 이동하면서 김승옥 소설의 젊음은 그 도저한 가능성, '전체에의 열망'을 탕진해버린다. 그리고 그에 따라 젊음 특유의 정열과 자의식조차 완전히 소멸해버리고 마는 것으로 보인다. 작가의 여러 풍속소설에서 엿보이는 것처럼, 세계와의 대결을 포기하거나 세계로부터 도피하는 허무한 젊음에게 남은 것은 그가 그토록 부정해왔던 속물적인 소시민의 삶과 소시민의 우스꽝스러운 일탈조차 이미 세상의 이치가 되어버린 풍속의 타락과 저열함뿐이다. 『환상수첩』에서 귀향과 여행을 통해 얻은 젊음의 통렬한 자기고백과 참회는 『내가 훔친 여름』과 같은 후기 소설에서는 별로 찾아볼 수 없다. 이제 젊음에게는 존재의 각성 대신에 도피와 허무만 있다. 그것도 아니면 속물이 되는 길밖에는 없다. 이쯤에서 젊음에 대한 김승옥의 소설쓰기도 중단되고 마는데, 이러한 중단 이후에 김승옥이라는 문학의 신화가 구축된 것 또한 문학사의 흥미로운 아이러니가 아닐 수 없겠다.

5. 속물주의와 진정성

1. 아나토미와 피카레스크 소설로서의 교양소설

4장에서 살펴본 것처럼, 김승옥의 교양소설에서 젊음은 이동성과 내면성이라는 젊음 특유의 상징적인 특징과 모형을 선취했다고 평가할 수 있다. 그의 소설의 젊은 주인공과 작중인물들은 도시에서 고향으로 귀향하거나 귀향지인 고향에서 다시 다른 지방으로 여행을 떠났다가 되돌아오는 플롯을 대체적으로 충실히 따른다. 그리고 그러한 플롯은 환상과 환멸의 변증법이라는 젊음의 정신화(spiritualization), 내면화 과정과도 긴밀히 맞물리게 된다. 그렇다면 변화와 발전, 유행과 속도로 상징되는 모더니티의 수도 한복판에 던져지게 된 젊음과 그가 살아가야 할 경쟁과 모방의 소용돌이인 모더니티의 생태계는 어떠한 모습일까.

4장에서는 김승옥 소설을 통해 가족의 부푼 기대를 등에 업고 상경했으나 자신과 비슷한 재능과 능력을 가진 다른 젊은이들에게 둘러싸이면서 갖게 되는 열등감 그리고 타자의 시선을 의식하면서 '자기'라는 보호색을 타인에 대한 '포즈'로 취하게 되는 '출세한 촌놈들의 죄의식'을 살펴보았다. 그러나 출세한 촌놈들의 죄의식이 그리는 세계의 벡터는 기껏해야 대학의 강의실과 하숙집이라는 울타리를 거의 벗어나지 않는 것으로 보인다. 『내가 훔친 여름』의 냉소적인 표현을 빌리면, "선생님께서는 서울대학을 어떻게 생각하십니까?"라는 물음은 "선생님은 세상을 어떻게 보십니까?"라는 물음과 사실상 다를 바 없는 것이다(26쪽). 앞에서 이렇게 좁지만 치열하게 위선과 위악, 자기기만과 포즈가 펼쳐지는 세계를 '정신적 동물의 왕국'이라고 불렀다. 이 왕국에서 현존재는 포즈와 자기기만의 삶을 살아가는 자기 자신을 역력히 혐오하더라도 자신의 존재이유(Raison D'etre)가 바로 그곳에 있기 때문에 그 생태계를 벗어나면 도저히 살아남기 어렵게 되는 동물을 닮게 된다. 『환상수첩』에서 우스꽝스러운 패러디 시, 쓰다만 소설의 도입부, 시골의 술집작부들에게 들려주는 만담(漫談)으로 소비되는 문학 등 형해화된 형태로 존재하는 문학의 결사체는 최인훈의 『회색인』에 등장한 바 있는 『갇힌 세대』 동인들이 가졌던 '성실한 의식'의 어두운 측면을 드러낸다. 이러한 타락하고도 소외된 '정신적 동물의 왕국'은 "이상적인 작품을 구상하거나 그것에 대한 주변적인 이야기를 늘어놓으면서 그것이 작품의 생산 자체와 같은 것으로 인정되기를 바란다든지, 타인에 대한 비판이나 찬양을 빙자하여 자신의 생각을 과시하는 것으로 그친다든지"[1] 하는 행태를 극명하게 드러냈다. 이것은 어떻게 보면 1960년대의 문학 장에서 동인과 잡지의 형태로 전후 세대의 문학과 문화적인 구별 짓기를 활발히 시도하면서 새로운 세대와 젊음의 문학을 적극적으로 천명하고 대변했던 자들이 미처 의식하지 못한 채 마주하게 될 중차대한 문제의 발단이라고 할 수 있다. 왜냐하면 '태초와 같은 어둠 속에 우리는 서 있다'고 선언한 새로운 세대의 문학의 주창자 또한 1960년대 중후반을 지나면서 젊음과 새것으로 표상되는 문학적 입장을 제아무리 대변하더라도 그들 자신의 사회적 위치의 변화가 가속화되고 그에 따라 새로운 문학적

1   김상환, 「헤겔의 불행한 의식과 인문적 주체」, 405쪽.

입장을 마련해야 하는 과제로부터 자유로울 수 없었기 때문이다. 한마디로 1960년대의 신세대 작가와 비평가들은 젊음이라는 심리사회적 유예기간이 시효를 다하고 그들 자신의 사회화, 즉 기성세대로 빠르게 흡수되고 체제의 구성원으로 편입되는 문제와 맞닥뜨리게 되었다.

김승옥은 한 회고에서 자신의 생물학적 삶의 연도와 시대의 연도가 우연히 일치한 것에 주목한 바 있다. 즉 그는 대학에 입학했던 스무 살에 1960년 4·19 혁명을 맞았으며, 60년대가 끝나가는 1969년에 스물 아홉이 되었던 것이다.[2] 이것은 그저 단순한 숫자적 유비가 아니라 김승옥이 자신의 젊음의 연한, 즉 젊음은 언제까지고 계속될 수는 없고 어디선가 끝나고 만다는 한시적 특징에 대해 특별한 의미를 부여한 것이라고 보아야 한다. 김승옥 혼자만이 이러한 의미부여를 했던 것은 아니다. 김승옥과 비슷한 시기에 대학에 입학해 혁명과 쿠데타를 맞이 했고, 쿠데타를 주도했던 박정희가 합법적 선거를 통해 대통령이 되는 것을 목도했으며, '조국근대화'라는 전방위적인 사회변동의 분위기를 숨 가쁘게 체험했던 김승옥의 동년배 작가들 또한 빠르게 변화하는 젊음을 자신들의 문학을 통해 형상화해야 했던 것이다. 그리고 1960년 대 후반에 접어들면서 그들은 김승옥이 실감했던 것처럼, 그들의 생물 학적 젊음과 함께 상징적 젊음 또한 끝나가고 있는 것은 아닌가 하는 위기의식과 맞닥뜨리게 된다.

4·19 혁명으로부터 문학적 정당성을 이끌어내던 당시의 신세대 문학 에 대한 비판을 담고 있는 백낙청의 「시민문학론」(1969)을 필두로 벌어 진 소시민문학 논쟁은, 젊음의 행위라고 할 수 있는 반항과 혁명이라는 사회적 실천과 문학적 글쓰기의 접합이 가능한 영역을 탐구하는 순수참

2 "우연히도 1960년대와 너의 20대는 일치된다. 60년대에 20살이 되었고 69년에 29살이 되었다. 먼저, 60년대에 청춘을 보낼 수 있었던 너의 행운에 대하여 신과 부모님께 감사드려라." 김승옥, 「제야(除夜)의 문답」, 『뜬 세상에 살기에』, 129쪽.

여논쟁과 더불어 사회화를 불가피하게 수용하게 될 때의 젊음의 위기의
식이 저변에 깔려 있는 중요한 문학논쟁이다. 김주연, 김치수를 필두로
김현과 김병익이 부분적으로 가세하고 『창작과비평』 계열의 신예비평
가들인 구중서, 임헌영 등이 반박을 펼친 소시민문학 논쟁의 핵심에는
『산문시대』와 『68문학』 등 젊음을 적극적으로 표방하고 나섰더라도
한편으로는 소시민의 위치를 자각할 수밖에 없었던 문학 동인들이 세대
적 교체기에 맞닥뜨렸던 곤경이 깊숙이 담겨 있다. 그리고 박태순
(1942~)은 『산문시대』 등의 동인들과 많은 문학적 전제를 공유하고
있었지만, 젊음과 젊음에게 임박한 사회화 사이에 내재한 갈등과 모순
을 명료하게 드러냈을 뿐만 아니라 소시민문학 논쟁에서도 애매하면서
도 중요한 위치에 놓였던 작가이다.

　그런데 1960년대 박태순의 교양소설을 다루는 이 장에서 만나게 되는
젊음은 김승옥 소설에서 마주했던 젊음의 초상과는 꽤 다르다는 측면에
주목해야 할 것이다. 박태순 소설의 젊음은 빠르게 변화하고 분주하며
도무지 정체(停滯)를 모르는 것 같은 '이동성'(mobility)을 그 자체로 구현
하는 대도시의 중심부에 내던져진 젊음이며, 동시에 그러한 이동의
과정에서 현실과 불화하는 '내면성'(interiority)으로서의 젊음이라고 요
약할 수 있겠다.[3] 박태순은 김승옥이나 다른 4·19세대의 작가들과 문학
적인 입장을 상당부분 공유하고 있으며, 생래적인 환경도 최인훈과
비슷하게 월남한 실향민 출신이다. 그러나 박태순의 소설들에서 유추할
수 있는바, 작가가 서울에서 대부분 자라고 교육을 받은 한편으로 빠르
게 변화하는 도시의 삶에 민감했다는 사실은 박태순이 젊음에 대해
다른 작가들과 상이한 방식으로 갖고 있는 독특한 관념을 형성하게

3　조현일은 1960년대 박태순 소설에 나타난 모더니티의 특징에 대해서 상세한 분석을
　전개한 바 있다. 조현일, 「대도시와 군중: 박태순의 60년대 소설을 중심으로」,
　『한국현대문학연구』 제22집, 한국현대문학회, 2007.

한 여러 원인들 가운데 하나이다.[4] 그의 소설에는 상경-귀향-상경(또는 여행)과는 다른 플롯의 이동성과 역동성이 있다. 박태순 소설에서 특징적인 젊음은 서울토박이가 성장하면서 이리저리 겪게 되는 도시적 생태계에 대한 잡다하고도 혼란스러운 체험과 충격 속에서 추출되는 그저 그런 상징적인 형식이 아니다. 박태순 소설이 형상화하는 젊음은 4·19 혁명이라는 폭풍이 지나간 공백을 개발과 발전, 속도와 유행으로 채우는 모더니티가 가져온 소외와 망각에 민감한 젊음이다. 그 젊음은 자신이 끊임없이 흔들리고 어디론가 밀려나면서 이동해가고 있는 무형(無形)의 혼란스러운 감각에 그저 함몰되고 마는 존재가 아니라, 민감한 자의식으로 그 감각을 반추하려고 드는 실존이다. 젊음의 이러한 자의식은 박태순이 자신의 소설을 통해, 물론 그것이 주로 지식인에 의해 만들어지고 포착된 것이라고 하더라도, 70년대적인 의미에서 사회의 구조적이고도 계급적인 모순에 민감하게 접근하고 민중주의의 초기 형태를 선구적으로 표현하는 역사적 감각의 중요한 원천을 이룬다. 박태순의 소설을 통해 1960년대의 문학은 개인주의의 문학적 표현이라는 의미론적 자장을 벗어날 가능성을 마련했다고 해도 좋다.

박태순은 4·19세대 작가들 가운데서 젊음과 세대의 의미론을 가장 지속적이면서도 문제적인 방식으로 추구해온 작가이다. 잡지 『세대』가 주최한 제1회 신인문학상 수상작으로 원고지 500매 분량의 중편소설 『형성』(『세대』, 1966. 6) 그리고 1969년부터 이듬해까지 『주간한국』에 연재(1969. 11. 23~1970. 4. 26)한 중편소설 『낮에 나온 반달』(단행본: 1972)은 모두 젊음의 방황과 사회화와의 갈등, 모험에 대한 갈증과 욕망

---

4 그 한 예로, 박태순의 『가슴 속에 남아 있는 미처 하지 못한 말』, 열화당, 1977은 월남한 실향민 가족의 구성원인 소년(태룡)의 눈으로 6·25 전쟁 전의 혼란스러운 변두리 서울의 세태와 현실을 바라보는 한편으로, 그 부조리한 현실 속에서 성장해 가는 소년을 그린 자전적 소설이다.

을 그린 박태순식의 피카레스크 교양소설이다. 이 밖에도 1970년대에 들어서 젊은 남녀의 방황과 정체성 찾기를 형상화한 『어제 불던 바람』(1977)과 전후(戰後)의 혼란한 현실에서 세 명의 젊은이가 각각 자신의 처지에 놓인 어려움을 헤쳐 나가면서 주체성을 형성해나가는 『어느 사학도의 젊은 시절』(1977~78)도 박태순의 교양소설로, 특히 후자는 1970년대에 출간된 한국의 교양소설 가운데서 문제작으로 꼽을 만한 작품이다.5 그럼에도 박태순 소설에 대한 기존 연구들 가운데 교양소설로서의 박태순 소설에 주목한 논고는 별로 많지 않다.6 박태순 소설에 대한 기존 연구들은 주로 그의 내촌동(內村洞)과 외촌동(外村洞) 연작에 주목해 도시의 급속한 변화와 성장, 개발의 현상학에 대한 소설의 또렷한 묘사 그리고 개발과 발전의 모더니티에 의해 떠밀리면서도 특유의 희망과 야성을 잃지 않는 사회적 소외계층의 삶에 대한 형상화에 주목한 연구들7이거나 단편소설 「무너진 극장」(1968)을 4·19 혁명을 형상화한 여러 작가의 작품들 가운데 가장 주요한 문학적 성과의 하나로 간주해 분석한 논문들이다.8 그런데 이 논문들은 관점을 살짝 달리하면, 박태순

5 『어느 사학도의 젊은 시절』에 대한 교양소설적인 분석으로는 복도훈, 「전쟁의 폐허에서 자라난 젊음과 공민적 삶의 가능성 : 박태순의 장편소설 『어느 사학도의 젊은 시절』에 대하여」, 『한국문학연구』 제48집, 동국대학교 한국문학연구소, 2015 참조.

6 이수형은 '이동성'(mobility)이라는 개념으로 박태순 소설의 전개과정을 분석하는 한 논문에서 박태순의 「형성」을 교양소설의 관점에서 짤막하게 분석하고 있다. 이수형, 「박태순 소설과 이동성」, 『1960년대 소설연구』, 219~20쪽.

7 대표적인 연구로는 오창은, 「한국 도시소설 연구 : 1960~70년대 작품을 중심으로」, 중앙대학교 박사논문, 2005. 그리고 백지연, 「1960년대 한국소설에 나타난 도시공간과 주체의 관련 양상 연구 : 김승옥과 박태순의 소설을 중심으로」, 경희대학교 박사논문, 2008이 있다.

8 임경순은 박태순 소설의 형식적 원리를 「무너진 극장」에 대한 분석을 통해 도출해내는데, 이 책의 관점에서는 꽤 유효한 틀이라고 할 수 있다. 임경순, 「1960년대 지식인 소설 연구」, 특히 153~179쪽 참조.

의 1960년대 교양소설에 대한 분석에 접근할 수 있는 실마리를 여럿 제공해준다. 1960년대 박태순 소설의 현저한 특징이라고 할 수 있는 도시에 대한 현상학적인 묘사, 주인공과 작중인물 특유의 공간적 이동성, 작중인물들 간의 대화를 통해 드러나는 일상성에 대한 구체적인 감각, 피카레스크식 소설의 구조 내부로부터 돌출되는 불안정한 구성과 예기치 못한 결말 등은 변화와 유행, 개발과 소외 등 모더니티가 가져다준 충격이 작품의 텍스처를 형성할 때 직간접적으로 끼친 영향들이라고 할 수 있다. 그리고 이러한 요소들은 모더니티의 상징적 형식인 젊음의 특징이기도 한 '이동성'이라는 개념으로 압축될 수 있겠다. 또한 이동성은 박태순의 소설에서 문제적인 전경을 이루는 무질서와 배경을 이루는 질서 사이의 시계추를 끊임없이 오고가는 왕복운동으로 구현되며, 이러한 왕복운동 속에서 젊음은 현실과 계속 불화함에 따라 특유의 '내면성'을 형성하기에 이른다.

그리고 이러한 왕복운동의 근원에는 4·19 혁명에 대한 박태순의 역사적 체험에서 비롯된 강한 진동의 감각이 자리 잡고 있다. 무엇보다도 박태순에게 4·19 혁명은 "과거의 사건이 아니라 역사 진행의 과정 중에 있는 운동이므로 결론이란 있을 수 없"[9]는 영구혁명과도 같으며, 문학은 이러한 영구혁명을 상상적·상징적인 형태로 복원하려는 끝나지 않는 과업이다. 박태순의 문학론은 비록 한국문학이 4·19 혁명을 재현한 제대로 된 혁명문학을 갖지는 못했더라도 "그 뒤의 문학이 나아가야 할 방향의 탐색 과정에서"[10] 문학이 혁명정신을 어떤 식으로든 계승해야 한다는 것으로, 사르트르적인 의미에서의 '영구혁명으로서의 문학'의 입장[11]과 닮아 있다. 그런데 박태순의 문학론은, '결론이 없다'는

9 박태순, 「4·19의 민중과 문학」, 『4월혁명론』, 한길사, 1983, 297쪽.
10 박태순, 「4·19의 민중과 문학」, 263쪽.
11 장 폴 사르트르, 『문학이란 무엇인가』, 정명환 옮김, 민음사, 1998 참조. 박태순은

앞서의 언급을 지렛대 삼아 말해보자면, 어떤 의미에서는 박태순 소설의 내적 형식과도 무관하지 않다. 김현은 박태순에 대한 짧지만 인상적인 작가론인 「방황과 야성」에서 박태순 소설의 형식적 특성으로 "동적 성격", "유동적 성격"을 지적하는데, 이러한 '동적 성격', '유동적 성격'은 바꿔 말하면 '이동성'이다. 김현이 다음과 같이 쓰고 있을 때, 그는 박태순의 초기작품들, 즉 「정든 땅 언덕 위」(『문학』, 1966. 8)를 포함한 외촌동 연작과는 다른 성격의 작품들로 「공알앙당」(『사상계』, 1964. 12), 「연애」(『창작과비평』, 1966년 봄호), 「형성」 등 이른바 '내촌동' 계열의 소설을 염두에 두고 있었을 것이다. "사회를 정태적인 것으로 보고, 개인의 고뇌를 거기에서 소외된 형태로 이해하는 시골 출신과 다르게, 그[박태순: 인용자]는 사회를 동태적으로 파악하여 그 동적 성격을 자신의 그것으로 환치시키거나, 혹은 그 역으로 사고한다. 바로 거기에서 박태순 소설의 여러 특성들이 생겨난다. 풍속과 그것을 야기시킨 이념이 아직도 약간은 잔존해 있는 지역에서 성장하지 못했기 때문에 그의 개인적 갈등은 사회적 혼란의 대명사에 지나지 않는다. 그것이 그의 소설에 심한 요설과 과대하게 조작된 사건들만이 넘치는 이유이다."[12] 박태순 소설에 대한 김현의 이러한 평가는 4·19세대의 다른 작가들, 예를 들면 김현 자신과 마찬가지로 상경한 시골 출신의 작가인 김승옥이나 이청준의 소설에 대한 평가보다 전반적으로 인색한 편이다.

그런데 김현은 박태순 소설에 나타나는 형식적인 문제점이 박태순

홋날 전 세계적 격변기에 놓였던 1960년대 한국문학을 한국의 "문화원형의 문학공간을 새롭게 열어놓게 한 것"으로 평가할 수 있을지에 대해 조심스러운 기대를 피력한다. 박태순, 「1960년대 문학, 문화원형의 문학공간으로 평가되기를 기대하며」, 『상허학보』 제40집, 상허학회, 2014, 401쪽.

12 김현, "방황과 야성: 박태순", 「60년대 작가 소묘」, 『현대 한국문학의 이론/사회와 윤리』, 425쪽.

소설의 구조적인 차원에서 비롯되고 있음을 지적하고 있으면서도 이 둘을 다소간 혼동하고 있는 것으로 보인다. "도시의 전모를 드러내려 할 때는 그것의 유동적 성격 때문에 소설 자체가 미완으로 끝나버린다. 시작과 끝이 없이 흔들리고 반추되는 세계, 그것을 어디서부터 자르고 어디서부터 시작하든 그것의 기본구조는 미완이며 혼란이다. 그의 소설이 모파상적인 의미에서 소설의 기본구조와 무관하다는 사실은 그런 관점에서 이해되어야 한다. 그의 소설은 인과론적인 전개에 의해 필연적인 결구를 도출하지 못하고, 비슷한 것들을 항상 병치시킴으로써 그의 도시를 드러낸다. (중략) 여러 것들이 병치되어 있기 때문에 그 어느 것도 확실한 것은 없다."[13] 김현의 논평은 박태순 소설의 병치적인 특성에서 오는 잦은 반복, 혼란스러운 전개와 미완의 결말 등을 통해 드러나는 사건의 유기적 인과관계의 부재를 박태순 소설의 특징으로 생각하는 한편으로, 그것을 그의 소설공학상의 결점으로 간주하는 것으로 보인다. 김현이 말한 '모파상적인 의미에서 소설의 기본구조'가 모파상 이후로 정립된 단편소설의 필수 공학으로 지칭할 수 있는 것이라면, 박태순 소설에 대한 독법은 다른 소설가의 소설에 대한 독법과는 달라야 하는 것은 아닌가라고 반문해볼 수 있겠다. 여기서 박태순 소설의 구조적 특징에 대한 임경순의 논의를 잠시 참고해볼 필요가 있다. 임경순은 다분히 알레고리적으로 읽히는 소설인 「무너진 극장」을 분석하고 나서 다음과 같이 말하고 있다.

박태순이 파악하고 있는 4·19의 의미는 곧 무질서의 위대한 형식이며, 이는 그의 작품 전반을 조율하는 근간에 해당한다. 박태순의 소설이 초점을 맞추고 있는 것은 시종일관 질서 잡힌 세계에 대한 대항의 논리로

13 김현, "방황과 야성: 박태순", 426쪽.

서의 무질서의 세계로, 이 무질서는 질서의 입장에서 보자면 거칠고 파괴적인 것이지만 이를 유지하고 있는 긴장감으로 인해 대항논리로서의 의미를 획득하게 된다. 그의 소설이 근본적인 무질서의 세계를 그리고 있는 것도 이 때문이다. 박태순 소설에서 그려진 세계는 두 가지 의미에서 질서가 파괴되어 있다. 하나는 기존의 질서가 진정한 질서로서의 역할을 하지 못하고 있기 때문이며, 다른 하나는 이 기존의 질서가 부정되는 대신에 대안적으로 제시될 수 있는 질서가 질서로서의 형식을 갖추어 나타나지 못하고 있기 때문이다. 확립되어 있는 질서는 긍정적인 역할을 하지 못하고, 무질서는 그 긍정성을 바탕으로 질서의 세계로 나아가지 못하는 것이다.[14]

박태순의 소설은 「무너진 극장」에서 그린 것처럼 4·19 혁명으로 인해 구질서가 붕괴되는 동시에 새로운 질서가 세워지기 전의 혁명이 초래한 공백과 혼란스러움을 체현하고 있다. 다시 말해 위 인용문에서 연상되는 안토니오 그람씨의 말, 즉 "낡은 것은 죽어가고 있는데 새 것은 태어날 수 없다는 사실"[15]의 무질서를 소설의 내용에서뿐만 아니라, 그 내용의 침전된 형식으로도 구조화하고 있다는 것이다. 따라서 박태순 소설은 그의 소설 주인공들의 이름에서도 흔히 연상되듯이 하나의 기표를 통해 다의적인 의미가 환기되게끔 의도하고 상이한 기표들의 자연스럽

14 임경순, 「1960년대 지식인 소설 연구」, 153쪽.
15 안토니오 그람씨, 『그람씨의 옥중수고』 I, 이상훈 옮김, 거름, 1986, 294쪽. 덧붙이 자면, 인용한 그람씨의 구절은 낡은 지배계급이 '지도적'이지 못하고 단지 '지배적' 일 뿐인 위기상황에 대한 분석에서 도출된 것이며, 그람씨는 이것을 특별히 '젊은 세대의 문제'와 연관 짓고 있다. 『형성』에서 이 문제는 권력과 부를 쥔 낡은 세대('아 버지')가 새로운 세대('나')에 대해 '지도적'인 상징적 권위가 아닌, '지배적'인 초자아로 군림하는 풍속과 에토스의 변화(출세와 속물주의의 전면화)와 관련 깊게 다뤄진다.

고도 유기적인 연쇄와 결합보다도 이질적인 것들, 가령 내부의 의식과 외부의 사물을 의도적으로 충돌시키거나 병치해서 낯선 상황을 환기하는 알레고리를 닮게 된다. 그리고 그의 소설은 몰락한 옛것과 미완의 새것 사이의 무질서한 공백을 주인공이 추체험하듯이 병렬적으로 따라가는 특징을 갖는데, 이때 무질서의 내용의 일부가 형식으로 변환되면서 내용과 형식의 불균형이 텍스트에 노출되는 피카레스크 소설을 닮게된다. 피카레스크 양식과 함께 박태순 소설에는 하나의 장르적 특징이 추가되는데, 그것은 자신이 놓인 공백의 현재, 혼란의 세계상에 대한 지적이고도 분석적인 접근과 자의식적인 반성이다. 이러한 특징들은 현실에 대한 비판과 해체를 시도하는 최인훈 소설에서의 에세이적 스타일과도 연결된다. 그런데 박태순 소설을 구성하는 분석적이고도 반성적인 요소들에 "지적인 공상과 자유로운 활동과 캐리커처를 낳는 익살스러운 관찰"이 있다는 데서 그의 교양소설은 "단일한 지적인 패턴을 통해 세계상"을 그려내는 아나토미(anatomy)[16]와도 닮아 있다.

　『형성』과 『낮에 나온 반달』은 앞서 이야기한 박태순 소설의 구조적인 특질이 특별히 중편소설의 형식으로 드러난 소설들이다. 여기서 중편소설은 단편소설이 지닌 영원한 현재에 대한 강렬함, 순간적으로 반짝이는 삶의 진리를 터득하는 상징적 시학과 삶의 경험적 다양성을 인물과 플롯 등 여러 가지 연관적인 장치들을 통해 종합하는 장편소설의 시학 사이의 간격을 적절히 메우려는 소설의 형식으로 간주해볼 수 있다. 중편소설은 단편소설이 가질 수 있는 삶과 세계의 본질에 대한 순간적인 통찰에서 비롯되는 응집력, 장편소설이 갖출 수 있는 인간과 세계의 다양성에 대한 완만하면서도 종합화하는 역량들 사이에 불안정하게 놓인 소설양식이다. 박태순의 중편소설은 옛 세계가 몰락하고 새로운

16　노스럽 프라이, 『비평의 해부』, 임철규 옮김, 한길사, 1982, 439쪽.

세계는 아직 도착하지 않는 과도기에 어울리는 소설양식으로 보인다. 이러한 과도기에는 자아와 세계 또는 관념과 풍속 사이의 비균질적인 어긋남과 모순이 최대치로 생겨나는데, 그것들은 특별히 소설에서 스타일의 혼합으로 구현된다. 단편소설의 시적 형식으로는 더는 담을 수 없는 삶의 혼란과 세계의 과잉은 연작이라는 반복의 형식을 통해 해소해야 하며, 장편소설의 종합적 형식으로는 엮기 어려운 삶과 세계, 관념과 풍속의 무연(無緣)한 연관관계는 의도적인 병치를 통해 해결할 수밖에 없다. 중편소설은 단편소설의 반복과 장편소설의 병치를 혼합적 스타일로 용해하려는 소설양식이다. 이러한 점을 염두에 둔다면, 『형성』과 『낮에 나온 반달』은 도시의 유동적인 특징만큼이나 이리저리 흔들리고 방황하고 주저하는 젊음의 체험이 공통의 골격을 이루는 소설들이지만, 그 차이도 적지 않은 작품들이다. 먼저 『형성』의 주인공과 작중인물들이 '내촌동 연작'에 등장했던 인물의 성격을 전형적으로 지니는 데 비해 『낮에 나온 반달』은 '내촌동 연작'에 등장했던 것 같은 젊음이 자신의 외부를 발견하면서 각성의 주체로 변화한다. 아울러 『형성』이 젊음의 이동성과 불안정성을 일인칭 주인공과 작중인물들 간의 밀고 당기는 대화를 통해 환기하는 연극적 스타일의 작품이라면, 『낮에 나온 반달』은 이동성과 불안정성을 체현하는 젊은 주인공을 삼인칭 시점을 통해 객관화하고 젊은 주인공 자신의 내면성, 즉 자의식과 사색을 첨가하는 등 복합적 스타일의 작품이다.

2. '미스터 속물'의 어느 하루: 박태순의 『형성』 읽기

1-1. 형성과 속물

박태순의 『형성』은 『세대』지 주최 제1회 신인문학상에 당선된 중편소설로, '형성'이라는 제목에서부터 다분히 교양소설적인 면모를 환기하고 있는 작품이다. 그러나 제목의 뉘앙스와는 달리『형성』은 소설에서 가장 많이 등장하는 단어인 '속물'이라는 말에서 짐작되는 것처럼, 반(反)교양, 반형성의 내용으로 이야기가 전개되고 있는 소설이다. 만일 형성을 성숙과 성장이라는 점진적인 시간적인 전개와 관련지을 수 있다면,『형성』에서 스토리의 현재시간은 기껏해야 오후에서 밤에 이르는 반나절의 시간일 뿐이다. 중편소설의 분량 치고서는 매우 짧게 인지되는 시간인 것이다. 소설의 현재시간은 젊은 주인공인 '나'(균서)가 재수시절부터 사귀게 된 여자 친구 병혜를 다방에서 만나 이야기하다가 '지남철 그룹'의 다른 친구들을 만나게 되고 '나'와 병혜 두 사람만 따로 떨어져 있다가 결혼한 친구인 수민의 신혼집에 가는 스토리로 구성되어 있다. 반나절에 이르는 스토리의 현재시간은 두 가지 측면에서 문제적이다. 하나는 그 반나절의 시간이 젊은 주인공에게 연인과의 헤어짐이라는 위기로 고조되는 시련의 시간이라는 것이며, 다른 하나는 그 반나절의 시간은 주인공이 병혜의 혼담 이야기와 수민의 결혼으로 상징되는 사회화에의 요구와 맞부딪치면서 그것을 하나의 굴레로 인식하게 되는 갈등과 혼란의 시간이라는 것이다.

스토리의 현재시간과 병행하여 소설은 병혜를 만나게 되었을 즈음의 과거에 대한 주인공 '나'의 회고를 기술하거나 속물이라는 어휘를 중심으로 '나'의 자의식적인 사색을 전개하는 한편으로, 입신출세한 아버지를 중심으로 한 '나'와 아버지의 갈등, 집안의 내력을 소개한다.『형성』에서 현재시간은 단편소설의 시간처럼 주인공이 지금처럼 존재하게 된 삶에 선택과 갈등 또는 인식과 통찰의 비전을 부여하는 운명적인 시간이다. 그러나 그 시간은 한편으로는『형성』에서 묘사되는 분주한 도시의 모습처럼 스쳐 지나가버리는 평면적이고도 산문적인 시간으로 인지되면서 단편소설의 운명적 시간을 최소화하고 상대화한다. 즉 주인공과 작중인물들 간의 도드라진 일상적 화법의 대화 그리고 주인공이 자신의 상황을 지속적으로 반추하는 자의식적인 논평 때문에 주인공에게 특별하게 느껴질 법한 예외적인 시간에 대한 상대화와 최소화가 가능해진다는 것이다. 그래서 소설은 주인공과 작중인물들 간의 대화가 끝나자마자 끝나버리게 되며, 이러한 대화에 줄곧 의존해왔던 스토리도 종결되고 만다. 『형성』이 단편소설의 운명적 시간과 장편소설의 산문적인 시간을 병렬하고 융합한 중편소설이라는 판단은 이렇게 해서 가능해진다.

『형성』에서 가장 문제적인 대목들은 지금까지 스스로를 무형(無形)의 존재로 여기면서 살아왔던 '나'가 친구인 수민의 결혼, 병혜의 이별 요구에 따른 심리적 부담감, 소설의 표현을 빌리면 "사회의 완강한 리듬"[17]에 맞닥뜨릴 때 느끼는 위기의식을 중심으로 구조화되어 있다. 그리고 이러한 위기의식은 주인공이 스스로를 자조적으로 풍자하거나 그렇게 풍자되는 자기를 혐오스럽게 의식할 때 진동하면서 오가는 시계추와 같은 용어인 '속물'이라는 기표에 대한 분석(anatomy)과 더불어 전개된다.

『형성』의 '나'는 "미스터 속물"(338쪽)이라는 별명을 지니고 있다. 그 별명은 병혜가 '나'에게 처음 이름붙이고 병혜와 '나'를 포함하는 '지남철 그룹'의 친구들이 '나'의 특정한 생각과 말, 몸짓을 규정할 때 부르는 것인 동시에 '나'가 스스로의 위치에 대해 어떤 식으로든 의미부여를 하려 할 때 사용하는 어휘이다. '미스터 속물'은 한마디로 동료들인 타자에 의해 다소 일방적으로 규정된 '나'의 상징적 위치를 환기하는 별명이다. 그런데 '나'는 미스터 속물이라는 표현을 때로는 자기 자신을 적극적으로 규정하거나 그 반대로 그러한 자기 자신을 혐오하는 등

----

17 박태순, 「형성」, 『세대』, 1966년 6월호, 408쪽. 앞으로 이 소설을 인용할 경우, 본문에 쪽수를 표시한다.

자기정의의 방식으로 활용하기도 한다. '나'는 '나'의 별명으로 불리는 '속물'이라는 표현을 좋아하지 않지만, 그렇다고 그 표현을 적극적으로 거부하지도 않는다. 타자에 의해 불리는 '미스터 속물'은 "내가 돈 있는 쌍놈의 허수아비 같은 장남에게 있을 수 있는 갖가지 기분 상하게 하는 요소를 하나도 빠짐없이 갖추고 있음에 틀림없다고 단정을 내리는 듯한 어감"(338쪽)이 풍겨지는 혐오스러운 어휘이다. 그러나 한편으로 '미스터 속물'은 '나'가 '돈 있는 쌍놈의 허수아비 같은 장남'이라는 부인할 수 없는 '나'의 상징적 위치와 정체성을 규정해주는 말이기도 하다. 따라서 『형성』에서 '나'의 별명인 '미스터 속물'은 끊임없이 흔들리고 불안정한 기표와도 같은데, 오히려 그것이 '나'의 불안하면서 요동치는 비정체성을 상징하고 있다. 흥미로운 것은 '나'를 속물로 규정하든 '나'가 속물로 규정되든 간에 '나'는 속물과 완전히 합치할 수 없다는 진실이다. 그렇다고 속물을 의식하는 '나'가 그것을 의식하기 때문에 속물로부터 벗어나 있다고 안이하게 단정을 내릴 수도 없다. 그렇다면 『형성』에서 '속물'은 단지 의식이나 지각의 대상이 아니라 실존의 엄연한 속성으로 이해해야 한다. '나'에게 속물이란 자기 자신을 속물로 의식하고 규정하는 속물로, 그러한 자기는 속물이면서 속물을 벗어나고자 하지만 다시 속물이라는 출발점으로 되돌아오는 자의식의 악순환으로 특징지어지는 실존이다. 이러한 실존은 한편으로는 자기기만을 의식하면서도 그 굴레를 결코 벗어나지 못하는 자기와도 닮아 있다.

『형성』에서 '속물'이라는 표현은 우선 "비보통의 상태"(337쪽)라는 조롱조의 표현과 관련이 있는데, '비보통의 상태' 또는 "비보통의 위기"(338쪽)는 자신이 "비본질적인 인간이 되어 있었다는 뜻이기도 하다."(같은 쪽) 즉 '비보통의 상태'는 '비보통의 상태에 대한 자의식'이다. 특별히 '나'와 관련되어서는 '비보통의 상태'는 병혜와의 연애에서 위기의 순간을 감지하는 '나'의 예외적인 심적 상태이기도 한데, 그것은

'미스터 속물'이라는 '나'의 별명에서 환기되는 상황과는 일견 어울리지 않아 보인다. 왜냐하면 속물은 비보통, 예외, '아웃사이더적 요소'가 아니라 '인사이더', "평범"(같은 쪽) 그 자체이기 때문이다. 그런데 『형성』의 주인공에게 '비보통의 상태'와 '속물'로 스스로를 지칭하는 자기 규정의 연원은 훨씬 깊은 것으로, 거슬러 올라가면 기성세대, 즉 벼락출세한 아버지의 삶의 내력과 연관이 깊다.

> 벼락부자인 우리 아버지는, 대한민국이 아주 우습고 어색하게, 마치 농담하는 기분으로 살아두면 그럭저럭 재미를 볼 수도 있는 곳이라고 설명하고 싶어 하는 듯한 기분으로 늘 내가 꽁생원이라고 핀잔을 주셨다. 그러니까 내가 꽁생원이라는 자의식을 피하는 방향에서 꽃 핀 것이 '미스터 속물'이라는 별명이었다. 나 스스로도 '속물'이라고 긍정해버림으로써 아주 간결하게 마음속에 있는 '아웃사이더'적인 요소를 축출해버릴 수가 있었다. 나는 인생이라는 것의 형식을 탐구하는 구도자적인 입장에 설 수는 없었다. 하나의 질서로서 주어진 인생이라는 내용물을 소비시켜가는 소비자의 입장에 서 있었다. 나는 무조건 인사이더였다.(338쪽)

한마디로 말해 '나'는 벼락출세로 권력과 부를 쥐게 된 아버지로부터 일방적으로 규정받은 '꽁생원'이라는 별명에서 벗어나기 위해 '미스터 속물'이라는 별명을 의도적으로 선택했던 것이다. '나'는 스스로를 아웃사이더라는 예외적인 입장에 위치시킬 수 없는 존재이다. '나'의 예외적인 자기정립의 제스처, 즉 '인생이라는 것의 형식을 탐구하는 구도자적인 입장에' 선다는 것은 자기기만일 수밖에 없다. 왜냐하면 '나'의 아웃사이더적인 의식은 기성세대, 즉 현존하는 권력과 부라는 물질적 토대로부터 수혜를 받고 있거나 그러한 토대를 결코 무시할 수 없기 때문이다. '나'는 이것을 너무도 잘 알고 있기에 스스로를 인사이더, 속물로 규정할 수밖에 없는 것이다. 그리고 속물이라는 자기규정에는 자신이 처해 있는 상황에 대한 자조, 냉소의 기운이 서려 있다. 여기서 '속물'은 비보통과 예외상태를 지칭하는 아웃사이더와는 정반대로 비본질적인 보통의 상황에 어울리는 존재, 하이데거가 『존재와 시간』(1927)에서 시도한 일상생활에 대한 현상학적인 분석에 의거하면 '본래성'(Eigentlichkeit)으로부터 한참이나 멀리 떨어져 있는 대중사회의 '세인'(Das Mann, 世人)과도 닮은 존재이겠다. 그러나 '나'가 스스로를 '미스터 속물'로 아이러니하고도 자조적으로 부를 경우에는 '나'는 어떻게 되는 것일까. 그럴 때 '나'는 더 이상 속물이 아니라고 말할 수 있을까.

박태순 소설의 젊음은 최인훈 소설에서 자신의 탁월함을 의식하면서 절차탁마하는 저 문제적인 주인공의 젊음이나 김승옥 소설에서 대학생이라는 예외적인 위치에 대한 자의식을 강하게 지니고 있는 젊음과도 다소 다르다. 전형적인 교양소설의 주인공이라면 '인생이라는 것의 형식을 탐구하는 구도자적인 입장'이라고 스스로에게 정의를 내릴 수 있을 텐데도 『형성』의 젊은 주인공은 '하나의 질서로서 주어진 인생이라는 내용물을 소비시켜가는 소비자의 입장'에 서 있는 '인사이더'로 자기 자신을 규정한다. 만일 자신이 실제로 '인사이더'라고 한다면 취업이나 결혼 등 기성세대의 사회화의 요구에 대해 아무런 거부감이 없을 텐데도 자신을 군이 그렇게 호명하는 이유는 무엇 때문일까. 여기에는 『형성』의 젊음을 휩싸고 도는 모종의 깊은 불안감 같은 것이 잠복하고 있는 것으로 보인다. 실제로 이 소설에서 진정한 의미에서의 속물로 불릴 수 있는 자가 있다면, 그는 '나'의 아버지이다.

아버지는 지독히 주색에 밝아서 지금 거느리고 있는 여자만 해도 다섯 명이나 되었다. 내가 아버지를 존경할 수 있다면 그것은 단지 아버지의 천재적인 재질인 섹스에 관한 것뿐이다. 아버지는 영원한 쌍놈계급이었다. 4·19(四·一九) 때 우리 집은 망하는 줄 알았다. 그러나 제2(二) 공화국 때 아버지는 더 돈을 벌었다. 5·16(五·一六)이 일어나고 나서 아버지는 두 달 가량 감방 생활을 했다. 그러나 아버지는 그 뒤에 재빨리 증권에 손을 뻗치고, 명동에 술집을 차리고, 심지어는 아크릴을 제조해내고 정치 바람을 이용하고 하여 더 큰 부자가 됐다. 우리 집이 망해버리고 나면 내가 활개를 좀 칠 수도 있으련만⋯⋯.(351~52쪽)

『형성』은 이 대목에서 4·19 혁명과 5·16 군사쿠데타라는 '거대한 전환'에 따른 사회적 이동성의 첫 번째 사례로 놀랍게도 '벼락출세'를 이야기하고 있다. 그것은 4·19 혁명과 5·16 군사쿠데타에 의해서도 별로 구애받지 않는 것으로, 아니 오히려 5·16 군사쿠데타 이후로는 사회적으로 장려되고 촉진된 집단적 환상으로 모더니티가 가져다준 급작스러운 신분이동과 계급상승을 나타내는 상징적인 어휘이다. '잘 살아보세'라는 개발독재체제가 뿌려놓은 국가적 프로파간다와 군인에서 대통령의 지위에 올라서게 된 박정희 개인의 입지전적인 이력이 상징하듯이, 박정희 정권의 경제개발 동원정책이 본격적으로 진행되던 1960년대 중반에 출세와 신분이동에 대한 국가의 장려와 대중의 욕망은 일치하여 하나의 거대한 사회적 환상으로 자리매김하던 시절이었다. 또한 "'잘살고 싶다'는 욕망을 최대한 증폭시킨 경제개발 동원은 집단적 욕망과 국가적 출세를 넘어 개인적 출세 욕망이 범람하게 만들었다."[18] 그런데 그것은 젊음의 벼락출세가 아니라 '나'의 아버지와 같은 기성세대의 벼락출세라는 점에서 특이한 것이다.

존 스튜어트 밀이 『자유론』에서 일찍이 말한 것처럼, 출세는 근대적

18 황병주, 「박정희와 근대적 출세 욕망」, 278쪽.

평등성을 구현하는 사회적·제도적 결과가 가져다준 것으로 특정계급의 전유물이 아니라 누구에게나 열려 있는 만인의 욕망이다.[19] 물론 사회적 이동성에 따른 권력과 부 그리고 출세에 대한 욕망은 실제로는 매우 불평등할 뿐만 아니라 전혀 정당하지도 않다. 그러나 불평등에 대한 지적과 정당성에 대한 반론보다도 더욱 중요한 것은 이러한 출세주의가 가치전환기, 즉 옛것이 무너지고 새것이 아직 도래하지 않은 때의 빈자리를 메우는 사회적 풍속과 에토스의 준거가 된다는 사실이다. 『형성』에서 그러한 것처럼 속물이라는 단어의 만연은 1960년대 중후반기 한국사회의 에토스를 단적으로 환기한다. 원래 속물(snob)이라는 단어는 사회적 신분과 인간의 실제적 가치를 같은 것으로 바라보는 존재를 뜻하는 말[20]로, 영국의 소설가 윌리엄 M. 새커리가 지적한 것처럼, 속물주의(snobbism)는 그 엄밀한 의미에서 근대사회의 사회적 이동성과 매우 밀접한 관련이 있다.[21] 또한 속물은 서로에 대해 "구체적인 동등성을 요구"하면서 "모든 개인이 '법적으로 자유롭고 평등한 사회'에서" 출현한다.[22] 『형성』에서 속물이라는 어휘 또한 벼락출세로 성공한 기성세대

19 존 스튜어트 밀, 『자유론』, 서병훈 옮김, 책세상, 2005, 137쪽.
20 한편으로 속물 또는 속물근성에 대한 다음과 같은 정의를 참조하라. ""'속물근성 snobbery"이란 말은 1820년대에 영국에서 처음으로 사용되었다. 이 말은 옥스퍼드와 캠브리지의 많은 대학의 시험 명단에서 일반 학생을 귀족 자제와 구별하기 위해 이름 옆에 sine nobilitate(이것을 줄인 말이 'snob'이다), 즉 작위가 없다고 적어놓는 관례에서 나왔다고 한다. 처음에는 높은 지위를 갖지 못한 사람을 가리켰으나, 곧 근대적인 의미, 즉 거의 정반대의 의미로 상대방에게 높은 지위가 없으면 불쾌해하는 사람을 가리키게 되었다. 이후 노골적으로 사회적 또는 문화적 편견을 드러내는 모든 사람, 즉 하나의 가치 척도를 지나치게 떠벌리는 모든 사람을 속물이라고 부르게 되었다. 속물의 독특한 특징은 단순히 차별을 하는 것이 아니라, 사회적 지위와 인간의 가치를 똑같이 본다는 것이다. 속물의 일차적 관심은 권력이며, 권력 구조의 변화에 따라 자연스럽게, 그리고 순식간에 존경 대상이 바뀐다." 알랭 드 보통, 『불안』, 정영목 옮김, 이레, 2011, 28쪽.
21 주디스 슈클라, 「속물근성은 무엇이 문제인가?」, 『일상의 악덕』, 사공일 옮김, 나남, 2011, 147쪽.

가 가지고 있는 야망과 허위의식인 동시에 그것들이 사회적 습속, 집단적 판타지로 사회에 장려되고 강요되는 분위기를 뜻한다. 그리고 속물은 그러한 분위기와 욕망을 추종하는 불특정다수의 대중을 뜻하기도 한다. 말하자면 "대한민국엔 속물이 많다"(369쪽)는 것이다. 그렇다면 벼락출세한 속물인 '나'의 아버지는 어떠한 존재인가.

『형성』에서 '나'의 아버지가 '나'에게 넉넉히 용돈을 주면서도 자주 그를 구타하는 이유는 아버지가 아들에게 요구하는 사회적 강요 때문이다. "완강한 불투명의 덩어리"인 '나'에게는 도대체 "집착이 없다는 것 때문이었다. 공부를 하려면 죽자고 열심히 하든가, 그것이 싫으면 집을 뛰쳐나가서 밥벌이를 하라고 그러는 것이었다."(355쪽) 아버지가 '나'에게 강요하는 '집착'이 거꾸로 아버지의 벼락출세의 원동력이 되었던 것이다. 이에 비해서 아들은 아버지의 '집착', 멀리는 근대소설의 여명기에 생존과 출세를 위해 젊은 주인공들을 사로잡았던 것으로, 부르주아의 미덕이기도 하고 그보다는 종종 악덕이기도 한 '야망'(ambi-tion)이라는 것을 가지려고 노력해봐야 도대체가 소용없는 것이다. 여기서 야망은 "자아의 전유하고 과장하는 성향을 상징하며, 더 많은 것을 포위하면서 전진하고, 더 많이 가지려고 하고, 더 많이 하려고 하고, 더 많이 되려고 분투"[23]하는 근대인의 욕망이다. 증기기관과 철도로 상징되는 근대여명기의 서구소설의 젊은 부르주아 주인공들로 하여금 삶을 분투하도록 만들었던 야망이 1960년대 한국소설에서는 야심은 있었지만 가난하기만 했던 젊음에게는 존재하지 않았거나 재현되지 않았던 것이다. 아버지가 권력과 부를 축적하기 위한 야망으로 살아왔

••
22 르네 지라르, 『낭만적 거짓과 소설적 진실』, 김치수·송의경 옮김, 한길사, 2001, 123쪽.
23 피터 브룩스, 『플롯 찾아 읽기: 내러티브의 설계와 의도』, 박혜란 옮김, 강, 2012, 74쪽.

고 그 덕택에 벼락출세를 했다면, 야망은 야망으로 그치지 않고 후속세대에게 기성사회의 덕목, 부르주아지의 미덕으로 칭송되고, 정착되며, 강요될 것이다. '나'의 삶에 '집착'이 없다고 다그치면서도 '나'에게 용돈을 주는 아버지의 행위는 기성세대가 보여주는 일종의 자기과시이다. 여기서 '나'는 '나'의 선택과 무관하게 주어진 삶의 선험적 조건을 직감한다. "어렸을 적에 남의 종살이를 하다가 왜정시대에 일본 압재비노릇을 한 할아버지 덕분에 공부를 하고 그리하여 일찍 영리하여져 돈을 번 벼락부자 아버지에게서 태어난 아들이 이제 브르죠아다 생각하니 어쩐지 우스워지는 것이었다. 신흥 브르죠아, 그래서 나는 웃었다."(388쪽) 비록 '신흥 브르죠아'라는 말이 아버지의 벼락출세만큼이나 '나'에게 우스꽝스럽게 여겨지는 것이라 해도 그것은 '나'가 자신만의 삶의 형식을 발견하고 추구하는 것을 어떤 식으로든 가로막으며, '나'의 삶을 선험적으로 구속하는 사회적 장애물이다.

따라서 급속한 사회적 발전이 진행되는 야망의 개발독재 시기, 소설에서는 "'수출, 증산, 건설'이라고 써붙인 현판"(373쪽)으로 환기되는 이 시기란 오히려 젊음에게는 젊음의 가능성을 억누르는 한편으로 무조건적인 사회화를 강요하는 반동의 시기이기도 하다. "벼락부자인 우리 아버지는 돈을 모아야 한다는 맹목적인 의지나마 간직하고 있었다. 그러니까 젊은 내가 해야만 하고 하지 않아서는 안될 일을 다른 사람들이 다 뺏들어 가버리고 만듯했다. (아 너무도 상식적인 피로구나) 나는 생각했다."(376쪽)『형성』에서 '나'의 젊음을 감싸고도는 피로감의 정체를 파악하는 일은 그리 어렵지 않다.

『형성』에서 젊음은 우선 가능성의 소진, 피로감으로 나타난다. 젊음이 할 일이라고는 아버지 세대가 축적한 재산을 탕진하고 소비하는 "비계 덩어리로 형성되어 있는 것만"(375쪽) 같은 잉여의 삶뿐이다. 물론 '나' 또한 '비계 덩어리'와는 달리 "리듬감이라는 것, 자신의 모든 요소를 송두리째 내어 던질 수 있는, 그리하여 완벽한 소모로 자신을 탕진시킬 수 있는 어떤 형식'(364쪽)을 간절히 원한다. '나'는 무형이지만 '나'만의 삶의 형식을 갈구하려는 욕망과 사회가 바둑판처럼 미리 정해놓고 틀을 지어놓은 형식 사이에서 좌충우돌하는 실존이다. '나'와 병혜의 연애란 그러한 삶의 간절한 형식이겠지만, 연애라는 형식 또한 결혼이라는 사회화의 '형식'으로 흡수되거나 그렇게 강요될 공산이 적지 않다. 실제로 '나'와 병혜의 갈등과 다툼, 이별에는 여성인 병혜가 부담스러워하면서도 물리치기도 힘든 혼담이야기라는 사회적 의례가 두 사람의 연애라는 관계적 삶의 형식을 가로막고 있다. 이런 경우에 기성사회에 맞서 젊음이 적극적으로 반항해보면 어떨까. 분명히 '나'는 아버지의 재산을 소비하면서 잉여의 삶을 무한정 살아갈 수도 없으며, 언젠가는 사회화의 요구를 받아들일 수밖에 없다. 그러나 아래 인용문의 대화에서 말놀이로 희화화되는 것처럼, 반항 또한 어쩔 도리가 없다. 인용문의 '앙가주망'(engagement)에는 참여와 구속과 함께 '약혼'이라는 뜻도 포함되어 있는데, 1960년대 중반, 문학계의 순수참여논쟁에서 핵심적으로 등장했던 '앙가주망'이 『형성』에서는 참여와 반항을 통한 자유의 실천이 아니라 약혼으로 의미가 한정되고 희화화된다. 앙가주망은 '데모'라는 젊음의 상징이 아니라, '약혼'이라는 사회화의 기표이다.

"너희 둘은 요컨대 앙가쥬망 같은 거 할 맘 없어?" 정묵이가 내게 물었다. "앙가쥬망이라니? 데모하란 소리냐." "아니지, 잉게이지먼트를 불란서말루 꼬부리면 그게 되잖어? 약혼 같은 거 안하냔 말이다."(348쪽)

친구인 정묵이 연인 사이인 '나'와 병혜에게 조롱조로 던지는 말이지만, '앙가쥬망'이라는 단어에는 『형성』에서 주인공과 '지남철 그룹'의 젊음을 사로잡고 있는 짙은 피로감이 묻어나 있다. 낙오자가 되거나 타락하는 일 이외에는 적극적으로 속물이 되는 일, 즉 사회가 부과하는 형식을 따를 수밖에는 없는 실존이 『형성』이 그려내고 있는 젊음의 자화상이다. 이러한 젊은이들의 모임인 '지남철 그룹' 또한 『회색인』의 '갇힌 세대'와 비교해보더라도 소설에서 친목모임 이상으로 다른 특징과 개성, 회합의 목적이라고는 전혀 드러나지 않는 공동체이다. 사회적 성공과 그에 따른 부와 권력의 독점은 아버지 세대에서 이미 해버렸으며, 젊음에게 남은 것은 아버지 세대가 성취한 사회적 질서와 풍속과 도덕, 실제로는 악덕에의 요구를 반강제적으로 받아들이는 일뿐이다. 젊음은 더 이상 의미 있게 존재하지 않으며, 젊음은 젊음으로써 존재하려고 노력하는 것조차 버겁고 초조한 무엇이 된다.

청춘이란 것이 없는 인생이 태반이다. 청춘은 아예 박제된 시절인 것으로 간주해버리는 편이 어느 모로 보나 편리했다. 청춘은, 이쪽 나라에서는 타락이라는 이미지를 예상하고 나서야 활기를 갖게 되는 악마적인 단어였다. 머리속에다가 능구렁이를 열댓 마리쯤 집어넣은 듯한 늙은 행동을 하지 않는 한, 낙오되거나 타락한다.(349쪽)

'박제된 청춘', '늙은 행동'이라는 포즈를 취하면서 사회질서라는 초자아의 승낙을 얻어야만 인정되는 젊음이란, 결혼이라는 사회적 의례를 수용함으로써 개성을 자발적으로 "몰수"하고 '사회의 완강한 리듬'에 올라탄 것에 기꺼운 자부심을 가지면서 "하나의 평범한 행복인의 입장을 유지하는" 수민에게서 보이는 것처럼 "속물적인 것의 강한 일면"에 불과하다.(408쪽) 이를 거부하면 젊음은 '낙오'와 '타락'으로 낙인찍히기에 좋은 젊음이 된다. 그렇다고 『형성』이 '나'의 아버지로 대표되는 기성세대를 속물로 간주하고 젊음을 그에 대한 안티테제로 내세우는 소설은 아니다. 『형성』에서 젊음은 그저 사정없이 어디론가로 떠밀려가고 있다는 느낌을 준다. 기성세대가 요구하는 질서가 초자아적 압력이 되어 젊음을 뒤흔들 때 느끼는 불안감과 초조감이 '나'와 병혜의 대화에서 묻어나고 또한 그들을 사로잡고 있다. 그 맞은편에 수민처럼 결혼이라는 사회적 의례의 형식을 통해 획득하는 안도감이 자리하고 있다. 『형성』에서 젊음은 불안과 안도감 사이에서 끊임없이 흔들리며 형성되어가는 실존이다.

1-2. 시민과 소시민

박태순의 『형성』은 1960년대 후반의 소시민문학 논쟁과 관련되어, 구체적으로는 백낙청의 「시민문학론」에 대해 비판적인 진영에서 종종 참조하는 작품들 가운데 하나이다. 어떻게 보면 4·19 혁명의 성공과 실패, 4·19 혁명의 문학적 성취와 그 한계를 둘러싸고 소시민과 시민, 소시민의식과 시민의식 그리고 속물주의와 반속물주의를 오가며 벌어진 소시민문학 논쟁은 모더니티의 상징적 상관항인 젊음과 사회화에 대한 논쟁이라고 평가해도 과언이 아니다. 그리고 그 논쟁의 중심에 『형성』이 놓여 있다.

예를 들면 "정신적 고향을 상실한 젊은이들"의 세계를 다루는 박태순의 '내촌동' 연작을 분석하면서 오생근은 『형성』에 대해 이렇게 논평하고 있다. "'속물'로 지칭되는 것을 즐겁게 받아들이는 균서는 여자와 멀어져가는 듯한 타인의식을 점차로 느낀다. 그러한 타인의식은 결국 자기 자신을 인식하는 계기가 되며, 또한 속물의 상태를 반성하는 단계로 전이된다. 작가는 균서의 속물적인 성향을 더욱 강조하기 위해 치기 어린 대화와 행위를 빈번히 작품 속에 삽입하고 있다. 이러한 것은 속물적인 성격 또는 유치한 요소들을 함축하고 있는 현실을 전면적으로 긍정하면서 그러한 상황 속에 점차로 계발되어가는 건강한 의식을 갖고 현실을 바라보자는 작가의 의도를 들어낸다."[24] 요약하면 병혜와의 심리적 거리감이라는 균서의 '타인의식'은 소설이 진행되어감에 따라 반성적인 자기의식으로 전환되면서 자신에게 부여된 '속물의 상태를 반성하는 단계로 전이된다'는 것이다. 균서가 자신이 속물임을 자각하고 반성하는 태도는 '건강한 의식을 갖고 현실을 바라보자는 작가의 의도'와 동격인 것이다. 마찬가지로 김병익도 『형성』에 대해 "성년으로 넘어가는 젊은이들이 '비보통' '비본질'의 비범성을 갈망하면서도 결국 '어떤 일반화된 패턴'으로 젖어들고 만다는 이중의 속물근성을 극복하려는 의지를 보이고 있"는 작품[25]이라고 평가한다. 이러한 평가가 대체로 『형성』을 포함해 박태순의 '내촌동' 연작에 대한 긍정적인 해석의 축을 형성하고 있다. 김주연, 김치수, 김현, 김병익을 비롯한 『산문시대』와 『68문학』 동인 비평가들이 소시민문학 논쟁에서 자신들의 소시민문학론을 옹호할 때 박태순의 『형성』을 자주 언급하는 것도 그 때문이다.

이러한 언급에 따르면 사회적 시민의 불가피한 일원으로서 편입되었음에도 불구하고 자신의 소시민성을 끊임없이 자각하는 소시민과 자신이 속물임을 깨닫고 반성하는 속물 곧 즉자적인 속물이 아닌 대자적인 속물은 실은 동류이다. 그들은 자신에게 주어진 상황 속에서 이기적으로 안분지족하거나 몰역사적인 태도를 보이는 소시민이 아니라, 공적인 삶과의 매개를 끊임없이 찾으려는 실존적 자의식을 지닌 존재라는 것이다. 예를 들면 김주연은 박태순 소설에서 "속물의 인정은 현실에 대한 파악의 정직이며 그것을 거침으로써 하나의 개성을 가진 개인으로서 인간을 보고 그들끼리의 인간관계를 다시 새로운 현실로 본다는 건강한 소시민의식의 표출"[26]이라고 말하고 있다. 그는 "인간은 형성되어가는

24 오생근, 「젊음과 현실: 박태순론」, 『형성』, 1969년 여름호, 차례로 153쪽, 154쪽.
25 김병익, 「광기와 야성」, 김현 외 3인, 『현대 한국문학의 이론』, 민음사, 1972, 411쪽.
26 김주연, 「새시대 문학의 성립: 인식의 출발로서 60년대」, 『아세아』, 1969년 2월 창간호, 258쪽.

그 어떤 것"이라는 김현의 말[27]을 인용하고 강조하면서 소시민의식은 "현대문학이 지향하는 개성적 인간의 현현이라는 이념과 순조로운 연결을 본다"[28]고 적는다. 김치수는 좀 더 상세하게 소시민의식을 "'소시민 근성'과 구별되는 것으로서 이 문제에 대한 해답을 얻기 위해서 속물근성과 비교하는 것이 필요"하다고 말한다.[29] 김치수 또한 김주연과 마찬가지로 박태순 소설 등을 언급하면서 소시민근성과 소시민의식을 구분하며, 소시민근성을 속물근성과 연결 짓고 있다. "소시민이 자신의 안이한 생활과 소시민으로서의 권리만을 주장하게 될 때 그것은 '소시민 근성'이 되고 그러한 소시민이 자신의 소시민이라는 위치에 대해서 자각을 했을 때 그것은 '소시민의식'이 된다. 따라서 '소시민근성'이 속물근성이라면 '소시민의식'은 이에 대해 '반속근성'인 것이다."[30] 나아가 소시민의식은 동심원적으로 역사의식을 창출할 수 있다고도 말한다. 그러나 소시민과 젊음 사이에는 모종의 미묘한 어긋남이 있다. 기성사회의 질서로 편입되어가는 소시민적 삶의 자기각성을 옹호하기 위해 비평가들이 심리사회적 유예기간을 살아가는 소설 속의 젊음을 적극 끌어들이면서 방어하고 있다는 인상을 강하게 주기 때문이다. 그들은 젊음을 옹호하는 한편으로 기성사회의 질서로 편입되어가는 자신들의 불안감과 정체성의 위기를 박태순 등의 소설에 나타난 반성적

··
27 인용문을 포함한 전후맥락은 다음과 같다. "현실은 작가의 의미 있는 시선으로 여과되지 않으면 아무런 것도 작가에게 제공하지 못한다. 남아 있는 것은 그때 상투적이며 도식적인 현실, 당위에 의해 미리 조작된 그런 현실뿐이다. 그곳에서는 피가 도는 인물들이 서식하지 않는다. 인간은 당위적인 것이 아니라 생성되어 나가는 어떤 것이기 때문이다. 이러한 자각은 육십년 대 작가의 근본적인 속성을 이룬다." 김현, 「1968년의 작가상황」, 136~37쪽.
28 김주연, 「새시대 문학의 성립」, 265쪽.
29 김치수, 「60년대 한국소설의 성과: 반속주의로서의 소시민의식」, 『형성』, 1969년 여름호, 138쪽.
30 김치수, 「60년대 한국소설의 성과」, 139쪽.

이고도 자의식적인 젊음에 투사하면서 자신들의 불안한 변화를 정당화하고 있었던 것은 아닐까. 그렇다면 김치수와 김주연 등에 의해 주도된 소시민문학론의 맞은편 진영에서 제출한 입장과 논리는 무엇이었을까.

『형성』에 대한 심사평에서 백철과 안수길은 『형성』에 대해 "비틀적(的)인 지하실의 생활을 천(賤)하게 쓰지 않고 논리적인 언어들, 그리고 어두운 지하실의 대화에는 역설의 유모어도 풍겨서 이 작품이 본질적으로 하이·브로우의 작품"이라고 평가한다. 그리고 이 작품의 "자조 밖에 남을 것이 없다는 부정일변도의 대전제가 기성세대인 내게는 젊은 세대의 위험사상 같아서 두렵다'고 적고 있다.[31] 『형성』에 대한 대체로 적확한 인상 비평이라고 할 수 있는 이 심사평에서 특기할 만한 것은 정작 따로 있었다. 그것은 『형성』과 경합한 작품으로 나중에 전폭적인 개작을 통해 『창작과비평』에서 '분례기'라는 제목으로 연재된 방영웅의 『비밀』[32]이 "자연에 대한 향수 같은 것, 신비에 대한 흥미가 특이한 분위기를 조성"하지만 "리얼리티가 오지 않는다"는 단점을 품고 있는 소설로 언급되고 있다는 사실이다.[33]

방영웅의 『분례기』는 일견 비역사적이고 자연주의적인 세계관으로 점철되어 있을 뿐만 아니라, '똥'으로 상징되는 생명력의 그로테스크한 분출로 특징지어지는, '똥예'(糞禮)라는 여성의 수난이야기이다. 그러나 이 소설은 백낙청이 「시민문학론」에서 주장하는 시민의식이 표현된 문학적인 성과로 거론될 때 최인훈의 『광장』이나 김승옥, 서정인의 소설보다도 한층 중요하게 언급되는 작품이다.[34] 그리고 이러한 언급과

---

31 백철·안수길, 「제1회 세대 신인문학상 심사후기: 소설편」, 『세대』, 1966년 6월, 335쪽.

32 이러한 경위에 대해서는 정규웅, 『글동네에서 생긴 일: 60년대 문단 이야기』, 문학세계사, 1999, 214~15쪽.

33 백철·안수길, 「제1회 세대 신인문학상 심사후기」, 같은 쪽.

34 백낙청의 「시민문학론」과 방영웅의 『분례기』의 관계에 대한 자세한 교차분석으로

평가가 김치수 등을 필두로 한 소시민문학 논쟁을 낳게 한 직접적인 원인이 되었다. 백낙청의 평가에 의하면 『분례기』는 "소시민적 자기중심주의에서 완전하게는 아니라도 놀랄 만큼 벗어나 있"을 뿐만 아니라, "김승옥 또래의 현대 소시민적 감수성에 자기대로 충실하면서 여하튼 소시민의 세계와는 완연히 다른 세계를 생생하게 그려주었고 소시민적 도시현실의 어둠이 이미 우리의 전통적 촌민사회까지 감싸고 있음을 보여"준 작품으로, 『분례기』의 "시민문학적 의의는 작은 것이 아니"다.[35] 그렇다면 백낙청이 『분례기』에 대한 적극적인 평가를 통해 내세우고 있는 시민 또는 시민의식의 요체는 무엇인가.

백낙청이 「시민문학론」에서 말하는 시민의식 또는 시민의식을 갖춘 시민이란 소시민과 구별되는 실존 또는 계급이다. 백낙청에 의하면 소시민은 "엄연히 시민계급의 일원이면서도 시민계급의 제반 지배적 결정에는 참여 못하고, 그런데도 자신이 지배계급의 구성원이요 자립자족적인 시민이라는 환상은 끝내 고집하고 있으며, 바로 그러한 자가당착적 처지와 자기이해의 결핍 때문에 극도로 무책임한 개인주의와 극도로 감정적인 집단주의 사이를 무정견(無定見)하게 방황하면서 해소할 길 없는 원한과 허무감과 피해망상증에 시달리고 있는 현대사회의 수많은 시민들"이다. 그것은 소시민이 역사적으로 "특수한 소외의 산물"임을 말해준다.[36] 백낙청이 소시민과 변별 지으면서 정의하는 시민은 다음과 같은 '미지·미완의 인간상'이다. 시민은 "프랑스 혁명기 시민계급의 시민정신을 하나의 본보기로 삼으면서도 혁명 후 대다수 시민계급의 소시민화에 나타난 역사의 필연성은 필연성대로 존중해 주고, 그리하여

는 권보드래, "방영웅의 원시주의, 『분례기』의 몰역사성과 불결성", 「4월의 문학, 근대화론에 저항하다」, 권보드래·천정환, 『1960년을 묻다』, 93~108쪽 참조.

35 백낙청, 「시민문학론」, 『창작과비평』, 1969년 여름호, 464쪽.

36 백낙청, 「시민문학론」, 같은 쪽.

그러한 필연성을 기반으로 하여——또는 그와 다른 역사적 배경인 경우 그와 다른 필연성을 기반으로 하여——우리가 쟁취하고 창조하여야 할 미지·미완의 인간상인 것이다."[37] 그런데 백낙청이 언급한 '미지·미완의 인간상'은 영국의 소설가 D. H. 로렌스에게서 빌려온 것으로, 그가 인용하는 로렌스의 문장은 다음과 같다. "인간은 생생하고 유기적이고 무엇보다도 믿음을 가진 공동체의 일원이 되어, 채 실현 안된, 어쩌면 채 인식되지조차 않은 어떤 목적을 실현하려고 활동하고 있을 때 자유로운 것이다."[38] 여기서 '자유'의 동의어가 백낙청에게는 '시민의식'인 것이다.

그런데 '인간은 형성되어가는 존재'라는 김현의 언급과 '쟁취하고 창조하여야 할 미지·미완의 인간상'이라는 백낙청의 인용만을 나란히 놓고 보자면 이 둘은 1960년대 문학의 대전제로는 상통하는 것으로 보인다. 그러나 각론, 곧 작품에 대한 구체적인 평가에서는 상당한 입장의 차이를 드러낸다. 기본적으로 소시민문학 논쟁은 1960년대가 저물어가는 상황에서 4·19 혁명을 문학의 입장에서 회고적으로 재평가하는 것과도 상관이 있다. 비록 비평적 판단이 개입되어 있다고 하더라도 이 논쟁은 새로운 시작의 신화로 내세웠던 젊음에 대한 반성적인 회고와 가치평가와 결코 무관하지 않다. 우선 백낙청의 입장을 보자면, 그는 60년대 문학의 성과와 한계가 또한 4·19 혁명의 성공과 실패의 한계에서 비롯되었다고 보고 있다. 최인훈, 김승옥, 서정인의 소설에 대한 백낙청의 평가는 그 엄연한 소설적 성취에도 불구하고 이들 소설이 결국은 소시민의 체험과 자의식의 테두리를 벗어나지 못하고 있다는 것으로 요약될 수 있겠다.

37 백낙청, 「시민문학론」, 465쪽.
38 백낙청, 「시민문학론」, 480쪽.

백낙청의 「시민문학론」은 즉시 소시민문학을 옹호하던 김주연, 김치수의 반박과 이들의 반박에 대한 구중서, 임헌영 등의 재반박을 낳게 된다. 김주연은 "시민이 가지고 있는 가장 중요한 의미는 의식을 자율적으로 하고 의식된 생각을 자율적으로 표현한다"[39]는, 즉 인간의 개성은 자기 자신을 표현함으로써 정립된다는 독일낭만주의의 표현주의를 내세우면서 시민의식의 형성과정이란 "필연적으로 소시민의식이라는 구체적이며 현실적인 감수성의 발현"을 통해 이루어지는 것임을 주장하고 있다. 직접 언급하지는 않았지만, 그에 의하면 백낙청의 「시민문학론」은 "소시민의식이 고의적으로 속물주의로 읽혀지고 자신들은 스스로 이것을 타개한다는 투에 의해 일종의 엄숙주의"에 입각한 "열렬한 문학의 염원"일 뿐이며, 그러한 열망은 "'인간을 위해서'라는 그럴듯한 구실아래 '전체상적(全體像的) 시력(視力)'이라는 내용을 알 수 없는 힘에 의해 지배될 것"이라고 경고하기까지 한다.[40] 김치수는 새로운 논의와 주장은 덧붙이지는 않고 다만 박태순의 중편소설 『정처(定處)』(1969)를 언급하면서 소설 주인공의 "비굴성과 속물성이 '소시민근성'이라는 것과, 그것은 곧 의식자체의 지나친 폐쇄성 때문에 사회나 개인의 발전에 저해될 뿐"[41]이라고 지적한다.

한편으로 구중서는 김주연, 김치수의 소시민문학 옹호론에 대한 비판적인 입장에서 "개인은 단순히 개인의 강조로서만 의의가 있을 수 없고

· ·
39 김주연, 「계승의 문학적 인식: '소시민의식' 파악이 갖는 방법론적 의미」, 『월간문학』, 1969년 8월호, 273쪽.

40 김주연, 「계승의 문학적 인식」, 282쪽. 김주연이 말하는 '전체상적 시력이라는 내용을 알 수 없는 힘'이라는 애매모호한 표현이 구체적으로 무엇을 의미하는가에 대해서는 그 이상의 부언설명이 없어 파악하기 어렵지만, 맥락상 그것은 존재(sein)가 아니라 당위(sollen)에 의해 일방적으로 주장되는 타율적인 문학론 정도로 읽힌다.

41 김치수, 「백낙청의 「시민문학론」과 문학의 사회참여」, 『세대』, 1969년 12월호, 160쪽.

보편 속의 전형으로 형상화될 때 비로소 인식되는 출발로서의 개성적 인간"이 되며, 소시민의식 또한 "근대적 시민정신에 소통되어야만 문학의 차원에 오를 수 있다는 사실"을 지적하고 있다.[42] 그리고 임헌영은 구체적으로 소시민문학론자들이 적극적으로 옹호하는 김승옥의 소설에 대해서 "김승옥의 감각은 세계인식을 위한 감각이 아니라 감각을 위한 감각"에 그치기 때문에 "현실의 인식 착오"를 가져온다고 비판하고 있다.[43] 그러자 김치수는 소시민의식이라는 개념에 대한 오해를 불식시키기 위해 이전의 논의를 재차 반복하면서 다만 다음과 같이 덧붙이고 있다. "'소시민의식'이라는 말이 거슬린다면 그 대신에 '실존의식'이라든가, '의식하는 존재에 관한 의식'이라는 말로 바꾸어도 좋다. (중략) 오히려 씨[백낙청: 인용자]가 말하는 '시민정신'과 '소시민 의식의 자각'은 같은 근거 위에 서 있는 것이다."[44] 물론 '의식하는 존재에 관한 의식'도 김치수가 이전에 '자기 자신이 속물임을 의식하는 소시민은 마침내 속물주의를 극복하는 소시민'이라고 했던 것과 다를 바가 없다. 김치수가 백낙청의 '시민정신'을 '소시민의식'과 사실상 같은 것이라고 간주하는 식의 논리는 세 번에 걸쳐 동어반복 되는데, 그것은 한편으로 논쟁에서 드러나는 입장의 차이를 무화시키려는 다소 소극적인 전술로 읽힌다. 논쟁의 대강은 이 정도이다.

1-3. "자폭을 할 줄 아는 속물"

그러나 자기기만의 문학적인 사례들에서 충분히 보았던 것처럼, 소시민인 자기 자신이 속물이라는 의식을 갖고 그것을 표현하는 데서, 즉 소시민의식에 대한 자각을 통해 속물로부터 진정으로 벗어날 수 있다는

---

42 구중서, 「역사의식과 소시민의식」, 『사상계』, 1969년 12월호, 241쪽.

43 임헌영, 「도전의 문학」, 『사상계』, 1969년 12월호, 248쪽.

44 김치수, 「소시민의 의미」, 『월간문학』, 1970년 1월호, 212쪽.

생각은 너무 소박할뿐더러 그러한 자기의식 또한 속물적인 것에서 실상 벗어나기 어려운 것은 아닌지 생각해볼 필요가 있다. 소시민문학론을 옹호하는 비평가들이 『형성』을 적극적으로 참조한 것과는 달리 『형성』에는 자기 자신이 속물을 구성하는 물적 조건과 그러한 조건에 대한 자의식을 부단히 오가는 자승자박(自繩自縛)으로부터 결코 벗어날 수 없을 것이라는 고민과 불안이 깊숙이 내재해 있다. 오히려 소시민문학 논쟁에서 양측 진영 모두에게 뛰어난 평가를 받았던 시인 김수영이야말로 『형성』에서의 '나'의 고민과 불안을 소시민의 입장에서 적극적으로 성찰하는 치열함을 보여주고 있다는 데서 그의 생각은 소시민문학론이나 시민문학론의 수준을 단박에 뛰어넘고 있다.

『형성』이 발표된 지 대략 1년 후에 씌어진 탁월한 에세이 「이 거룩한 속물들」에서 김수영은 "속물이 안 되려고 발버둥질을 치는 생활만큼" "진짜 속물이 되는 일" 또한 "어렵다"고 토로하고 있는데, 그에 의하면 이 어려움이야말로 "고독"의 진짜 원인이다.[45] 이 고독은 '속물이 안 되려고 발버둥치는 자기의식'과 그것을 조금도 의식하지 않고 '진짜 속물'을 사는 것 사이에서 오는, 즉 의식과 행위의 찢김에서 오는 자의식적이면서도 실존적인 고독이다. 김수영에 따르면 "고독은 나일론 재킷"과 같은 것이어서 그것을 조금이라도 내색했다가는 "손해를 보고 탈락"하게 된다. 그런데 아이러니하게도 김수영은 "속물이 된 중요한 여건의 하나가, 이 사회가 고독을 향유할 수 없게 만들기 때문"이라고도 말하고 있다. 다시 말해서 속물은 자신이 나일론 재킷을 입었다고 그것을 드러내는 존재이며, 사회는 서로가 서로에게 나일론 재킷을 입었다고 과시하는 속물의 집합소이다. 자신을 고독하다고 드러내는 자는 실제로 그렇게 고독한 사람은 아닌 것이다. 이러한 표현에 김수영 에세이의

45 김수영, 「이 거룩한 속물들」, 『동서춘추』, 1967년 5월호, 365쪽.

고유의 스타일이 드러나는데, 김수영에 따르면 "진짜 속물"은 "아무한 테도 보이지 않는 고독의 재킷을 입고" 있으며, 그러한 재킷을 입고 있는 자는 다시금 "거룩한 속물, 즉 고급속물의 범주에는 들지 않을 것"이라고 덧붙이고 있다. 이어서 그는 거룩한 속물, 즉 고급속물과 "고독의 재킷을 입지 않은" 속물, 즉 저급속물을 대비시키고 있다. 이 저급속물은 앞서 말한 나일론 재킷을 입고 있음을 드러내는 속물이다. 김수영에 의하면 모두 세 종류의 속물이 있는 것이다.

첫째, '아무한테도 보이지 않는 고독의 재킷을 입고 있는' '진짜 속물', 둘째, '거룩한 속물, 즉 고급속물' 그리고 셋째, '고독의 재킷을 입지 않은' '저급속물'. 얼핏 보면 첫째의 '진짜 속물'과 둘째의 '거룩한 속물, 즉 고급속물'이 같은 속물인 것처럼 읽히지만, 이 둘은 엄연히 다르다. 김수영은 '진짜 속물'과 '저급속물' 가운데에서 '진짜 속물'에게 "흥미를 느끼고" 있다고 말하는데, 그렇게 말하는 자기 자신은 오히려 '거룩한 속물, 즉 고급속물'이라는 것이다. 다시 말해 김수영은 속물을 거리를 두고 그것을 분류하고 대상화하는 것이 아니라, 속물에 대한 자기의식과 관찰을 통해 적극적으로 자기 자신을 규정하고 있는 동시에 그러한 자기규정으로부터 벗어나려고 기를 쓰는 자기를 실감하는 것이다. 이러한 실감이 김수영이 말하는 '고독'이며, 고독은 '이 거룩한 속물'이라는 자조적이며 아이러니한 표현으로 시인 김수영의 실존의 핵심을 구성한다. 여기서 실존(existence)은 끊임없이 자기 자신의 '밖으로 향하는'(ex-) 존재(istence) 또는 탈-존의 운동으로 정의될 수 있겠다. 실존은 그저 자기세계가 아니다. 실존은 자기 자신으로부터 계속 벗어나려는, 또 벗어나려는 자기를 끊임없이 의식하는 운동이다.

김수영에 따르면 '거룩한 속물', 즉 '고급속물'의 조건은 이러하다. "반드시 고독의 자기의식을 갖고 있어야 할 것이다. 이런 식으로 규정하면 내가 말하는 고급속물이란 자폭(自爆)을 할 줄 아는 속물, 즉 진정한 의미에서는 속물이 아니라는 말이 된다." 여기서 '자폭'이라는, 김수영의 어휘다운 울림 있는 표현은 어떻게 보면 자기세계로부터 벗어나려는 탈-존의 움직임을 강렬하게 드러낸다고 할 수 있다. 그런데 김수영이 말하는 거룩한 속물, 즉 고급속물의 의미를 단지 "자신이 속물임을 아는 한에서 그는 고급속물이라는 것이며, 고급속물은 스스로를 부정함으로써 속물임을 벗어난다는 것"[46]으로만 해석해서는 곤란하다. 이러한 해석은 자기 자신이 소시민근성이 있음을 의식하는 데서 소시민근성으로부터 벗어날 수 있다는 기만적인 의식에서 별로 멀리 떨어져 있지 않다. 김수영은 오히려 그것에 민감하게 유의하고 있다. 김수영이 다음과 같이 덧붙일 때, 그는 '자폭'함으로써 속물로부터 벗어났다고 의식하는 그 순간에 고독의 나일론 재킷을 사회에 노출하고 마는 것임을 잘 알고 있었다. "아무래도 나는 고급속물을 미화하고 적당화시킴으로써 자기변명을 하려는 속셈이 있는 것 같다. 이쯤 되면 초(超)고급속물이라고나 할까. 인간의 심연은 무한하다. 속물을 규정하는 척도도 무한하다."[47] 김수영은 「이 거룩한 속물들」의 말미에서 이렇게 속물과 속물을 의식하는, 그로부터 벗어나려 하지만 다시금 되돌아오는 재귀적인 성찰, 즉 실존(탈존)의 운동이 매우 "피곤"한 일임을 덧붙이고 있다. 그러나 "피곤을 느끼는 것도 하나의 약(藥)이다. (중략) 우리들은 언제 피곤을 배울까."[48]

'피곤'에 대한 이러한 감각은 『형성』에서 '종교적인 각성조차 가미하여 이루어진 속물'이라는 표현에 상응한다. "나는 여태까지의 내가 칼을

46 김홍중, 「삶의 동물/속물화와 존재의 참을 수 없는 귀여움」, 『마음의 사회학』, 문학동네, 2009, 56쪽. 그렇지만 이 글을 포함해 이 책의 1, 2, 3장은 '마음의 레짐'으로서의 스노비즘의 사회학적·역사철학적 의미를 다각도로 유려하게 분석한다는 데서 유용하다.
47 김수영, 「이 거룩한 속물들」, 이하 모두 같은 쪽.
48 김수영, 「이 거룩한 속물들」, 367쪽.

손에 쥔 어린애처럼 무지스러운 속물이었음을 깨달았으나, 이제는 알아진, 느껴진, 따라서 일종의 종교적인 각성조차도 가미하여 이루어진 속물이라고 생각하였다."(408~409쪽) 자기의 개성을 죽일 때야만 삶의 구심점, 형식이 비로소 발견되는, 모두가 속물인 한국사회는 『형성』에 따르면 개성을 구축할 수 있는 종교도 문화도 물질문명의 토대도 제대로 갖추지 못한 사회이다. 오히려 '개성'이야말로 그것들을 이룩할 수 있는 원동력이 될 텐데, 비록 그러한 사회에 실제로 도달하게 되더라도 개성은 이번에는 다시금 '평범한 행복인의 입장'으로, 사회화로 귀속하게 된다. 결국 『형성』의 젊음은, 더욱더 '자폭'하는 쪽으로, "나의 마음속의 형성이 와르르 무너지고 있는"(409쪽) 쪽으로 나아갈 수밖에 없겠다. 『낮에 나온 반달』은 젊음의 이동성과 내면성을 가파르고도 혼란스러운 형식으로 체현한 작품이다. 『형성』의 '미스터 속물' 곧 자신을 속물로 간주하던 젊음의 반성적 자기의식은 『낮에 나온 반달』에서는 모더니티의 수도 한복판에 스스로를 내던지고 그 모험적 결과를 반추하는 진정성 있는 젊음의 초상으로 바뀐다.

3. 돈키호테가 보낸 엿새의 서울: 박태순의 『낮에 나온 반달』 읽기

1-1. 왕정복고와 편력기사

『형성』에서 젊음을 사로잡는 불안과 초조감은 무엇보다도 무정형으로서의 젊음이 하나의 삶의 형식을 가지려고 분투하는 노력이 사회가 젊음에게 일정하게 요구하고 강요하는 기존의 사회적 형식, 의례, 틀에 의해 흡수되어버리지 않을까 하는 데서 비롯된 것이었다. 게다가 이러한 사회적 형식이나 의례는 개인과 공동체의 삶의 습속을 통해 하나의 사회적 풍속으로 서서히 형성된 것이라기보다는 제3공화국의 개발동원체제가 개인과 국가를 잇는 사회라는 중간적 매개항을 일방적으로 교체해 암암리에 강요한 것이었다. 국가가 사회를 대신하고 풍속과 에토스의 지배영역인 사회는 국가에 의해 주도적으로 만들어진 것이다. 이것은 한편으로 위로부터 아래로 근대화를 부여하는 개발동원체제의 특성이기도 하다.

『형성』에서 '나'의 아버지로 대표되는 벼락출세에 따른 성공의 화려한 이력은 하나의 성공신화로 작용하여 젊음이 자신의 삶과 이상을 비추고 그 실현을 가늠할 수 있는 자아이상으로 기능하는 대신에 사회적 초자아, 곧 집단적 에토스의 일방적이고도 폭력적인 압력으로 젊음의 현재를 옥죄기 시작한다. 이러한 "집단적 에토스는 시대착오로써 줄곧 현재 안으로 끼어든다. 집단적 에토스는 지나간 과거가 되길 거부한다. 폭력은 집단적 에토스가 자신을 현재에 부과하고 강요할 때 쓰는 방법이다. 집단적 에토스는 자신을 현재에 부과하고 강요할 뿐 아니라 현재를 무색하게 만들려고 하기도 한다──바로 이것이 집단적 에토스의 폭력적인 결과 중 하나이다."[49] 『형성』의 주인공이 자조적으로 스스로를 지칭하는 별명이었던 '미스터 속물'은 실제로 자신이 속물임을 통렬하게 인정하는 표현이라기보다는 언젠가 자신이 아버지와도 같은 속물이 될지도 모르는 것에 대한 두려움 즉 기성세대가 만들어놓은 성공신화, 출세담, 야심 등과 같은 사회적·집단적 에토스가 하나의 풍속, 도덕률, 삶의 외적 형식으로 젊음에게 일방적으로 강요되는 것에 대한 두려움이나 불안을 스스로에게 투사한 표현이다.

성공과 행복에 대한 욕망이 사회적으로 구현된 판타지라고도 할 수 있는 이러한 속물주의는 당시의 사회적 분위기이기도 했다. 김수영과 박태순의 말처럼, 1960년대의 대한민국은 '속물이 너무 많은' '속물사

----

49 주디스 버틀러, 『윤리적 폭력 비판: 자기 자신을 설명하기』, 양효실 옮김, 인간사랑, 2013, 14쪽.

회'였다. 실제로 『형성』이 쓰였을 당시였던 "1960년대 중후반은 '열심히 일하면 잘 살 수 있다'는 신념으로 집단화, 동질화될 수 있었던 시기였다. '열심히 일해야 한다'는 도덕론이나 '잘 살 수 있다'는 행복론은 당시 생활주체가 개발논리를 내면화하는 계기이자 내면화한 결과이기도 했다."[50] 이러한 '도덕'과 '행복', 다른 말로 풍속적 에토스의 내면화는 개발과 발전이 단지 소수에게 해당하는 벼락출세의 성공담이나 신화로 선망되는 것으로 그치지 않고 사회적 판타지의 형식으로 가족단위에서부터 시작해 보다 광범위하게는 대중 전체에게 적극적으로 욕망되는 결과로 보아야 한다. 헤르베르트 마르쿠제는 젊은 세대의 사회화 과정에 국가가 직접 가족을 대신해 개입하거나 가족이 국가의 공권력에 의해 철저하게 규율화되면서 젊음의 사회화 과정에 간섭하는 양상으로 나타나는 경우, "젊은 세대의 '사회화'는 공권력의 일부로서 공권력을 위하여 더욱더 통일되고 지속되게 된다. 여기서도 독립과 개성이 출현할 수 있는 정신적 공간은 제한받고 점유당하게 된다'라고 쓰고 있다.[51] 마르쿠제의 분석은 가족계획, 충효와 같은 가부장제 이데올로기에 대한 교육 등 가족에 대한 다양한 공권력을 행사하면서 가족을 국가운영의 기초 시스템으로 편입시킨 훈육 국가[52]의 모습을 드러내던 제3공화국

··
50 김예림, 「1960년대 중후반 개발 내셔널리즘과 중산층 가정 판타지의 문화정치학」, 『현대문학의 연구』 제32집, 한국문학연구학회, 2007, 351쪽.

51 헤르베르트 마르쿠제, 「자유와 프로이트의 본능론」, 『이성과 자유』, 박종렬 옮김, 풀빛, 1982, 132쪽.

52 "한국에서 박정희 체제의 경우 생체적·도덕적·국가주의적 훈육 국가 등 다양한 모습으로 나타났다. 가족계획이 생체적 훈육 국가의 모습을 보여 주었다면, 충효를 강조하고 민족 주체성을 강조하는 국가주의적 훈육 국가 또는 장발과 미니스커트를 단속하는 도덕적 훈육 국가의 모습도 존재했다. 이런 훈육 국가는 국가가 근대적 방향으로 국민들을 변화시켜야 한다는 도덕적·윤리적 실체로 등장하게 되는 것을 의미한다." 조희연, 『동원된 근대화』, 38쪽. 조희연은 국가와 사회의 관계에 대한 분석인 그람씨의 헤게모니 이론을 참조하면서 도덕적·윤리적 실체의 대행자인 사회 대신에 국가가 사회로 직접 출현하고 있는 특이성을 여러 차례 지적한다.

체제에도 비교적 잘 들어맞는다.

박태순은 개발과 발전의 전국가적 동원체제가 사회적 삶의 규율과 판타지의 형식으로 압도적으로 대중을 지배하는 한편으로 그것들에 대중이 적극적으로 호응해야 한다는 국가적·사회적 요구에 직면한 젊음의 불안감과 위기의식에 대해 매우 민감했던 작가이다. 『형성』을 쓰고 나서 3년 후인 1969년, 한편으로는 젊음의 반란으로 특징지어지던 68학생혁명의 소요(騷擾)의 분위기가 한국사회에도 전해지던 무렵[53]에 박태순이 쓴 「젊은이는 무엇인가」라는 글에는 젊음이 이전보다 빠른 속도로 기성세대로 흡수되는 사태에서 비롯되는 불안감과 위기감이 잘 드러나 있다. 선우휘의 「현실과 지식인」에 대한 반론으로 쓰인 이 글에서 박태순은 이렇게 말하고 있다. "젊은 세대는 그 세대감각조차도 잃어버릴 정도로 이미 기성화되고 있다. 그들에게 요구하고 있는 한국 현실의 중압감과 그들에게 부과된 조국에 대한 책임의식이 그들로 하여금 <젊은 노인>이 되도록 하고 있다."[54] 여기서 박태순은 선우휘가 기성세대 문학인의 입장에서 젊음을 반항과 등식화하는 상투적이고도 비역사적인 논리와는 다른 논리를 제출하고 있다. 특히 특정한 기성세대, 박태순의 글에서는 소설가 선우휘를 포함해 6·25 전쟁세대가 "한국의 현실을 독점적으로 지배"하고 "여타의 다른 세대가 복종하여 따라가고 있는 상태"를 통해 "권위주의의 종적인 하강질서"가 구축되고 있다고

··
53 『아세아』, 1969년 4월호에 실린 "스튜던트 파워" 특집에 실린 해외기고문들은 1968년에 일어났던 여러 학생시위(프랑스, 미국, 일본, 체코 등)에 담긴 젊음의 반란에 대해 대체적으로 기성세대의 보수적 관점에서 기록·평가하고 있다. 예외가 있다면 소련에 반기를 든 체코 젊은이들의 반체제, 반공산주의적 시위에 대한 것이다.

54 박태순, 「젊은이는 무엇인가: 선우휘 씨의 「현실과 지식인」에 대한 반론」, 『아세아』, 1969년 3월호, 홍신선 편, 『우리문학의 논쟁사』, 어문각, 1985, 173쪽. 앞으로 이 글을 인용할 경우, 본문에 쪽수를 표시한다.

판단한다.(173쪽) 그러니까 권위주의와 맞닥뜨릴 수밖에 없는 젊음이 박태순이 통찰한 젊음의 형식이다.

젊음에 대한 박태순의 감각은 변화와 생성, 발전과 개발 등 모더니티의 상징적 형식인 젊음에 대한 일반적인 감각과 대체로 일치한다. "나는 이 나라의 사회를 고정된 것, 운동이 없는 것, 변화 생성되지 않는 어떤 것이라고 생각할 수는 없다. 이 사회는 끊임없이 변화되고 있고, 발전되고 있고, 형성되고 있고, 소음에 들떠 있고, 아우성과 떠들썩함에 의하여 생을 빠듯한 것으로 만들어 놓은 '움직임'의 총화로써 파악하게 된다."(179쪽) 그러나 박태순에 의하면 발전과 형성, 움직임의 총화로 대표되는 모더니티의 프로젝트는 1960년대 중후반의 한국의 역사적인 특수성과 맞물리게 되면서 "전근대적인 것과 근대적인 것, 물질적인 것과 정신적인 것, 관료적인 것과 민간적인 것, 또는 경제개발을 서두르면서 나타나는 현실적인 빈(貧)과 미래적인 건설 등의 문제에 있어서 벅찬 갈등을 포함하고 있다."(같은 쪽)

그리하여 박태순의 진단에 따르면 이 시기, 즉 특정 기성세대의 '권위주의의 종적인 하강질서'에 의해 일방적으로 주도될 뿐만 아니라 발전과 개발에 따른 각종의 구조적인 모순이 첨예하게 드러나는 이 시기에 "젊은 세대처럼 무기력하고 열등감에 꽉 잠겨 있으며, 현실에의 입구를 발견하지 못한 채, 자아와 상황의 현주소를 찾으려고 발버둥치는 세대는 기왕에도 없었고 이후에도 없을 것이다."(180쪽) 박태순은 1960년대 이후 미국화에 의한 모더니티의 격렬한 움직임이라는 보편적인 감각과 전근대적인 것과 근대적인 것 등이 상충하는 한국적 특수성에 대한 감각을 동시에 지닌 "젊은 세대가 걸어가야 할 진로는 여간 형극의 길이 아닐 수 없는 것"이겠지만, "한국이라는 상황감각에 대한 본질적인 의식을 자기에게 연결시키지 않는 한, 진정한 사유의 전개가 불가능하다"고 결론 내린다.(181쪽) 또한 특수와 보편에 대한 이중의 감각과

의식 속에서 '한국은 하나의 단절된 섬'이라는, 내부에 속해 있는 동시에 외부를 상정하고 외부의 시선으로 내부를 들여다보려는 인식의 이중적인 운동, "인식론의 예술적 상태"(188쪽)는 작가 박태순이 지향하는 것이기도 하다. 비슷한 시기에 『주간한국』에 연재된 중편소설 『낮에 나온 반달』에서 이러한 이중의 의식과 감각, '인식론의 예술적 상태'는 자신만의 인식적인 지도를 만들려고 했던 한 젊음의 편력기로 재현된다.

『낮에 나온 반달』은 박태순의 1960년대 소설 가운데에서도 그 중요성에 비해 비평과 연구[55]가 제대로 이뤄지지 않은 중편소설이지만, 1960년대 한국 교양소설의 맥락에서는 매우 의미 있는 작품으로 판단된다. 이 소설은 스물다섯 살의 구자석이라는 청년이 지방에서 서울로 올라와 6일 동안 벌이는 일종의 서울 편력기이다. 『낮에 나온 반달』은 박태순의 『형성』이나 다른 소설과 마찬가지로 피카레스크식 구성의 교양소설이다. 물론 피카레스크식 교양소설로 간주했을 때, 『낮에 나온 반달』의 주요한 특징은 이른바 악한이라는 캐릭터에 있는 것이 아니라, 시간의 흐름으로 직조된 플롯이 거의 무형에 가까운 피카레스크 소설의 구조에 있다. 소설은 시간의 흐름보다도 주로 공간의 이동을 통해서 진행되며, 소설에서 일어나는 일련의 사건들 또한 특정한 공간에서 마주치는 우연

---

55 『낮에 나온 반달』에 대한 선구적인 비평적 평가로는 김현과 천이두의 글을 들 수 있다. 김현의 글에서 『낮에 나온 반달』은 주로 주인공의 '방황'의 의미에 대한 포괄적인 언급 속에서 다뤄질 뿐이다. 김현, "방황과 야성: 박태순", 「'60년대 작가 소묘」, 『현대한국문학의 이론/사회와 윤리』 참조. 이에 비해 천이두의 「내향성과 외향성」, 『박태순 선집』 해설, 어문각, 1983은 두 문단에 걸쳐 『낮에 나온 반달』의 소설 스타일에 대해 언급하고 있다. 그는 이 소설에는 "어떤 일관성 있는 극적 전개 같은 것은 없다. 무수한 에피소드들이 파노라마처럼 펼쳐지고 있을 뿐"이라고 간략히 평가한다. 천이두, 앞의 글, 410쪽. 이외에도 장현, 「배회하는 공간에서 삶의 공간으로: 박태순의 『낮에 나온 반달』에 나타난 공간의식」, 『한국현대문학연구』 제31집, 한국현대문학회, 2010, 그리고 이주미, 「박태순의 현실 감각과 문학적 감수성」, 『한국문예비평연구』 제41집, 한국현대문예비평학회, 2013을 참고할 수 있다.

성에 의지하고 있다. '서울역 광장/주착이 없는 반달/『아라비안나이트 시집』'에서 시작해 '섬과 바다와 아침의 더러움/수인선 기차를 타 보라/걷는다, 걷는다, 걸어라'라는 소제목으로 끝나는 17개의 장은 최소한의 사건적 인과관계로 느슨하게 연결되며, 각각의 장은 독립된 짧은 단편으로 읽어도 무방할 정도이다. 『낮에 나온 반달』은 피카레스크 소설처럼 주로 '길'의 크로노토프[56]를 중심으로 하는 주인공의 편력으로 이루어져 있다. 『낮에 나온 반달』에서 길의 크로노토프와 그에 따른 주인공의 편력은 인구 "4백 8십만 서울"[57]이라는 대도시를 배경으로 재구성된다. 구자석의 편력과 모험은 기차로 서울역에 도착하면서 시작되며, 용산 시외버스 장에서 애인 공소저와 함께 버스에서 내려 그녀와 헤어지는 것으로 마무리된다.

한편으로 소설의 스타일상의 혼합 또한 두드러진다. 『낮에 나온 반달』은 마치 '내촌동' 소설에서 보아왔던 대학생 출신의 젊은 주인공이 '외촌동' 소설에서의 도심 주변부와 변두리를 편력하는 것 같은 인상을 준다는 점에서 두 계열의 소설이 중첩된 작품이라고 할 수 있겠다. 예를 들어 '노숙/소주는 '쏘주'라 불러야 한다/누구나 괴롭다'라는 제목의 세 번째 장은 구자석이 버스 종점에서 내려 공사가 끝난 신흥주택

<hr>

56 바흐친이 말하는 크로노토프는 "문학작품 속에 예술적으로 표현된 시간과 공간 사이의 내적 연관"이다. 바흐친이 "길의 크로노토프에서는 시간적 지표와 공간적 지표 사이의 통일성이 대단히 정확하고 명백하게 드러난다. (중략) 많은 작품들이 길의 크로노토프 및 길에서의 만남과 모험을 직접적인 기반으로 하여 구성되어 있다."고 말할 때, 그는 특별히 피카레스크 소설장르를 염두에 두고 있어 보인다. 미하일 바흐친, 「소설 속의 시간과 크로노토프의 형식」, 『장편소설과 민중언어』, 전승희 외 2인 옮김, 창작과비평사, 1988, 260쪽, 277쪽. 『낮에 나온 반달』에서 길의 크로노토프는 대도시의 운송수단인 전차와 버스 그리고 주인공의 도보의 배경이 되는 서울이라는 대도시를 통해 변형되고 재조직된다.

57 박태순, 『낮에 나온 반달』(1969~1970), 삼성출판사, 1972, 17쪽. 앞으로 이 소설을 인용할 경우, 본문에 쪽수를 표시한다.

부근에서 노숙을 하게 되면서 공사장 인부들을 만나는 장면으로 구성되어 있는 반면에, '내 꿈을 지배하는 자는 내가 아니다/구자석과 '그자석'/왕정복고 혁명'이라는 제목의 네 번째 장은 마치 장 자크 루소의 『고백록』(1770)의 서두를 연상시키는 것 같은 고백, 즉 구자석의 실존적 정황을 환기하는 지적인 메모들과 징후적인 꿈으로 구성되어 있다. 이 두 장은 모두 외촌동 연작에 등장하는 도심의 변두리를 공간적인 배경으로 하고 있다. 특히 3장은 외촌동 계열 소설의 한 장면을 연상하게 하지만, 4장은 내촌동 계열 소설의 사색과 대화가 현저하다고 할 수 있겠다.

『낮에 나온 반달』을 관통하는 가장 징후적인 장면을 하나 꼽으라고 한다면 그것은 구자석이 서울에 도착한 첫날밤에 도심의 변두리에서 노숙하며 꾸게 되는 '왕정복고 혁명'의 꿈이라고 할 수 있다. 대도시 서울은 시골에서 서울로 사람들을 실어 나르는 수많은 교통수단, 무수한 신제품들에 대한 광고현판, 개발과 발전이라는 프로파간다의 현수막으로 특징지어지는 꿈을 통해 미래로 끊임없이 나아가는 것처럼 보인다. 그러나 '왕정복고 혁명'의 꿈은 개발과 발전의 꿈을 근본적으로 지배하는 또 다른 꿈이다.

새벽에 구자석은 꿈을 꾸었다. 마치 4·19때처럼 거리는 다시 시끄러워져 있었다. 군중들이 밀려나와 파도처럼 휩쓸려 다니고 있었다.
「혁명이 일어났다.」
고 사람들은 소리를 지르고 있었다. 그 모든 사람의 얼굴에는 기대와 공포와 애틋한 수줍음과도 같은 설렘이 포함되어 있었다. 구자석도 미친 개새끼모양 거리로 뛰쳐나왔다. 탱크가 하늘을 달려가고 있었고 캐터필러가 고층건물들을 십여 미터 높이에서 잘라대고 있었다.
「도대체 이게 무슨 혁명입니까? 어떤 성격의 혁명입니까?」
하고 구자석은 물었다.

「만세, 만세.」

하면서 한 무더기의 사람이 구자석의 앞을 지나가고 있었다.

「얘기해 주십시오, 어떤 성격의 혁명인지를.」

「아니, 그것도 모르시오? 이건 왕정복고 혁명이올시다.」

「무어라고? 왕정복고 혁명이라고?」

「그렇소, 모든 사람이 지금 왕을 찾아내기 위해 몰려다니고 있는 중이요.」

그러자 군중은 칭얼대는 어린애들처럼 소리높이 합창하려고 있었다.

「왕이시여, 왕이시여, 어디 숨어 계십니까.」

「왕이시여, 어서 나타나 주십시오 저희들이 잠깐 실수로 폐하를 저버 렸사오나, 이제 단단히 깨달은 바가 있사오니, 왕이시여, 어서 나타나 주십시오.」

「왕이시여, 왕이시여.」

하고 구자석도 덩달아 외치다가 그만 잠이 깨었다.

(그거 참, 더럽게 기분 나쁜 꿈도 있군. 60년대가 가고 70년대가 온다니 까 별놈의 개꿈을 다 꾸게 되는군.)

하고 그는 개탄했다.(41~42쪽)

왕정복고 혁명에 대한 구자석의 꿈이 5·16 군사쿠데타와 박정희의 제3공화국 수립의 탄생을 연상시킨다는 것은 어렵지 않게 짐작된다. 「무너진 극장」에서도 실감나게 그려냈던 것처럼, 이승만이라는 국부(國 父)를 권좌에서 내려오게 하고 제1공화국의 종식을 가져오는 등 부패한 구질서가 상연되던 극장을 무너뜨렸던 4·19 혁명은 새로운 헌법에 기초 한 사회의 광범한 재조직화를 기획해내지 못했다. 그리하여 초헌법적 비상사태를 모의하던 5·16 군사쿠데타 세력은 허약한 의회민주주의에 기반하고 있던 제2공화국의 정치적 공백을 점령했으며, 결국 4·19 혁명은 미완의 혁명이 되어버렸다. 박태순에게 4·19 혁명은 5·16 군사쿠데타에 의해서뿐만 아니라 혁명에서 발생하는 혼돈과 무질서로부터 새로운 사회세력과 헌법을 창출하지 못한 배반된 혁명이다. 따라서 4·19 혁명은 혁명의 유산에 대한 충실성(fidelity)을 어떤 식으로든 견뎌내고 지속해야만 혁명이라는 이름에 값하는 영구혁명이 되어야 했다.

구자석이 꾼 '더럽게 기분 나쁜' 꿈은 혁명에의 충실성, 그 혼돈과 무질서를 견디지 못하고 구질서로 안이하게 되돌아가려던 반혁명의 퍼포먼스였던 것이다. '저희들이 잠깐 실수로 폐하를 저버렸사오나, 이제 단단히 깨달은 바가 있사오니, 왕이시여, 어서 나타나 주십시오'라는 구절은 그것을 단적으로 환기한다. 박태순 자신도 다른 책에서 이렇게 말한 적이 있다. "1960년 이후의 역사는 4·19의 좌절을 '비료로만 삼아온 5·16의 전개과정'이었다고 해도 좋을 것이다."[58] 『낮에 나온 반달』의 주인공 구자석은 자신의 메모에서 인용하는 '내 꿈을 지배하는 자는 내가 아니다'라는 이상(李箱)의 「오감도」 연작 제15편의 시 구절을 되풀이해 음미한다는 점에서, 어떤 의미에서는 반동을 거스르고 혁명에의 충실성을 다른 방식으로 유지하려는 인물이라고 할 수 있겠다. 그것은 이 소설에서 일종의 '인식의 지도그리기'(cognitive mapping)[59]에 대한

··
58 박태순·김동춘, 『1960년대의 사회운동』, 302쪽.
59 프레드릭 제임슨, 「인식의 지도그리기」, 이명호 옮김, 『문예중앙』, 1992년 겨울호 참조. '인식의 지도그리기'는 제임슨이 후기 자본주의의 문화논리인 포스트모더니즘을 설명하기 위해 도시사회학에서 참조하고 응용한 개념으로, 파편화되고 분열증적인 현실과 그에 대한 주체의 반응이라는 디테일들을 엮어내어 현실의 불가해한 얼개와 심층구조를 총체적으로 드러내려는 노력의 일환이다. 제임슨의 말을 직접 빌리면, '인식의 지도그리기는' '전 지구적(혹은 다국적이라고 할) 규모의 총체적 계급관계에" "'지금 여기'의 즉각적 지각과 '부재의 총체성'으로서의 도시에 대한 상상적 감각 사이의 변증법"을 "외삽"시키는 방법론이자 개념이다.(296쪽) '인식의 지도그리기'는 원래 전 지구적 자본주의의 파편화되고 분열증적인 현실의 미학적 상관항인 포스트모더니즘을 설명하기 위해 차용된 개념이지만, 『낮에 나온 반달』을 분석하는 이 책의 맥락에도 일정한 적용이 가능하다고 판단된다.

간절한 욕망으로 나타난다. 구자석은 르네상스 뮤직홀에서 우연히 만난 옛 친구 한민에게 수백 차례에 걸쳐 전 국토를 답사하면서 <대동여지도>를 만들었던 김정호의 노력을 예로 들면서 "나는 내 나름의 대동여지도를 만들어 볼 작정이다"(63쪽)라고 말한다. 구자석은 이방인들의 도시인 서울의 혼란스럽고도 미로처럼 구불구불한 길들을 답사하면서 새롭게 지어지는 주택들, 부동산과 고리대금업사무실, 교도소, 수많은 사람들이 만나는 다방과 온갖 떨이를 취급하는 시장에서 욕망의 여러 형태를 엿본다. 또한 그는 도심의 중심부와 주변부에 걸쳐 다양한 인간군상의 삶에서 오르락내리락하는 꿈과 좌절 등 국지적이고도 그물망과도 같은 세부사항을 엮어냄으로써 인식불가능하게 보였던 현실의 윤곽과 지평을 내러티브로 조직화한다. 어떻게 보면 『낮에 나온 반달』이야말로 박태순이 「젊은이는 무엇인가」에서 말한 '인식론의 예술적 상태', 구자석에 의하면 '내 나름의 대동여지도', '인식의 지도그리기'의 소설적 판본이라고 말할 수도 있을 것이다.

1-2. 인식의 지도그리기

'인식의 지도그리기'의 관점에서 볼 때 구자석이 발터 벤야민의 만보객(flâneur)처럼 이리저리 돌아다니면서 관찰하는 서울은 이제 막 발전하려는 제3세계의 후발 자본주의국가의 수도가 아니라, 엄밀하게는 중심부(core)와 주변부(periphery) 그리고 반(半)주변부(semi-periphery)[60]

----

60 이매뉴얼 월러스틴, 『월러스틴의 세계체제 분석』, 이광근 옮김, 당대, 2005, 73~76쪽. 중심부는 주변부의 원자재와 노동력의 공급 그리고 그에 대한 착취라는 준독점적 생산과정을 통해 잉여가치를 창출하는 위치(1세계 국가, 수도, 대도시)이다. 이에 비해 주변부는 중심부와의 생산 경쟁 속에서 불평등교환을 겪는 원자재와 노동력의 주 공급처이다(3세계 국가, 소도시, 농촌). 반주변부는 중심부와 주변부의 특징이 적절한 비율로 뒤섞인 위치로, 외부로는 기업의 시장 경쟁력을 강화하는 한편으로, 내부로는 기업의 준독점적 생산과정을 보호하는 특징을 갖고 있다. 월러스틴의 '중심부, 주변부, 반주변부'라는 개념은 보통 특정한 국가군으로 위치지어지고 분류

의 세 층위로 나뉘어 있는 수도에 대한 알레고리로 독해할 필요가 있다. 이러한 전제는 구자석이 서울역 광장에 도착해 그 주변 풍경을 인식하고 느꼈던 것과도 관련이 있다. 지방에서 세일즈를 접고 몇 푼의 여비와 단신으로 구자석이 도착한 1969년 10월 현재의 서울은 물론 "금년도인 1969년도 수출목표액"인 "7억불"과 "현재의 수출실적을 나타내는 숫자"인 "5억 3천불"(11쪽)이 남대문의 형광판에 걸려 있는 대도시로 그려진다. 그렇지만 구자석의 예리한 감각은 지방에서 서울로 막 상경한 시골출신 젊은이의 어수룩한 감각과는 다르다. 이미 대학생활과 중퇴, 취업과 사직, 지방을 돌아다니며 세일즈를 한 경력을 통해 다져진 그의 인식과 감각 속에서 서울은 지방과의 단순한 이분법적인 대립 속에 존재하는 도시가 더 이상 아니다.

훗날에 박태순이 회고한 것처럼 1960년대의 '서울'은 크게 국제자본주의의 일방적인 압박 속에서 제국주의적인 성격을 형성하고 있었고, 농촌의 분해-도시집중화에 따른 수평적 사회이동이 이루어지고 있었으며, 중앙집중·독점자본권역으로 향하는 수직적 사회이동이 분주하게

· ·
되지만(중심부: 1세계, 주변부: 3세계 등), 기본적으로는 "생산과정들 간의 관계"(74쪽)이기 때문에 한 국가 안에서도 중심부-주변부-반주변부의 특징을 찾을 수 있으며, 1960년대 중반 이후의 한국은 특히 그러한 '저발전의 발전'의 양상이 잘 드러난다고 할 수 있다. 1960년대 후반부터 수출을 통해 해외시장에서의 경쟁력을 확보하기 위한 경제정책을 본격적으로 실시하던 한국은 세계시스템에서 볼 때는 반주변부로 서서히 이동하려는 주변부의 특징을 뚜렷이 갖추고 있었다. 동시에 한 국가의 내부에서도 노동력과 원자재의 도시집중, 그에 따른 도시와 농촌 간의 착취와 불평등관계 속에서 중심부와 주변부가 위치지어지고 있었으며, 중심부와 주변부를 운송과 중개 등을 통해 매개하는 반주변부의 초기적인 형태가 만들어지고 있었다. 1960년대 후반에 대도시화로 급속히 변하는 서울은 이러한 특징을 모두 공유하고 있었다. 한편으로 박태순이 영문학도로, 윌리엄 포크너의 소설에 관심을 기울인 사실은 꽤 흥미로운데, 포크너의 소설들(『음향과 분노』, 『8월의 빛』, 『압살롬, 압살롬』 등)에 등장하는 미국 남부의 가상 도시인 '요크나파토파 군'(Yoknapatawpha 郡)은 중심부(대도시로의 수출과 산업생산의 중간지)와 주변부(노예제 노동, 원자재 공급)의 특징을 아우르는 반주변부의 특징을 함축하고 있다.

일어나던 도시였다. 박태순의 이러한 회고는 이미 『낮에 나온 반달』에서 서울을 자본과 원자재의 국제적·국내적 이동에 따라 중층적으로 파악하는 인식에서 형성된 것으로 생각해볼 수 있다.[61] 1960년대 작가들 가운데에서 이러한 계급적·사회학적 통찰을 견지한 작가는 박태순이 거의 유일하다고 하겠다.

『낮에 나온 반달』에서 구자석에 의해 인식되는 서울은 첫째, 자본주의적 생산양식 속에서 보다 폭넓게 파악되고 있는 도시이다. 그 도시는 시골과의 복잡한 변증법적 연관성, 즉 자본주의적 생산양식 속에 시골과 상호작용을 하면서 자리 잡는 도시이다. 레이먼드 윌리엄스는 이렇게 말하고 있다. "나는 하나의 생산양식으로써의 자본주의가 우리가 아는 시골과 도시의 역사의 대부분을 구성하는 기본적 과정이라고 주장해 왔다. 자본주의의 추상화된 경제적 추동력, 여러 사회관계들에서 자본주의가 갖는 근본적 우선권, 성장과 이익과 손실을 판정하는 자본주의의 기준은 수세기 동안 우리의 시골을 변화시켰고, 지금 우리가 아는 바와 같은 도시를 창조하였다."[62] 다시 말해 도시는 시골에서 도시로 향하는 노동력과 원자재와 지방의 축적된 자산이 모여 생산과 소비의 형태로 가공되고 변형되는 중심부가 되는 한편으로, 시골은 시골에서 운송수단을 통해 서울로 올라간 노동력과 원자재, 자본의 힘으로 만든 생산품의 일부가 시골로 소비되면서 도시화의 형상에 따라 그 변형이 이루어지는 주변부가 된다.

구자석은 먼 곳의 산봉우리에 깜박이고 있는 불빛을 보는 것처럼, 시골을 헤매면서 항상 서울을 보고 있었다. 서울은 너무 거대해 버린

61 박태순, 「내가 보낸 서울의 60년대」, 『문화과학』, 1994년 봄호, 140쪽.
62 레이먼드 윌리엄스, 『시골과 도시』, 575쪽.

쓰레기통과 흡사했다. 전국 방방곡곡으로부터 인간과 돈과 물자가 서울로 운반되어가고 있었다. 해삼과 멍게는 가마니 부대에 싸여서, 지리산 소나무는 빠개져서, 낙동강변의 조그만 읍에 사는 아버지들의 돈은 송금환의 숫자가 되어, 그리고 처녀들은 이미자의 얼굴을 보며 노래를 듣기 우하여 서울로 올라가고 있었다. 각 지방의 특색은 서울에 와서 무특징의 것으로 변질이 되고, 그러면 서울은 애드벌룬처럼 두둥실 이륙(離陸)하고 있었다.(14~15쪽)

구자석이 생각하는 서울이 시골에서 각종 운송수단을 통해 올라온 노동력과 자본, 원자재 등이 가공되고 변형된 생산소비품목의 '거대해 버린 쓰레기통과 흡사'하다면, 그가 공소저와 함께 조특출이라는 사람을 찾으러 간 경기도의 부곡(富谷)은 "주말농장"이 들어서면서 땅값이 오르고 "구멍탄" 가격이 서울보다 비싼 등 "서울의 쓰레기통 노릇을 하기 시작"(153쪽)하는 곳으로 묘사되고 있다. 즉 도시와 시골 모두 서로에 의해 '쓰레기통'으로 변하는 것이다.

둘째, 주변부인 시골에 비해 중심부인 서울은 특히 서울역 주변의 풍경에 대한 구자석의 관찰과 상상을 통해 이번에는 그 자신이 오히려 주변부로 인식되기에 이른다. "이곳이 조그만 정거장에 불과하다는 사실을 느끼고 놀랐다. 물론 한국에서는 제일 큰 역이지만, 세계의 변방에 위치하는, 섬나라와 같은, 그런 곳의 한 정거장에 불과하다는 사실에는 변경이 없었다."(15쪽) 서울은 지구를 상상하는 차원에서 다시 생각해본 다면, 주변부로 상대화되는 국가의 수도이다. 만일 "지구 그 자체처럼 존재하는 선로의 신경조직"을 상상해볼 수 있다면, 서울역은 그 속에서 "환한 불빛을 퍼뜨리고 있는 하나의 커다란 점으로" 보인다는 것이다. (같은 쪽)

셋째, 『낮에 나온 반달』에서 서울은 시골과 지방에 대해서는 중심부이고 지구의 다른 대도시에 비해서는 주변부일 뿐만 아니라, 서울 안에서도 중심부와 주변부 그리고 반주변부의 특징을 모두 가지고 있다고도 할 수 있다. 『낮에 나온 반달』은 이 부분에서 매우 세심하고 특출하다. 예를 들면 구자석이 서울역에서 무작정 올라탔던 버스가 다다른 종점은 마치 "지방의 어느 소도시를 연상"(20쪽)시키는 곳인데, 그곳은 분명 서울시 권역에 포함됨에도 불구하고 동(洞)이름을 물어도 "새로운 동이 자꾸 탄생하고 있으니 어떻게 일일이 알 수 있소?"(21쪽)라는 반문으로 되돌아오는 저발전된 동네이다. 구자석이 노숙하려는 건축공사장 일대는 "마치 이집트의 고대 유적지"(26쪽)를 방불케 하지만 실제로는 반주변부에 가깝게 묘사된다. 다른 사람의 집을 짓고 있는 두 명의 건축 막노동꾼 청년이 정작 집이 없어서 노숙을 하고 있는 서울의 아이러니한 모습은 도시와 시골, 즉 중심부와 주변부에서 볼 때 반주변부의 특징을 잘 나타낸다고 할 수 있다. 특히 소설의 '황금복덕방'은 바로 서울의 주변부에서 중심부로 몰려드는 반주변부의 개발과 정착을 건축과 임대, 매매를 통해 중개하는 반주변부적인 특징의 공간이다.

한편으로 한민의 제안과 구자석의 수락으로 구자석이 임시 정착하게 된 퇴계로의 6층 빌딩은 그 주변에 "재벌의 총본부"(66쪽)가 자리 잡고 있는 서울의 중심부로 묘사된다. 그러나 구자석이 빌딩의 옥탑 방에서 내려다본 서울의 풍경은 "안개가 도둑고양이 걸음으로 덮여 가고 있었고 도시가, 거리가, 사람들이 이유를 알 수 없는 피곤증세에 의하여 맥없이 마비되고 어처구니없이 바장이고 있는 것"으로 묘사되며, 맞은편의 12층 빌딩은 "감옥소"로 비유된다. 구자석에 의하면 감옥소라는 "조직의 힘은 수많은 청년들을 낚아채어서 저 속에 감금시키고 있"으며, "그들은 아침 여덟시 반부터 저녁 여섯시까지 사무라는 이름의 복역을 치러낸다."(67쪽) 도심 중심부의 거대한 빌딩이 감옥소라는 인상은 오상방위(誤想防衛)로 인해 복역 중인 최낙준을 면회하러 친구인 배무질과 함께 찾아간 서대문 교도소에 대한 강한 인상과도 맞물린다. 교도소는 모더니티의 유행과 흐름, 변화에도 불구하고 "어떠한 개인이나, 권력이나, 위엄으로도 감히 범접할 수 없을 듯한 위용을 가지고 있"는(75쪽) 곳이다. 교도소의 담벼락 앞에서 두 사람은 마치 "카프카의 『성』에 나오는 요제프"(76쪽)[63]의 심정으로 서대문 교도소의 역사를 반추해내는데, 『낮에 나온 반달』의 미덕은 급변하는 모더니티의 조류 속에서 서서히 망각되는 장소와 공간의 역사성을 유추하는 역량에 있다.

> 이 시대는 60년대도 아니었고, 70년대도 아니었고, 무수한 당파싸움과 변화 없는 쇄국주의 지배하에 놓여 있는 고려시대의, 또는 이씨조선시대의 그 선에 잠겨 있는 특징 없는 어떤 시대인 듯했다. 교도소의 <만리장성>은 서울특별시와는 아무런 상관이 없고, 물가가 오른다느니, 콤퓨터 시대라느니 따위와도 아무런 관련을 맺고 있지 않은 듯했다. 그보다는 한결 높은 차원에서, 또는 엄청나게 낮은 차원에서, 특히 고문과 처형 방법의 분야에 있어서 놀라울 만한 문명 전통을 가지고 있는 한국 특유의 역사성을 계승하여, 거기에 그렇게 의연히 뻗쳐 있는 것만 같았다.(75~76쪽)

이에 비해 도시의 중심부는 화폐의 비정상적이고도 비밀스러운 유통이 큰 규모로 진행되는 곳으로, 퇴계로 인근인 을지로 2가에는 공소저가 고리대금업자의 비서이자 사환, 경리노릇까지 하고 있는 고리대금업사무실이 자리하고 있다. 공소저는 함흥주식회사의 부도처리를 둘러싼 다툼과 소동을 바쁘게 처리하는데, 이 광경을 지켜본 구자석은 "고리대금업이야말로 가장 위대한 사업"(106쪽)이라고 아이러니하게 말한다.

63 카프카의 『성』의 주인공은 측량기사 K이다. 요제프 K는 카프카의 『소송』의 주인공이다.

그리고 함흥주식회사의 부도처리 과정과 고리대금의 거래 및 중개 그리고 회사내부의 이권다툼을 통해 자본주의적 대도시의 현실의 '사회 풍토가 가장 근본적인 표정으로 등장'하게 된다.

사람들은 이곳에서 떨구어져 나가지 않기 위해, 온갖 대의명분을 내세워 싸움질을 하는 거예요. 그 싸움질은 그런데 아무 목적도 없어요. 남을 해치고, 자기를 보존하겠다는 가장 근본적인 욕구 이외에는 아무것도 아니죠. 바로 이와 같은 사회 풍토가 가장 근본적인 표정으로 등장해요. 위로는 정치 세계로부터 경제계·일반인들의 생활에까지 침투해요. 모든 대의명분은 다만 대의명분일 뿐이에요. 거기에는 인간들이 지켜야 할 규칙도 없어요. (중략) 그래서 도덕은 차라리 없어야 하는 게 편리해요. 다시 말하자면 사회윤리가 땅에 떨어지고 인심이 각박해졌다고 개탄하는 소리나, 그까짓 도덕률이야 어찌되었든 돈이나 벌어서 잘 살면 되지 않느냐고 배짱을 부리는 소리나, 결국 모두 어처구니없이 서글픈 얘기가 되어 버려요. 그런데 누구나 이러한 소용돌이로부터 자기 자신은 벗어나 있다고 자처할 수 있는 사람은 아무도 없어요. 다만 이러한 소용돌이로부터 짐짓 무관심한 척할 수는 있죠. 그래서 그 무관심이야말로 윤리가 되고 도덕이 되고 양심이 되고 있어요……(117~18쪽)

인용문에서 공소저가 구자석에게 하는 말에서 실감할 수 있는 것은 이기주의의 만연이나 도덕률의 추락 또는 타락한 풍속이라기보다는 자본의 '소용돌이'에서 벌어지는 아귀다툼과 무도덕에서 그 누구도 예외가 될 수 없으며, 그에 대한 무관심과 냉소가 도덕과 윤리, 풍속이 되고 있다는 사실이다. 그것을 단적으로 환기하는 에피소드로, 구자석이 재일교포 출신의 성공한 이력을 지닌 사업가라고 소개한 성공담씨에게 어처구니없이 당하는 사기사건은 자본의 소용돌이 속에서 드러나는 사회 풍토의 한 가지 '타락한 표정'이라고 할 만하다. 또한 이 에피소드는 성공담 씨라는 이름에서 환기되는 '성공담'(成功談)이 한낱 '사기'의 언어에 불과하다는 것을 알려주고 있다. 성공담 씨에게 당하는 사기사건은 한편으로는 구자석이 오행성의 권유로 캐시미론 소비조합에 들어가 이른바 "조국근대화 작업에 몰두하고 있는 근로자들을 위안하는 예술가들의 사명감"(79쪽)이라는 허울 좋은 명분과 구자석의 가짜 이력 그리고 그의 기타 솜씨로 인쇄공장의 여공들에게 캐시미론 이불을 다량으로 판매하는 에피소드와 대칭적으로 맞물리게 된다. 구자석을 포함한 그들 또한 공장의 한 직원의 외침처럼 "사기꾼들"(82쪽)인 것이다.

물론 알레고리적 의도가 지나치게 강하게 느껴지는 에피소드의 작위성을 문제 삼지 않을 수 없겠으나, 두 개의 사기사건이라는 에피소드는 다양한 경험과 삶의 이력에도 불구하고 현실에 대해 구자석이 갖고 있는 인식의 불충분함을 다시금 일깨운다. 그리고 이러한 각성은 좀 더 다양한 삶의 군상들과의 접촉을 통해 구자석의 현실인식을 더욱 깊게 만드는 계기가 된다고도 할 수 있다. 물론 그러한 각성이 매번 동반되는 것은 아니다. 그가 '사기'를 통해 번 돈을 다시 '사기'로 빼앗긴 후에 빈털터리 신세로 찾아간 동대문 시장은 소설에서 "아무리 시대가 근대화되었다 해도 전혀 십여 년 전이나 달라진 것이 없는"(131쪽) 곳, "세상이야 달라지든 말든 고질적인 주먹구구식 덤핑 방법으로 산업 자체의 질서를 마비시키고 있는"(133쪽) 주변부로 부정적으로 묘사된다. 작가의 분신이기도 할 구자석이 "동대문 시장이 과연 아케이드나 세운상가처럼 변화될 수 있을 것인가?"(같은 쪽)라고 묻는 물음에는 아케이드와 세운상가 등 발전된 산업에 대한 순진한 선망과 인식의 한계가 엿보이기도 한다.

1-3. 돈키호테의 진정성

『낮에 나온 반달』의 주인공인 구자석은 지금까지 보아온 것처럼 도시의 거리와 장소에 대한 좌충우돌의 편력과 방황을 통해 삶에 대해 하나의 "스토리"(57쪽)를 일관되게 형성하려는 인물이다. 무엇보다도 구자석은 공간과 장소에 대한 편력과 경험만큼이나 다양한 계급의 인간군상과의 접촉과 만남을 통해 그 나름의 삶의 형식을 갖추고 경험의 폭을 넓히려고 노력하는 인물로 보인다. 그는 공사장에서 노숙하는 막노동꾼 청년들과의 만남을 통해서는 밑바닥 삶의 울분을, 이른 새벽의 택시기사와 청소부와의 만남을 통해서는 노동의 구체적인 실감을, 차행성과 성공담과의 만남을 통해서는 허장성세와 사기가 유통되는 세상살이의 체험을, 순댓국집에서 만난 노동자들을 통해서는 삶의 배짱을 다시금 갖게 하는 밥 한 끼의 소중함을, 수인선 기차간에서 만난 아낙들과 노숙자를 통해서는 자신의 삶의 자리를 지키려고 안간힘을 쓰는 저마다의 노력을 체감하게 된다. 또한 애인인 공소저와의 만남을 통해서는 화폐로 표상되는 자본주의적 삶의 비정함과 이기심, 악덕을 깨닫기도 한다. 이렇게 구자석은 『형성』의 냉소적이고도 위악적인 주인공인 '나'(균서)와는 다소 다르게 삶과 사람에 대한 보다 폭넓고도 다양한 접촉과 만남을 통해 진정성 있는 삶의 태도를 소망하고 표출한다. 물론 구자석 또한 『형성』의 주인공과 마찬가지로 현실과의 불화, 기성세대의 일원으로 편입되는 것에 대한 두려움 그리고 기성세대의 일원으로 편입되지 않으려는 데서 비롯되는 자생적인 소외의식을 강하게 체감한다.

구자석은 '진정성'(authenticity)의 주체이다. 이때 진정성이란 "세계와 그 안에 자리하는 인간의 위치에 대해서는 폭넓은 견해를, 삶의 사회적 환경에 대해서는 덜 포용적이고도 덜 온화한 관점을 갖고 있는 자아를 구성하는 진실함에 대한 절박한 개념화이자 그러한 자아가 경험하는 열렬한 도덕적 경험"64이다. 진정성의 경험은 『낮에 나온 반달』의

4장인 '내 꿈을 지배하는 자는 내가 아니다/구자석(具滋錫)과 <그자석>/ 왕정복고 혁명'에 들어 있는 구자석의 낙서와 메모에서 가장 잘 드러난 다. '나는 구자석이다'로 시작되는 일련의 단편들의 특징을 세 가지로 요약하면 다음과 같다.

첫째는 자신의 주변성에 대한 성찰로, 그것은 한국이 좁으면서도 넓은 나라라는 것에 대한 상대적 각성과 그에 따른 자신의 주변부적 위치에 대한 자각과 연결된다. "넓은 한국을 좁게 만들어 주는 것은 특급열차와 같은 것이고, 넓은 한국을 좁은 줄로만 아는 것은 특급열차 의 1등 객실 손님들과 같은 사고방식임을 알만하다."(36쪽) 국토를 답사 하고자 하는 구자석의 편력과 그에 따른 내적인 방황은 여기에서 비롯된 것이다. 둘째는 역사적 존재로서의 자신에 대한 성찰로, 구자석은 자신 을 "왜정 시대의 이상(李箱)처럼" "내 꿈을 지배(支配)하는 자는 내가 아"님을(37쪽), 역사를 그로부터 깨어날 수 없는 악몽으로 경험하고 있다. 셋째는 변방에 자리 잡은 자신의 역사적 위치에 대한 계급적 각성이다. 구자석은 개발과 발전에도 불구하고 "수많은 계층"이 "벽을 쌓아 가고 담을 쌓아"가게 되면서 "하나의 계층에서 다른 계층에로의 이월은 점차적으로 어렵게" 되는(39~40쪽) 사회적 이동성의 불가능성 을 실감하면서 "계층과 계층 사이의 장벽을 허물고 나서도 생각을 가능 케 할 수 있는", "낮에 나온 반달"과도 같은 "지식인"으로서의 자신을 성찰한다.(40쪽) 이렇게 주변성, 역사성, 계급성에 대한 구자석의 자각 과 진정성의 경험에는 1960년대 후반, 발전과 개발로 가속화되면서도 그에 따른 사회적·역사적 진보는 미답(未踏)이거나 반동인 모더니티와 의 불화가 내포되어 있다.

이런 식으로 자발적 소외와 망명을 자청하는 구자석의 집요한 성찰과

64 Lionel Trilling, "Sincerity: Its Origin and Rise", *Sincerity and Authenticity*, Cambridge, Massachusetts: Harvard University Press, 1971, p. 11.

사색은 발터 벤야민의 만보객처럼 거리로 확대된다. 예를 들면 종로 2가의 YMCA에서 우연히 마주친 "가출한 개새끼"에 대한 측은지심 속에서 그는 자기 자신을 "가출한 개새끼 이상"으로 간주하거나(111쪽), "백인들 틈새에 끼여 이상한 증오의 눈알을 번득이며 도시 한복판"을 걷는 "깜둥이"와 스스로를 동일시하기도 한다(111~12쪽). 거리의 편력을 통해 체감된 자의식은 독서를 통해서 얻어진 한낱 추상적 관념의 소산이 아니라는 데서도 중요해 보인다. 앞서 분석한바, 구자석이 쓰는 고백적인 메모와 편지 등은 거리에서의 편력과 방황이라는 체험적 실감을 통해 삶의 구체성을 확보한다. 구자석은 "나 자신이 지탱되기 위해서 필요한 것이 어떤 소시민적인 일상성이라면 나는 공포감마저 느끼게 된다"(50쪽)고 고백하는 한편으로, 사회적 편입에의 시대적 요구와 그 자신의 실존적 방황이라는 틈바구니 속에서 괴로워하기도 한다. "60년 대가 다 흘러가 버린 이 세월, 바로 경제건설과 국방 강화가 당면 과제로 시급해진 이 세월에, 그런 것은 알지도 못한다는 듯이 방황하고 있는 나는 얼마나 딱한 것일까? 그러나 이러한 방황을 회피해서는 전혀 아무것도 이루어질 수 있는 게 없으니, 어떻게 하지."(55쪽) 방금 인용한 두 구절은 구자석이 르네상스 뮤직홀에서 공소저에게 썼으나 보내지 않은 편지의 일부로, 그것은 그가 노숙하는 공사판이나 퇴계로의 6층 빌딩의 옥탑 방에서 적는 통찰력 있는 메모들처럼 단편화되어 있다.

그렇지만 구자석의 메모와 편지쓰기는 모자이크처럼 모아져 삶의 스토리, 즉 서사를 형성하려는 노력의 일환으로 읽을 필요가 있다. 구자석은 서사를 통해 삶의 일관성과 정체성을 획득하려는 인물이라는 점에서 예술가소설 주인공의 전신(前身)으로 간주해볼 수도 있다. 공소저에게 보내는 편지에 구자석이 인용하는 소설가 윌리엄 포크너의 말은 소설 전체와 관련되어 의미심장하게 읽힌다. "우리의 연대기는 얼마나 무의미한가? 어떤 개인이 이 무의미한 연대기에 성실한 자아를 가지고 노력한다면 그 노력은 또한 얼마나 무의미한가?"(51쪽) 그러나 포크너의 문장은 개인은 자신의 연대기를 형성할 수 없다는 허무한 비관론을 단순하게 인유하기 위해 동원된 것이 아니다. 그것은 오히려 성실한 자아를 통해 개인은 자신만의 연대기를 가져야 한다는 의지의 역설(力說)로 읽힌다. 구자석은 "스토리를 갖고 있는 인간"이 드문 이 시대에 대중사회에서 인사이더로 자처하는 많은 인간들이야말로 "단지 그 마음속에 신문기사를 갖고 있을 뿐"(57쪽)임을 통찰하고 있는 개성이다.

전 국토의 개발과 고도성장의 산업화로 특징지어지는 1960년대 후반 '저발전의 발전'이라는 한국의 모더니티에 대한 구자석의 인식과 판단은 대체적으로 그것이 아직은 모더니티의 특성을 제대로 갖추지 못한 미완의 프로젝트라는 것이다. 서울은 여전히 고루한 사회적 질서와 낡은 도덕률이라는 과거가 현재를 무겁게 지배하고 있으며, 미래의 발전과 건설과 개발이라는 명목으로 투기와 사기와 덤핑이 현재를 좀먹어가면서 활개를 치고 있다. 낡은 옛것이 미래의 구도를 호도하고 선점하면서 동질적이고도 공허한 현재마저 채워버린 왕정복고의 시대에서 구자석과 같은 젊음은 무엇을 할 수 있는가. 『낮에 나온 반달』에는 연극배우이자 친구인 정세련에 의해 호명되지만 구자석에게 어울릴 법한 문학적인 모델, 자아이상이라고 할 만한 캐릭터가 한 명 등장한다. 그는 이상주의자인 편력의 기사(騎士) 돈키호테이다. "돈키호테가 벌이는 짓은 꼭 도깨비 하품 같은 짓이지만, 그런 짓이 아닌 제스처를 가지고서는 이 답답한 현실을 할퀴어낼 수 없을 거야. 나는 돈키호테를 특히 하나의 이상주의자, 희귀한 이상주의자로 부각시켜보고 싶단 말야. 그런 이상주의자가 현실적으로는 비웃음을 받고, 경멸당하고, 조롱감이 되고 있다는 걸 선명하게 떠올리고 싶단 말야."(91~92쪽) '돈키호테'는 박태순의 「단씨(段氏)의 형제들」65의 주인공으로 돈키호테를 떠올리는 음차(音借)인 '단기호'의 모델인데, 그 이전에 돈키호테는 편력과 방황,

모험을 자처하는 구자석에게 어울리는 인물이기도 하다. 그런데 왜 돈키호테인가. 헤겔은 근대소설의 젊은 주인공이 범속한 세계를 극복하려는 이상으로 인해 현실과 불화하는 돈키호테적인 기사임을 지적한다.

이제는 경찰, 법, 군대, 국가의 통치가 그 자리에 들어선 것이다. 그와 더불어 새로운 소설 속에서 활약하는 주인공들의 기사도 정신도 역시 변한다. 그들은 사랑과 명예, 질투 같은 주관적인 목적이나 현실 속에 있는 기존질서와 범속한 세계를 더 낫게 만들려는 이상을 지닌 개인들로서, 모든 측면에서 그들에게 어려움을 주는 현실에 대립한다. 그러한 세계는 그 주인공 개인에 맞서 냉혹하고 견고하게 스스로를 폐쇄시키며, 주인공의 열정에 굴복하지 않고 오히려 주인공의 아버지나 숙모 또는 시민사회적인 상황들을 장애물로 내세운다. 여기에서 새로운 기사들은 주로 젊은이들로서, 그들은 그들의 이상에 역행해 실현되는 이런 세상의 흐름들 사이를 싸우며 뚫고 지나가며, 일반적으로 가족이나 시민사회, 국가, 법, 직업 따위가 있다는 것조차 불행으로 간주한다. 왜냐하면 이처럼 삶의 본질적인 관계들은 그 안에 한계성을 지니고 있어서 개인들의 심정에 깃들인 이상이나 무한한 법에 가혹하게 대립되기 때문이다.[66]

여기서 돈키호테의 캐릭터가 구자석이라는 교양소설의 인물형을 설명하는 데 반드시 꼭 들어맞는다고 할 수는 없겠다. 돈키호테의 편력과 방랑, 모험과 구자석의 그것이 다만 유사할 뿐이며, 『돈키호테』의 피카레스크식 소설양식과 『낮에 나온 반달』의 편력과 모험담의 구조가 비슷할 뿐이다. 『돈키호테』에서 보이는 것처럼 마법이 사라진 세속화된

<hr>

65 박태순, 「段氏의 형제들」, 『문학과 지성』, 1970년 겨울호.
66 G. W. F. 헤겔, 『헤겔 미학』 2, 407~408쪽.

근대에 뒤늦게 뛰어들어 기사도 윤리라는 중세의 낡은 가치를 현실에 무모하게 적용하려는 돈키호테의 행동에 나타난 희극성과는 달리 『낮에 나온 반달』에서 희극적인 것은 오히려 새로운 주인공이 아니라 낡은 세상이라는 점에서 두 작품의 차이는 뚜렷하다. 그런데 근대의 교양소설에 적합한 젊은 주인공은 헤겔의 설명에 등장하는 근대의 젊은 편력기사이며, 그것은 구자석의 경우에도 어느 정도 들어맞는다. 그리고 구자석은 돈키호테 대신에 방랑시인인 김삿갓이나 서자 출신으로 집을 떠나는 홍길동 또는 <대동여지도>를 만들기 위해 전 국토를 답사하는 김정호를 돈키호테의 한국적 모델로 극화하는 것이 어떻겠느냐는 충고를 친구에게 한다. 구자석의 충고에는 한국적 특수성에 대한 역사적 감각이 엿보이지만, 그러한 감각이 돈키호테라는 인간형을 거부하는 쪽으로 흐르지는 않는다. 구자석이 공소저와의 대화 속에서 셰익스피어의 『맥베스』를 한국의 연극무대로 옮겨왔을 때 어쩔 수 없이 생겨버리는 통속성과 우스꽝스러움을 지켜보면서 다음과 같이 말할 때, 돈키호테는 오히려 왕정복고라는 반동과 희극의 시대를 제대로 '할퀴는' 인간형이라고도 할 수도 있겠다. "의욕도 가지고 있고 간절히 희망도 하고 있지만 실제로 해보면 그 무엇인가가 자꾸만 방해를 놓아서 결국 우스꽝스러운 장난처럼 돼 버리고 만단 말이야."(95쪽) 왕정복고가 사람들의 대부분의 꿈을 지배하고 있는 대낮에 어울리지 않게 도드라지게 튀어나온 낮달의 이미지는 구자석의 꿈에서 표출되었던 것처럼, 혁명에의 충실성이 퇴색하고 오직 발전과 개발을 호도하는 반동의 세기와 어울리지 않을뿐더러 그와 불화할 수밖에 없는 문제적 개인인 구자석에 대한 미완의 초상이기도 하다.

　박태순의 『낮에 나온 반달』은 자신의 선량함을 증명하기 위해서는 오히려 악인이 될 수밖에 없다고 말하면서 연인인 공소저와 함께하는 삶조차 거부하고 떠날 수밖에 없었던, 1960년대 후반을 살아가는 한 젊은 편력기사의 끝나지 않는 모험담이다. 이렇듯 박태순 소설의 젊음의 초상에는 자신의 계급적, 역사적, 주변적 위치에 대한 자각과 불화를 통해 현실과 타협하지 않으려는 젊음의 진정성이 엿보인다. 물론 이때 진정성은 자신이 진정한 존재라는 환상을 불러일으킬 수 있는 "하나의 상태가 아니라, 비본래성으로부터 아슬아슬하게 강제로 탈취해내고 재포착·재정복해낸 어떤 것이요, 항상 이전 형태(하이데거의 경우 익명성, 사르트르의 경우 '자기기만')로 다시 와해될 위험에 처해 있는 어떤 것이다."[67] 따라서 박태순의 교양소설에서 젊음의 진정성은 사회화의 요구에 직면하면서 요동치는 성찰적 자의식일 수밖에 없으며, 스스로에게 방황과 편력을 지속적으로 부여하고 명하는 삶의 윤리적 형식이다.

박태순은 4·19세대 작가들 가운데서도 역사의 변화에 대응하는 젊음의 위기의식을 지속적으로 문제 삼은 작가로, 젊음에 대한 박태순의 탐구는 『어느 사학도의 젊은 시절』 등을 통해서도 1970년대 후반까지 지속된다. 박태순의 작가적 문제의식은 젊음이 더 이상 무엇이든 할 수 있는 가능성만으로 존재하는 어떤 것이 아니라, 기성 가치관의 변화와 에토스의 혼란에 직면하면서 사회적 초자아의 압박에 위기를 느끼고 조로할 위험에 처한 젊음이라는 것에서 비롯된다. 즉 심리사회적 유예기간으로서의 젊음은 사회화의 압력과 전면적인 갈등을 빚으며, 그때 젊음은 문제적인 것이 된다.

박태순의 교양소설은 1960년대 중반부터 가속화된 산업화와 도시화에 따른 현실의 변화에 내맡겨진 삶의 끊임없는 '이동성' 그리고 급격하게 변모하고 혼란스러운 주변부적 모더니티의 현실과 불화하면서도 그것과 대결하려는 데서 비롯되는 '내면성'이라는 젊음의 고뇌를 상징

---

67 프레드릭 제임슨, 「사르트르와 역사」, 277쪽.

적으로 포착한다. 이러한 측면들이『형성』에서는 아버지로 상징되는 기성세대의 가치관과 사회화의 형식에 담긴 속물주의에 대한 아나토미에 가까운 자기풍자로,『낮에 나온 반달』에서는 피카레스크 소설을 연상시키는 끊임없는 방랑과 이동 그리고 그것을 '인지적 지도그리기'라는 방식으로 기록하려는 등의 진정성 어린 성찰로 표현된다. 박태순의 교양소설에서 속물주의와 진정성은 그저 막연히 대립되는 것이 아니며, 진정성이란 속물적인 삶에 대한 끊임없는 자기반성과 성찰 속에서 언뜻 보이는, 일방적으로 강요되는 사회화와 구별되는 삶의 진정한 '형성'과정이다.『형성』에서『낮에 나온 반달』로 이동하면서 박태순은 '외촌동 연작'을 통해 도시화와 산업화로 인해 소외된 삶의 다양한 면모와 그들의 삶의 생동성에 대해 문학적 관심의 폭을 넓혀 가는데, 이러한 과정을 통해 박태순의 소설은 부르주아적 삶과 주체성의 형식을 넘어설 가능성을 획득했을 뿐만 아니라, 1970년대 민중문학의 초창기 형태를 선구적으로 개척하기에 이른다고 하겠다.

6. 자기와 공동체의 정체성 형성

1. 자기형성 소설로서의 교양소설

1967년『현대문학』이 주관한 제1회 장편소설 공모를 통해 각각 가작과 당선작으로 선정된 김원일의 『어둠의 축제』(1967; 1975)와 이동하의 『우울한 귀향』(1967; 1978)은 앞서 분석한 최인훈, 김승옥, 박태순의 교양소설과 또 다른 형식과 내용을 선보이는 교양소설이다. 서사적 지향점과 스타일이 다름에도 불구하고 『어둠의 축제』와 『우울한 귀향』은 다른 작가들의 교양소설과 구별되면서 공통점을 드러낸다. 서라벌예대 출신의 선후배 관계이지만 동년배(1942~)인 김원일과 이동하 또한 김승옥, 박태순 등과 마찬가지로 한글로 대부분의 교육을 받았으며, 두 작가의 소설에서 심심찮게 언급되는 서양소설과 소설론에서 환기되는 것처럼 모국어로 번역된 서양문학의 세례 속에서 문학적 감수성과 스타일을 연마했다. 또한 그들은 김승옥, 박태순과 마찬가지로 4·19 혁명을 젊은 나이에 체험했을 뿐만 아니라 그 경험의 여파와 진동이 작품들에서도 감지되는 신세대 작가들이다. 김원일과 이동하의 교양소설은 다른 장에서 분석한 작가들의 교양소설과 비슷하게 젊음과 형성이라는 과제를 소설의 핵심적인 주제와 사건, 플롯으로 취급하고 있지만, 다른 작가들과 달리 몇 가지 접근방식에서 상이하고 독특하다는 데서 주목할 만하다. 이러한 차이와 독특성을 네 가지 측면에서 정리해 보면 아래와 같다.

첫째, 『어둠의 축제』와 『우울한 귀향』에서 다른 작가들의 교양소설과 비슷하게 젊음은 그 자체로서 의미 있으며 독특하다는 특권적인 관념을 유지하면서도 서사를 통해 형성된 정체성의 기호인 젊음의 의미와 가치를 탐구한다는 점에서 다른 교양소설들과 차별된다. 정체성의 상징적 기호인 젊음을 발견해나가는 서사에서 중요하게 부각되는 것은 바로 유년기의 삶이며, 유년기에 대한 기억과 회상은 『어둠의 축제』와 『우울한 귀향』의 서사를 형성하는 동력으로 중요하게 등장한다. 기억과 회상을 통한 유년기의 재발견이라는 측면에서 이 두 소설은 최인훈의 『회색인』과 비교된다. 『회색인』에서 독고준이 어린 시절의 행복했던 나날들과 함께 폭격에 의한 외상(trauma)을 떠올리는 장면을 재구성해 내는 기억작용은 젊은 독고준의 정체성을 형성하는 데 자양분이 되는 탯줄과 뿌리의 역할을 하고 있다. 그러나 『회색인』에서 독고준은 자신의 의지와 무관하게도 전쟁으로 인해 삶의 터전에서 뿌리가 강제로 뽑히고 가족이라는 인륜적 공동체의 이산(離散)으로 인해 피난민의식이라는 정체성을 형성한다. 그것은 '나는 가족이 없다. 그러므로 나는 자유롭다'라는 식으로 자신의 단독적인 주체성을 선언하는 계기가 된다. 이에 비해 『어둠의 축제』와 『우울한 귀향』에서 유년기에 대한 기억과 회상에는 근원적인 행복과 근원적인 공포가 함께 얽혀 있다. 김원일과 이동하는 김승옥, 박태순과 비슷하게 유년시절에 국지적인 내전과 6·25 전쟁을 경험한 세대로, 김승옥과 박태순의 교양소설에서는 그리 잘 드러나지 않았던 전쟁의 기억을 부분적으로 상기하거나(김원일) 전

262

면적으로 재구성한다(이동하). 김원일의 『어둠의 축제』에서 전쟁은 인류적 공동체를 파괴하고 강제적인 이산을 낳게 한 외상적인 경험으로 기억되며, 그에 대한 심리적인 반작용으로 『어둠의 축제』에서 특별히 강조되는 것은 공동사회에 거의 가깝게 묘사되는 가족과 사과밭의 이미지로 표상되는 고향이다. 이에 비해 이동하의 『우울한 귀향』에서 주인공이 유년기에 겪었던 전쟁은 사계절이 순환하는 고향에서의 조화로운 기억에 무겁게 드리우는 어둠의 공포로 체험된다. 주인공이 겪었던 어둠의 공포는 사살된 빨치산의 시체가 놓여 있는 어둠 속 구덩이의 이미지로부터 강렬하게 환기되며, 그리하여 유년에 대한 원형적 이미지인 고향은 기억을 재구성하는 자전적 글쓰기를 통해 차츰 역사적 기억의 장소로 변형된다.

둘째, 김원일과 이동하의 교양소설에서는 유년시절의 기억과 연관된 고향의 의미가 다른 교양소설보다 각별하게 부각된다. 이들의 소설에서 고향은 최인훈의 『회색인』에서 해방 후 실시된 북한정권의 토지개혁으로 땅을 몰수당해 가족들이 이산할 수밖에 없었던 역사적 상처가 아로새겨진 공간인 동시에 유년시절의 기억 속에서 상실된 낙원의 이미지이다. 차이점이 있다면, 『어둠의 축제』에서 고향은 『회색인』에서처럼 상처와 행복이 중첩된 과거에만 머무르는 것이 아니라, 여전히 고향의 가족에 대한 튼실한 믿음과 그들이 경영하는 과수원의 아름다운 이미지를 통해 주인공에게 삶의 존재이유를 각별하게 공급하고 있는 곳이다. 그에 비해 이동하의 『우울한 귀향』의 고향은 현재 시점에서는 서울생활에서의 쓰라린 환멸에 의해 채색된 주인공의 내면에 어울리는 겨울의 우울한 풍경이다. 그러나 주인공이 쓰는 소설을 통해 문을 여는 유년시절 속 고향은 사계절의 순환과 리듬에 어울리는 조화의 풍경인 동시에 구덩이에 누워 있는 빨치산의 시체와 부농과 소작인의 갈등을 통해 그 아픈 상처가 점점 벌어지는 역사적인 공간이다.

한편으로『어둠의 축제』의 고향은 김승옥과 박태순의 소설에 묘사된 고향과 지방, 즉 빠르게 산업화되고 노동인구와 원자재 공급으로 만들어진 도시의 생산품 일부가 소비됨으로써 도시를 닮아가는 고향이나 지방과도 다르다. 김원일 소설에서 고향은 여전히 "하나의 살아 있는 유기체"[1]로써의 공동사회에 가까우며, 그것은 소설에서 전쟁과 이산에 따른 공동체의 파괴와 상실을 상상적으로 만회하려는 허구의 기능을 적극적으로 갖는다고 할 수 있다. 마찬가지로 이동하 소설에서 주인공의 회상적인 글쓰기를 통해 드러나는 고향 또한 인륜적 공동체를 존속해오다가 역사의 개입에 의해 점점 파괴되어가는 공동사회의 이미지를 닮았다. 그런데 이들 소설 속에 재현된 고향은 그들이 상상하거나 재구성하는 과정을 통해 온전히 복원된, 있는 그대로의 실체라기보다는 역사가 매개된 허구의 이미지이다. 여기서 자본주의의 역사적 진전 속에서 변화해가는 도시와 시골의 변증법적이고도 역사적 상호작용에 대한 레이먼드 윌리엄스의 통찰은 김원일과 이동하 소설의 고향의 이미지와 의미론을 독해할 때에도 유용하게 참조할 만하다.

그렇지만 우리는 여기서, 소외되지 않은 경험이 농촌의 과거이고 현실에 근거한 경험이 도시의 미래인 이 중심적 사례 속에서, 시골과 도시의 강력한 이미지들 중 일부를 만들어 낸 진정한 원인을 볼 수 있다. 우리가 이미지들을 보는 데서 그친다면 한 이미지에서 다른 이미지로 왔다 갔다 할 수는 있을지언정, 깨달음은 없을 것이다. 왜냐하면 우리는 시골과 도시 모두에서 소외, 분리, 외부성, 추상화의 현실적 사회과정을 보아야 하기 때문이다. 그리고 그것은 농촌 자본주의와 도시 자본주의의 필연적 역사를 통해서 비판적으로 보는 것일 뿐 아니라,

1 페르디난트 퇴니에스,『공동사회와 이익사회』, 222쪽.

실질적으로 보는 것이기도 해야 한다. 즉 무수한 사람들이 많은 경우 억압을 받으면서 삶을 통해 발견하고 재발견하는 직접성과, 관계와, 상호성과, 공유의 경험들, 결국 우리로 하여금 현실의 왜곡이 어느 정도인지를 규정하게 해 주는 유일한 원천인 바로 그 경험을 긍정하면서 보아야 하는 것이다.[2]

한마디로 김원일과 이동하 소설에서 재현되고 재구성된 고향 이미지에 내포된 자연과 신화, 공동사회와 인륜적 공동체의 의미론은 정태적이고 무역사적인 것이 아니라, 자본주의와 근대국가의 역사적 구축 또는 파괴에 따른 산물임에 유의해야 할 것이다. 그리고 여기에 김원일, 이동하 세대의 젊은 작가들의 유년시절에 6·25 전쟁이 미친 역사적 상처와 공포의 체험 그리고 그것들을 상상적으로 해소하려는 허구적이면서도 이데올로기적인 작용이 있다. 그것은 김원일 소설에서는 '나'라는 정체성의 뿌리를 거슬러 올라가는 기억행위를 통해 그리고 이동하 소설에서는 정체성의 기원을 찾아가는 회상의 글쓰기를 통해 작동된다.

셋째, 김원일과 이동하의 소설에서 젊음은 '나'의 정체성 형성과 긴밀하게 연결되어 있다. 정체성은 주어진 시간 속에서 그저 그렇게 만들어지는 "자기 동일성이 아니라 지속적이고도 연속적이며 개방적으로 시간의 흐름에 따라 하나의 이야기를 살아가는 행위"[3]를 통해서 획득된다. 먼저 김원일의 『어둠의 축제』를 보면, 젊은 주인공과 친구들이 밤마다 모여드는 클럽 아마존에서 재즈의 불규칙한 리듬에 맞춰 함께 벌이는 통음난무의 축제는 무미건조한 현실의 질서를 따르는 규격화된 시간을 거슬러 주체할 길 없는 젊음의 감각적 자유를 발산하고 자신만의 고유한

2   레이먼드 윌리엄스, 『시골과 도시』, 569쪽.
3   찰스 귀논, 『진정성에 대하여』, 강혜원 옮김, 동문선, 2005, 166쪽.

시간의 리듬을 확보하고자 하는 의미를 내포하고 있다. 그럼에도 젊음의 축제는 고향에서 부모님이 정기적으로 부쳐주는 용돈, 즉 부모님의 노동과 주인공에 대한 가족의 지극한 관심과 애정을 통해 가능했던 것이다. 이러한 자기 인식을 통해 주인공은 스스로를 도시 속의 원자적이고도 뿌리 뽑힌 존재로 인식하기보다는, 고향과 가족의 구성원으로서 그리고 더 넓은 가문과 혈통 그리고 역사라는 내러티브의 맥락 속에서 자신의 위치를 정립하고자 한다. "인간 행위자를 하나의 내러티브로 이해한다고 말하는 것은 인간의 실존이 불가피하게 더 포괄적 의미의 배경, 즉 전통 안에 자리 잡고 있다는 의미이며, 전통 자체도 내러티브의 형태를 가진다는 뜻이다."[4] 『어둠의 축제』에서 유년시절에 대한 주인공의 기억 속에서 그리고 그의 친구들 모두가 서로에게 들려주는 전쟁의 상흔에 대한 짧지만 강렬한 외상적인 상기(想起)를 통해 뚜렷하게 감지되는 것은 전쟁에 의해 가족 및 친족과의 삶의 연관과 고리를 강제로 끊기게 된 자들이 겪는 뼈아픈 단절의식과 그에 따른 짙은 비애감이다. 주인공과 친구들 사이의 우정은 가족에 대한 주인공의 특별한 애착과 마찬가지로 공동체 속에서의 자신의 위치와 존재감, 삶의 연속성을 확보하려는 노력과 무관하지 않다. 『어둠의 축제』에는 '나'의 회상이 다소 약하게 나타나기는 하지만 이야기를 함으로써 또 이야기를 살아감으로써 삶의 고유한 리듬을 회복하려 하고, 자기 자신을 과거와 역사의 일부분으로 확인하며, 가족 및 친구와의 인간관계 속에서 '나'의 실존적 위치와 정체성을 확보할 수 있다는 믿음이 전제되어 있다. 소설에서 주인공이 막연하게나마 꿈꾸고 이국에 대한 동경을 통해 나타나는 예술가적 삶과 고향에서 주인공에게 바라는 평범한 소시민적 삶은 『어둠의 축제』에 인용되는 '예술가는 길 잃은 시민'이라는 토마스 만의 통렬한

4   찰스 귀논, 『진정성에 대하여』, 176쪽.

인식과는 다르게 분열적이거나 대립적이지 않고 통합이 가능한 것처럼 보인다. 이 소설에서 젊음의 의미와 가치는 중화된다. 그것은 마치 통금시간이면 서둘러 끝내야 하는 통음난무의 축제처럼 한순간의 강렬한 리비도적인 몸짓으로 타오르고 승화되더라도 어디까지나 한시적일 수밖에 없는 것이다. 축제를 통해 맺어진 우정의 끈끈한 남성적 결속과 연대 또한 이별의 예감과 전조를 내포하게 된다. 젊음은 예외적이며 특별하지만 언젠가는 끝나게 마련인 것이다.

이동하의 『우울한 귀향』은 귀향한 주인공이 서울에서의 피로했던 대학생활을 반추하는 한편으로 피로감의 원인을 추적하고 그것을 거슬러 올라가는 글쓰기를 행하는 소설이다. '나'의 글쓰기는 "나는 어떠한 이야기 또는 이야기들의 부분인가?"[5]라는 물음과 연결된다. 삶은 그것의 예측불가능성과 함께 목적론적인 성격을 동시에 지니고 있다. 나는 내 삶이 어디로 가는지 도무지 예측할 수 없다고 느끼는 한편으로 그러한 삶에 통일성과 목적을 부여하려고 노력한다. 삶에는 예측불가능성과 목적이 불가분 공존한다. 따라서 삶은 마치 소설 속의 인물들처럼 그다음에 어떠한 사건이 일어날지 조금도 예측할 수 없다고 하더라도 미래를 향해 투사된 특정한 형식을 취하려고 한다. 이러한 삶의 형식이 바로 이야기(narrative)이다. 인간은 그저 울부짖는 것이 아니라 말을 하며, 말하는 행위와 실천 속에서 자기 자신의 삶의 목표를 창조해내는 동물이다. 보다 넓은 의미에서 말하면, 삶은 제아무리 선하든 악하든 간에, 가치 있든 그렇지 않든 간에 의미 있는 것이 되기 위해서는 그리고 의미 있는 것으로 만들기 위해서는 이야기의 형태를 취할 수밖에 없다.

삶은 이야기이다. 그리고 삶은 이야기를 통해 하나의 인간존재를 형성하며, 구체적으로는 '나'의 실존을 구성한다. 그때의 나는 부동의

5   알레스데어 매킨타이어, 『덕의 상실』, 이진우 옮김, 문예출판사, 1997, 318쪽.

위치에 있는 나가 아니라, 역사와 변화 속에서 끊임없이 생성되고 있는 고유한 실존이다. 박태순의 『낮에 나온 반달』에서 '스토리를 갖고 있는 인간'에 대한 주인공의 열망은 뒤집어 말해보면 인간은 저마다의 스토리, 즉 이야기를 가지려고 강하게 열망하는 존재라는 뜻이기도 하다. 이야기 속에서 "나는 탄생부터 죽음까지 진행되는 하나의 이야기를 살아가는 과정 속에" 있으며, 또한 "나는 다른 어떤 사람의 것이 아닌 내 자신의 것이며 또 나름의 고유한 의미를 갖고 있는 한 역사의 주체이다."[6] 이야기 속에서 형식을 갖추어가려는 삶이란 한편으로는 저 나름의 고유한 정체성을 만들어가려는 삶이기도 한데, 이때 "나의 정체성은 내가 하나의 입장을 취할 수 있게 해주는 지평(horizon)"[7]이다. 그리고 정체성에 대한 질문, 곧 '나는 무엇인가(what I am)'라는 질문은 이야기적인 통일성 속에서는 '나는 무엇이 되어 왔는가(what I have become)'라는, 삶이 놓여 있는 지평에 대한 보다 폭넓은 물음으로 바뀐다.[8] 나에 대한 질문은 이 질문을 근본적으로 가능하게 하는 구성적인 지평을 상상하고 탐구할 수밖에 없게끔 하는데, 그 지평이란 다름 아닌 역사와 공동체 또는 공동체의 역사이다. 삶 또는 정체성의 형성을 하나의 목적론적 성격을 갖는 이야기로 보는 관점은 김원일과 이동하의 교양소설에서 젊음을 다른 방식으로 이해할 수 있는 근거를 제공한다. "나는 성장하고 뭔가로 되어 가는 존재이기 때문에 내가 내 자신을 알 수 있는 길은 성숙과 퇴보의 역사, 극복과 패배의 역사를 거치는 길밖에 없다." "나의 자기이해는 필연적으로 시간적 깊이를 갖고 있으며 서사를 내포하고 있다."[9] 그렇다면 여기에서 하나의 질문을 던질 수 있을 것이다. 이

··

6   알레스데어 매킨타이어, 『덕의 상실』, 320쪽.
7   찰스 테일러, 『자아의 원천들』, 65쪽.
8   찰스 테일러, 『자아의 원천들』, 107쪽.
9   찰스 테일러, 『자아의 원천들』, 113쪽.

질문이란 나는 역사나 공동체와 같은 연관 속에서만, 그것의 일부분으로서 나에 대한 구성적 물음을 통해서만 비로소 그 삶의 의미를 확보하는 존재인가라는 것이다. 다시 말하면 나는 다른 무엇도 아닌 오직 나 자신을 통해서만, 나의 자기연관 속에서 단독성과 고유성을 주장함으로써만, 즉 무연고임을 내세우고 스스로를 과거의 뿌리와 절연된 고아라고 지칭함으로써만 나 자신의 고유한 실존과 정체성을 주장할 수는 없는 것인가. 이러한 주장은 지금까지 분석해온 최인훈, 김승옥 등의 교양소설 주인공에게서 보아왔던 것처럼, 젊음의 특권과 고유성을 내세우는 개인주의적인 입장과 깊은 관련이 있다.

그와는 다른 공동체주의적인 지평에서 김원일과 이동하의 교양소설의 젊은이들은 마치 이렇게 말하는 것처럼 보인다. "나는 과거와 함께 태어났다."[10] 그리고 또한 나는 내 이야기의 도정 속에서, 더 구체적으로는 나를 존재하게 해온 과거와 전통과 역사의 과정을 통해 삶의 미래와 역사를 형성해나가는 존재이다. "왜냐하면 나의 삶의 역사는 항상 내가 그것으로부터 나의 정체성을 도출해내는 공동체의 역사 속에 편입되어 있기 때문이다. 그리고 이러한 과거로부터, 개인주의적인 방식으로, 내 자신을 분리시키려는 시도는 나의 현재 관계들을 일그러뜨리는 것을 의미한다. 역사적 정체성의 소유와 사회적 정체성의 소유는 일치한다."[11] 『우울한 귀향』에서 주인공이 자신의 유년시절을 회상하면서 쓰는 자전적 이야기는, '나'라는 존재의 뿌리와 근원을 고향에 처음 철도가 놓이게 되고 철도공사 인부였던 증조할아버지의 시대로까지 거슬러 올라가 찾는다. 선대로부터 물려받은 기억과 전승의 형태로 존재하는 특수한 과거의 산물인 나에 대한 이야기를 통해서 나는 지금 자신에게

----

10 알레스데어 매킨타이어, 『덕의 상실』, 325쪽.
11 알레스데어 매킨타이어, 『덕의 상실』, 같은 쪽.

닥쳐온 삶의 피로감과 방황을 좀 더 넓은 역사적 지평 속에서 조망할 수 있는 원근법을 획득하게 되는 것이다. 다만 서사, 이야기를 통해 나의 기원으로 거슬러 올라간다는 것에는 이동하 소설의 경우, 글쓰기를 통해 역사적·사회적 정체성의 일부로 나를 발견하거나 회복하기 이전의 상처인 과거, 외상적인 역사와 조우한다는 특징이 있다. 이런 경우 글쓰기는 주로 과거, 역사와의 상상적이고도 이데올로기적인 봉합 또는 타협책을 마련할 수도 있지만 더러는 이러한 봉합 또는 타협책을 문제 삼을 수도 있다. 이러한 점에서 김원일과 이동하의 교양소설의 플롯은, 유리 로트만식으로 말하면, 성숙과 사회화 과정을 거부하는 역동적이고도 불규칙적인 '변형'이 아니라 하나의 서사적 목표를 두고 공동체와의 화해, 안정된 정체성 획득을 지향하는 '분류'에 가깝거나 그것을 예비하고 있다.

넷째, 김원일과 이동하의 장편소설에서 예술가를 꿈꾸거나 작가로 활동하고 있는 주인공은 자기 자신을 미적인 의미에서 새롭게 창조해나가는 실존이기도 하다. 다시 말해 나는 이야기를 통해, 어떤 의미에서는 예술적인 활동을 통해 무언가를 창조해내기보다는 우선 나 자신을 창조하는 것이다. 대중사회에서 뿔뿔이 흩어진 단자이자 무색무취로 존재하는 몰개성적인 존재는 고유하고도 개성적이며 의미 있는 존재로 거듭날 필요성을 절감한다. 앞서 보아왔던 것처럼, 무엇보다도 나라는 존재, 즉 삶이라는 이야기의 한가운데에서 생성 중인 나는 서사적 정체성을 통해 나 자신을 창조하는 존재이다. 다시 말해서 나는 나 자신에 대한 미적 창조의 주체이자 창조의 피조물이다. 『우울한 귀향』에서 주인공이 쓰는 자전적 이야기의 앞부분에서 상징적으로 드러나는 것처럼, 나는 나 자신이 태어나는 최초의 장면을 불가사의하게 그리고 최초로 목격하는 자가 된다. 교양소설과 관련지어 이야기해보면, 이러한 미적인 자기 의식과 지향성은 교양형성(Bildung)의 한 계기이다.[12] 자기 자신을 서술하고, 자기 자신에 대해 이야기하는 작업은, 다른 말로 자신을 창조하는 일일 뿐만 아니라 자신의 삶과 인격에 하나의 독특한 스타일을 부여한다는 뜻이기도 하다.[13] 『우울한 귀향』을 통해 1960년대 한국 교양소설은 예술가가 자신의 삶에서 일어난 근본적인 파열을 새로운 통일로 묶고 대립을 결합시키는 생활형식을 이룩해나가려는 예술가소설[14]의 형태를 처음으로 갖추게 된다. 예술가소설 주인공의 자의식에서 일어나는 삶과 예술의 대립, 또는 시민과 예술가의 대립 등은 『어둠의 축제』에서는 전면적인 문제로 떠오르지는 않더라도 주인공이 토마스 만의 소설주인공 토니오 크뢰거를 직접 언급하면서 평범하고도 무개성의 시민으로 살 것인가, 예술가라는 '길 잃은 시민'으로 살 것인가라는 질문을 던질 때 문제된다.

김원일과 이동하의 교양소설에서 젊음은 하나의 이야기적 통일성의 일부분으로, 끊임없이 생성하고 형성해나가는 삶의 전체적인 의미연관에서 중요하게 가치평가 된다. 한편으로 젊음은 삶의 한가운데에서 빛나는 순간으로 존재하는 것인 동시에 삶이라는 이야기 전체에서 볼 때 결국 일부분에 속하는 것이다. 인간이 자신의 이야기 속에서 이야기를 살아감으로써, 다시 말해 이야기를 창조해나감으로써 자신을 창조해가는 과정은 딱히 젊음에 한정되고 귀속되는 이야기만은 아니다. 『어둠의 축제』에서 가족이 바라는 삶의 방식을 저버릴 뜻이 없는 주인공의 모습으로부터 그리고 『우울한 귀향』의 결말에서 주인공이 피로와 방황으로 점철된 젊음은 빨리 끝나버려야 한다는 고백으로부터 짐작할 수 있는 것처럼, 이 두 편의 교양소설에서 젊음은 다른 작가들의 교양소설

---

12 한스-게오르크 가다머, 『진리와 방법』 1권, 161쪽.
13 알렉산더 네하마스, 『니체: 문학으로서의 삶』, 김종갑 옮김, 책세상, 1994, 276쪽.
14 헤르베르트 마르쿠제, 「독일 예술가소설의 의의」, 『마르쿠제 미학사상』, 김문환 옮김, 문예출판사, 1989, 16쪽.

과 마찬가지로 삶의 빛나는 계기임에도 불구하고 유년시절보다 덜 중요하게 취급되거나 어른이 되기 위해서라면 치러야 하는 삶의 통과제의가 된다. 젊음은 종결을 서두르게 되는 것이다.

2. 장남들의 축제: 김원일의 『어둠의 축제』 읽기

1-1. "클럽 아마존"과 분위기로서의 혁명

『어둠의 축제』는 1961년 2월 중순에서 4·19 혁명 1주년 기념일이 지나고 5·16 군사쿠데타가 일어나기 직전의 2개월 남짓한 시간적 배경이 횡축이 되고, 재즈와 서양음악이 흘러나오는 '클럽 아마존'을 중심으로 한 서울에서의 대학생활과 대구와 진영을 중심으로 한 고향에서의 생활이 종축을 이뤄 젊은이들의 우정과 다른 삶과 세계에 대한 동경, 젊음 특유의 열정과 객기를 펼치는 교양소설이다. 소설은 10장으로 이루어져 있으며, 소제목이 달린 각 장은 단편소설처럼 독립적인 구성으로 취해져 있지만, 이 장들은 다시 유기적으로 연결되어 한 편의 장편소설을 이룬다.

『어둠의 축제』에 대한 작가의 당선소감에서 잘 알 수 있듯이, 이 소설에는 작가 자신의 젊은 날에 대한 자전적인 체험이 담겨 있다. "우리의 세대가 보낸 한때의 무절제한 세월, 우정과 알콜과 재즈에 대하여 저는 증인으로 자청하여 나섰건만 원고지를 메꾸어 온 긴 시간 동안 너무나 무력을 통감했고, 기도로써 스물다섯의 외롭고 쓸쓸한 생을 참회하곤 했습니다."[15] 마치 실존주의와 허무주의의 부정의 정신이 4·19 혁명이 가져다준 자유의 바람을 타고 도착한 것처럼,[16] 소설에서

15 김원일, 「당선소감: 연약한 그릇」, 『현대문학』, 1967년 7월호, 225쪽.

특히 도시의 대학생활을 묘사하고 서술하는 대목들은 작가의 고백적인 당선소감을 그대로 증명해주는 것 같다. 4·19 혁명이 젊은이들에게 가져다준 막연한 해방감과 자유를 음악실과 술, 친구와의 만남 등을 통해 감각적으로 소일하는 『어둠의 축제』의 주인공으로, 작가 김원일 자신을 상당히 닮은 것 같은 주인공인 '나'(휘곤)는 스스로를 "타향에 던져진 독신사내"[17]로 여기고 있으며, 서울에 있는 대학에서 스페인문학을 전공하면서 늘 이국에 대한 강한 동경을 품는 등 감수성이 예민하지만 한편으로는 부모와 고향에 대한 기억과 그리움도 각별한 평범하고도 수동적인 젊은이이다. 그런 '나'에게는 친구가 여럿 있다. 광대는 대학의 체육과를 휴학한 럭비운동선수 출신으로 '나'와 함께 하숙생활을 해왔으며 곧 군 입대를 앞두고 있는 친구로, 그는 매우 거칠고 야성적인 삶의 본능을 강하게 지니고 있는 인물이다. 여기에 전직 권투선수였지만 언제나 "세계의 링"(51쪽)에 오르기를 꿈꾸는 한편으로 지금은 대학에서 연극을 전공하는 대단한 요설가이자 행동파 개성인 장익 그리고 부잣집 아들로 대학에서 미학을 전공하고 사진 찍는 것을 좋아하지만 아버지와는 불화하고 새어머니와의 괴로운 옛 인연으로 방황의 나날을 보내고 있는 연표가 '나'와 광대의 친구로 합류한다. 소설은 네 젊은이들을 각각의 특징에 맞게 개성적으로 잘 형상화하고 있는데, 이들은 4·19 혁명 직후를 "살고 있는 네 가지 유형의 젊은이를 표상하고"[18] 있다. '나'는 이들과 우정을 나누는 한편으로 그들의 삶을 관찰하면서 자신의 삶에서 결여된 것과 가능성을 함께 모색한다.

16 류보선, 「문학적 연대기: 어둠에서 제전으로, 비극에서 비극성으로」, 『작가세계』, 1991년 여름호, 34~35쪽.
17 김원일, 『어둠의 축제』(1967), 예문관, 1975, 26쪽. 앞으로 이 소설을 인용할 경우 본문에 쪽수를 표시한다.
18 정규웅, 「젊은 세대: 그 고뇌의 축도」, 『어둠의 축제』 해설, 298쪽.

『어둠의 축제』는 클럽 아마존을 통해 인연을 맺게 된 네 명의 젊은이들이 나누는 우정 어린 대화, 젊음의 객기에서 벌어지는 각종 소동사건을 담은 에피소드, 각자가 꿈꿔온 삶과 살아온 내력에 대한 회한 어린 고백 등으로 이루어져 있으며, 광대의 군 입대와 연표의 급작스러운 자살을 계기로 끝을 맺는 소설이다. 일인칭 서술자 '나'를 통해 전개되는 이야기 속에서 네 명의 젊은이들이 밤이 되면 모여드는 '클럽 아마존'은 한마디로 젊음의 공간이다.

열 서너 평 됨직한 그 안을 어떻게 표현해야만 좋을까. 남자들뿐이었는데도 전방 부대 주변의 창녀촌 골목같이, 관능적인 무우드에 넘쳐 있었다. 특히 빠른 속력으로 종횡무진 출렁거리는 더운 공기는 쾌락에 충만되어 있었다. 나는 그 분위기에서 나를 사로잡고 놓지 않는 매력을 붙잡을 수 있었으나 그것은 이 한국 특유의 고질화되어 버린 무미건조한 생활 속에서 쉽게 발견해 내기 어려운, 자극적인 분위기 때문이었던 것 같다. 누가 문을 밀고 들어와도 눈길 한 번 주지 않는 술군들의 무관심에, 무엇이 그들의 마음을 열광케 하고 있는가를 캐보려 했으나, 벌써 분위기 자체에 휩쓸려들기 시작한 나의 정신은 열기 띤 혼돈 속에서 이성을 가눌 수 없었다. (중략) 그런데 클럽의 분위기에 내가 매혹을 느낀 중요한 이유의 하나로서는 한 가지의 연상이 떠올랐기 때문이었다. 그것은 그 즈음 한창 내가 동경해 마지않아 꿈에까지 종종 떠오르던 브라질의 수출용 코오피 상자가 부두를 덮고 있는 항구의 향기로운 밤을 타고, 향수 내음과 관능에 절어 있는 나이트클럽, 그곳으로 들어선 듯한 착각 때문이었다.(34~35쪽)

'클럽 아마존'은 젊음이 자신의 향락과 충동을 소비할 수 있는 장소로, 젊음이 젊음이라는 느낌은 그곳에서 주로 연출되는 독특한 '분위기'를 통해서만 짐작이 가능해진다. 낡고 퇴색한 천장, 술과 담배꽁초가 쏟아진 더러운 시멘트 바닥을 쿵쿵 울리는 음악과 소음으로 변해버린 말들, 거친 몸짓들, 담배연기로 가득 찬 클럽 아마존에서 젊은이들은 카운터에서 쏟아지는 음악에 따라 흥얼거리고 잡담을 주고받거나 독작(獨酌)을 한다. 소설은 클럽 아마존을 "마치 자기 내부를 거리낌 없이 드러내놓는 작은 광장"(38쪽)으로 묘사하고 있으며, 이 '광장'의 분위기와 거기서 벌어지는 사건을 "카니발"(같은 쪽)로 간주하고 있다. 그리고 이러한 카니발의 분위기는 '나'의 심상공간 속에서 영화의 스틸에서 비롯된 환각적인 이국풍경을 떠올리게 한다. "카운터에서 쏟아지는 라틴송의 음률은 나의 머리에다 늘상 생각해오고 있던 한 가지의 공상을 불러일으켜 주었다. 대서양에서 불어닥치는 라일락 향기 같은 열풍과 작열하는 태양 아래서 메스티조 족들이 베푼 사육제의 분위기, 즉 수많은 날개를 번득이며 요동하고 있는 바다로 풀려 빠지는 강가와, 선명한 빛깔로 불타오르는 평야 사이의 넓고 뜨거운 모랫벌에서 뛰노는 벌거숭이들의 율동에서 느껴지는 끈적한 관능과 황홀한 도취경——. 나는 마침 그 스틸을 시야에 펼쳐 놓고 있었으니 아마 몇 달 전에 두 편 동시상영(同時上映)하는 싸구려 극장에서 보았던 마셀 카뮈의 감독 작품인 <흑인 올페>란 영화의 감명을 잊지 못하고 있었던 것이다."(38~39쪽) 이러한 '나'의 엑조티즘, "대단한 해외 도피병"(63쪽)은 느닷없거나 생뚱맞은 것은 아니며, 다만 젊음이 발산하는 분위기를 한껏 고양시킬 뿐이다. 『어둠의 축제』에서 작중인물을 등장시킬 때도 마치 한 장소의 분위기를 묘사하듯이 장소와 결코 분리될 수 없게끔 인물을 스케치한다. 한마디로 『어둠의 축제』에서 젊음은 젊음이 발산하는 분위기이다.

주위를 둘러볼 때, 큰 동공에 안개의 미립자처럼 자욱하니 떠돌고 있는 우수, 즉 내향의 성(城) 안에 정좌하여 바깥세상을 자기의 테두리

속으로 끌어들여 분석하여 보기를 즐기는 청년이 그 나이쯤에 곧잘 수반하고 다니기 마련인, 모든 사물을 대할 때 느끼는 불신, 쥐거나 품으면 환상으로 변해 버릴 듯 싶은 허망한 기대, 항시 다급히 느껴만 지는 초조한 시간, 이런 유동적인 정신이, 외양적이라 믿어지는 그의 성격 심부에 잠재한다는 것을 캐낼 수 있어, 그의 쾌활히 지껄이는 풍부한 속담(俗談)이 전혀 가공의 이야기만 같이 생각되었다. 그러나 나의 그런 주관적인 관찰이란 것이, 저 8월 정오의 태양같이 '열광적인 놈'이라는 직감적인 첫인상을 허물 수는 없었다.(51~52쪽)

  '나'의 친구가 되는 장익에 대한 첫인상을 묘사한 인용문에서 젊음은 '사물을 대할 때 느끼는 불신', '허망한 기대', '초조한 시간', '유동적인 정신' 등으로 묘사되는데, 간단히 말하면 젊음은 젊음에 대한 익숙한 이미지들의 조합이다. 『어둠의 축제』에서 젊음은 젊음의 이미지라고 할 만한 것들을 문학과 음악, 영화와 연극 등에서 빌려와 그것을 콜라주해서 '안개의 미립자처럼' 발산하고 있다. 소설에서 주인공과 그의 친구들이 클럽 아마존으로 모여들어 밤마다 광태와 기행에 가까운 소란스러운 축제를 벌이는 이유는 다음과 같이 제시되어 있다. "궁극적으로 따져 들어가면 실로 아무렇지도 않은 사실에다 열을 올리는 그 허황한 젊은이들의 타성 속에는, 우리들의 자신을 망각해 버리고 싶은 반발과 초라한 내 이웃의 삶을 잊고 싶은 증오가 뒤엉켜 있었던 것은 아닐까."(139쪽) 클럽에서 벌어지는 광란의 축제는 한편으로는 4·19 혁명을 바라보는 '나'의 심리적 작용과 반작용의 벡터에서 설명될 수도 있을 것이다. 클럽 아마존은 오직 젊음을 위한 공간이다. 보다 긍정적으로 해석할 수 있다면, 이들이 클럽 아마존에서 벌이는 무질서의 축제 그리고 '나'의 엑조티즘은 4·19 혁명을 통해 얻어질 수 있었던 현기증 나는 자유로부터 비롯되는, 기성질서와 현실에 대한 부정의 정신이 특별히 육체적이고도 감각적인 방향으로 발산된 것이라고 할 수 있겠다. 작가 자신은 한 술회에서 4·19 혁명과 5. 16 군사쿠데타를 언급하면서도 자신은 "정치나 사상이 거대한 허깨비로 보였고 이념문제라면 애써 등을 돌렸다"[19]고 말하고 있지만, 한편으로 그가 4·19 혁명을 맞은 "그해 가을부터 그 감격 끝에 쓰기 시작한 작품"[20]이기도 한 『어둠의 축제』에는 분명히 4·19 혁명이 젊음에게 끼친 여파가 강력하고도 압도적인 '분위기'로 강하게 남아 있다.

그렇다면 이 소설을 둘러싸고 있는 4·19 혁명의 분위기란 무엇인가. 혁명은 물론 혁명 당시의 격렬한 소요와 파괴적인 무질서의 끝나지 않을 것만 같은 양상과는 다른 분위기로 나타난다. 도서관에서 '나'가 읽는 잡지의 "4월 혁명에 대한 특집편"에는 "이 정권 시대에는 어용학자가 아니면 침묵으로 자신의 안일만을 꾀하던 교수들이, 젊은 학생들이 흘린 피의 댓가로 자유를 찾게 되자 거기에 편승하여 비로소 과거의 독재와 부정부패에 뒤늦은 비판을 가하기 시작한다는 사실은, 지식인의 태도가 얼마나 비겁한가를 스스로 드러내는 자기 고백일 수밖에 없다고 논박한 글"이 실려 있다.(40쪽) 또 한편으로 일본번역소설을 대출하려는 '나'에게 도서계원은 "사회의 선도적인 입장이 되어야 할 대학생들이 혁명이 끝난 지 일 년이 가까와 오는 지금까지 혁명적인 기분에만 만족하여 일본의 삼류 대중소설이나" 읽으려는 분위기를 한탄하고 있다.(41~42쪽) 도서계원에게 던지는 '나'의 질문, "작년 사일구 땐 어디 계셨더랬읍니까?"(42쪽)는 『어둠의 축제』에서 '혁명 이후'의 분위기를 환기시킨다.

『어둠의 축제』에서 장익의 말은 소설에서 4·19 혁명이 젊음의 정신과

19 김원일, 『사랑하는 자는 괴로움을 안다』, 문이당, 1991, 98쪽.
20 정규웅, 「젊은 세대: 그 고뇌의 축도」, 293쪽.

육체에 미친 영향을 가장 강렬하게 시사해준다고 할 수 있겠다. "우리들이 피를 바친 혁명은 일 년이 채 못 되어 벌써 그 빛을 잃어가고, 이 모멸의 시대에 우리들이 느끼는 것은 순수한 도취뿐이로다. 끊이지 않는 데모, 각종 데모의 홍수, 데모를 할 자는 데모를 하라, 자유를 즐길 자는 자유를 즐기라, 우리는 노래에 취하고 술에 취한다. 자, 다시 한 번 웰컴!"(47쪽) 4·19 혁명이 가져다준 자유의 현기증은 박태순의 「무너진 극장」에서 극장에 불을 지르고 집기를 부수는 등 데모 군중들의 무질서한 소요와 파괴적인 광란으로 묘사된 바 있는데, 이제 자유의 현기증은 『어둠의 축제』에서는 다만 밤이라는 어두운 시간과 클럽 아마존이라는 배경을 통해서 오직 '노래에 취하고 술에' 취하는 디오니소스적 도취와 몰입으로 나타나고 있다. 그러나 이들 젊음의 통음난무와 허무의식, 객기와 방황은 다만 어느 시대의 젊음에게나 나타날 수 있는 막연하고도 일반적인 비역사적 현상이 아니다. 분명 4·19 혁명에서 비롯된 젊음의 자기각성은 각성의 상태를 감각적으로 고양하고 지속하기 위해 비트적이며, 도취적이고, 즉흥적일 뿐만 아니라 리듬과 선율의 방향을 짐작할 수 없는 '재즈'의 현기증 나는 선율을 통해서 표현되는 것이다. 그런 만큼 『어둠의 축제』에서 펼쳐지는 젊은이들의 작란(作亂)에는 그 나름의 원인과 이유가 없지 않다. 4·19 혁명은 광장과 강의실에서 벌어진 젊음의 유혈시위와 격렬한 토론, 격문과 선언문에서뿐만 아니라, 어두운 밤에 술집과 음악다방으로 떼를 지어 몰려드는 젊음의 감각적 향락에도 존재했던 것이다. 따라서 『어둠의 축제』를 "4·19 직후라는 시대설정을 염두에 두지 않고 <현대 젊은이의 본질적인 고뇌>의 측면에서 보고자 하는 것"[21]과는 다르게, 이 소설에서 젊음의 역사성과 특수성을 함께 읽어내는 일은 중요하다.

• •
  21 정규웅, 「젊은 세대: 그 고뇌의 축도」, 『어둠의 축제』 해설, 294쪽.

그래서 매일 평균 몇 번인가 문을 밀고 들어선, 확고한 사회적 기반 위에 자리 잡은 점잖은 신사들이나, 낯설고 어두운 골목길에서 인생의 대부분을 서성거린 하류층 노동자의 눈살을 찌푸리게 했고, 결국 그들이 클럽 아마존에서 술잔을 기울일 분위기가 못 된다는 점을 재빨리 통찰하고 조용히 물러가거나 훈계조의 불쾌한 언사를 중얼거리며 돌아서지 않을 수 없었다. 그러나 그자들의 불쾌한 시선에 클럽 안은 동요되지도 않았고, 오히려 그 시선을 묵살해 버리기가 일쑤였다. 왜냐하면 이 나라를 이끄는 그 나이 또래의 장년층이 생각하는 태도나 그 생각을 실천에 옮겨서 이루어 놓은 업적이 젊은이들의 마음을 사로잡거나 관심을 끌 만한 것이라곤 없었으니, 사월의 학생의거로써 새로이 탄생한 제이공화국에 대하여 그때 이미 언론과 사상 일부의 전폭적인 자유를 제외하고는 그 신뢰가 점차적으로 무너져가고 있었던 것이다. 그래서 의거에 참가했던 일부 주동학생들은 피의 보상을 외쳐대며 다시 데모를 하거나 국회의 사당 앞에서 농성을 벌이기도 했다. 한편으로, 역시 의거에 참가한 영광을 입은 대부분의 학생들은 외적으로는 정부나 사회의 정세를 가차 없이 무시해 버리는 무관심한 태도를 취했고, 내적으로는 개인적인 작업에다 충실한 시간을 바치는 듯 보였으나, 간혹 조국의 역사를 격변시킨 의기(義氣)의 잔재가 전혀 엉뚱한 방향으로 나타나곤 했던 것도 어쩔 수 없었다.

이야기가 좀 빗나간 감이 있지만, 어쨌든 클럽 아마존은 스물을 갓 넘긴 우리 젊은이들의 안식처였다.(137~38쪽)

그러나 『어둠의 축제』에서 현기증 나는 자유의 분위기는 클럽 이외의 곳을 향해서는 좀처럼 확산되지 않을뿐더러, 클럽에 출입하려는 다양한 세대와 계급으로부터 스스로를 단절할 뿐만 아니라, 특정한 계급에 대한 인식 또한 차단하고 있다. 인용문의 첫 대목에서도 짐작할 수 있듯이, 젊은이들로만 구성되어 있는 클럽 아마존은 '확고한 사회적 기반 위에 자리 잡은 점잖은 신사들'로 대표되는 기성세대와 '낯설고 어두운 골목길에서 인생의 대부분을 서성거린 하류층 노동자'와 같은 노동계급은 출입하기 어렵게 된 곳이다. 기성세대와 그들이 보존하고자 하는 낡은 질서에 대한 젊은이들의 냉소와 거부, 배제의 움직임은 한편으로는 '하류층 노동자'들에 대한 시선까지 자연스럽게 차단하면서 결국 그들 자신을 '대학생'으로, 즉 4·19 혁명을 이끈 여러 주역(主役) 가운데서도 4·19 혁명에 대한 담론과 서사를 가장 정교하게 만들고 헤게모니를 주도할 수 있었던 특권적 예비계급으로 정립하고 자리 매김 하도록 한다.

그러면서도 주인공은 다음과 같은 이율배반을 어느 정도 의식하고 있다. "빈곤이 그대로 방치된 황색 후진국의 서글픈 현실 속에서 쌀로 빚은 술을 마시면서 재즈에 심취된다는, 이 이율배반을 나는 언제나 아프게 느끼고 있었다. 그러면서도 나는 이국의 추잉검을 씹으며 자라난 우리 연대의 유일한 보금자리는 클럽 아마존뿐이라고 자위했다."(137쪽) '쌀로 빚은 술'과 '재즈'와의 문화적 간극과 낙차 속에서도 재즈는 여전히 그들이 누릴 젊음과 자유에 대한 음악적인 은유이지만, 한편으로는 재즈를 향유하면 할수록 증대되는 것은 문화의 식민성에 대한 뼈아픈 자각이다. 장익이 열변을 토하는 것처럼, 재즈는 "우리의 이 뜨거운 가슴을 식히는 가장 중요한 진정제인 셈이지. 목청이 터져라 고함지르며, 땀흘리며, 몸을 흔들며, 관능적인 선율에 취하지 않냐? 음치인 너까지도 그 환희를 버릴 수 없다 이 말이야. 언젠가는 우리가 재즈에서 떠날지는 모르지만 지금 현재로선 미친 듯 사랑한다는 말이 옳겠지. 우리의 체내에 끈적하게 배인 이 욕망의 불덩어리가 바로 내 젊음인데, 어찌 재즈를 저주할 수 있겠느냐 이 말이야. 그러나 우리 황색 피부의 고뇌는 여기서부터 출발한다고 볼 수도 있지. 광대 네 말처럼 난 양키 손에 의해, 그 퀸셋 막사 안에서 자라 왔어. 난 내 나라로 도망가야 한다고, 즉 철조망을 넘어야 한다고. 그러나 나는 치이즈에 맛을 느끼며 그대로 자라 왔어."(214쪽)

재즈는 보통 미국에서 흑인들의 노예해방의 역사와 더불어 압제와 지배로부터의 자유와 부정의 정신을 음악적으로 구현한 장르[22]로 잘 알려져 있지만, 미8군의 주둔을 통해 한국에 유입되었을 때의[23] 재즈는 미국본토에서는 침체기였고 재즈의 정신이 소설의 젊은이들에게 문자 그대로 구현되었다고 말하기는 힘들다. 또한 미8군을 통해 한국으로 들어온 재즈는 주로 미국의 백인과 상류계층에서도 익숙해져 있는 보수적인 종류가 많았기 때문에 재즈 특유의 난해함과 아방가르드적 실험정신이 그대로 한국의 청취자에게 전파되었다고 보기도 쉽지는 않다. 오히려 재즈는 미8군을 통한 보급과 확산 그리고 4·19 혁명이 가져다준 해방감이 맞물려서 『어둠의 축제』에서처럼 젊음과 자유를 상징하는 기호(嗜好)로 향유되었다고 보는 편이 옳다. 그러나 한편으로 젊음과 자유의 상징적 기호(記號)인 재즈는 『어둠의 축제』에 등장하는 네 젊음이 향유하는 문화에 내포된 주변부 모더니티와 그 식민성을 일깨우기도 한다.

22 역사학자 에릭 홉스봄은 이렇게 말한다. ""합법적인 파격"이라는 프랑스어 표현에서 알 수 있듯이 재즈는 분명 관습과 기성세대에 대한 반역에 어울리는 음악이었다." 에릭 홉스봄, 「유럽으로 건너간 재즈」, 『저항과 반역 그리고 재즈』, 김동택 외 2인 옮김, 영림카디널, 2003, 435쪽.

23 재즈는 음반연주와 정기공연 등을 통해 해방 이후에 남한에 주둔한 미8군과 더불어 성립된 엔터테인먼트 산업의 일부로 자리 잡고 1960년대 초반까지 한국에서 대단한 유행을 누렸다. 그러나 베트남전의 시작으로 인해 미8군의 상당수가 베트남으로 차출되면서 미8군의 세력도 약화되었고 그에 따라 재즈와 관련된 엔터테인먼트 산업의 역량도 서서히 약화되었다고 한다. 안민용, 「미8군 무대를 통한 한국의 재즈형성에 관한 연구」, 서강대학교 석사논문, 2013 참조.

1-2. "과수원"과 고향의 재발견

교양소설로서『어둠의 축제』는 주인공 '나'와 우정을 나누는 친구들과 '나'에 대한 고향가족의 기대 사이에서 남모를 방황과 고민을 하는 자아의 형성에 관한 기록이기도 하다. 장익을 처음 만난 후로 '나'는 토마스 만의 동명소설의 주인공인 토니오 크뢰거의 고뇌의 중심에 있었던 "가장 사랑하는 자는 패배자요 괴로와하지 않으면 안 된다"(77쪽)는 구절24을 되뇌면서 "염분처럼 내부를 절여"오는 "열등의식"(같은 쪽)을 품게 된다. 장익은 '나'에게 "넌 훌륭한 시민, 행복한 가장(家長)은 될 거야, 그러나 가장 범속한 상태에서 죽고 말걸"이라고 말하며, '나'는 "알았어, 난 통속한 나를 항시 느끼고 있거든" 하고 장익의 말을 "시무룩한 목소리로 긍정"하면서 괴로움을 느낀다.(같은 쪽) 사실 이 대화는 토마스 만의『토니오 크뢰거』의 핵심적인 문제, 즉 '길 잃은 시민'으로 정의되는 예술가의 존재방식과 평범하고도 속물적인 시민 사이에서 토니오 크뢰거가 느꼈던 갈등을 거의 그대로 번안한 것25이지만, 또한 그 고민은 소설에서 '나'가 겪는 실존적 고민이자 작가가 갈등하던 문제

---

24 이 구절은 청소년 시절에 토니오 크뢰거가 한스 한젠이라는 친구를 사랑했기 때문에 받았던 번뇌와 고통과 관련이 있는데,『어둠의 축제』에서 이 표현은 실제로는 소설에서처럼 토니오 크뢰거 자신의 것은 아니며, 주인공인 토니오 크뢰거의 심경에 대해『토니오 크뢰거』의 서술자가 논평한 것이다. "문제는 토니오가 한스 한젠을 사랑하고 있었고 한스로 인해 벌써 많은 고통을 겪어왔다는 사실이었다. 가장 많이 사랑하는 자는 패배자이며 괴로워하지 않으면 안 된다— 이 소박하고도 가혹한 교훈을 열네 살 난 그의 영혼은 이미 삶으로부터 터득하고 있었다." 토마스 만,「토니오 크뢰거」,『토니오 크뢰거·트리스탄 외』, 안삼환 외 3인 옮김, 민음사, 1998, 11쪽.

25 '길 잃은 시민'이라는 표현은『토니오 크뢰거』에서 나중에 토니오 크뢰거의 여자 친구가 되는 러시아 화가인 리자베타 이바노브나가 예술가와 생활인 사이에서 갈등하고 고뇌하는 토니오 크뢰거의 말을 듣고 난 후에 그에게 한 말이다. "당신은 그릇된 길에 접어든 시민입니다. 토니오 크뢰거 씨— 길 잃은 시민이지요." 토마스 만,「토니오 크뢰거」, 59쪽.

이기도 했다.

　나는 나의 한창 청춘을 그렇게 유쾌한 시간 속에서 부담 없이 보낸
뒤 군엘 가야 하는 의무적인 내 청춘의 패배가 남아 있었고, 결국 군복을
벗는 날 이후는 제법 점잖은, 그래서 조용하고 안정된 생활에서 삶의
만족을 구하고 싶고, 여자에 대해서는 늘 내가 그리던 이상적인 본보기인
어머니를 닮은, 부지런하고 찬찬한 아내를 얻어, 다시 반복되는 바이지만,
과일을 따고 면양과 닭을 기르며 온실을 가꿀 것이라 예감할 수밖에
없었다. 나는 광대처럼 투철하고 거의 맹목적이기까지 보이는 용기로,
그러나 그만이 가지는 지독한 체질로써 이기와 교만으로 충만된 사회의
탁류 속에서 소탈히 살아갈 만한 철판 심장도 가지고 있지 못했고,
장익처럼 신으로부터 선택받은 예술적인 재능으로 미친 듯 그쪽에 정열
을 쏟다가 세속적인 성공을 거두거나, 그렇지 않으면 그 누구도 인정해
주지 않는 반역적인 예인(藝人)이 되어 그 나름대로의 임종을 맞이하여
사신(死神)으로부터의 면전에서, 신이 나의 출생과 동시에 맡겨 준 예술을
위해 나는 한평생을 헌신적으로 노력하다 이곳에 불려왔노라고 떳떳이
대답할 성격과는 더욱 거리가 먼, 속인에 불과했다. 나는 대부분의 인간들
이 저 어둠 속 묘지로 들어가기 직전에 느끼는 그런 타산으로, 사랑하는
아내와 남은 자식과, 아끼고 가꾸어온 재산에 관하여, 어쩌면 어머니의
얼굴을 떠올리며, 그때 만일 신앙을 품고 있다면 마지막 속죄를 읊조리며,
육체의 통증에 못이겨 세속의 때가 긴 얼굴을 일그러뜨리다 죽을 것이
분명했다.(79~80쪽)

　그러나 토마스 만의 『토니오 크뢰거』와 김원일의 『어둠의 축제』 사이
에는 미묘하지만 중대한 차이가 가로놓여 있다. 비록 '길 잃은 시민'이라
는 예술가적 존재방식과 평범하고도 속물적인 시민의 존재방식 간의

분열과 거기에서 비롯되는 토니오 크뢰거의 갈등을 모방함에도 불구하고 『어둠의 축제』에서 주인공의 자의식은 클럽 아마존과 거기에 모여드는 젊음만큼이나 고향과 가족으로도 강하게 향해 있다는 점에서 독특하다. 고향의 동생이 주인공에게 보낸 편지에서 나사니엘 호손의 「큰 바위 얼굴」을 언급하면서 한 말, "서울서 열심히 공부하여 어어니스트 할아버지처럼 존경받는 훌륭한 사람이 되십시오"(82쪽)라는 당부는 주인공이 가족에 대해 갖고 있는 장자(長子)로서의 책임의식을 환기하고 있다. 이러한 책임의식은 김승옥의 『환상수첩』에서 서울생활에 대한 환멸에 빠진 주인공이 자신의 삶을 따르려 하던 고향의 동생에 대해 가졌던 태도와는 상당히 다른 것이다.

『어둠의 축제』의 '나'는 분명히 4·19세대의 다른 작가들과 그들의 소설 주인공을 사로잡았던 죄의식, 즉 고향과 가족으로 표상되는 혈연적 인륜 공동체의 품을 등지거나 때로는 배반하고 상경하던 출세한 촌놈들의 죄의식을 공유하고 있다.[26] 따라서 떠나자마자 상실된 고향에 대한 동경의식이 '나'에게는 클럽 아마존의 재즈음악에서 환기되는 강렬한 이국취향 등으로 표출되었던 것이다. 그럼에도 불구하고 『어둠의 축제』에는 거의 생래적이라고 부를 수 있을 만큼 가족과 고향에 대한, 즉 인륜적 공동체에 대한 그리움과 책임감이 표출되는 장면들이 서울의

··
26 『어둠의 축제』의 초반부에서 고향집에서 서울행 기차역까지 2km에 이르는 먼 길을 걸어가는 '나'를 몸소 배웅하는 어머니에 대한 서술을 상기해보면 좋을 것이다. "차가운 새벽 바람을 무릅쓰고 어머님은 2킬로가 넘는 역까지 배웅을 해 주셨다. 어디를 가나 차조심 해라, 도착하면 곧 편지해 다오, 네가 몸성히 공부 잘한다는 편지가 오면 그날 하루는 기뻐서 아무 일도 안 된단다. 집을 출발하면서부터 광대의 귀에는 들리잖게 몇 번이고 같은 말을 소곤거리곤 나의 손에 떡구러미를 안겨준, 마흔을 훨씬 넘었는데도 아직 부끄럼 많은 어머님의 얼굴은 삼랑진에서 준급행으로 차를 갈아탈 동안 나의 머리에 남아나는 다른 아무 생각도 할 수 없었다."(31~32쪽) 소설의 이 대목은 어머니로 표상되는 인륜적 공동체의 품을 벗어나 서울로 상경하던 젊은 아들들, 그리고 김원일을 포함한 4·19세대 작가들, 곧 서울생활을 하는 출세한 촌놈들에게 계속 따라붙는 죄책감이 아로새겨지는 젊음의 원초적 장면일 것이다.

대학생활에서 주인공이 누리는 분방한 삶만큼이나 꽤 비중 있게 다뤄진
다. 주인공이 서울의 대학생활에서 "밤늦도록 술이나 마시고, 약자나
울리고, 배회를 위한 배회만을 일삼을 수는 없"다고 문득 자각할 때,
고향은 "현재의 나를 건질 수 있는 최상의 안식처"로 정립된다(94쪽).
서울에서 주인공의 삶이 무절제한 방향으로 흐르고 있다고 자각할 때마
다 고향은 자동적으로 주인공의 의식과 기억 속에서 불쑥불쑥 떠오른다.
그리고 그때마다 '나'가 갖는 죄책감은 도시와 시골 사이에서, 젊음을
만끽하는 서울의 삶과 고향과 가족 구성원의 일원으로 느끼는 편안함과
책임감 사이에서 고조되지만, 그 죄책감은 고향에서 다음과 같이 해소
된다.

　　나는 이렇게 부모님의 사랑 속, 그 심부에 자리잡고 앉아 밀린 여러
　가지 학과 공부에 비교적 충실한 시간을 바쳤다. 두 동생의 새끼 제비
　같은 귀여운 재잘거림과, 닭의 게으른 울음과 하루에 한두 번씩 하늘을
　가로지르는 까마귀 떼의 수다스러운 지저귐 외 집안은 온실에서 꽃피는
　소리라도 들릴 듯 조용한 고향에서, 다시 말하지만, 나는 전원생활을
　즐겼는데 그런 생활에도 곧 익숙해져서, 하루바삐 서울로 올라가고
　싶어하는 권태로움에 안달하지는 않았다. (중략) 그러나 나는 나의 서울
　생활과 고향에서의 생활을 비교해서 내가 이중생활을 한다는 뼈아픈
　자책을 느껴보지는 않았다. 사내의 세계란 것이 항시 가정과 사회를
　따로따로 계산함으로써 그런대로의 양쪽 생활을 원만히 해결해 나가듯,
　아직 독립된 가정을 갖지 못한 나였지만 도대체 집에서는 부산히 떠벌릴
　수 없는 분위기가 마련되어 있었다. 선량한 부모를 대할 때, 평온하고
　만족스러운 전원생활에 따뜻한 공감을 느낀다는 사실이 내 자신도 그런
　생활을 능히 받아들일 수 있다는 실증도 되겠으나, 부모의 가장 보람
　있는 유산이 될 과수원을 내가 물려받을 것이라는 생각과는 판이한

것이었다.(234쪽)

인용한 대목들에는 '클럽 아마존'으로 표상되는 서울에서의 '나'의 생활이 무절제하고도 방탕한 삶이라는 자의식과 죄책감을 중화시키는 '타협'이 엿보인다. '그러나 나는 나의 서울 생활과 고향에서의 생활을 비교해서 내가 이중생활을 한다는 뼈아픈 자책을 느껴보지는 않았다'는 구절에서 단적으로 그러한 타협형성이 이루어지고 있는데, 이러한 타협은 어떤 의미에서는 자기기만을 닮았다. 왜냐하면 '항시 가정과 사회를 따로따로 계산함으로써 그런대로의 양쪽 생활을 원만히 해결해' 나간다는 자기정당화('사내의 세계')는 자기정당화는 실제로는 클럽 아마존으로 대표되는 서울생활에서 '나'가 가졌던 죄책감을 억누른 결과가 아니라, 그것이 마치 처음부터 존재하지 않았던 것처럼 의식에서 삭제해버림으로써 이루어졌기 때문이다. 앞의 인용문이 '고향'에서 '도시'에서의 '나'의 삶을 반추한 것이라면, 아래의 인용문은 그와는 반대되는 상황을 서술하고 있다.

고조되었던 우리 셋의 감정이 피로와 허탈감 아래로 잠겨들 때쯤이면 처절한 주정뱅이인 나 자신이 비로소 의식되고, 결국 초라할 수밖에 없는 내 이웃이 떠오르는 것이었다. 나에게 기대를 모으고 있는 아버지, 어머니, 동생들. 특히 '어어니스트 할아버지'처럼 위대한 사람이 되어달라는 사변동이 막냇동생. 나는 그들에게 죄를 짓고 있다는 자책 때문에 술 속에 영원히 묻혀 그 얼굴들을 잊어버리려는 은폐책으로, 다다이스트들처럼 바쿠스의 손에다 하루의 마지막 운명을 넘겨주고 마는 것이었다. 그래서 거듭 취기가 돌았을 때는, 그쯤에서 다시 꺼내기 마련인 인생이나 예술이나 여자에 대하여 체계가 서기에는 아직 먼 철학적인 용어를 망라하여 끝없는 토론을 횡설수설 떠벌렸고, 끝장에는 영웅화된 이야기의 내용이나 분노로 뒤채인 내부를 풀길이 없어 다시 술 속에 잦아들어 깊은 밤을 만취 속에서 장식하곤 했다.(139~40쪽)

위의 인용문이 시사해주는 것처럼, 서울에서 무절제한 생활을 하던 '나'는 고향의 가족을 상기하자마자 죄책감을 느끼게 되며, '나'는 죄책감을 잊기 위해 더욱더 방탕에 몸을 맡기게 된다. 그런데 '나'의 죄의식과 욕망 사이의 갈등이 놀랍게도 고향에 와서는 쉽게 해소되고 마는 것이다. 서울에서 '나'가 고향을 상기할 때마다 가졌던 '이중생활'의 죄책감은 고향에 와서는 '사내의 세계'로 해소되는 것이다. 어떻게 보면 『어둠의 축제』는 끊임없이 발산하는 젊음의 충동과 인륜성에의 요구 사이, 도시와 시골 사이의 타협과 융합이 이루어져야 함을 이야기한다는 데서 교양소설의 중요한 한 측면, 즉 "외적인 강제와 내면의 충동을 융합하여 새로운 통일체로 만들어 두 가지가 더 이상 구분되지 않도록 해야만 한다"는 임무를 구현하고 있는 작품으로 보인다.[27] 그런데 『어둠의 축제』에서 '사내의 세계'란 젊음이 자기 자신의 충동과 욕망을 사회적 규범을 통해 내면화함으로써 적절히 정립한 것이라기보다는, 고향의 가족으로 대표되는 인륜의 요구를 젊음이 기꺼이 받아들이고 또 수용할 의사가 있음에서 비롯된 것이다.

『어둠의 축제』에서 주인공 '나'가 『토니오 크뢰거』를 번안한 '삶과 예술'(Leben und Kunst)의 대립이란 실제로는 도시와 시골의 대립, 곧 인륜성의 세계를 등지고 출현한, 클럽 아마존에서 인연이 되어 우정을 나누는 친구들이 있는 '도시'와 어머니, 가족, 고향 등으로 표상되는 '고향'의 대립을 그럴듯하게 표현한 것이다. 그러나 이러한 대립은 주인공의 갈등과 방황의 주요한 원인으로 출현하지만 결국은 화해로 지양되

27 프랑코 모레티, 『세상의 이치』, 45쪽.

는 대립이다. 삶과 예술, 시골과 도시, 가족애와 우정에 내포된 대립을 지양하는 화해에의 모색은『어둠의 축제』에서는 현재시간만을 통해서는 더 이상 추적할 수 없으며, 주인공과 작중인물들의 유년시절에 대한 단편적인 회상과 기억이라는 매개체를 통해 비로소 가능해진다고 할 수 있겠다. 예를 들면 소설에서 곧 군 입대를 앞두고 있는 광대의 잠든 모습을 물끄러미 쳐다보면서 '나'는 6·25 전쟁에서 전사했던 학도병 출신의 작은삼촌에 대한 기억을 떠올린다. "군인이란 개성을 빼어 버린 오직 한 자루의 무기 같아 보였고, 군대란 것은 전쟁이란 그 무자비한 잔인성에 압도된 움직이는 무기의 집단 같았고, 완전 무장을 한 푸른 제복의 당당하며 엄숙한 행군의 그 이면은, 불우한 청춘에 대하여 무엇인가 절실히 우울케 만드는 것이 있었다."(76쪽) 6·25 전쟁은 학도병 작은삼촌의 이른 죽음에서처럼 젊음과 젊음을 어떤 식으로든 재현할 기회를 완전히 박탈해버렸다. 그뿐만 아니라, 황순원의『나무들 비탈에 서다』(1960)에서처럼 겨우 전쟁에서 살아남았지만 심리적·육체적으로는 상당히 파괴된 젊은이들은 파괴와 학살의 집요한 기억에 시달리다가 결국은 몰락할 수밖에 없었다. 마찬가지로 1920년대에 태어나고 자랐던 젊은이들 상당수는, 학병으로 끌려갔다가 살아남았던 작가였던 이병주의 교양소설『관부연락선』(1968~1970)에 등장하는 무수한 젊은이들처럼, 2차 세계대전 그리고 해방과 전쟁으로 이어지는 역사의 격랑과 파도 속으로 휩쓸려버린 실종자가 될 수밖에 없었던 것이다. 이에 비해 김원일 등을 포함한 4·19세대의 젊은 작가들에게 해방 후의 혼란스러운 현실과 6·25 전쟁은 주로 유년기의 체험에 대한 기억과 회상 속에서 단편적이고도 단말마적인 몽타주의 형태로 재현된다. 그럼에도 4·19세대의 작가들에게 해방 후의 현실과 6·25 전쟁은 유년시절의 '원초적 장면'으로 구성된다. "우리 세대의 첫 기억은 전쟁으로 채워져 있는 셈이지. 전쟁 이전의 남아 있는 기억이라곤 아무것도 없어. 그땐 유아였으니깐. 전쟁이 그 거대한 위력으로 우리들의 평화로운 생활을 짓밟고 돌진해 오는 꼴을 상상해 봐. 인간들은 적과 싸우는 게 아니라 전쟁과 싸우는 셈이지. 그러나 전쟁의 위력은 어린애들이 한가한 호기심으로 개미를 꼭꼭 눌러 죽이는 것과 같단 말이야."(133쪽)

『어둠의 축제』에서 6·25 전쟁은 '나'를 포함해 네 명의 젊은이들 모두에게 유년시절의 외상으로 남아 있으며, 그것은 대부분 가족과 친족의 죽음, 피난, 이산이라는 파괴의 강한 기억으로 자리하고 있다. 우선 '나'의 기억은 작은삼촌의 전사소식, 동생을 임신한 어머니를 포함한 가족들의 피난, 빨치산에 의한 할아버지의 비명횡사 그리고 그에 대한 '나'의 분노 등에서 환기되는 것처럼 고향의 과수원으로 상징되던 안락하고도 평화로웠던 인륜적 공동체가 파괴되고 형해(形骸)화된 모습으로 점철되어 있다. 소설은 '나'의 단편적이지만 압축적인 외상의 강렬한 기억을 명사형으로 끝나는 문장들로 짤막하게 처리하고 있다.

붉은 감밭. 그 울타리 옆으로 지나가던 피난민의 허기지고 창백한 얼굴. 그들의 음울하고 나직한 속삭임. 땅을 쓸 듯한 그들의 발자국, 그 발자국을 으깨던 육중한 탱크의 체인 자국. 곧 이어 밀어닥친 가을. 과수원에 높이 쌓인 잿빛 낙엽을 밟고 어슬렁대던 검둥이의 공포에 질린 눈곱 낀 눈. (중략) 아, 그해 모진 추위의 겨울. 빨치산이 집으로 밀어닥치던 밤, 죽창에 찔려 사랑방 문턱에 넘어진 할아버지 눈에 타오르던 분노, 이놈들, 이놈들 내 자식 죽이더니……. 할아버지의 가쁜 숨소리, 어머니의 가쁜 숨소리. 곧잘 나를 태우고 강둑을 어정어정 걷던 순하디순한 황소가 빨치산 손에 끌려 뒷산 너머로 멀어지자, 온 집안이 울음소리로 들어찼던 삼경. 빨간 단풍색으로 물든 할아버지의 명주옷을 빨며 흐느끼던 어머니께, 소리 나는 총을 사달라고, 그래서 빨치산을 쏴 죽이겠다고 철없이 보챘던 나. 눈이 펄펄 내리던, 하나 즐거울 것도 없던 날,

할아버지의 상여 뒤를 따를 때, 자꾸만 들려올 듯 느껴지던 뒷산 너머로
끌려간 황소의 울음. 다음 해 이른 봄, 어머니의 난산(難産). 병약한
내 동생의 애처로운 첫 울음. 전쟁은 더욱 격렬해 갔었지……(133~35쪽)

마찬가지로 "모든 것을 고향에 두고 온 기분"(104쪽)으로 살아가는
연표 또한 가족들이 해방이 되던 해에 토지를 몰수당했을 뿐만 아니라,
큰형은 인민군으로 끌려가 전사했고, 작은형은 피난 때 사망했으며,
이북의 평양에 어머니와 동생을 남겨둔 채 아버지와 함께 월남한 실향민
으로 그려져 있다. 당시 1960년 후반부터 『민족일보』와 같은 언론을
선두주자로 해서 그 이듬해에 걸쳐 남북한 사이에서 이뤄진 남북한
문화인 교류 등 전쟁 이후 통일에 대한 거의 최초의 담론들이 형성되고,
그런 식으로 통일에 대한 고양된 분위기에 힘입은 연표의 소망은 소설에
서 평양의 밤거리를 재즈를 틀어 놓은 택시를 타고 빠른 속력으로 질주
하고 싶은 것으로 그려져 있다. 한편 장익 또한 어린 시절에 아버지와
여동생을 잃고 혈혈단신이 된 처지로, 피난민으로 가득한 화물열차에서
별을 바라보며 "나를 안고 아기별 삼형제의 노래를 불러 주던 아버
지"(190쪽)와 죽은 여동생을 그리워하고 있다. 그러면 광대는 또 어떠한
가. 그의 큰형은 대동아전쟁에 징용으로 끌려가 실종되었고, 작은형은
6·25 전쟁에서 전사했다. 광대의 홀어머니가 "군인만 보고 온 날이
면"(211쪽) 울면서 광대의 군 입대를 한사코 말리는 행위도 결코 무리는
아닌 것이다.
    네 명의 젊은이가 간직한 유년시절의 기억을 공통적으로 색칠하고
있는 전쟁의 상흔과 인륜적 공동체의 상실은 그에 대한 대리보충
(supplément), 즉 가족과 고향에 대한 경도(傾倒)된 애착으로 나타날 수밖
에 없다. 『어둠의 축제』에서 전쟁은 주인공과 작중인물의 공통적인
유년의 기억 속에 자리 잡았던 인륜적 공동체의 상실을 가져왔을 뿐만

아니라, 실향과 이산을 통해서 자신의 정체성의 뿌리에 외상으로 자리 잡았던 것이다. 『어둠의 축제』에는 유년의 기억으로 거슬러 올라가면서 만나게 되는 과거의 상처 그리고 상처 속의 인륜적 공동체는 상실 이전의 가족과 고향의 형상에 대한 적극적인 의미부여를 통해서, 그들이 요구하는 사회적 삶의 방식에 대한 기꺼운 수용을 통해서, '나'의 혈통과 뿌리에 대한 상상적인 재확인을 통해서, 즉 회상과 기억을 통한 서사적 재구성의 과정을 경유해서 치유되거나 회복될 수 있다는 강력한 믿음이 있다.

1-3. 장남의 상속

한마디로 『어둠의 축제』에서 고향과 가족에 대한 의미부여는 '나'가 '나'의 이야기를 재구성해나가면서 지금 당장은 불안하고 초조하더라도 보다 일관된 삶의 형식과 목적을 만들어나가는 '나'의 자기형성과 밀접한 관련이 있다. '나'의 정체성은 근본적으로 내가 태어나 살아오게 된 역사적 배경과 연관이 있다. 그런데 물려받은 존재로서의 '나'가 전통과 인륜적 공동체의 도덕률에 충실해진다는 것이 반드시 "나를 우연히 지배하고 있는 정부에 대한 복종"[28]을 필연적으로 요구하는 것과 결코 같을 수는 없겠다. 왜냐하면 '나'는 나를 지금으로 있게 만든 역사의 필연적인 한 부분으로 존재하는 동시에 한편으로는 '나'가 혈통과 민족과 영토, 언어를 스스로 결정할 수 없다는 데서 그것들과 상관없이 우연적으로도 존재하기 때문이다.

『어둠의 축제』에서 재즈로 환기되는, 하나의 강력한 분위기로 작용하는 실존주의와 허무주의는 도시 속에서 어디로 튈지 모르는 자유로운 '나'라는 존재의 우연성을 젊음의 이름으로 간혹 드러내지만, 이 소설은

28　알레스데어 매킨타이어, 『덕의 상실』, 374쪽.

결국 '나'의 자기 정체성의 기원과 형성을 고향과 가족이라는 인륜적 공동체에 떠맡기게 된다. 예를 들면 소설의 8장에서 친구들과 함께 대구로 내려갔다가 고향인 진영의 과수원집으로 돌아오게 된 '나'는 다시금 할아버지가 일궜던 과수원을 바라보면서 빨치산에게 죽음을 당한 조부의 혈통 속에서 낭만적인 이야기와 문학에 흥미를 갖고 있는 자신의 정체성을 재발견할 뿐만 아니라, 일본에서 독문학까지 전공했지만 조부의 뜻을 이어받아 과수원을 돌보는 점잖은 아버지와 "동양 여인의 전형적인 표본"(233쪽)을 간직한 어머니에 대한 애정을 새삼스럽게 다시금 상기한다. 연표가 '나'에게 들려주는 이야기에는 전쟁이 한창인 급박한 상황 속에서 월남할 것인가 말 것인가를 놓고 분분하던 와중에 연표의 할아버지가 아들인 연표의 아버지를 비난하는 대목이 나온다. "네 지아빈 미친놈이다, 이 조상의 땅을 버리고 영원히 떠나려 하다니, 지금 버리면, 지금 너희들이 이 땅을 버리면 다시는 못 돌아온다, 누구든 대를 이을 손이 이 땅을 지켜야, 그래야 떠나 있던 핏줄도 다시 모인다."(263쪽) 할아버지는 연표의 어머니에게 이러한 명을 내렸지만, 연표의 아버지가 그것을 거부하고 연표를 데리고 월남을 감행했던 것이다. 결국 연표 아버지의 부와 명예란 연표의 의식 속에서는 할아버지의 명(命)에 대한 배반을 통해서 쌓아올린 것에 불과하다. 그런데 인륜적 공동체의 훼손과 해체에 대한 작중인물의 뼈아픈 회상은 소설에서는 '나를 우연히 지배하고 있는' 국가, 즉 인륜적 공동체를 파괴한 국가와 불화나 모순을 불러일으키는 쪽으로 결코 향하지는 않는데, 이렇게 될 때 인륜성을 훼손한 원인과 책임은 국가일반이 아니라 특정 국가와 체제로 떠넘겨질 가능성이 적지 않게 된다.[29]

29 여기서 1960년대 남한의 강력한 공식이데올로기이자 4·19세대 작가들 상당수에게는 생래적이고도 외상적인 체감이던 반공이데올로기가 서사의 표면으로 부상하게 된다.

지금까지 읽어온 1960년대 한국 교양소설의 상당수에서 혈연적 인륜 공동체의 형태인 가족은 해방과 분단, 전쟁, 산업화 등 역사의 타의적 힘에 의해 결손과 이산의 형태로 분해되든 온전한 형태로 남아 있든 간에 그와 독립해 떨어져 있으려는 젊음의 자의식 속에서 거부되거나 무기력한 모습으로 형상화되었다. 그리고 젊은 주인공은 스스로 고향과 가족을 등지거나 그로부터 독립한 '나는 나'라는 자기의식을 강하게 천명하는 업둥이임을 고백했다. 이에 비해 김원일의『어둠의 축제』에서 가족과 고향은 가족과 고향을 등지는 주인공의 편력과 모험을 그린 소설들과는 달리 상당부분 복원되거나 긍정된다. 그리고 젊음은 사회화되기 전에 가족이라는 인륜성의 형태로 건네지는 사회적 요구, 즉「큰 바위 얼굴」의 어니스트 할아버지처럼 훌륭한 사람이 되라는 요구를 수용하려고 한다. '나'의 정체성은 '나는 나'라는 자유주의적인 자기 천명이 아니라, 물려받은 존재로서의 '나'에 대한 공동체주의적인 자각은『어둠의 축제』에서 매우 중요하다. 한 존재의 연속성과 정체성은 해방과 분단, 전쟁에 의해 훼손된 인륜적 가치에 대한 끈질긴 상기와 복원을 통해서 확보하고 보존할 수 있다는 것이다. 그리고 젊음의 형성보다 문제적인 것은 바로 젊음을 가능하게 한 유년시절이다.

　　이러한 생각은 나아가 작가의『노을』(1978)과 같은 대표적인 분단소설의 걸작에서 그러했던 것처럼 편모슬하의 유년기[30]와 유년기를 둘러싸고 있는 핏빛전쟁의 세계를 재현하려는 노력으로 이어진다. 소설에서 젊음은 온데간데없이 사라지고 성인이 고향으로 내려와 자신의 유년시절을 반추하고 있을 뿐이다. 젊음은 자기형성이라는 빛을 성년이나 유년에 지고 있는 것이다. 여기서 젊음은 분명 독특하지만 인생이라는 긴 이야기의 한가운데에서 보자면 그저 삶의 한 계기일 뿐, 심리사회적

30　'편모슬하의 성장'이라는 관점에서 김원일의 소설을 분석하고 있는 글로는 황종연,「편모슬하, 혹은 성장의 고행」을 참조할 것.

유예기간이 아니다. 또 한편으로 『어둠의 축제』에서 젊음이 도시의 대학생활에서 향락과 축제를 누리게 된 것도 그리고 그에 대한 자의식과 죄책감을 가지게 된 이유도 과수원을 일구는 부모의 노동력 산물 덕택이라고 말할 수 있을 것이다.

게다가 '나'는, 비록 나 자신은 부인하고 있지만, "자랑스러운 부동산"(231쪽) 상속이 가능할 장남(長男)이기도 하다.[31] '나'는 오직 재즈의 비트와 선율에 의존해 나 자신을 발산하는 존재일 뿐만 아니라, 더욱 중요하게는 '나'에게 문학적 기질을 전해주고 '자랑스러운 부동산'을 상속하는 부계의 혈통이라는 연쇄 속에 자리 잡고 있는 예비성인이기도 하다. 『어둠의 축제』는 광대의 입대와 연표의 급작스러운 자살로 끝나는데, 그 마지막 구절은 이렇게 쓰여 있다. "그날 밤 장익과 나는 클럽 아마존에서 「살롱 멕시코」를 들으며, 바로 그 이틀 전에 자살하고 만 연표가 살다 간 우울한 우리들의 시대에 대하여, 누런 이빨을 드러낸 채 히히덕거리며 훈련을 받고 있을 광대에 대하여, 잠자리 속에서도 자라고 있을 소년들의 맑은 눈동자에 대하여, 이야기를 나누었다."(290쪽) '나'와 장익이 나누는 회고는 너무 빠른 감이 드는데, 연표에 대해서 '나'와 장익이 보이는 서두르는 것 같은 애도에는 젊음에 대해 작가(내포작가)가 내리는 가치평가가 숨어 있다. 소설이 끝나는 시점이 1961년 4월, 곧 5·16 군사쿠데타가 일어나기 한 달 전이라는 것, 작가가 소설의

---

31 『어둠의 축제』에는 박태순의 『낮에 나온 반달』에서 보이는 것과 같은 도시와 시골의 분열과 대립, 즉 생산력과 생산수단의 차이에 따른 도시와 시골 간의 변화, 분열과 대립은 잘 나타나지 않거나 은폐된다. 레이먼드 윌리엄스의 『시골과 도시』를 염두에 두고 말해보자면, 『어둠의 축제』에서 짐작컨대 꽤 큰 규모에 각종 농업생산물을 생산하고 있을 뿐만 아니라 생산품을 수출하거나 생산품의 일부를 직접 사러오는 사람들이 살고 있는 도시와 인접한 과수원에는 과수원을 일구기 위해 필요한 노동력이 그 모습을 드러내지 않는다. 『어둠의 축제』에서 시골은 도시와 도시민이 필요로 하는 생산품을 확보하기 위한 생산력과 생산수단이라는 경쟁력을 최소한도로 확보하고 있는 시골에 가깝다.

시간을 5·16 군사쿠데타 직전으로 한정지었던 의도는 무엇 때문이었을까. 작가는 『어둠의 축제』의 젊음, 즉 4·19 혁명에서 비롯된 축제의 주체인 젊음이 5·16 군사쿠데타에 의해 순수성이 더 훼손되거나 더렵혀지기 전에 밀봉된 가치로 존재해야 할 뿐임을 암시했던 것으로 보인다. 그러나 만일 이것이 작가의 의도라면, 축제의 젊음은 그 일시성, 한시적인 특징을 극대화할 뿐이다. 젊음은 순수한 환상으로 존재할 때에만 가치가 있다는 것이다.

3. 잃어버린 시간을 찾아서: 이동하의 『우울한 귀향』 읽기

1-1. 환멸의 젊음과 낙향

자신이 자신의 삶을 근본적으로 이해하기 위해서는 삶을 무엇보다도 하나의 이야기, 서사(narrative)로 이해해야 할 필요가 있다는 입장은 이동하의 『우울한 귀향』의 핵심에도 자리 잡고 있다. "누구에게나 그렇듯이 먼저 많은 이야기가 있었다. 그리고 모든 이야기가 다 그렇듯이 그의 이야기도 역시 중간에서부터 시작되었다. 그것은 정말 어쩔 수 없는 일이었다."[32] '정말 어쩔 수 없는 일'이라는 강한 필연성의 어조가 환기하는 것처럼, 이야기는 그 이야기의 시작과 중간과 종말이 있는 것처럼 인간의 탄생과 삶과 죽음 또한 하나로 결합시킬 수 있다. 그뿐만 아니라, 이야기는 이야기의 '중간'에서 이야기를 시작한 주인공이 지금쯤 어디에 위치해 있는가라는 실존적 물음에 대한 잠정적인 답을 도출해 낼 수 있다는 가능성으로 진행되는 것이다. 인간은 다만 '나는 나'라는 점적이고 원자적이며 중립적인 존재가 아니라, 나란 무엇이며 세상은

32 이동하, 『우울한 귀향』(1967), 삼성출판사, 1972, 20쪽. 앞으로 이 소설을 인용할 경우 본문에 쪽수를 표시한다.

무엇인가라는, 이야기의 과정 중의 질문에 대해 잠정적이고도 유예된 답변을 이야기로 재구성해냄으로써 보다 전체적인 맥락과 연관 속에서 나를 위치시킨다. 물론 나의 삶은 내 출생만큼이나 우연적이고 자의적이다. 그런데 이야기의 한가운데에 위치해 있는 나의 삶은 이야기적인 필연성을 점차 갖추게 되면서 전체로서의 나의 삶, 곧 계절의 순환과 해의 바뀜에 따른 육체적이고도 정신적인 성숙 그리고 성장과 퇴보, 극복과 패배의 역사를 통해 고유의 시간적인 깊이를 갖춘 삶을 재구성할 수 있게 된다.[33]

『우울한 귀향』에서 유년시절로 거슬러 올라가는 주인공 '나'의 자전적 소설쓰기는 이런 관점에서 이해해볼 수 있겠다. '나'의 소설쓰기는 현재의 '나'의 목적 없는, 필연성이 상실된 방황과 피로의 근본적인 원인을 추적하고 거슬러 올라간다. 그렇기에 '나'의 소설쓰기는 과거의 '나'와 그로부터 절연되었다고 느끼는 현재의 '나' 사이에 일관성과 통일성을 갖춘 삶의 가교(架橋)를 연결하려는 노력으로 읽어야 한다. 소설의 제목인 '우울한 귀향'에서 '귀향'이란 다만 곧 졸업을 앞둔 서울의 대학생활에서 만연한 피로와 혼란을 느낀 주인공이 자신의 고향으로 내려가고 도피하는 행위가 아니라, 비록 더 이상은 과거의 형태 그대로 존재하지는 않는다고 하더라도 지금 나는 어디에 있는가라는 나의 정체성을 심문하고 탐색하기 위해 시간을 그 깊은 곳으로부터 거슬러 올라간다는 의미를 내포하고 있다. 이동하의 『우울한 귀향』에서 귀향의 의미는 이중적인 것으로, 곧 귀향이라는 하강과 회귀의 서사적 회로를 통해 나는 나 자신을 거슬러 올라가면서 삶의 핵심적인 본질을 되찾을 가능성과 만날 수 있다는 뜻이다.

이동하의 『우울한 귀향』은 두 개의 서사가 액자구조로 맞물려 있고,

33 찰스 테일러, 『자아의 원천들』, 313쪽.

이 두 개의 서사에는 시간적인 연속성으로 볼 때는 동일하지만 각기 다른 두 명의 주인공이 등장한다. 그 두 명의 주인공이란 현재의 '나'와 과거의 '나'로, 『우울한 귀향』에서 과거의 '나'는 현재의 '나'가 쓰는 자전적 소설에서 삼인칭의 '윤'으로 바뀌어 등장하지만, '윤'은 현재의 '나'를 과거로 객관화한 '나'와 동일한 존재이다. 비록 삼인칭으로 쓰여 있다고 하더라도, '윤'의 초점과 지각을 경유해 인간과 세계를 보는 시점을 취한다는 점에서 이 소설의 삼인칭은 일인칭으로, '윤'은 '나'로 바꿔 읽어도 별 상관이 없다.[34]

『우울한 귀향』에서 '나'의 귀향은, 주인공이 쓰는 자전적 소설에서 간접적으로 드러나는 것처럼, 반목하고 다툼을 벌이던 순임이네와 철이네 가족이 마침내 몰락하여 전쟁이 끝난 후에 그들 가운데 일부가 고향 마을을 떠나고 얼마 되지 않아서 어린 '윤'마저 홀로 도시로 떠나게 되고 난 한참 후에서야 이루어진 것이다. '윤'의 상경과 주인공의 귀향 사이에는 대략 10년에서 15년 사이의 시차(時差)가 가로놓여 있다. 그 시차 속에서 고향은 이전의 흔적조차도 발견하기 힘든 곳으로, 거기서 친구인 건호만이 '나'의 귀향을 금의환향으로 여기고 '나'를 극진히 환대할 뿐이다.

『우울한 귀향』에서 재현되는 시간은 크게 세 층위로 나누어 살펴볼 수 있다. 첫째, 소설의 현재시간은 주인공 '나'가 고향인 삼성으로 내려온 1월 13일에서 졸업날인 2월 15일까지 대략 한 달여가 경과하는 시간으로, 그 시간 동안 주인공은 과거 대학생활을 떠올리고 소설쓰기에 몰두하거나 친구 건호나 고향에서 알게 된 여교사 등을 만나고 마침내는 졸업식을 위해 상경할 준비를 하게 된다. 둘째, 주인공이 쓰고 있는 소설 속에서 재현되는 서사적 시간은 주인공 '나'의 유년시절의 모습인

---

34 롤랑 바르트, 「이야기의 구조적 분석 입문」, 김치수 옮김, 김치수 편, 『구조주의와 문학비평』, 홍성사, 1981, 125~26쪽.

'윤'의 탄생과 성장을 기점으로 해서는 대략 십여 년이며, 그 "십여 년의 형성기"(30쪽) 속에서 '윤'이 경험하는 유년기는 고향에까지 침투한 분단 후의 혼란스러운 상황 및 6·25 전쟁과 상당부분 겹치게 된다. 셋째, '나'의 소설에서 서술자가 언급하는 역사적 시간을 포함하게 되면 『우울한 귀향』에서 시간은 병자수호조규(1876)가 맺어진 한국근대의 원년으로 거슬러 올라가게 된다. 이렇게 근대의 영점(零點)으로까지 거슬러 올라가면서 '나'는 '나'가 태어나게 된 삼대에 걸친 계보를 추적한다. 세 가지 층위로 재현되는 시간은 그 자체로 되찾은 시간은 아니다. 소설의 주인공은 이 시간들을 역으로 추억해가면서 네 번째 시간, 자신만의 시간을 되찾으려고 노력하는 것이다. 물론 이때 되찾으려는 저 "잃어버린 시간은 아름다운 것도 즐거운 것도 아니며, 오히려 쓰라렸던 과거의 아픔, 비극적인 과거의 삶"[35]으로 가득 차 있다고 하더라도, 주인공이 그것과 대면하지 않으면 안 되는 시간이겠다.

『우울한 귀향』에서 현재시간의 이야기는 대부분 대학생활에 대한 환멸과 자괴감으로 가득한 '나'의 기억을 중심으로 진행된다. 그 기억 속에서 '나'는 문학을 한다는 구실로 보냈던 무위와 방황과 허무로 점철된 대학생활, '나'가 관심을 갖고 있는 은아와의 애매모호한 이성 관계, 친구인 학운과의 애증 그리고 주인공이 귀향을 결심하고 직접적으로 실행하게 되는 원인이 되었던 은아와 학운의 관계 등의 의미를 단편적으로 기술한다. 그것들은 고향에 있는 주인공에게 학운이 보냈던 편지들과 주인공이 학운에게 썼으나 부치지는 않은 편지에 대한 주인공의 상념과 기억을 중심으로 기술된다. '나'와 은아, 학운은 대학시절에 문학동인으로 인연을 맺고 활동을 하고 친구관계도 형성했지만, 주로 학운을 중심으로 한 그들 사이의 자조적이고도 위악적인 대화란 대부분은

35 김치수, 「방황·고민하는 젊은이에의 해답」, 이동하, 『우울한 귀향』 해설, 삼성출판사, 1985, 419쪽.

메아리가 없는, 은아의 냉소적인 표현을 빌리면 "관객 없는 코메디"(34쪽)에 가까운 것이었다.

　　우리를 접근시킨 것은 역시 나이라는 저 불가해한 친화력의 공일 것이었다. 무언지 모르게 텅 빈 하오는 언제나 우리를 괴롭혔다. 그래서 딱히 갈 데도 없는 우리들은 항용 빈 강의실에 남아 직원들의 눈을 피해 가며 담배나 축내고, 실로 어줍잖은 얘기들로 그 많은 하오를 견디어내곤 했다. 그 주된 멤버는 언제나 학운이와 나와 은아였고, 때때로 객원이 몇씩 끼이곤 했다. 그 많은 지겨운 하오를, 자욱한 연기와 어지러운 책상들과 낙서로 가득찬 흑판과 창으로 비스듬히 기어든 햇살을, 그리고 길고 좁고 침침하고 우울한 그 복도에 간혹 울리던 공허한 발자국 소리를……. 나는 빈 잔을 매만지면서, 혓바닥 밑에 고여 있는 침처럼 내 머리 속에 고여 있음을 느끼는 것이었다. 입에서 신물이 나도록 요설을 늘어놓은 다음엔 으레 학운이가 이렇게 끝말을 맺곤 했다.
　　"우리에겐 왜 이토록 화제가 궁하냐, 씨팔……"(108쪽)

　『우울한 귀향』에서 '나'가 회상하는 대학시절이란 위의 인용문에서 환기되는 공허한 분위기로, 거기서 시간은 의미가 충만한 상태가 아니며, 다소간 환멸을 머금은 채 속수무책으로 흘러가고 있을 뿐이다. 그래서 소설의 초반부에서 주인공의 귀향은 이러한 무의미한 시간의 연속이자 연장으로 보인다. "나는 시방 귀향했지만 가지고 온 것은 아무것도 없다. 그리고 저 고향 마을의 많은 골목과 학교와 또 저 등 뒤의 역사까지도 나와는 아무런 관련도 없는 것이다. 나는 추위에 떨면서 중얼댔다. 단지, 돌아보기 위해서 왔을 뿐이다. 뒤를 돌아보기 위해서, 그래 무언가를 알아내기 위해서 왔을 뿐인 것이다."(16쪽) 그렇다면 소설을 감싸고 도는 이 공허하고도 동질적인 시간의 정체는 무엇이며, 그 시간은 어디로부터 기인하고 있는 것일까. 그것을 추측하기는 쉽지 않지만, 학운이 주인공에게 보낸 두 번째 편지에서 그 이유를 짐작해볼 수 있다.

보다 위대한 어떤 힘이, 보다 철저하고 보다 수학적이고 보다 끈질긴 어떤 힘이 항시 우리들 위에 군림하고 있기 때문에 말일세. 그게 무언지 나로서는 잘 알 수가 없네. 그게 때로는 정치 같기도 하고, 때로는 황금 같기도 하고, 간혹은 매스콤 같기도 하지만 또 자주 그런 따위는 아니라고 생각되기도 하네. 하지만 그게 군림하고 있는 것만은 명백한 사실이어서 그 엄청난 위력 앞에 우리들의 모든 노력은 말짱 분쇄되고 마침내는 포말처럼 산산이 부스러지고 마네. 그래도 자네는 끈질기게 부딪쳐보게나. 그럴 수밖에 달리 능력이 없으니까 말일세. (중략) 몇 차례의 격렬한 떨림이 우리네 거리를 누비고 지나감을 우리는 몸소 경험했었네. 그때 우리들은 모두 무언가가 새로이 시작되고 있음을, 어떤 위대한 변혁이 주변에서 일어나고 있음을 심장의 떨림으로써 맥맥히 느낄 수가 있었네. 그래서 무엇이 변했는가? 우리들에게서, 아니 우리의 낯익은 거리에서 무엇이 새로 시작되었는가? 더군다나 우리 같은 친구의 노력으로 해서 무엇이 이루어졌는가? 세종로에서, 광화문 어귀에서, 또 많은 우리네의 거리 거리에서 거세게 꿈틀거리던 그 노도, 질펀한 길바닥과 거기 흩어져 있던 가슴 따가운 흔적들을 우리가 노래하고 우리가 증언함으로써 해서 정말 무엇이 이루어졌는가? 정말 무엇이 변혁되었는가? 나는 참으로 그것을 느낄 수가 없네. 아무것도, 아무것도 없노라고 나는 그렇게 부정의 몸짓을 하며 내 빈 손을 펴보일 수밖에 없네. 그러나 자네는 말할 걸세. 보이지 않는 무언가가 있었다고, 심장의 떨림 같은 그런 게 분명 있었다고, 있었다는 사실은 애초부터 없었다는 것과는 다르다고, 그건 또 있을 수 있다는 가능성을 느끼게 해주는 거라고. 하지만 나는 그렇게 자위할 수가 없네. 도시 그렇게 믿어볼 수가 없네.

그럼, 자네는 숫제 이렇게 말할지도 모르겠네. 아니, 꼭 그럴 걸세. 그런 따위의 일들을 포기하고서도 우리는 여전히 글을 쓸 수가 있을 거라고. 그건 분명 위안이 되는 사실이네. 아무것도 바라지 않고서도 한 줄의 싯귀를 다듬어 놓을 수는 있을 걸세. 그럼, 자네는 그렇게 하게. 그러나 나는 그럴 수가 없네. 그러기에는 너무나 엄청난 힘에 짓눌려 있는 자신을 느끼기 때문일세. 언제나 나를 압박하고 있는, 그래서 더할 수 없이 무력한 상태로 나를 몰아넣는 저 거대한 세력 앞에 난 무릎조차도 가누기가 힘이 드네. 놈을 그대로 인정해 주고, 그 앞에서 딴전을 피울 기력은 없네. 그러기엔 너무나 짙은 무의미가 있네. 너무나 짙은 허망감이 있네. 그 속에서 무슨 글을 쓸 수가 있을 것인가? 차라리 내 무력한 작업을 포기해 버림이 나을 걸세. 달리 구도의 길을 찾아봄이 더 현명한 일일 걸세.(237~39쪽)

『우울한 귀향』에는 동시대의 사회현실을 직간접적으로 환기시키는 구절이 다른 교양소설보다 적게 등장하는 편이다.[36] 하지만 위의 인용문에서 4·19 혁명을 연상시키는 시간, '무언가가 새로이 시작되고 있음을, 어떤 위대한 변혁이 주변에서 일어나고 있음을 심장의 떨림으로써 맥맥히 느낄 수가 있었던' 시간이 흐르고 난 뒤에 찾아오게 된, 모든 것을 마비시키는 시간의 불가항력적인 힘과 위력이 전면화되고 있다. 이 소설의 공허한 시간은 같은 시기의 『어둠의 축제』의 축제적인 시간, 다시 말해서 삶의 특정한 순간을 감각적으로 고양시키는 시간과는 정반대에 자리 잡고 있다는 데서 특징적이다. 『우울한 귀향』에서 체감되는

36　예를 들면 주인공이 고향에 도착해서 보게 된, 면사무소 처마 아래에 "<올해는 더 일하는 해>"라는, "먼지를 뒤집어쓴" 채 걸려 있는 플랜카드(9쪽)에서 『우울한 귀향』의 시간적 배경이 지시되고 있는데, '먼지를 뒤집어쓴'이라는 표현에서 짐작할 수 있듯이 '올해는 더 일하는 해'는 소설에서 공허하고도 동질적인 텅 빈 시간을 환기한다.

현재시간은 '그 엄청난 위력 앞에 우리들의 모든 노력은 말짱 분쇄되고 마침내는 포말처럼 산산이' 흩어지게 만드는 공허하고도 동질적인 시간, 즉 "모든 것을 타락시키는 하나의 원칙"[37]으로 등장한다. 그뿐만 아니라 그 공허하고도 동질적인 시간의 압력 속에서 글쓰기는 거의 불가능해진다. 인용문은 '나'의 또 다른 분신에 가까운 학운의 것으로, 엽서 속의 학운의 말은 주인공에게 새로운 과제로 주어진다.

글쓰기가 갈수록 불가능해지는 이 공허한 시간을 어떻게 글쓰기를 통해 극복해나갈 것인가. 그것은 귀향을 통해 묻힌 기억을 힘겹게 소환함으로써 가능하다.『우울한 귀향』에서 현재시간의 계절적 배경으로 제시되는 '겨울'은 바로 이 공허한 시간으로, 소설에서 겨울의 춥고도 황량한 느낌에 대한 인상적인 묘사는 주인공의 공허하고도 우울한 내면에 자리 잡은 특별한 심상풍경이기도 하다. 그런데 소설에서 겨울이라는 시간적 배경(background)은 단순한 배경으로 그치지 않고, 고향으로 이동할 경우, 문제적 전경(foreground)으로 재배치된다.『우울한 귀향』에서 세련되고도 감각적인 문체로 자주 환기되는 자연의 풍경은 소설에서 주인공의 기억과 심상을 소환하는 계열체적 촉매(catalyser), 징조단위(indices)로 기능한다.[38]

> 길바닥을 내려다보고, 언 땅에 하얗게 깔려 있는 서리를 보고, 길섶의
> 먼지 쌓인 도랑과 그 언저리에 남기고 간 안개의 축축한 습기를 느꼈다.
> 착 가라앉은 아침 공기 속에 그런 모든 것들이 조용히 눈뜨고 있었다.

37 게오르그 루카치,『소설의 이론』, 162쪽. '모든 것을 타락시키는 하나의 원칙'으로서의 시간은 플로베르의 교양소설인『감정교육』(1869)의 '환멸의 낭만주의'를 감싸고 있는, 덧없이 속수무책으로 흘러가는 세월이다.
38 롤랑 바르트,「이야기의 구조적 분석 입문」,『구조주의와 문학비평』, 104~108쪽 참조.

지난날의 폭음과 어두운 골방에서의 수음과, 그 많은 불면의 밤에 태운 담배의 독기로 하여 찌들고, 마비되고, 시달린 나의 감성이 비로소 조금씩 되살아나기 시작했다. 오랫동안 퀴퀴한 다락방에 처박아 두었던 악기를 어쩌다 꺼내들고 그중의 한 음을 무심히 땅 하고 울려 보았을 때의 그 소리의 떨림과 부스스 떨어지는 먼지와도 같이 나의 감성은 온갖 기억을 불러일으켰다.(48~49쪽)

고향의 스산한 겨울 풍경, '안개의 축축한 습기'와 '가라앉은 아침 공기' 속에서 '나'는 불현듯 서울의 대학생활에서 '찌들고, 마비되고, 시달린 나의 감성'이 온갖 기억을 일깨우면서 되살아나는 것을 느낀다. 그런데 이 '불현듯'의 정체는 도대체 무엇일까. 여기서 주인공의 귀향체험에 내포되어 있는 목적론적 의미를 다음과 같이 생각해볼 수 있겠다. 루카치는 다음과 같이 쓰고 있다. "기억을 통해 어렴풋이 떠오르지만 또한 한때 우리 체험의 일부이기도 했던 인격과 세계의 통일성은 주관적·구성적이고 객관적·반성적인 특성으로 인해서 소설 형식이 요구하는 총체성을 실현시키기에 가장 깊이 있고 또 가장 순수한 수단이다. 그리고 이러한 체험을 하는 가운데에 분명히 드러나는 것은 주관의 자기 자신에로의 귀향인데, 이러한 귀향의 예감과 그 요구는 희망의 체험에 바탕하고 있는 것이다."[39] 인용문에서 '소설 형식이 요구하는 총체성'이라는 다소 부담스러운 맥락을 제외해놓고 다시 읽어본다면, 루카치의 문장은 『우울한 귀향』에서 기억과 회상을 매개로 한 주인공의 자전적 글쓰기를 통해 '인격과 세계의 통일성'을 재구성하려는 노력과 '희망의 체험'을 목적으로 하는 귀향의 의미를 해석하는 데 요긴하게 사용할 수 있다.

39 게오르그 루카치, 『소설의 이론』, 170쪽.

요약해보면, 『우울한 귀향』에는 두 개의 시간이 대립하고 있는데, 그 하나는 공허하고도 동질적인 시간이며, 다른 하나는 공허한 시간의 편린들에서 이따금씩 재발견하는 기억의 시간으로, 이 소설은 바로 시간을 통해 시간을 극복하기, 즉 "시간을 극복하는 시간의 체험"[40]을 자전적 글쓰기를 통해 주체에게 개방하고 있는 것이다. 『우울한 귀향』의 표현을 직접 빌려보면 다음과 같을 것이다. "저 어린 날의 기억을 몽땅 쓸어서 원고지 위에다 재구성해 놓고 나면 나는 아마도 한 발치쯤 뒤로 물러서서 그것을 잘 들여다볼 수가 있을 거라고. 어느 정도의 여유를 가지고서 말이다 하고 나는 또 중얼거렸다. 어쩌면 그 세계에서 떨어져 나올 수도 있으리라."(185쪽) 이것이 '시간의 극복'이라는 귀향이 내포하는 의미인 한편으로, 『우울한 귀향』에서 주인공이 학운의 편지에 대한 답장으로 썼지만 끝내 부치지는 않은 '우울한 귀향'이라는 제목의 편지에서 언급되는 젊음이 의미하는 바이기도 하다. "젊다는 것은 그 무한한 가능성 하나 때문에 함부로 허수히 할 수는 없다. 맹랑한 요설이나 늘어놓고, 끝없는 불만으로 투덜대고, 난잡한 교제를 하고, 담배나 뻑뻑 태우고, 무절제하게 술이나 처마시는 일 따위로 말짱 낭비해 버릴 수는 결코 없는 것이다. 나의 젊음은 이미 찌든 것이지만, 그래도 가장 적은, 그러나 내가 진실로 애정을 느낄 수 있는 그런 것을 하나쯤은 가질 수도 있는 것이다. 그것이 무엇인가를 알아내야만 할 것이 있다. 이 우울한 귀향에서 말이다."(201쪽) 방금 인용한 대목에는 예술가소설의 전신(前身)으로서 『우울한 귀향』의 의의를 암시하고 있다. 이러한 의의란 글쓰기를 통해 젊음에게 주어진 분열된 상황들, 소설에서는 과거와 현재, 도시와 고향, 대학생활과 고향의 삶, 유년과 젊음, 일인칭과 삼인칭, 우정과 사랑 등으로 나눠진 상황들을 종합하려는 의지로 표현

　　40　게오르그 루카치, 『소설의 이론』, 164쪽.

되는 표현적 충만함이며, 이러한 표현적 충만함을 통해 자신의 정체성을 정립할 수 있다는 미적인 자의식의 표출이다.

『우울한 귀향』에서 '나'의 자전적 글쓰기는 단일하고도 온전하며 투명한 정체성을 세우기 위한 노력의 일환으로 의도된 것이지만, 글쓰기는 종종 그 의도를 배반하는 서사적인 과정이기도 하다. 이 소설에서 '나'의 방황과 혼란의 직간접적인 원인으로 지목되는 서울에서의 대학 생활이 '나'의 유년기에 대한 회상을 통해 극복될 수 있는가라는 물음은 글쓰기의 시작에서는 짐작조차 할 수 없는 불안 그 자체이다. 이러한 불안은 소설 속에서 '나'가 묘사하는 '어둠의 공포'로 가시화된다. 그것은 또한 '나'의 글쓰기가 직면하는 것으로, "한 장의 백지"가 가져다주는 '공간의 공포'이다.

> 유아들은 어둡다고 해서 울지는 않는다.
> 그러나 좀더 자라면 어둠의 공포를 느끼게 된다. 즉, 빛과 공간을 인식하게 된 데서 오는 두려움이다. 낯익은 모든 것들이 짙은 어둠 속에 묻혀 버릴 때 아이는 견딜 수 없는 불안을 느끼게 되는 것이다. 모르긴 해도 이것은 추락이나 고음에 대한 공포만큼이나 순수한 것이며 죽음의 공포만큼이나 강렬한 것이기도 하다. 왜냐하면 그것은 낯익은 하나의 공간이 바로 눈앞에서 홀랑 꺼져버리는 데서 오는 공포이기 때문이다. 어둠의 공포, 그것은 바로 공간의 공포이다.(45~46쪽)

'공간의 공포'는 '나'의 자전적 글쓰기에서 윤이 마주쳤던 "우주"(37쪽)와도 같은 어둠과 직결될 뿐만 아니라, 빨치산의 처참한 시체가 웅크리고 있던 구덩이에 대한 공포와도 연결된다. '나'의 글쓰기에서 '윤'의 고향은 사계절이 순환하는 찬란한 낙원 이미지의 자연, 호랑이와 꽝철이라는 새의 전설 그리고 캄캄한 밤에 울려 퍼지는 부엉이 울음 등으로 가득한 '신화적 공간'과 구덩이 속 빨치산의 시체, 두 가족의 다툼과 불화, 전쟁으로 인한 방화와 살육, 삼촌의 제대와 도둑질 등의 사건들이 일어나는 '역사적 공간'이 중첩된 형태이다.

1-2. 글쓰기, 투명성과 장애물

『우울한 귀향』의 '나'의 글쓰기에서 재현되는 '윤'의 유년의 성장기는 사계절의 자연적 순환과 밀착되어 진행된다는 점에서 특징적이다. 예를 들면 봄과 여름의 정경은 이 소설에서 만물의 생장과 리듬을 맞추는 윤의 성장과 비교적 밀접하게 관련되어 묘사되고 있는 데 비해, 가을과 겨울의 정경은 무시무시하고 정체를 알 수 없는 신화적인 공포로 다가오면서 윤에게 불안을 안겨주는 것으로 묘사되고 있다. 그리고 빨치산의 죽음이나 순임이 아버지와 철이 형의 갈등, 순임이 아버지의 살해, 공비토벌 등 역사적 사건의 지류들은 주로 가을과 겨울에 일어나고 있다. 그 사건들은 나이 어린 윤에게 도무지 제대로 이해할 수 없는 것으로 다가오며, 마을을 뒤덮는 어둠, 한밤중에 울리는 부엉이 울음소리나 꽝철과 호랑이에 대한 전설을 듣고 보면서 윤이 상상력으로 키워온 신화적인 공포와 중첩된다. 『우울한 귀향』에서 가시적으로 묘사되는 최초의 계절은 가을로, 어느 날 윤은 누나와 함께 놀다가 구덩이에 들어있던 남자의 시체를 우연찮게 발견하게 되며 그날 밤 심한 악몽을 꾼다.

윤은 잠결에 깜짝 놀랐다. 잠에서 어렴풋이 깨어나다가 다시 혼곤히 잠겨들었다. 몽롱한 의식 속에 별빛 같은 것이, 어둠 속 빨강·노랑·파랑 반점 같은 것이 서서히 걷히더니 눈앞에 한 사람의 모습이 또렷이 나타났다. 흙투성이의 옷에 창백한 얼굴, 헝클어진 머리, 지저분한 턱수염. 그런데 까만 핏자국이 이마에서 왼편 뺨으로, 다시 목덜미로 흘러내려

기다랗게 말라붙어 있었다. 그런 모습의 사내가 구덩이의 어두컴컴한 구석에 토벽을 기대고 앉은 채 죽은 듯이 잠들어 있었다. 아니, 정말 죽어 있었다. 윤은 목이 꽉 질리는 것을 느끼면서 몸을 뒤척였다.(58쪽)

윤이 구덩이 속에 기대어 죽은 남자가 빨치산임을 알게 된 것은 그로 부터 한참이나 지난 후이다. "그가 어떤 사람인지, 어떻게 되어 그 구덩이 속에서 죽었는지 윤은 알지 못했다. 아버지도 엄마도 또 누나도 그 이야기를 다시는 꺼내지 않았기 때문이었다. 언젠가 한번은 문득 그 생각이 나서 누나에게 물어 보았더니, 자기도 도통 모를 일이라면서 다시는 그런 걸 묻지도 말고 생각지도 말라고 퉁명스럽게 대답했었다."(121~22쪽) 어린 윤의 무지 속에서 악몽으로 출현한 시체의 정체가 '빨갱이'임을 알게 되었지만, 윤에게 그것은 새로운 물음을 낳게 할 뿐이다. "그 빨갱이라는 게 뭘까?"(122쪽) 그리고 또다시 가을이 되면서 윤은 마을의 구장이자 소방대장인 순임의 아버지가 철이 형을 멍석말이 하고, 철이 형이 다시 복수로 순임이 아버지의 등을 낫으로 찍는 사건을 목도하게 된다. 이 사건의 발단은 순임이네 과수원에서 난 복숭아를 철이가 순임으로부터 빼앗고 다시 순임이네 머슴이 철이를 때린 데서 비롯된 것이었다. 철이 형은 그 복수로 순임이네 복숭아나무를 훼손할 뿐만 아니라 머슴을 몽둥이질까지 하고, 순임의 아버지는 철이 형을 멍석말이하는 것으로 분풀이하며, 다시 철이 형이 순임이 아버지의 등을 낫으로 찍었던 것이다. 마을의 지주 격인 순임이네 가족과 소작농의 처지로 전락한 철이네와의 갈등[41]이 한 마을의 소꿉친구였던 순임이

..
41 소작농인 철이네와 지주인 순임이네 사이의 갈등의 원인은 『우울한 귀향』의 1985년 도 개정판에서는 "남한테 뺏긴 재산"이라는 구체적인 표현에서 강하게 환기되고 있다. 이동하, 『우울한 귀향』, 삼성출판사, 1985, 99쪽. 이 표현은 1972년도 판본에는 들어있지 않다.

와 철이의 사소한 실랑이를 계기로 터져 나왔던 것이다. 그리고 이러한 실랑이와 복수는 점점 더 눈덩이처럼 부풀어 오르게 된다.

『우울한 귀향』에서 주인공이 글쓰기로 회상하는 유년시절의 가을이 겉으로는 평화롭고 조용하던 마을에 서서히 불어닥치는 갈등과 비극의 씨앗을 내포하는 계절로 설정된다면, 겨울은 가을에 발생한 분란과 다툼이 신화적인 공포로 극대화되는 계절이다. 그리고 그 공포는 또다시 비극적 사건의 전조가 된다.

> 마을 사람들을 두렵게 하는 소리가 또하나 있었다. 그것은 나팔소리였다. 마을 위를 비추던 겨울의 열기 없는 태양이 서산마루에서 머무적거리다가 마침내 꼴깍 넘어가 버리고 나면 쓸쓸한 산자락에서, 그리고 황폐한 들녘 끝에서부터 서서히 묻어오는 어둠과 함께 그 나팔소리는 은은히 울려왔다. 그러면 마을은 어둠 속으로가 아니라, 그 나팔소리 속으로 빠져드는 것이었다. 어둠에 잠겨드는 빈 골목들과 동구의 두 그루 고목과, 찬 바람 휩쓰는 얼어붙은 강바닥을 울리며 들려오는 그 소리는 깊은 애상과 삭힐 길 없는 울분이 가득히 서려 있었다. 마을이 짙은 어둠 속에 묻혀 버리고 희미한 등잔불만이 조그만 창과 문살을 밝히게 될 때까지 그 나팔소리는 마을 위 찬 허공에서 떨리곤 했다. 그러다가 마침내 기진한 듯 뚝 그쳐 버리는 것이었다.(173~74쪽)

> 윤은 이불 속으로 파고들며 귀를 꼭 막았다. 그래도 그 소리는 들려오는 것만 같았다. 깊은 산골, 거미줄 엉긴 사당과 무서운 전설이 얽힌 바위와, 뼈를 허옇게 드러내고 죽은 고목들로 괴괴한 정적을 이루고 있는 그런 산골에서 어쩌다 이상한 새 한 마리가 몹시도 처량한 목청으로 울고 갈 때, 함께 가던 어른들이 침묵만을 지키고 있는 것을 보는 순간에 느끼던 그런 두려움이 윤의 가슴을 마구 떨게 했다. 손을 떼어 보았다.

귀가 열리고 거센 바람소리가 밀려들었다. 나팔소리는 어느새 멎어 있었다. 단지 그 떨림만이 여리게 남아 있을 뿐이었다. 느닷없이 까치를 생각하고 윤은 무서움에 질렸다.(179~80쪽)

첫 번째 인용문은 철이 형으로 짐작되는 사람이 부는 나팔소리로, 그 나팔소리에는 '깊은 애상과 삭힐 길 없는 울분이 가득히 서려 있었다.' 추운 겨울밤을 관통하면서 동네 전체에 울려 퍼지는 철이 형의 나팔소리는 앞으로 닥쳐올 비극적인 사건의 전조가 된다. 그것은 추측 건대 순임의 아버지가 빨치산과 철이 형에게 살해된 채로 시체로 발견되는 사건의 불길한 예감인 것이다. 두 번째 인용문은 "궂은 일이 생기기 직전에" 울면서 "제물을 제일 먼저 맛보는" 까치의 울음소리(177쪽)[42]로, 까치의 울음소리 또한 어두운 전조가 되어 철이 형이 부는 불길한 나팔소리와 공명한다. 『우울한 귀향』에서 주인공의 어린 시절에 각인된 가을과 겨울은 해가 바뀌어가면서 삶과 세계에 대한 막연하고도 두려운 공포감과 밀접한 관련을 맺다가 점점 인간과 세계 사이에서 일어나는 비극이 사실은 인간과 인간 사이의 오랜 갈등과 반목에서 비롯된 것임을 서서히 인식하는 성장의 배경이다. 아버지를 잃은 순임이네가 마을을 떠난 지 얼마 되지 않은 어느 가을날, 어머니마저 병으로 잃고 고아가 되어버린 채 동네에서도 외톨이가 된 철이는 방앗간에서 윤에게 매우 중대한 고백을 하게 된다. 『우울한 귀향』에서 가장 고통스럽고 비극적으로 보이는 장면으로, 오랫동안 숨어 지내던 형을 형사들에게 밀고한 철이가 들려주는 무시무시한 이야기에 따르면, 순임의 아버지가 죽고 난 뒤에 철이 형은 방앗간의 한 구석에 땅굴을 파고 십년 동안이나 숨어 살았던 것이다. 철이가 윤에게 들려주는 형의 모습은 이러하다.

42 『우울한 귀향』의 1985년도 개정판에는 모두 '까치'가 아닌 '까마귀'로 수정되어 있다.

"껍데기하고 뼈다구만 앙상하게 남데, 머리털이 하얗게 세고 말이다. 한갑·진갑 다 찾아묵은 늙은이매로 말이다. 머리가 하얗기, 하얗기 시었더란 말이다."(293쪽) 어쩌면 『우울한 귀향』에서 머리가 하얗게 센 철이 형의 '늙은이'와 같은 모습은 전쟁이 젊음에 끼친 엄청난 재앙과 파국을 효과적으로 환기하고 있다고 하겠다.

철이의 고백에는 "세월이 흐르마 흐를수록 더 만만하게 뭉치는" "사람의 가슴패기 속에 맺힌 앙심"(같은 쪽)으로 인해 철이의 아버지, 순임의 아버지, 철이의 엄마가 죽고 순임이네가 마을을 떠나며 마침내 형까지 죽게 만들지도 모르는 원한의 대물림과 악순환을 끊기 위해서 형을 밀고한 어린 철이의 고뇌 어린 선택에 따른 괴로움과 자책감이 담겨있다. "죄는 우리 성한테 있고, 순임이 아부지한테 있고, 또 울아버지한테 있는 기라. 반평생을 종살이했던 상전한테서 몇 뙈기의 붙임을 얻어낸 아부지가 잘못했고, 그걸 도로 뺏어간 순임이 아부지가 잘못했고, 그기 억울하다고 앙심을 품었던 우리 성이 잘못했을 뿐인 기라, 그저 그런 기라."(294쪽) 그리고 그 직후에 철이 또한 마을을 홀연히 떠나게 되며, 그 행방조차도 더 이상 알 수 없게 되고 만다. '나'의 자전적 글쓰기에서 마지막으로 묘사되는 가을은 그리하여 "아무도 찾는 이가 없"는 "폐가가 되어 버린 철이네의 방앗간"(304쪽)의 황폐하고도 적막한 분위기처럼, 순임과 철이가 차례로 마을을 떠나고 그들의 가족들마저 죽거나 떠나버려 이제는 "싸늘하게 식어버린 햇빛" 아래에서 "시들어가는 풍경들"일 뿐이다(309쪽). 그렇기 때문에 윤 또한 순임과 철이에 이어서 고향을 떠날 결심을 하게 되는 것이다.

『우울한 귀향』의 자전적 글쓰기에서 가을과 겨울은 봄과 여름과 마찬가지로 단지 풍경으로 묘사되고 배경으로 제시되는 것이 아니다. 『우울한 귀향』의 사계(四季)는 노스럽 프라이가 언급한 미토스(mythos),[43] 즉 신화적이고도 원형적인 화소(話素)로 기능할 뿐만 아니라, 그에 대한 새로운 판본의 묘사와 서술을 통해 재현의 기능을 담당하고 플롯을 구성해 서사를 새롭게 구축해나가는 역할을 떠맡고 있다. 구체적으로 말하면, 『우울한 귀향』에서 '나'의 자전적 글쓰기에서 재현된 사계는 각각 프라이가 제시했던 네 개의 원형적인 이야기인 희극(봄), 로망스(여름), 비극(가을), 아이러니(겨울)에 범박하게 상응하는 특징이 있다. 『우울한 귀향』에서는 대략 봄과 여름이 한 쌍으로, 가을과 겨울이 또 다른 한 쌍으로 묶이면서 각각의 뮈토스를 특징적으로 구현해내고 있다. 가을과 겨울이 윤에게 무지에서 비롯되는 신화적인 공포가 실제로는 비극적인 역사적 사건이었다는 깨달음과 각성의 시간적인 계기로 기능하고 있다면, 봄과 여름은 가을과 겨울의 뮈토스에서 체감되었던 윤의 분열과 상처를 극복하는 성숙의 시간적인 계기로 작동하고 있다. 이러한 뮈토스의 기능이 현저한 『우울한 귀향』의 현재서사 또한 젊은 주인공의 고뇌와 방황을 재현하는 겨울에서 시작해 봄에서 대단원을 맺는 것이다. 『우울한 귀향』은 '겨울'의 아이러니를 극복해 '봄'의 희극으로 나아가는 젊음의 서사적 여정인 것이다.

여름은 언제나 그랬다. 중천에서 이글거리는 진홍빛 태양이 앞뒤 산등성이를 퍼렇게 만들고, 꾸꾹이가 아침나절부터 벌써 목쉰 소리로 울게 하고, 그 소리에 문득 고개를 쳐들면 녹음 짙은 산허리가 몹시도 시원해 보이게 했다. 봇도랑에는 맑은 물이 찰랑찰랑 넘치게 흐르고, 누런 물이 그득히 고여 있는 못자리엔 퍼런 모가 듬성듬성 꽂혀 있었다. 동구고목 아래에서, 혹은 먼 들녘에서 황소가 그 유한 울음을 울어 마을의 무더운 공기를 휘저었다. 뜨거운 뙤약볕은 강바닥에도 쏟아져 강물을 미적지근하게 데우고, 모래를 빨갛도록 태우며, 거기서 딩굴고

43 노스럽 프라이, 『비평의 해부』, 508쪽 참조.

노는 벌거숭이 아이들을 검둥이로 만들어 놓았다.(110쪽)

　하지만 난리가 그렇게 빨리 기어들지는 않았다. 눈부신 햇살이 마을과 강변과 들판에 자욱이 내리고 눈익은 교정의 구석구석까지 골고루 퍼지고 있었다. 겨우내 눈보라를 맞으며 파랗게 질려 있던 상록의 나무들이 싱그러운 가지를 기지개 켜듯 한껏 펼치게 되었고 교정의 회나무·전나무·측백나무들이 말갛게 흘러내리는 햇살 아래 오랜 잠을 깨고 있었다. 햇살은 온 누리에 가득히 부풀어 올랐다.
　여름이다, 여름 하고 누군가가 소곤댔다. 그래, 여름이다, 여름 하고 윤도 빙그레 웃었다. 여름엔 말이야, 하고 누군가가 계속 중얼거렸다. 물먹어 싱싱하고 풀냄새가 나는 그런 음성이었다. 우린 부쩍부쩍 자란단 말이야. 기지개를 켜고 파란 하늘을 싣고, 어허, 아하 하고 마구 고함이라도 치고 싶어진단 말이야. 지난 겨울엔 눈이 몹시도 내렸지. 바람도 혹독하게 불고, 정말 지겹고 긴 겨울이었지. 우린 찬 바람 속에서 꽁꽁 얼어붙었단 말이야. (중략) 하지만 곧 봄이 올 걸. 그러곤 이내 여름이란 말이다. 그땐 우리들 세상이지. 우린 눈부신 햇빛을 받고 무럭무럭 자라날 거란 말이다. 그땐 너처럼 문 하나 남기지 않고 꽁꽁 굳어버린 놈들은 괴롬을 당하게 될 거란 말이다. 태양이 눈부셔서 눈도 뜨지 못할 거란 말이다.(212~14쪽)

　윤의 유년시절은 봄과 여름의 정경에 대한 위 인용문의 산뜻하고도 아름다운 묘사에 한정해서 볼 때 환한 투명성으로 가득 차 있다. 봄과 여름은 빨치산의 시체, 순임이 아버지의 죽음과 공비 소탕작전, 빨치산에게 협조했던 마을사람의 집단학살 등의 역사적 비극이 일어났던 가을과 그 역사적 비극이 혹독한 바람이 불며 모든 것을 얼어붙게 만드는 기나길고도 어두운 밤으로 환기되는 겨울이라는 장애물을 동시에 극복하는 기능을 수행한다. 다시 말해 장애물은 '곧 봄이 올 걸'과 같은 구절에서 암시되는 계절의 순환과 리듬에 의해 언젠가는 반드시 극복가능해지고 투명하게 변할 것이다. '우린 눈부신 햇빛을 받고 무럭무럭 자라날 거란 말이다'라는 구절은 투명성에 대한 믿음을 환기한다. 그리고 두 번째 인용문에서 '물먹어 싱싱하고 풀냄새가 나는 그런 음성'을 가진 '누군가'의 이야기는 바로 선생님이 윤과 아이들에게 들려주는 '의인화된 나무'의 이야기라는 점에서 이 동화 즉 로망스는 확실히 여름에 어울리는 뮈토스가 아닐 수 없겠다. 또한 동화는 비단 동화로만 그치는 것이 아니라, 형성(formation)의 이야기로 재조직된다. 추위와 어둠을 뚫고 자라나는 나무에 비유되는 윤의 성장이야기 속에서 수많은 인물과 사건은 씨앗이 되어 서서히 주인공의 경험으로 생장하게 되며, 주인공의 성격과 세계관이라는 줄기와 열매를 만들어내는 자연의 학교나 환경으로 변형되는 것이다.[44]

한편으로, 봄과 여름의 뮈토스라는 투명성과 가을과 겨울의 뮈토스라는 장애물의 대립과 그것의 극복은『우울한 귀향』에서 글쓰기를 통한 자아의 자기 성찰이라는 형태로 변주된다는 데서 한층 더 주목할 필요가 있다. 장 자크 루소의 저작에 대한 기념비적인 연구에서 장 스타로뱅스키가 개념화했던 투명성과 장애물은 주체와 언어의 관계에 상응하는 것이다. 투명성(transparence)이란 자신이 말한 언어가 곧 자기 자신, 즉 주체임을 이해하고 느끼는 것에 대한 이름이며, 장애물(l'obstacle)이란 주체와 언어 사이에 결코 좁혀지지 않는 간극과 간격에 대한 명명이다. 투명성 속에서 주체와 언어와 정념(인식)은 마치 빛이 수정(水晶)을 어떠한 장애물도 없이 곧바로 투과할 때처럼 하나가 된다. 거기서 "자신을 안다는 것과 자신을 느낀다는 것에는 차이가 없으며", "주체는 그가

44 미하일 바흐친, 「소설 속의 담론」, 221쪽.

느낀 감정이고, 이 감정이 곧 언어이다. 주체, 언어, 감정은 이제 하나이다. 감정은 베일을 벗는 주체이고, 언어는 스스로에게 말을 하는 감정이다."[45] 투명성과 장애물을 고백이나 자서전과 같은 자기 자신에 대한 서사와 연관을 지어 말해보자면, 투명성 속에서 나는 내가 말하고 그리는 바로 그것이 된다. 그리고 투명성 속에서 나의 "자화상은 대상으로서의 자아에 대한 다소 충실한 복제가 아니라, 자아 탐구의 뒤에 남은 생생한 흔적일 것이다. 나란 존재는 내 자신에 대한 탐구이다."[46]

1-3. "이 진저리나는 젊음"

그런데 자전적 글쓰기에서 글쓰기와 욕망과 진실의 관계는 루소가 말한 투명성과 장애물의 역학관계를 통해 한층 복잡한 양상을 띠게 된다. "글쓰기는 자기가 말하려고 하는 진실을 거꾸로 뒤집음으로써만, 그리고 담론 속에서 그러한 방해를 반복함으로써만 그 진실을 말할 수 있다. 장애물을 제거하여 투명성을 재정립할 수는 없다. 왜냐하면 이때의 장애물은 동시에 피난처이기 때문이다. 그보다는 장애물을 투명하게 만들어야 한다. 욕망의 진실을 결코 말할 수 없다면, 무엇이 그것을 말하지 못하게끔 하는지를 끝까지 말할 것이다."[47] 글쓰기는 그 의도를 끊임없이 배반하며, 욕망은 자신의 진실에 도달하기 위해 오히려 욕망을 금지하는 장애물이 되고자 한다. 욕망은 그것에 대한 금지를 통해 자신의 진실, 즉 욕망의 진실을 말하려고 한다. 그리하여 글쓰기의 욕망은 자신이 얼마만큼 진실한지에 대해 말하는 것이 아니다. 오히려 글쓰기는 자신이 왜 진실을 말하기가 그토록 어려운지에 대해, 진실에 도달하려는 노력을 방해하는 장애물이 도대체 무엇인지에 대해 더욱더 잘

• •
45 장 스타로뱅스키, 『장 자크 루소』, 372쪽, 385쪽.
46 장 스타로뱅스키, 『장 자크 루소』, 391쪽.
47 필립 르죈, 『자서전의 규약』, 129쪽.

이야기할 수 있게 된다.

따라서 자전적 글쓰기 속에서 자신을 말한다는 것은 곧바로 투명한 자기 자신에게 도달하거나 또 그럴 수 있다는 뜻이 아니라, 우선 그러기 위해서라면 자신이 자신으로부터 필연적으로 소외될 수밖에 없다고 고백한다는 의미이다. 『우울한 귀향』에서 주인공이 글쓰기를 시작하자 마자 바닥없는 어둠과 마주칠 수밖에 없었다는 것은 이 소설의 자전적인 언어가 소외의 언어라는 것에 대한 반증이다. 주인공이 재현하는 윤의 유년시절의 낙원, 곧 봄과 여름의 낙원이란 그것이 가을과 겨울의 현실로 타락하고, 분열되며, 사라지기 위해서 투명한 신기루처럼 재정립되는 것이다. 나의 회상의 글쓰기는 나의 자기 통합과 정체성 수립을 위해서 먼저 나의 분열된 모습을 고백하는 행위일 수밖에 없다. 거기서 나는 더 이상 내가 아니게 되고, 내가 지금 서 있는 곳은 더 이상 내가 예전에 서 있던 그곳이 아니게 된다. 나는 나 자신과의 차이이며, 그러한 차이가 오히려 나를 구성한다.

하나의 거울을 나는 찾고 있었다. 내 우울한 귀향 중에서 말이다. 그러나 그 거울은 내 무릎 위에 한 뭉치의 원고로 놓인 채 입을 다물고 있었다. 아니 뿌옇게 흐려 있었다. 그 부피에 짓눌리면서도 여러 번을 뒤적뒤적해 보았지만 역시 몽롱할 뿐이었다. 나는 완전히 맥이 풀려 버렸다. 왜 그런가? 왜 저토록 흐려져 있는가? 저것이 내 어린날의 얘긴가? 그때 내가 보고, 듣고, 느끼던 그것들인가? 나는 야릇한 낭패감을 느끼면서 그것을 한사코 뒤적거렸다. 결단코 찾아내야만 할 것이었다. 다른 것은 다 포기하더라도 최소한 내가 왜 이토록 허망한 낯짝을 하고서 돌아다니고 있는가, 아니 왜 이 따위 글이나 쓰게 되었는가, 아니 왜 이런 원고뭉치나 뒤적이고 있는가 하는 것만이라도 알아내야 할 것이었다. 차는 곧 서울역에다 나를 내려놓을 것이었다. 그때 내가 매달릴 수 있고, 좌우명으로 삼을 수가 있고, 그래서 멋지게 처신할 수 있는 그런 무언가를 알아내야만 할 것이었다. 그런데도 내 무릎 위에 놓인 거울은 여전히 흐려 있을 뿐이었다. 아무리 기를 쓰고 들여다보아도 거기, 내 얼굴은 또렷하게 나타나질 않았다. 더더욱 몽롱해지기만 했다.(316쪽)

인용문에서 거울은 자기를 투명하게 비추거나 자기를 투명한 상태로 정립해주는 반영적인 매개물의 은유가 아닌 것으로 밝혀진다. '거울은 여전히 흐려 있을 뿐'이며, 거울에 비친 '내 얼굴은 또렷하게 나타나질 않았다.' 주인공의 글쓰기는 애초의 의도를 배반해버렸다. 주인공의 귀향은 젊음의 방황과 피로의 원인을 자신의 유년시절에 대한 기억의 글쓰기를 통해 추적해 올라가 거기서 일종의 '되찾은 시간'(Le Temps Retrouve)을 발견하자는 의도에서 시작되었다. 글쓰기는 '시간을 통해 시간을 극복하는 체험'을 재구성하는 것이었다. 그러나 인용문에서 짐작할 수 있는 것처럼, 주인공의 회한 어린 고백은 글쓰기의 실패를 의미하는 것이라고 단정 지어서 말할 수 있는 것일까. 차라리 이것은 글쓰기 행위 자체를 묘사하는 현상학이라고 부를 만한 것은 아닐까. "따라서 내가 귀향 한 달여의 작업 끝에 얻어낸 거울은 현실을 잘 비춰주는 것이 아니라, 더 한층 흐리게 만들 뿐이었다. 그것은 과거를 현실에 이어지도록 적당하게 합리화시키고, 논리를 부여해서 마침내는 전연 다른 것으로 변모시켜놓았을 뿐이었다."(318쪽) 마찬가지로 "무슨 일에고 결과는 확실한 것이지만, 그 원인이라는 것은 불투명하기 짝이 없"는 것이다.(같은 쪽)

글쓰기는 원인을 추적하는 작업이다. 그런데 『우울한 귀향』에서 주인공이 글쓰기를 통해 깨달은 것은 결과에 대한 실정적이고도 기계적인 원인이 아니라, '불투명한' 원인, 부재하는 원인이 있다는 것이다. 투명성의 글쓰기로도 도무지 극복할 수 없는, 어쩌면 투명성의 글쓰기가 막다른 골목에서 새롭게 부딪히게 된 이 불투명한, 부재하는 원인이란 무엇일까. 간단히 말해서 그것은 사람들에게 상처를 주고, 욕망의 좌절을 겪게 만들며, 서로에 대해 원한(ressentiment)을 품고 복수를 실행하게 하는 부재 원인, 실재로서의 역사(History)이다. 물론 이때의 역사는 "텍스트가 아니며, 지배적이건 그렇지 않건 간에 서사도 아니지만, 부재 원인으로서, 텍스트의 형식을 통해서가 아니면 우리에게 접근 불가능하며, 역사와 실재에 대한 접근은 반드시 선행하는 텍스트화, 정치적 무의식 속에서의 서사화를 거치게" 된다.[48] 『우울한 귀향』에서 주인공이 자전적인 이야기를 통해 발견한 것은 "지금은 없는 것", 비록 "전쟁의 상흔은 군데군데 남아 있었지만" "그것은 이미 보이지 않는 저 깊숙한 수렁 밑바닥에 투영된 그림자일 뿐이었다."(266쪽) 따라서 전쟁의 상흔은 이어지는 인용문에서 '모래톱'의 비유처럼, 지질학적인 탐사와 발굴을 통해 텍스트의 표면 위로 복원해내지 않으면 안 되는 어떤 것이다.

여울의 잔잔한 흐름 밑에는 좁쌀알 만큼한 모래들이 눈에 띄지 않게 하나 둘 굴러와 마침내는 하나의 모래톱을 이루어 놓는다. 그것처럼 눈에 띄지는 않지만 다들 성장하고 있었다. 마을의 조용한 침묵, 골목과 사랑과 갯가나 들로 이어지는 생활의 그 일상적인 움직임, 뉘집에서 아이가 하나 났고, 뉘집 어른이 죽었고, 뉘집에선 잔치가 있었고, 어느 여름엔 가뭄이 몹시 들었고, 그리고 그런 모든 일들이 불투명한 색조와 그저 그만그만한 무게로 흘러가는 속에서 저마다의 모래톱을 하나씩 이루어 가고 있었던 것이다. 이렇듯 생활은 사건적이기보다는 너무나 비사건적인 것이어서 윤은 괴로왔다. 왜냐하면 하나의 뚜렷한 사건

••
48   프레드릭 제임슨, 『정치적 무의식』, 41쪽.

앞에서는 삶의 무게 같은, 또는 급박한 호흡 같은 그런 격렬함을 느낄 수가 있지만 전후 여러 해 동안의 생활이란 언제나 자욱한 안개 같은 것에 휩싸여 있어서 모든 일들이 안타까울 정도로 불투명한 베일 속에서 서서히 움직여 갈 뿐이었기 때문이다. 어느 순간의 인상, 그 감정, 막연한 욕구·좌절 그런 것들 속에 도시 제것 같지 않은 생애가 이루어져 갔던 것이다.

　그것이 정말 견디기 어려웠다.(268~69쪽)

　전쟁이 바꿔놓은 삶과 공동체의 파괴와 해체에 대한 이야기는 "'6·25가 있던 해에', 혹은 '사변통에', '그 북새통에'"(266쪽) 등을 상기하는 방식으로는 결코 복원될 수 없는 미세한 층들로 겹겹이 쌓인 '모래톱' 같은 것이다. 그리고 그것은 사람들의 집단적인 기억 속에서 의도적으로 망각되거나 삭제될 수밖에 없는 상처의 결들이다. 인용문에서 그것은 '삶의 무게'나 '급박한 호흡 같은 격렬함'을 불러일으키는 역사적 '사건'과 그러한 사건의 큰 틀 속에서는 결코 보이지 않는 '자욱한 안개'와 '불투명한 베일' 속 '모래톱'과도 같은 미시적인 '생활'의 대립으로 주어진다. 주인공 '나'의 소설쓰기란 역사와 같은 집단적 사건의 충격과 조우할 수밖에 없지만, 글쓰기를 통해 발견한 한 인간의 성장이란 어디까지나 생활을 통해서 이루어지는 것이다. 존재의 형성과 성장이란 역사적 충격이 아니라 그러한 충격의 여파가 아직은 미치지 못한 생활 속에 자리 잡고 있는 것이다. 작가의 소설론이 엿보이는 위 인용문은 나아가 역사와 소설의 관계에 대해서 생각해볼 만한 여지를 제공한다. 말하자면 소설은 상처를 주고 원한을 갖게 하는 역사에 대한 타협형성이자 그에 대한 대응으로서의 서사인 것이다.

　『우울한 귀향』의 문학적인 성취는 의도적인 망각과 삭제로 지워질 수밖에 없는 역사의 상처와 그에 대한 집단적 기억을 서사적으로 복원해낸 데 있지만, 그것은 소설이 어디까지나 역사가 아니라 생활의 편에 있음을 전제로 할 때 가능했던 것이다. 게다가 이러한 성취란 소설의 주인공이 역사의 충격에 전면으로 맞닥뜨리거나 그것을 이해하기에는 여전히 상대적인 무지와 이해불가능성의 조건에 놓여 있는 소년이기 때문에 가능한 것이기도 했다. 과거에 대한 글쓰기를 통해 발견한 생활, 즉 역사의 풍랑 속에서도 망각될 수 없고 지워지지 않는 '생활'은 마찬가지로 현재의 '나'가 청년기의 방황과 우울을 극복하기 위해 마침내 수용해야 하는 현실적 고려와 타협책이 된다.

　『우울한 귀향』은 기억과 상처에 대한 복원작업을 통해 1970년대에 유년기 주인공이 등장하는 분단소설의 여러 문제작의 모티프를 앞질러서 성취해냈다. 그럼에도 이 소설의 한계를 발견할 수 있다면 그것은 소설의 내용이 아니라 서사적 형식에서 찾아볼 수 있을 것이다. 서사, 즉 이야기는 내용이 아니라 형식의 수준에서 오히려 주도면밀한 이데올로기적인 봉쇄작용을 수행하기 때문이다. 『우울한 귀향』은 6·25 전쟁에 대한 '유년기'의 체험이라는, 경험과 인식의 불가피하게 낮은 수준 때문에 그리고 『어둠의 축제』에서도 드러난 바 있던 자생적 반공이데올로기의 내용 때문이 아니라, 플롯의 특정한 짜임새에서, 즉 주인공이 젊은 날의 자신의 방황과 고민을 잠정적으로 마무리할 수 있는 졸업이라는 "한 형식의 끝"(273쪽)을 의도적으로 설정하고 거기에 의탁해 결말을 서둘러 마무리한다는 데서 이데올로기적이라고 봐야 한다. "나는 이 진저리나는 젊음이, 얻은 것도 간직할 것도 없는 이 허망한 젊음이 내게서 빨리 떠나 가 주었으면 좋겠다고 신음하듯 뇌까렸다. 그러면 더 이상 헤맬 일도 없을 것이었다."(329쪽) 학운의 급작스러운 자살에 대한 주인공의 반응이 담긴 『우울한 귀향』의 마지막 문장이다. 그러나 "지니고 있는 내용이 없을 바에야 형식을 따라가는 수밖에 없는 노릇"이며, 형식이 "우리를 규제하지만 그만큼 확실한 생활의 양식을 주기도 하는 것"(273쪽)이라는 자기위안과 체념이 젊음에 대한 급작스러운 가치 폄하로 표현될 이유 또한 없지는 않은가.

『우울한 귀향』에서 젊음은 주인공의 글쓰기를 통해 재발견된 유년기라는 보다 넓은 삶의 연관관계와 맥락의 한 부분으로 자리매김되면서 그 고유의 의미와 가치가 하등 평가 절상될 이유가 더 이상 없게 된다. 물론, 유년기 또한 현재의 '나'의 젊음과 반드시 삶이라는 이야기의 연속선상에 놓이게 되었다고 말할 수는 없을 것이다. 오히려 『우울한 귀향』의 외부 이야기와 내부 이야기, 즉 고향에 내려와서 지난날의 젊음을 쓰라린 회한으로 반추하는 주인공의 이야기와 주인공의 글쓰기를 통해 발견한 고통스러운 유년시절의 윤의 이야기, 현재의 '나'와 과거의 '나' 사이 그리고 일인칭의 주관적 시점과 삼인칭의 객관적 시점은 그것들에 대한 억지스런 서사적 봉합을 의도하지 않는 한, 결국은 분리될 수밖에 없을지도 모른다. 아마도 고향에서 만났던 여교사가 주인공의 우울과 방황에서 감지되는 젊음 특유의 성실성, 즉 자기 자신에게 지나치게 몰두하게 되면서 '타인과의 연관'을 잃어버리고 마는 주인공의 '자기 독단'을 문제 삼을 때, 그리고 여교사의 충고를 주인공이 마침내 하나의 '생활'로 진지하게 수용하기로 결심할 때, 젊음은 보다 폭넓은 삶의 연관 속에서 결국은 한때 치열했던 편력시대로 회고되는 가치로 남을지도 모른다.

　　"성실요, 그걸 지키다 보면 어느새 자기독단에 빠져 있어요. 에고이스트로 변해 있어요. 그래서 타인과의 연관을 잃어버리게 돼요. 고독한 노릇이에요. 허망한 노릇이기도 하고 아무것도 남는 게 없어요. 피로감 외에는요. 그러느니보담 차라리 성실을 포기해 버리는 게 좋더군요. 한결 맘편해요. 그럼 최소한 타인의 호감을 얻을 순 있으니까요. 그들이 좋아해요. 나의 성실 때문에 피해를 입지 않게 되니까요. 웃으면서 손을

내밀죠. 그리곤 자기들 속에 끼워주지요……"(261~62쪽)

여교사의 말은 은아에 대한 '나'의 애매했던 태도에 대한 타박으로, '나'는 여교사의 말에 충격을 받게 된다. "성실이란 아무리 진지하게 생각해 보더라도 좀 우습지 않아요? 남을 울리면서까지 성실할 자신이 있나요? 그런 신념이 있나요?"(262쪽)라는 여교사의 반문은, 물론 '젊음의 에고이즘'과 '타인과의 연관' 가운데 하나만을 선택하는 일이 과연 정당한 것인지에 대한 의문을 불러일으키지만, 타인을 받아들이는 일이 에고이즘적인 젊음을 포기하는 것과 상관이 있는 것으로 '나'에게는 의미 있게 수용된다. '나'는 선택해야만 하며, 소설의 마지막 부분에서 '나'는 젊음의 성실성을 포기하는 대신 타인(은아)을 받아들이게 된다.

이것이 보통 '성숙'이라고 부르는 것일 텐데, 이러한 성숙이란 한편으로는 "다들 그렇게 살고 있는 것이다"(같은 쪽)라는 사회적 에토스를 다소 체념적으로 수용하는 몸짓이기도 하다. 이렇게 좌충우돌하는 젊음이 내포하는 주체성의 형식보다는 자신에 대한 이야기를 통해 삶의 정체성을 확인하고 수립하는 작업에 더욱 관심을 쏟는 김원일의 『어둠의 축제』와 이동하의 『우울한 귀향』에서 젊음은 여전히 그만의 독특한 가치를 지니고 있지만 한편으로는 삶이라는 내러티브와 타인과의 연관 속에서 언젠가는 지나가거나 극복되고야 말 일시적 축제이자 덧없는 환영(幻影)이다.

김원일의 『어둠의 축제』와 이동하의 『우울한 귀향』은 지금까지 이 책에서 다룬 교양소설들과 비슷하게 젊음이 가진 독특성, 자기세계에 대한 추구에서 비롯된 에고이즘, 진정성과 자기기만, 더 나은 삶에 대한 환상과 환멸, 동료에 대한 경쟁의식과 연대감, 모험에 대한 갈망과 무목적의 방황 등을 공유하면서도 그것들과 차별되는 독특한 공통점을 지닌 작품들이다. 이 두 교양소설에서 젊음은 그 자체로 의미 있는 삶의 심리사회적 유예기간이자 대학생으로 대표되는 것처럼 그들만의 사회적 특권이지만, 한편으로 그것은 삶이라는 보다 큰 내러티브 안에서 순간적으로 빛나는 계기와 순간으로 축소되는 경향을 보인다. 이러한 경향은 김원일과 이동하의 소설에서 유년기가 부분적이거나 전면적인 방식으로 재발견됨에 따라 그리고 그러한 유년기와 청년기 사이의 시간적인 연속성을 회복하려고 함에 따라 정체성 확립의 문제가 중요해지는 것과 상관이 있다.

『어둠의 축제』에서 주인공의 정체성은 유년시절에 가족이라는 인륜적 공동체를 파괴한 전쟁에 대한 인물들의 상기를 통해 가족에 대한 연민과 애정을 새롭게 정립하는 것으로 수립가능성을 보인다. 한편 『우울한 귀향』에서는 주인공이 신화적 공포와 전쟁으로 인한 이웃 간의 불화, 죽음, 결별 등으로 기억하고 있는 유년시절에 대한 자전적 이야기를 쓰는 행위를 통해 현재 자신의 혼란과 방황의 원인을 극복하고 유년시절과의 연속을 회복하려는 방식으로 정체성 찾기가 시도된다. 소설쓰기란 잃어버린 시간을 되찾는 행위를 통한 정체성 수립의 방법인 것이다. 따라서 김원일과 이동하의 교양소설에서 젊음은 불화와 외상의 유년기와 상상적인 화해를 시도하고 그리하여 보다 넓고 큰 삶과 공동체와의 연관관계 속에서 새롭게 정위되며, 그에 따라 젊음은 한때의 '우울'한 방황과 일시적인 '축제'로 그 의미와 의의가 고정된다. 김원일과 이동하의 교양소설은 최인훈에서 박태순에 이르는 교양소설의 지배적인 '변형'의 플롯이나 스타일의 혼합과는 다르게 안정된 '분류'의 플롯을 지향하거나 그것을 예비하고 있다. 이제 젊음은 젊음의 혼란과 방황을 부추겼던 원인으로 재발견되고 복원된 유년에 비해 그 가치가 더하다고 말할 수 없게 된다. 그에 따라 젊음도 더 이상 특별한 것이 아니게 되었다.

7. 성장 없는 젊음

이 책은 4·19세대 작가들의 1960년대 교양소설에 대한 분석을 통해 한국 교양소설의 장르적 형성과 그 전개과정을 고찰했으며, 한국의 정치사회적·문화적 모더니티의 상징적 형식인 젊음이 동시대의 교양소설에서 어떻게 표현되었는지를 살펴보았다.

교양소설은 한 젊은이가 세계로 나아가는 입사와 형성의 과정에서 겪는 갈등과 불화, 화해와 타협 등을 서사적으로 구현하고 있는 근대소설의 주요한 장르이다. 이러한 교양소설은 자본주의와 민주주의의 혁명 이후, 신분적 구속과 사회적 제약으로부터 자유롭게 된 젊음이 빠르게 변화하고 혼란스러운 근대사회 속으로 진출하기 위한 교양과 형성의 도정에서 겪는 다양한 모험과 시련들, 동료들과의 우정과 사랑, 세상의 이치와 내면적 법칙과의 갈등과 불화 등을 재현한다. 이 과정에서 젊음은 모더니티와 유비적인 관계에 놓이게 되며, 근대사회에 부합하거나 불화하는 방식을 통해 상징적으로 약호화된다. 칼 마르크스가 말한 것처럼, 모든 단단한 것을 녹아내리게 하고 모든 신성한 것의 후광을 벗겨버리는 자본주의적인 모더니티의 속성은 전근대 사회의 신분적

안정성과 위계적 고정성을 깨뜨리는 불안한 '이동성'(mobility)을 낳게 한다. 그것은 자유와 평등이라는 민주주의의 형식적 세례를 받은 세속화된 사회의 개인들로 하여금 예기치 못한 삶의 희망과 좌절, 가능성과 불가능성의 모험에 노출되도록 만든다. 이러한 과정에서 근대적 개인은 세계와 갈등을 빚으며 '내면성'(interiority)을 형성한다. 그리고 이동성과 내면성을 지닌 근대적 개인은 삶의 가능태와 현실태 사이에서 부단하게 방황하는 젊은이로 특별히 약호화된다. 따라서 젊음은 '모더니티와 그 불만'을 함축하는 상징적 기호가 되며, 교양소설은 젊음의 상징적 서사의 형식이 되는 것이다.

교양소설에서 '교양'으로 번역되는 빌둥(Bildung)은 헤겔의 『정신현상학』에서 극적이면서도 종합적인 표현을 부여받는 것처럼, 부와 권력을 창출하는 시민사회와 국가의 일원으로서의 개인과 공동체의 형성에 초점을 맞춘 개념이다. 그러나 교양은 기존 질서와 법칙을 과감하게 부정하고 새로운 것을 생성하려는 해체적이고도 구성적인 자기의식인 동시에 자기 도야와 형성의 과정에서 빚어지는 세상의 이치와 마음의 법 사이의 분열과 화해를 다양하게 체현하는 개념으로 해석될 수도 있다. 이러한 교양에는 시민사회와 국가형성이라는 정치적 과제뿐만 아니라 그에 대한 비판까지 포함되어 있다. 교양소설은 부르주아적 시민사회와 국가의 기틀을 이루는 자유주의와 민주주의에 대한 소설적 실험이자 사회와 국가의 경계를 그려나가는 서사적 탐험인 것이다. 이러한 관점에서 1960년대 한국 교양소설은 이산과 망명, 여행, 상경과 귀향의 다양한 플롯을 통해 국가와 국가(최인훈), 모더니티의 중심부와 주변부(김승옥, 박태순), 도시와 시골(김승옥, 이동하, 김원일) 등 국가와 사회의 경계를 탐험하는 해석적 알레고리라고 할 수 있겠다.

교양소설에 구현되는 젊음은 '심리사회적 유예기간'으로 그것은 상상적으로는 무한히 연장되지만 상징적으로는 선택과 결정에 따라, 대개는 결혼과 취업 등을 통한 사회화 과정으로 흡수될 수밖에 없다. 젊음은 언젠가는 끝나며, 따라서 젊음을 서사적으로 형식화하는 교양소설은 그 형식 내부로부터 생겨나는 타협과 불화를 각각 화해와 갈등의 플롯으로 설정할 수밖에 없다. 그에 따라 교양소설은 형식적인 측면에서 젊은 주인공의 세계로의 입사과정을, 비록 그 과정에서 갈등과 불화가 노출된다고 하더라도, 화해와 통합이라는 성숙의 플롯을 따르는 '분류'(classification)와 세계로의 입사과정에서 생기는 갈등과 불화를 전면화하는 반(反)플롯의 '변형'(transformation)으로 나눠진다. 교양소설은 분류와 변형의 플롯을 왕복하는데, 이것은 젊음에 대해 모더니티가 갖는 대응의 양극단이 된다. 그런데 1960년대 한국 교양소설은 주인공의 외상(trauma)을 서사적으로 통합하는 형식으로, 변형의 플롯이 압도적인 '교양중편'(Bildungsnovelle)의 특성을 내포하고 있다.

1960년대는 한국현대사의 모순과 이율배반을 지속적으로 재생산하는 분단체제와 정치적 민주주의 그리고 자본주의적 근대화의 '시작'(beginning)에 자리 잡고 있다. 먼저 1960년의 4·19 혁명과 이듬해의 5·16 군사쿠데타는 해방과 분단, 6·25 전쟁으로 이어지던 한국의 혼란한 정치경제적 현실에 전례 없는 충격을 가져다준 모더니티의 '거대한 전환'으로 간주할 필요가 있겠다. 4·19 혁명은 혁명을 정당화해온 역사적인 논리에 의하면 독재로부터 탈출해 근대적 의미의 자유주의와 민주주의의 기틀을 세웠으며 정치적 자유와 해방을 가져왔다. 그리고 혁명을 담론화하고 서사화하는 데 주도적인 헤게모니를 쟁취해냈던 대학생을 중심으로 한 청년 세대는 젊음의 출현 자체를 의미 있고 문제적인 것으로 간주했다. 이에 비해 4·19 혁명이 가져다준 정치사회적 공백과 혼란에 개입하고 스스로를 혁명의 연장으로 정당화한 5·16 군사쿠데타는 4·19의 정치적 혁명에 대한 대당으로 경제적 혁명을 담론적으로 선도하면서 쿠데타의 정당성과 합법성을 구체화하기에 이른다. 쿠데타를 주도했던 박정희를 비롯한 군부세력은 자신들을 '청년'으로 내세우고 쿠데타를 4·19 혁명의 보완이자 연장으로 정당화했지만, 군부의 쿠데타는 한편으로는 4·19 혁명 이후에 수립된 제2공화국의 헌정과 의회민주주의의 질서를 중지시킨 초헌법적이고도 독재적인 국가의 출현을 예고했다. 한국현대사에서 개발동원체제를 수행한 박정희 제3공화국 정권은 경제적인 혁명으로 정권의 합법성과 정당성을 내세웠으며, 그에 대한 이의제기를 독재정치로 무력화했다. 4·19 혁명에 대한 반동 또는 혁명에 대한 연장으로 해석하든 간에 5·16 군사쿠데타는 모더니티의 거대한 전환을 예고하고 실제로 그것을 담당한 중요한 중심축이다. 혁명과 반동의 역사적인 벡터를 경험한 4·19세대의 젊은 작가들은 교양소설을 통해 모더니티의 합법성과 정당성을 창출하고 그 사이에서 방황하고 갈등하며 꿈을 꾸는 젊음을 문제적인 방식으로 표현해낸다.

한편으로 1960년대 한국 교양소설의 작가들이 유·소년기에 6·25 전쟁을 정신적 외상으로 경험했다는 것도 중요하게 지적되어야 하겠다. 4·19세대 작가들에게 6·25 전쟁은 고향과 가족이라는 공동사회 및 인륜적 공동체의 파괴와 그에 따른 이산과 망명의 경험으로 고통스럽게 기억된다. 따라서 한국 교양소설에서 고향을 등지고 떠나는 욕망의 주체에게는 '출세한 촌놈들의 죄의식'이 따라다니며, 그 죄의식에는 파괴된 인륜적 공동체의 회복과 만회에 대한 욕망 또한 존재한다. 이처럼 1960년대 한국 교양소설에는 4·19 혁명에 따른 정치적 자유의 각성과 5·16 군사쿠데타에 따른 압축성장과 동원된 근대화의 경험 그리고 6·25 전쟁에 대한 외상적 기억 등이 '비동시성의 동시성'(Gleichzeitigkeit des Ungleichzeitigen)의 형태로 공존하고 있다. 1960년대 한국 교양소설에 대한 연구는 유럽 교양소설에 대한 연구와는 상이한 방식, 즉 역사적 문맥의 특수성, 우세종인 사상과 이데올로기, 언어적 표현을 함께 고려해야 한다. 그리고 1960년대 한국 교양소설의 정치적 무의식을 복원하기 위한 기본적인 방법론을 마련하는 데서도 이러한 고려는 필수적이다. 여기서 모더니티의 '발전'(development)이라는 개념에 내포된 모순적인 특징, 즉 개인의 발전과 사회의 발전 사이에서 비롯되는 이율배반을 경험하는 특수한 과정을 고찰하는 일이 무엇보다도 중요해진다.

1960년대 한국 교양소설에서 혁명의 정치적 가능성과 좌절의 경험에 내포된 진보와 더 나은 삶에 대한 욕망은 '동원된 근대화'의 발전, 압축성장의 경험과 충돌하면서 젊음의 모더니티 체험에 결정적인 요인으로 작용한다. 또한 1960년대 한국의 모더니티 체험은 도시와 시골 간의 생산관계를 중요하게 만들며, 그것은 동시대 교양소설에서 귀향과 여행의 플롯으로 구현된다. 귀향과 여행의 플롯을 통해 압축성장과 저개발의 모더니티의 편차와 낙차를 경험하는 젊음에게 삶은 환상에서 환멸로, 기대에서 체념으로 뒤바뀐다. 1960년대 한국 교양소설에서 만나는 청년들은 대체로 피로해하거나 조로(早老)하며, 더러는 자살하기에 이른다. 가능성과 동의어인 젊음은 자신의 삶에 더없이 치열하고자 노력하지만 세상의 이치는 젊음에 무심하고 젊음을 가혹하게 대할 뿐이다. 그뿐만 아니라 세상의 법칙이란 그 법칙에 길들여지지 않으려는 젊음을 신기루 같은 '환영'(phantom)으로 여긴다. 젊음 또한 스스로를 사회와 국가가 요구하는 성장을 거절하는 '성장 없는 젊음'(unseasonable youth)으로 간주한다.

이 책에서 다루는 1960년대 한국 교양소설은 주로 4·19 혁명의 정치적 자유를 체험하고 자각하는 한편으로 산업화에 따른 경제적 개발과 발전의 사회적 분위기를 체감하면서 문학을 시작했던 4·19세대의 청년 작가들인 김승옥, 박태순, 김원일, 이동하 그리고 4·19세대는 아니지만 4·19세대의 정신적인 선배이자 사실상 4·19세대 작가로 간주해도 좋은 최인훈이 쓴 중·장편소설들이다. 최인훈에서 이동하에 이르는 1960년대의 작가들은 혁명과 자유를 젊음의 주요한 속성으로 간주했을 뿐만 아니라, 젊음의 가능성을 소설의 형태로 실험했다. 이 전도유망한 대학생 출신의 문화엘리트 남성 작가들은 '끊임없이 형성되어 나가는 존재' (김현)인 젊음을 서사로 재현해내면서 시민사회적인 교양(형성)에 내포된 문화적인 기획과 가치를 창출해낸다. 1960년대의 문학은 자유롭고도 독립적으로 자신을 표현하는 개인과 공동체의 기획을 가로막는 기성질서를 부정하고 냉소하는 젊음과 체제로부터 소외되어 방황할 뿐만 아니라 체제로 편입되는 것을 두려워하고 회피하는 젊은이의 이야기를 재현한다. 또한 젊음은 교양소설에서뿐만 아니라 각종 문학동인지와 잡지의 출현과 그 문학적 여파에 따라 세대론, 순수참여론, 소시민문학 논쟁 등 1960년대 문학 장에서 등장했던 다양한 문학 담론과 비평, 논쟁에서도 주요한 상징적인 기표로 등장하게 된다. 이 책에서는 최인훈, 김승옥, 박태순, 김원일, 이동하의 교양소설을 네 유형의 교양소설 양식과 내용의 특수성에 따라 분류한 다음, 각 작가들의 소설을 분석하고 그 문학적 의미와 문학사적 의의를 평가하고자 했다.

본문에서는 첫 번째로 최인훈의 교양소설인 『광장』(1960)과 『회색인』(1963~1964)을 '비판적 소설'(critical fiction)이라는 교양소설의 하위 장르의 관점에서 분석했다. '비판적 소설'이라는 개념은 헤겔의 교양개념에 내포된 부정과 긍정, 해체와 구축이라는 노예의식의 변증법을 교양소설의 서사와 스타일로 전면 확대한 것이다. '비판'으로서의 교양 개념에서 비천한 노예의식의 부정성은 기존질서와 세계를 해체하고 대안적인 주체와 현실을 재구성하려는 지적인 노력을 포함한다. '비판' 에는 '통치당하지 않으려는 기예'라는 계몽주의의 급진적인 관념이 내재해 있다. 이러한 교양소설에서 드러나는 기존질서와의 충돌, 자기반성적인 젊음은 세계에의 입사를 준비하는 방식이 아니라 기존세계에 대해 의심과 비판, 해체를 수행하는 데 서사적으로 이바지한다. 최인훈의 교양소설에서 '비판적 소설'의 특징은 특유의 지적이고도 에세이적인 문체를 통해 기존세계와 논리적으로 대결하는 한편으로 대안적 세계와 인간 유형을 추출하려는 노력으로 나타난다. 『광장』과 『회색인』은 모두 4·19 혁명 이전의 현실을 배경으로 하고 있지만, 주인공을 통해 수행되는 비판정신은 4·19 혁명의 정신에서 비롯된 결과이다.

최인훈의 『광장』은 4·19 혁명이 가져다준 가장 중요한 문학적 성과 가운데 하나로, 해방 이후와 6·25 전쟁, 휴전이라는 시간적 배경 속에서 유토피아적 열망을 가진 이명준이라는 문제적 젊음이 '무엇을 할 것인가'라는 문제의식을 갖고 남북한의 타락하고 속화된 현실에 대한 비판과 부정을 수행하다가 좌절하고 마는 내용의 교양소설이다. 『광장』에서 이명준은 사적인 개인에서 공민의식을 가진 정치적 비판자로 자신의 역할을 바꾸며 연기한다. '이 세계에서 나는 무엇을 할 수 있는가'라는 이명준의 질문은 세계에 기여하고 흡수되는 방식이 아니라, '밀실과 광장'이라는 정치적 타락상에 대한 추상적 비판을 행하는 방식으로 제기된다. 광장과 밀실의 대립은 다양한 은유적 변주를 통해 유토피아에 대한 열망과 이데올로기에 대한 비판이라는 대립으로 부각된다. 또한 그것은 소여(所與)되고 물화(物化)된 교양에 대한 비판으로도 나타난다. 개인과 공동체가 자신의 역량을 최대한 발휘하면서도 조화롭게 공존할 수 있는 정치적 공론장의 비유인 '광장'이라는 유토피아적 이념을 전제로, 술수와 약탈의 전시장으로 타락한 광장인 남한과 혁명의 풍문으로 채워진 무기력한 광장인 북한에 대한 이명준의 통렬한 비판과 해체는 한국의 모더니티 경험에 대한 근본적인 비판이라는 데서 그 의의가 있다.

한편으로 『회색인』은 주인공 독고준의 자전적인 성장담이자 독고준이 친구인 김학, 『갇힌 세대』 동인과 교류하면서 맺는 우정과 사랑에 대한 소설이다. 4·19 혁명이 일어나기 직전을 배경으로 한 『회색인』의 주인공 독고준은 친구 김학 등과 우정을 맺는 한편으로 이명준이 추상적 부정의 방식으로 수행했던 근대에 대한 비판과 해체를 보다 구체적으로 심화하고 확장한다. 『회색인』은 『광장』에서 고립무원의 처지였던 이명준이 실패한 지점에서 출발해 주인공과 작중인물을 중심으로 대안적인 정치사회적 모더니티의 모델을 발명하기 위해 민주주의적 상상력을 발휘한다. 독고준이 김학 등과 맺고 있는 소모임인 『갇힌 세대』 동인은 소설에서 사유하는 가능한 민주주의 공동체에 대한 소규모 실험실이라고 할 수 있다. 『회색인』에서는 1960년대 4·19세대 작가들의 교양소설에서 주요하게 취급하는 타자와의 만남과 인정욕망의 두 형식인 사랑과 우정의 문제 등이 본격적으로 부각된다. 한마디로 『광장』이 교양에 내포된 해체적 정신의 문학적 구현이라면, 『회색인』은 가능한 민주주의에 대한 소설적 실험이자 재구축이라고 말할 수 있겠다. 최인훈의 교양소설은 이후에 등장하는 한국 교양소설에 비추어 볼 때, 교양에 내포된 현실에 대한 비판과 부정의 상상력을 극대화시켰다는 특징에서, 앞의 세대로는 이병주 교양소설의 교양주의를 잇고, 후속세대로는 박태순의 1970년대 교양소설과 이문열로 이어지는 교양주의의 소설적 표현을 가능하게 했다는 데서 그 문학사적인 의의가 남다르다.

두 번째로는 김승옥의 교양소설인 『환상수첩』(1962)과 『내가 훔친 여름』(1967)을 '아이러니 소설'(irony fiction)이라는 전제하에 분석했다. 아이러니는 생성과 해체, 긍정과 부정, 정체와 변화 등 모더니티의 속성으로 그것은 모더니티의 상징적 형식인 젊음이 갖고 있는 변화무쌍한 성격과도 잘 어울린다. 나아가 아이러니는 근대소설의 밑절미를 이루는 중요한 세계관으로 기능하기도 한다. 아이러니 소설로서의 교양소설은 김승옥의 소설에서는 귀향과 여행 서사를 통해 삶에 대한 젊음의 기대 (환상)와 환멸의 아이러니한 체험을 극대화한다. 김승옥 소설에서 세계에 대한 비판과 부정이라는 교양의식 또는 교양충동은 분해되고 언어는 교양세계의 무상성을 선포하는 기지의 언어로 탈바꿈한다. 비판은 아이러니가 되며, 교양은 반교양이 된다. 김승옥 소설의 반교양주의적 특징은 자신이 교양이라고 배우고 학습했던 것을 무화하고 희화화하는 데 소용되는 측면에서 잘 드러난다. 교양은 지식과 진리의 생산이 아닌 소비품목의 하나가 된다. 그러한 사실을 모르지는 않지만 안다고 해도 별 도리가 없이 그 상황을 수용하면서 부정하기, 이것이 김승옥 소설의 주인공에게 나타나는 의식의 '자기기만'이다. 그런데 자기기만은 김승옥 소설에서 치기 어리고 어리석은 젊음의 상징으로 나타난다는 데서 젊음의 속성 자체로 고찰할 필요가 있다. 한편으로 김승옥 소설에서 사랑과 우정의 결합과 배반은 보다 역동인 모습으로 체화된다. 사랑과 우정은 자율적인 방식으로 조화롭게 어울리는 것이 아니라, 서로 갈등 상태에 놓이거나 결국 하나를 위해 다른 하나를 포기하는 방식으로 형상화된다. 이렇게 김승옥 소설에서 작동하는 젊음의 정신인 아이러니는 결국 스스로를 부정하기에 이르며, 그의 소설들은 젊음을 막다른 유형지로 내몰고 서둘러 종결을 취한다.

『환상수첩』은 '출세한 촌놈들의 죄의식'에 내포된 환상과 환멸의 변증법을 귀향(여행)이라는 하강의 플롯으로 구현한 작품이다. 자기를 실현하겠다는 '거대한 기대'를 품고 인륜적 공동체인 가족과 고향을 등지고 상경했던 주인공은 그러한 기대가 실제로는 근대의 박래품에 도취한 '잃어버린 환상'에 불과했음을 귀향을 통해 처절하게 깨닫고 급기야 자살하기에 이른다. 『내가 훔친 여름』은 일종의 피카레스크 소설로, 김승옥 소설 특유의 위악적인 젊은이들이 가짜와 기만으로 가득한 세상에서 벌이는 해프닝을 담고 있다. 젊음은 타락하고도 기만적인 세계에 들어가지 않기 위해 발버둥치지만 그 노력은 결국 촌극으로 끝난다. 두 소설의 결말에서 주인공이 향수(鄕愁)하는 바다는 자기세계를 세우기 위해 발버둥친 오디세우스의 자기기만이 무위로 돌아감을 암시함으로써 반(反)모더니티마저 환기한다. 따라서 김승옥의 교양소설은 성장과 형성의 과정이 험난하고 결코 용이하지 않음을 표현하는 한국 교양소설의 반교양주의적 전통의 선두에 서 있다고 할 수 있다. 또한 김승옥 교양소설은 젊음의 위악과 자기기만이 뒤얽혀 형성되는 개성을 형상화함으로써 1970년대에 최인호와 한수산, 박범신 등의 청춘소설에서 읽을 수 있는 것처럼 청년문화를 대표하는 교양소설을 예고하고 있다.

세 번째로, 박태순의 중편소설인『형성』(1966)과『낮에 나온 반달』(1969~1970)은 각각 아나토미(anatomy)와 피카레스크(picaresque) 교양소설로 명명할 수 있다. 박태순의 교양소설은『형성』에서 읽을 수 있는 것처럼, 속물의식이라는 자기기만의 한 속성과 유희하면서 무정형인 젊음에 형식('형성')을 부여하려고 한다는 점에서 김승옥의 교양소설과 함께 생각해볼 여지가 있다. 속물의식은 사르트르가 말한 '자기기만'을 통해 이해될 수 있는 의식의 연장된 체험이자, 젊음의 가능태와 현실태 사이에서 빚어지는 간극을 이해하기에 유용한 개념이다. 또한 자기기만은 사르트르가 말했듯이, 기본적으로 아이러니와도 관련되어 있다. 자기기만적인 존재는 부정하기 위해 긍정하고 긍정하기 위해 부정하는 존재이다.

『형성』은 '미스터 속물'로 불리는 젊은 주인공과 그의 애인이 막 결혼한 친구의 집으로 초대받아 가는 반나절의 이야기로, 소설은 자신이 처해 있는 상황에 대한 지적이면서도 자기풍자적인 해부를 실감나는 일상어의 대화체로 구체화한다. 소설은 화자의 독백과 두 사람의 대화를 통해 알 수 있듯이 기성세대의 압도적인 힘과 영향력 아래에서 좌절과 질식을 경험하는 젊음이 처한 막다른 곤경을 '속물'이라는 반어적인 표현을 통해 잘 드러내고 있다.『형성』의 주인공은 기성의 가치와 세계를 부정하는 자신을 특별한 예외로 두지 않고, 기성질서를 부정하면서도 그것에 의지하는 의식과 행동 간의 이율배반을 체험하는 자신을

'미스터 속물'로 명명한다. '속물'은 교양체험의 반대편에 자리 잡은 것이 아니라, 젊음에게 일방적으로 떠맡겨지고 강요되는 기성의 가치체계, 풍속과 에토스에 대한 부정을 희극적으로 극화한 용어이다. 주로 '해부'(anatomy), 곧 자기분석적인 대화로 이루어진 이 소설에서 '미스터 속물'은 속물에 대한 일반적인 용법을 벗어나 아버지 세대의 사회적 에토스인 출세주의와 대립하고 있는 것으로 제시된다. 주인공은 벼락부자가 된 아버지가 마련한 물질적 조건에서 벗어나기 어려운 자신을 희화화함으로써 자신이 서 있는 위치를 자조적으로 인정한다. 이것은 김승옥 소설에서 자신의 속물주의에 대해 예외적인 제스처를 취하려고 했던 인물들의 희극적인 태도와는 상이하다.

한편으로『낮에 나온 반달』은 속물주의 등이 사회적으로 객관화되고 팽배해진 '왕정복고'의 현실을 면밀하게 편력하면서 성찰하는 진정성의 기록이다.『낮에 나온 반달』은『형성』의 자조적인 젊은이와는 다르게 진정성이 엿보이는 젊은이가 서울에서 겪는 6일간의 이야기이다. 이 소설은『형성』이 그러하듯이 모더니티의 이동성이라는 내용이 소설의 형식에 노출된 결과, 메인플롯보다는 에피소드가 우세하며 느닷없이 결말을 맺는 불안정한 피카레스크 양식의 교양소설이다.『낮에 나온 반달』에는 산업과 발전으로 성장한 모더니티의 중심부인 동시에 정치적 혁명이 좌절되어 반동의 분위기로 가득 찬 서울을 일종의 '인식의 지도그리기'를 통해 이해하려는 젊음의 진정성 있는 노력이 꽤 인상적으로 서술되어 있다. '인식의 지도그리기'를 통해 젊은 주인공은 중심부, 주변부, 반주변부의 역학관계 속에서 모더니티의 특징을 파악하고자 하며, 그러는 가운데 중심부에서 소외되고 멀어지는 주변부와 변두리의 삶에 관심을 갖게 된다. 박태순의 교양소설에서 젊음은 기성세대의 에토스와 사회화를 강요받는 등의 위기의식을 강하게 체감하는 젊음이다.『형성』에서 친구의 결혼과 애인의 약혼이라는, 무정형의 삶에 형식을 부여하는 '사회의 완강한 리듬'과 『낮에 나온 반달』에서 애인이 주인공에게 요구하는 정착은 그러한 사회화에의 강요이다. 따라서 박태순 소설에서는 사랑이라는 인륜적 가치가 사회화의 형식에 포섭되고 수렴되기에 젊음은 자신을 연장시키고 지속시키기 위해서 사랑과 결별할 수밖에 없게 된다. 두 소설의 주인공 모두 애인과 헤어지는 것으로 종결을 맺는 것은 이 때문이다. 박태순의 1960년대 교양소설의 특징은 누구보다도 박태순 자신의 작업으로 계속 이어진다. 1970년대 후반의 장편소설 『어제 불던 바람』(1977)은 당시에는 보기 드물게 젊은 여성의 주체적 자기형성을 그리는 작품이며, 특히 『어느 사학도의 젊은 시절』(1977~78)은 전후의 혼란한 시절을 배경으로 세 젊은이의 삶과 모험을 재현함으로써 한국의 모더니티의 근원을 집중적으로 탐구한 작품으로, 1970년대 한국 교양소설 가운데서 손꼽을 만한 수작이다.

　이 책 본문의 마지막 장에서 분석하는 김원일의 『어둠의 축제』(1967)와 이동하의 『우울한 귀향』은 '자기형성 소설'로 분류할 수 있는 교양소설이다. 자기형성 소설은 이야기(narrative)를 통해 통일성과 일관성을 지닌 자아와 성격을 구성하는 정체성 확립을 목적으로 하는 소설이다. 이야기를 통해 나는 나를 진정한 나 자신으로 구성할 수 있다는 것이다. 김원일과 이동하의 교양소설은 앞의 교양소설들과 다르게 젊음에 대한 평가가 상이하다. 이들 소설에서도 젊음은 문제적이지만, 그것은 어디까지나 이야기로서의 삶의 일부분이며, 통과의례이다. 젊음의 분열과 방황은 김원일과 이동하의 소설에서는 정체성 형성을 통해 극복되어야 할 것으로 상정된다. 김원일과 이동하의 교양소설에서 젊음은 여전히 현실과 불화한다. 그러나 젊음은 어느 선택지에서는 사회적 에토스와 관습을 수용할 수밖에 없게 된다.

　『어둠의 축제』는 5·16 군사쿠데타가 일어나기 전의 세 달의 시간 속에서 네 명의 젊은이들의 우정을 그리고 있는 교양소설로, 소설에서 재즈가 흘러나오는 '클럽 아마존'은 난폭한 객기와 감각적인 도취, 일탈 등 젊음의 속성을 상징적으로 대변하는 장소이다. 그러나 소설은 젊음이 약동하는 모습을 그리는 한편으로 젊음이 등지고 떠나온 고향의 인륜적 공동체인 가족의 요구를 진지하게 고려하는 모습도 재현하고 있다. 『어둠의 축제』에서 젊은이들은 모두 유년기에 가족의 파괴와 이산의 상처를 간직하고 살아가는 실향민인데, 특히 주인공은 자신의 삶의 연속성을 보증하는 인륜적 공동체와의 연관관계를 소중히 여기는 데서 자신의 정체성을 인식한다. 멀리는 최인훈의 『회색인』에서 김학이 모더니티에 대한 대당으로 경주라는 향토를 발견하고, 김승옥 소설에서 주인공이 귀향과 여행이라는 서사를 통해 고향이 도시생활의 '거대한 기대'가 '잃어버린 환상'으로 귀착되는 종착지임을 깨닫게 된 이후로, 김원일과 이동하의 교양소설에서 고향은 또다시 의미론적으로 굴절된다. 『어둠의 축제』에서 도시와 고향이라는 두 세계에 대한 체험은 상충하거나 대립하는 것이 아니라, 조화와 타협을 모색하는 방향으로 전개된다. 주인공의 정체성은 도시생활에서 경험하는 혼란을 고향의 가족에 대한 향수와 책임감을 통해 보충함으로써 형성된다.

이동하의 『우울한 귀향』에서 유년의 혈연적 인륜 공동체의 모습은 『어둠의 축제』보다 더 핍진하게 그려진다. 『우울한 귀향』은 소설가인 젊은 주인공이 수십 년 만에 고향으로 내려오면서 이야기가 시작되는데, 고향에서 주인공은 자신의 유년시절에 대한 자전적 이야기를 써내려감으로써 대학생활을 통해 겪었던 젊음의 혼란과 방황의 원인을 찾고자 한다. 『우울한 귀향』의 독특성은 자신의 정체성을 확인하고 수립하는 작업으로 글쓰기(소설쓰기)가 본격적으로 출현한다는 것이다. 소설쓰기를 통해 주인공은 도심에서 체험했던 혼란과 분열의 기원에, 신화적인 공포로 각인된 6·25 전쟁에 대한 유년의 외상적인 기억이 있음을 발견하며, 그것을 기록함으로써 젊은 날의 분열과 혼란을 정돈하고자 한다. 자전적 이야기에 재현된 주인공의 유년시절은 구덩이에 갇힌 '빨치산의 시체'로 상징되는바, 해방 후의 혼란스러운 현실과 6·25 전쟁의 여파로 공동체가 파괴되고 고향을 하나둘씩 떠나게 되는 상실의 경험 그 자체라고 할 만하다. 『어둠의 축제』와 『우울한 귀향』은 김승옥의 소설처럼 귀향과 여행의 서사로 이야기가 전개된다. 그러나 귀향과 여행의 의미는 김승옥 소설과는 다르게 아이러니적 분열이 아닌 정체성의 통합으로 이어진다. 『어둠의 축제』는 젊음의 특권으로서의 향유(축제)와 또래집단의 친교를 부각시킨다. 그러나 그것은 고향의 가족이라는 인륜적 공동체와 조화를 모색하는 방식으로 강조될 뿐이다. 축제로서의 젊음은 이 소설이 5·16 군사쿠데타가 일어나기 바로 직전에 끝나는 것처럼, 일시적이다. 이에 비해 『우울한 귀향』에서 젊음은 오직 유년기와의 연속성 속에서만 그 의의가 인정된다. 이 작가들의 교양소설에 이르게 되면, 젊음은 사회화라는 통과의례의 한 절차가 되며, 그런 한에서만 젊음은 자신의 특권을 향유하고 주장할 수 있을 뿐이다. 『어둠의 축제』와 『우울한 귀향』의 분단과 이산체험 그리고 그것을 인식하는 유년기에 대한 회고는 김원일의 『노을』(1978) 등을 포함해서 편모슬하 주인공의 성장담을 재현하는 1970~80년대 성장소설의 등장을 예고하고 있다.

1960년대 4·19세대의 작가들의 교양소설에서 젊음의 형성이라는 과제는 최인훈의 『광장』처럼 가치 있는 삶에 대한 정열과 분투에서 시작되었지만, 이상과 환멸, 진정성과 자기기만, 자기와 공동체를 쉼 없이 오가면서, 긍정적이든 부정적이든 간에 점차로 환영이 되어버린다. 젊음이 환영이라는 것은 젊음을 서사적으로 재현하는 행위가 무가치하다거나 젊음을 평가 절하한다는 의미가 결코 아니다. 1960년대 한국 교양소설에 등장한 젊은이들은 정치적 혁명과 함께 반동을 경험했고, 국가와 민족을 사유했으며, 개인의 자기각성과 성장이 압축성장과 불균등발전으로 특징지어지는 사회화(국가화)의 과정과 어떤 방식으로 조우하는가에 대해 질문을 던졌다. 또한 이 소설들에서 젊음은 자기를 형성하는 과정이 얼마나 고통스러우면서도 우스꽝스러운지, 더 나은 삶과 세계를 꿈꾸는 일이 얼마나 감격스러우면서도 지치게 하는 일인지, 타인과의 우정과 연대가 무엇을 의미하고 그것이 어떻게 소중한지, 사랑의 실현과 좌절을 통해 겪는 타자의 의미와 인륜의 형태가 무엇인지에 대한 질문에 답하려고 했다. 그러는 가운데 1960년대 한국 교양소설에 표현된 젊음은 전반적으로 성장과 성숙을 거부하는 특징을 드러낸다. 세상의 이치의 편에서 성장과 성숙을 거부하는 젊음은 미성숙하고 퇴행하는 실체 없는 환영으로 보일 것이다. 그러나 젊음의 편에서 속물스러운 세상의 이치가 강요하는 성장과 성숙을 거부하는 젊음을 단지 미성숙하다거나 퇴행적이라고 말할 수는 없다. 따라서 이러한 거부는 차라리 반(反)성장이 아니라 비성장(非成長), 성장 없음이라고 지칭해야 옳다.

'성장 없는 젊음'은 세상의 이치에 맞서 자신의 가치를 지키기 위해 분투하면 할수록 실체가 아닌 환영을 닮아간다. 좌절한 혁명투사와 소속이 불분명한 회색분자, 꿈을 잃고 낙향한 문학청년, 사기꾼 무전여행객과 떠도는 편력기사, 자폭하는 속물 등 1960년대 한국 교양소설에 등장한 성장 없는 젊음은 소속과 실체가 도무지 불분명한 환영이기에 위험하고도 위태롭다. 이 책은 1960년대 한국 교양소설에 나타난 젊음을 '성장 없는 환영의 젊음'으로 결론내리고자 한다.

한편으로 1960년대 한국 교양소설에서 '성장 없는 환영의 젊음'은 개인의 발전과 사회의 발전이 충돌하며 빚어내는 모순을 상상적·상징적으로 해결하려는 자기형성의 문화가 부딪힌 막다른 한계를 환기한다. 1960년대 한국 교양소설의 젊음은 세상의 이치에 맞서 이상주의적 기획과 현실에 대한 분투를 공적인 삶의 가능성과 과감하게 연결 짓는 데 다소간 주춤했고, 젊음이 사인화(私人化)되고 왜소해질 수밖에 없는 사회적 과정을 젊음이 스스로를 하찮고 사소한 것으로 간주하는 행위와 동일시했으며, 젊음에 대한 사회화의 성급한 요구들이 압도적인 현실의 압력을 성숙이라는 이름으로 적당히 봉합하려고 했다. 또한 이러한 젊음은 타자(여성, 노동계급)를 주변화하거나 배제하는 등 문화엘리트 남성주체의 상상적·상징적인 연대에 다소간 한정된 것이었다. 물론 이러한 한계를 젊음 그 자체의 한계라고 속단해서는 안 될 것이다. 1960년대 한국 교양소설은 젊음이 교양의 서사를 통해 온전하고도 충만한 삶을 갈구하는 창조적인 자기표현과 자기실현을 도모했으며, 이러한 자기창출의 과정에서 민주주의적 공동체의 문화형성에 대한 기대와 가능성을 문화적인 유산으로 남겨두었다. 한국 교양소설이 이러한 유산을 어떻게 상속했으며, 또 어떠한 형식과 내용으로 변형했는지를 비판적으로 검토하는 과제는 앞으로 진행될 연구의 몫이다.

이 책에서는 최인훈, 김승옥, 박태순, 김원일, 이동하의 교양소설을 중심으로 젊음이 상징적으로 약호화되고 그것이 서사적인 형식으로 구현되는 과정을 자세히 살펴보았다. 그렇지만 이 책에서 언급한 작가와 작품 외에도 1960년대 한국 교양소설에는 다양한 양식으로 젊음을 재현한 작가와 작품들이 무수하다. 4·19세대보다 한 세대 이전 세대라고 할 수 있는 작가인 이병주와 손창섭, 이무영과 서기원, 강신재와 박경리 또한 1960년대에 뛰어난 교양소설을 썼으며, 이 시기에 본격적으로 활동하기 시작한 작가들인 홍성원과 이제하 역시 젊음을 자신의 소설에서 중요하고도 문제적인 상징과 기호로 취급하고 있었다. 그리고 1970년대 초에는 박완서와 같은 걸출한 여성 작가의 교양소설이 젊은 여성 주인공의 삶체험을 남성 작가들과는 상이한 방식으로 형상화하기 시작했다. 이들 작가의 교양소설에 대한 연구도 마찬가지로 이후의 과제로 남길 수밖에 없겠다.

1960년대 한국 교양소설은 교양소설 장르가 형성되는 복합적인 과정에서 발생하는 플롯의 유형, 스타일의 혼합을 잘 보여주었을 뿐만 아니라, 이후에 출현하는 한국 교양소설의 주요한 형식과 내용을 상당부분 선취했다고 평가할 수 있다. 따라서 한국 교양소설에 대한 문학사적 재평가와 문학적 의미부여는 앞으로도 지속되어야 마땅하겠다. 이 책은 한국 교양소설과 젊음에 대한 의미부여와 역사적 평가가 지극히 저조한 상황을 환기하면서 이러한 상황으로부터 논의의 한 걸음을 내딛고자 했다.

비정한 젊음의 끝
1960년대 홍성원의 소설과 젊음

1. 소설공장 홍성원

고(故) 홍성원(1937~2008)의 소설은 작가가 여러 소설에서 각별히 애호하는 풍경으로 그려낸 것으로, 마치 까마득한 수평선이 펼쳐진 망망대해에 비유할 만하다. 생전에 작가가 써낸 소설 분량도 어마어마하거니와 몇몇 주목할 만한 예외를 제외하고는 그만한 소설에 합당한 비평적인 평가가 그다지 동반되지 않았다는 데서 홍성원의 소설은 한국 소설사에서 미지의 탐사를 남겨놓은 해석학적인 수평선과도 같다.

작가 자신은 그다지 달가워하지 않았던 표현이라고는 했지만, 작가의 친우이자 비평가인 김병익이 1970년대 중반에 붙인 '소설공장'이라는 별명에 다소 어울리게도 홍성원은 생전에 엄청난 분량의 소설을 썼다. 그러나 공장에서 연상되는 대량생산과는 별도로 홍성원의 소설은 스타일 면에서는 그가 작품 활동을 시작하던 동시대의 다른 작가들과 비교해 보더라도 매우 독특하며, 그 주제는 다양하고 풍요롭다고 할 수 있다. 김병익이 후에 자설(自說)한 대로 작가 홍성원은 "여러 종류의 생산품을 동시에 제작해내는 고품질의 고급한 공장"[1]이었던 것이다. 홍성원 소설의 스타일의 독특함과 주제의 다양함과 풍요로움에 대해서는 이미 여러 비평가들이 주목하고 조명한 바 있지만, 그러한 주목과 조명이 홍성원의 소설세계 전체로까지 아직은 많이 뻗어나가지 못했다는 게 안타깝게 드는 실감이자 판단이다. 워낙 방대한 작품들도 그러하거니와, 그때그때의 특수한 문학 환경과 문단의 상황에 따라 특정 작가와 작품으로 쏠리는 과도한 관심 속에서 홍성원의 소설에 대한 비평적 조명과 평가는 다른 작가들에 비해 그리 고르거나 공정하지 못했다는 생각이 든다. 최근에 4·19세대를 전후로 한 1960년대의 문학에 대한 새롭고도 중요한 연구 성과가 제출되고 1960년대 주요 작가들에 대한 단독 연구가 진행되고 있는 상황에서 홍성원 소설문학에 대한 전반적인 재평가와 작품에 대한 재조명이나 발굴은 반드시 필요하다.

이 글은 홍성원의 문학적 생애에서 비교적 이른 시기에 해당되는 1960년대의 단편에서 장편에 이르는 소설 몇몇에 초점을 맞춰 소설에 나타난 젊음의 표상을 추출해내고 그것이 갖는 의미를 해석하고자 한다. 그럼으로써 이 글은 홍성원 문학에서 『남과 북』(1970~75)과 같은 중요한 대하소설로 나아가기 이전의 초창기 문학의 특성을 재조명하는 데 조그마하게라도 기여하고자 한다.

잘 알려져 있다시피 홍성원은 1964년에 장편 『디데이의 병촌(兵村)』, 단편 「빙점지대」와 「기관차와 송아지」가 각각 당선됨으로써 문단의 총아로 화려하게 데뷔한다. 그리고 1960년대에 홍성원은 잘 알려진 「늪」(1969), 「무전여행」(1968)의 단편과 「폭군」(1969)과 같은 뛰어난 중편뿐만 아니라, 『디데이의 병촌』을 포함해 무려 9편에 이르는 장편소설[2]을 신문과 잡지에 연재하거나 단행본으로 펴내기에 이른다. 그런데

1 김병익, 「진실의 발견과 장인 정신」, 홍정선 엮음, 『홍성원 깊이 읽기』, 문학과지성사, 1997, 71쪽.

홍성원의 1960년대 중단편이 비평적인 관심을 비교적 많이 받은 데 비한다면 작가의 장편소설에 대한 연구와 비평은 『디데이의 병촌』에 지나치게 쏠려 있어 보인다. 이와 비교해보면 홍성원이 1960년대에 발표하고 연재한 무수히 많은 장편소설에 대한 종합적인 비평과 연구는 거의 전무하다 하겠다. 그런데 홍성원의 장편소설들의 주인공 또한 그의 중단편의 주인공 및 작중인물과 비슷하게 다수가 청년들, 그것도 사회적인 입사가 임박한 청년들이 다수라는 것도 주목할 만하다. 인물들의 이러한 특징은 1960년대 홍성원 소설의 스타일과 소재 및 주제의식과 세계관과도 일맥상통한다는 점에서 한층 주의를 요한다.

2. 무궤도의 젊음과 피카레스크 소설

잘 알려진 것처럼, 형용사와 부사를 최소화하고 인물들 간의 대화를 중점적으로 배치하면서 독자들이 자유롭게 참여할 수 있도록 "상황이나 행동의 개방성을 보장하는"[3] 홍성원 소설의 스타일은 주제 면에서 비정하고도 폭력적인 세계를 어떠한 감정적인 수식도 최대한 배제한 채 냉정하게 응시하는 소설의 밑바탕을 형성한다. 작가의 주제의식은 인간 삶의 자유로움을 질식하게 만드는 권태와 죽음, 그리고 그러한 권태와 죽음을 낳게 하는 사회적 무질서와 정면으로 부딪치면서 패배하거나 좌절하는 인간을 향해 있다. 그러한 무질서와 혼란을 벗어나기 위한 방편으로 작가는 인간에 대한 휴머니즘과 연대의식을 지속적으로

2   1964년: 『디데이의 병촌』, 1966년: 『막차로 온 손님들』, 『역조』, 1967년: 『고독에의 초대』, 『호두껍질 속의 외출』, 『산신(山神)의 딸』, 1968년: 『곡예사의 혁명』, 1969년: 『사랑 강조 기간』, 『가을에 만난 여행자』.
3   이경호, 「움직임의 미학을 찾는 항해일지」, 『작가세계』, 1993년 가을호, 38쪽.

추구한다. 홍성원의 소설이 한편으로는 주로 여성과 동료에 대한 책임과 신뢰를 바탕으로 한 남성적 결사와 연대를 자주 그려내는 이유도 그 때문이다.

소설의 주인공의 행동반경은 매우 넓으며, 그가 답파하는 세계는 다양하다. 장편 데뷔작인 『디데이의 병촌』(1964)의 공간적 배경인 군대, 『호두껍질 속의 외출』(1967~68)의 회사처럼 수직적 위계와 더불어 개인보다는 조직과 공동체를 우선시하는 규율사회에서 『역조(逆潮)』(1966)의 바다와 부두, 섬처럼 거친 남성들이 활동하고 신뢰와 우정만큼이나 범죄와 배신 또한 허다하게 발생하는 야생적이고도 원초적인 삶과 죽음의 공간에 이르기까지 홍성원의 소설의 반경은 매우 넓고 다양하다.

김병익은 다양한 장르와 기법의 소설을 쓴 홍성원 소설의 주제를 대체로 다섯 가지로 분류하는데,[4] 그 가운데서 홍성원 소설에서 젊음과 관련되는 소설적 주제의 성격은 대체로 두 가지로 압축된다. 첫째, 피카레스크 수법을 통한 현대 사회의 풍속적인 변화에 대한 탐구. 김병익은 「주말여행」, 「무전여행」과 같은 소설을 예로 들고 있는데, 여기에 장편소설 『가을에 만난 여행자』(1969~70)를 첨가할 수 있을 것이다. 그의 1960년대 장편소설 가운데 젊음과 성(性)의 문제의식을 본격적으로 추구한 『가을에 만난 여행자』는 주인공 청년이 무전여행에서 되돌아오는 길의 크로노토프가 상징하듯이, 좌충우돌하는 갈지자로 미지와 불확실의 세계로 혼란스럽게 나아가면서 자신만의 주체성을 추구하는 젊음을 재현하는 작품이다. 둘째, 진지한 문체로 그려내는 지식인의 고뇌와 좌절. 여기에는 장편소설 『막차로 온 손님들』(1966)이 포함되는데, 이 소설 또한 소시민으로 살아가지만 여전히 사회에 완전히 뿌리를 내리지 못한 세 명의 젊은 주인공들의 연애와 방황, 고뇌를 그려내고 있다.

4   김병익, 「진실의 발견과 장인 정신」, 71쪽.

여기에 『디데이의 병촌』, 『호두껍질 속의 외출』처럼 조직과 갇힌 상황 속에서 갈등과 좌절을 겪는 개인과 『역조』에서 신뢰와 의리를 지키는 방식으로 범죄를 선택해 그 나름의 삶과 세계의 질서를 유지하고자 하지만, 그 범죄로 인해 결국 죽음으로 향해갈 수밖에 없는 범죄자 주인공에게도 젊음의 형상이 각인되어 있음을 덧붙여야겠다. 그런데 이 두 주제는 젊음을 직간접적으로 재현하는 다양한 계열의 소설을 관통하는 보다 일관된 주제로 요약이 가능하다. 그것은 풍속과 가치관의 급속한 변화에 대응하는 젊음의 방황과 좌절, 그를 통한 주체성의 추구이다. 근대사회의 가치관 및 풍속의 혼란스러운 변동에 대응하는 젊음에게는 특유의 이동성(mobility)과 내면성(interiority)이 부여된다.[5] 자신의 의지와 상관없이 그리고 어떠한 목표도 없이 어딘가로 떠나가고 표류하는 젊음의 이동성은 또한 사회질서와 풍속의 변화와 부딪치고 그와 불화하면서 젊음에게 내면성을 부여한다.

1960년대 한국문학은 한마디로 요약하면 젊음의 문학이었다. 4·19 혁명과 5·16 군사쿠데타라는 한국적 모더니티의 '거대한 변환'(great transformation)을 촉발하고 예견했던 두 정치적 사건이 각각 가져온 새로운 민주주의의 실현 가능성과 경제개발을 통한 국가적, 사회적 부의 증대에 대한 열망 속에 표현된 발전에의 욕망 그에 따른 가치관의 변화와 사회적 변모, 개인의 중요성의 증대는 1960년대 문학의 추동력이었으며, 그것을 수행해나간 존재들은 4·19 혁명 등을 젊었을 때 맞이한 신세대의 젊은 작가들이었다. 그러나 혁명에의 열망이 서서히 고갈되고 국가에 의한 일방적이고도 폭력적인 산업화, 근대화의 영향은 농촌과 도시 등 사회의 급격한 변모와 가치관의 변화를 몰고 오게 되면서 풍속과 에토스의 변화를 불러일으키는데, 그러한 사회적 모순과 가치의

---

5   프랑코 모레티, 『세상의 이치』, 28쪽.

변화에 대한 실제적인 해결을 모색할 수 없을 때, 문학과 예술은 그것을 상상적으로 꿈꾸기 시작한다.

여기서 김병익이 '피카레스크'라고 부른 소설기법은 1960년대 후반의 한국소설을 이해하는 데 유용한 지표라고 할 수 있다. 「우리소설의 새 경향 피카레스크 작법」(1970)은 홍성원 등의 소설을 피카레스크 소설로 부른다. 피카레스크 소설은 "미리 구상된 일관성 있는 스토리를 배제하고 등장인물이 일상적으로 겪는 무궤도(無軌道)한 사건과 의식을 기록하는" 소설이다. 그리고 "육십 년대에 주로 육십 년대 작가들에 의해 발견된 이 피카레스크 수법은 우리 문학에 중요한 현상학적 의미를 갖는다. 사회적으로 전통적인 가치관이 파괴되면서 새로운 질서를 찾지 못하는 우리 작가들은 현재의 상황을 분석, 해명하는 데 적절한 수법으로 피카레스크를 택한 것으로 보인다. 이것은 이론과 현실, 논리와 상황, 한국적인 것과 '새것'이 뒤섞인 상태의 수정 없는 표현이기도 하며 작가 자신이 무엇을 어떻게 해야 할 것인가를 정립시키지 못한 방황과 모색의 태도이기도 하다."[6] 다시 말해 피카레스크 소설은 방황하고 길을 잃고 정처 없이 떠도는 불행한 의식의 젊음과 그에 대한 유비적 상관항이라고 할 수 있는 모더니티의 혼란과 소용돌이를 재현하는 교양소설(bildungsroman)의 전신(前身)이라고 할 만하다. 김병익은 홍성원 소설에 대한 다른 글에서도 "풍속으로부터 가치관에 이르는 제 양상의 변모와 징후를 파악하는"[7] 피카레스크 수법[8]이 1960~70년대

6 김병익, 「우리소설의 새 경향, 피카레스크 작법」, 5쪽.
7 김병익, 「건강한 다이너미즘」(해설), 『한국문학전집 33권: 홍성원·김용성 편』, 삼성당, 1993, 530쪽.
8 미하일 바흐친은 "피카레스크 소설에서 새로운 점은 잘못된 인습을 대단히 강도 있게 폭로하며, 실제로 현존하는 사회구조 전체를 폭로한다는 데 있다."고 쓰는데, 이 논문의 맥락에서도 어느 정도 타당하게 적용 가능하다. 미하일 바흐친, 「소설 속의 시간과 크로노토프의 형식」, 358쪽.

홍성원의 소설을 관통하고 있다고 정확히 지적하고 있는데, 이 글은 이러한 관점에서 홍성원 소설에서 재현된 젊음의 특성과 사회적 징후의 의미론을 추출하고자 한다.

3. 희망 없는 젊음의 탈출

홍성원의 「늪」과 「무전여행」에는 삶과 꿈에서 좌절되고 탈락된 젊음의 방황과 희망 없음과 그것과 무관하게 빠르게 변화해가는 사회적 풍속도의 이면이 잘 그려져 있다. 「늪」은 부잣집에서 각각 다른 시간대에 과외교사를 하는 두 젊은 대학생 남녀가 우연찮게 저녁에 만나 함께 길을 걸으면서 다소 페이소스를 자아내는 희극적인 대화를 번갈아 주고받는 구성으로 이루어진 단편이다. 「늪」의 여대생과 주인공 '나'는 각각 10년 후의 자신들의 모습을 상상하면서 자신들의 "장래를 예견할 수 있다는 게 비극"[9]임을 아이러니하게 이야기한다. 그들은 부잣집과 대비되는 자신들의 가난하고도 누추한 일상생활에 대한 이야기를 서로 주고받다가 각자에게 예견된 미래를 말한다. 여대생은 "소학교에 다닐 때는 잔 다르크가 되고 싶었"으나 "졸업할 무렵에는 콜걸로 낙착될 것 같"다고 하며, '나'는 "삼십 대가 되면 장가를 가게 될 것이고, (중략) 우리 집과 회사 사이를 하루에 한 번씩 왕복하게 될 겁니다."라고 한다(24쪽). '콜걸'이라는 다소 극단적이고도 자극적인 표현 속에서 여대생은 자신의 가난한 노동력을 파는 부잣집과 세상에 대해, 모성에 대해 독설을 퍼붓는 한편으로 황당한 방식으로 현재의 삶을 끝내는 자살을 과격하게 예찬한다.

----

9   홍성원, 「늪」(1969), 『주말여행』, 문학과지성사, 1976; 2006, 25쪽.

이에 비해 '나'는 여대생과 그녀의 과격한 발언에 이끌리면서도 평범하고도 기계적으로 반복되는 소시민의 삶이 자신에게 주어진 미래가 아닐까 소심하게 두려워한다. 자신들의 미래는 예견되었으며, '콜걸'과 '소시민'의 뚜렷하게 대비되는 이미지처럼 타락하거나 따분하고도 몰(沒)주체적인 방식으로 구조화된다. 과외를 하는 부잣집의 젊은 사모님이 자신의 딸의 옛 과외선생과 부적절한 관계를 맺고 있는 사회적 타락상과 배금주의라는 가치관의 혼란이 소설의 배음(背音)으로 울린다. 마지막 대목에서 여대생은 '나'에게 마치 사모님과 과외선생의 만남에 대한 대타의식의 발현으로 하룻밤의 잠자리를 제안한다. 하지만 그때까지 여대생과의 하룻밤 잠자리를 상상해오던 '나'는 오히려 그러한 제안을 실제로 받자마자 그것이 두려웠다기보다 내일 또다시 만나야 될 두 사람 각자의 미래까지 함부로 그르칠 수는 없는 순간의 일탈에 지나지 않음을 깨닫고 제안을 거절하기에 이른다. 비록 미래가 슬프게 예정되어 있으며, 현재의 삶을 옥죄는 "권태"가 "내가 발짝을 뗄 때마다 큰북을 두드리듯이 차근차근 고조되고 있"(37쪽)음에도 불구하고, 여대생의 권유처럼 내일을 자살과 같은 일탈로 마무리 지을 수는 없는 것이 불모의 젊음에게 남은 삶의 희미한 가능성이다. 「늪」에서 두 사람이 하룻밤 동안 걷는 '길'은 「늪」보다 먼저 발표된 「무전여행」에서는 '무전여행'으로 확장되고 변주된다.

홍성원 소설에서 여행은 이동성이라는 젊음의 특징을 상징하는 은유이며, 소설에서는 무정형의 플롯으로 구조화된다. 「무전여행」은 입대영장을 받은 스물세 살의 '나'가 무전여행에서 만난 '김(金)가'와 함께 시골을 떠돌다가 거기서 우연찮게 만난 한 사내로부터 폭풍으로 난파된 배에서 값이 나가는 물건을 털자는 제안을 받고, 그 위험한 일을 수행하다가 예기치 않은 사내의 죽음을 맞이해 어찌할 수 없이 주인공을 옥죄는 상황이 발생한다는 이야기이다. 홍성원 소설에서 여행 그 자체는 마냥 유쾌하거나 젊음의 일탈적이고도 낭만적인 행동으로 결코 간주되지 않는다. '나'와 김가가 음식과 술을 달라는 음식점 주인에게 그 허름한 행색으로 의심의 눈초리를 받는 것처럼, "무전여행을 귀엽게 봐주는 세월은 이미 지나갔"던 것이다.[10] 주인공의 무전여행은 서울생활의 피로로부터 탈출하기 위해 행해진 것이지만, 무전여행 그 자체도 피로의 또 다른 연장인 것이다.

> 그러나 이번 여행이 나에게 결코 유쾌하다고는 할 수 없다. 실상 나는 서울에서 늘 피로하고 지쳐 있었다. (중략) 그러나 내가 정말로 지친 것은 내가 지루하다고 느껴온 이런 일들을 다른 사람들은 조금도 지루해하지 않는다는 점이다. 나는 그때 이후로 이런 사람들을 존경하기로 하고 있다. 그런 사람들 사이에서 내가 지쳐 있는 것은 백조새끼가 오리들 틈에서 지쳐 있는 것만큼 당연한 일이다. 그러나 그런 일들이 번거로워 떠나온 이번 여행 역시 나를 지치고 번거롭게 하기는 마찬가지다.(49쪽)

젊음은 특유의 불확실성과 유동성 덕분에 무엇이든 할 수 있는 가능성과 곧잘 연결되고는 하지만, 홍성원 소설에서 젊음의 가능성이란 오히려 사회의 시선에서는 다만 의혹과 불신, 제재의 대상일 뿐이다. 그것은 심지어 소설의 마지막 대목에서도 짐작할 수 있듯이 범죄와도 간접적으로 연루되는 것이다. '나'의 스물세 살이라는 나이가 갖는 젊음의 상징적 의미는 소설에서 실제로는 어떻게 표현될까. "요즘 같은 세월에는 가장 재수 없는 어중간한 나이. 장차 대학교수가 될 수도 있지만 내일쯤은 운수 사납게 사형수가 될 수도 있는 나이. 군대를 갈까 자살을

10   홍성원, 「무전여행」(1968), 『주말여행』, 42쪽.

할까, 그러나 두 가지 다 공상만으로 그치는 나이. 경찰서 보호실에 들어가서도 우리들은 가장 흉한 대접을 받곤 한다. 서너 살만 덜 먹어도 주먹따귀 네댓 개 정도로 간단히 훈계 방면될 수 있을 텐데 우리는 스물에서 서너 살을 더 먹었기 때문에 주먹따귀를 맞기에는 너무 많은 나이였고, 정식 구속을 당하기에는 가장 어린 나이였다. (중략) 왜 우리 스물세 살들은 이렇게 아무 쪽에도 붙여주지 않는 것일까?"(52~53쪽) 젊음은 생물학적으로는 비교적 확실한 연대이지만, 젊음 특유의 '심리 사회적 유예기간' 덕택에 도무지 그 나이와 정체를 짐작할 수 없는 무정형이기도 하다. 젊음은 나이를 짐작할 수 없는 나이인 것이다. 이러한 무정형의 젊음을 유일하게 호명하는 것이 아이러니하게 군대라는 것은 1960년대 후반의 대한민국을 살아가던 젊음의 아픈 처지를 단적으로 환기한다. 젊음의 가능성은 그것을 규율과 제약, 구호와 호령으로 축소시키는 조직으로 흡수되고 마는 것이다.

젊음=여행=모험의 등식은 홍성원 소설에서는 이처럼 한낱 가상에 불과하다. 그러나 그렇다고 이러한 가치판단이 젊음에 대한 성급한 가치절하로 이어지는 것은 아니다. 한국소설에서는 보기 드물게 바다와 해저를 직접 탐사하는 실감이 살아있는 「무전여행」에서 '나'와 김가가 사내의 제안으로 폭풍에 의해 난파된 침몰선에서 "풀어진 머리털이 사방으로 흩어져서 마치 섬세한 해초 뭉치"(70쪽)처럼 머리가 풀린 여인들의 시체들 사이를 오가며 귀중품을 습득하는 행위는 언뜻 젊음에게 주어진 모험의 형식처럼 보인다. 게오르그 짐멜은 모험은 청년기의 삶의 특권적 체험이라고 적었다. 청년은 모험, 즉 "그 무엇보다도 사물의 정상적인 운행으로부터 이탈한 첨예한 체험 안에서 삶의 흐름에 충만한 에너지를 감지한다. 하지만 이 체험은 삶의 중심과 연결되어 있다. 자기 자신으로부터 스스로를 내던진 이 모든 삶, 그리고 삶을 구성하는 요소들 사이에 존재하는 이같이 커다란 대조는 오로지 모험과 낭만주의 그리고 청년기에 존재하는 것 같은 삶의 과잉과 방종으로부터 자양분을 얻을 수 있다."[11] 그러나 「무전여행」에서 모험은 정확히 짐멜이 말한 것과 반대의 의미를 지니고 있을 뿐만 아니라, '삶의 과잉과 방종의 체험'이 아닌, 일을 제안한 사내의 갑작스러운 죽음이 가져온 사태처럼 죽음과 범죄에 노출되어 있다. 그것은 모험이라기보다는 탈출이며, 그 것이 초래한 비참한 결과이다. 김병익 또한 피카레스크 소설의 전범과 그것의 한국적 변용으로 『돈키호테』와 홍성원의 소설을, 모험과 탈출을 엄밀하게 구분한다. "모험이 새로운 세계, 변화가 이루어지고 있는 것들 에 대한 탐구라면 탈출은 자기를 옥죄는 것, 아직도 변하지 않은 채 남아 있는 묵은 시대의 잔재를 확인시켜 준다." 따라서 홍성원의 피카레 스크는 "자기를 좌절시키는 현실로부터 벗어나는 여행을 감행하지만 바깥의 세계에서도 결코 소득을 얻을 수 없는 또 한 차례의 좌절을 겪고 마는 것으로 끝난다. 이것은 자기의 세계도 별 수 없고 다른 세계도 자기세계와 별다름 없다는 이중의 우울한 정경을 유도하는 것이다."[12]

「무전여행」은 무정형의 스물세 살은 결국 "재수 없는 스물세 살. 얼른 서른 살쯤 되었으면"(77쪽)이라는 자탄(自嘆)으로 종결된다. 그리 고 바다 한복판의 섬에 고립된 그들의 처지는 소설의 마지막 두 구절에 서 인상적으로 표현된다. "그러나 뭍은 너무 멀고 우리는 지금 형편없이 지쳐 있다. 서울에서 지쳐 있듯이 바다 위에서도 지친 것이다."(같은 쪽) 피로감을 주는 서울생활로부터 탈출한 막바지에서 만난 바다와 같은 자연 역시 서울생활과 다를 바 없는 것이다. 더 이상 삶에 대한 새로운 각성과 인식의 심화라는 의미에서의 모험은 존재하지 않으며, 다시금 서울의 피로한 생활로 귀착되거나 그것의 연장에 불과한 일탈과

11 게오르그 짐멜, 「모험」, 『짐멜의 모더니티 읽기』, 김덕영·윤미애 옮김, 새물결, 2005, 220쪽.
12 김병익, 「지성, 혹은 좌절과 결단」, 『지성과 문학』, 문학과지성사, 1982, 61쪽, 62쪽.

탈출만이 있을 뿐이다. 이때 젊음이란 더 이상 모험의 주체이자 삶의 형식이 아니다. 「늪」과 「무전여행」과 같은 피카레스크 형식의 젊음의 일탈, 세상에 대한 야유는 중편소설 「주말여행」(1970)처럼 이미 소시민으로 사회적 질서와 시스템의 일부로 편입된 남자들이 하룻밤 사이에 시골의 술집 작부들과 보내는 어처구니없는 유희와 일탈과 궤를 같이하고 있는 것이다. 젊음의 가능성에 대한 홍성원의 소설적 가치평가는 다소 가혹하다고 하겠다.

그러나 홍성원의 소설이 심리사회적 유예기간이 거의 끝나가거나 사회에 의해 강제적으로 회수되는 젊음을 부정적으로 묘사하거나 가치절하를 하는 것은 아니다. 오히려 그의 소설은 그러한 젊음을 불모로 만드는 사회와 풍속과 에토스의 변화와 타락에 대단히 민감하게 반응하며, 그에 대한 탐색을 통해 삶의 변화무쌍한 가능성으로서의 젊음을 역으로 사유한다고 할 수 있겠다. 홍성원의 1960년대 장편소설 가운데 몇몇 작품들은 이 부분에 초점을 맞추고 있다.

4. 대결과 패배의 미학

젊음은 선택과 선택 이전의 자유 사이에서 방황하고 흔들리는 존재이다. 젊음은 바로 이러한 선택의 유예와 미룸에서 비롯되는 현기증 나는 자유를 누리기도 하겠지만, 삶의 매순간이 선택의 연속이라는 점에서 선택과 자유의 딜레마에 처해 있다. 삶의 중대한 기로에 서서 삶의 한 가지 형식을 선택한다는 것은 선택한 그 결과에 따른 책임을 지어야 한다는 의미이며, 선택한 것 이외의 다른 것은 결코 선택할 수 없다는 뜻이기도 하다. 가능성과 현실성 사이에서 젊음이 겪는 실존적 흔들림은 현기증 나는 자유 그 자체일 텐데, 홍성원의 장편소설에 구현된 젊음은 그 젊음을 계속 유지하기 위해 사회화를 부러 미루는, 나이 들었지만 치기 어린 젊음이라기보다는 한 가지 선택을 결단하고 결정하기까지의 현기증 나는 고뇌를 앓으면서도 선택한 삶의 형식에 대해 책임의식을 가지려고 노력하는 견실한 젊음에 가깝다.

이미 『디데이의 병촌』에서 자신에게 주어진 상황에 충실한 동시에 그러한 상황에 회의주의적이고도 비판적인 거리를 두려는 현중위에게는 삶의 결단을 내리는 데에 있어 쉬이 어려움을 겪고 있는데, 그는 너그럽고도 강단 있는 친구인 구대위로부터 일종의 삶의 행동철학을 배운다. 그것은 "택한 뒤에는 불안이 없네! 강행군만이 있네…… 불안은 택하기 전에 있었지."[13]와 같은 구절로 단적으로 표현된다. 이것은 군인 특유의 행동주의와 주의주의의 고압적인 표현이 아니라, 삶에 스스로 결단과 그에 따른 책임감을 부여하는 태도이다. 『디데이의 병촌』에서 다르게 보면 숨 막힐 듯한 분위기에도 불구하고 상황을 개방하는 속도감 있는 단문과 짧은 대화는 이러한 남성적 결단과 의지가 육화한 소설의 스타일이라고 할 수 있다.

선택과 자유의 아포리아는 『막차로 온 손님들』에서도 여전히 소설의 핵심적 모티브이다. 결혼적령기를 넘긴 서른 넘은 세 명의 청년과 그들에게 각각 우연히 찾아든 세 명의 여인이 연애를 하는 스토리를 갖추고 있는 이 소설에 대해 김주연은 표면상 통속소설적인 부도덕한 요소가 있음에도 불구하고 전혀 그렇게 느껴지지 않는 묘한 매력을 언급하고 있다.[14] 이러한 매력이란 아마도 나름대로 진정성을 갖고자 노력하는 세 젊은이 각자의 삶에 대한 분투 그리고 그들 사이의 우정 즉 '인간적 결속'에서 오는 미덕이 아닐까 싶다. 이들의 삶에 느닷없이 여인이 찾아

13 홍성원, 『디데이의 병촌』(1964), 일신서적출판사, 1994, 181쪽.
14 김주연, 「홍성원의 두 소설에 대하여」, 『홍성원 깊이 읽기』, 146쪽.

들었다는 플롯의 설정은 소설의 결격사유로 지적되는 우연적 구성으로 만 치부할 수는 없으며, 오히려 그들로 하여금 삶의 선택과 자유라는 문제에 직면하게 만드는 장치다. 마약 밀매상인 외국인 남편으로부터 도망친 에어 걸(스튜어디스)과 인연을 맺게 된 동민, 자신의 히스테리 여성 환자와 사랑에 빠진 경석, 아내로부터 이혼을 당하고 맹인 여성과 연을 맺은 충현에게 삶은 무정형이 아니라 결단과 선택에 직면하도록 강요받는 무엇이 된다.

> 주사위가 던져지고 길이 정해진 것이다. 선택한다는 것은 다른 것들 중에서 무언가를 택한다는 이야기다. 두 가지 중에서 하나를 택했을 때 남은 한 가지는 그와 전혀 무관하다. 그러나 지금 그는 그 선택되지 않은 것에 무관할 수가 없다. 오히려 그는 선택된 것보다 선택되지 않은 것에 더 큰 관심이 있다. 내 손에 쥔 떡보다 남의 손에 쥐인 떡이 더 커 보인다. 죽음을 택하고 죽음과 가까이하자, 삶이 좀더 짙은 색깔로 증오를 보이는 것이다. 선택된 것을 사랑하는 농도가 선택되지 않은 것의 증오보다 약할 줄이야!…… 하지만 불안이 사라진 것은 고마운 일이다. 선택하기 전에 그는 무서운 자유를 경험했다. 해야 할 의무도, 가야 할 방향도 없는 자유. 자기 혼자 길을 찾고 자기를 위해서만 주어진 자유. 그는 이런 자유 속에서 퍽 오랫동안 불안했다. 옆에서 커다랗게 명령을 해 준다면, 어떤 거창한 의무가 그에게 두껍게 씌워졌더라면 그는 얼마나 즐겁게 그런 속박을 감사했을까?[15]

아내에게 반강제적으로 결별을 당하고 삶의 허무감에 지독하게 빠져 있는 전직 권투선수 충현이 자살을 결심하고 간만에 연락이 된 갑부인

··
15 홍성원, 「막차로 온 손님들」(1966), 『한국문학전집 33권: 홍성원·김용성 편』, 128쪽.

아버지의 호출을 따르지 않고 맹인여자와 동숙하는 쪽을 선택하는 정황을 서술한 인용문은 동민과 경석에게도 마찬가지로 해당되는 것이다. 그 한 예로, 의사인 경석에 의해 치명적인 육종(肉腫)으로 사형선고나 다를 바 없는 선고를 받고 죽음에 대한 자의식에 깊이 침윤되어 있던 동민이 기적적으로 육종이 치유되었다는 이야기를 듣고 다시금 삶에 대한 의욕을 갖는 대목이 나온다. "죽을 염려가 없는 대신 살아야 할 미래가 있다. 아마 이 미래는 노름에서 딴 돈과 같을 게다. 있어도 좋고 없어도 좋은, 그러나 어차피 써야 할 돈이다. 하지만 무슨 재주로 그는 이 돈을 다 쓸까? 아무 계획도 보람도 없이, 더구나 조용한 시민으로……."(134쪽)

다소 덜 유기적인 구성으로 이루어져 있는 『막차로 온 손님들』은 마약 밀매를 하려는 에어 걸 보영의 외국인 남편, 졸부가 되어 엄청난 돈을 아들에게 주는 충현의 아버지, 영화배우의 명성을 얻고 남편을 멀리하는 충현의 아내, 돈을 노리고 접근하는 사람들을 피하기 위해 환자로 위장한 세정과 그녀를 둘러싼 친인척과 공장장의 면모를 통해 사회의 타락한 풍속과 가치관의 혼돈을 환기하는 소설이다. 김주연이 지적한 것처럼 세 청년과 여성들을 둘러싼 실존적 상황에 대처하는 '인간적 결속'과 유대는 홍성원의 작가적 자세의 아름다움으로,[16] 이러한 소설적 주제의식은 마치 헤밍웨이의 단편인 「살인자들」(1927)의 하드보일드 스타일과 무뚝뚝하면서도 많은 정황과 감정, 심리를 담고 있는 즉물적인 대화를 다분히 연상시키는 장편소설 『역조』에서도 반복된다. 『막차로 온 손님들』에서 삶에 대한 열정과 타인에 대한 책임이라는 소중한 연대의식을 갖고 있는 젊고 생각이 많은 도시인들의 맞은편에 『역조』의 거칠지만 그들 나름의 삶의 질서와 규율을 유지하고자 즉각적

---

16 김주연, 「홍성원의 두 소설에 대하여」, 147쪽.

으로 행동하는 범죄자들이 서 있다.

『역조』는 뱃사람인 두 청년이 바다와 부두, 섬을 둘러싸고 벌인 살인사건과 그 살인사건으로 인해 마침내 비극적인 파국과 종말을 맞게 된다는 이야기이다. 장편소설에서 확연하게 나타나는 홍성원의 소설의 뚜렷한 주제의식은 앞에서도 잠깐 언급했지만, 타락한 사회와 풍속의 가치변환 속에서도 흔들리지 않는 인간적 신뢰와 믿음, 결속에 있다고 하겠다. 그것은 비록 기존사회의 질서와 도덕과 법과 충돌할 경우라도 또 기어코 패배하더라도 끝까지 지켜야 할 그 무엇이 된다. 홍성원은 세상은 수단과 방법을 가리지 않고 싸움에 이긴 사람만 조명(照明)할 뿐이지, 비록 패배하고 좌절하더라도 어떻게 싸우는가에 대해서는 전혀 관심을 갖지 않는다고 생각하고 있는 작가이다. 비록 지더라도 멋있게 지는 법을 알고, 지든 이기든 어떻게 싸우느냐가 훨씬 더 중요하다는 것은 다만 남자들만의 고압적인 명예와 부담스러운 자존의 문제만은 아닐 것이다.

이러한 작가적인 문제의식에 비추어 볼 때, 『역조』에서 피카로 즉 악인(惡人)에 해당하는 두 청년에게 범죄와 가느다란 선으로 은밀히 연결된 경찰의 질서와 법이란 뱃사람으로서 살아온 그들의 입장에서 볼 때 타락과 혼돈에 지나지 않는다. 주로 주인공 두식의 의식을 대변하는 소설의 서술자의 자유간접화법으로 논평하는 사회와 인간의 모습은 이러하다. "남을 믿을 수 있다는 건 지금 세상에서 어려운 이야기다. (중략) 법이나 하나님 같은 것은 두식에게는 아무래도 좋다. 어시장의 장사꾼들이 조합을 믿듯이 이들은 자기들대로 자기들 법을 믿는 것이다. 만일 이들에게 그런 법이 없다면 이 부두는 하루 저녁에 뒤죽박죽이 될 것이다. 아마 뱃사람 반수 이상이 굶어 죽을지도 모를 일이다."[17]

17 홍성원, 『역조』, 창우사, 1966, 36~37쪽.

356

사람 사이의 믿음과 그러한 믿음을 통해 유지되는 질서는 주어진 기성의 법과 제도를 바탕으로 한 질서라기보다는 사람살이의 인륜적인 질서에 가깝다고 할 수 있다. 헤겔이 말한 것처럼, 사람과 사람 사이의 믿음과 애정의 협약이라고 할 만한 인륜적인 의식은 고차원적으로 국가와 사회의 기틀이 되는 법으로 거듭나야 마땅한 것이지만, 때로는 국가의 법과 질서와 충돌하는 경우 범죄가 되기도 한다.[18] 두식에게는 "뭐를 믿어도 철저히만 믿으면 난 그놈을 신용할 수 있다. 제일 미운 놈은 이쪽도 저쪽도 아니면서 양쪽에 모두 알랑대는 놈"(433쪽)이라는 생각은 그 자신의 삶과 질서의 기초이다. 그러나 두식에게 인간관계 속에서 일어나는 이러한 알랑댐과 간계, 배신이야말로 혼돈과 무질서의 근원이며, 따라서 소설에서 이러한 혼돈과 무질서를 체현하는 인물들은 주인공을 결국 배신하거나 그렇게 배신자가 된 그들은 다시 주인공들에게 살해당하고 만다. 그리고 주인공들 역시 그들을 살해한 범죄의 대가를 마지막에 와서 혹독히 치르게 된다. 악인의 등장이라는 극단적인 설정을 통해서 홍성원은 『역조』의 「후기」에 적은 말을 빌리면, "설혹 그 질서가 악을 바탕으로 했어도" "이 혼란이 방치된 곳에서는 어떠한 의의(意義)도 정립될 수가 없"다고 결론을 내린다.(442쪽) 이것이 홍성원 소설의 요체를 이루는 '대결과 패배의 미학'이다.

5. 젊음과 섹슈얼리티

<hr>

18 헤겔의 『법철학』(1820)에 의하면, 인륜성과 법적 질서, 가족과 국가 간의 갈등은 소포클레스의 비극인 『안티고네』에서 죽은 오빠의 장례를 치른 안티고네와 장례를 법으로 금지한 국왕인 크레온 사이의 갈등으로 육화된다. 장례를 치른 안티고네의 행위는 비록 인륜적이더라도 범죄인 것이다. 홍성원의 소설은 인륜과 법질서가 어긋나는 풍속의 어두운 영역을 탐구하고 있다.

홍성원 소설에서 강조하는 '질서'는 앞에서 살펴본 것처럼 한 사회의 근간이 되는 성문화된 법과 제도적 질서가 아니라, 인간 사이의 관계의 근간이 되는 불문율이라고 할 수 있는 유대와 연대의식, 서로에 대한 인간적인 믿음에서 비롯되고 축적된 것이다. 이러한 '질서'는 사실 『디데이의 병촌』에서 주인공인 현중위가 전쟁의 비극적이고도 혼란스러운 상황 속에서 인민군 남편들이 전사하면서 생긴 군부대 주변의 과부촌에 대해 다른 이들이 색안경을 끼고 바라보거나 인민군 장교의 아내였던 선경에 대한 주변의 시선에도 아랑곳하지 않고 그들에 대해 가졌던 깊이 있는 이해심과 공감, 사랑에서 싹텄던 문제의식이 성숙하고 발전한 결과이다.

그렇다면 홍성원의 소설에서 지금껏 보아왔던 무정형의 젊음이 가치관의 혼란과 풍속의 타락을 체현하는 성(性, sexuality)의 어둡고도 유혹적인 측면과 만나면 어떻게 될까. 섹슈얼리티 또한 한 개인의 주체성의 형성, 성장과 무관한 것이 아니라고 한다면, 무정형의 젊음과 이 소설에서 그러하듯이 사회적 질서의 위반으로서의 성의 절합(節合, articulation)의 양상은 매혹적일 뿐만 아니라 문제적이기도 할 것이다. 『가을에 만난 여행자』는 이러한 문제의식을 추구하고 있는 소설로, 비록 길의 크로노토프를 중심으로 한 애초의 피카레스크식 구성이 작가 자신이 고백하고 있는 것처럼 원래의 의도를 잘 살리지 못하고 사회적 풍속화로서의 성의 여러 면모에 대한 피상적인 탐구로 전환되면서 다소 핍진하지 못한 방식으로 마무리되었다. 그럼에도 이 소설은 1960년대 홍성원 소설에서 젊음에 대한 문제의식과 사회적 풍속에 대한 시각의 결합을 제법 의욕적으로 시도했다.

『가을에 만난 여행자』는 소설에서 내내 '청년'으로 불리는 가난한 의대휴학생 한우경과 김도민의 정부(情婦)이자 프랑스 유학경험이 있는 부유한 성낙희가 우연찮게 길에서 만나 인연을 맺고, 청년이 성낙희를 통해 성이라는 심연의 세계로 들어가는 순서로 이야기가 구성되어 있다. 소설은 발작적인 간질 환자였던 성낙희의 우연찮은 죽음과 성낙희와 김도민 등으로 이루어진 비밀스러운 공동체의 파국으로 끝난다. 소설은 홍성원의 다른 피카레스크 소설답게 길 한가운데서 시작하는데, 목적 없는 무전여행을 끝내기 위해 서울로 돌아가던 청년을 성낙희가 자신의 차로 태워주면서 두 사람의 기묘한 인연은 시작된다. 소설은 젊음을 그전의 홍성원 소설과는 다소 다르게 인식의 각성을 동반하는 성숙의 체험으로 묘사한다. "사람에게 나이가 젊다는 사실은 어떤 것으로도 바꿀 수 없는 재산이다. 청년은 이 젊다는 재산을 지금 대단히 유용하게 즐기고 있다. 아마 그는 앞으로 몇 해 동안 자기의 젊음을 의식 못하리라."[19] 이것은 청년이 언젠가 시골역의 무개화차 위에서 노숙할 때 느꼈던 비전의 충만함과도 연결된다.

> 신문지 두장을 등밑에 깔고 팔벼개를 한 청년의 시야에 구월의 깊고 차가운 밤하늘은 너무 아깝고 슬픈 것이었다. 그는 하늘에 흩어진 별들이 비로드에 뿌려진 은가루라고 착각했다. 그러나 화차가 멎어있는 시골역은 너무 고요해서 귀가 먹먹했다. 사실 밤하늘은 너무 오래 쳐다보면 마치 자기 눈이 하늘 속으로 빨려드는 기분이다. (중략) 그는 시골의 신작로가 얼마나 먼가를 알고 있다. 하루 왼종일 도보로 걸어봤자 그는 고작 백리를 걸을 뿐이다. 그러나 그가 하루를 소비해서 조금도 쉬지 않고 걸어온 거리는 벽에 걸린 한국 지도상에는 얼마나 크던가? 유라시아 대륙 동쪽에 새끼 손가락만한 작은 반도, 아무리 커다란 세계 지도라도 한국반도는 새끼손가락을 넘지 못한다. 한데 이 한반도를 새끼손가락만큼 작게 보이게 하는 지구는 저 하늘의 무수한 별들과 비교해서는 역시

19 홍성원, 『가을에 만난 여행자』 제3회, 『지방행정』, 1969, 171~72쪽.

좁쌀만한 작은 점이었다. 결국 나는 무한히 넓은 하늘이라는 공간 속에, 태양이라는 불덩이 속에서 역시 좁쌀만큼 떨어져 나온 지구 속에, 그 지구의 유라시아 대륙 새끼 손가락만한 작은 반도에, 그 반도의 들과 산속에 묻힌 작은 시골 역사 속에, 그 역사의 넓직한 구내 뚜껑이 없는 화차 속에 누워 있는 것이다. 허지만 그렇게 작은 그는 우주의 비밀을 알고 있었다. 그가 우주를 안다는 것은 인간이기 때문에 가능한 일이었다. 아아, 이런 것을 생각할 수 있는 인간으로 태어난 것이 얼마나 다행한가? 나는 비록 우주 속에 먼지처럼 작은 존재지만 그리고 비록 우주의 나이에는 내 생애가 너무나 짧지만, 그러나 그 작고 짧은 존재가 우주의 비밀을 잠시나마 엿보았다. 바로 이 화차위에 누워서 우주의 호흡을 엿들었으며 이 작은 먼지 같은 존재가 우주의 비밀을 엿보았던 것이다. 아아, 이런 것을 안다는 것만으로 나라는 존재는 얼마나 다행인가! (중략) 그날 이후로 하늘을 볼 때마다 청년은 자기가 인간임을 사랑했다. 동물이 아니고 인간으로 태어난 것, 그리고 그 작은 인간은 아직 나이가 젊다는 것, 적어도 앞으로 오십년 동안은 하늘을 아무 때나 볼 수 있다는 것, 하늘을 바라보며 살 수 있는 동안 가급적 같은 인간들과 싸우지 않고 살기로 하자는 것……(3회, 172~73쪽)

위의 묘사는 비록 다소 소박해보이더라도 순간적인 인식적이고도 감각적 각성과 비전을 통해서 삶의 근본을 경험하는 일종의 에피파니 (epiphany, 顯現) 체험이라고 할 수 있다. 에피파니는 다만 감성적, 인식적 각성일 뿐만 아니라, 도덕적 비전이기도 하다. 광활한 우주 앞에서 '작은 먼지 같은 존재'로 체감하는 자신이 다시금 '우주의 호흡'을 엿듣고 '우주의 비밀'을 엿보는 숭고한 역량을 가진 인간이며, 자기 자신이 그러한 '인간임을 사랑'할 뿐만 아니라, 또한 '같은 인간들과 싸우지 않고 살기로' 다짐하는 행위에는 도덕적 비전까지 드러난다. 찰스 테일러에 의하면, 이러한 에피파니는 예술작품의 미학뿐만 아니라 그것의 정신적 의미, 예술가의 본성과 상황에 대한 견해, 즉 삶에서 예술이 차지하는 지위 및 예술과 도덕의 관계에 대한 견해를 내포하고 있다. 한마디로 에피파니는 도덕적 각성과 정신의 자기실현과 밀접한 관계가 있다.[20]

그러나 이러한 에피파니적 자기각성은 타자의 성과 본격적으로 접촉하면서 흔들리게 된다. 부둣가의 여관에서 청년과 여인(성낙희)은 하룻밤을 보내게 되는데, 두 사람의 성적 결합은 인식과 도덕적 세계관의 충돌을 예고하는 것이다. 청년이 "사람에겐 최소한 규범과 양심이라는 게 존재"하며, 그것이 "인간이 네발짐승과 구별되는 이유"라고 말한다면, 여인은 "양심이라든가 윤리 규범이라고" 부르는 것은 "인간이 사회 생활을 하면서 질서를 유지하기 위해 조작해낸 제약"이며, 사실 그러한 인간이란 "머리로는 천사와 같은 아름다운 꿈을 꾸지만 육체로는 동물과 다름없는 직선적인 본능을 구사"하는 "동물과 천사의 중간 존재"인 것이다.(8회, 197쪽) 여인의 이러한 인식은 유부남인 김도민과 그의 아이를 임신한 여인과의 밀월관계에서도 엿볼 수 있다. 소설에서는 다소 의아하고 어디에선가는 설득력이 떨어지는 것처럼 보이지만, 이들은 육체와 정신의 분리가 실제적인 남녀관계에서도 가능하다고 믿고 그렇게 관계를 지속적으로 유지하는 사이이다. 청년과 여인의 만남 또한 김도민의 묵인하에 이루어지고 있으며, 청년은 그러한 묵인을 불편해하고 그에 대해 도민과 여인에게 각각 이의를 제기하면서도 여인과의 만남을 지속하고 있다. 그때 청년이 여인과 도민에게 하는 말들은 그 자신이 언젠가 겪었던 에피파니 경험에서 비롯된 도덕적 세계관의 유연함에 비해 대단히 낡고 고루하다는 인상을 주지만, 여인과 도민의 말

<hr>

20 찰스 테일러, 『자아의 원천들』, 861쪽.

또한 청년에게 비현실적이고도 공허하게 들리기는 마찬가지이다.

이들의 관계와 갈등의 양상은 그들이 안양에 있는 맹인 노인과 노인의 동거녀이자 청년의 누이의 친구이기도 한 민여사와의 만남 속에서 한층 심화된다. 청년과 여인의 대립은 다시 청년과 노인의 대립으로 변주되는데, 이러한 대립적 변주는 노인이 인부를 시켜 처녀였던 민여사를 강간하게 만든 것이 그녀에게 오히려 삶의 각성의 계기를 마련해준 것이라는 해괴한 설명을 들을 때 최고조에 이른다. 청년이 "사람에게 가장 소중한 재산"이 "습관에 의한 질서"이며, "습관에 의해 피해를 받는 쪽보다는 이익을 얻는 바가 더 많"다고 말하는 반면, 노인은 인간이 "질서를 유지하고 사는 것은 인간의 본성이 착해서가 아니고 외부로부터 부단하게 어떤 제약이나 구속을 받아서라고 생각"한다.(11회, 160쪽) 그들의 대화는 법과 교육처럼 인간을 문명화할 뿐만 아니라 그것에 길들여지는 습관의 동물이 되게 만드는 제도에 이르는데, 대화의 핵심은 마찬가지로 인간을 동물과 구별되는 전혀 다른 존재로 볼 것인가 아니면 "천사쪽보다는 동물에 더"(12회, 171쪽) 가까운 존재로 볼 것인가에 대한 것이다. 그런데 이러한 말을 하는 청년 자신이 정작 여인과의 성행위를 통해서는 전혀 다른 종류의 에피파니(에로티즘)를 체험하는 동시에 분열되어 있다는 것은 역설적이다.

학생은 문득 자기 자신의 몸뚱이마저도 이 기괴한 색깔 속에 용해되는 듯한 즐거움을 느꼈다. 그것은 마치 꿈속에서 정사를 할 때와 비슷한 즐거움이었다. 모든 사물이 한 덩이가 되어 자기 몸까지 흡입하고 있었다. 그는 고개를 옆으로 돌려 여인 쪽을 돌아보았다. 여인의 얼굴이 푸른 달빛 아래 하나의 꽃처럼 화사하게 솟아올랐다. 머리를 싸맨 갈색 스카프가 그녀의 얼굴을 유난히 돋보이게 했다. 그녀의 얼굴에는 눈이 없고 코와 입과 요철이 없었다. 그것은 마치 커다란 아메바가 직립한 듯한 아름다운 모습이었다. 그러나 바로 그 순간에 학생의 체내에 이상한 욕정이 솟구쳐 올랐다. 그는 자기와 여인의 존재가 형체를 알 수 없는 가변적인 아메바로 보였다. 그것은 짙은 농도의 액체로 어떤 용기에나 자유자재로 용해되는 것이었다. 그것에 생명이 있다는 증거는 그것이 끊임없이 움직이고 있다는 사실이었다. 두 개의 아메바!(12회, 173쪽)

이것은 청년 자신이 여인과 옹호해왔던 금기와 질서를 스스로 위반한다는 데서 "죽음까지 파고드는 삶" 또는 "조그만 죽음"으로서의 에로티즘[21] 체험의 결정판이라고 할 수 있겠다. 그리고 이 체험 직후에 청년이 잠시 자리를 비운 사이에 여인은 급작스러운 간질발작으로 인해 물에 빠져 죽게 된다. 『가을에 온 여행자』는 이러한 파국 속에서 막을 내리지만, 작가는 청년과 여인, 질서와 질서의 위반(무질서) 그 어느 쪽의 손도 들어주지 않는다. 표면적으로 볼 때 건강함과 단순함, 질서에 대한 열망이라는 작가의 세계관을 놓고 보면 소설에서 서술자(작가)는 청년의 편에 가깝게 보이지만, 위와 같은 에로티즘의 체험을 통한 삶의 또 다른 가능성을 암시하는 대목에 이르면, 여인과 도민, 노인과 민여사의 세계를 다만 혼란과 무질서를 초래하는 풍속과 에토스의 타락으로 간주할 수도 없는 노릇이다. 이 장에서 내리는 잠정적 결론에 따르면, 1960년대 홍성원 장편소설에서 젊음은 젊음 특유의 방황과 일탈 그리고 풍속과 에토스의 격변 사이에서 끊임없이 고민하고 좌충우돌하면서 자신의 모습을 만들어내는 고유한 실존이라고 할 수 있다.

6. 비정한 젊음

21 조르주 바타유, 『에로티즘』, 조한경 옮김, 민음사, 1989, 9, 191쪽.

홍성원은 1960년대에 본격적으로 문학 활동을 시작한 비슷한 세대의 작가들 가운데서 그 누구보다도 엄청난 작품의 생산량과 여러 다양한 소설적 기법을 통해 풍속과 에토스의 격변 속에서 고뇌하는 인간실존의 문제에 대해 깊이 있는 탐구를 선보였음에도 불구하고 그동안 상대적으로 큰 주목을 받지 못한 작가이다. 이 글은 주로 1960년대 단편에서 장편에 이르는 일련의 소설들 가운데 '젊음'을 재현한 작품에 초점을 맞춰 홍성원 소설의 특징을 추출했다.

홍성원 소설에서 만날 수 있는 젊음의 특징은 세 가지로 요약이 가능하다. 첫째, 그것은 무엇이든 할 수 있고 될 수 있는 가능성이 소진된 예정된 미래에서 탈출하고 방랑하는 우울한 젊음이다. 그러나 둘째, 홍성원 소설의 젊음이 그렇게 된 연유는 시대적 풍속과 사회적 에토스의 급변에 따른 것으로, 작가는 그러한 변화와 타락을 추적하는 한편으로 그 사이에서 중심을 잃고 흔들리지 않는 인간적 강건함과 타자에 대한 책임의식이 있는 견실한 젊음의 의미를 탐구한다. 셋째, 풍속과 가치의 변화 속에서 결국 패배하는 것이 세계가 아니라 인간이라고 할 때, 홍성원 소설의 젊음은 그러한 대결 속에서 패배하더라도 의롭고도 정직하게 패배하는 비정한 남성의 형상에 가깝다. 그리고 이것이야말로 홍성원의 소설이 그려내는 젊음의 요체이다.

참고 문헌

■ 기본자료

김승옥, 「생명연습」(1962), 『서울, 1964년 겨울』, 창우사, 1966.

——, 「환상수첩」(1962), 『서울, 1964년 겨울』, 창우사, 1966.

——, 「내가 훔친 여름」(1967), 『내가 훔친 여름』, 국민문고사, 1969.

——, 「六十年代式」(1968), 『내가 훔친 여름』, 국민문고사, 1969.

——, 『뜬 세상에 살기에』, 지식산업사, 1977.

김원일, 『어둠의 축제』(1967), 예문관, 1975.

——, 『어둠의 축제 외』, 중앙일보사, 1986.

——, 「당선소감: 연약한 그릇」, 『현대문학』, 1967년 7월호.

——, 『사랑하는 자는 괴로움을 안다』, 문이당, 1991.

박태순, 「형성」, 『세대』, 1966년 6월호.

——, 『낮에 나온 반달』(1969~1970), 삼성출판사, 1972.

——, 「段氏의 형제들」, 『문학과지성』, 1970년 겨울호.

——, 『가슴 속에 남아 있는 미처 하지 못한 말』, 열화당, 1977.

——, 『박태순 선집』, 열화당, 1983.

——, 「젊은이는 무엇인가: 선우휘 씨의 「현실과 지식인」에 대한 반론」, 『아세아』, 1969년 3월호.

——, 「내가 보낸 서울의 60년대」, 『문화과학』, 1994년 봄호.

―――, 「1960년대 문학, 문화원형의 문학공간으로 평가되기를 기대하며」, 『상허
학보』 제40집, 상허학회, 2014.

오춘자, 『돌아오지 않는 강』, 『현대문학』 제2회 장편소설 당선작 (1969. 1~10)

이동하, 『우울한 귀향』(1967), 삼성출판사, 1972.

―――, 『우울한 귀향』, 삼성출판사, 1985.

이청준, 『쓰여지지 않은 자서전』, 민음사, 1972.

최인훈, 『광장』, 정향사, 1961.

―――, 「회색인」, 『현대한국문학전집 16: 최인훈집』, 신구문화사, 1967.

―――, 『회색인』, 문학과지성사, 1977.

―――, 『서유기』, 문학과지성사, 1977.

―――, 「계몽, 토속, 참여」, 『사상계』, 1968. 12.

황순원, 『인간접목/나무들 비탈에 서다』, 문학과지성사, 1999.

홍성원, 『주말여행』, 문학과지성사, 1976; 2006.

―――, 『디데이의 병촌』(1964), 일신서적출판사, 1994.

―――, 「막차로 온 손님들」(1966), 『한국문학전집 33권: 홍성원·김용성 편』,
삼성당, 1993.

―――, 『역조』, 창우사, 1966.

―――, 『가을에 만난 여행자』, 『지방행정』, 1969~1970.

『작가세계』 이동하 특집, 1989년 여름호.

『작가세계』 김원일 특집, 1991년 여름호.

『작가세계』 홍성원 특집, 1993년 가을호.

『산문시대』 창간호, 1962. 6.

『아세아』, 1969년 4월호.

■ 논문, 비평, 에세이

곽종원, 「교양소설에 대하여」, 『청파문학』 제3호, 숙명여자대학교 국어국문학회,
1963.

구중서, 「역사의식과 소시민의식」, 『사상계』, 1969년 12월호.

김미란, 「김승옥 문학의 개인화 전략과 젠더」, 연세대학교 박사논문, 2005.

------ , 「4·19 혁명의 정치적 상상력과 개인 서사」, 『겨레어문학』 제35집, 겨레어
    문학회, 2005.

------ , 「여순사건과 4월 혁명, 혹은 김승옥 문학의 시공간 정치학」, 『대중서사연
    구』 제22집, 대중서사학회, 2009.

김병익, 「60년대 문학의 위치」, 『사상계』, 1969. 12.

------ , 「우리소설의 새 경향, 피카레스크 작법」, <동아일보>, 1970. 5. 12.

------ , 「시대와 삶」, 『상황과 상상력』, 문학과지성사, 1979.

------ , 「건강한 다이너미즘」(해설), 『한국문학전집 33권: 홍성원·김용성 편』,
    삼성당, 1993.

김수영, 「이 거룩한 속물들」, 『동서춘추』, 1967년 5월호.

김정진, 「GOETHE와 SCHILLER의 문학교류」, 『독일문학논고』 제2집, 성균관대
    학교 독어독문학회, 1963.

김주연, 「새시대 문학의 성립: 인식의 출발로서 60년대」, 『아세아』, 1969년 2월,
    창간호.

------ , 「계승의 문학적 인식: '소시민의식' 파악이 갖는 방법론적 의미」, 『월간문
    학』, 1969년 8월호.

김진기, 「'정치적 자유'의 한 양상: 최인훈의 1960년대 소설을 중심으로」, 『상허학
    보』 제17집, 상허학회, 2006.

김진수, 「초기 낭만주의 예술비평론의 미적 근대성」, 홍익대학교 박사논문, 1997.

김치수, 「60년대 한국소설의 성과: 반속주의로서의 소시민의식」, 『형성』, 1969년
    여름호.

------ , 「백낙청의 「시민문학론」과 문학의 사회참여」, 『세대』, 1969년 12월호.

------ , 「소시민의 의미」, 『월간문학』, 1970년 1월호.

김영찬, 「4·19와 1960년대 문학의 문화정치」, 『한국근대문학연구』 제15집, 한국
    근대문학회, 2007.

------ , 「1960년대 문학과 6·25의 기억」, 『세계문학비교연구』 제35집, 2011년
    여름호.

------ , 「혁명, 언어, 젊음: 4·19의 불가능성과 4·19 세대 문학」, 『한국학논집』
    제51집, 계명대학교 한국학연구소, 2013.

김예림, 「1960년대 중후반 개발 내셔널리즘과 중산층 가정 판타지의 문화정치
학」, 『현대문학의 연구』 제32집, 한국문학연구학회, 2007.

김태환, 「『광장』과 『난장이…』 읽기, 그리고 천천히 다시 읽기」, 『문학과사회』,
1996년 가을호.

김한식, 「1970년대 후반 '악한 소설'의 성격 연구」, 『상허학보』 제10집, 상허학회,
2003.

김 항, 「알레고리로서의 4·19와 5·19」, 『상허학보』 제30집, 상허학회, 2010.

김 헌, 「'아레테'를 어떻게 이해할 것인가?」, 『비교문학』 제61집, 한국비교문학회,
2013.

김 현, 「『산문시대』 창간 선언」, 『산문시대』 창간호(1962. 6).

――― , 「1968년의 작가상황」, 『사상계』, 1968년 12월.

남미영, 「한국 현대 성장소설 연구」, 숙명여대 박사논문, 1991.

남상규, 「상황과 자아: 김승옥론」, 『형성』, 1969년 여름호.

류보선, 「사생아, 자유인, 편모슬하: 성년에 이르는 세 가지 길」, 『문학동네』,
1999년 여름호.

류철균, 「문학비평의 근대성과 유토피아: 김윤식론」, 『문학과사회』, 1989년 여름
호.

박정희, 「연두 기자회견」, 『연설문집』 3(1967. 7~1971. 6), 대통령비서실, 1973.

백낙청, 「시민문학론」, 『창작과비평』, 1969년 여름호.

백지연, 「1960년대 한국소설에 나타난 도시공간과 주체의 관련 양상 연구: 김승옥
과 박태순의 소설을 중심으로」, 경희대학교 박사논문, 2008.

백철·안수길, 「제1회 세대 신인문학상 심사후기: 소설편」, 『세대』, 1966년 6월.

복도훈, 「홍성원 소설과 젊음: 1960년대 소설을 중심으로」, 『수원학연구』 제10집,
수원학연구소, 2013.

――― , 「1960년대 한국 교양소설 연구: 4·19세대 작가들의 작품을 중심으로」,
동국대학교 박사논문, 2014.

――― , 「전쟁의 폐허에서 자라난 젊음과 공민적 삶의 가능성: 박태순의 장편소설
『어느 사학도의 젊은 시절』에 대하여」, 『한국문학연구』 제48집, 동국대학
교 한국문학연구소, 2015.

――― , 「현민 유진오의 글쓰기에 나타난 교양·교육의 의미: 직업의 소명(beruf)

과 젊음의 분투(streben)의 교착」, 『한국문학이론과 비평』 제21집, 한국문
학이론과비평학회, 2017.

서은주, 「최인훈 소설 연구: 인식 태도와 서술 방식의 상관성을 중심으로」, 연세대
학교 박사논문, 2000.

신형기, 「4·19와 이야기의 동력학」, 『상허학보』 제35집, 상허학회, 2012.

안민용, 「미8군 무대를 통한 한국의 재즈형성에 관한 연구」, 서강대학교 석사논문,
2013.

여건종, 「형성으로서의 문화」, 『문학동네』, 2000년 여름호.

유대근, 「5·16 군사 독재정권과 60년대 한국교육」, 『중등우리교육』 제13집, 중등
우리교육, 1991.

윤지관, 「젊음의 정치학」, 『실천문학』, 1995년 봄호.

──── , 「빌둥의 상상력: 한국 교양소설의 계보」, 『문학동네』, 2000년 여름호.

오생근, 「젊음과 현실: 박태순론」, 『형성』, 1969년 여름호.

오창은, 「한국 도시소설 연구: 1960~70년대 작품을 중심으로」, 중앙대학교 박사
논문, 2005.

이상록, 「경제제일주의의 사회적 구성과 '생산적 주체' 만들기」, 『역사문제연구』
제25집, 역사문제연구소, 2011.

이주미, 「박태순의 현실 감각과 문학적 감수성」, 『한국문예비평연구』 제41집,
한국현대문예비평학회, 2013.

이철범, 「관념세계의 설정과 그 한계」, 『사상계』, 1968. 12.

임경순, 「1960년대 지식인 소설 연구」, 성균관대학교 박사논문, 2000.

임헌영, 「도전의 문학」, 『사상계』, 1969년 12월호.

장 현, 「배회하는 공간에서 삶의 공간으로: 박태순의 『낮에 나온 반달』에 나타난
공간 의식」, 『한국현대문학연구』 제31집, 한국현대문학회, 2010.

정영훈, 「최인훈 소설에 나타난 주체성과 글쓰기의 상관성 연구」, 서울대학교
박사논문, 2005.

조현일, 「대도시와 군중: 박태순의 60년대 소설을 중심으로」, 『한국현대문학연
구』 제22집, 한국현대문학회, 2007.

차미령, 「최인훈 소설에 나타난 정치성의 의미 연구」, 서울대학교 박사논문,
2010.

차혜영, 「성장소설과 발전이데올로기」, 『상허학보』 제12집, 상허학회, 2004.

천이두, 「내향성과 외향성」, 『박태순 선집』, 어문각, 1983.

최경희, 「1960년대 소설에 나타난 '여성교양' 담론 연구」, 경희대학교 박사논문, 2013.

──, 「1960년대 강신재 소설에 나타난 근대화의 '망탈리테' 연구」, 『어문론총』 제58집, 한국문학언어학회, 2013.

──, 「1960년대 여성지를 통해 본 '교양의 레짐' 연구」, 『우리문학연구』 제48집, 우리문학회, 2015.

──, 「1960-70년대 여성지를 통해 본 근대화의 젠더 양상 연구」, 『한국문학이론과 비평』 제20집, 한국문학이론과비평학회, 2016.

최재서, 「교양의 정신」, 『인문평론』 제2호, 인문사, 1939.

최현주, 「한국 현대 성장소설의 서사시학 연구」, 전남대학교 박사논문, 1999.

황병주, 「박정희 체제의 지배담론: 근대화 담론을 중심으로」, 한양대학교 박사논문, 2008.

──, 「박정희와 근대적 출세 욕망」, 『역사비평』, 2009년 겨울호.

황종연, 「한국문학의 근대와 반근대」, 동국대학교 박사논문, 1991.

에른스트 블로흐, 「비동시성의 변증법적 복무」, 이은지 옮김 『자음과모음』, 2016년 여름호.

페리 앤더슨, 「근대성과 혁명」, 김영희·유재덕 옮김, 『창작과비평』, 1993년 여름호.

프레드릭 제임슨, 「인식의 지도그리기」, 이명호 옮김, 『문예중앙』, 1992년 겨울호.

■ 국내외 단행본

강만길 외, 『4월혁명론』, 한길사, 1983.

권보드래·천정환, 『1960년을 묻다: 박정희 시대의 문화정치와 지성』, 천년의상상, 2012.

권헌익, 『또 하나의 냉전』, 이한중 옮김, 민음사, 2012.

김동춘, 『근대의 그늘』, 당대, 2000.

김병익·김치수·김주연·김현, 『현대 한국문학의 이론』, 민음사, 1972.

김병익, 『지성과 문학』, 문학과지성사, 1982.

김상환, 『철학과 인문적 상상력: 헤겔 만가(輓歌)』, 문학과지성사, 2012.

김영찬, 『근대의 불안과 모더니즘』, 소명출판, 2006.

김윤식, 『한국근대문학의 이해』, 일지사, 1973.

김윤식·정호웅, 『한국소설사』, 예하, 1993.

김치수 편, 『구조주의와 문학비평』, 홍성사, 1981.

김 현, 『현대 한국문학의 이론/사회와 윤리』(김현 문학전집 2), 문학과지성사,
    1991.

─────, 『책읽기의 괴로움/살아있는 시들』(김현 문학전집 5), 문학과지성사,
    1992.

─────, 『분석과 해석/보이는 심연과 안 보이는 역사적 전망』(김현 문학전집
    7), 문학과지성사, 1992.

김홍중, 『마음의 사회학』, 문학동네, 2009.

나병철, 『가족로망스와 성장소설』, 문예출판사, 2007.

박정희, 『하면 된다! 떨쳐 일어나자』, 동서문화사, 2005.

박태순·김동춘, 『1960년대의 사회운동』, 까치, 1991.

백문임 외, 『르네상스인 김승옥』, 앨피, 2005.

송기섭, 『근대적 서사의 조건들』, 충남대학교출판문화원, 2012.

신형기, 『변화와 운명』, 평민사, 1997.

유종호, 『비순수의 선언』, 민음사, 1995.

─────, 『동시대의 시와 진실』, 민음사, 1995.

이가형, 『피카레스크 소설』, 민음사, 1997.

이보영 외 3인, 『성장소설이란 무엇인가』, 청예원, 1996.

이수형, 『1960년대 소설연구: 자유의 이념, 자유의 현실』, 소명출판, 2013.

전인권, 『박정희 평전』, 이학사, 2006.

정규웅, 『글동네에서 생긴 일: 60년대 문단 이야기』, 문학세계사, 1999.

조희연, 『박정희와 개발독재시대』, 역사비평사, 2007.

─────, 『동원된 근대화: 박정희 개발동원체제의 정치사회적 이중성』, 후마니타
    스, 2010.

최재서 편, 『교양론』, 박영사, 1963.

최원식·임규찬 엮음, 『4월 혁명과 한국문학』, 창작과비평사, 2002.

허병식, 『교양의 시대: 한국근대소설과 교양의 형성』, 역락, 2016.

황종연, 『비루한 것의 카니발』, 문학동네, 2001.

──, 『탕아를 위한 비평』, 문학동네, 2012.

홍신선 편, 『우리문학의 논쟁사』, 어문각, 1985.

홍정선 엮음, 『홍성원 깊이 읽기』, 문학과지성사, 1997.

게오르그 루카치, 『소설의 이론』, 반성완 옮김, 심설당, 1985.

──, 『청년 헤겔』 2, 서유석·이춘길 옮김, 동녘, 1987.

게오르그 짐멜, 『짐멜의 모더니티 읽기』, 김덕영·윤미애 옮김, 새물결, 2005.

──, 『게오르그 짐멜의 문화이론』, 김덕영·배정희 옮김, 길, 2007.

G. W. F. 헤겔, 『정신현상학』 2, 임석진 옮김, 지식산업사, 1988.

──, 『헤겔 미학』 2, 두행숙 옮김, 나남, 1996.

노르베르토 보비오, 『자유주의와 민주주의』, 황주홍 옮김, 문학과지성사, 1992.

노스럽 프라이, 『비평의 해부』, 임철규 옮김, 한길사, 1982.

니클라스 루만, 『열정으로서의 사랑』, 권기돈 외 2인 옮김, 새물결, 2009.

드니 디드로, 『라모의 조카』, 황현산 옮김, 세계사, 1998.

레이먼드 윌리엄스, 『시골과 도시』, 이현석 옮김, 나남, 2013.

르네 지라르, 『낭만적 거짓과 소설적 진실』, 김치수·송의경 옮김, 한길사, 2001.

리차드 세네트, 『현대의 침몰』, 김영일 옮김, 일월서각, 1982.

린 헌트, 『프랑스혁명의 가족로망스』, 조한욱 옮김, 새물결, 1999.

마샬 버만, 『현대성의 경험』, 윤호병·이만식 옮김, 현대미학사, 1998.

매슈 아널드, 『교양과 무질서』, 윤지관 옮김, 한길사, 2006.

미셸 푸코 외 지음, 『자유를 향한 참을 수 없는 열망』, 정일준 옮김, 새물결, 1999.

미셸 푸코, 『주체의 해석학』, 심세광 옮김, 동문선, 2007.

미하일 바흐친, 『장편소설과 민중언어』, 전승희 외 2인 옮김, 창작과비평사, 1988.

──, 『말의 미학』, 김희숙·박종소 옮김, 길, 2006.

빌헬름 딜타이, 『문학과 체험』, 김병욱·송기섭 외 2인 옮김, 우리문학사, 1991.

샹탈 무페, 『정치적인 것의 귀환』, 이보경 옮김, 후마니타스, 2007.

슬라보예 지젝, 『이데올로기의 숭고한 대상』, 이수련 옮김, 인간사랑, 2002.

아그네스 헬러, 『개인과 공동체』, 편집부 엮음, 백산서당, 1984.

아리스토텔레스, 『니코마코스 윤리학』, 김재홍 외 2인 옮김, 길, 2011.

악셀 호네트, 『인정투쟁』, 문성훈·이현재 옮김, 사월의책, 2011.

안토니오 그람씨, 『그람씨의 옥중수고』 I, 이상훈 옮김, 거름, 1986.

알랭 드 보통, 『불안』, 정영목 옮김, 이레, 2011.

알레스데어 매킨타이어, 『덕의 상실』, 이진우 옮김, 문예출판사, 1997.

알렉산더 네하마스, 『니체: 문학으로서의 삶』, 김종갑 옮김, 책세상, 1994.

앙트완 베르만, 『낯선 것으로부터 오는 시련』, 이향·윤성우 옮김, 철학과현실사, 2009.

에른스트 벨러, 『아이러니와 모더니티 담론』, 이강훈·신주철 옮김, 동문선, 2005.

에릭 H. 에릭슨, 『아이덴티티』, 조대경 옮김, 삼성출판사, 1990.

에릭 홉스봄, 『저항과 반역 그리고 재즈』, 김동택 외 2인 옮김, 영림카디널, 2003.

엘리자베스 라이트 편, 『페미니즘과 정신분석학 사전』, 고갑희 등 옮김, 한신문화사, 1997.

위르겐 하버마스, 『공론장의 구조변동』, 한승완 옮김, 나남, 2004.

이매뉴얼 월러스틴, 『월러스틴의 세계체제 분석』, 이광근 옮김, 당대, 2005.

이언 와트, 『근대 개인주의 신화』, 이시연·강유나 옮김, 문학동네, 2004.

임마누엘 칸트, 『칸트의 역사철학』, 이한구 옮김, 서광사, 1992.

장 라플랑슈·장 베르트랑 퐁탈리스, 『정신분석 사전』, 임진수 옮김, 열린책들, 2005.

장 스타로뱅스키, 『장 자크 루소: 투명성과 장애물』, 이충훈 옮김, 아카넷, 2012.

장 이뽈리뜨, 『헤겔의 정신현상학』 II, 이종철 옮김, 문예출판사, 1988.

장 폴 사르트르, 『문학이란 무엇인가』, 정명환 옮김, 민음사, 1998.

──, 『상황극』, 박형범 옮김, 영남대학교출판부, 2008.

──, 『존재와 무』, 정소성 옮김, 동서문화사, 2009.

조르주 바타유, 『에로티즘』, 조한경 옮김, 민음사, 1989.

존 스튜어트 밀, 『자유론』, 서병훈 옮김, 책세상, 2005.

주네트·리쾨르·화이트·채트먼 외『현대 서술 이론의 흐름』, 김동윤 옮김, 솔, 1997.

주디스 버틀러,『윤리적 폭력 비판: 자기 자신을 설명하기』, 양효실 옮김, 인간사랑, 2013.

주디스 슈클라,『일상의 악덕』, 사공일 옮김, 나남, 2011.

지크프리트 슈미트,『구성주의 문학체계이론』, 박여성 옮김, 책세상, 2004.

찰스 귀논,『진정성에 대하여』, 강혜원 옮김, 동문선, 2005.

찰스 테일러,『자아의 원천들』, 권기돈·하주영 옮김, 새물결, 2015.

카를 만하임,『세대 문제』, 이남석 옮김, 책세상, 2013.

칼 슈미트·한스 크루파,『정치의 개념』, 윤근식 옮김, 법문사, 1961.

칼 슈미트,『정치적 낭만』, 배성동 옮김, 삼성출판사, 1990.

───,『합법성과 정당성』, 김도균 옮김, 길, 2016.

칼 폴라니,『거대한 전환: 우리시대의 정치·경제적 기원』, 홍기빈 옮김, 길, 2010.

테리 이글턴,『미학사상』, 방대원 옮김, 한신문화사, 1995.

토마스 만,『펠릭스 크룰의 고백 외』, 강두식 옮김, 동아출판사, 1958.

───,『토니오 크뢰거·트리스탄 외』, 안삼환 외 3인 옮김, 민음사, 1998.

폴 드 만,『독서의 알레고리』, 이창남 옮김, 문학과지성사, 2010.

프랑코 모레티,『세상의 이치: 유럽 문화 속의 교양소설』, 성은애 옮김, 문학동네, 2005.

프랜시스 후쿠야마,『역사의 종말』, 이상훈 옮김, 한마음사, 1993.

프레드릭 제임슨,『변증법적 문학이론의 전개』, 여홍상·김영희 옮김, 창작과비평사, 1984.

───,『정치적 무의식』, 이경덕·서강목 옮김, 민음사, 2015.

페르디난트 퇴니에스,『공동사회와 이익사회』, 황성모 옮김, 삼성출판사, 1990.

피터 브룩스,『플롯 찾아 읽기: 내러티브의 설계와 의도』, 박혜란 옮김, 강, 2012.

필립 라쿠 라바르트·장 뤽 낭시,『문학적 절대』, 홍사현 옮김, 그린비, 2015.

필립 르죈,『자서전의 규약』, 윤진 옮김, 문학과지성사, 1998.

한스-게오르크 가다머,『진리와 방법』1, 이길우 외 2인 옮김, 문학동네, 2000.

헤르베르트 마르쿠제, 『이성과 자유』, 박종렬 옮김, 풀빛, 1982.

──── , 『마르쿠제 미학사상』, 김문환 옮김, 문예출판사, 1989.

후베르트 오를로프스키, 『독일 교양소설과 허위의식』, 이덕형 옮김, 형설출판사, 1996.

Edward W. Said, *The World, The Text, and The Critic*, Cambridge, Massachusetts: Harvard University Press, 1983.

Franco Moretti, *Atlas of the European Novel 1800~1900*, London·New York: Verso, 1998.

Jed Esty, *Unseasonable Youth: Modernism, Colonialism, and the Fiction of Development*, Oxford University Press, 2012.

Lionel Trilling, *Sincerity and Authenticity*, Cambridge, Massachusetts: Harvard University Press, 1971.

Marc Redfield, *Phantom Formation: Aesthetic Ideology and the Bildungsroman*, Cornell University Press, 1996.

지은이 후기

내게 젊음이란 한 시인의 표현을 빌리면 햇빛과 물결이 부딪혀 일으키는 "빛나는 정지(靜止)"(이성복, 「상류로 거슬러 오르는 물고기 떼처럼」)를 이루기 직전의 격렬한 몸부림과 같은 것이었다. 나는 스무 살부터 지금까지 유럽에서 한국에 이르는 각종 교양소설을 읽어왔다. 그러고 보니, 언제였더라. 고등학교 시절에는 헤르만 헤세의 교양소설을 읽었고, 대입학력고사가 끝나자마자 겁 없이 토마스 만의 교양소설 대작 『마의 산』에 뛰어들어 거의 한 달에 걸쳐 그 소설을 읽었다. 오전에는 책을 읽고, 오후에는 고향의 바닷가를 거닐면서 앞으로 다가올 대학 시절의 나날을 상상했고, 한껏 기대에 부풀어 몸을 떨었다. 돌이켜보면 가장 행복했던 내 삶의 특별한 한때였다.

나는 내가 읽은 교양소설에서 젊음이 어떠한 희망을 갖고 세상과 격렬히 부딪치거나 화해하며, 또한 어떻게 환상에서 환멸로 미끄러지고, 우정을 쌓거나 연애를 하는지에 대해 늘 관심이 많았다. 소설을 읽으면서 젊은 주인공과 나 자신을 자주 동일시했을 뿐만 아니라, 때로는 그들의 삶을 현실에서 무모하게 실현하고자 했다. 대부분 보기 좋게 참담한 실패로 끝났지만. 본격적으로 공부를 하게 되면서 나는 백 년에 이르는 한국문학사를 일별하면서 무수한 젊음을 만나게 되었다. 그리고 식민지와 분단, 전쟁, 혁명과 독재 등을 거쳐 온 한국 젊은이들의 경험(그보다는 외상(trauma)이라는 표현이 더 잘 어울릴지도 모르겠지만)이 그 부침과 격변의 강도와 깊이에서 특별하고 남다르다는 것을 깨달았다. 그 사이에 20년이라는 시간이 흘렀고(아, 저런!), 그즈음에 이 책『자폭하는 속물』의 초고가 된 글을 겨우 쓸 수 있었다. 원고를 정리하면서 부끄러움, 자책감, 아쉬움, 그리움 등의 감정들이 회한의 형태로 떠올랐다. 도대체 젊음이 내게 무엇이었는지, 또 뭐가 그리도 유별났는지.

　책에서도 여러 번 진술했지만 젊음은 자본주의와 민주주의의 혁명 이후에 빠르게 변화하고 혼란스러운 근대사회 속으로 진출하기 위해 교양과 형성의 도정에서 겪는 다양한 모험과 시련들, 우정과 사랑, 세상의 이치와 내면적 법칙과의 갈등과 불화 등을 표현한다는 점에서 모더니티의 상징적 형식이다. 교양소설은 이러한 젊음의 요동치는 이동성과 갈등에 찬 내면성을 재현하는 근대의 특별한 소설장르이다. 나는 1960년대와 이 시기에 출현한 젊음의 소설에 일단 주목했다. 잘 알려진 것처럼, 4·19 혁명과 5·16 쿠데타는 해방과 분단, 전쟁으로 이어지던 혼란스러운 정치경제적 현실에 모더니티의 전례 없는 충격을 가져다준 거대한 전환이자, 6·25 전쟁과 더불어 이후 한국의 모더니티의 '시작'을 마련한 중대한 사건이었다. 해방 이후 한국 교양소설의 형식적 모델과 장르적 속성, 내용의 유형은 이 시기에 대부분 만들어졌다. 나는 젊음이 문학적으로 의미 있는 상징적 약호로 출현한 1960년대 한국문학의 장에서 교양소설의 제반형식이 작가와 작품들 속에서 어떤 식으로 형성되고 유형화되었는지를 우선 살피고자 했다. 그리고 이 소설들이 재현한 젊음이 인간과 세계 속에서 어떤 좌표를 점유하고 있었는지, 또한 젊음이 서사의 형식으로 재현될 때 드러나는 한국의 정치경제적, 사회문화적인 의미론과 그 한계는 무엇이었는지를 최인훈, 김승옥, 박태순, 김원일, 이동하, 홍성원 등의 소설에 대한 분석을 통해 해명하고자 했다.

왜 젊은 남성 작가들이고, 그들만의 젊음이냐는 질문이 나올 법도 하다. 동시대에 오춘자와 같은 젊은 여성 작가들이 활동하고 있었고, 그들의 작품에서도 여성의 젊음과 고뇌가 표현되었는데도. 초고를 쓸 때 나는 오춘자의 장편소설 『돌아오지 않는 강』(1969)을 떠올렸지만, 이 소설은 엄밀하게는 교양소설이 아니었다. 나는 남성의 젊음, 교양, 자기세계, 결사의 가능성과 그것의 엄연한 한계를 우선 해부하고자 했다. 여성의 젊음의 서사에 대한 탐구는 내게 남겨진 다른 과제이다.

1960년대 한국 교양소설은 자아와 세계의 화해와 화합보다는 불화와 충돌을 형상화하는 데 주력했다. 이를 통해 민주주의 주체와 공동체의 자기각성, 산업화에 따른 도시와 시골 간의 간극이 빚어내는 모순의 체험, 제3세계적인 자의식을 통한 주변부 모더니티에 대한 성찰들이 표현되었다. 이 시대의 젊은 작가들은 청년 세대로, 젊음의 속성인 이동성과 내면성을 예술적인 고뇌로 선구적으로 형상화했으며, 그것은 이후에 전개될 한국 교양소설의 역사적·형식적 모델의 기초를 만들었다. 『자폭하는 속물』은 유럽이나 일본과도 상이한 제3세계의 근대, 저발전의 발전이라고 명명되는 한국 근대의 특별했던 한때를 살아갔던 젊음의 형상을 탐구하고자 했다. 나는 앞으로 '한국의 젊은이들이 백 년 동안 소설에서 어떻게 살아왔나'라는 질문에 대한 나름의 답변을 마련할 예정이다. 살아온 시간보다 살아갈 시간이 줄어듦을 확연하게 체감하는 나이를 맞았다. 지금부터 얼마나 더 살 수 있을지는 잘 모르겠지만 이 책 『자폭하는 속물』은 내가 계획하고 있는 긴 프로젝트를 위한 첫 발걸음이라고 해도 좋다.

이쯤에서 다소 생뚱맞아 보이는 책의 제목에 대해서도 한마디 부연하고자 한다. '자폭(自爆)하는 속물'은 책에도 등장하는 시인 김수영의 에세이 「이 거룩한 속물들」(1967)에 나오는 표현이다(원문은 "자폭을 할 줄 아는 속물"). 제목을 두고 여러 후보들이 경합을 벌였지만, 이만한 제목을 찾기가 쉽지 않았다. '자폭하는 속물'은 시인 김수영이 1960년대 한국사회를 속물사회로 명명하고 그 누구도 속물됨으로부터 자유로이 빠져나올 수 없지만 그럼에도 그로부터 벗어나기 위한 격렬한 몸부림을 표현한 구절이다. 자신의 소시민성, 속물근성에 대한 철저한 반성의 대가였던 김수영의 고뇌를 담은 '자폭하는 속물'은 개발독재의 속물화된 사회에 의해 일방적인 성장을 강요받고 이러지도 저러지도 못했던 1960년대 젊음의 고뇌와 치기, 환상과 환멸, 자학과 자기도취를 압축하는 특별한 어휘라고 생각했다.

『자폭하는 속물』은 나의 박사학위 논문 「1960년대 한국 교양소설 연구: 4·19세대 작가들의 작품을 중심으로」(2014)를 수정한 것이다. 보론으로 학위논문을 쓰던 당시에 별도로 발표한 홍성원 소설에 대한 글 한 편을 추가했다. 오래 묵혀두었던 원고를 꺼내어 책의 형태로 새로이 수정하면서 마음속에 떠오른 분들이 여럿 있다. 우선 내 석·박사 학위논문의 지도교수님인 황종연 선생님께 감사의 인사를 드린다. 당신은 늘 엄정하면서도 따뜻한 관심과 격려로 부족하고 아둔한 제자의 공부를 이끄셨다. 학위논문 심사를 기꺼이 맡아주시고 따끔한 가르침을 주신 신형기, 한만수, 송기섭, 김영찬 선생님께도 이 자리를 빌려 감사의 인사를 드리고자 한다. 그리고 책을 출간하는 데 망설임 없이 동의해주신 도서출판 b의 조기조 사장님과 조영일 주간, 편집을 맡아준 백은주 선생님께 고마움을 표시하고 싶다. 이 책의 초고를 쓸 때 내게 여러 가지로 도움을 줬던 사람들과 기관들, 가족에게도 안녕을 전한다.

2017년 11월 30일 복도훈

자폭하는 속물

초판 1쇄 발행 | 2018년 1월 10일

지은이 복도훈
펴낸이 조기조
펴낸곳 도서출판 b | 등록 2006년 7월 3일 제2006-000054호
주소 08772 서울특별시 관악구 난곡로 288 남진빌딩 302호 | 전화 02-6293-7070(대)
팩시밀리 02-6293-8080 | 홈페이지 b-book.co.kr | 이메일 bbooks@naver.com

ISBN 979-11-87036-31-9   03810
값 | 20,000원

* 이 책 내용의 일부 또는 전부를 재사용하려면 도서출판 b의 동의를 얻어야 합니다.
* 잘못된 책은 교환해 드립니다.
* 이 책은 2017년 경기문화재단 전문예술창작지원사업의 지원을 받아 제작되었습니다.
  후원: 경기문화재단, 한국문화예술위원회